Serial Studies in Ethnic American Literature

美国少数族裔文学研究丛书

总主编：张龙海

美国非裔文学研究论集

Studies Collection in African American Literature

王烺烺　臧康华◎编著

厦门大学出版社 XIAMEN UNIVERSITY PRESS | 国家一级出版社 全国百佳图书出版单位

图书在版编目(CIP)数据

美国非裔文学研究论集/王烺烺,臧康华编著.—厦门:厦门大学出版社,2020.5
(美国少数族裔文学研究丛书)
ISBN 978-7-5615-7729-5

Ⅰ.①美… Ⅱ.①王…②臧… Ⅲ.①美国黑人—文学研究—美国—文集
Ⅳ.①I712.06-53

中国版本图书馆 CIP 数据核字(2020)第 012710 号

出 版 人 郑文礼
责任编辑 王扬帆
封面设计 李夏凌
技术编辑 许克华

出版发行 厦门大学出版社
社　　址 厦门市软件园二期望海路 39 号
邮政编码 361008
总　　机 0592-2181111　0592-2181406(传真)
营销中心 0592-2184458　0592-2181365
网　　址 http://www.xmupress.com
邮　　箱 xmup@xmupress.com
印　　刷 厦门集大印刷厂

开本 720 mm×1 000 mm　1/16
印张 22.25
字数 395 千字
版次 2020 年 5 月第 1 版
印次 2020 年 5 月第 1 次印刷
定价 76.00 元

厦门大学出版社
微信二维码

厦门大学出版社
微博二维码

总　序

《美国少数族裔文学研究论丛》付梓之际，我顿觉轻松，思绪也随之走远。

早在2012年就有了编著这套论丛的想法。当时厦门大学召开繁荣哲学社会科学大会，提出“哲学社会科学繁荣计划”，计划每年专门拿出一亿元，用于支持文科科学研究，力争到2021年百年校庆之时，形成哲学社会科学研究的“厦大学派”。受此“繁荣计划”的激励，我顿时心潮澎湃，想着如何结合自己的美国少数族裔文学研究领域，申报大工程、大项目。于是，这套论丛的想法就有了。

虽然有了想法，但是，本论丛却迟迟没有出来。主要原因是在实际操作过程中碰到了一些难点，而这些难点现在反倒成了本论丛的特点：如何把握这些少数族裔文学之间的关系，如何处理综述和单个作家（作品）研究之间的关系，如何处理经典热门作家与新近冷门作家之间的关系。首先是美国少数族裔文学之间发展的不平衡。从历史、规模方面来看，美国犹太文学和美国非裔文学的确是首屈一指，而作为后来崛起的美国亚裔文学、美国拉美裔文学和美国本土裔文学也在奋起直追。考虑到美国华裔文学在国内正在吸引越来越多的关注，且研究成果不断增加，遂将其单列。其次，对族裔文学研究既有较为宏观的文化、历史层面的综述，也有较为微观的单个作家、作品的文本分析。因此，本论丛在选取论文时特别考虑到这两者之间的比例。最后，每个族裔文学中都有著名的代表性作家和作品，也有刚刚出道的年轻作家及其新作，既有族裔性主题明显的作品，也有族裔性不甚明显，甚至没有的作品。因此，本论丛尽量涵盖各族裔文学研究的特点，既紧紧抓住显性，也不放过隐性。

本论丛主要包括《美国犹太文学研究论集》《美国非裔文学研究论集》《美国亚裔文学研究论集》《美国华裔文学研究论集》《美国拉美裔文学研究论集》《美国本土裔文学研究论集》等。

《美国犹太文学研究论集》主要探讨犹太文学作品中明显的犹太主题或人物，如犹太大屠杀、犹太女性书写、犹太移民和知识分子形象等，研究视角包括创伤理论、形象研究、权力关系、叙事策略和文体风格等。涉及的作家既有经典的美国犹太作家（如索尔·贝娄、伯纳德·马拉默德、菲利浦·罗斯、辛西娅·欧芝克、哈依穆·波特克等），也有新近的年轻犹太作家（如阿丽嘉·古德曼、格蕾斯·佩蕾等），关于 E.L.多克特罗《上帝之城》的犹太空间意识和保罗·奥斯特《玻璃城》中隐含的犹太性的论文也收录其中，这些年轻的作家往往没被纳入美国犹太作家的行列。由此可见，本书对主要的美国犹太作家及其作品都有论及，可以当作一本以研究作品为主的美国犹太文学简史。

《美国非裔文学研究论集》收集了近二三十年美国非裔文学研究领域的论文成果，以论文的学术质量为标准，以覆盖非裔文学发展的全过程为目标。尤其注意在一定程度上矫正我国非裔美国文学研究中出现的“超经典化”现象——即研究对象过于集中于几位获奖作家的代表作品——着意收录了一些涉及曾经被学界忽视的早期作家及其诗歌、戏剧、文学理论的研究成果，以期较全面地展示非裔文学研究的丰硕成果，同时也提供一本全面了解非裔文学发展史的辅助资料。

《美国亚裔文学研究论集》以美国亚裔文学的总体性研究为开端，收录了亚裔各个族裔文学分支的研究成果——日裔、韩裔、印度裔、菲律宾裔和越南裔文学中的经典作家和作品研究。作为《美国华裔文学研究论集》的外延，该论集以较为全面的视角展示了我国学者在美国亚裔文学研究领域的论文成果。

《美国华裔文学研究论集》采取总分结构——既关注美国华裔文学的总体性研究，也着重于经典华裔作家，如汤亭亭、赵健秀、谭恩美和黄哲伦这四位作家的研究。与此同时，论集还收录了一些我国学者较少关注的华裔作家的相关研究成果。该论文集是一部既涵盖华裔文学发展史也包含作家、作品的美国华裔文学研究的辅助资料。

《美国拉美裔文学研究论集》以成长主题、历史书写、女性视角、身份建构、文化再现和综合论述等为主题，涉及墨西哥裔、古巴裔、多米尼加裔、波多黎各裔等作家及其作品研究。来自不同拉美国家的移民及其后代语言共通，但由于原生国家的历史政治经济发展各不相同，因此在民族、种族和社会经济方面存在异质性。因此，在选取论文的过程中既考虑到族裔的代表性，也考虑到主题的关联性。

《美国本土裔文学研究论集》从美国本土裔文学历史叙事出发，以“口述与书写：本土裔典仪与印第安形象”、“现实与记忆：本土裔作品中的语言策略与政治话语”、“传统与当下：族裔与主流边界的在场与缺失”、“碰撞与融合：本土裔作品中的多元杂糅空间”、“人文与自然：本土裔作品中的生态景观”为主题，收录了近三十篇国内学者的相关研究论文，系统梳理了本土裔研究的发展脉络，为本土裔文学研究提供有价值的参考。

张龙海
2019 年 5 月 25 日
于厦门陋斋

前　言

20 世纪 60、70 年代以来，美国少数族裔文学发展迅猛。其中，非裔文学的成长尤为突出。起源于 18 世纪中期的美国非裔文学，作为少数族裔文学的重要分支，在经历约 300 年的历史风雨后，逐渐从美国文学的边缘走向中心，硕果累累，群星闪耀。

一

露西·泰莉（Lucy Terry，1730）于 1746 年创作的诗歌《巴尔斯之战》（"Bars Fight"）被公认为已知最早的美国非裔文学作品。① 这首诗作的出版标志着美国非裔文学的发展由口头传承进入了书面创作时期。早期的美国非裔文学多以黑人奴隶叙事形式出现，在奴隶制结束之前，大约有一百多位经历不同、文学才能各异的黑奴记述了自己遭受奴役的历史。奴隶自述的对象是一个不承认黑人智力和能力的美国，因而作者们不但是黑人真实境遇的见证者，还是驳斥种族主义诋毁的鲜活例证。

一战后，美国南方的黑人大批涌向北方城市。在纽约，尤其是哈莱姆地区，一部分黑人城市移民进入文化产业，出现了一批作家、画家、音乐家，也出现了诸如科顿俱乐部（Cotton Club）等集中展示黑人艺术的场所。② 美国非裔文学的发展进入了"哈莱姆文艺复兴"时期。非裔知识分子和艺术家们以积极的心态、多样的形式展示了美国非裔的生活和精神面貌。随着 20 世纪 30 年

---

① Gates, Henry Louis & Nellie Y. McKay. The Norton Anthology of African American Literature[M]. New York: W.W. Norton&Company, Inc.2004:186.

② 虞建华.美国文学大辞典[M].北京：商务印书馆，2015:414-415.

代经济危机的发生，种族矛盾和种族关系日趋复杂，以社会抗议为主要特征的文学运动出现在美国文坛，并在40年代到达高潮。

20世纪60年代，由于种族隔离、歧视、剥削和压迫现象仍然在美国社会存在，非裔美国人争取权力的斗争从南方的非暴力抗议发展到北方城市黑人区的暴乱。[①] 与此同时，随着《民权法案》(The Civil Rights Act of 1964)的通过、越南战争的爆发和马丁·路德·金(Martin Luther King, Jr, 1929—1968)遇刺事件的发生，非裔美国人的民权思想被点燃，黑人权力运动轰轰烈烈地进行着。与之并行发展的黑人艺术运动则对黑人权力运动的政治诉求进行了艺术表达，它呼应了黑人权力运动对种族自豪感的强调，响应了其为美国黑人集体身份寻求答案的倡议，迎来了美国非裔文学的第二次文艺复兴。

20世纪70年代开始，美国非裔文学进入了第三个繁荣期。托妮·莫里森(Toni Morrison, 1931)、艾丽斯·沃克(Alice Walker, 1944)等女作家成为带动第三次繁荣的中坚力量。1993年，托妮·莫里森获诺贝尔文学奖，成为第一位获此殊荣的黑人作家。这一历史性事件将美国非裔文学推向新的高度。“非裔美国作家在这段时间获得的文学奖项有普利策奖、美国全国图书奖和美国图书奖等，这段时间的获奖数量超过以前所有时期的总和。”[②]美国非裔作家无论是在创作技巧、主题，还是风格上，都比以往任何时期表现出了更丰富、更多元的特征。值得注意的是，20世纪80年代，美国非裔文学理论与批评也取得卓越成就，进一步增强了美国非裔文学的传播力和影响力。此外，文学选集和文学史的编撰与出版也对美国非裔文学的发展起了重要的引领和推动作用。

当代美国文坛，在莫里森和沃克等作家影响下成长起来的新一代美国非裔作家成为美国文坛一支新生力量。以《摇树》中收集的1990年以来崭露头角的23位黑人作家为例，[③]他们往往有着文化杂交的背景，有着跨越疆域的视角和更加灵活多元的创作方式。他们继承和发展了美国非裔文学成为文学表述参与族裔身份构建、美国多元文化传承和改造的文学实践。

---

① 王家湘.黑色火焰：20世纪美国黑人小说史[M].杭州：浙江文艺出版社，2017：203.

② 庞好农.非裔美国文学史：1619—2010[M].北京：中央编译出版社，2013：279.

③ Danquah, Meri Nana-Ama. Shaking the Tree: A Collection of New Fiction and Memoir by Black Women[G]. New York: W. W. Norton & Company, Inc, 2004.

二

在中国，学界对于美国非裔文学作品的了解始于20世纪初的译介，而真正的学术研究则起步于改革开放之初。经过近40年的发展，美国非裔文学研究在我国已颇具规模，渐成繁荣之势。

但我们也应看到，与国外研究相比，国内的美国非裔文学研究仍然存在一些问题和不足。

首先，就研究时期而言，国内学者对于“哈莱姆文艺复兴”之前的早期美国非裔文学关注不多，对于在第三次繁荣影响下成长起来的新晋作家和作品的研究也稍显不足。其次，就研究的体裁而言，国内对小说的研究，特别是获奖作家的小说研究相对集中，而一些有价值的诗歌、戏剧作品和文学批评理论没有得到充分的挖掘。最后，就研究成果的呈现形式而言，仍然以期刊论文的发表为主，专著相对较少，且鲜有将美国非裔文学与其他少数族裔文学或美国文学相互映照的比较研究。

1999年，美国学者乔纳森·阿拉克(Jonathan Arac)在《新文学史》发表的《为什么没人关注〈哈克贝利·芬〉的美学价值》一文中说道：“数十年过去了，《哈克贝利·芬》在二战时期确立的文化地位仍未被动摇，马克·吐温的小说仍然是被普遍指定的课程小说和学术界研究批评的热点。”[①]由此，他提出了“超经典化”(Hypercanonization)的概念，即学者和批评家们将某作品选为美国文学乃至世界文学的最高成果并将其过度经典化，以至于忽视其他文学成果的做法[②]。21世纪以来，国内美国非裔文学研究也出现了类似“超经典化”的问题。这既表现为当下国内学界对早期美国非裔文学的忽视和对新晋作家作品的研究深度不足，也表现在研究对象过于集中于几位获奖作家的代表作品尤其是小说这一文学体裁上。不过，同时我们也欣慰地看到，随着国内美国非裔文学研究范围和深度的逐步扩大，“超经典化”现象在某种程度上正在被

① Jonathan Arac. Why Does No One Care about the Aesthetic Value of "Huckleberry Finn"[J]. New Literary History, 30(4), Maryland: The Johns Hopkins University Press, 1999.

② 此后，阿拉克将“超经典化”的概念进一步解释为“文学的批评与研究由单一几个作家的几部作品垄断的现象”，详情参见 Arac, Jonathan. Nationalism, Hypercanonization, and Huckleberry Finn[J]. Boundary 2, 1992, 19(1), Pittsburgh: Duke University Press.

逐步改变。当然，这种扭转还需要更多学者的参与和贡献。

三

根据国内美国非裔文学研究的成就和现状，《美国非裔文学研究论集》以学术质量为标准，以覆盖美国非裔文学发展全过程为目标，沿着“国内研究综述”、“新旧奴隶叙事”、“诗歌与戏剧”、“小说”和“文学理论与批评”五大方向进行选编。为了在一定程度上矫正我国美国非裔文学研究中出现的“超经典化”现象，同时力求充分挖掘国内有关美国非裔文学的优秀研究成果，本论集不仅收录了针对早期作家作品的研究成果，也涵盖了不同文类作品的研究，同时对有重要影响力的作家作品在国内的研究成果进行了充分、深入的挖掘。就论文作者的研究背景而言，本论集不仅选用了在相关领域卓有建树的名家大作，同时也注意选编年轻学者的清风锐语。就选用论文作品的研究视角而言，既有整体研究又有个体研究，既有扎实的文本分析又有深刻的理论阐释，既呼应传统又对话当下，可以说是百花齐放，异彩纷呈。总之，希望本论集的出版能为我国美国非裔文学研究学者和对此领域感兴趣的读者提供一本内容全面、质量上乘的研究成果汇编。

论文的编辑排版原则上保留原发表刊物的格式，但也对少数论文的格式做了必要调整，以求全书大致统一，希望作者们谅解。在此，对论文作者们的鼎力支持和所选论文原载期刊的理解与许可表示衷心的感谢！

本论集是由厦门大学哲学社会科学繁荣计划基金资助的“厦门大学美国少数族裔文学研究文库”的子课题之一，同时也得到中央高校基本科研业务费(ZK1014)的支持。

目　录

国内研究综述

新旧奴隶叙事

诗歌与戏剧

小　说

文学理论与批评

国内研究综述

非裔美国文学研究在中国:1933—1993

王玉括*

(南京邮电大学外国语学院)

摘　要:1933—1993年非裔美国文学在中国的译介与研究经历了三个阶段,即1949年以前"休斯与赖特在中国的译介",1950—1979年"战斗的非裔美国文学在中国的译介",以及1980—1993年"种族的非裔美国文学在中国的译介",中国学者对非裔美国文学的研究视角在三个阶段中均重点关注其中所体现的种族政治,这与当时国内的社会政治环境密切相关。

关键词:非裔美国文学;种族;政治

作为美国文学的重要组成部分,我国学术界十分重视非裔美国文学研究,特别是1993年莫里森获得诺贝尔文学奖后,许多学者更加关注非裔美国文学的发展,因此,本文尝试追溯1933—1993年非裔美国文学在中国的译介与研究,指出中国学者对种族政治的关注及其研究视角,以期进一步推动非裔美国文学研究在中国的深入。

一、1949年以前休斯与赖特在中国的译介

在中国,外国文学研究的第一步是外国文学作品的翻译,根据阿英先生的考证,"译印西洋小说,现在所能考的最早时间,是在乾隆的时候,约当公历1740年左右"(阿英,1996:210)。虽然1840—1896年仅有7部域外小说译作出版(陈平原,1989:29-30),但是其后情况发生很大变化,"从1896年《时务报》开始译介域外小说,到1916年五四一代作家崛起前夕,新小说家大约翻译出版了八百种外国小说","英国小说占的比例最大,共有293种",美国小说共

* 作者简介:王玉括,教授,主要研究方向为非裔美国文学。

有 78 种(陈平原,1989:50-51),包括林纾和魏易合作翻译的斯托夫人的《黑奴吁天录》(1901),以及华盛顿·欧文的《拊掌录》(1907)(陈平原,1989:37)。

虽然《黑奴吁天录》是美国白人作家关于黑人的文学,但是林纾在《黑奴吁天录》的“例言”与“跋”中提出的翻译设想在很长一段时间内,暗合非裔美国文学在中国的译介与研究原则,也在更大范围内,符合当时国人接受域外小说的主旨,为我们认识非裔美国文学在中国的译介与研究提供了很好的范例。林纾认为:“余与魏君同译是书,非巧于叙悲以博阅者之眼泪,特为奴之势逼及吾种,不能不为大众一号”,“吾书虽俚浅,亦足为振作志气,爱国保种之一助。海内有识君子,或不斥为过当之言乎?”(陈平原,夏晓虹,1997:43-44)灵石的《读〈黑奴吁天录〉》也指出两人“且泣且译,且译且泣,盖非仅悲黑人之苦况,实悲我四百兆黄人将为黑人续耳”。“嗟乎!我黄种国权衰落亦云至矣。四百余州之士,仅在列强之势力范围,四万万之同胞,已隶白人之奴隶册籍。我黄人不必远征法、美之革命与独立,与日本之维新,即下而等诸黑人,能师其渴望自由之操,则乘时借势,一转移间,而为全球之望国矣。”(陈平原,夏晓虹,1997:131-132)可见译者借美国小说抒发个人乃至于民族忧虑的苦心终为读者认可,并赢得积极的回应。在 1898 年 3 月 1 日致许同蔺的信中,王国维指出:“若禁中国译西书,则生命已绝,将万世为奴矣。”(邹振环,1996:ⅵ)清末民初翻译的重要性由此可见一斑。

王克非教授认为:“从 1890 年到 1919 年这 30 年,是迄今为止,介绍外国文学最旺盛的时期。”但是,“从五四运动到 1950 年,也是 30 年。在这 30 年中,外国文学译本的出版,很可能反而少于前一个 30 年”。(王克非,1997:148)由于受时人重视英国文学、轻视美国文学的影响,非裔美国文学的译介更晚,但随着 1933 年 7 月美国黑人诗人休斯的访华出现了一个小的高潮。

根据王建开先生的研究,非裔美国文学的译介因著名黑人诗人休斯访华出现了突破性的进展。许多刊物,如《小说月报》《前锋月刊》《语丝》以及《文学生活》等刊载了关于黑人文学的论述性文章,也登载一些译文。休斯访华后,《文学月刊》《世界文学》等集中介绍了黑人戏剧方面的新作,《文学》《文艺》等刊物翻译发表了黑人诗歌与小说。其中翻译介绍最多的黑人作家是休斯,《诗歌月报》《译文》《文学月报》与《文艺》等刊物都发表过他的小说与诗歌(王建开,2003:91),《文学》杂志还刊出他的两幅照片及亲笔签名手迹。休斯之外最受国人关注的美国黑人作家是赖特,对他的介绍也非常及时,几乎和美国同步。他 1940 年出版代表作《土生子》,《西书精华》当年 9 月第 3 期便有译介,其自传体小说《黑孩子》1945 年出版后,《鲁东文艺》第二年初即刊载中文译本。

为了适应国情需要,在译介外国文学的过程中,始终把黑人文学单独列举,"塑造出一个既是受欺压的另类、又是抗争者的形象,以适应国情的需要"(王建开,2003:245),而且随着当时中国社会的发展需要,交替出现受压迫与反抗的形象。

总的来说,当时关于黑人文学的评论文章不是很多,杨昌溪的《黑人文学》对非裔美国文学做了较为系统的介绍;傅东华撰写的《休士在中国》一文,用了很大的篇幅论述休斯的诗歌成就,不仅概述了他的成长过程,而且分几个阶段具体分析了他的创作,比如说他以具有唯美倾向的诗集回击白人优越论等。"文章评论的每一阶段均有译诗片断为例,十分详尽,对了解黑人文学很有补益。"(王建开,2003:190)

此外,允怀的《黑人文学在美国》(1935)重点分析了非裔美国文学的"原始性"特征,及其在美国文学中的重要地位。他所说的原始性,是指黑人文学在内容形式上,较之"文明人"的文学更少受纪律成规的束缚,较之"文明人"文学更为自然而少造作,因此,原始性的含义,实际等于"创造性"或"创始性",而"创始性却正为构成国民文学的主要条件,是使一种人民的艺术所以有异于别种人民的艺术的东西"(王建开,2003:267)。

二、1949—1979 年战斗的非裔美国文学在中国的译介

如上所述,1949 年以前,国内虽然主要关注英国文学,但是 20 世纪 30 年代开始重视美国文学的译介,非裔美国文学译介最多的是休斯的一些短诗和赖特的两部小说,重点强调美国黑人遭受的歧视与压迫,以及他们的抗争。

1949—1979 年间,美国文学的译介依然少于英国文学,而且主要关注自然主义与现实主义作家及其作品,根据《1949—1979 翻译出版外国文学著作目录和提要》(1986)提供的数据,此间翻译最多的作家分别是马克·吐温(翻译出版 30 部/次)(1302-1309 页)、杰克·伦敦(23 部/次)(1287-1296 页)、德莱塞(11 部/次)(1264-1266 页)等(中国版本图书馆,1986)。

尽管非裔美国文学的译介与研究对象有所拓展,但是基本围绕一个主题:配合国内反对美帝国主义的政治斗争,揭露美国资产阶级政府的种族歧视政策。翻译作品主要有:赖特的《黑孩子》(朱琦译,1951),《黑人诗选》(邹绛译,1952)——译者根据《美国黑人文选》等书选择 13 位诗人的 31 篇作品译出,

《黑人短篇小说选》(施咸荣译,1954)——译者根据1934年休斯的短篇小说集《白人暴行录》和莫斯科出版的《黑人短篇小说集》等译出,《黑人短篇小说集》(黄钟译,1955),《黑人诗选》(张奇译,1957),杜波伊斯的《黑人的灵魂》(维群译,1959),雪莉·格雷汉姆的《从前有个奴隶》(贝金译,1959),以及阿历克斯·哈利的《根》(陈尧光等译,1979)等(中国版本图书馆,1986)。

此外还翻译出版了少量涉及黑人生活的文学作品等,如《自由之路》(Howard Fast 著,范之龙译,1950),《铁城》(L. L. Brown 著,高华译,1953),《四十九经度》(H. Tank 著,叶君健译,1953),《孩子》(Howard Fast 著,徐汝椿、陈良廷译,1954),《傻瓜威尔逊》(Mark Twain 著,常健译,1959),《哈克贝里·芬历险记》(Mark Twain 著,张万里等译,1954),《白奴》(Richard Hildreth 著,李俍民译,1961),《七月的风波》(Erskine Caldwell 著,王金铃译,1979),《飘》(Margaret Mitchell 著,傅东华译,1979)。文艺理论方面只有一部译作,《好莱坞电影中的黑人》(V. J. Jerome 著,黄鸣野、卓文心译,1953)。

在特殊的社会环境中,关于非裔美国文学的介绍与研究与当时的政治环境密不可分,目前能够查到的相关研究成果很少,如李敦白《被奴役民族的灵魂——评杜波伊斯〈黑人的灵魂〉》(1959),王多恩的《从美国黑人文学创作驳黑人低劣论》(1963)转引了雪莉·格雷汉姆的观点,高度评价了非裔美国文学悠久的历史与成就:"要是没有黑人的丰富多彩、生气蓬勃和优美的诗篇与歌曲的话,美国文学在广度、质量与数量三方面都远不会有今天这样的成就。"(王多恩,1963:13)施咸荣《战斗的美国黑人文学》(1965)重点强调了非裔美国文学的抗争。"文革"结束后,国内重新开始介绍美国黑人作家与作品,如谢榕津《七十年代的美国黑人戏剧》(1978)指出,"它用戏剧形式,较为真实地反映了美国广大黑人群众反对种族歧视、种族压迫和反对侵越战争的英勇斗争"(谢榕津,1978:126)。此外还有《休斯的两首诗》(杨江柱),《根》(杨静远),以及《〈根〉被控剽窃》(鸿国)等介绍性文章。

三、1980—1993年种族的非裔美国文学在中国的译介

20世纪80年代以来,非裔美国文学的译介逐渐增加。1980—1993年,国内研究者关注的依然主要是非裔美国文学的种族政治——这与当时国内大的社会政治环境非常吻合,"但就学术研究和文化思辨而言,这尚为起步阶段,英语文学乃至外国文学介绍和评论几乎不是作为文学欣赏或专业学术,而是作

为一种大众思想文化运动出现的”(陈众议,2010:115)。研究对象、作品译介、研究方法等方面都相对狭小、单一,重点关注、介绍那些已有定评的黑人男性作家,如休斯、赖特、埃利森,以及新锐黑人女性作家如沃克、莫里森等人,研究者主要包括施咸荣、王家湘、高云翔等人,介绍非裔美国文学的刊物主要有《外国文学评论》《外国文学研究》《外国文学》《当代外国文学》《美国研究》《读书》等。此外,学术界开始翻译、介绍非裔美国文学理论与批评成果。

施咸荣很早就关注非裔美国文学,1983 年翻译出版赖特《土生子》,1986 年与董衡巽等人合作编写《美国文学简史》,比较全面地介绍了非裔美国文学代表作家与作品,比如说,不仅介绍了 1773 年公开发表诗作的菲利丝·惠特莱(评论界普遍认为,她是第一位著名美国黑人诗人),而且介绍了 1746 年女黑奴路西·塔利西写的第一首诗,以及 1760 年女黑奴裘必特·哈蒙在英国发表的第一首诗。此外,他还撰写了《美国黑人的三次文艺复兴》(1988)、《美国黑人奴隶歌曲》(1990)和《美国黑人奴隶纪实文学》(1990)等研究文章,为推动非裔美国文学研究做出了较大的贡献。

20 世纪 80 年代以来,关于美国黑人女作家的研究甚至超过黑人男作家,王家湘教授的译介几乎和美国同步,推介当代新锐女作家,撰写了系列论文,如《黑人女作家托妮·莫里森作品初探》(1988),《论爱丽丝·沃克的小说艺术》(1988),《评当代美国黑人女作家波勒·马歇尔》(1988),《在理查德·赖特的阴影下——三四十年代的两位美国黑人女作家佐拉·尼尔·赫斯顿和安·佩特里》(1989),并翻译了《访小亨利·路易斯·盖茨》(1991)等。

素有美国黑人桂冠诗人之称的兰斯顿·休斯一直为国内学术界所关注,高云翔以其为研究对象,撰写了《美国黑人桂冠诗人兰斯顿·休斯的诗歌创作》(1983)和《引吭呼正义,振臂掷投枪——评兰斯顿·休斯文集〈早安,革命〉》(1986),比较全面地介绍了休斯的生平与创作。他同时撰写了《美国早期的黑人文学》(1984),简要介绍非洲黑人的悲惨遭遇,指出被贩卖到美国后,他们的文化遗产主要包括两种不同的传统——非洲文化和美洲文化或欧洲文化,然而,他们却不能合法地继承其中任何一种文化的窘境。他的《美国“黑人文艺复兴”大事记》(1986)一文,客观地介绍了 20 世纪 20 年代聚集哈莱姆区的黑人诗人、小说家、剧作家、画家、音乐家等以诗歌、小说和戏剧为主要形式从事文艺创作的盛况。

为论述方便,笔者根据时间顺序,按照概括研究、诗歌、戏剧、小说、文学理论与批评这几大类,整理这段时间的非裔美国文学研究,由于涉及的小说家较多,所以小说部分又细分为黑人女性小说家与黑人男性小说家。

概括研究：概括研究主要分两类，一是美国文学的简要介绍，例如：贲秋华与秦建华的介绍文章《美国黑人文学初探》(1989)和《二十世纪美国的黑人作家》(1993)；二是文艺复兴的概述与介绍，例如：单子坚《哈莱姆文艺复兴文学概述》(1992)，陈海宏《十九世纪晚期美国黑人的"文艺复兴"》(1992)和陈许《美国黑人文学简论(上)——美国文学类型与流派研究之五》(1993)等。

诗歌研究：除了高云翔之外，许多学者也十分关注休斯及其他黑人诗人，赵毅衡编选的《美国现代诗选》(1985)收录了休斯、麦凯、吐默以及布鲁克斯的诗歌译文，叶子在《读书》杂志介绍休斯的传记《兰斯顿·休士传第一卷：一九〇二——一九四一》(1987)追溯休斯在中国的译介，认为"至今还没有见到谁能更比他善于运用黑人的强烈音乐韵律、语言和感情，以之入诗的他写的诗满是黑人带有泪花的笑语，幽默隽永，哀而不怨"。曾卓、田寨耕、彭予等分别由点到面地介绍休斯的诗作：《黑人谈河流》(1984)、《兰斯顿·修斯及其黑人诗》(1993)、《兰斯顿·休斯：美国黑人的歌手》(1991)。此外，邹绛、彭予等人对美国黑人诗人勒鲁瓦·琼斯《丽塔·达夫》(1990)予以译介；张子清《美国当代诗歌的两支生力军》(1991)比较详细地介绍了美国黑人诗歌及其发展脉络，认为美国当代黑人诗歌在保持黑人传统诗歌特色的同时吸收现代派诗艺，随着美国黑人社会地位逐步提高，黑人诗歌的基调和形式也逐步变化。他指出，如果把南北战争时期的黑奴歌曲、20世纪初邓巴及其同代人的黑人诗歌、20年代哈莱姆文艺勃兴时期黑人诗歌与二战后的黑人诗歌进行比较，读者会清楚地发现黑人诗歌基调变化的主要图线：悲伤—忧郁—自豪—充满战斗激情，而艺术形式由黑人的民歌民谣、布鲁斯乐、灵歌逐渐演变为现代派诗歌(张子清，1991:159)。

戏剧研究：虽然相比而言，美国黑人戏剧发展较晚，作品也没有黑人诗歌与小说丰富，但是相关的介绍也不少，既有面上的总体介绍，如苏红军《绚丽多姿、生气勃勃的美国当代黑人戏剧》(1985)介绍了20世纪70年代美国黑人戏剧的繁荣，郭继德《美国黑人戏剧文学》(1988)以及《八十年代的美国戏剧走向》(1993)；也有具体剧作家的介绍与评析，如李习俭《美国剧坛上空一颗璀璨的新星——黑人剧作家奥古斯特·威尔逊》(1991)认为威尔逊是美国最伟大的黑人剧作家，以及80年代美国戏剧界最了不起的巨匠。汪义群《当代美国戏剧》(1992)一书比较全面地回顾了黑人戏剧的发展，介绍了在杜波依斯的倡导下，1923年美国出现的第一个黑人剧院，虽然觉得50年代之前的剧本"表现的角度各不相同，但是都从各个方面反映了黑人的生活和斗争，在人物形象的塑造、语言的运用和戏剧结构的安排上都比以前更加成熟"(汪义群，1992:

196-197),并重点介绍了洛兰·汉丝贝丽的《阳光下的干葡萄》(1959)、勒罗伊·琼斯(即巴拉卡)的《荷兰人》,以及布林斯(Ed Bullins)和肯尼迪(Adrienne Kennedy)等人的作品。

小说研究:关于美国黑人小说的译介与研究,重点关注的是女性小说家沃克与莫里森,男小说家方面重点关注的依然是赖特、埃利森。

王逢振在《读书》(1983)上为国内读者介绍了第一位获得普利策奖的黑人女作家沃克,董鼎山(1986)也简要介绍了黑人女作家所受的种族与性别歧视,秦湘(1987)、仲子(1988)、杨仁敬(1989)、乔国强(1990)等也都对沃克的《紫色》以及她的《卖文生涯》予以介绍。吕文斌(1990)认为沃克《梅丽迪安》突出的艺术价值,在于作者以饱满的政治热情,塑造了以梅丽迪安为代表的黑人妇女群体形象。杨金才《焕发黑人女权主义思想光辉的杰作——试评艾丽丝·沃克的〈紫色〉》(1993)和翁德修《黑人女权主义文学与〈紫颜色〉》(1993)特别重视《紫色》中的女权主义思想,杨金才认为,这部作品"以新颖的构思及其激进的女权主义思想深得文学评论界的青睐"(杨金才,1993:74)。翁德修指出:"妇女主义是艾丽斯·沃克在探讨美国黑人妇女问题时对女权主义理论的发展性运用。她把美国黑人妇女的不幸归结为种族歧视与性别歧视共同作用的结果,把妇女改善处境的重点放在寻找自我、解放思想和彼此的关心支持上,用相互的谅解和沟通来谋求男女关系的理想化。"(翁德修,张玫玫,1993:88)

此时关于莫里森的介绍与研究也开始起步,仲子在《读书》(1988)杂志介绍她的最新获奖作品《宠儿》,冯亦代也在《读书》(1992)上介绍她的新作《爵士乐》,王黎云对她的《最蓝的眼睛》(1988)进行评述,罗选民对她的《宠儿》(1993)进行分析。1993 年 10 月 7 日,莫里森获得诺贝尔文学奖后,何建文(1993)撰文予以介绍、报道,杜志卿《国内托妮·莫里森作品的译介述评》(2005)整理了莫里森在国内的翻译情况,资料比较翔实,可资参考。

除了王家湘教授对美国黑人女作家马歇尔、赫斯顿以及佩特里的介绍外,吴家鑫(1987)也对赫斯顿进行分析,认为她以锐利的笔锋深刻反映了美国黑人的苦难,表现了他们的理想与追求,并介绍了文学界对她创作的忽略,以及 20 世纪 70 年代美国女权运动以后,文学界对她的正名。

关于黑人男小说家的介绍也比较集中,主要包括赖特、埃利森、鲍德温以及《根》的作者哈利。

作为最早在我国翻译、介绍的一位美国黑人小说家,赖特对美国种族问题的思考有着自己的独到见解,国内学者也主要围绕种族政治与艺术再现解读他的作品:吴持哲(1993)介绍了赖特的创作道路,对他在 20 世纪 40 年代取得辉煌的文学成就之后，人们对他的诘难进行分析；王诺、费凡（1992，1993）介绍了“土生子”别格的出现改变了忍辱负重、逆来顺受的黑人形象，并分析了赖特与埃利森大量运用象征的特点，以及他们对白色以及白与黑对比的高度敏感；丘上松（1989）与朱安兴（1989）介绍了赖特的“对话小说”《女仆》中的对话艺术，以及《杀影子的人》中的种族和欲念的悲剧。

1953 年获得美国全国图书奖以来，埃利森《看不见的人》一直受到学术界的关注，梁羽（1982）、章祖德（1986）、陈辉（1992）等人从不同角度对这部小说进行介绍；顾汉燕（1990）与王立礼（1993）认为这部小说的意义远远超出了单纯反对种族歧视的范围，实际上小说在更加广泛的意义上提出了现代社会中大部分人都面临的问题——人的异化问题（王立礼，1993：81）；韦小伟、金尚利（1993）指出，从“看得见的人”到“看不见的人”这一过程，展示了人对自我形象的塑造和自我意识的探索，这部作品通过黑人的遭遇来喻示现代人的普遍困境。此外，吴冰（1985）介绍了詹姆士·鲍德温及其创作，聂珍钊（1989）介绍了《根》与非虚构小说。

钱满素主编的《美国当代小说家论》（1987）收录了 3 篇关于非裔美国文学的研究文章，如吴冰的《杰出的黑人作家——詹姆斯·鲍德温》，王群的《拉尔夫·埃利森与〈看不见的人〉》以及胡允桓的《黑色的宝石——黑人作家托妮·莫瑞森》，钱满素在《美国当代小说家论（代序）》中对非裔美国文学的介绍与描述非常精到，“现在，很多黑人作家为了保持其民族性，非常重视民间文学，正致力于挖掘本民族的神话传说”（钱满素，1987：29），并指出，“总的来说，黑人文学是比较积极的，常常为主人公把门敞开着，准备让他们迈入新的生活。在他们看来，生活还是可以改变的。美国文学中，黑人文学明显不那么悲观颓丧，这正反映了黑人本身的生气。”（钱满素，1987：29）

文学理论与批评研究：虽然之前已有少量关于美国黑人作家与艺术家文学创作与批评方面的译介，如关于杜波伊斯、鲍德温、沃克、莫里森以及文艺复兴的介绍与访谈等，但是真正开始关注非裔美国文学理论与批评却是在 1990 年之后，其中程锡麟和王晓路两位教授持续的热情，极大地推动了非裔美国文学理论与批评研究在中国的深入。1991 年，程锡麟发表书评，介绍 1989 年出版，由小贝克·休斯顿主编的《20 世纪 90 年代非裔美国文学批评》，1993 年发表文章，分析黑人美学崛起的历史根源和社会、文化背景，介绍了黑人解放运动和黑人艺术运动对黑人美学的形成与发展的促进作用。1993 年，王晓路发表关于《黑人文学与文学理论》的书评，关注黑人文学理论的支点及美学特质问题。此外，凡提、张晓全翻译了小亨利·路易·盖茨的文章《黑色世系：关于符号与巧言示意猴的批评》,介绍盖茨及其喻指理论。

翻译介绍:根据中国版本图书馆编的《1980—1986 翻译出版外国文学著作目录和提要》提供的信息,外国文学出版社以及上海译文出版社等陆续翻译出版了许多美国黑人经典作品,如赖特《土生子》(施咸荣译)、赖特《黑孩子》(程超凡译),埃利森《看不见的人》(任绍曾等译),鲍德温《向苍天呼吁》(霁虹、宏前译),艾丽丝·沃克《紫色》(陶洁译),托尼·莫里森《所罗门之歌》(胡允桓译)、《娇女》(王友轩译),盖恩斯《简·皮特曼小姐自传》(紫军译),休斯《大海——美国黑人诗人兰斯顿·休斯自传》(吴克明、石勤译),马格丽特·沃克《欢乐》(黄宏荃等译),哈珀·李《百舌鸟之死》(舒逊译)、哈珀·李《白与黑》(王健译),安·佩特里《被通缉的女人》(刘绪贻、刘末译),哈里斯·佐尔《白兔和他的敌人》(美国黑人童话,柴纪堂译),陈冠商编选《警长的子女——美国黑人短篇小说集》,葛崇岳译《智谋的兔王》(美国黑人童话)等(中国版本图书馆,1989)。

《当代外国文学》《外国文学》《读书》等杂志也翻译出版了赖特、马歇尔以及莫里森的一些作品,如赖特《大孩子离家》(田静译)、《火与云》(微秀译)、《河滩上的血泊》(吴持哲译)、托尼·莫里森《心爱的》(选译)(秦湘译)、波勒·马歇尔《致外祖母达度——我的怀念》(秦湘译)等。

四、结语

虽然与 1994 年以后的非裔美国文学研究相比,这一时段的研究主要关注种族因素,研究主题与研究视角相对单一,研究内容相对集中于经典作家与作品,仍需要深化,但是为以后丰富、多元的非裔美国文学研究作了很好的历史铺垫,值得关注。

参考文献

[1]阿英.晚清小说史[M].北京:东方出版社,1996.

[2]陈平原.二十世纪中国小说史(第一卷):1897—1916[M].北京:北京大学出版社,1989.

[3]陈平原,夏晓虹.二十世纪中国小说理论资料(第一卷):1897—1916[M].北京:北京大学出版社,1997.

[4]邹振环.影响中国近代社会的一百种译作[M].北京:中国对外翻译出版公司,1996.

[5]王克非.翻译文化史论[M].上海:上海外语教育出版社,1997.

[6]王建开.五四以来我国英美文学作品译介史 1919—1949[M].上海:上海外语教育出版社,2003.

[7]中国版本图书馆.1949—1979 翻译出版外国文学著作目录和提要[M].南京:江苏人民出版社,1986.

[8]王多恩.从非裔美国文学创作驳黑人低劣论[J].中山大学学报(社会科学),1963(4):13-16.

[9]谢榕津.七十年代的美国黑人戏剧[J].外国文学研究,1978(2):126-129.

[10]陈众议.外国文学在我国社会主义精神文明建设中的地位和作用[M].南京:译林出版社,2010.

[11]张子清.美国当代诗歌的两支生力军[J].当代外国文学,1991(3):159-162.

[12]汪义群.当代美国戏剧[M].上海:上海外语教育出版社,1992.

[13]杨金才.焕发黑人女权主义思想光辉的杰作——试评艾丽丝·沃克的《紫色》[J].镇江师专学报(社会科学版),1993(1):74-76.

[14]翁德修,张玫玫.黑人女权主义文学与《紫颜色》[J].吉林大学社会科学学报,1993(4):88-93.

[15]王立礼.美国作家拉尔夫·埃利森与《看不见的人》[J].外国文学,1993(1):78-83.

[16]钱满素.美国当代小说家论[M].北京:中国社会科学出版社,1987.

[17]中国版本图书馆.1980—1986 翻译出版外国文学著作目录和提要[M].重庆:重庆出版社,1989.

[原发表于《南京邮电大学学报(社会科学版)》2011 第 2 期]

非裔美国文学研究在中国:1994—2011

王玉括[*]

(南京邮电大学外国语学院)

摘　要:自20世纪30年代起,中国对非裔美国文学的研究就具有关注其种族政治的特点。1993年托尼·莫里森获得诺贝尔文学奖后,国内的研究更为关注其中的性别因素与文化差异,并表现出研究对象扩大、研究内容增加、研究主题深入、研究视角与方法多样等特征。本文梳理了国内非裔美国文学研究现状,意在进一步明确非裔美国文学批评与研究的重点和发展方向。

关键词:种族;性别;文化差异;非裔美国文学;现状

一、引言

虽然早在1896年,美国诗人朗费罗的短诗《人生颂》就被翻译成中文并颇具影响,但是国内关于美国文学,尤其是关于非裔美国文学的介绍、翻译与研究要晚得多。1933年7月美国著名黑人诗人休斯访华之后,国内关于非裔美国文学的介绍与研究逐渐增加,并伴有强烈的“拿来主义”特征,深受当时主流意识形态的影响,重点关注种族政治。1993年当代著名非裔美国女作家托尼·莫里森获得诺贝尔文学奖后,国内美国文学研究者更加关注黑人文学,特别是黑人女性文学,不仅研究对象扩大,而且研究内容增加,研究主题深入,研究视角与方法多样,研究成果丰富。以莫里森研究为例,自1999年以来,关于她的专著与博士论文已达19部。

如果说国内学术界1994年之前主要关注非裔美国文学中的种族政治而对性别政治少有关注的话,那么之后则十分重视非裔美国文学中的性别因素,

---

* 作者简介:王玉括,教授,主要研究方向为非裔美国文学。

女权(女性)主义成为和种族政治同等重要的主题。随着西方文艺理论与文学批评在中国译介与研究的深入,研究者开始利用西方当下文学批评理论,疏理非裔美国文学自身的文化传统,关注其与非洲文化传统以及与美国文学/文化传统之间的关系,并在美国历史以及西方历史的大背景下,研究黑人文学自身的特性及其与黑人个人身份建构乃至与黑人民族身份、黑人文化身份建构之间的关系。1994 年之前的相关译介与研究因为成果比较少而几乎可以悉数列出,现在则必须采用归纳的方法予以综述了。

二、研究对象扩大

非裔美国文学研究对象的扩大主要体现在两个方面:发掘“旧人旧作”和介绍“新人新作”。如果说 1994 年以前只关注几个著名作家,如杜波伊斯、赖特、休斯、埃利森,那么现在已有更多的美国黑人作家与批评家进入研究视野,最引人注目的是对赫斯顿的介绍与研究——“其受重视程度仅次于诺贝尔奖获得者莫里森”(黄卫峰,2007:12),人们不仅探讨她为何被遗忘以及被重新发现,也关注她笔下的女性人物形象及其黑人文化身份与种族文化身份的构建。袁霁(2001)指出,探究赫斯顿被遗忘的原因,可以更好地为了解赫斯顿本人和她的作品提供一个新的视角;文培红(2004)认为,赫斯顿在作品中深刻地揭示了当时黑人社区内存在的鄙视自己黑皮肤的黑人种族主义思想对黑人灵魂的腐蚀作用,力图唤醒黑人对自己身份的肯定和热爱;王建平、刘娇(2007)认为,异文化的压力与传统文化的萦绕使非裔美国人面临着种族身份认同的困惑,赫斯顿思考着黑人种族身份认同问题,并憧憬人类各种族相互依存、和谐共处的多元文化景观。此外,程锡麟的专著(2005)为普及、深化赫斯顿研究起到了十分重要的作用。对杜波伊斯,1994 年以前,人们重视的是他作为社会活动家在反对种族歧视、维护世界和平方面所起的作用,现在学术界已经开始对他的文学成就与贡献予以介绍和研究。

在介绍“新人新作”方面,张子清(1995)比较全面地介绍了美国黑人诗人及其作品,追溯了美国黑人诗歌的基本特色,并分不同时段介绍了 19 世纪末 20 世纪初的黑人诗歌及其代表诗人以及后现代时期的美国黑人诗歌。周维培(1997)回顾了黑人戏剧传统,如作为黑人戏剧源头的部落娱乐形式,以及对白人喜剧形式与内容进行的借鉴与模仿,并重点介绍了 20 世纪 30、40 年代黑人剧作家与黑人戏剧团体,如 30 年代创作成就最高的兰斯顿·休斯与西奥多·沃德,以及40年代《土生子》的成功改编与上演,并介绍了20世纪40、70年代主要黑人戏剧家与作品;郭继德(2009)也介绍了40年代以来的美国黑人戏剧,如《阳光下的干葡萄》,并重点介绍了80年代的查尔斯·富勒和奥古斯特·威尔逊这两位剧作家。吴文泉(2005)介绍了查尔斯·富勒《一个黑人中士之死》在中国的演出情况。王家湘(2006)比较全面地介绍了20世纪美国重要的黑人小说家,填补了许多美国黑人小说研究的空白,为继续研究提供了指南。此外,《世界文学》《外国文学动态》《译林》和《外国文艺》等杂志每期都以或大或小的篇幅介绍当前外国文学的最新动态,读者得以很快了解当代非裔美国文学发展的最新动向与成果。

三、研究内容增加

1994年之前国内学术界以译介为主,之后研究性成果明显增加;之前以小说、诗歌、戏剧为主,现在则增加了新的研究文类:黑人自传。如赵白生(2002)以《道格拉斯自述》为例,指出黑人自传的使命书写模式,并指出该自传的三个阐释策略:制度的系统定性、传记事实的类型归纳和象征性自我的打造。

我国在1994年之前主要介绍20世纪黑人小说,现在则追溯到18世纪的黑人诗歌,并结合黑人的身份诉求与族裔特点进行分析。王育平、杨金才(2005a)探讨了惠特莉诗歌中蕴涵的"黑""白"两种声音,并进一步阐释了两种声音的并存对构建其独特文化身份的重要意义;王育平、杨金才(2005b)则分析了惠特莉如何借黑人身份和白人文化的融合建立自己的独立身份以及道格拉斯如何强调自己作为黑人的异质性身份并以此来获取自由和独立。

研究者们在1994年之前比较注重作品的主题与风格研究,现在重点关注人物形象的塑造及其文化内涵,以及美国黑人对个人身份乃至民族身份的诉求与建构。宫玉波、梁亚平(2003)探讨了美国文学中黑人男性形象从主张殉难牺牲到暴力复仇再到融合统一的演变轨迹;蒋欣欣(2002)探讨了黑人女性从认同男性主体意识到反抗男权社会再到超越女性传统命运的寻找自我的历程;朱小琳(2007)指出,对社会的救赎和对制度的叛逆是非裔美国女性文学形象的主要特征,非裔美国女性作家以其特有的政治、经济和社会文化经验共同创造了这些形象,旨在为同种族的非裔女性树立典范,唤醒她们的女性意识,从文学和政治两个方面为非裔美国女性的解放提供蓝本;张立新(2005)认为,黑人文化身份认同的困惑不仅导致了美国黑人个人人性的压抑、心理扭曲和畸变，而且在一定程度上成为美国社会内部白人与黑人社会文化冲突的重要根源。总之，黑人对于自身文化身份的困惑、怀疑和追求成为研究美国文学与文化的重要线索。江宁康(2008:248)认为，“美国当代黑人文学叙述围绕着身份困惑和文化寻根不断进行探索，在对黑人自我意识的觉醒和自我身份进行反思的过程中，黑人叙述已经在当代文坛上形成了一股强大的力量，在艺术创新上也显示了非洲文化渊源的丰厚和多彩”。罗良功(2003)以休斯的诗歌创作为例，分析其对践踏黑人民族文化的种族主义和殖民主义的批判，通过界定黑人民族的自我属性与美国性的统一，溯源非洲和美洲文化，发掘迥异于白人文化传统的表现形式，反映其建构黑人民族文化的理想。

四、研究视角多样

20 世纪 90 年代以来，各种西方文艺理论与文学批评流派被大量翻译成中文，非裔美国文学研究的视角渐趋多样，由过去强调自然主义、现实主义因素，到精神分析、神话原型批评、复调小说、现代主义、后现代主义、魔幻现实主义、新历史主义、后殖民主义、生态批评、身体政治、空间等等，其中女性主义研究尤为突出。如果说 90 年代中期以介绍为主的话，那么近来总结性、综述性的研究明显增加。此外，许多研究者开始关注黑人文学与非洲文化传统等。

五、研究主题深入

1994 年以前的研究主要关心种族的政治因素，如种族歧视、种族压迫、黑人的牺牲与抗争等，现在则开始关心种族的历史、社会、精神、心理等文化因素，着重研究黑人形象、黑人性、种族身份，同时开始关注黑人之间的暴力现象，并尝试分析其潜在原因；由过去忽略性别到重视性别因素：从忽视女性到强调女权与女性主义，同时指出性别的种族政治以及性别之争背后的种族因素等；从注重文本分析到重视黑人文学理论与批评的介绍与研究。

非裔美国文学的种族政治问题一直是我国研究者关注的焦点，20 世纪初林纾译介《黑奴吁天录》，对黑人的遭遇感同身受，这种移情以及接受者的共鸣开启了 30 年代对休斯比较大规模的介绍，当时译介的重点是黑人的悲惨遭遇，40 年代重点译介赖特反映种族歧视与压迫以及黑人抗争的作品，60 年代更加强调黑人文学的战斗性，这种侧重对 80 年代以后的研究有着持续的影响，无论是研究赖特、休斯，还是研究沃克、莫里森，无论研究的角度如何不同，最后的落脚点几乎总是回到种族政治这个基点上。当然这一点也不难理解。1994 年以来，研究者在关注种族政治的同时，开始把种族与历史、社会、文化等联系起来考量。王湘云（2003）以《宠儿》为例指出，黑人要走出历史阴影，既要勇敢面对自己屈辱的历史，又要为了现在和未来忘掉历史；陈法春（2003）指出，美国黑人文学对白人种族主义的抗议和对作为社会理想的美国梦的认同以及对作为价值观念的美国梦的追求并存。美国黑人对自己文化的弘扬是他们努力从美国社会边缘走向中心的一种表现形式，其作品在强调白人文化冲击的同时，也在探究黑人文学与文化传统，着眼于黑人文学自身的构建。王守仁（如王守仁、吴新云，2000；王守仁、吴新云，2004）在关注黑人文学中性别与种族政治的同时，始终关注白人文化对黑人心灵的冲击与侵蚀，在多篇阐释莫里森的论文中，探讨了抵御白人文化冲击、保留黑人文化、构建黑人文学传统的途径；朱梅（2008）以莫里森的短篇小说《宣叙》为例，分析该小说借记忆拒绝遗忘、反省自我的主题。目前已有几位学者开始思考黑人之间的暴力问题，反思暴力背后的种族与文化原因，朱小琳（2009）指出，莫里森的小说频繁地表现了美国黑人的反社会暴力行为，从否定暴力到洞悉暴力根源再到同情和谅解，在对暴力的思考中重新审视黑人的种族苦难和历史，试图通过展现暴力根源和人性的冲突来为非裔美国人寻找身份和政治权力的努力正名。

1994 年以来，关于非裔美国文学理论与批评的研究成果逐渐增加，重点关注哈莱姆文艺复兴、黑人美学与黑人女性主义以及黑人文学理论家批评家贝尔·胡克斯、休斯敦·贝克、小亨利·路易斯·盖茨等学者的研究成果。

作为非裔美国文学史上第一次颇具影响的文学、文化与艺术运动，哈莱姆文艺复兴的重要性自不待言，国内学者借鉴国外研究成果，在介绍的同时，开始反思其与美国主流文学及文化背景的关系，进而分析其对黑人种族形象的影响以及在国际上对"黑人特性"运动的影响（黄卫峰，2007）。作为 20 世纪 60 年代美国民权运动与黑人权力运动的文化再现，黑人美学在对美国的种族主义以及白人中心主义进行批判的同时，很快发展成为新黑人美学，其对"美学"普世价值的追问与质疑依然是当代学者关注的焦点，程锡麟、王晓路（2001）的介绍与综述必将推动此项研究的深入。对于黑人文学批评家，国内研究者比较关注胡克斯的黑人女性主义，她的著作已经翻译成中文，成为分析黑人女性文学的重要理论参照。而别具特色的贝克的布鲁斯理论与盖茨的喻指理论,为人们更好地认识黑人文学与西方文学批评提供了有益的视角。对于贝克的布鲁斯理论,国内研究者也主要关注其理论的基本意义、文化哲学思想和文本阐释的审美维度(刁传进,2003)以及黑人语言运用及其与文化的关系(黄晖,2002)。对于盖茨的喻指理论,既有基本理论框架的介绍,也有具体的分析,“给美国非裔文学批评带来了系统性的分析框架,使其摆脱了欧洲白人中心论的影响。他的喻指理论有开创性的艺术价值”(朱小琳,2004)。但是也有研究者指出其理论构建的偏颇之处,如“对文本不确定性的过分强调”(林元富,2008)。关于盖茨研究的总结性述评有李权文的文章(2009)。此外,关于非裔美国文学批评的总体论述也逐渐深入,袁霁(2000)、黄晖(2002)以及王元陆翻译的《意指的猴子》(盖茨,2001)等对读者全面领略非裔美国文学批评的主要流派及其从理论的建构、解构到重构逐步成熟的过程大有裨益,加深了人们对边缘话语和少数族裔话语的理解与认识。

六、结语

目前国内非裔美国文学研究在介绍新人新作等动态方面已经几乎与美国同步,但是由于文化的隔阂以及研究视角的局限,我们依然无法摆脱“紧随其后”的缺陷。目前我国非裔美国文学研究的文类依然主要是小说,关于诗歌与戏剧方面的研究文章还是很少;研究对象依然比较有限,主要还是莫里森、埃利森、沃克、赫斯顿、赖特、休斯等作家;与美国的黑人文学研究者相比,我们在黑人民族主义、历史与记忆、创伤研究、性政治(如同性恋研究)、跨大西洋研究以及跨国界研究等方面存在着明显的不足,有的只是简单涉及;非裔美国文学对美国种族主义的抗争,对白人(欧洲)中心主义的反思,特别是对发展黑人自己的文学与文化传统的重视,以及其对中国文学与文化建设的借鉴意义,依然没有得到很好的阐释。

笔者非常赞同陈众议(2010:8)的观点:“在我们这个还有民族国家之分,还有政治经济乃至军事冲突的世界里,外国文学翻译研究终究是为了了解的拿来,为了我们自身文化的进步和社会发展的借鉴。”我们在追踪美国同行研究的同时,应该体现中国研究者的文化立场。中国学者为何要研究非裔美国文学?我们应该研究些什么?我们的研究应该如何有别于美国的研究者?这些问题都需要答案。我们必须从跨国界的角度,反思21世纪中国非裔美国文学研究的重点与特点,以期对非裔美国文学研究做出更大的贡献。

参考文献

[1]陈法春.美国黑人文学对“美国梦”的双重心态[J].天津外国语学院学报,2003(3):44-50.

[2]陈众议.外国文学研究与翻译三十年(代序)[G]//中国社会科学院外国研究所.外国文学在我国社会主义精神文明建设中的地位和作用.南京:译林出版社,2010.

[3]程锡麟.赫斯顿研究[M].上海:上海外语教育出版社,2005.

[4]程锡麟,王晓路.当代美国小说理论[M].北京:外语教学与研究出版社,2001.

[5]盖茨.意指的猴子——一个非裔美国文学批评理论[M].王元陆,译.北京:北京大学出版社,2011.

[6]宫玉波,梁亚平.殉难、复仇、融合——试评美国文学中黑人形象的嬗变[J].外国文学研究,2003(5):158-161.

[7]郭继德.当代美国戏剧发展趋势[M].济南:山东大学出版社,2009.

[8]黄晖.20世纪非裔美国文学批评理论[J].外国文学研究,2002(3):22-27.

[9]黄卫峰.哈莱姆文艺复兴研究[M].北京:外语教学与研究出版社,2007.

[10]江宁康.美国当代文学与美利坚民族认同[M].南京:南京大学出版社,2008.

[11]蒋欣欣.认同、反抗、超越——《秀拉》中黑人女性寻找自我的历程[J].湘潭大学社会科学学报,2002(3):28-31.

[12]李权文.小亨利·路易斯·盖茨研究述评[J].国外理论动态,2009(8):89-93.

[13]林元富.非裔文学的戏仿与互文:小亨利·路易斯《表意的猴子》理论述评[J].福建师范大学学报(哲学社会科学版),2008(6):98-104.

[14]罗良功.论兰斯顿·休斯诗歌对民族文化的建构[J].当代外国文学,2003(4):109-113.

[15]王家湘.20世纪美国黑人小说史[M].南京:译林出版社,2006.

[16]王建平,刘娇.走出身份迷误——解析《眼望上苍》的种族身份建构[J].东北大学学报(社会科学版),2007(4):373-376.

[17]王烺烺.托妮·莫里森《宠儿》《爵士乐》《天堂》三部曲中的身份建构[M].厦门:厦门大学出版社,2010.

[18]王守仁,吴新云.白人文化冲击之下的黑人心灵——评托妮·莫里森的小说《最蓝的眼睛》[J].河南师范大学学报(哲学社会科学版),2000(3):124-129.

[19]王守仁,吴新云.性别·种族·文化:托妮·莫里森的小说创作[M].北京:北京大学出版社,2004.

[20]王湘云.为了忘却的记忆——论《至爱》对黑人“二次解放”的呼唤[J].外国文学评论,2003(4):66-72.

[21]王育平,杨金才.从惠特莉到道格拉斯看美国黑人奴隶文学中的自我建构[J].外国文学研究,2005a(2):92-98.

[22]王育平,杨金才.冲突与融合——评惠特莉诗歌中的两种声音[J].四川外语学院学报,2005b(2):40-43.

[23]文培红."作为有色人种的我有什么感觉"——评佐拉·尼尔·赫斯顿的种族哲学及其命运[J].西南民族大学学报(人文社科版),2004(1):251-256.

[24]吴文泉.跨文化对话与融合:当代美国戏剧在中国[M].北京:中国社会科学出版社,2005.

[25]习传进.论贝克的布鲁斯本土理论[J].华中师范大学学报,2003(2):91-96.

[26]袁霁.非洲中心主义文学批评理论[J].吉林大学社会科学学报,2000(5):86-89.

[27]袁霁.佐拉·尼尔·赫斯顿被遗忘的背后——兼谈赫斯顿的创作观[J].吉林大学社会科学学报,2001(2):98-103.

[28]张立新.白色的国家,黑色的心灵——论美国文学与文化中黑人文化身份认同的困惑[J].国外文学,2005(2):63-70.

[29]张子清.二十世纪美国诗歌史[M].长春:吉林教育出版社,1995.

[30]赵白生.美国文学的使命书——《道格拉斯自述》的阐释模式[J].外国文学,2002(5):52-57.

[31]周维培.现代美国戏剧史(1900—1950)[M].南京:南京文艺出版社,1997.

[32]朱梅.拒绝删除的记忆幽灵——从托尼·莫里森的《宣叙》谈起[J].外国文学评论,2008(2):87-94.

[33]朱小琳.视角的重构:论盖茨的喻指理论[J].外国文学研究,2004(5):141-147.

[34]朱小琳.现当代美国文学中的非裔女性形象刍议[J].北京第二外国语学院学报,2007(2):48-53.

[35]朱小琳.托妮·莫里森小说中的暴力世界[J].外国文学评论,2009(2):168-176.

(原发表于《外语研究》2011 第 5 期)

新旧奴隶叙事

美国奴隶叙事研究

方小莉*

（四川大学外国语学院）

摘　要:奴隶叙事历经了漫长的时间检验，最终被经典化，成为能够代表非裔美国文学起源与传统的独特文类。奴隶叙事在国内研究起步较晚，目前国内尚未有文章较为全面地对奴隶叙事进行系统研究。本文从符号叙述学的角度出发，通过探讨奴隶叙事的产生与发展、体裁、文本与伴随文本以及影响等方面，试图对奴隶叙事进行较全面的介绍与分析。

关键词:奴隶叙事；源起；体裁；影响；文本；伴随文本

美国黑人奴隶叙事现如今不仅在美国文学中具有举足轻重的作用，在历史学、政治学、经济学、心理学、人类学、社会学等研究领域也普遍得到重视。奴隶叙事作为一种文类得到学界的关注最早始于哈莱姆文艺复兴时期。该时期，少数学者逐渐意识到奴隶叙事对非裔美国小说创作的决定性影响。自20世纪20年代中叶开始，这些学者们开始尝试各种研究，探讨奴隶叙事的文学性。(Davis & Gates，1985:vii)20世纪30年代的联邦作家计划(FWP)采访了美国17个州的2200多名奴隶(ex-slave)，产生了16卷奴隶叙事。(Wood ward，1985:49)但由于各种原因，这些资料并没有得到应有的重视。20世纪60、70年代以来的民权运动和经典重构使奴隶叙事自70年代开始逐渐得到各个领域的重视。

1985年牛津大学出版社出版了查尔斯·T.戴维斯(Charles T. Davis)与小亨利·路易斯·盖茨(Henry Louis Gates, Jr)编辑的《奴隶叙事》(*The Slave's Narrative*)。从广义上来讲，他们将奴隶叙事定义为产生于18—20世纪由奴隶书写或是口述记录的自传性叙事。(Davis & Gates，1985:5)即从时间上来说，奴隶叙事包括了内战之前，美国奴隶制存在时期由奴隶书写或是

* 作者简介：方小莉，副教授，主要研究方向为英美文学、叙述学。

口述的叙事，同时也包括战后，奴隶制被废除后，由这些前奴隶书写或口述的叙事。从媒介上来说，奴隶叙事主要分为口述和书面文体两种类型。从文类来说，奴隶叙事被归类成为拟自传型的叙事。2007年剑桥大学出版了《非裔美国奴隶叙事剑桥文学指南》(*The Cambridge Companion to the African American Slave Narrative*)，这预示着非裔美国奴隶叙事已经成为一种主要的文类，巩固了其自身在文学经典中的位置，成为人们阅读和研究绕不开的经典。(Fisch，2007：1)

本文主要从源起、发展、文类、影响等方面，从符号叙述学的角度，试图对奴隶叙事有个相对全面的研究。

一、奴隶叙事的产生与发展

奴隶叙事产生于18世纪，兴盛于19世纪。奴隶叙事是一种目的性明确的文本："最初是试图结束奴隶贩卖，之后是废除殖民地奴隶制(指英属殖民地，如牙买加)，最后是废除美国奴隶制。"。(Fisch，2007：2)由于历史语境、意图定点不同，不同时期的奴隶叙事书写关注的重点也不同。

18世纪奴隶叙事的产生有其文化与哲学思想背景。首先启蒙主义思想的产生催生了人道主义原则。其次18世纪感伤主义的兴起使同情、仁慈成为重要的品质。另外随着民主思想的发展，尤其从18世纪90年代开始，人们更多地关注人的自然权利。(Gould，2007：11)在这样的思想背景下，奴隶贩卖成为一种违反人道主义、违反人权的罪恶活动。因此18世纪的奴隶叙事关注的重点是贩卖奴隶的罪恶。一方面，无论是白人还是黑人都认为只要停止了奴隶贩卖，奴隶制就会慢慢消亡。(Bland，2001：7)另一方面，由于当时历史语境的限制，大西洋两岸的废奴主义者们只是试图结束奴隶贩卖活动，并不想从根本上根除奴隶制。直到1807年，美国和英国都制止了奴隶贩卖之后，废奴主义者们才开始抨击奴隶制本身。(Carretta，2007：47)

18世纪的奴隶叙事可以说是启蒙思想的间接产物，该时期的奴隶叙事的主题是奴役与自由，作者非常关注个人自由的书写。黑人奴隶在非洲的个人经历是奴隶叙事不可或缺的一部分。(Bland，2001：7)非洲的经历是黑人奴隶的个人历史，是构成其身份的重要部分。同时，非洲的经历向读者呈现了黑人奴隶曾经的自由生活，也交代了他们如何因罪恶的奴隶贩卖而失去自由。由于对个人经历的强调，该时期的奴隶叙事中，宗教与冒险是必不可少的元素：包括在非洲的经历、自己的各种冒险经历、宗教皈依经历等。这些因素使该时期的奴隶叙事在体裁上也并不固定,人们可以将其当作"自传(autobiography)、宗教皈依叙事(conversion narrative),犯罪忏悔录(criminal confession),海上冒险故事(sea adventure story),流浪汉小说(picaresque novel)等"。(Gould,2007:13)

19世纪是奴隶叙事的繁荣时期,该时期的奴隶叙事主要是逃亡奴隶叙事。除了公众对奴隶经历的阅读兴趣及欲望不断增长外,奴隶叙事兴盛最主要的原因是废奴运动的发展。由于18世纪美英都禁止了贩奴活动,废奴运动高涨,废奴主义者将抨击目标转向了奴隶制本身,因此该时期的奴隶叙事的意图定点、政治目的是废除奴隶制。奴隶叙事在内容、主题、构成要素,甚至是体裁归属方面都产生了巨大的变化。"内战前的奴隶叙事的焦点直指奴隶制,逐渐变得更为流行,并成为与奴隶制斗争的有效政治方式。"(Gould,2007:12)

19世纪20年代末30年代初,美国废奴主义的复兴引起了废奴主义者们对奴隶叙事更多的关注,他们认为奴隶叙事可以为他们赢得公众的支持,因此他们主动寻找并鼓励奴隶进行演讲或书写他们的故事。(Bland,2001:8)经过18世纪的发展,奴隶叙事的影响越来越大。道格拉斯(Frederick Douglass)、所罗门·诺斯洛普格(Solomon Northrup),摩西·罗珀(Moses Roper),阿奎那(Equiano),威廉·威尔斯·布朗(William Wells Brown),约西亚·亨森(Josiah Henson)等的奴隶叙事作品在销量上都取得了巨大的成功,影响力大增。(Davis & Gates,1985:xvi)在废奴主义者看来,奴隶叙事已经成为废奴运动中非常重要的武器。同时由于废奴主义运动的支持,又反过来使奴隶叙事的影响及传播更为广泛。19世纪的奴隶叙事应废奴主义者的政治需求,主要关注奴隶制下,奴隶所受到的身体伤害和精神虐待。奴隶叙事不再关注个人经历,或是对人生的哲学探讨,而是重点书写奴隶制下那些可怕的、耸人听闻的经历。18世纪奴隶叙事中的奴隶个人冒险经历被19世纪的种植园经历取代。

20世纪的联邦作家计划使更多黑人能够发出自己的声音。这个时期的奴隶叙事主要是通过采访记录来完成。此时的目的似乎是要将奴隶对过去的回忆作为史实记录下来,成为认识过去的材料。以往留下来的官方历史,大都是从白人的视角来审视美国奴隶制存在时期的历史。由于是采访记录,该时期的奴隶叙事主要是采用问答形式,奴隶对自我经历的讲述和回忆,主要受到采访者问题的引导。20世纪的奴隶叙事所涉及的内容相对更为广泛,采访时中问题涉及"工作、衣食、宗教、反抗、对生病奴隶的照顾、与奴隶主的关系、内战时期的经历、南方重建时期的经历以及后来的生活模式等等”。(Escott, 1985:43)受限于问答形式,黑人在叙述中的主动性也相对减弱,奴隶叙事也失去了18、19世纪的故事连贯性,体裁也发生了变化,从而也脱离了其文学体裁形式,很难被当作文学作品来阅读。

然而,由于当时历史条件的限制以及各种主客观原因,联邦作家计划虽然成功地让更多黑人发出声音,收录了大量奴隶口述叙事,但这些材料在当时并没有得到学界重视,最重要的原因是学界对这些资料的真实性存疑。保罗·斯科特(Paul D. Escott)、C.万恩·伍德沃德(C.Vann Woodward)、约翰·布拉欣加米(John W. Blassingame)等几位历史学家都撰文对这一现象进行了详细的分析。总的来说,他们的观点涉及两个方面:第一是真实性问题,质疑年过半百的受访者说出真相的能力。第二是质量问题,怀疑因技术性问题造成采访被扭曲,采访报告质量参差不齐。

通过对奴隶叙事三个阶段的发展的分析,我们可以看到,由于不同的历史语境,奴隶叙事的目的发生了不同的变化,奴隶叙事的功能也各有不同。然而值得注意的是,在学界的研究中,奴隶叙事的“真实性”问题一直都是讨论的核心问题。在早期,只有读者相信奴隶叙事是对贩卖奴隶活动和奴隶制的真实描写,奴隶叙事才能成为废奴主义者的有效工具。到了20世纪,奴隶叙事是否具有真实性也决定了该文类是否可以作为历史语料被应用到除了文学以外的其他研究中。因此在奴隶叙事的整个发展过程中,有人将其归类为自传,即个人历史,也有人将它与其他文学形式归类为虚构性创作。奴隶叙事究竟是纪实型叙述还是虚构型叙述,本文将在下一部分探讨这个问题。

二、奴隶叙事的体裁研究

在戴维斯与盖茨的《奴隶叙事》中,两位学者主要将选编的学术论文划分为两类:(1)作为历史的奴隶叙事;(2)作为文学的奴隶叙事。奴隶叙事现如今不仅作为经典进入了文学研究,同时也作为史料进入了社会学、历史、政治、经济各研究领域。无论是作为历史,还是作为文学,奴隶叙事的“真实性”(authenticity)问题都是备受关注的焦点。这就涉及奴隶叙事的体裁归属问题:奴隶叙事究竟是纪实型叙述还是虚构型叙述?

由于奴隶叙事产生的特殊社会历史语境,奴隶叙事的目的是要废除奴隶贩卖与奴隶制。对奴隶叙事的讨论,必然要涉及文本意向性的问题。“文本意向性涉及叙述者与受述者的关系。”(金小天,2004:196)奴隶叙事的作者希望读者将奴隶叙事当作纪实型来阅读,只有读者相信作者所说的一切与事实相符,才能达到废奴主义运动的目的。然而奴隶叙事的读者并非都能按照作者的愿望对文本进行阐释。意义的表达和形成总是要受到社会规约的影响。由于历史原因,奴隶叙事成为废奴主义的工具,具有较强的政治宣传性。为了能够更加有效地使用奴隶叙事,历史上也不乏白人代笔、白人改写的例子,从而让一部分读者,特别是奴隶制的拥护者们认为“奴隶叙事不过是小说”。(Lee,2010:14)奴隶叙事长期得不到研究者们的重视,也是因为其真实性遭到质疑。20 世纪 20 年代以来,学界开始关注奴隶叙事的文学性,将奴隶叙事与侦探小说、流浪汉小说、冒险小说等虚构型文类进行比较研究,这使得奴隶叙事的文类归属愈加复杂。

詹姆士·奥尔尼(James Olney)撰文对比了奴隶叙事与欧洲的自传,以及用西方对文学的定义和标准来研究奴隶叙事的文学性。他得出的结论是奴隶叙事既不能被看作是自传,也不能被看作文学。(Olney,1984:10)因为自传出于其体裁要求,是不允许创作的,反过来艺术创作又削弱了文本的真实性,因此奴隶叙事的历史性与文学性从真实性上来讲似乎是相互冲突的。

上文中的复杂局面主要是因为学界对体裁的判断一直没有一个统一标准。有的人是按照作品风格来判断,有的是按照作者意图来判断,有的是按照读者阐释,有的则是按照作品的指称性来判断。由于以上几种方式,都没有一个相对客观的判断标准,因此奴隶叙事的体裁归属无法确定。事实上按照赵毅衡的“区隔”原理来判断,奴隶叙事的体裁归属则明了许多。奴隶叙事在笔者看来是纪实型的文学艺术作品。

虚构型叙述与纪实型叙述是两种基本的表意方式。“纪实型叙述往往被等同于非文学艺术,而虚构则等同文学艺术。这两对概念有重叠有区别。纪录片、新闻图片、纪念壁雕、广告等往往被看作艺术,却不是虚构。”(赵毅衡,2013:64)奴隶叙事也正如这些纪实型艺术创作一样,既是纪实性的又是文学作品。

纪实型叙述(factual narrative)不是对事实的叙述,而是叙述的内容有关事实。虚构型叙述(fictional narrative)不被要求与事实有关,但说出来的却不一定不是事实。18—19 世纪的奴隶叙事由于强烈的政治宣传性,被要求必须指称经验事实,若出现所谓的“创作”则破坏其真实性。从风格上来讲,无论是书面的奴隶叙事,还是奴隶的演讲,“越原始,越具有真实性”,因为被艺术加工后就失去了其真实性。

赵毅衡提出纪实型叙述体裁的本质特点在于接收方式的社会文化规定性。虚构型与纪实型叙述的区别，在于文本如何让读者明白他们面对的是什么体裁。(赵毅衡，2013：72)赵毅衡提出一度区隔是将经验世界媒介化，也就是用符号再现经验世界。纪实型叙述的叙述者是作者本人，他直接面对的就是现实世界的公众读者，公众读者则有权质疑纪实型叙述的真假，让作者对叙述负责。虚构型叙述则是进入了二度区隔，即对再现的虚构性重塑。虚构型叙述不再是经验的媒介化，而是二度媒介化，经验世界的作者分裂出一个虚构的叙述者，重新建构了一个虚构世界，同时也要求读者分裂出一个虚构的叙述接受者来接受这个叙述。虚构世界不再指称经验世界因此读者不会要求叙述者对事实问责。(赵毅衡，2013：76)

从双层区隔理论中，我们可以看出，奴隶叙事是将奴隶的经验世界符号化，再现其奴隶制下的经历。由于奴隶叙事的作者就是奴隶叙事的叙述者，他们直接面对公众读者，因此他们必须对自己叙述的真实性问责。奴隶叙事问世至今，叙述的真实性问题都是各个领域探讨的问题。这也证明了奴隶叙事是与事实有关的体裁，若是属虚构型，叙述者则无须问责。

从奴隶叙事的文本构成来看，奴隶叙事除了正文以外，最大的特点就是包含了大量的伴随文本。这些伴随文本事实上与奴隶叙事的正文处在同一个层面，也被归为了文本的一部分。例如由白人书写的前言或是证词都是奴隶叙事文本不可或缺的一部分，当然这些前言或证词的目的正是为了证明接下来的奴隶讲述的故事是真实的经历。奴隶叙事是对经验世界的符号化的文本，是对经验世界的一次性再现，它属于纪实型叙述。也正是因为其体裁类型要求讲述与事实有关的故事，奴隶叙事叙述者以及为奴隶叙事写序的白人都被要求对其真实性问责，因为他们都属于同一个层次，在一度区隔中共同面对经验世界的读者。

三、奴隶叙事的伴随文本与文本

从上文的研究中，我们可以看到，奴隶叙事与其他文类一样主要由文本和伴随文本构成。奴隶叙事的伴随文本与正文本身属于同一个层次，重要性无可置疑。在讨论了奴隶叙事的体裁后，笔者接下来主要介绍奴隶叙事的基本构成。

(一)奴隶叙事的伴随文本

"伴随文本是落在文本外的记号,它是伴随着一个符号文本,一道发送给接收者的附加因素。伴随文本决定了文本的解释方式。这些成分伴随着符号文本,隐藏于文本之后,文本之外,或文本边缘却积极参与文本意义的构成,严重影响意义解释。"(赵毅衡,2011:141)奴隶叙事中包含了大量、丰富的伴随文本,并成为奴隶叙事的体裁标志。

首先,"副文本通常落在文本边缘上,可以被称作文本的框架因素,包括书籍的标题、题词、序言、插图、美术的裱装,印鉴等"。(赵毅衡,2011:142-143)通常的奴隶叙事都会包含一张作者的肖像画,并由其签名,以证明该奴隶确实存在。例如道格拉斯(Frederick Dauglass)、索吉娜·楚斯(Sojourner Truth)等的作品中都包含了作者的肖像。除了画像外,奴隶叙事的标题也非常有特色。奴隶叙事的标题,大都采用××奴隶的叙事(narrative)这种模式,提出作者的名字和身份,同时在标题页还会申明,该叙事是由该奴隶亲自书写(written by himself/herself)或是亲自讲述(as related by herself)等字样。例如《黑人奴隶弗雷德里克·道格拉斯的生平自述》(*Narrative of the Life of Frederick Douglass, An American Slave. Written by Himself*),《西印度奴隶玛丽·普林斯的历史》(*History of Mary Prince, a West Indian Slave, related by Herself*)。

奴隶叙事中另外一个非常重要的副文本就是一系列证词,它们以前言(preface)或是导言(introduction)等方式出现。这些前言或导言的作者通常是白人废奴主义者,白人编辑或是白人作家。他们在前言中向读者证明该奴隶确实存在,并担保了奴隶叙述者的人格以及其叙述的准确性,也表明奴隶叙事简单、清楚地描述了事实的原貌,没有经过夸大和想象等。从奴隶叙事的标题和序言,我们可以看出,无论是通过标题强调该叙述是出自奴隶本人,还是序言中白人的担保都是为了强调奴隶叙事的真实性。

此外,奴隶叙事的前文本也是至关重要的伴随文本。"前文本是一个文化中先前的文本对此文本生成产生的影响。狭义的前文本包括文本中的各种引文、典故、戏仿、剽窃、暗示等;广义的前文本包括这个文本产生之前的全部文化史。"(赵毅衡,2011:145)从狭义上来讲,奴隶叙事属于一个独立的文类,它有自己的文类特点,如前面提到的标题、序言等,同时奴隶叙事的正文部分的构成也有规律可循,因此任何一部奴隶叙事之前的奴隶叙事作品都构成其前文本。从广义上来讲,奴隶叙事产生的整个历史文化语境,如废奴主义运动等也构成其前文本。这一系列都会影响读者对奴隶叙事的解读。

有些奴隶叙事还包含链文本。链文本是指接收者解释某文本时，主动或被动地与某些文本“链接”起来一同接收的其他文本，例如延伸文本，参考文本，注释说明、网络链接等。(赵毅衡，2011：147)在一些通过口述记录的奴隶叙事中，我们会看到奴隶叙事的延伸文本或是补充文本，例如编辑在奴隶叙事文本结束后的信息补充。索吉娜·楚斯的奴隶叙事是由她口述，由一个白人记录者以第三人称的视角来讲述的。这位白人叙述者在讲述故事的过程中，不断加入注解说明，印证索吉娜的叙述的真实性。同时在叙述完后，有的版本还附上了楚斯周围的人对其生平的见证、书信来往等史料。(Truth，1998：13)这些都成为奴隶叙事真实可靠的佐证。

可见奴隶叙事有着丰富的伴随文本，伴随文本不仅标示出了奴隶叙事的体裁归属，同时通过对伴随文本的讨论，我们也可以看到奴隶叙事中“真实性”的重要性，因为各种伴随文本都是为了证明奴隶叙事的真实性。由于这些伴随文本的重要性，从而成为阐释文本时不可分割的一部分，它们已经完全融入了文本，因此就与文本构成了全文本。在讨论完伴随文本后，笔者将继续讨论奴隶叙事文本的主要特点。

(二)奴隶叙事文本

奴隶叙事由于是特殊历史时期的产物，是应废奴运动的发展而生，其意图定点明确，政治宣传目的性较强，因此大多数的奴隶叙事都包含了类似的因素。该部分主要从叙述者、受述者以及情节编排三方面来探讨奴隶叙事文本的基本结构。

(三)叙述者与受述者

在奴隶叙事文本中，叙述声音与叙述视角通常都统一在文本的主角——奴隶身上。奴隶叙事主要是第一人称回顾性叙述，由逃亡的奴隶，或是获得自由的奴隶从现在的视角来回顾过去奴隶制下的悲惨生活。

奴隶叙事之所以采用第一人称也有其特殊的历史背景。首先奴隶叙事的作者是应废奴主义者的要求而采用第一人称叙事的。因为用第一人称讲述可以向读者显示，奴隶叙事的资料是第一手资料，是由亲身经历过奴隶制的奴隶来讲述自己的故事。另外由奴隶制的受害者亲自讲述自己的悲惨经历，更能做到以情动人，这样可以呼吁更多的人支持废奴运动。

在讨论伴随文本时，我们知道奴隶叙事中的前言主要由白人来撰写，目的是担保奴隶叙述的真实性。在一个黑人的存在、人性、知识背景等都遭到质疑的时代,白人的担保成为奴隶叙事不可或缺的一部分,因此序言与奴隶叙事文本成为无法分割的全文本。这使得奴隶叙事的叙述者和视角变得复杂。

在奴隶叙事中,读者在听到奴隶叙述者的声音之前,首先听到了序言中白人叙述者的声音。虽然在大多数文本中,这个声音随着正文的开始退出文本,但是叙述者的讲述却无法摆脱白人的影响。首先当时几乎所有的奴隶叙事都受到白人的赞助,白人为了让奴隶叙事对废奴主义运动有积极影响,他们对奴隶叙事的内容、主题、结构、甚至是讲述方式都会产生影响。当然有的奴隶叙事本身就是经过白人的重新编辑、加注等才面世的。对于口头叙述记录的奴隶叙事来说,这样的情况更微妙。因为白人抄录者不可能逐字记录,他们会从自己的视角来编辑奴隶的故事。甚至还有奴隶叙事更像是奴隶的传记,是由白人用第一人称来讲述他听到的奴隶的故事,典型的例子是《索吉娜·楚斯自述》(*The Narrative of Sojourner Truth*)。总之奴隶叙事试图将奴隶制的受害者——奴隶叙事的叙述者人性化,并将其刻画成为一个值得同情的人物在寻求自己应得的自由。(Bland,2001:13)

特殊的历史原因使得奴隶叙事的目标受众相对明确。废奴主义运动的目的是废除奴隶制,而奴隶叙事的作用是帮助白人废奴主义者赢得更多的支持。废奴主义者们认为将奴隶人性化,描写黑暗、残酷的奴隶制,揭露奴隶主对奴隶的奴役就可以为他们赢得更多的支持。显然奴隶叙事的目标受众是那些可以被争取的白人受众,特别是美国北方的白人。"废奴主义者们的目标是赢得北方白人的支持。南方的白人并没有被预设为反奴隶制活动的潜在观众。因为虽然南部的人意识到奴隶制的不公平,但是南部整个经济体制的维系必须要有大量的奴隶劳工;而北方的白人没有直接的利益冲突,因此可以从情感和道义上说服并争取到他们的支持。"(Bland,2001:13)

可见奴隶叙述者一方面要受到废奴主义者的约束和监管,另一方面又要意识到他们所面对的读者的特殊身份,因此叙述者对故事的讲述非常不自由。由于各种限制,虽然奴隶叙事的叙述者讲述了各自的经历和故事,但是他们所讲的故事包含了很多该文类的相似点,这也是历史的选择。

(四)情节编排

从上面的讨论,我们可以看出奴隶叙事的作者并不能完全自由地安排自己的故事,呈现自己的经历,而是会受到诸多因素的影响。奴隶叙事因废奴运动的发展而兴盛,目的是要为废奴运动服务,因此奴隶叙事中奴隶的经历被要求围绕奴隶制呈现。

奴隶叙事通常都是以介绍奴隶的基本情况开场,包括奴隶的出生时间与地点,通常时间不详,地点却很精确,父母的情况也是个难解的问题,往往会暗示父辈是白人或有白人血统。在交代完基本情况后,奴隶叙事就转向了外部情况,主要是书写无情的奴隶主,奴隶生存的各种危险,通过奴隶拍卖场景的描写来展示奴隶生活的不确定性,奴隶获得教育过程中的限制和障碍,奴隶逃亡的各种努力,奴隶对奴隶制的反思等等。(Bland,2001:16-17)

奴隶叙事大部分的情节都围绕奴隶制展开,目的是为了揭露奴隶主和奴隶制的罪恶,展示奴隶在奴隶制下的悲惨命运,以及对自由的渴望,从而说服北方的潜在受众拥护废奴主义运动。由于这种强烈的政治需求,叙述者讲述自己生活的空间被无限压缩,成为对外部奴隶制世界描写的附庸物。虽然如此,奴隶们毕竟在这个白人的主流文化中,开始用自己的声音讲述故事,并产生了巨大的影响。

四、奴隶叙事的作用及影响

黑人文学自诞生之日起就具有非常强烈的政治性,奴隶叙事最直接的功能就是作为废奴主义者的工具,为废奴主义运动的发展以及奴隶制的废除发挥了巨大的作用。小迪金森·布鲁斯(Dickson D. Bruce,Jr.)认为奴隶叙事为废奴运动做出了巨大贡献,在战前有关奴隶制的论辩中发挥了关键作用。同时,奴隶叙事在战前还有助于推进美国的民主进程。最后奴隶叙事推动了自由思想的传播,让其得到更多人的重视。(Bruce,2007:29)

奴隶叙事现如今已经成为珍贵的史料,被应用到各个领域的研究中。在奴隶制废除后,人们得以从奴隶的视角来重新审视美国这段历史。官方的历史只是从白人视角有选择地呈现了美国奴隶制时期的这段历史。奴隶叙事得到重视,奴隶获得机会从他们的视角,用自己的声音来讲述自己的经历,从而让人们可以更全面,更深刻地了解美国历史。他们书写的历史不仅补充了美国的官方史,同时也与白人书写的历史形成协商,恢复和找回被主流历史抹去的记忆。同时,非裔美国人这个被认为没有历史的民族,也通过对个人史的书写汇聚民族史,让非裔民族的这段重要的过去没有成为空白,而是有史为证,有史可考。

美国黑人民族由于其特殊的身份,因此其文学自诞生之日起就肩负着民族存在及发展的重任。奴隶叙事是黑人文学的源头，它现如今已经成为一种独立的文类，从而丰富了美国文学及世界文学。有的学者甚至认为奴隶叙事才是具有美国独特特色的文学形式，因为美国文学中其他的文类都源自欧洲。作为非裔美国文学的重要组成部分或是源头，奴隶叙事通过创作证明了非裔美国人的存在和人性。

在美国蓄奴制时期，奴隶被降低到生物性，成为牛马一般的财产，他们被剥夺了作为人的自由，人性也得不到承认。在西方的传统中，自文艺复兴时期开始，培根认为可以用是否能够从事艺术创作来区分有色人种。言下之意就是说有色人种无法从事艺术创作。之后彼得·海林(Peter Heylyn)认为黑人不具备人性(sub-human)。他认为黑人完全缺乏人类具有的理性，他们缺乏智慧，不懂艺术与科学。后来的康德也认为美国印第安人和黑人在智力上比其他人种底下。(Davis & Gates，1985：xxvi-xxviii)奴隶叙事的诞生正是非裔美国民族通过文学创作证明自己作为人的本体存在。他们在美国文学发展的初期，创造了一种属于自己的特殊文类，成为当今无可否认的文学经典，并对欧洲和美国后来的文学产生了巨大的影响。

奴隶叙事融合了该时期各种文学形式的特点，如侦探小说、流浪汉小说、感伤主义小说、冒险小说等，用于讲述非裔美国人独特的人生经历。这种文学形式不仅影响了后来的非裔美国作家，也影响了欧洲及美国的主流作家。

据考证，奴隶叙事影响了英国维多利亚时期的很多小说家，其中包括狄更斯、夏洛蒂·勃朗特等知名作家。

狄更斯在1848年3月写给朋友的信中，推荐了道格拉斯，他后来的作品也可以看出奴隶叙事的影响。朱丽(Julia Sun-Joo Lee)认为狄更斯在《远大前程》中运用奴隶叙事的模式来讲述了皮普从一个契约学徒转变成为一个绅士的故事。除此之外，美国奴隶叙事还在主题、内容和结构等方面影响了夏洛特·勃朗特的《简·爱》，伊丽莎白·加斯克尔的相关作品，如《灰色女人》(*The Grey Women*)。(Lee，2010：115)

奴隶叙事对美国作家的影响更为普遍。据说斯托夫人在写作《汤姆叔叔的小屋》时就受到了奴隶叙事的影响，她对汤姆的人物塑造和小说情节的发展均借用了约西亚·亨森(Josiah Hensen)的叙事。《汤姆叔叔的小屋》出版后，人们甚至直接将约西亚·亨森等同于汤姆叔叔。奴隶叙事对非裔美国小说家的影响更是比比皆是，如左拉·尼尔·赫斯顿(Zora Neale Hurston)的《他们眼望上苍》(*Their Eyes Were Watching God*)，理查德·赖特的(Richard Wright)《黑孩子》(*Black Boy*)，依什梅尔·瑞德(Ishmael Reed)的《逃向加拿大》(*Flight to Canada*),莫里森(Toni Morrison)的《宠儿》(*Beloved*),盖尔·琼斯(Gayl Jones)的《克瑞格·多拉》(*Corregidorra*),雪莉·安·威廉斯(*Sherley Ann Willams*)的《戴莎·罗斯》(*Dessa Rose*)等,例子举不胜举。

可见作为一种独立的文类,美国奴隶叙事在政治、历史、文学方面的影响都非常突出。时到今日,奴隶叙事不仅得到文学家、历史学家的关注,同时也进入了人类学家,民俗学家,艺术家、音乐理论家,社会学家等的研究领域,成为无可否认的经典。

参考文献

[1]Davis, Charles T. & Gates, Henry Louis Jr.The Slave's Narrative[M]. Oxford:Oxford University Press, 1985.

[2]Woodward, C. Vann. History from Slave Sources[G]// Eds. Charles T. Davis & Henry Louis Gates, Jr. The Slave's Narrative. Oxford:Oxford University Press, 1985.

[3]Fisch, Audrey A.The Cambridge Companion to the African American Slave Narrative [M]. Cambridge:Cambridge University Press, 2007.

[4]Gould, Philip. The Rise, Development, and Circulation of the Slave Narrative[G]//Ed. Audrey A. Fisch. The Cambridge Companion to the African American Slave Narrative. Cambridge:Cambridge University Press, 2007.

[5]Bland, Sterling Lecater, Jr. African American Slave Narratives: an Anthology[M]. Westport:Greenwood Press, 2001.

[6]Carretta, Vincent. Olaudah Equiano: African British Abolitionist and Founder of the African American Slave Narrative[G]//Ed. Audrey A. Fisch. The Cambridge Companion to the African American Slave Narrative. Cambridge: Cambridge University Press, 2007.

[7]Escott, Paul D. The Art and Science of Reading WPA Slave' Narratives[G]//Eds. Charles T. Davis & Henry Louis Gates, Jr. The Slave's Narrative. Oxford:Oxford University Press, 1985:43.

[8]金小天.Narratology Version Ⅲ:A Review of Zhao Yiheng's A General Narratology[J]. 符号与传媒, 2014(9).

[9]Lee, Julia Sun-Joo.The American Slave Narrative and the Victorian Novel[M]. Oxford: Oxford University Press, 2010.

[10]Olney, James. "I Was Born":Slave Narratives, Their Status as Autobiography and as Literature[J].Callaloo, No. 2(Winter, 1984).

[11]赵毅衡. 广义叙述学[M].成都:四川大学出版社,2013.

[12]赵毅衡. 符号学:原理与推演[M]. 南京:南京大学出版社,2011.

[13]Truth, Sojourner.Narrative of Sojourner Truth[M]. Edited with an Introduction and Notes by Nell Irvin Painter. New York:Penguin Books, 1998.

[14]Bruce, Dickson D.Jr. Politics and Political Philosophy in the Slave Narrative[G]//Ed. Audrey A. Fisch. The Cambridge Companion to the African American Slave Narrative. Cambridge: Cambridge University Press, 2007.

[15]Winks, Robin W. The Making of a Fugitive-Slave Narrative: Josiah Hensen and Uncle Tom-A Case Study[G]//Ed. Charles T. Davis & Henry Louis Gates, Jr. The Slave's Narrative. Oxford: Oxford University Press, 1985.

[原发表于《西南民族大学学报》(人文社会科学版)2016 第 9 期]

《道格拉斯自述》:双声身体叙事研究

方　红*

(南京大学外国语学院)

摘　要:受身体转向的文化潮流影响,本文从身体视角探讨《道格拉斯自述》,将福柯的权力规训思想,德勒兹的游牧、生成概念引入讨论,提出奴隶叙事是双声身体叙事。奴隶之身虽是凌辱、虐待对象,也是争取自由的力量源泉;奴隶身体既是政治权力施展的场域,更是生命、欲望展现的舞台;奴隶身体同时体现了福柯所说的权力对身体的铭写与尼采、德勒兹所说的身体的主动性、能动性与生成性。这一双声身体叙事以三部曲方式再现了奴隶主与奴隶之间奴役与抵御奴役、规训与抵御规训、身心威慑与身体游牧的关系,表现了奴隶在权力方不同形式的压迫下以不同方式争取自由的过程,突出了奴隶追求自由的主题。

关键词:道格拉斯;《道格拉斯自述》;奴隶叙事;身体;权力;游牧

奴隶叙事(slave narrative)是美国非裔传记文学、探寻小说、成长小说的源头,也是新奴隶叙事文学对话与改写的对象。奴隶叙事研究先后经历了历史研究、文学研究、文化研究三个阶段(Barrett 417)。奴隶认读能力对争取自由的影响始终是学者关注的核心问题。文学评论家斯特普(Robert Stepto)写道:"追求自由与读写能力对于非裔是超越一切体裁的神话"(xv)。哈佛大学教授盖茨(Henry Louis Gates)认为,识字能"增强"奴隶转化为自由人的能力(24)。毋庸置疑,识字对奴隶思想启蒙、自由意念萌发起到重要作用。然而,过多强调认读能力在奴隶转变为自由人过程中的作用,一方面忽略了奴隶身体体验、身体行动对其主体意识形成的影响,另一方面反映了西方社会书写优于口语、理性优于非理性的传统评价标准,似乎暗示只有黑奴掌握白人奴隶主

* 作者简介:方红,教授,主要研究方向为美国生态文学批评、英语女性文学批评、美国族裔文学批评。

的书面语言、以理性行事,才能变为自由人。

奴隶叙事的纪实性使我们得以探讨识字之外促使奴隶向自由人转变的其他因素。从《黑人奴隶弗雷里克道格拉斯自述》(*Narrative of the Life of Frederick Douglass, an American Slave, Written by Himself*)看,奴隶叙事作为自由叙事,没有突出解放模式,反倒强调身体叙事,在书写奴隶身体感知、体验、行动中,记录奴隶失去自由、争取自由过程中里程碑式的事件。道格拉斯是在目睹安东尼鞭挞赫斯特之时,才意识到奴隶没有自由,任人宰割;他在抵御科维鞭打、摆脱身体凌辱中进入抵御奴隶主对其身体的空间规训阶段;在逃往北方之后,他以身体的游牧生成自由感觉、自由身份,开始逃奴的独立生活。道格拉斯的身体冲动、身体抵御、身体游牧在其争取自由中所起的作用不亚于识字所起的功效。这不仅与道格拉斯的个人经历相关,也代表美国黑奴以个体行动而非群体暴动获得自由的群体体验。

奴隶叙事作为身体叙事有何特点?奴隶叙事何以用身体叙事表达自由主题?本文从身体视角探讨《道格拉斯自述》,提出作为身体叙事的奴隶叙事具有双声性:奴隶之身虽是凌辱与虐待的对象,也是争取自由的力量源泉;奴隶之身既是政治权力施展的场域、是社会关系表现的秀场,也是奴隶展现生命力与自由愿望的舞台;同时体现了福柯所说的权力对身体的铭写与尼采、德勒兹所说身体的主动性、能动性与生成性。两者相辅相成,使奴隶叙事成为双声身体叙事。本文具体论述身体叙事的双声性及其对追求自由主题的表达。

一、身体的奴役与抵御:身体叙事的双声性

在尼采的身体本体论、福柯的生命政治、阿甘本的赤裸生命之后,人的生命价值与其身体、动物性不再截然分离。“生命,不在别处,就在担载着人的动物体中,就在人所是的动物那里,就在人的动物性之中。”(赵倞,175)对人的身体、人的动物性的重估带来我们对奴隶制下主奴之别的重新理解。两者可能不再分别是理性与身体的化身,不再是灵魂与肉体之别,不再是知性与感性之别,而是权力控制与被控制下的身体之别,是被赋权的身体意志与不被赋权的身体意志之别,是治人与被治于人之别。曾被启蒙运动鄙视的奴隶身体,具有生命冲动,不屈服于理性驾驭的野蛮之身,似乎成了现代哲学中探讨的人的动物性化身。在此背景下探讨奴隶叙事,它体现了主奴争夺奴隶身体的支配权与空间管理权,反映逃奴畏惧被捉拿,却又勇敢地以身体游牧生成自我自由生

活的矛盾生存体验，表现出双声性身体叙事的特点。

在《道格拉斯自述》中，双声身体叙事首先表现为奴隶身体被奴役与奴隶身体的反抗。道格拉斯与科维的肉搏战便是这双声身体叙事的代表。道格拉斯被主人托马斯租给远近闻名的职业训奴师科维，目的是使其成为听话、顺从、好使的奴隶。这种委托专人规训奴隶的方法与请人驯服烈马有异曲同工之效。科维以征服、管理、惩罚奴隶的身体为驯服奴隶的主要方法。他要奴隶起早贪黑从事繁重的农活，要他们凌晨喂马、半夜捆草。奴隶稍有怠慢与闪失，他便以鞭刑体罚。道格拉斯在科维农场的前半年，几乎没有一周不被鞭挞，旧伤未愈，新伤又至。在超负荷的体力劳动与频繁的体罚下，道格拉斯几个月便被制服。他写道："我的身体、灵魂和精神都给驯服了。我身上天生的活力被打垮了，我的智慧萎谢了，我那种好读书的癖性死亡了，遗留在我眼睛里的愉快的火光熄灭了"(《道格拉斯自述》64)。在奴隶制的肉体奴役下，他由人变成了牲畜。征服奴隶的身体不仅是规训奴隶的重要手段，更是使奴隶身体成为奴隶社会生产力的重要保证。如福柯所说："只有在肉体既具有生产能力又被驯服时，它才能变成一种有用的力量"(29)。

奴隶主及其委托人对奴隶身体的直接奴役确保奴隶成为社会生产力，体现奴隶社会的基本社会关系，再现奴隶主与奴隶拥有与隶属、控制与被控制的社会关系。道格拉斯曾在头部遭受重伤后逃回主人托马斯之家，期待以伤情博得主人同情以便更换雇主。然而，托马斯却劝道格拉斯返回科维农场、继续接受管制。以托马斯为代表的奴隶主坚持对奴隶身体的拥有权、支配权、使用权；坚持以拥有者的权力方控制、指使、使用奴隶身体。以福柯的身体权力话语论解释，奴隶主坚持以拥有者的权力"铭写"奴隶的身体，使奴隶的身体成为奴隶主"个人意志"任意宰制、规训、蹂躏的对象(福柯，155)。奴隶主以鞭打奴隶为乐，如劳埃上校；奴隶主以鞭刑惩罚不能及时满足其私欲的女奴，如安东尼吊打赫斯特；奴隶主以鞭刑惩罚干活拖沓的奴隶，如科维对道格拉斯的拳打脚踢。

奴隶被奴役的身体体现了福柯所说的"血的时期"屠杀权力所主宰的身体(82)，而奴隶的身体抵抗则体现了尼采所说的主动性、能动性的身体。这种身体的反抗是奴隶屡被否定的身体争取生存的自发反应，具有偶发、自发因素。道格拉斯与科维的肉搏战就是典型实例。在马厩干活的道格拉斯突然被科维抓住腿脚，他不由自主跳起来，瞬间决定向科维还击。与科维对打并非道格拉斯预先的筹划，而是屡遭奴役、鞭打的身体面临危险的自发反应，也是道格拉斯对科维长久积怨、仇恨的暴发。他以初生牛犊的锐气与迅猛"掐住"科维的咽喉,迫其渗血(71)。此时道格拉斯的身体是尼采所说的“动物性的身体”,是“充溢着压倒性的冲动的身体”(汪民安、陈永国,2005:40),他的身体被反击的冲动、驱力和激情所宰制,被强大的生命欲望所控制;他暂时忘掉主奴关系、社会规范与禁忌。充斥其身体的生命冲动、生命驱力成为其争取自由的原动力。

与科维的肉搏战是道格拉斯争取自由的里程碑。道格拉斯第一次看到奴隶主的恐惧,第一次意识到反击的威力。目睹科维怯弱中如“树叶”般“战栗”的身体(72),他信心倍增;感觉长期受挫之气、怯懦之心一扫而空,“即将死灭的自由的余烬复燃”,“男子汉尊严感苏醒”,再次有了争取自由的决心。他写道:“这是一次光荣的复活,我从奴役的坟墓一直升入自由的天堂”(73)。评论家吉普森(Donald Gibson)认为,与科维的肉搏战对道格拉斯比逃往北方“更为重要”,因为“一旦心理获得解放,实际逃亡只是迟早的事”(559)。

肉搏战对道格拉斯争取自由的影响与识字对其影响不同。识字使道格拉斯能阅读奴隶叙事与废奴书籍,体会到思辨的快乐,能在思想上批驳奴隶制;然而,他也是在阅读中知道:只要奴隶身份不变,他就没有自我发展的机会。他写道:“学会读书真是一个祸害而不是一件好事。它让我看清自己的可悲境况,却不提供任何疗救手段。它使我睁开眼睛见到可怕的深渊,却不让我找到那个可以从中爬出去的梯子。在痛苦的时刻里,我不禁羡慕起奴隶同伙们的浑浑噩噩来了。我常常希望自己是头牲畜”(43-44)。而战胜科维则“唤起”道格拉斯的男子气,他虽然无法改变自己的奴隶身份,但他甘心为奴的日子“一去不复返”,他不再接受挨打、受罚的命运(73)。尽管在此后的四年中他没有改变奴隶身份,却没有再被鞭打。

在与科维的肉搏战中,道格拉斯体会到生命之力、反击之力,令其摆脱心理被奴役状态,获得“心理的解放”(Gibson,1985:558)。虽然这只是他被奴役身体的短暂抵御与对抗,却是形成奴隶身体叙事双声 [illegible] 要部分,这种身体短暂、自发的抵御状态与其被奴役的常态构成身体叙 [illegible] 再现主奴之间权力与生命力之争。

二、粗放的身体空间规训与抵御:身 [illegible] 声交替

科维之战后,奴隶主不再直接奴役道格拉斯的身体,而采用具有身体空间规训性质的间接、分层管理,虽避免了奴隶的直接对抗,却因自由人对奴隶的人身威胁而遭到奴隶的抵制。在《道格拉斯自述》中,实施与抵御对奴隶身体

的空间规训交替进行，成为双声性身体叙事的另一表现。

道格拉斯在领导奴隶集体逃跑失败后被主人托马斯送给兄弟休少爷管理。住在巴尔的摩的休将道格拉斯租给船厂，对其实施身体的空间规训。相比托马斯将道格拉斯租给科维，休以船厂主、技工与船厂替代科维的监督、管理、规训功能。然而，船厂不具有系统的权力规训机制，也不具备边沁"全景敞视建筑"的空间规训环境(福柯，1999:228)，这使休对奴隶身体的空间规训具有未曾料到的风险性。一方面，在船厂当学徒的道格拉斯因不停地被自由技工指使，无法逃跑，不得偷懒，满足了奴隶主监管、规训奴隶的目的。另一方面，船厂主指派道格拉斯为七十五名技工的小工，使其被众人指使却无人对其负责。道格拉斯工作八个月后遭遇四个白人学徒工的群殴，一只眼睛几乎被打瞎。他被群殴的原因在于其身体携带的奴隶制社会关系致使船厂种族、等级矛盾激化。原本并肩工作的白人技工与黑人技工因奴隶的加入感到受到威胁。黑人技工担心被黑奴替代，白人技工唯恐被黑人技工替代。道格拉斯成为众矢之的，遭遇轮番挑衅与群殴。如汪民安所说："身体和身体的关系就类似文本和文本的关系。身体是众多身体中的一个环节，同其他身体永远不是脱节的，而且没有一个界限"(冯珠娣、汪民安，2004:109)。道格拉斯被群殴成为身体叙事的插曲，诱发奴隶抵制奴隶主对其身体的空间规训。得益于在船厂为七十五名技工当小工，道格拉斯学到不同技能，尤其学会、掌握焊接技术。有了这一手艺后，道格拉斯以遭遇群殴为由说服休同意他以每周交纳三美元、自己解决食宿与焊接工具为条件自寻雇主。这意味着道格拉斯在不改变身体隶属奴隶主的基础上，拥有一定行使身体、自主行动的权利，获得有限的身体自由，有效抵御了奴隶主对其身体的空间管理。道格拉斯抵御身体的空间规训的操作又因其缺乏纪律意识被主人终止。自由权利与纪律相伴相生，没有纪律的保障，自由权利无法维持。租借自身、自主寻工的道格拉斯没有意识到他与主人的租借契约需要纪律保障。他因参加城外奴隶聚会，不能如约在周六向主人偿付身体租金，因此被主人休取缔租借身体的口头契约。缺乏纪律意识使道格拉斯丧失以租借身体为条件有限行使身体的自由权利。

奴隶主对奴隶实施的身体空间规训与奴隶对身体空间规训的抵制，两者相互交替，构成奴隶叙事中双声交替的身体话语。被终止租借身体的道格拉斯以一周不找工作，不给主人任何工资为报复。之后，又在主人为其寻工前自己找到雇主并上交全部工资。他的乖巧举止又使休同意他自寻雇主的做法，直至几周后他逃往北方自由州。

在道格拉斯争取人身自由的过程中，与科维的肉搏战、租借身体自寻雇主的做法所起的作用不亚于识字的影响。探究其原因,这与奴隶主体性形成的特殊性密切相关。美国学者德瑞克(Kimberly Drake)提出,“奴隶主体性形成”与受害者主体性形成有相似之处(94)。依据斯凯利(Elaine Scarry)的身体痛苦理论,受害者身体凌辱被制止、被暂缓的行为、体验因使其暂忘肉体痛苦而“有助其主体意识形成”(39)。从这一角度看,道格拉斯与科维的肉搏战、他租借身体、自主寻工的做法因有效避免身体遭受新的痛苦而有助其主体意识的形成。不仅如此,从某种意义上讲,道格拉斯任何自主体验与行为有助其主体性形成;任何与奴隶主意志、情感、身体的较量有助增强其自主意识;任何拒绝服从奴隶主的思想与话语有助其摆脱从属性。

道格拉斯被殴、被终止租借身体的经历说明奴隶身体的空间管理并非完全由奴隶、奴隶主双方决定,还涉及主奴社会关系、奴隶与自由人的关系、白人与黑人的关系。在奴隶制下,任何威胁主奴关系、奴隶与自由人社会关系的身体的空间管理都会遭遇挫折。奴隶要从根本上抵制身体被奴役、制止奴隶主对其身体的空间规训需要摆脱身体携带的奴隶制社会关系,需要脱离南方奴隶制社会,这是道格拉斯最终逃亡北方的重要原因。

三、身体恐惧与身体游牧:逃奴身体叙事的双声性

主奴之间剥夺自由与争取自由的冲突贯穿道格拉斯的身体叙事。在道格拉斯与科维的肉搏战中,表现为主奴之间的欺辱与反抗;在出借与租借道格拉斯身体中,表现主奴之间对奴隶身体的空间规训与抵御;在道格拉斯逃亡北方的生活中,表现为奴隶对奴隶主的畏惧、后怕与奴隶的身体游牧行动;使得奴隶叙事成为双声身体叙事三部曲。不止《道格拉斯自述》具有双声身体叙事三部曲的特点,雅各布斯(Harriet Jacobs)的《女奴生活琐事》(*Incidents in the Life of a Slave Girl*)也具有这一特点。

奴隶叙事形成双声身体叙事三部曲有其复杂的社会原因。新大陆的开发、北美早期资本主义的发展导致劳动力紧缺,北方自由州的工业资本家、农场主不只窥视、羡慕南方蓄奴州的奴隶劳动力,他们以揭露奴隶制的残暴、呼吁废除奴隶制的方式收买人心,悄然接纳、雇佣南方蓄奴州来的逃奴。与此同时,南方蓄奴州的奴隶主为应对奴隶的反抗与逃跑,不得不调整役使奴隶的方式,减少对奴隶身体的直接奴役,转而以对奴隶身体空间规训的方式控制、支配、使用奴隶,他们还迫使国会于1850年通过《逃奴追缉法案》(The Fugitive

Slave Laws),赋予奴隶主追讨奴隶的权利,以此威慑逃奴。面对奴隶主权力方不同形式的奴役与压迫,奴隶与逃奴只得采取不同的方式、不同的行动争取自由。这是奴隶叙事成为双声身体叙事三部曲的主要原因。在第一、第二部曲中,奴隶为自由而抗争只是偶发、间歇的行动,而奴隶主宰制、支配奴隶则在双声身体叙事中占主导地位;只在逃奴的身体叙事中,即奴隶身体叙事第三部曲中,逃奴以身体游牧生成自由才取得双声身体叙事的主导地位。

逃奴道格拉斯身体叙事的双声性体现为身体恐惧与身体游牧。出逃到纽约的道格拉斯陷入逃奴普遍经历的恐惧、焦虑状态。在北方自由州,逃奴处于自由人与奴隶之间的阈界地位,没有法律认可的自由身份,逃奴面临被缉拿、被拐卖的危险。《逃奴追缉法案》规定:"各州司法机构及地方政府必须竭力协助奴隶主追捕逃亡奴隶;任何白人通过宣誓即可确定某个黑人为逃亡奴隶;凡以任何方式阻挠追缉或庇护逃奴者可处以一千元以下的罚金,或六个月以下的徒刑。"(宁一中,2010:117)缺乏衣食住所也是困扰逃奴的难题,有逃奴因无以维生而自行返回南方主人家,也有逃奴被拐卖送回蓄奴州。初到纽约的道格拉斯经历了逃离奴隶制狼窝虎穴的短暂兴奋,很快跌入孤独、不安与恐惧之中。他感觉脚下的土地是奴隶主的猎场,土地上的居民是合法的拐卖者,自己随时有被抓获的可能;他不敢与生人说话,不敢轻信任何人。这种精神、情感、心理的煎熬使挺过鞭刑的道格拉斯再次面临生存考验。在撰写奴隶叙事中,道格拉斯隐瞒从南方逃到北方自由州的逃亡细节,他对个人经历有意识地剪辑,不经意间流露出对奴隶主余威的畏惧。逃奴对奴隶主威慑力的记忆与恐惧成为奴隶身体叙事中奴隶主权力方声音的隐性表现。

逃奴身体叙事中最重要的部分是以其逃亡为代表的身体游牧,它赋予逃奴正能量,给予奴隶自由感觉。如法国哲学家德勒兹、瓜塔里所言,逃亡是具有"游牧性质的运动",是从"封闭、等级空间"的逃离(13)。奴隶从南方蓄奴州等级森严的社会逃到北方自由州,宛如从条纹空间进入平滑空间。德勒兹、瓜塔里以象棋与围棋的不同游戏规则解释"条纹"空间的对抗行动与"平滑"空间的游牧行动:在象棋中,相对权力表述在以棋子为代表的"主体"上,双方棋子之间彼此对抗,而围棋棋子没有内在属性,只有环境属性。围棋棋子履行"插入或定位的功能"(274),如划定边界、围攻和突破重围。逃奴进入北方自由州后,不再受从前奴隶主的指使、压迫,其身体也不再携带奴隶制的基本社会关系,逃跑使其身体得到解放。

逃奴在北方自由州的身体游牧与其不断克服生存困难相关。解决问题、"跨越障碍"是德勒兹、瓜塔里所说平滑空间中游牧运动的特点(287)。尽管北方自由州也存在社会等级与贫富差距,但对生活在法律之外的逃奴,他们的生存空间取决于睿智、富有同情心、对北方社会了如指掌的废奴主义者。他们指点逃奴逃避奴隶主缉拿、绕过种族歧视、避开行业歧视,在种族化、阶级化的社会、地理空间中找到生存之地。初到纽约的道格拉斯在废奴人士勒格尔斯的安排资助下,先与自由人安娜·墨菲结为夫妇;之后两人离开是非之地纽约,逃往便于焊接工找工作的船舶制造业之镇新贝德福。在新贝德福,道格拉斯遭遇了焊接行业的种族歧视。此时,废奴人士约翰逊送来刨子与锯刀,暗示他接受黑人、逃奴仍需遭遇种族歧视的社会现实,以社会环境能接受的方式步入独立、自主的生活。勒格尔斯、约翰逊并未改变道格拉斯逃奴的身份,只是指点他如何克服生活中的具体困难。道格拉斯在其引导下,拿起刨子、锯刀,以打临工克服了生存危机,跨越了谋生障碍,以身体游牧建立起独立、自主的生活。

道格拉斯在身体的游牧行动中生成自由的感觉,也生成短暂的自由人身份。居于自由人与奴隶之间的逃奴,只在被雇佣中主体与自由身份得到认可;在自食其力生活的前提下,才能维持个体的独立与自由。在新贝德福,道格拉斯干的第一份工是装油上船,虽然工作肮脏、艰苦,他却干得愉快、自觉,甚至因拥有挣得的工资而产生“狂喜的心情”(111)。道格拉斯体会到的自由感觉,犹如游牧艺术,“它不寄寓于有序的内在性,在外在元素中自由运动”(陈永国14)。道格拉斯锯木、铲煤,运木料、扫烟道,从一份工转到另一份工,在不同雇主间游牧,以出卖劳力与手工技术不断获得维生的工资、生成自由的感觉。他在《致老主人的信》中详细描绘了在北方获得第一份工资时的自由感受。他写道:在新贝德福船坞,“我”第一次挣得“自由”的钱,那是“我的钱”,“我”可以“随心所欲”地用(128),不用求任何人的恩惠。

在生存之外,道格拉斯也从公开言说、文学创作中感受到思想与精神的自由。1841 年 8 月 11 日,他在楠塔基特的废奴大会上第一次发表公开演讲,感受到在公众面前自由表达的感觉,感受到为同胞奴隶兄弟呐喊的舒畅。他在撰写《道格拉斯自述》中更体味到思想、想象的自由与情感的释放。如杜兰(Maria Duran)所说,道格拉斯在“以 18 世纪传记体裁、写实手法完成自我塑造”中根本摆脱了奴隶的“阈界社会地位”(132)。此时,道格拉斯已超越身份标签,他游牧于工作、演讲、写作之间的身体“没有内在属性,只有环境属性”(德勒兹、瓜塔里 275)。他在工作中不断生成的自由体验使其有重生之感。这种感觉如同“从‘主体’的内在性中根绝出来”“疯狂地抛向外部”(274)。道格拉斯在身体游牧中感到的欣喜、独立与自由构成逃奴身体叙事的显性声音,它与出逃初期道格拉斯经历的内心恐惧共同构成逃奴身体叙事的双声性。

纵观《道格拉斯自述》，它以双声身体叙事三部曲再现奴隶主与奴隶之间奴役与抵御奴役、规训与抵御规训、身心威慑与身体游牧的关系；表现奴隶在权力方不同形式的压迫下不断以不同方式争取自由。奴隶追求自由主题贯穿身体叙事三部曲：在与奴隶主争夺身体支配权中，道格拉斯坚定了争取自由的想法；在与奴隶主争夺身体的空间管理权中，他了解到身体的社会性与个人追求自由的体制障碍。他以逃亡自由州的无声行动否定身体携带的奴隶制社会关系，以身体的游牧行动生成自由感觉、自由身份，完成从奴隶向自由人的转变。

参考文献

[1]Barrett, Lindon. African-American Slave Narratives, Literacy, the Body, Authority[J]. American Literary History 7.3(1995):415-442.

[2]Drake, Kimberly. Rewriting the American Self: Race, Gender and Identity in the Autobiographies of Frederick Douglass and Harriet Jacobs[J]. MELUS, 1997, 22(4):91-108.

[3]Duran, Maria. Writing as Self-Creation: "Narrative of the Life of Frederick Douglass" [J]. Atlantis, 1994, 16(1&2):119-32.

[4]Gates, Henry Louis, Jr. Figures in Black: Words, Signs, and the Racial Self[M]. New York: OUP, 1987.

[5]Gibson, Donald. Reconciling Public and Private in Frederick Douglass' Narrative[J]. American Literature, 1985, 57(4):549-69.

[6]Jacobs, Harriet. Incidents in the Life of a Slave Girl[M]. Cambridge, Harvard University Press, 2000.

[7]Scarry, Elaine. The Body in Pain: The Making and Unmaking of the World[M]. New York: OUP, 1985.

[8]Stepto, Robert B. From Behind the Veil: A Study of Afro-American Narrative[M]. Urbana: University of Illinois Press, 1991.

[9]陈永国.代前言：德勒兹思想要略[M]//德勒兹、瓜塔里.游牧思想.陈永国，编译.长春：吉林人民出版社，2003:1-15.

[10]道格拉斯.道格拉斯自述[M].李文俊，译.北京：三联书店，1988.

[11]道格拉斯.致老主人的信[M]//道格拉斯自述.李文俊，译.北京：三联书店，1988:123-34.

[12]德勒兹、瓜塔里.游牧思想[M].陈永国，编译.长春：吉林人民出版社，2003.

[13]冯珠娣、汪民安.日常生活、身体、政治[J].载社会学研究，2004(1):107-113.

[14]福柯.规训与惩罚[M].刘北成等，译.北京：三联书店，1999.

[15]宁一中.比切家族与美国文化记忆[J].外国文学,2010(4):115-122.
[16]汪民安.权力、权利和身体[J].读书,2005(12):137-144.
[17]汪民安、陈永国.身体转向[J].外国文学,2004(1):36-44.
[18]赵倞.动物(性)[M].北京:北京大学出版社,2013.

(原发表于《外国文学》2016 年第 2 期)

哈里特·雅各布斯的《一个奴隶女孩的生活事件》中的颠覆性叙事策略

金　莉*

（北京外国语大学英语学院）

摘　要：为了控诉奴隶制对于女奴的性压迫，哈里特·雅各布斯以描述自己违反了社会道德观的独特经历打破了文学创作的禁区。也为了破除白人社会对于黑人女性作者的偏见和怀疑，雅各布斯借鉴、修正了当时流行的黑人奴隶叙事、引诱小说、白人中产阶级家庭小说等文学样式，因而创作出一个具有颠覆性叙事策略的新型奴隶叙事文本。

关键词：奴隶叙事；引诱小说；家庭小说；颠覆性叙事策略

"我亲爱的朋友们——我努力把自己身为奴隶的那段历史如实公正地描述出来——我没有任何企求——我把自己摆在你们面前，由你们来判断作为一个女人我是值得你们同情还是蔑视——我还有另外一个目的——那就是作为一个可怜的奴隶母亲站在你们面前——不是向你们讲述传闻，而是诉说我亲眼所见——以及我自己的遭遇——如果我的确值得你们同情的话——那么就把这种同情给予成千上万个——仍然生活在奴役下的奴隶母亲吧……用它来为她们可怜无助的孩子们求情……"(Jacobs,1987:242)。

上面这段话是一个美国南方黑人女奴于1857年写给白人朋友信中的一段。

这个女奴名叫哈里特·雅各布斯。1842年，她逃亡到北方，后来终于在1861年，为唤起人们对于"成千上万个仍然生活在奴役下的奴隶母亲"的同情，克服种种困难以自己身世写成了《一个奴隶女孩的生活事件》一书(*Incidents in the Life of a Slave Girl*:*Written by Herself*)作者通过本文中颠覆性叙事策略的使用，揭露了女奴所遭受的种族和性别的双重压迫，也因此创作了出19世纪美国具有开拓意义的女性奴隶叙事文本。

---

* 作者简介：金莉，教授，主要研究方向为美国文学。

一、《一个奴隶女孩的生活事件》诞生的经过

哈里特·雅各布斯于1813年出生在北卡罗来纳州伊登顿的一个奴隶家庭。母亲去世后,年仅6岁的雅各布斯被送到奴隶主家。但她11岁那年女主人因病去世,又在遗嘱中将她送给了自己的亲戚玛丽·马蒂尔达·诺克姆。玛丽的父亲詹姆斯·诺克姆是个好色之徒。当他看到哈里特出落成一个容貌姣好的姑娘时,就开始了对哈里特的追逐和迫害。他利用奴隶主所拥有的特权,对她威逼利诱,孤立无助的哈里特成为他泄欲的目标。为反抗他的性骚扰,哈里特·雅各布斯与一个白人邻居发生了性关系,不久便成为两个孩子的母亲。恼羞成怒的诺克姆为了摧毁雅各布斯的意志把她送到种植园里干活,又策划把她的一双小儿女也带到种植园,以此要挟她。为了保护儿女,雅各布斯决定从种植园出逃。她在亲朋好友的帮助下东躲西藏,最后秘密栖身在祖母家里的阁楼里。在这个根本无法站立、光线不足、空气稀薄的小阁楼里,雅各布斯度过了近7年的时光,后来成功地逃到了北方。

《一个奴隶女孩的生活事件》在雅格布斯逃到北方近20年之后才与读者见面。雅各布斯1842年到达纽约后,在白人杂志作家和编辑纳撒尼尔·帕克·威利斯家当了保姆。此间死不甘心的诺克姆不断到纽约捉拿她。雅各布斯东躲西藏,有两次因为得到诺克姆到达纽约的消息后而匆忙逃到波士顿。后来她与弟弟约翰一起来到纽约州的罗切斯特加入了废奴主义者的小圈子。1849年3月,她在罗切斯特废奴派的阅览室工作,该阅览室就位于著名黑人作家弗雷德里克·道格拉斯办的报纸《北方之星》的楼上。在这段时间里,雅各布斯接触到许多废奴主义者的宣传品,参加了废奴主义妇女组织的阅读和讨论,并认识了参加过在塞尼卡召开的第一届妇女权利大会的白人妇女艾米·波斯特。两个由此结下了超越种族偏见的深厚姐妹情谊。哈里特·雅各布斯第一次向这位具有同情心的白人女性倾吐了自己不寻常的奴隶经历。艾米·波斯特敦促雅各布斯把自己的遭遇公布于众,以此推动废奴运动。雅各布斯犹豫良久,最终做出了这样的决定:“我觉得上帝帮助了我,否则我决不会同意把我的过去告诉别人,因为我无法不在这样做的同时不把全部真相说出来。如果这样做能帮助挽救别人免遭我的命运,那么我隐瞒真相就是自私和不符合基督教精神的。”(Jacobs,1987:232)

1850 年颁布的《逃亡奴隶法案》给雅各布斯带来了新的危险。[①] 她返回纽约，又去威利斯家当了佣人。这时威利斯已经丧妻再娶。他的新夫人再次雇用雅各布斯照看刚生下来的孩子。雅各布斯在南方的女主人玛丽·马蒂尔达这时也已成年。她和丈夫一起来到纽约，试图把雅各布斯和她的子女带回去。雅各布斯只好又躲藏了起来。为确保雅各布斯和子女的安全，好心的威利斯太太于 1852 年把雅各布斯从奴隶主手中买了下来，然后解放了她。获得自由之后，雅各布斯把精力转向自传的撰写。对于雅各布斯来说，从决定把自己的经历公布于众到其作品的最后发行是一场旷日持久的战斗，她为此付出了极大的耐心和毅力。最初雅各布斯并没有打算自己动笔，而是希望借助于创作了《汤姆叔叔的小屋》的著名白人女作家斯托的巨大社会影响力，由自己口述、斯托执笔的方式把自己的经历记述下来。出自这个目的，她委托波斯特向斯托讲述了自己的故事，请求得到她的帮助。与此同时，雅各布斯从报纸上看到《汤姆叔叔的小屋》的作者即将赴英国访问的消息。雅各布斯说服了威利斯夫人给斯托去信，建议斯托把自己的女儿路易莎·马蒂尔达带在身边。雅各布斯希望通过女儿能使斯托对自己的故事感兴趣，同时她也希望通过路易莎英国之行能让英国人看到"南方奴隶的一个很好的代表"(Jacobs，1987：233)。但斯托随后的举动使雅各布斯大失所望。斯托断然拒绝带雅各布斯的女儿同去英国，她认为英国人的注意力会宠坏了路易莎这个奴隶女孩；而且让雅各布斯大为光火的是，斯托把波斯特写给她的关于雅各布斯的故事寄给了威利斯太太，以证实其真伪。而且斯托提出如果雅各布斯的故事内容确凿，她打算把它用在自己即将出版的《关于〈汤姆叔叔的小屋〉的答辩》里面。从来没有把自己的身世向威利斯太太全盘透露过的雅各布斯对斯托的种族偏见态度感到十分不满。

可以说是斯托的态度促使雅各布斯最终下了自己动笔的决心。她在给波斯特的信中写道："不要对我期望过高，亲爱的波斯特。你将不会看到才华但是你能得到真实。上帝没有赋予我才能，但是它给了我一个热望自由的灵魂和一颗宁死也不愿放弃追求解放的心。没有自由的生活将成为无法忍受的负担。"(Jacobs，1987：236)雅各布斯获得自由之后即开始了自传的写作。但她并不信任纳撒尼尔·帕克·威利斯，认为他对奴隶制是持赞成态度的。她也

---

① 美国国会 1850 年通过了《逃亡奴隶法案》，宣布包括北方白人在内的所有公民有责任协助联邦执法官及代理人把逃亡奴隶归还其主人，并对任何协助奴隶逃亡者课以重罚。这个带有明显种族歧视倾向的法案，引起了废奴主义者的强烈不满。

不希望威利斯家人知道自己正在从事写作。因此,受雇于威利斯家的几年中,她始终守口如瓶,只是利用晚上的休息时间偷偷写作。她一直与废奴主义者保持着联系,也渴望能够全身心地投入到外面轰轰烈烈的废奴运动中去。但是她又不得不挣钱糊口。她的写作也是在极其困难的情况下进行的。雅各布斯一天到晚忙忙碌碌,写作时间根本得不到保障。获得更好的创作条件的唯一办法是向威利斯家人说明自己正在写作,而这恰恰是雅各布斯所不情愿的。她咬紧牙关挺了下来,自传的写作花费了雅各布斯整整 5 年的心血。

对于雅各布斯来说,写作过程是艰难的,而作品的出版也遇到了重重困难。在连续几年的时间内,雅各布斯为出书做出了极大的努力。1858 年雅各布斯带着波士顿废奴派领袖的介绍信来到英国,希望在英国出版自己的作品,但未能如愿。回到美国后,一家出版公司许诺只要斯托或威利斯能为她的作品作序,就答应为她出版。因为雅各布斯不愿这么做,出书的计划也因此流产。后来她的不懈努力终于有了结果。另外一家出版公司答应如果著名白人作家莉迪亚·玛丽亚·蔡尔德为她作序,以其在社会上的名望促销这部作品,就同意出版她的书。[①] 在朋友的帮助下,雅各布斯很快与“愿意为打击奴隶制而赴汤蹈火的”蔡尔德见了面,并且留下了良好的印象(Jacobs,1987:236)。而蔡尔德也认为雅各布斯是个“极有才智和高尚的黑人女性”(Mills,1992:263)。在写给朋友的信件中,蔡尔德描绘了她与雅各布斯的来往:“我也在为一位很有意思的逃亡黑奴的事情忙碌,她希望我能对于她的回忆录提供建议和帮助。我很愿意帮助她,因为她以一种非常明智的、具有活力的方式讲授了自己的故事。在我看来她的故事情节将非常有利于促进我所全身心投入的事业。”(Mills,1992:263)很显然,蔡尔德不仅同意为她作序,还最终成为她自传的编辑。有了蔡尔德无私的支持和编辑上的帮助,雅各布斯又对书稿进行了最后的修改。1860 年,蔡尔德帮助雅各布斯与出版公司签订了出版合同,确定了出版日期。但可惜的是,这家出版公司在书出版之前就已经破产。幸好雅各布斯自己把印版买了下来,终于在 1861 年由波士顿的出版商将作品出版,翌年又以此印版在英国印刷发行。

---

① 莉迪亚·玛利亚·蔡尔德(1802—1880),美国 19 世纪著名废奴主义活动家与作家。其代表作为《为被称作非洲人的那一阶层的美国人的呼吁》(1833),叙述了奴隶史并且谴责了黑人在教育与就业上所遭受的不平等待遇。

二、《一个奴隶女孩的生活事件》中的颠覆性叙事策略

雅各布斯创作的奴隶叙事面世之后，她所面临的第一个挑战就是对于她作者身份的怀疑。《一个奴隶女孩的生活事件》发表时，封面上印着书名和编辑蔡尔德的名字，却略去了作者的姓名。虽然书名的副标题上说明作品是由"她本人写成"[①]，但以这样的方式把作者从公众视线中隐去，雅各布斯的自传既打破了传统奴隶叙事作品的框架，也说明作者对于读者可能产生的对其真实身份和作品内容可信度的质疑有充分的思想准备。自称为琳达·布伦特的第一人称叙事人，坦言她在陈述事实。"读者，请相信这部叙事不是虚构的。我意识到我的某些经历看上去不太可信，但它们的确是绝对真实的"(Jacobs，1987:1)，而作为该书编辑的蔡尔德在序言中也进一步证实了雅各布斯作为作者的身份和她的写作能力。"我本人认识这部自传的作者——在她的要求下，我修改了她的书稿，但我所修改的地方主要是为了使结构更紧凑、更有条理。我没有为她的故事添加任何东西或是改变她相关话语中的含意。除了个别地方，书中的观点和语言都是她本人的。我对某些多余的部分做了一点删减，但没有理由改变她讲述自己故事时那种逼真、动人的方式"(Jacobs 3)。

尽管有作为编辑的蔡尔德担保雅各布斯作品的权威性，雅各布斯还是受到20世纪某些历史学家和评论家的怀疑。他们或是认为《一个奴隶女孩的生活事件》根本不是雅各布斯本人所写，而是出自其编辑蔡尔德之手，或是坚持雅各布斯的故事是虚构的，书中人物根本不存在。因为这部自传不仅由蔡尔德编辑，而且还是以琳达·布伦特的笔名发表的。但如评论家乔安娜·M.布拉克斯顿所指出的，这些评论家遗憾地忽略了1861年5月1日发表在伦敦的《提倡废奴者》报上关于雅各布斯自传的书评，该书评作者不仅见到过自传的手稿和出版物，也曾与雅各布斯本人交谈过。这篇书评所提供的事实证实了雅各布斯的作者身份以及她自传内容的真实性(Braxton，1986:382-383)。这种对于叙事文本真实性的追求也导致了近年来另一重大研究成果的出现。哈佛大学出版社于1987年出版了由琼·费根·耶林编辑《一个奴隶女孩的生活事件》。在此之前，耶林已于1981年就此撰文，她根据雅各布斯与艾米·波斯

① 值得一提的是，弗雷德里克·道格拉斯的自传也在书名中注明"由他本人写成"的字样。

特和莉迪亚·马西亚·蔡尔德的通信，断定雅各布斯就是《一个奴隶女孩的生活事件》的作者。而在这部由哈佛大学出版的、现在被认为是选定版本的叙事文本中，耶林汇集了许多文献证据——地图、遗嘱、契约、剪报、照片等等，还有至 1981 年才在罗切斯特大学图书馆的波斯特档案中发现的雅各布斯与波斯特的通信。耶林对于历史档案的细心挖掘令人敬佩地回答了对于雅各布斯本人或是对于作品本身的诘难和质疑。这些历史资料证明了雅各布斯确有其人，而《一个奴隶女孩的生活事件》确像作品副标题所表明的那样——是“由她本人写成”。

文学评论家杰奎琳·考茨比一针见血地点明了围绕雅各布斯作者身份与其自传的真实性所引起的争议的实质。从当时社会环境来看，白人自传的可信性是被得到承认的。但是黑人自传作家就必须证实其身份。19 世纪的黑人自传作家面临的挑战使得他们必须使用某些策略以使他们的故事更带有真实色彩，以此吸引白人读者和出版商家，因为他们知道他们的作品必然遇到怀疑和抵制。考茨比认为，文本的文学分析价值就建立在它既受历史资料所意味的终结的约束而又抵抗这种终结这样一种原则之上(Goldsby，1996：15)。评论家威廉姆·L.安得鲁斯更把《一个奴隶女孩的生活事件》称作一部“实验性”奴隶叙事，创作于奴隶叙事作家以一种崭新的方式叙述他们生活故事的文化时刻。作者在作品中试图协调文学创作的重要原则和讲述生活事实时的自由表现方式两者之间的关系(Andrews，1988：169-179)。从这个意义上来说，虽然雅各布斯的自传取材于自己的生活经历，但作者显然意识到其所处的文化氛围下对于标准奴隶叙事的读者期待，她必须遵循 19 世纪的写作传统以使读者接受她的作品。正是鉴于自己经历所具有的独特之处，雅各布斯在自传中采用了颠覆性的叙事策略，以打破 19 世纪各种文学传统的界限、达到讲述自己故事的目的。她创作了一部独具特色的作品，也从而建立了自己的文化身份。

《一个奴隶女孩的生活事件》从女奴的视角控诉了奴隶制的滔天罪行。它以第一手的资料描述了南方成千上万的奴隶在这个非人的制度下过着的生不如死的生活。同时，它也揭露了奴隶制这一邪恶体制如何导致作为奴隶主的白人的思想堕落和人性扭曲。但与当时其他的奴隶叙事的不同之处在于，它是出自一位美国黑人妇女之手的第一部“公开涉及白人奴隶主对于女奴的性剥削的主题的”奴隶叙事(Martin，1997：264)，它着重描述了奴隶制度下女奴的悲惨遭遇。女性黑奴不仅与其他的黑奴一样被剥夺了作为人的基本权利，受奴役、遭迫害、被买卖，更可悲的是，在那个没有人道、没有道德可言的奴隶制度下，她们成为奴隶主泄欲的工具，非但生命没有保障，连为人妻、为人母的权利也没有。女性黑奴是这个罪恶制度下最大的受害者。正如雅各布斯在作品中告诉读者的那样，“奴隶制对于男人是可怕的，但是对于女人来说就更是如此”(Jacobs，1987:77)。雅各布斯的作品是对当时社会的白人种族主义和传统父权文化的双重批判。

通过叙事人琳达·布伦特之口，雅各布斯在自传里讲述了一个“双重故事，即琳达·布伦特一方面通过自身努力，“成功地免遭奴隶主的蹂躏、策划了从其手中拯救自己的儿女、自己的藏匿和逃脱，乃至最终获得了自由”；而另一方面她也做出了违背当时社会流行的性别道德标准的事情(Yellin，1987:xiv)。作为一个奴隶和女性，她无权掌握自己的命运，也就无权自由决定自己的婚姻。但为了逃避奴隶主对她的迫害，她不但主动与一个男人有了性关系，且未婚先育，成为两个孩子的母亲。这样一来，雅各布斯在把自己的身世公布于众时，就面临着一种尴尬局面。因为“一个女人可以悄悄地把她遭受的虐待告诉一个非常亲近的朋友，比起把它们记录下来让全世界去读容易得多”(Jacobs，1987:242)。雅各布斯很清楚地认识到，她关于黑奴妇女受到的性压迫的故事对于许多习惯于白人中产阶级道德观的读者来说，并不是那么容易接受的，甚至是刺耳的。北方的白人读者会因而忽视她对于奴隶制度的罪恶的分析，而把注意力集中到她“不道德”的黑人身体，即她与一个白人男性的性关系上面。那么，白人读者就不会单纯地把她看作是一个曾带领子女冲出奴隶制的母亲，而把她视为奴隶制道德堕落的产物，对于她违反女性行为道德准则的行为持蔑视态度。这样一来，雅各布斯就无法成为反抗奴隶制的权威评论人，更没有资格对于北方人的道德状态进行评判。

尽管如此，雅各布斯仍然坚持成为自己身体奴隶经验的解说人(Gunning，1996:133)。她意识到读者会抵制或是难以接受她作为作者的权威性以及她作品的真实性。她不仅是一个为其他女性而写的女性，也是一个写给白人女性看的黑人女性。而种族偏见必然带来读者的不信任感(Foster，1993:101)。她知道自己必须使用一种颠覆性的叙事策略，这种叙事策略将使得她既能战胜白人读者对于奴隶叙事作者的不信任态度，又能真实地讲述自己的故事。为了达到这一目的，她首先把自己隐藏在一个笔名的背后，使用了琳达·布伦特作为叙事人和自己的代言人，但同时又允诺读者她会告诉他们一个真实的故事，并且会以诚实的态度这样做。这样一来，她不仅成为在叙述其生活经历时冷静的旁观者，给予自己的叙事一种客观外貌，同时又能自始至终从艺术上主观地控制事态的发展(Doriani，1991:207)。作为叙事人的琳达在序言中开宗明义告诉读者她的目的，并且以过来人的身份证明她所陈述的事件的真实性："我要以我的证词补充那些大手笔，使自由州的人们看到奴隶制的真相。只有亲身经历过的人才能体会到那个可恶的深渊有多么深、多么黑暗、多么腐烂。""我没有对奴隶制所犯下的罪行作任何夸张。我的叙述离那些罪恶事实还差得远"(Jacobs，1987：1-2)。

雅各布斯清楚地认识到许多赞成废奴运动的白人妇女都强调了女奴作为母亲的特权和职责，并且谴责了奴隶制对于神圣家庭关系的破坏。但是她们所捍卫的是正当的家庭关系，所抨击的也是对于正当家庭关系的侵犯。雅各布斯以自己的经历作为范例，提出自由的白人女性所使用的性道德标准并不适用于奴役下的黑人女性，因为白人女性"的贞洁从年少时就受到庇护，她们有选择爱人的权利，她们的家庭受到法律的保护"，但在雅各布斯生活的世界里，黑人妇女不仅无法按照白人社会所要求的妇女保持贞洁的道德标准行事，而且还被迫采用相反的标准(Jacobs，1987：54)。雅各布斯向这样的标准提出了挑战："你们从来不知道身为奴隶是什么滋味；完全不受法律和常规的保护；而由各种法律迫使你成为一个奴隶，完全屈从于另外一个人的意志。我知道我做错了——但我觉得不能用判断其他人的标准去判断奴隶妇女"(Jacobs，1987：55-56)。也就是说，当时的社会不仅存在着对于男性与女性不同的双重道德标准，也存在着对于白人女性与有色人种女性不同的双重道德标准。因此，白人女性读者从雅各布斯那里读到的将不仅是新的语言，还是新的理解方式。雅各布斯以此向她的读者提出一种认识论上的挑战，她们必须改变看待黑人妇女的方式，以便从根本上改变她们对于黑人的认识(Ernest，1996：180)。

因此雅各布斯的叙事成为一种新型的自传。它不仅采用了隐含作者的方式，也借助和修正了当时流行的黑人文学(奴隶叙事)和女性文学(引诱小说和家庭小说)创作模式。雅各布斯在决定以 19 世纪黑人自传的基本形式——奴隶叙事——来表述自己作为女奴的遭遇的时候，就已经打破了男性奴隶叙事中以男性奴隶争取自由的斗争为中心内容的创作模式。与此同时，她也对社会流行的各种女性文学传统进行了筛选使用，采用了能够反映黑人女奴的经历和心声的叙事策略。通过颠覆性的叙事策略，雅各布斯创作了一个文本上的自我。

很显然，雅各布斯的自传带有传统奴隶叙事的某些典型特征。例如，它也有一条记载了主人公由奴隶到自由人的斗争过程的叙事主线，有一个第一人称的叙事人，以及自南方到北方的叙事运动空间。但是，雅格布斯在使用这一文体叙述女奴的悲惨经历时,也打破了传统奴隶叙事的框架。典型的男性自传体奴隶叙事中男主人公的塑造与占统治地位的白人文化中所推崇的那些品质是基本相同的,它大加宣扬了主人公的个人英雄主义气概。在被认为是奴隶叙事的代表作品的《弗雷德利克·道格拉斯的叙事》中,道格拉斯就是通过其大无畏的斗争精神获得自由的。他讲述了他是如何奋起反抗白人监工对他的迫害,继而成功地逃到北方去的。对于一个黑人男性来说,自立自强是他作为人的最主要成分,也是他反抗白人的压迫和奔向自由道路上的精神支柱。此外,男性奴隶叙事的另外一个特征是对于教育作为主人公最终取得自立的必要性的强调。教育,特别是读写能力成为男性黑奴实现自己目标的重要武器。因而,自强、自立、教育成为男性奴隶从奴隶变为人的基础,如评论家瓦莱瑞·史密斯所说,"从奴隶制到自由——从受奴役到独立的征途,也是从奴隶到人的征途"(34)。从这种意义上来说,男性奴隶叙事也是以白人男性文化作为基础、以男性文化标准为参照物的。

尽管男性与女性奴隶叙事都以控诉种族歧视为主题,但男性叙事更多地刻画了主人公个人的奋斗,而女性叙事则强调了主人公与群体的相互依赖关系。仅仅通过强调她对别人的依赖,雅各布斯的叙事说明关于奴隶制与奴隶逃亡的故事是可以由其他方式写成的(Smith,1987:34)。自由对于雅各布斯绝对不是独立的英雄主义行为,它包含着与别人相互依赖的关系和共同的努力(Doriani,1991:211)。如果没有女性群体的协助,琳达对于自由的追求是不可能成功的。奴隶主的压迫使得女性黑奴必须以群体的方式做出回应。雅各布斯在其叙事中描绘了一个与其生死攸关的关系网,这个雅各布斯所依赖的充满爱心、同情心和支持的关系纽带是与奴隶制这个强加在奴隶身上的束缚截然不同的。与道格拉斯不同的是,雅各布斯除了她的家庭成员以及朋友的帮助没有别的手段可以利用,是她的祖母和包括白人在内的朋友的帮助使雅各布斯重见天日最终获得自由。当然,与雅各布斯最紧密相连的是她的一双儿女。自从他们出生之后,雅各布斯的所有决定都是从他们的利益出发做出的,是伟大无私的母爱使雅各布斯在祖母的阁楼上藏了7年。这种由血缘、爱心、相互依赖结成的纽带给予雅各布斯生存的勇气、使她踏上奔向自由的旅程。雅格布斯的叙事表明,读写水平并不能把女奴从种族和性别双重歧视中解放出来。因而女性叙事中的重要主题不是读写水平的获得,而是作为群体的成员相互依靠的行为。只有依靠集体的力量,女奴才能经受得起奴隶制的摧残,也才有可能冲破奴隶制的枷锁。女叙事人清楚地表明性虐待和家庭的破碎侵犯了群体利益,而女性奴隶把这种对于集体利益的破坏视为比无法接受教育更残忍的迫害(Morgan,1994:91-92)。

作为女性黑奴,雅各布斯显然无法完全采用男性奴隶叙事中孤立的个人英雄主义样式,同样她也没有采用男性叙事中把女性普遍作为奴隶主堕落行径的被动牺牲品的模式,而是使用了男性叙事中用来赞扬男性的勇气和智慧来塑造其女性主人公形象。琳达在争取自由的过程中牢牢掌握住了主动权,与奴隶主弗林特进行了一场"智力的竞赛"。她趁天黑逃出奴隶主的魔爪,先藏在一个同情她的白人朋友家里,后来在祖母家的阁楼里隐蔽下来。在近7年的时光里,她在阁楼上监视着弗林特的一举一动,伪造从北方来的信,还安排了让孩子的父亲把孩子从弗林特手中买下来的交易,在这期间她一直使弗林特相信她早已逃到北方,看着他一趟趟去北方寻找她的踪迹但扫兴而归,直到后来她在朋友的帮助下逃到北方。在与奴隶主周旋的过程中,琳达表现出顽强的意志力和性格。她可以像道格拉斯那样一个人脱身而去,但儿女的安全是她的首要考虑。作为母亲,琳达绝对不会以牺牲孩子的代价换取自己的自由,她选择留在南方,直到她确信自己的逃亡不会把他们置身于危险。雅各布斯的自传因而为奴隶叙事带来了一种母性的伦理观(Martin,1997:265)。与男性奴隶叙事中个人的自由不尽相同的是,琳达最终的目的是包括子女在内的全家人的自由。而在自传结尾,雅各布斯渴望能有一个家的愿望无法实现的原因,不是她自己的失败,而只能说是她所生活的父权、种族歧视的社会的失败。雅各布斯把建立一个家视作自己的正当权利,是社会剥夺了她的这一正当要求。

雅格布斯在撰写自己的自传时显然也借鉴了当时流行的女性小说模式,虽然她也不能完全赞同美国19世纪上半叶社会上流行的引诱小说和家庭小说中对于女性的定义。在欧美文坛流行一时的苏姗娜·罗森(Susanne Rowson,1762—1824)的《夏洛特·坦普尔》(*Charlotte Temple*,1791)是美国18世纪末引诱小说的代表作品。这类作品中的女主人公一般都是中层阶级的年轻白人女性,她们天真烂漫、孤弱被动、毫无处世经验,因而往往成为不择手段的无耻之徒的性牺牲品,最后因丧失贞操而郁郁而死。《夏洛特·坦普尔》就描述了一个名叫夏洛特的纯洁女子因上当受诱骗、遭上层社会男性遗弃后而死的悲惨故事。作者对于这些受男性愚弄的女性进行了谴责,她们的死是不合法关系和性越界的后果,也是她们自己酿成的苦果。这类作品带有很强的说教寓意,是作者对于世人,尤其是中产阶级年轻白人女性的道德训诫。但是对于雅各布斯来说,引诱小说中所表现的现实世界与她的生存环境大相径庭,这种文学模式显然不足以用来表达她所处的种族和阶级的女性的现实状况。

19 世纪的家庭小说代表了当时女性创作的另外一种模式。以苏姗·沃纳、玛丽亚·卡明斯、E. D. E. N. 索思沃斯、奥古斯塔·埃文斯·威尔逊等人为代表的一大批女性作家塑造了一种新的女性形象。尽管她们的作品背景不同、事件相异,但都讲述了"一个失去了其法定监护人在情感和经济上的支持的年轻女子——克服种种障碍取得成功的故事"。这类作品中女主人公成功的关键在于她自立自强的精神,因为她们"通过亲身体验懂得为了在这个艰难的社会环境中生存,她们必须成为人"(Baym,1993:9)。在家庭小说中,女主人公不再是那些孤立无助、懦弱柔顺的女子,她们也不再是男性的性牺牲品,因为她们既纯洁无邪,也有着高尚的道德感和坚强的性格。这样她们就能抵制邪恶小人的诱惑并战胜其他种种困难,在荆棘丛生的社会环境中实现自己的人生目标。家庭小说道德寓意也很明显,女主人公的成功取决于并且反映了她们付出的巨大努力和她们自身坚强的性格。家庭小说的另外一个特色是它所强调的家庭幸福和和谐平等的神圣家庭关系。家庭小说中女主人公的最大理想是建立一个美满幸福的家庭,幸福的家庭就成为幸福的顶点,它与外面那种以金钱为目标、以竞争为特点的商业社会形成了极大的反差。从另外一个角度来看,因为父权文化对于女性的压迫和排斥,女性无法到更为广阔的社会领域中施展自己的才能,她们只能在家庭领域小圈子里建立某种和谐的人际关系,在婚姻中追求幸福。而父权文化统治下的社会所提倡的"真正女性"的道德观更起到了从意识层次侵蚀妇女的作用。它把广大妇女囿限于家庭这个她们的"特有领域",让她们以虔诚、贞洁、持家、温驯这些标准来要求自己。的确,比起引诱小说来说,家庭小说在处理女性命运上已经前进了一大步。女性不再仅仅是男性的玩物和受害者;她们也不再是软弱无能、俯首帖耳、毫无识别能力和抵抗精神的社会低能儿。家庭小说中的女性纯洁坚强,无一不是家庭的中流砥柱,更重要的是,她们具有高尚的道德标准。这些女性凭着对作为她们力量源泉的上帝的信仰和自己坚强的性格,改变了自身的生存环境。她们已经成为能够通过努力改变自己命运的人。

当琳达·布伦特讲述在她的成长过程中主人对她不断地性骚扰时,故事内容与引诱小说的模式开始部分十分相似。如果说引诱小说表现了一个纯洁的弱女子成为男人的受害者、最终受到死亡的惩罚,雅各布斯的女主人公对于奴隶主暴虐专横行为的抵制完全背离了把女性当作牺牲品的文学模式。在雅各布斯的笔下,琳达不是一个被动无助的受害者,"尽管年轻而且是个奴隶",她是一个"有战斗力的道德行为者,对自己的行为负完全责任"(Yellin,1987:xxx)。从奴隶主弗林特医生开始暴露出他的邪恶用心的时候,琳达就下决心采取行动保护自己。首先,她隐瞒了自己识字这一事实,识破了主人利用给她传递条子的机会来引诱她的目的。其次 她也隐瞒了她对一个自由黑人的爱情,而且为了保护他不受欺辱而让他出走。之后,弗林特不断对她施加的压力更增强了她反抗的决心。“我生活中的战争开始了——我决心永远不被征服”(Jacobs,1987:19)。失去了法律的保护,甚至没有与自己心爱的男人结为夫妻的权利,琳达自己选择成为另外一个白人桑德斯先生的情人,以逃避主人对她日益加紧的性迫害。她知道,这是反抗奴隶主性迫害的最好手段。她为了保持“自尊”而放弃了女性“贞洁”,为了坚持做人的自主权而与另外一个男人发生了性关系(Yellin,1987:xxx)。“我知道我做了什么,我是经过深思熟虑的才这样干的”(Jacobs,1987:54)。琳达拒绝采取一个被动屈从的女性的立场,而是自己挑选了性伙伴。这样一来,她至少在决定自己的命运上起到了一定作用。琳达通过与桑德斯的交往有了两个可爱的孩子,还挫败了主人逼迫自己就范的企图。成为桑德斯的情人是琳达自愿的行为,也是她对于弗林特的报复。同时,这种行为也是琳达通往自由的第一步。因为琳达希望弗林特在愤怒之下会把她卖掉,而桑德斯会把她买下来之后给她自由。因此琳达的行为从根本上来说也是具有颠覆意义的,而不是一种纯粹的“堕落行为”。虽然作为叙事人的琳达以“悲哀和羞愧的心情”叙述了自己年轻时犯下的错事,但是她以自己的行为向白人社会的性价值观念发起了挑战,她甚至带有几分骄傲地宣布:“在压力下屈从比把自己主动交出去更堕落。自己选择一个对于你除了好心和感情之外没有其他控制的情人也等于某种自由”(Jacobs,1987:54)。琳达的遭遇进一步说明读者不能用白人社会中简单的女性贞洁观念来评判奴役下的黑人女性。雅各布斯根据自己在一个残忍腐败的父权种族主义社会的经历提出了一种新型的道德标准。

此外,雅各布斯在叙述琳达的经历时一再强调了琳达对家的渴望和对孩子的深厚感情。从这个意义上来说,雅各布斯的自传与家庭小说所提倡的家庭价值观相吻合。流行的家庭小说宣扬家庭幸福是最大的幸福这一观念,也一再歌颂母爱的伟大;雅各布斯在这里把琳达的故事置于家庭小说的框架之中,表现了女奴与白人妇女有同样的情感要求。斯托的废奴作品也曾尖锐地指出奴隶制的最大罪恶就是对奴隶家庭的破坏。从幼年时,琳达就渴望有一个像作为自由人的祖母那样的家,因为她在那里不仅享受到温暖和同情,还得到了母性的保护。但生活于奴隶制度下的琳达没有建立家庭的权利,也无法保护自己的子女免遭被奴隶主迫害、甚至当作商品转卖的命运。奴隶仅是奴隶主的财产,而从来没有被主人当作人对待。强烈的母爱使琳达断然采取措施，以保护自己和孩子。她声称："我经历的每一种磨难，我为他们做出的所有牺牲，都使我的心与他们贴得更近、都给予我新的勇气，在无尽止的黑夜的暴风雨中击退滚滚而来的黑浪"(Jacobs，1987：89-90)。与家庭小说中的女主人公一样具有聪明、机智、勇敢等战胜困难的品质，琳达大胆策划了自己的出逃，以保证孩子的安全。琳达对读者说："谁能抱怨奴隶们的机警？他们被迫不断地使用这种手段。这是弱者和被压迫的人们反抗暴君的唯一武器"(Jacobs，1987：101)。对于一个黑奴女性，一个未婚的母亲，建立一个能够给予自己子女温暖和呵护的家的愿望无疑意味着极其艰难的斗争，这种斗争的艰难是绝不亚于男性逃亡黑奴所经历过的。

虽然雅各布斯的白人编辑没有替她捉笔，但她的编辑导向对于雅各布斯自传的最后成型起到了重要作用。尤其值得一提的是，雅各布斯在自传结尾的创作中听从了编辑蔡尔德的建议，把原先安排的关于约翰·布朗的章节删去，而以祖母的去世结束了全书。[①] 蔡尔德的建议显然出于某种政治考虑。包含涉及布朗这样提倡武装斗争的人物的叙事必然会使保守的北方读者感到暴力和分裂的威胁。但更重要的是，蔡尔德的建议说明"作为一个女性编辑，她深知一个女性的奴隶叙事以表现母性的个人故事结尾会更有说服力。通过在文本中自始至终强调的祖孙关系，作者与其编辑证实了在解决民族危机时家庭价值观的作用"(Mills，1992：255)。祖母是在得知琳达获得自由之后不久辞世的。在自传结尾《最终的自由》一章中琳达描绘了对于这个心地善良同时又是意志坚强的老祖母的怀念。此外，选择以祖母这样一个扮演了家庭价值观典范的角色作为小说的开局和结尾，使叙事在结构上更加严谨与完整。在叙事中，祖母从一开始就是以道德中心出现的。由于琳达母亲的早逝，她是对于琳达的抚养和保护起到最关键作用的人。而在琳达藏身阁楼的那段时间里，是祖母给了琳达不断的支持和鼓励，担任了她与外界的联系，并且帮助安排了她最后的出逃。女性的遭遇与作为母亲的女性为子女自由所进行的斗争，显示了在与奴隶制的抗争中家庭价值观的重要性和女性的作用(Mills，1992：259)。

虽然，《一个奴隶女孩的生活事件》和其他奴隶叙事一样在结尾时也叙述了主人公最终获得自由，但是琳达对于渴望已久的自由怀有极其复杂的心情。出于对她的同情，她的北方雇主从奴隶主手中买下她之后解放了她。对于琳

---

① 约翰·布朗(1800—1859)，美国废奴运动领袖。他组织了反奴隶制的武装集团，在袭击弗吉尼亚州的哈帕斯渡口军火库战斗中受伤被捕，后被绞刑处死。

达来说，虽然她终于实现了获得自由的愿望，但她获得自由的方式是她极其不情愿的。她对好心的北方雇主充满感激之情，可是她这样被一个主人卖给另一个主人的做法与奴隶制下奴隶被作为商品的命运没有什么区别，雅各布斯对此感慨万分。只要奴隶制不彻底废除，奴隶就无法取得真正意义上的自由。雅各布斯在自传结尾也又一次强调指出自己的故事与家庭小说的区别。“读者，我的故事不是像通常那样以婚姻、而是以自由结尾”(Jacobs，1987：201)。即使是在叙事的结尾，琳达仍然被排除在传统的家庭领域之外，而女性和母性都是在这个领域内被定义的(Carby，1987：49)。获得自由的琳达在自传的结尾还没有自己的家。她生活的梦想——与自己孩子一起坐在自己的家中——也还没有实现。琳达依旧在为改变自己和孩子的生存环境奋斗着。雅各布斯的故事借用了家庭小说的框架，但作者使用的是政治话语。她在自传的结尾拓宽了女性作为家庭主妇和母亲的文化定义。对于黑人妇女来说，只要有奴隶制存在，她们的生存就没有保障；而没有政治自由，她们对于家的渴望就得不到满足。真正的自由不是商品买卖，而是政治上的独立(Doriani，1991：212)。

哈里特·雅各布斯如今已经成为美国文学殿堂中令人瞩目的新成员。在20世纪60年代的民权运动中，包括《一个奴隶女孩的生活事件》在内的一批奴隶叙事作品得以再版，而后来的妇女解放运动又引起了尤其是女权主义和黑人评论家对于这部作品的极大兴趣。雅各布斯的作品在经历长时间的销声匿迹之后，现已出现在美国高等学府里的美国历史、妇女研究、非洲裔美国人研究、美国文学等各种学科的课程设置里。这部出自女奴之手的作品以自传形式反映了19世纪美国南方奴隶制度下黑人女性的悲惨生活。雅各布斯以一个违反了女性道德准则的女性为叙事人，大胆触及奴隶制度对于女奴肉体的蹂躏和摧残这样一个主题，从而打破了女性文学创作的禁区。就连她的白人女性编辑蔡尔德也意识到雅各布斯自传的特殊意义。她在编辑序言中说：“奴隶制度中这个特殊方面一般都被掩盖了起来；但是，应该让公众看到它的丑陋面孔，我愿意担负起向公众揭下其假面具的责任来”(Jacobs，1987：4)。更重要的是，雅各布斯借助、修正了多种流行文学模式，创造了一个新型奴隶叙事文本。这个文本使她在以自己的方式讲述自己的故事时得到了最大程度上的自由(Fostor，1996：72)。雅各布斯的经历证实了她及其他黑人女性作家所遭遇的种族与性别双重歧视。她的叙事在发表了112年之后，在20世纪60年代才第一次得到再版，在发表了125年之后才第一次得到全面的、从学术角度进行的研究(Zafar，1996：4)。作为一个女性，雅各布斯比起她的男性同行来要战胜对于她的作品更多的抵制。雅各布斯并不具备她渴望的写作条件,她既没有一个自己的房间写作,也不相信她可以在自己写的东西上签上自己的名字。但是她拥有一个可以述说的故事和叙说这个故事所需要的才干(Fostor,1993:106)。雅各布斯曾经努力地讲述自己的故事。她的努力没有白费,她的叙事为今天的读者了解黑人女性的悲惨过去、为黑人文学和女性文学创作都做出了重要贡献。而她本人如今也被誉为“播下了当代黑人女权自传和黑人文学传统中女性小说的种子的人”(Braxton,1990:302)。

参考文献

[1]Andrews, William L.To Tell a Free Story:The First Century of Afro-American Autobiography.1760—1865[M]. Urbana:University of Illinois Press, 1988.

[2]Baym, Nina. Introduction to the Second Edition.Woman's Fiction:A Guide to Novels by and about Women in America.1820—1870[M]. 2nd.ed. Urbana:University of Illinois Press, 1993.

[3]Braxton, Joanne M. Harriet Jacobs's Incidents in the Life of a Slave Girl:The Re-Definition of the Slave Narrative Genre[J]. The Massachusetts Review,1986,27.

[4]Braxton, Joanne M. The Outraged Mother Figure in Contemporary Afra-American Writing[G]//Eds. Joanne Braxton and Andree Nicola McLaughlin. Wild Women in the Whirlwind:Afra-American Culture and the Contemporary Literary Renaissance. New Brunswick:Rutgers University Press, 1990.

[5]Carby, Hazel V. Reconstructing Womanhood:The Emergence of the Afro-American Woman Novelist[M]. New York:Oxford University Press, 1987.

[6]Doriani, Beth Maclay. Black Womanhood in Nineteenth-Century America:Subversion and Self-Construction in Two Women's Autobiographies[J].American Quarterly 43. 2 (June 1991).

[7]Ernest, John. Motherhood Beyond the Gate:Jacob's Epistemic Challenge in Incidents in the Life of a Slave Girl[G]//Eds. Deborah M. Garfield and Rafia Zafar. Harriet Jacobs and Incidents in the Life of a Slave Girl:New Critical Essays. Cambridge:Cambridge University Press, 1996.

[8]Fostor, Frances Smith. Harriet Jacob's Incidents and the "Careless Daughters"(and Sons)Who Read it [G]//Ed. Joyce W. Warren.The (Other)American Traditions:Nineteenth-Century Women Writers. New Brunswick:Rutgers University Press, 1993.

[9]Fostor, Frances Smith. Resisting Incidents[G]//Eds. Deborah M. Garfield and Rafia Zafar. Harriet Jacobs and Incidents in the Life of a Slave Girl:New Critical Essays. Cambridge:Cambridge University Press, 1996.

[10]Goldsby, Jacqueline. I Disguised My Hand: Writing Versions of the Truth in Harriet Jacob's Incidents in the Life of a Slave Girl and John Jacob's A True Tale of Slavery [G]//Eds. Deborah M. Garfield and Rafia Zafar. Harriet Jacobs and Incidents in the Life of a Slave Girl: New Critical Essays. Cambridge: Cambridge University Press, 1996.

[11]Gunning, Sandra. Reading and Redemption in Incidents in the Life of a Slave Girl [G]//Eds. Deborah M. Garfield and Rafia Zafar. Harriet Jacobs and Incidents in the Life of a Slave Girl: New Critical Essays. Cambridge: Cambridge University Press, 1996.

[12]Jacobs, Harriet. Incidents in the Life of a Slave Girl, Written by Herself[M]. Ed. Jean Fagan Yellin. Cambridge, MA: Harvard University Press, 1987.

[13]Martin, Terry J. Harriet A Jacobs (Linda Brent)[G]//Ed. Denise L. Knight. Nineteenth-Century American Women Writers: A Bio-Bibliographical Critical Sourcebook. Westport, CT: Greenwood Press, 1997.

[14]Matterson, Stephen. Shaped by Readers: The Slave Narrative of Frederick Douglass and Harriet Jacobs[G]//Ed. Karen L. Kilcup. Soft Canons: American Women Writers and Masculine Tradition. Iowa City: University of Iowa Press, 1999.

[15]Mills, Bruce. Lycia Maria Child and the Endings to Harriet Jacob's Incidents in the Life of a Slave Girl[J]. American Literature 64. 2(June 1992).

[16]Morgan, Winifred. Gender-Related Difference in the Slave Narratives of Harriet Jacobs and Frederick Douglass[J]. American Studies 35. 2(Fall 1994).

[17]Smith, Valerie. Self-Discovery and Authority in Afro-American Narrative[M]. Cambridge: Cambridge University Press, 1987.

[18]Yellin, Jean Fagan. Introduction[M]//Incidents in the Life of a Slave Girl: Written by Herself. Eds. Harriet Jacobs. Jean Fagan Yellin. Cambridge: Harvard University Press, 1987.

[19]Zafar, Rafia. Introduction[M]//Harriet Jacobs and Incidents in the Life of a Slave Girl: New Critical Essays. Eds. Deborah M. Garfield and Rafia Zafar. Cambridge: Cambridge University Press, 1996.

(原发表于《山东外语教学》2002 第 5 期)

《宠儿》的后现代黑奴叙事和历史书写

荆兴梅*
（江南大学外国语学院）

摘　要：非裔美国文学史上的黑奴叙事传统源远流长，对内战以后的黑人文学产生重大影响。深受前辈作家熏陶的托妮·莫里森在鸿篇巨制《宠儿》中继承了黑奴叙事书写历史的传统，同时又将它融入后现代语境之中。作品对奴隶制意识形态中的本质主义提出质疑，批判了“黑人动物性”的种族主义观点，从而解构了白人至上的历史书写模式。语言对黑人历史的建构至关重要：莫里森通过置换自我与他者的语言逻辑，实现主奴角色的转换；通过对“文化文本”的诠释，呈现“写在羊皮纸上的历史”；通过多重叙述视角，聚合历史的真正意义。

关键词：宠儿；后现代性；黑奴叙事；历史书写；本质主义

《宠儿》是托妮·莫里森最负盛名的作品，于 1987 年在美国问世，出版一周后即列入《纽约时报》书评畅销书排行榜第三名，并获全国图书评论奖提名。自从 1993 年获得诺贝尔文学奖桂冠，莫里森其人其作就成为经久不衰的国内外研究热潮。

希瑞博尔在《读者、文本和主体性：用拉康“以客体身份凝视”理论解读托妮·莫里森的〈宠儿〉》中表明，当作为主体的读者在看文本的时候，作为客体的文本也在凝视读者，使读者有一种幻觉，仿佛看见了注视本身，从而掩盖创伤造成的冲击。(Schreiber，1996)在论文《〈宠儿〉：冲突中的思想意识形态和即兴主题》中，凯泽指出，奴隶贩子和奴隶主使奴隶从主体变为客体，他们断言奴隶生来就具有被奴役的身份，《宠儿》在本质主义和后现代碎片化之间寻求空间，来确立黑人的主体性。(Keizer，1999)富尔顿的《把地狱之火和燃料隐藏到带状小树林：〈宠儿〉中的双生树》宣称，在犯下罪过之后可能会重生，但

---

* 作者简介：荆兴梅，教授，主要研究方向为英美文学和当代西方文论。

《宠儿》中的"树"意象常常有悖于这种重生;莫里森把人物反抗的核心问题与"树"联系起来,使作为象征物的"树"倍添复杂性。(Fulton,2005)海耶斯撰写的《命名的和无名的:符号学意义上莫里森的124号和奈勒的"他处"》,把《宠儿》和奈勒的《妈妈日》(*Mama Day*)进行比较,发现它们具备"一所命名的房子和一个无名的女人"的共同特征,说明在这两部新黑奴叙事中,家庭空间和父权制家庭生活理念遭到了激进的魔幻现实主义女性叙事空间的强烈质疑。(Hayes,2004)

在国内,习传进的《论〈宠儿〉中怪诞的双重性》认为,《宠儿》中的怪诞把恐惧性和再生性融为一体,形成否定性与肯定性之间的辩证张力,是莫里森"诗性批判"风格形成的重要因素。(习传进,2003)在《托妮·莫里森的族裔文化语境》中,朱新福强调,莫里森的文化语境是西方经典文学传统与黑人族裔文化结合的历史语境。(朱新福,2004)通过《解读〈宠儿〉中蕴含的两种文本》,严启刚等认为,运用巴赫金的对话理论来观照《宠儿》,其中涵盖着两种文本,即隐含文本和表面文本。(王启刚,杨海燕,2004)王玉括的《在新历史主义视角下重构〈宠儿〉》通过反思《宠儿》产生的文化语境及其文本再现,认为莫里森拒绝人为地划分"虚构"与"历史",关注"谁在述说过去的故事,以及这些故事如何决定当代人理解奴隶制的方式"。(王玉梅,2007)赵莉华等的论文《贝比·萨格斯的去殖民化"空间实践"》运用列斐伏尔的一元论空间理论框架分析《宠儿》中萨格斯的重要"空间实践",来质疑种族主义话语,表现人物的去殖民化种族政治诉求。(赵莉华,石坚,2008)易立君的《论〈宠儿〉的伦理诉求与建构》认为,《宠儿》拥有丰富的伦理内涵,彰显了黑人奴隶伦理丧失的惨状及其家庭伦理诉求。(易立君,2010)

本文认为,非裔美国文学史上的黑奴叙事传统源远流长,对内战以后的黑人文学产生重大影响。深受前辈作家熏陶的莫里森在鸿篇巨制《宠儿》中继承了黑奴叙事书写历史的传统,同时又将它融入后现代语境之中。作品对奴隶制意识形态中的本质主义提出质疑,批判了"黑人动物性"的种族主义观点,从而解构了白人至上的历史书写模式。语言对黑人历史的建构至关重要:莫里森通过置换自我与他者的语言逻辑,实现主奴角色的转换;通过对"文化文本"的诠释,呈现"写在羊皮纸上的历史";通过多重叙述视角,聚合历史的真正意义。

一、解读美国黑奴叙事

美国黑人的经历错综复杂，非洲生活、中间通道、奴隶制、奴隶解放、从南方农村向北方城市大迁移、种族融合，以及20世纪60年代的黑人民权运动等等，都深刻反映了社会的动荡和历史的变迁。奴隶制时期，白人的自我经历第一人称书写叫作"自传"，而黑奴关于自身故事的写作则叫作"叙事"(narrative)。时至今日，"黑奴叙事"(slave narrative)已经成为学术界的专业术语，特指南北战争之前的美国黑人自传。种族主义的盛行，使得黑人群体一直被社会主流拒之门外；黑人的双重意识(double consciousness)，使他们的生存现实和由此演变而来的文学传统，与白人主流社会大相径庭。黑奴叙事被认为是美国黑人文学的源头，在形式上沿袭非洲口头传统，大量运用宗教、演讲、音乐、召唤应答模式(call-and-response)等，具有浓郁的民族文化特色。在主题上，黑奴叙事对黑人全盘客体化的现状进行抵制与反抗，从种族、阶级、性别等多维度层面上，展现了黑奴主体意识的觉醒和对自由的追寻。

黑奴叙事的主人公多为黑白混血儿，在白人奴隶主的残酷压迫下，奋力抗争以便获得人的基本尊严。布朗(Williams Wells Brown)是第一位非裔美国小说家，他的《克洛特尔》又称《总统的女儿，美国奴隶生活的叙述》(*Clotel; or, The President's Daughter, a Narrative of Slave Life in the United States*)，于1853年初在英国伦敦出版。克洛特尔被描述为美国前总统杰弗逊(Thomas Jefferson)与黑人女奴的私生女，文中多处引用《圣经》、杰弗逊的《独立宣言》和反奴隶制演讲，形成强烈的反讽和戏剧化张力。威尔森(Harriet Wilson)是第一位在美国本土发表小说的作家，她根据自己作为一名契约仆役(indentured servant)的真实生活，在1859年写成了具有励志意义的自传体小说《我们的黑人》(又名《自由黑人生活素描》，*Our Nig; or, Sketches from the Life of a Free Black*)。同样是混血儿的弗蕾多，勇敢地直面种族和性别歧视，在针线活和书本知识中实现创造力和自主性。德拉尼(Martin Delany)的《布莱克》(又名《美国小屋：密西西比峪、美国南方和古亚的故事》，*Blake; or, The Huts of America: A Tale of the Mississippi Valley, the Southern United States and Cuba*)，堪称19世纪最激进的黑人小说，它一改黑奴叙事中混血儿充当主人公的传统程式，描摹了纯种黑人布莱克领导黑奴发动起义反抗奴隶制的动人壮举。这部小说，对20世纪60年代和70年代表现波澜壮阔的黑人民权运动的文学主题,起到了铺垫作用。

黑奴叙事对内战后黑人文学的繁荣,尤其是"哈莱姆文艺复兴",无疑产生了积极而深远的影响。此后的几十年,重要的黑人作家如雨后春笋般层出不穷,他们的作品在语言上更加娴熟自如,在形式上更加精益求精,在主题上日益丰富和深邃。如果说悲惨的混血儿形象、《圣经》的引用、对种族歧视和阶级压迫的反抗,是早期黑奴叙事的主要表现内容,那么在其推波助澜下发展起来的 19 世纪末 20 世纪初的黑人文学,又呈现出许多独特而新颖的现代元素。首先,有些作家开始着眼于真实的历史事件,融个人经历和宏大历史于一体,彰显作品的现实厚重感。比如被誉为第一位重量级非裔美国作家的切斯纳特(Charles Waddell Chesnutt),在他的第二部小说《传统的精髓》(*The Marrow of Tradition*, 1901)中,就以北卡罗来纳州东南部港口城市威尔明顿(Wilmington)1898 年选举期间的私刑为背景材料,描述了两个家庭之间旷日持久的悲欢离合,折射出具有划时代意义的主题:认同、宽容和爱才是南方新生活的和谐之道。其次,很多作品放眼于精神创伤和身份认同的问题,表明只有接近传统民族文化,黑人才能获得心灵解放和主体意识。《他们眼望上苍》(*Their Eyes Were Watching God*, 1937)是赫斯顿(Zora Neale Hurston)的代表作,故事发生于 20 世纪 20 年代,人们称它为"哈莱姆文艺复兴时期被人遗忘的经典"。混血儿主人公经历了种种艰难曲折之后,终于幡然醒悟:物质的富有并不能带来真正的快乐,民族文化之根和自我真谛,是精神救赎的灵丹妙药。再次,许多人对"美国梦"的神话产生怀疑,因为当他们从南方农村迁移到北方大都市后,不仅没能得到想象中的幸福生活,还跌进了万劫不复的噩梦和深渊。这种思想在赖特(Richard Wright)的《土生子》(*Native Son*,1940)中体现得淋漓尽致,作品运用自然主义写作手法,刻画了梦幻破灭的年轻人,在走投无路的情况下人格产生裂变,以至于犯下了谋杀罪。

黑人文学是在内战前的黑奴叙事基础上茁壮成长起来的,带有根深蒂固的民族文化烙印和鲜明的时代特色,对莫里森等现代黑人作家潜移默化的影响是显而易见的。正如毛信德所言:"这就是托妮·莫里森产生创作激情的摇篮,她是在前辈黑人作家的思想、作品培育下走进文学殿堂的,假如我们一步步地进入她的生活历程和内心世界,就会明白:什么是托妮·莫里森追求的人生最大目标,什么是她献身于文学创作的伟大动力。"(毛信德,2006:10)

二、本质主义之批判:《宠儿》的历史解构

莫里森的诸多作品,与内战前的黑奴叙事和战后的黑人文学,形成互文和呼应的关系。布朗作品中的女黑奴克洛特尔,遭受万般屈辱之后,宁可选择自杀也不愿回归奴隶制;莫里森《宠儿》中的塞丝,宁愿杀死亲生骨肉,也不肯让他们落到奴隶主的手中。切斯纳特等作家在文本中安置真实的历史事件,呼吁黑人群体用宽容和认同代替仇恨和争斗,实现本民族的欣欣向荣;莫里森的《天堂》(*Paradise*)通过极端的故事情节,把这一主题演绎得更加入木三分。赫斯顿的《他们眼望上苍》,深入挖掘黑人民族之根和自我价值,这一点与莫里森《所罗门之歌》(*Song of Solomon*)中的奶娃形象如出一辙。赖特《土生子》的主人公托马斯,战后随着移民大潮来到北方城市,雄心勃勃地准备大展拳脚,却遭到命运嘲弄以悲剧而告终;莫里森《爵士乐》(*Jazz*)中的乔来到北方后同样无所适从,婚外恋和谋杀案使他陷入精神危机无法自拔。布鲁姆等后现代理论学家阐明,"互文性"概念是解读文本的重中之重,以诗歌为例:"一首诗歌是对先前诗歌的深度误读。我们发现,在先前诗歌的表面,后辈诗歌虽然变成不在场,而不是在场,但是却仍然存在于前辈诗歌里,隐藏在那里,虽然没有显现出来,却实实在在地在那里。"(Bloom,1976:66-67)这里的"误读"是指独辟蹊径,尽量避开先前的作者意图和文本阐释,绝不亦步亦趋。

《宠儿》就是这样一部不守常规的黑奴叙事。它继承了早年黑奴叙事的一系列特点,比如非洲口头文学传统、黑人音乐、反抗奴隶体制从而实现生存主体性等。同时,它又具有现代和后现代文学的实验和创新特色,像意识流、多视角叙述策略、魔幻现实主义手法等。1856 年 1 月 29 日,《辛辛那提资讯日报》(*The Cincinnati Daily Enquirer*)以《骇人听闻的故事》(*A Tale of Horror*)为标题,报道了玛格丽特·加纳(Margaret Garner)的杀婴事件,部分描述如下:"但是一桩谋杀案已经犯下了,喉咙被齐耳切开,头几乎与身体分离,浸泡在血泊之中。地上躺着一个孩子,是这对年轻夫妇三岁的女儿。在后屋,另外两个男孩蹲在床底下,分别是两岁和五岁,在不停地呻吟,一个喉咙被割了两道深长的口子,另一个头上被切了一刀。当人们进入房间的时候,那位母亲正挥舞着一把沉重的铁锹,被制服之前,她向躺在地上的婴儿脸上死命地砸了下去。"莫里森在兰登书屋编辑《黑人之书》(*The Black Book*)时,为加纳的悲壮行为深深震撼,以此为蓝本,创作出长篇小说《宠儿》,以气壮山河的宏大

叙事,展现了黑人族群漫长而艰辛的生存和斗争历史。

植根于西方启蒙思想的本质主义,认为本质先于存在,科学和哲学的任务就是发现事物的本质。如果说存在主义的"存在先于本质"理念,竭力推翻先天命运决定论,为众多边缘化的弱势群体和个人,开创了一片自我选择和奋斗的光明前景,那么本质主义则执着于出生和身份的不可更改性,成为内战前几十年间白人至上主义者"奴隶制合法性"的狡辩理论工具。德雷顿在1836年写道:"个人观察不得不使每个正义的人相信:黑人生来是好逸恶劳和骄奢淫逸的,极易堕落;他们的头脑是迟钝、麻木和碌碌无为的,使所有国家各个年龄层的非洲人成为奴隶的命运,是他们性情低劣的自然结果。"(Drayton,1936:232)为了强化这一意识形态,主流社会在电视、电影中,竭力塑造出两类具有漫画色彩的黑人女性,一个是"黑妈妈"(Mammy),一个是"耶洗别"(Jezebel)。黑妈妈是愚忠的黑人女仆形象,以肥胖、唠叨、头脑简单的模样出现,成为气质妩媚、崭露头角的白人年轻女演员的滑稽陪衬。她们恪尽职守忠心耿耿,无论在经济上还是心理上都无比依赖主人,是父权制社会竭力推崇的黑奴标本。在《圣经·列王记》中,耶洗别是以色列王之妻,以邪恶淫荡著名,白人主流媒体用这一名称,来指代道德败坏、具有机会主义特质的黑人女仆,她们往往通过和主人的性交易获取舒适的生活。主人的和颜悦色、美味佳肴、轻松的工作,甚至潜在的自由,都是情妇角色可能获得的优待,令许多女奴根本无法抵制其造成的巨大诱惑。在美国南方文化中,耶洗别作为一些不道德黑人女奴的固定形象而被保留下来。霍克斯就曾经回忆:在他的孩提时代,媒体常常会深化这些寡廉鲜耻的刻板形象。(Hooks,1992:115-131)

黑人低级、未开化的漫画形象,蕴藏着含义丰富的潜台词:白人是文明进化的,颇具人性;黑人是愚昧无知的,颇具动物性。(Fuston-White,2002)然而,"到了1874年,白人依然无法无天,整城整城地清除黑人;仅在肯塔基,一年里就有87人被私刑处死;四所黑人学校被焚毁;成人像孩子一样挨打;孩子像成人一样挨打;黑人妇女被轮奸;财物被掠走,脖子被折断"(莫里森,2006:227)。蓄奴制被明令禁止后,社会还如此暗无天日,更何况在内战前盛行的时候呢?正是惨无人道的种族主义体制,使塞丝痛定思痛,用惊世骇俗的杀婴行为,来阻挡奴隶主的进一步为所欲为,从而保全奴隶孩子的人性和尊严。在《宠儿》这部小说中,莫里森借废奴主义者斯坦普·沛德(Stamp Paid)之口,道出了奴隶制的实质和历史的真相:

白人们认为,不管有没有教养,每一张黑皮肤下都是热带丛林。不能

> 行船的急流，荡来荡去的尖叫的狒狒，沉睡的蛇，觊觎着他们甜蜜的白人血液的红牙床。从某种意义上讲，他想，他们说对了。黑人越是花力气说服他们，自己有多么温柔，多么聪明、仁爱，多么有人性，越是耗尽自己向白人证明黑人的某种不容置疑的信念，他们体内的丛林就越是深密、纷乱。但它不是黑人们从另一个(可以忍受的)地方带到这个地方的丛林。它是白人在他们体内栽下的丛林。它生长着。它蔓延着。在生命之中、之间和之后，它蔓延着，直到它最终侵犯了栽下它的白人。触及他们每一个人。更换和改变了他们。让他们变得残忍、愚蠢，让他们甚至比他们愿意变成的样子更坏，让他们对自己创造的丛林惊恐万状。尖叫的狒狒生活在他们自己的白皮肤下；红牙床是他们自己的。(莫里森，2006:252-253)

学术领域和通俗文化中黑人的本质主义表述，窒息了美国黑人探求主体性和能动性的热望。为了获得独具特色的非裔美国批评理论，在主流社会的层层束缚之外赋予自我意义，人们必须消除霸权、瓦解中心，从而打破边缘化的格局。(White，1999:32)

三、语言逻辑:《宠儿》的历史建构

在解构了白人对黑人的本质主义历史定义之后，莫里森是运用何种策略来建构黑人民族波澜壮阔的历史的呢？在奴隶制时代，奴隶主拥有至高无上的话语权，他们操控着语言所有权，是语言的定义者和阐释者。作为他者存在的黑奴，是既无权力又无权威的边缘化弱势群体，语言和逻辑都不归他们所有。莫里森发现，美国奴隶博物馆用奴隶制作的手工艺品，而非手铐脚镣等奴役设施来展现奴隶制。(Broad，1994)这让她颇为感慨，宣称自己之所以写小说，是没有适当的文献存在来纪念那些曾在美国奴隶制下遭受苦难的黑人，对于那段可能会被遗忘的历史来说，《宠儿》充当了一座纪念碑。作家赋予小说中有名字的人物以言说的能力，使他们得以走出失语的尴尬局面，从而完成黑人历史的自我建构。莫里森首先通过置换自我与他者的语言逻辑，实现主奴角色的转换。“甜蜜之家”(Sweet Home)的奴隶主“学校教师”(schoolteacher)，断定黑奴西克索(Sixo)偷了庄园里的小猪，他们之间有一段令人忍俊不禁的对话：

“你是说那不叫偷?”

“对,先生。那不是偷。”

“那么,是什么呢?”

“增进您的财产,先生。”

“什么?”

“西克索种黑麦来提高生活水平。西克索拿东西喂土地,给您收更多的庄稼。西克索拿东西喂西克索,给您干更多的活儿。”(莫里森,2006:241)

巴赫金解释,对话各方能互相感知、互相反映……每一方话语都充满了他人的回声和混响,运用言语交际场的公有性与其相联系。(Bakhtin,1986:91)通过模仿奴隶主的话语形态,西克索获得了语言的定义权,使原本属于奴隶主的逻辑为黑奴所拥有。他用主人的话语逻辑给主奴关系重新定位,用言说的形式,使处于中心位置的主体和处于边缘位置的客体,相互移动和替换,具备了用语言逻辑重新定义自我的胆量和能力。西克索至少在心理上争取到了主体性,依照安德鲁斯的观点,黑人奴隶能够做到这一点,说明他的自我意识在觉醒。(Andrews,1986:274)

莫里森还通过对“文化文本”(cultural text)的诠释,呈现“写在羊皮纸上的历史”。莫里森在小说《最蓝的眼睛》《所罗门之歌》《柏油娃娃》中都描绘了“树”的意象,而《宠儿》中塞丝背上的“树”,常常成为莫里森研究者们关注的焦点之一。其实,那只是一个硕大无比的疤痕,在奴隶主的鞭笞下曾经血肉模糊,貌似正在开花的“樱桃树”。波涅特指出,这棵“树”象征了塞丝对被奴役经历中那些不堪回首往事和情感的压制,此外它也象征着家谱;“树”长在塞丝的背上,与前胸正好相对,反映了塞丝的为母之道(因为爱,所以杀死孩子也不让其遭到奴隶主的蹂躏),与树的原则(因为爱,所以枝繁叶茂)背道而驰;(Bonne,1997)科瑞把塞丝背上的“树”解读为怪诞性意象;(Corey,2000:31-38)斯比勒斯坚持“树”是被压迫躯体上负载的能诠释文化价值的“文化文本”;(Spillers,1987)米切尔把塞丝的疤痕理解为耶稣的十字架。(Mitchel,1991)笔者认同塞丝身上的疤痕是“文化文本”,是一种“写在羊皮纸上的历史”,“树”和疤痕只是表象,黑人民族苦不堪言的漫长历史才是真相。如果说塞丝是莫里森苦心孤诣营造的民族代言人,那么“文本”中充斥的,是塞丝用无声语言编织的诉求。它的每一次展示(无论是向贝比·萨格斯、保罗·D,还是向爱弥),都像在呐喊,给人留下无比震撼永不磨灭的印象。

除此之外,莫里森通过多重叙述视角,聚合历史的真正意义。作为统领全篇的主要情节,惊心动魄的杀婴事件,前后由四个不同的人物进行陈述。其中,塞丝是当事人,其他三位是目击证人,他们分别是贝比·萨格斯、斯坦普·沛德和白人抓捕者。在白人的眼中,塞丝的行为疯狂而不可理喻,黑人拥有黑熊般的动物性,如果没有白人的监督和指导,很容易走上自相残杀的穷途末路;塞丝坚持自己的行为是正当的,当白人像饿狼扑食一样赶来时,她只有牺牲孩子的生命作为保护手段,此外别无选择;贝比·萨格斯理解塞丝的心路历程,却又因为过度悲伤而深感绝望;斯坦普·沛德误解和谴责过塞丝,但后来明白了事情的实质,终于得出结论:对杀婴行为应该负责的,不是手无寸铁的女黑奴塞丝,而是罪孽深重的美国种族主义社会体制。沃克在《寻找我们母亲的花园》中,这样来阐述真相的问题:"任何主体的真相,只有在故事的方方面面被聚合到一起,所有不同的意义形成一个新意义时,才能被呈现出来。"(Walker,1983:49)人们在使用语言时,不可避免地带有各自的文化印记、经验意识和言说意图,语言的主观性在所难免。因此,单一的故事讲述是不存在的,文本唯有在多元化的视野中,才能让读者做出正确的道德评判,才能建构真正的历史意义。

较之于美国内战前的黑奴叙事,以及哈莱姆文艺复兴以来的黑人文学,《宠儿》中的黑奴叙事更加引人入胜。它鞭辟入里地批判了本质主义理论,指出白人至上主义者关于"黑人天生低劣"和"黑人等同动物"的言论是荒诞不经的,从而义无反顾地对其实行解构。在主流社会虚构的历史中,黑人始终处于沉默和失语状态,莫里森通过赋予小说人物以言说的权力,使黑人族群走出他者注视造成的困惑和迷失,重新书写历史,建立自我主体性。从这个意义上讲,莫里森的黑奴叙事和历史书写,具有独树一帜的后现代魅力。

参考文献:

①Evelyn Jaffe Schreiber, Reader, Text, and Subjectivity: Toni Morrison's "Beloved" as Lacan's gaze qua object[J]. Style, 1996,30(1):445-461.

② Arlene Keizer, "Beloved": Ideologies in Conflict, Improvised Subjects[J]. African American Review, 1999,33(1):105-123.

③Lorie Watkins Fulton, Hiding Fire and Brimstone in Lacy Groves: the Twinned Trees of "Beloved"[J]. African American Review, 2005,39(1-2):189-199.

④Elizabeth Hayes, The Named and the Nameless: Morrison's 124 and Naylor's the Other Place as Semiotic Chorae[J]. African American Review, 2004,38(4):669-681.

⑤习传进.论《宠儿》中怪诞的双重性[J].外国文学研究,2003(5):68-74.

⑥朱新福.托尼·莫里森的族裔文化语境[J].外国文学研究,2004(3):54-60.

⑦严启刚、杨海燕.解读《宠儿》中蕴含的两种文本[J].四川外语学院学报,2004(3):16-20.

⑧王玉括.在新历史主义视角下重构《宠儿》[J].外国文学研究,2007(1):140-145.

⑨赵莉华、石坚.贝比·萨格斯的去殖民化"空间实践"[J].当代外国文学,2008(3):106-110.

⑩易立君.论《宠儿》的伦理诉求与建构[J].外国文学研究,2010(3):131-137.

⑪毛信德.美国黑人文学的巨星——托妮·莫里森小说创作论[M].浙江大学出版社,2006:10.

⑫Harold Bloom. Kabbalah and Criticism[M]. New York:Seabury Press, 1976:66-67.

⑬http://www. cwrl. utexas. edu/maria/beloved/enquirer. html.

⑭William Drayton. The South Vindicated from the Treason and Factionalism of the Northern Abolitionists[M]. Philadelphia:H. Manly,1936:232.

⑮Bell Hooks. The Oppositional Gaze:Black Female Spectators[M]//Black Looks:Race and Representation. Boston:South End Press, 1992:115-131.

⑯Jeanna Fuston-White. From the Seen to the Told:The Construction of Subjectivity in Toni Morrison's "Beloved"[J]. African American Review, 2002,36(3):461-473.

⑰⑱㉑托妮·莫里森.宠儿[M].潘岳、雷格,译,南海出版公司 2006:227,252-253,241.

⑲Deborah Grey White. Female Slaves in the Plantation South[M]. New York:W. W. Norton & Company, 1999:32.

⑳Robert L. Broad. Giving Blood to the Scraps:Haunts, History, and Hosea in "Beloved"[J]. African American Review, 1994,28(2):189-196.

㉒M. M. Bakhtin. The Problem of Speech Genres in Speech Genres and Other Late Essays[G]//Eds. Caryl Emerson & Michael Holquist. Austin:University of Texas Press, 1986:91.

㉓William Andrews. To Tell a Free Story:The First Century of Afro-American Autobiography,1760—1865[M]. Urbana and Chicago:University of Illinois Press, 1986:274.

㉔Michele Bonne. To Take the Sin Out of Slicing Trees...The Law of the Tree in "Beloved"[J]. African American Review, 1997,31(1):41-54.

㉕Susan Corey. The Aesthetics of Toni Morrison:Speaking the Unspeakable[G]//Ed. Marc Conner. Jackson:University Press of Mississippi, 2000:31-38.

㉖Hortense Spillers. Mama's Baby, Papa's Maybe:An American Grammar Book[J]. Diacritics, 1987,17(2):65-81.

㉗Carolyn Mitchel. I Love to Tell the Story:Biblical Revisions in "Beloved"[J]. Religion and Literature, 1991,23(3):27-42.

㉘Alice Walker. In Search of Our Mothers' Gardens[M]. San Diego:Harcourt, 1983:49.

(原发表于《国外文学》2011 第 2 期)

伊什梅尔·里德的历史叙述及其政治隐喻

——评《逃往加拿大》

王丽亚*

（北京师范大学外文学院）

摘　要：本文以美国当代小说家里德的《逃亡加拿大》作为个案，重点分析作品在题材和叙述手法两个方面对解放奴隶这一历史题材寄予的当代政治寓意。文章指出，作品以美国内战期间的真人真事为叙述对象，同时，采用并置历史时代、糅合文类等后现代叙事技巧，将真实事件的叙述与想象融合在一起，使得作品展现的事件及其在重新叙述中呈现的政治寓意成为一个具有多重含义的叙事结构。

关键词：历史叙述；改写策略；反讽；奴隶叙事

引　语

非裔美国文学评论家盖茨认为，伊什梅尔·里德(Ishmael Reed)“是埃利森之后最受关注、同时也是招致误解最多的非洲裔美国小说家”，评论界最多只把他看作一位“讽刺小说家”，而这显然远不足以描述里德作品在内容和形式两个层面的丰富意义。[①] 为此，盖茨不仅在《表意的猴子》中用整整一章的篇幅阐述里德的“伏都叙事”，而且为里德的小说《逃往加拿大》撰写书评，赞扬作品在形式技巧方面的艺术成就。[②]

---

* 作者简介：王丽亚，教授，主要研究方向为19—20世纪美国小说、英语小说叙事形式与修辞。

① Henry Louis Gates, Jr.. Review[G]// Ed. Bruce Allen Dick. Critical Response to Ishmael Reed. London:Greenwood Press. 119-122.

② Henry Louis Gates, Jr. Review, 120.

遗憾的是，盖茨对《逃往加拿大》的赞誉并没有引起评论界对该作品的重视。与20世纪70年代小说发表时的情形类似，近年来关于该作品的评论仍然集中于小说的戏仿手法，强调作品对奴隶叙事传统的颠覆。[①] 评论家们认为，小说以逃奴瑞温(Raven Quickskill)为主人公，以其逃亡之旅为情节主线，表明里德继承了自道格拉斯(Frederick Douglass)以来的奴隶叙事传统；[②]而小说以主人公重返旧地为故事结尾，取代了以往奴隶获得自由、远离苦难的大团圆结局，表明作品与传统奴隶叙事构成对立。[③] 此外，评论家们指出，小说多次提及斯托夫人的《汤姆叔叔的小屋》，并以汤姆叔叔为模仿对象塑造了驯服温厚的家奴罗宾叔叔(以下称罗宾)形象，同时，通过突转情节，安排罗宾篡改奴隶主遗嘱，成为庄园主人。这一突兀的情节设计表明作品颠覆了斯托夫人笔下的模范黑奴形象，同时也使作品的道德寓意显得含混不清。[④] 这些评论点明了作品形式层面的戏仿手法说明戏仿手法以先前形式为模仿对象，最终实现形式颠覆的基本特征。[⑤] 笔者认为，形式论述固然重要，但应该结合作品显而易见的历史题材进行。事实上，较之评论界对作品形式的关注，里德本人将重新叙述美国内战期间的黑奴解放事件作为作品晓谕的对象，借此强调这一题材对于当代社会的政治意义。

本文讨论《逃往加拿大》对历史题材的重新利用，分析作品在展现历史人物、叙述历史事件过程中的形式技巧，揭示作家对历史题材寄予的政治寓意。文章认为，小说在叙述形式与历史题材两个方面表现了一个多重立体结构。首先，作品以逃奴故事作为叙事类型，以美国内战时期的历史事件作为素材，强调了历史事件的真实性，从而表述了作者对历史的深刻记忆；其次，在叙述

---

① Janet Kemper Beck. I'll Fly Away: Ishmael Reed Refashions the Slave Narrative and Takes It on a Flight to Canada[G]//Ed. Bruce Allen Dick. Critical Response to Ishmael Reed, 132.

② 美国文学评论界通常将道格拉斯的自传叙事 *The Narrative of the Life of Frederick Douglass, An American Slave, Written by Himself* 看作美国奴隶叙事传统的开创之作。相关作品选及理论阐述参见 Michael Meyer, ed.. Frederick Douglass: The Narrative and Selected Writings[M]. New York: The Modern Library, 1984.

③ Janet Kemper Beck, I'll Fly Away: Ishmael Reed Refashions the Slave Narrative and Takes It on a Flight to Canada[M]. 135.

④ Edmund White. Review[J]. Critical Response to Ishmael Reed, 135.

⑤ Robert Burden. The Novel Interrogates Itself: Parody and Self-Consciousness in Contemporary English Fiction[G]//Eds. Malcolm Bradbury and David Palmer. The Contemporary English Novel. London: Edward Arnold, [s.n.], 1979: 135.

历史事件过程中，作品在19世纪故事中植入电话、电视等20世纪技术产品，模糊了过去与现在的时间界限，以此表述重述历史所具有的当代政治寓意；此外，通过引用、借用文学经典作品，小说将以往叙述奴隶历史的文学经典作为多个潜文本，与小说自身关于奴隶历史的叙述构成互相参照、彼此对立的历史叙事，表述了里德本人强调通过小说叙事重述历史的后殖民批判立场。

一

里德一向关注文学作品中的历史展现，尤其是关于美国内战期间的黑奴解放问题。在他看来，美国文学关于黑奴解放史的叙述缺乏历史真实性；就小说与美国黑奴历史的展现关系而言，里德认为以道格拉斯为代表的黑人作家虽然叙述了黑人在历史上遭受的压迫与歧视，但一味描述黑人苦难并不能揭示这一历史事件对当代社会的启示意义。[①] 为此，他呼吁黑人作家应该将历史上的黑奴解放事件作为一个重要的文学题材进行重新叙述。[②]《逃往加拿大》出版于1976年，时值美国独立战争200周年纪念。这一创作时间足以显现里德寄予作品的当代现实主义意蕴。[③] 用他自己的话来说，用小说重述那段历史有助于人们“解释现在，预见未来”。[④] 相对于评论界对作品叙述形式的重视，里德本人更注重作品历史素材及其重新利用。

《逃往加拿大》以美国内战时期为故事时间，讲述了1865年间发生在弗吉尼亚州的黑奴逃跑事件。主人公瑞温为了成为自由人，想办法逃出奴隶主斯威尔(Arthur Swille)的庄园，并计划逃往加拿大。伴随这一主要情节，作者在叙述过程中引入美国内战、废奴运动、林肯遇刺等历史事件，采用喜剧夸张手

---

① Ishmael Reed：An Interview[G]//Eds. Bruce Dick and Amritjit Singh. Conversations with Ishmael Reed. Jackson：University Press of Mississippi，1995：334.

② Jon Ewing，The Great Tenure Battle of 1977[M]//Eds. Bruce Dick and Amritjit Singh. Conversations with Ishmael Reed. Jackson：University Press of Mississippi. 1995：111-127.

③ 美国独立之前就不断有黑奴逃往加拿大。一直到20世纪70年代，一部分黑人仍然把加拿大想象成逃离种族歧视、获得自由的理想之地。然而，当他们竭尽所能来到加拿大后却大失所望。参见Peter Narareth的回忆文章“Article”，in The Critical Response to Ishmael Reed，139-148。原载Toronto South Asian Review 4.3(Spring 1986)1-10.

④ Interview with Ishmael Reed[M]//Eds. Bruce Dick and Amritjit Singh. Conversations with Ishmael Reed，Jackson：University Press of Mississippi. 1995：51-52.

法描述了以斯威尔为代表的南方奴隶主集团与以林肯为代表的联邦政府之间的合谋关系。

前面提到,里德强调"重新叙述"历史。这种站在"现在"时间点上的叙述立场必然包含了对先前叙事的重新审视,使得"改写"成为一种必要的叙述策略。这一点首先体现在小说对林肯形象的重新塑造上。《逃往加拿大》中的林肯不再是那个人们熟悉的英雄总统,而是一位擅长钱权交易的阴谋家。为了筹集购买军火的资金,他登门拜访奴隶主斯威尔,明言战争的目的不是为了解放奴隶,而是"我们花点钱先把奴隶买下。……或者这样说,先收买保证人,然后以7.5%利息返还给南方奴隶主们。……买下所有奴隶,再把这些奴隶驱赶到别处"(32)。[①] 听罢此言,斯威尔当即呈上数大袋黄金对林肯说:"拿着,拿着。林肯,长期贷款。让我来对付那些南方联邦军队。还有那位李将军"(33)。这种极为夸张的改写手法使总统形象发生了"变形",同时也使内战期间奴隶主与政府之间的合谋关系成为作品直截了当的批判对象。为了强化这种阅读印象,叙述者进一步强调林肯与奴隶主完全一致的政治立场。作为交换条件,奴隶主斯威尔要求林肯协助自己抓捕逃跑的三个奴隶:40s、利奇菲尔德和瑞温。当林肯稍显犹豫时,斯威尔立刻提醒他别忘了自己曾经公开发表的言论:"总统先生,你亲口说过,你一贯认为奴隶不应该享有与其他人一样的社会地位和政治权利。你说你反对奴隶有选举权。我是从报纸上看到这些话的。你说奴隶和我们不一样,总统先生。你说黑奴在生理上就与我们不一样。"(37)不同于以往由奴隶痛说苦难的叙述手法,作者借用故事中奴隶主之口明言林肯总统在对待奴隶制问题上的根本立场。为了强化这一效果,小说第二部分以"玩家林肯"为题揭示总统不仅是奴隶主的同谋,而且是合谋关系中的利益赌徒。林肯向他的同僚们坦言:"我们绝不能输掉这场战争,不然就无法偿还斯威尔的贷款。"(45)为此,他反复强调内战策略的重要性:即要让所有人支持北方政府。用他的话来说,"要让事情变成这样:如果你支持奴隶制,你就不是北方立场"(49)。值得一提的是,这些"改写"后的"历史"与历史记载并不矛盾。卡耐基(Dale Carnegie)在《林肯传》里这样描述:"今天你随便问一个美国普通百姓,内战为什么会打起来,他肯定会说:'为了解放黑奴。'"而事实上,炮火喧嚣的战争进行了近18个月后,林肯才着手签署《解放黑人奴隶宣言》,"林肯认为如果联邦能够保住,并且阻止奴隶制扩散的话,那么奴隶制会

① Ishmael Reed. Flight to Canada[M]. New York: Simon & Schuster, 1979.文章引文均为笔者自译,随文标注页码。

走向它自然的终结。不过如果联邦被毁掉了,奴隶制可就得延续上几个世纪了”,因此,他心中理想的计划是统一联邦政府,作为策略,他提出:每释放一个奴隶,奴隶主就可以得到四百美元补偿。①

依照麦克黑尔的观点,利用历史事件和人物构建情节,塑造人物形象,这是宽泛意义上的历史小说的惯例,旨在强调小说在记录历史方面具有的真实性与客观性。② 或者说,作品的语言属性决定了历史小说无法等同于历史叙事,但是,直接采用历史人名,将历史人物作为故事人物,这一手法显然更易于读者联想到历史事件本身的真实存在,从而增加阅读层面的真实感。依照艾柯的观点,当小说中的历史人物与历史上的真人出现相似之处时,小说人物便有了“跨界身份”,二者可以被视为同一人。③ 不过,里德以重新叙述作为出发点,以改写作为策略,将林肯作为故事人物,这一手法并非为了强调小说人物与历史人物为同一对象,而是为了突出叙述行为本身的必要性与重要性。他曾明确指出,“数百年的美国历史一直被曲解,因此,我们现在必须站在一个不同的立场看到历史的另一面(黑体为笔者所加)。这就是我想在小说中实现的目标”。④ 通过强调叙述行为本身的必要性与重要性,里德实际上突出了叙述差异包含的历史真实性。也就是说,他强调的是对历史事件的重新叙述,而不是还原历史事件本身。换言之,作为自在之物的历史以及关于历史的叙述在里德看来受制于叙述行为固有的权力话语;而经过重新叙述后呈现的历史与先前叙事则构成互为参照的两种话语。为了展示这一辩证关系,小说借用主人公视角引入关于斯托夫人是否剽窃了乔赛亚·亨森(Josiah Henson)著作的思索,以此揭示关于文学虚构与历史纪实的关系。

叙述者明确表示,瑞温觉得斯托夫人像个谜。“‘你就是那个引发了一场大战的小女人’——据说这是林肯总统在白宫接见斯托夫人时所说的”,而南部联军又说林肯实际上是“一位黑人”,不过,“这些可能都是流传的说法而已”(7);那么,“谁又能断定什么是事实?什么是虚构?”(7)无人能够给出明确的回答。但瑞温感到可以肯定的是“历史很奇怪,很复杂。历史从来都是秘而不

---

① 戴尔·卡耐基.林肯传[M].白马、张雷,译.杭州:浙江文艺出版社,2009:185-187.

② Brian McHale. Postmodernist Fiction[M]. New York and London: Methuen, 1978:34-35. 麦克黑尔是美国当代文学评论家,专攻后现代小说形式主义研究。他从本体论与认识论两个角度对后现代小说进行的阐述被评论界广泛引用。

③ Umberto Eco. The Role of the Reader: Explorations in the Semiotics of Texts[M]. Bloomington and London: Indiana University Press, 1979:234.

④ Conversations with Ishmael Reed, 186-187.

宣”(8)，而真正重要并且“不可思议”的是人们叙述历史的“写作行为”。(8)由此，他想到了斯托夫人的《汤姆叔叔的小屋》与乔赛亚·亨森的《黑奴乔赛亚·亨森的生活》，“据说这个故事(《汤姆叔叔的小屋》)是她从乔赛亚·亨森那里‘借来’的”，故事本该是亨森的，(8)而斯托夫人用黑人的故事为自己赚了一大笔‘黑钱’”。(8-9)

斯托夫人是否剽窃了亨森的故事，可谓美国文学史上的一桩公案。由于《逃往加拿大》采用故事人物视角多次提到斯托夫人“借用”了亨森的故事，有评论家认为这一手法暗示读者作者同样认为斯托夫人剽窃了亨森的作品。[①] 甚至有评论指出，小说提到斯托夫人用黑人故事赚得“黑钱”(Black Money)，并为自己“添置了许多真丝裙子”，(9)这些叙述无疑表明里德对斯托夫人的指责。[②] 与此不同，莱斯利认为，斯托夫人是在完成《汤姆叔叔的小屋》之后才读到亨森的故事，此后曾用亨森的作品来劝说她周围的白人相信世界上的确有“很好很善良的黑奴”。[③] 里德本人曾明确表示，他对斯托夫人及其作品欣赏有加。[④] 文学史上关于此事的真相如何，我们姑且按下不表，就小说反复暗示或明示的叙述行为的重要性而言，里德在小说中引入这桩公案的用意主要在于强调作为边缘文学的非洲裔文学应该重新叙述自身的奴隶史，使之既不同于以往道格拉斯的苦难叙事，也有别于斯托夫人笔下的感伤主义描述。总之，里德认为应该换个角度讲述黑人解放的历史故事。在他看来，就叙述方法而言，小说情节与历史叙事一样，都具有内在因果律，因此，叙述历史“不是将各种事件进行排列和组合”，而是进行重新组合，因为“历史就是情节”。[⑤] 值得指出的是，里德虽然没有使用后现代理论的习见术语与概念来阐述文学与历史的关系，但这种象征和类比同样揭示了文学叙事可以揭示历史叙事差异蕴含的权力不平等关系。

---

① Keith Byerman. Fingering the Jagged Grain: Tradition and Form in Recent Black Fiction[M]. Georgia: University of Georgia Press, 1985: 23.

② Peter Nazareth. Article[J]. Critical Response to Ishmael Reed, 141.

③ Leslie Fiedler. The Inadvertent Epic: From Uncle Tom's Cabin to Roots[M]. Toronto: Canadian Broadcasting Corporation, 1979: 82. 莱斯利(1917—2003)专攻美国黑人文学传统与美国文学中WASP文化的影响关系研究。他的主要著作之一*Love and Death in the American Novel*(1960)从文化心理角度提出，美国小说传统源于白人作家对黑人的爱恨交加情结，由此在评论家掀起轩然大波。

④ Ishmael Reed. Writin "Is Fighting": Thirty-Seven Years of Boxing on Paper[M]. New York: Atheneum, 1990: 74.

⑤ Conversations with Ishmael Reed, 203.

二

前面讨论了里德在小说之外以及体现在作品中的关于历史与文学叙事的辩证认识。需要重申的是，里德强调通过小说展现历史，但这并不等于说他将文学虚构与历史事实同视为话语本质。相反，他十分注重文学叙事与历史事实的指涉关系。在这一点上，里德不同于一般意义上的后现代小说家。我们知道，不少被冠以"后现代"之名的小说集中于展现文本的虚构本质(通过凸显叙述手法提示故事虚构本质)，这种过分强调虚构性的本文主义立场使得任何关于社会现实、"真实"世界的指涉都变得遥不可及。[①]《逃往加拿大》则不然，作者对林肯这一历史人物进行了夸张的描述，但并没有在开篇处声称"书中人物纯属虚构，如有雷同，纯属巧合"。[②] 小说借用瑞温的视角对虚构与真实的关系提出疑问，但并没有采用介入作品的叙述者声音对改写后的历史人物从形式审美范畴进行正名，而是直接描述林肯与奴隶主之间的合谋关系。这种看似同样"纯属虚构"的手法祛除了通过明言虚构性强调叙事文本内在价值的审美本质，将通过小说形式重新叙述的历史故事以一种直入堂奥的姿态指向文本外的历史关联。体现在《逃往加拿大》中的这一叙事策略不仅源于作者的叙述立场，同时也是基于作者对读者历史知识的充分信任。就历史上关于林肯对废奴问题的基本立场而言，一个明确的历史事实是：1862 年 8 月 26 日，林肯曾在《纽约论坛报》上发表宣言："我在对待奴隶制和有色种族方面的所作所为，全部出于挽救联邦的考虑。"[③]小说夸张手法显现的人物变形与这一历史事实几乎完全吻合，小说叙事与历史事实在故事世界里重新聚合，合二为一。依照麦克黑尔的观点，从严格意义上讲，后现代小说中的历史叙事通常通过模糊事实与虚构的界线，使得小说成为"旁经式的历史"[apocryphal，或称选择性的历史(alternative history)]，实现补充正史或者还原被掩盖的历史，

---

① Peter Brooker. New York Fictions：Modernity，Postmodernism，the New Modern [M]. London and New York：Longman，1996：15.

② 关于后现代历史小说形式意义的总体论述，参见 Brian McHale. Postmodernist Fiction，尤见第 84 至第 94 页。

③ 艾伦·韦恩斯坦、大卫·卢布尔.美国史(中册)[M]. 胡炜、余世燕，译.北京：中国友谊出版公司，2008：289.

甚至推翻官方历史的目的。[①] 然而,《逃往加拿大》对林肯这一历史人物的重新塑造不是“旁经式的历史”,也不是卢卡契所说的“重要历史事件中的真实人物”,[②]而是将历史事实以及以往关于历史事实的叙述同时展现在读者面前。在这一点上,《逃往加拿大》十分类似于哈钦提出的“历史书写元小说”(historiographic metafiction)。

哈钦认为,在后现代小说中,原先以模仿论为基础的真实性在作品有意呈现的虚构性中发生坍塌,从而使历史的真实性与文本的虚构性不再分别隶属文本内外两个不同的世界,而是合在一起形成话语张力:一方面,文学虚构使作品显现“强烈的自指涉”特点,与自在的历史事实形成“根本的矛盾”;另一方面,作为素材的事件和人物固执地指向曾经发生在现实世界中的历史事件,使得作品具有“明确的历史,以及毫不掩饰的政治”。[③] 从这个意义上看,《逃往加拿大》对林肯的改写并非仅仅是形象塑造层面的戏仿,也不纯粹是关于历史事实本身的记叙,而是集历史事件及其展现方式的双重叙述。一方面,历史事件在重新叙述中再度呈现,并与编年史记载的事实吻合;另一方面,以往关于历史事件的叙述及其套话在小说的重新叙述中显现为一种不同的权力话语,并与小说改写后的形象和故事构成对立。应该看到,这种通过重新塑造历史人物重新叙述历史的手法源于里德对历史启示意义的充分认识。在他看来,回顾历史可以使人“从过去获得某种隐含意义”。[④] 这种隐含意义在《逃往加拿大》中主要体现在寓意层面对“奴隶”一词的衍生与拓展。通过对不同历史时间进行并置,小说明白无误地指出,奴隶不仅是一种经济现象,同时也是一种思想状态和文化心态。例如,当林肯询问罗宾在奴隶主庄园里生活如何时,罗宾即刻表示:“我真的喜欢这里。想吃的时候有好东西吃。还有彩电。……我们享受免费牙医保健,除非自己想干活,不然,大部分时候都闲着”(37)。正是这种甘愿为奴的态度使罗宾赢得了奴隶主的信任。我们得知,在所有奴隶中,只有他一人有权使用奴隶主的私人电话。将电视、电话、牙医保健这些20世纪技术现象移至1865年的故事世界,小说实际上将“奴隶”一词作为一个后现代寓言呈现给读者,昭示了“奴隶”一词的隐喻:解放奴隶运动远远不止是过

---

① Brian McHale. Postmodernist Fiction, 90.

② George Lukács. The Historical Novel[M]. Trans., Hannah and Stanley Mitchell. London: Merlin Press, 1962:42.

③ Linda Hutcheon. A Poetics of Postmodernism: History, Theory, Fiction[M]. New York & London: Routledge, 1988:4-5.

④ Conversations with Ishmael Reed, 16.

去殖民时期的一个历史事件，更不仅仅是经济层面的改善。废奴运动开始后，逃亡在外的奴隶利奇菲尔德回到了家乡，但他十分担心斯威尔死后无人资助他去纽约参加吟诗会成立仪式："现在斯威尔死了，谁来为我埋单？"(176)这时，罗宾大发感慨："你真的认为奴隶仅仅是一个经济问题？你以为用一张支票就可以买断历史，将历史一笔勾销？这么简单吗？有这样的想法是对历史的侮辱，……他(斯威尔)生前有的是钱，但他要的不是钱。他要的是你内心的奴隶"(177)。利奇菲尔德并没有因为这一席话感到羞愧难当，相反，他理直气壮地宣称，他之所以逃跑不仅仅因为想逃脱奴隶主的压迫，同时也是为了摆脱奴隶对他的欺负："奴隶主和奴隶都曾用鞭子抽打过我"(177)。如果说罗宾的话揭示了奴隶一词在奴隶制结束后社会关系领域的象征意义，那么，利奇菲尔德的直白则将"奴隶"一词的含义直指人们的内心，揭示了"奴隶"与"主人"关系的形而上意义。对此，小说借用瑞温女友夸夸(Quaw Quaw)的话重申："奴隶是一种思想状态，形而上的东西"(95)。小说对于奴隶一词的象征与赘述使我们想起库切在1987年接受耶路撒冷文学奖时说的话："在一个既有主人又有奴隶的社会里，没有人是自由的。奴隶不自由，因为他不是自己的主人；主人不自由，因为他没了奴隶就无法生存。"[①]从象征角度讲，这番话同样可以用于解释里德在《逃往加拿大》中对奴隶与主人关系的揭示。内战结束后，罗宾首先在经济地位上发生了转变，他和妻子从"弗莱德里克·道格拉斯的房子"搬进了"奴隶主的城堡里"(171)；当罗宾的妻子担心该如何打扫有着50个房间的大房子时，罗宾不假思索地回应："你可以叫佣人做"(177)。如果说罗宾形象上的这一面颠覆了斯托夫人塑造的汤姆形象，小说对罗宾固有的主仆意识的描述实际上包含了对这一"新形象"的质疑。或许正是从这个意义上，里德认为，"奴隶是一种当代社会现象""18世纪、19世纪南方种植园内的奴隶机构现在依然存在"。[②]

奴隶依然存在，通往自由之路也就依然漫长。前述提到，评论家们注意到小说以"逃往加拿大"作为题目，却以主人公重返美国为结尾，由此认为这一情节安排代表了作者对奴隶叙事传统的戏仿。不过，从上面的阐述可以看出，这一结局与作品隐含的"奴隶"隐喻构成对应关系。如果单从故事层面讲，导致这一结局的原因是瑞温得知加拿大的种族歧视现象丝毫不亚于美国："中国

---

① J.M.Coetzee. White Writing: On the Culture of Letters in South Africa[M]. New Haven, CT & London: Yale University Press, 1988: 11.

② Conversations with Ishmael Reed, 120.

人、巴基斯坦人在大街上遭到毒打。来自西印度群岛的人则被人用枪打死”(160)。不过，故事时间在《逃往加拿大》中已不限于19世纪，而是福特汽车、假日酒店随处可见的20世纪。(160)这些将不同历史时间进行合并的手法显然不是为了拆解文学虚构与历史真实之间的界限，而是为了突出“奴隶”一词的现代政治寓意，将批评矛头直指当代依然存在的种族、文化歧视。因此，瑞温的“逃跑”实际上也是无处可逃。从这个意义上讲，小说以瑞温回到美国作为故事结局与通篇的“逃跑”实为同一象征，喻指尚未实现的自由与解放。因此，我们可以说，通过瑞温的这一来一回，小说使“奴役”与“自由”两个意象成为同一主题的两个面，在情节结构中互相呼应，并在重述历史的过程中将隐喻同时指向过去与现在。与这一隐喻结构相呼应，故事以瑞温写给奴隶主的一首告别诗作为开始，将“飞翔”(flight)作为一个自由和解放的象征呈现给读者：“我已经坐飞机飞翔/现在安全抵达/加拿大，因此/你不用派人/抓我/用不着去火车站/我不在那里。”值得注意的是，瑞温写作这首告别诗的时候，他依然身在美国。也就是说，小说开始时瑞温尚未逃跑。告别诗叙述的时空(加拿大)与瑞温实际所处的时空(美国)构成了叙事结构上的时间倒错现象(anachronism)，表明“逃往”对于瑞温而言仅仅是尚未实现的一个想象，象征自由与解放的加拿大与其说是一个地理空间，倒不如说是他心中的一个乌托邦。不过，也正因为如此，他在加拿大的失望并未影响他对自由的追求与向往。小说强调，阅读与写作对于瑞温而言意味着知识与启蒙，用他自己的话来说，“写作就是自由”(89)，“诗歌是知识”(104)。写作在小说中被认为是具有强大精神力量的特殊武器。这一点就连奴隶主也意识到了。在得知瑞温逃出了奴隶主庄园后，斯威尔意识到了允许瑞温读书写字的潜在危险性：“瑞温先学会了阅读，接着学会了写，然后就逃跑了；在所有的奴隶中，他第一个这样做”；(14)对此，斯威尔显然很后悔：“我们允许他学会了读书写字，在前技术时代和前期—后理性时代，这可是最具威力的东西”(35)。不难看出，写作在小说中被赋予了具有启蒙通往自由之路的力量。可以说，与里德强调的“重新叙述”一样，写作被描述为进行重新叙述的第一步。小说末尾强调罗宾要求瑞温来撰写他的个人传记，显然将里德反复强调的重新叙述作为一个核心题旨呈现给读者，以审视过去。

三

前面讨论了里德通过象征寓意结构强调了重新叙述奴隶解放问题对于现代的启示意义，以及小说强调“写作”对于通往自由的重要意义。同样值得关注的是，“重新叙述”在小说中不仅包含了对历史本身的描述，同时还包含了对以往文本的拆解阅读。这一点在作品中主要通过“文本套文本”的方式得以呈现。

据历史记载，1865 年 4 月 14 日夜晚，林肯在福特剧院观看《美国表兄》。10 点刚过，扮演男主角的演员约翰·威尔克·布斯突然向林肯开枪，当时，约翰正在说全剧最好笑的一句台词，“我猜我能把你翻个个儿，你这个危险的老东西！”[①]令人回味的是，在《逃往加拿大》中，关于这一历史事件的重新叙述借助了 20 世纪的电视媒体技术。出现在娱乐频道中的一档电视节目重复播放当年的“实况”，场面血腥。与前述论及的并置故事时间一样，将电视技术移入 19 世纪故事世界，这一手法无疑推翻了传统小说叙事要求读者“悬置不信任”的阅读成规，凸显了故事的虚构性。不过，林肯遇害事件本身的事实性质，以及电视技术的真实存在，有效地抵消了由于并置历史年代带来的虚构性，从而强化了虚构手法传递的历史寓意，即，与解放奴隶这一历史进程构成抵抗的反对话语在现代社会中的重现。如果说小说塑造的“阴谋家林肯”解构了解放奴隶与美国内战之间的因果关系神话，那么，小说通过电视节目重复播放林肯遇害事件，则反映了这种神话在现代社会中的延续。换言之，作为一个真实发生的历史事件，重新出现在现代媒体上的林肯遇害事件使得读者重新回到了从历史中剥离出来的某个现场，将林肯遇害与解放黑奴连接为一个具有因果关系的神话。不过，与前述提到罗宾形象的自我解构一样，小说通过一个嵌入的文学文本《美国表兄》对这一借助于现代技术重新构建的神话进行了拆解。

《美国表兄》是剧作家泰勒（Tom Taylor）于 1851 年创作的一部三幕戏剧，描述了美国人阿萨在英国被视为“野蛮美国人”的滑稽经历。里德在《逃往加拿大》中反复提到《美国表兄》，固然因为该剧与林肯遇害密切相关，但其用意显然不只是强调两个事件之间的事实联系。小说集中引用了《美国表兄》第一幕中的内容，展示了美国佬阿萨因为满口俚语、举止唐突在英国上层社交场

---

① 艾伦·韦恩斯坦、大卫·卢布尔.美国史[M].306.

合成为笑柄的滑稽场景；同时，通过引用剧中人物对话，将美国人屠杀印第安人、掠杀水牛等野蛮行为展现在读者面前。这些直接引用文学文本的手法不仅直接展示了英国人眼中的野蛮美国人形象，同时也揭示了这种野蛮并不是英国人鄙视或批评的目标，而是猎奇甚至钦羡的对象。在《美国表兄》中，我们读到，阿萨的英国朋友们饶有兴趣地听他表姐讲述美国人的种种野蛮行径，但听者纯粹是为了“找乐子”(99)；至于叙述者阿萨，则是为了通过描述印第安人及水牛如何野性恐怖来突出美国人在征服野兽过程中显现的剽悍与勇敢。他得意忘形地把印第安人和水牛视为一类，并与黑奴相提并论，告诉他的英国听众这些东西“很黑，就像奴隶交易市场上的黑奴一样”(102)。显而易见，嵌入小说中的这一文学文本将老牌殖民帝国及其后来者同时作为小说批判的对象。众所周知，英国在19世纪末已经在非洲、亚洲、澳大利亚、加拿大、加勒比海地区以及爱尔兰建立了强大的殖民帝国。作为18世纪后半叶从宗主国脱离出来的独立国家，美国本该代表抵制殖民政治的一个文化象征，但《美国表兄》借用英国人的眼光描述美国人的野蛮，让读者在会意中对这个新兴独立国家代表的“后殖民”形象进行了重新审视，使我们看到，与英殖民帝国的殖民政治一样，美国的“后殖民”经历了残酷的殖民过程，包含了杀戮印第安人、贩卖黑奴以及海外扩张等黑暗历史。小说借用《美国表兄》这部与林肯遇害事件密切相关的戏剧，将批判对象同时指向了英美两个国家的殖民史。作为一个嵌入的文学作品，《美国表兄》揭示了殖民、后殖民概念蕴含的历史延续性：相对于在18世纪独霸全球的英殖民帝国而言，美国的独立战争代表了它具有“后殖民”性质，但19世纪美国内战期间发生的废奴运动同样揭示了这种“后殖民”进程中包含的殖民政治。小说将林肯遇害事件通过电视这一现代媒体重新展现在故事人物眼前，这一技巧的象征意义在于暗示殖民与后殖民话语在特定历史条件下的延续性。正如叙述者富有寓意的提示：“他们重复播放真实发生的一幕”(103)。换言之，过去及其在历史构建中被遮蔽的意义以不同的形式在当代社会上演，对应了里德本人的历史观：“历史以循环方式重复出现。”①

① Conversations with Ishmael Reed, 120.

四、结语

里德在《逃往加拿大》中对黑奴解放事件的重新叙述，在很大程度上代表了他对历史题材的一贯重视。作品小说题材以及叙述手法不仅代表了美国非洲裔小说家们对身份与写作关系的一贯立场，同时也代表了后现代小说在经历形式实验后将注意力转向对文本外现实的关注。依照历史小说研究者麦可·伍德的观点，当代小说家对历史题材的高度关注表明这样一个事实：尽管小说艺术力图在自身创作中逃离纷扰的历史问题，但实际上这是不可能的，因为“文学十分接近于历史（写作）”，“很多时候文学就是历史，只不过它采取了象征方式”来表述作家对于历史的重新思考。① 这么说，并不意味着里德拒绝名目繁多的后现代形式实验。事实上，里德在小说世界里常常借用以往文学类型，同时以自己的方式将文本外的历史移入小说世界，使得历史事件通过叙述成为一个叙事文本，同时成为影响人们解释过去、了解现在的认识结构，实现阿什克洛夫所说的，通过小说“揭示历史展现的差异性”。②

（原发表于《外国文学评论》2010 第 3 期）

① Michael Wood. Children of Silence: On Contemporary Fiction[M]. New York: Columbia University Press, 1998:13.

② Bill Ashcroft. Gareth Griffiths and Helen Tiffin eds. The Post-Colonial Studies Reader[M]. New York:Routledge, 1995:356.

诗歌与戏剧

菲莉斯·惠特利的黑色古典刍议

哈旭娴*
（南京师范大学文学院）

摘　要：菲莉斯·惠特利是美国第一位出版诗集的黑人女性，她的诗歌创作具有鲜明的古典倾向。然而在200多年间，她的诗歌却因为古典性被非裔美国主流文化所批判，主要原因之一是古典主义被20世纪的非裔美国人定义为欧洲中心主义和包含种族主义在内的霸权性意识形态。事实上，惠特利借助于古典改编获得了进入艺术领域的通行证，并且她对古典文学的接受并不是简单保守的资源移植，她的古典运用可被看作是一种力量联合。惠特利的黑色古典既是一种修辞策略，也是她作为一个黑奴进入传统时自我意识的记录。

关键词：菲莉斯·惠特利；黑色古典；非裔美国

1761年7月11日，一艘名为"菲利斯"(Phillis)的纵帆船抵达美国波士顿，船上的货物中有一个"纤细脆弱的女孩，从门牙脱落的情况判断她大约七岁的样子"。① 本地商人约翰·惠特利(John Wheatley)的妻子买下她，取名菲莉斯·惠特利(Phillis Wheatley)。1773年，菲莉斯·惠特利在伦敦出版诗集《有关宗教和道德等各类主题的诗歌》(*Poems on Various Subject Religious and Moral*)。此前，波士顿地区曾召集18位有声望的白人组成评估团对她当场提问，以确认惠特利是否掌握足够的古典知识，因为她的诗歌大量运用古典典故和古典主题。诗集的39首诗中至少有25首包含了各类古典元素。《致米西纳斯》("To Macenas")、《尼俄柏因孩子们被阿波罗射杀而陷入悲痛》("Niobe in Distress for her Children slain by Apollo, from Ovid's Metamorphoses, Book VI, and from a View of the Painting of Mr. Richard Wilson")、《颂尼普

* 作者简介：哈旭娴，副教授，主要研究方向为当代美国文学、非裔美国文学研究。

① Henry Louis Gates, Jr.. The Trials of Phillis Wheatley[M]. New York: Basic Civitas Books, 2003: 16-17.

顿》("Ode to Neptune")、《迦特的哥利亚》("Goliath of Gath"),由题目一眼就能看出诗歌与荷马、维吉尔、贺拉斯、奥维德等古典作家以及《圣经》的关联。

二

自殖民地时代起,惠特利诗歌的古典倾向就一直是极具争议的问题,形成了两极化的阅读反应。一类肯定这些诗歌的古典艺术特征或政治功效。例如,1774 年伏尔泰写道:"丰特内尔说黑人中永远不可能出现诗人,他错了。现下就有位女黑人写了一些非常好的英语诗歌。"①诗集出版之初,惠特利在英国和殖民地美国精英阶层中很受追捧,她的诗歌一度是废奴主义者们的有力武器,其出现颠覆了美国奴隶制存在的文化基础,即黑人不具备人智和人性。另一类评判则是负面的,或批评诗集是一种拙劣的模仿,或认为惠特利与奴隶主精英意识存在共谋。前者以托马斯·杰斐逊(Thomas Jefferson)为开端,他认为惠特利的古典模仿是一种浮躁选择,只会令她的诗歌"荒谬而非虔诚"。② 从 19 世纪末开始,黑人内部也酝酿起一股反对惠特利的声浪,总体而言,美国黑人对惠特利的接受带有文化批判色彩和政治目的。1887 年黑人民族主义创始人之一爱德华·W.布莱登(Edward Wilmot Blyden)最先发声批评惠特利的古典性,③他的言论奠定了 20 世纪惠特利批评的基调。20 世纪二三十年代惠特利的地位降格为对亚历山大·蒲柏的"三流模仿","一个聪明的模仿者,仅此而已"。④ 至 60 年代民权运动时期,黑人主流对惠特利的鄙弃到达了巅峰。黑人艺术运动(Black Arts Movement)的发起者阿米里·巴拉卡(Amiri Baraka)在 1962 年写道:"惠特利对 18 世纪英国诗歌讨好般地模仿最终荒谬地远离了黑人伟大的声音……"⑤

对于多数非裔美国人而言,具有强烈非洲意识的黑人美学是对几个世纪

---

① Edward D. Seeber. Phillis Wheatley[J]. Journal of Negro History, July 1939:260.

② Thomas Jefferson. Notes on the State of Virginia[M]. Ed. William Peden. New York:Norton,1982:140.

③ Edward Wilmot Blyden. Christianity, Islam, and the Negro Race[M]. London:W. B. Whittington, 1887:133.

④ Vernon Loggins. The Negro Author: His Development in America[M]. New York:Columbia University Press, 1931:23.

⑤ Qtd. Henry Louis Gates, Jr.. The Trials of Phillis Wheatley[M]. 76.

黑人所受迫害的必要纠正,如果古典主义在某种程度上代表了白人美学和欧洲中心审美,那么,黑人的社会、政治和文化存在则极有可能与古典主义发生对峙。不难发现,惠特利的接受案例折射出当代非裔美国人对欧洲古典的拒绝姿态:为什么我的人性要被证明?为什么我的智力要被验证?为什么我要去接受那些质疑我们的文化传统?但与之并存着另一个声音:如果一个非裔美国人选择接收西方文化遗产的影响,他的可靠性和真实性是否应该被黑人同伴否定?

一个无法否认的事实是,非裔美国作家常常以古典主义支持自己激进的政治、社会和美学构想。安妮・J.库珀(Anna Julia Cooper)在《来自南部的声音》(*A Voice from the South*,1892)中援引希腊女诗人萨福和名妓阿丝帕希娅来证明:为了引导黑人教育,黑人妇女也应该接受教育;W.E.B.杜波依斯(W. E. B. Du Bois)在《黑人的灵魂》(*The Souls of Black Folk*,1903)和《寻找银羊毛》(*The Quest of the Silver Fleece*,1911)中大胆使用古典神话构想黑人在教育和经济领域内的发展。此外,宝琳・霍普金斯(Pauline Hopkins)、兰斯顿・修斯(Langston Hughes)、康帝・卡伦(Countee Cullen)等人对古典资源的运用也成为他们文学创作的特点之一。在"抗议文学"风行的50年代,拉尔夫・埃里森(Ralph Ellison)、格温多琳・布鲁克斯(Gwendolyn Brooks)仍坚持从古典神话中获取灵感。上述文学现象都在证明古典主义传统深深根植于非裔美国人的思想中,非裔美国人不仅在古典中了解世界,也如埃里森所言,为西方传统、美国身份注入了独特的内涵。既然欧洲古典遗产与非裔美国文学渊源深厚、联系紧密,古典影响为何会在20世纪被抵制?马丁・柏奈尔(Martin Bernal)在《黑色雅典娜》(*Black Athena*)系列丛书中将古典定义为欧洲中心主义和种族主义意识形态的载体,他认为经过18、19世纪的欧洲中心化,古典主义被塑造成为一种包含种族主义在内的霸权性意识形态,古典遗产则成为推动欧洲中心主义世界观的有效途径。[①] 柏奈尔关于古典主义与霸权性意识形态关联的描述正是20世纪非裔美国人对欧洲古典的主流认识,康奈尔・韦斯特(Cornel West)的现代性与种族主义结盟的观点证明了这一论点的力量:

> 黑人是人类的观念在现代西方是一个相对较新的发现。黑人在美

① Martin Bernal. Black Athena:The Afroasiatic Roots of Classical Civilization., Vol.1 [M]. New Brunswick, N.J.:Rutgers University Press, 1987:203-239.

> 学、文化和知识能力方面是平等的,这一观点在学术界和知识分子圈仍有争议。非裔美国人在现代社会首先遭遇的是白人至上的教义,它体现在制度实践中,在环境和条件不断变幻的日常生活中被推行。[①]

20世纪在黑人艺术领域先后出现过两股思潮——新黑人运动(New Negro,20年代)和黑人艺术运动(60年代),皆以追求黑人艺术和文化独立为旨归。1925年,哈佛大学哲学系教授阿兰·洛克(Alain Locker)在《新黑人》(*The New Negro*)中呼唤黑人的独立性,"摆脱模仿的心理和隐藏的自卑",将黑人灵歌、民间音乐和20世纪各种艺术形式融于一体。[②] 洛克暗示新的黑人意识必须抛开白人的影响。到了60年代黑人艺术运动时拒绝古典文艺被重点提出。小爱迪生·盖尔(Addison Gayle Jr.)在《文化钳制:黑人文学与白人美学》(*Cultural Strangulation:Black Literature and the White Aesthetic*)一文中提出拒绝古典时代的西方,呼吁一种新的美学主张:"'黑色是美丽的'这句话是打破旧条款、建立新规则的第一步,因为这句话悍然无视白人美学的精神。"[③]黑人艺术运动给黑人文学留下了不可磨灭的印记,即便是在运动结束之后,一些艺术家仍坚持以黑人艺术立场从事创作。作为卷入社会和政治纷争中的人群,一些作家被迫激进地附和"新黑人"的艺术主张;而那些涉及古典形式的作家,要么运用古典主义进行大胆反抗,如拉尔夫·埃里森,要么被批评为将自己"兜售"给市场。这种困境从罗伯特·肯德里克(Robert Kendrick)对惠特利的分析中可窥一斑:"惠特利的批评分为两个阵营:一派认为惠特利娴熟地运用圣经和古典素材对白人压迫加以批判,另一派则认为惠特利通过诗歌成功融入主流文化。"[④]

这种状况到了20世纪末得到改善。1987年马丁·柏奈尔出版《黑色雅典娜》,标志着种族成为古典研究领域内的明确争论要素;之后,米歇尔·V.罗尼克(Michele Valerie Ronnick)提出古典非洲学(Classica Africana)的概念,提倡在世界范围内研究古典遗产对非洲人产生的积极和消极影响,从柏奈

---

① Cornel West. The Cornel West Reader[M]. New York:Basic Books, 1999:70.

② Alain Locker. The New Negro: An Interpretation[M]. New York: Albert and Charles Boni, 1925:48.

③ Addison Gayle, Jr.. Cultural Strangulation: Black Literature and the White Aesthetic[M]//The Black Aesthetic. New York:Doubleday and Company, 1971:46.

④ Robert Kendrick. Re-membering America:Phillis Wheatley's Intertextual Epic[J]. African American Review,April 1996:71.

尔所关注的黑人如何参与历史建构问题，转移到研究古典如何影响当代黑人的思想。接着，黑色古典主义（black classicism）也正式从非洲文化、美国文学、比较文学和比较历史等学科中独立，成为古典学研究的一个独立分支。随着地缘政治的改变，一些声望极高的黑人作家变在创作中积极运用古典，如美国作家托妮·莫里森、尼日利亚剧作家渥莱·索因卡（Wole Soyinka）、加勒比作家德里克·沃尔科特（Derek Walcott），黑色古典主义研究也得到迅速发展。在这样的背景下，惠特利的黑色古典获得重新研究与评估的价值。

无论从何种角度阅读惠特利，自始至终我们都需要处理非裔美国人与基督教、古典文化的关系，因为后两者是当代西方文化的象征。事实上，惠特利对古典文学的接受并不是简单保守的资源移植，她的古典运用可被看作是一种力量联合，在某些时候这种联合使得古典话语超越了它在种族主义中发挥的作用。所以，惠特利的黑色古典既是一种修辞策略，也是她作为一个黑奴进入传统时自我意识的记录。

二

惠特利诗集出版正值新古典主义“模仿”论遭遇挑战的文化转型之际。18世纪新古典主义的美学理论把模仿作为创造杰出艺术的基础，以模仿自然为至高目标，这里的自然是指体现在事物之中的“事之常理”和体现在人性中的“人之常情”，特别是指普遍永恒的人性。[①] 古典作品代表了古人模仿自然的最高成就，因此新古典主义认为，模仿古典是模仿自然、表现自然的最好方法，模仿是未来创造的基础。在18世纪美国新英格兰地区就流行着艺术家应该遵循艺术范例的欧洲古典美学理念。例如，1766年本杰明·韦斯特(Benjamin West)与约翰·S.科普利(John Singleton Copley)在通信中讨论了“模仿”的重要性，认为“大师们的作品在完美模仿自然方面给了很多引导”。[②] 从18世纪70年代开始，英国渐趋流行起“天才”论，它以新古典主义的“模仿”说为反动对象。英国诗人威廉·布莱克（William Blake）评注乔舒亚·雷诺

① 胡经之.西方文艺理论名著教程[M].北京：北京大学出版社，2003：186.

② John Singleton Copley and Henry Pelham. Letters and Papers of John Singleton Copley and Henry Pelham [G]//Collections of the Massachusetts Historical Society. Boston: The Massachusetts Historical Society, 1914: 51.

兹爵士(Sir Joshua Reynolds)的《谈话录》(*Discourses*)时,认为雷诺兹"对僵化的脑袋特别感兴趣,因为它在极力证明根本就没有类似于灵感的东西存在,任何人从别人那窃取点儿简单知识就成了米开朗琪罗"。[①] 这类浪漫主义言论试图消除洛克式经验主义在艺术领域内的影响,将"天才"提升到影响艺术创造的首要地位,"品味和天才是不可传授或获得的,它们与生俱来。"[②]1773年惠特利诗集在伦敦出版之际,"自然天才"日趋成为英国的时尚,其英国出版商阿奇博德·贝尔(Archibald Bell)在商业宣传中也利用了这点:惠特利"是有史以来纯粹的,未获得帮助的伟大天才之一"。[③]

围绕"模仿"的美学争论和文化冲突衍生出一套关于文化、智力劣等的修辞,在某种程度上这类言论为美国奴隶制存在提供了理论依据。18世纪的古典主义通常与约束、规则、限制等联系在一起,浪漫主义则与自由和无拘无束的思想关联。英国作家爱德华·杨(Edward Young)在《试论独创性作品》(*Conjectures on Original Composition*)中提出"现代作家要做出一个选择,他们或在自由领域翱翔,或在松软的枷锁中作简单模仿",[④]并且认为模仿是类人行为:"为什么猴子如此善于模仿?为什么接受他们在模仿上的天赋?这不是类似于斯巴达的奴隶获得了醉酒的许可,但比他们高贵的人却会为此蒙羞吗?"[⑤]杨将模仿与类人行为关联是为了抨击新古典主义的"模仿论",但他的言论中表现出一种新的文化偏见——将猴子与奴隶放置于同一层面。反对新古典主义的文化革命通过贬低模仿,改变了智力活动的内涵。所以,当废奴主义者们庆祝惠特利的诗歌证明了黑人与白人智力平等之时,拥护蓄奴制的白人精英们则利用反古典"模仿"的文化言论,将黑人文学创作贬抑为类人行为,以此巩固蓄奴制存在的基础。

18世纪后半叶很多白人认为黑人的智力仅仅停留在模仿层面。1748年,休谟(David Hume)在文章《民族的特征》("Of National Characters")中提出

---

① William Blake. Annotations to Reynold's Discourses on Art[G]//Eds. Geoffiy Tillotson, Paul Fussell, Marshall Waingrow and Brewster Rogerson. Eighteenth Century English Literature. San Diego: Harcourt Brace Jovanovich, 1969:1510.

② William Blake. Annotations to Reynold's Discourses on Art[M]. [s.n.], 1513.

③ Archibald Bell[N]. Morning Post and Advertiser, September 3, 1773.

④ Edward Young. Conjectures on Original Composition[G]//Eds. Andrew Ashfield and Peter de Bolla. The Sublime: A Reader in British Eighteenth-Century Aesthetic Theory. Cambridge: Cambridge University Press, 2012:114.

⑤ Edward Young. Conjectures on Original Composition, 115.

黑人是更接近于猿人的“另一种人类”,“没有创造性生产,没有艺术,没有科学”,[①]他甚至断定黑人智力仅达到鹦鹉学舌的模仿程度;1764 年,康德(Immanuel Kant)在休谟的基础上,提出白人和黑人“在智力方面的巨大差异如同他们在肤色上显现出的一样”。[②] 更有甚者,某些人直接质疑黑人是否能够进行真正的文化模仿。例如,托马斯·杰斐逊在《弗吉尼亚札记》(*Notes on the State of Virginia*, 1785)一书中写道:一些黑人“接受过自由教育,在那些艺术和科学发展到很高程度的国家中居住,他们的眼前有国外最好的文学作品……但我从未发现黑人表达出一种高于叙述层面的思想,也未看到他们在绘画或雕塑方面的才能”。[③] 杰斐逊认为惠特利是黑人吸收白人文化的最好范例,但是她缺少“想象力”,因此,“宗教的确制造了一个菲莉斯·惠特利,但它不能创造一位诗人。以她名义出版的诗歌达不到批评的尊严”。杰斐逊对惠特利缺少“想象力”的批评是以西方关于想象力——思想关联的古典认识为基础:亚里士多德坚持“缺少了想象力,思考也成为不可能”。[④] 朗吉努斯在《论崇高》(*On the Sublime*)中认为:“想象力被运用于思想的每一个概念中,无论呈现出怎样的形式,它产生了言语”[⑤]。基于此,杰斐逊断定黑人缺少“想象力”,不可能创造出具有思想性的真正艺术。在《弗吉尼亚札记》中,杰斐逊设想了一个关于劣等非洲的神话,提出黑人身上的兽性特质是一种精神性的“不可揭去的黑色面纱”[⑥],为黑人奴隶制提供理论支持。

既然惠特利的诗歌仅仅被视为是在模仿白人文化遗产,达不到“批评的尊严”[⑦],为何她一度在殖民地美国精英阶层很受欢迎,并因此获得解放?首先,

---

① David Hume. Of National Characters[G]//Ed. Eugene F. Miller. Essays Moral, Political, and Literary. Indianapolis, Ind.: Liberty Fund, 1987:208.

② Immanuel Kant. Observations on the Feeling of the Beautiful and Sublime[M]. Trans. John T. Goldthwait. Berkeley: University of California Press, 1960:110-111.

③ Thomas Jefferson. Notes on the State of Virginia[M]. New York: Penguin USA, 1998:140.

④ Aristotle. The Complete Works of Aristotle[G]//Ed. Jonathan Barnes. Princeton: Princeton University Press, 1984:714.

⑤ Longinus. Peri Houpsos[G]//Ed. David H. Richter. The Critical Tradition: Classic Texts and Contemporary Trends. Boston: St. Martin's, 1998:91.

⑥ Thomas Jefferson. Notes on the State of Virginia[M]. New York: Penguin USA, 1998:138.

⑦ Thomas Jefferson. Notes on the State of Virginia[M]. New York: Penguin USA, 1998:140.

在古典传统框架中进行诗歌创作是那个时代白人男子杰出智力的体现,惠特利借助于广为欧洲和殖民地白人熟知的古典艺术和古典政治,令他们惊异于在一个精英性的智力和社会空间中,出现了一个异质存在。其次,有批评说惠特利的诗歌"应该让她获得独立革命时期最热心的女诗人这一赞誉"[①]。在当时,惠特利拥护占舆论优势的独立派,她的诗歌和书信都表明她曾参与关于革命和自由的公开讨论。以诗歌《致高贵的达特茅斯伯爵》("To the Right Honorable William Earl of Dartmouth"),这首呼吁美国自由的诗歌为例叙述者"我"描述暴政的"灵魂像钢铁般,不会因慈悲而感动",祈祷"其他人将永远不要经历暴虐的统治"。[②] 此诗与新英格兰爱国精英们的自由呼声产生共鸣。18 世纪六七十年代开始,马萨诸塞州的很多白人谋求独立,发起了一场关于"奴役"和"自由"的修辞论争。独立派在政治实体与自然身体之间作类比,将英帝国殖民下的美国比作残暴主人统治下的奴隶。这一思想的渊源是新罗马理论(neo-roman theory):在古典意义上,个体失去自由意味着那个人成为奴隶,而国家丧失自由的含义与个体失去自由是类似的。[③] 脱离英国统治的革命者使用"政治奴役"来描述美国的殖民地状态。因此,这个时期惠特利的诗歌能够被用来证明独立派和保皇党之间的差别,契合了 18 世纪美国的自由修辞。

然而,一群拥有奴隶的人呼吁自己的自由,这一行为本身极具荒诞感。殖民地存在黑人奴隶的现实严重破坏了"政治奴役"这一隐喻的完整性,造成话语与现实的不一致。1774 年获得自由的惠特利在给印第安牧师萨姆森·欧克姆(Samson Occom)的信中嘲讽了奴隶制拥护者们的"自由"悖论,称他们是"我们的现代埃及人"。"公民自由和宗教自由这两项神圣、天赋的权利是不可分割的,缺少其中一个就谈不上喜悦;否则以色列人就不会那么热切地为了自由摆脱埃及人的奴役……无法忍受压迫,渴求解放;上帝在每个人的胸中植入一个准则,我们称之为热爱自由……我断言,离开我们的现代埃及人,同样的准则也存在我们中间"[④]。在信中她先将殖民地美国比作《圣经》中记载的

---

① John C. Shields. Phillis Wheatley's Struggle for Freedom in Her Poetry and Prose [G]//Ed. John C. Shields. The Collected Works of Phillis Wheatley. New York: Oxford University Press, 1988:240.

② Phillis Wheatley. Life and Works of Phillis Wheatley[G]//Ed. G. Herbert Renfro. Washington D.C.: Robert L. Pendleton, 1916:80.

③ Quentin Skinner. Liberty before Liberalism[M]. Cambridge: Cambridge Press, 1998:36.

④ Phillis Wheatley. Boston Post-Boy, March, 1774:3/2.

被埃及奴役的以色列人，随即迅速反转这个类比，把白人奴隶主描述为“我们的现代埃及人”，黑人奴隶则是被侵犯了“自然权利”的以色列人。这里，惠特利模仿和操演政治自由话语，本质上意味着对殖民地美国“政治奴役”修辞的局限性和排他性的批判：“呼吁自由，并且同意推翻对他人行使压迫权力——我谦卑地认为这不需要一位哲学家的洞察力来决定”[①]。惠特利利用古典面具掩饰住对美国的黑人奴隶制的尖锐批评，巧妙地呈现出殖民地自由修辞的悖论特质，因此换来了“现代埃及人”的微笑而非蹙眉。

惠特利的诗歌通常既表达出美利坚民族的自由呼声，又在潜层呼吁奴隶主真正实践他们宗教和政治理想中的“自由”。自由的本质、奴隶制的残酷以及过度的暴政，这些都是惠特利诗歌的核心脉搏，但在表达时诗人会选择避开灼人的言辞和尖锐的讽刺。《致米西纳斯》一诗记录了惠特利进入文学传统时的卑微姿态和潜藏于内心的文学抱负，古典表象下是惠特利对个体自由和种族自由的热切召唤。

三

《致米西纳斯》诗集开篇，标题令人联想到贺拉斯《颂歌集》(*Odes*)中的第一首：贺拉斯请求米西纳斯[②]接受他为第十位古典抒情诗人，坦荡地说出了自己的文学野心。贺拉斯其人其文是18世纪美国新英格兰地区古典教育的标准内容，从波士顿拉丁学校到哈佛学院，他被视为古典美德的源泉以及现实生活的实用指导。

《致米西纳斯》的结构为：赞美米西纳斯(1-6行)，随即诗人从贺拉斯转向那些伟大的古典诗歌——荷马的《伊利亚特》、维吉尔的《埃涅阿斯纪》，她希望能够拥有创作这些诗歌的力量(7-28行)。但是诗人却发现自己无法发出声音，因为她处于“不幸的”境地(29-36行)。于是，她从荷马和维吉尔转向泰伦斯[③]的“非洲黑色种族”(37-42行)。最后，她又回到米西纳斯，祈求他(们)的保护，如日月星辰般恒久(43-55行)。

---

① Phillis Wheatley. Boston Post-Boy，3/2.

② 米西纳斯是贺拉斯、维吉尔等罗马艺术家的资助者和保护人，他也是罗马皇帝奥古斯都(屋大维)的密友。

③ 泰伦斯早贺拉斯和维吉尔一个世纪左右，以喜剧著称。

诗歌呈现在贺拉斯抒情诗和维吉尔的田园牧歌中。牧歌本身可以是“一个隐喻系统,诗人通过它暗示社会权力结构,描述自己的诗学主张,确定自己的文化立场”。[①] 惠特利巧妙地利用了田园诗的隐喻性,构建了《致米西纳斯》的双重隐喻系统。“米西纳斯,你,在桃金娘的树荫下,倾听诗人的吟唱,和牧羊人的吹奏。”(43)诗歌的第一个词“米西纳斯”(Maecenas)出自贺拉斯的《颂歌集》的第一个字,第二个词“你”(you)出自维吉尔《牧歌》(*Eclogue*)第一首的第二个字(tu);“桃金娘的树荫”和“牧羊人的吹奏”均出自于维吉尔的《牧歌》。这种声音的融合不仅仅是形式上的融合,更奠定了诗歌的主旨。《牧歌》的创作年代是罗马由共和国走向帝国的转折时期,屋大维迅速成长并掌握权力,在公元前31年的阿克提姆岬战役中击败了安东尼和克里奥佩特拉,随后建立起罗马帝国。《牧歌》第一首是牧羊人梅利伯(Meliboeus)和提图鲁(Tityre)[②]的对话,他们离开故土流亡到异乡罗马,二人在罗马的境况大相径庭。提图鲁为躲避仙女迦拉蝶雅(Galatea)的奴役来到罗马后,年轻的屋大维给了他自由(libertas);而梅利伯的生活中只有毁灭、奴役和掠夺。“自由”是当时罗马政治生活中的一个鲜明用词,如同独立革命前夕,“自由”成为美国大革命话语中的核心元素,“自由”“奴役”“美德”“自然法则”等古典政治修辞被运用到推翻英国殖民的革命斗争中。因此,关于自由和奴役的讨论奠定了《致米西纳斯》的思想基础。“自由”与“奴役”可以影射当时英国对美国的殖民统治,也可以解读为美国“白人”对“黑人”的奴役。所以,这首诗既是独立革命前夕美国的自由呼声,也包含着谴责奴隶制和奴隶主的隐喻。下文具体分析惠特利如何借助于古典素材在她作为诗人和奴隶的现实地位之间作文学观照,在牧歌面具的遮掩下呼吁黑人的自由。

惠特利以荷马和维吉尔,《伊利亚特》和《埃涅阿斯纪》指代所有伟大的古典诗人和诗歌。“我应该挑战你和维吉尔的诗篇,我的灵魂应该燃起相同的热情,我的吟唱应该扬起激昂的音符”,但是“我”现在只能“坐在那哀悼我匍匐的思想”(44)。在表现超越与灵感的这一部分中:“哀悼我匍匐的思想”成为不和谐的音符。惠特利精心设计了这种不协调,在古代罗马与现代美国之间形成对照:由于父亲曾经是奴隶,贺拉斯一度处于被奴役的状态,但他的经历证明

---

① Annabel Patterson. Vergil's Eclogues: Images of Change[G]/Ed. Roman Images. Annabel Patterson.Baltimore: Johns Hopkins University Press, 1984: 168.

② 维吉尔.牧歌[M]. 杨宪益,译.上海:上海人民出版社,2015.本文中引用的《牧歌》中人名均出自此版本。

在罗马奴隶的子孙仍然具有向上流动的可能性，而美国的奴隶制却将黑人永久禁锢；更重要的是，古代奴隶身份并不取决于肤色。因此，"我不快乐，我无法吟唱，断断续续的音符在我的舌尖消逝"。(44)一位诗人如果陷入沉默，她如何继续成为诗人？惠特利将我们引向她无法创作的真正原因——她的黑人身份。"快乐的泰伦斯激发了所有合唱队的灵感，他灵魂充盈，他胸襟炙热；但我要说，你缪斯，为什么将这不公平的恩典，只给了这唯一的黑人。"(44)泰伦斯的名字被诗人用星号标注说明："他出生在非洲。"(44)17—18世纪，泰伦斯是被广泛阅读的古典戏剧家，就肤色而言，杰斐逊、约翰·亚当斯(John Adams)等人都认为泰伦斯是地理意义上的非洲人，而非种族意义上的。惠特利故意模糊二者的差异，强调泰伦斯是非洲裔后代的文学前辈。惠特利与泰伦斯的经历有相似之处：两人都曾经是奴隶，因为杰出的智慧和出色的感悟力而获得读写机会，接受了自由人才能接受的教育；两人都沿用了主人的姓氏，获得新的身份。泰伦斯关联起黑人与古典世界，在他那里，惠特利看到了一个非洲奴隶依靠文字从奴隶制束缚中解放的先例。"先驱者的声音"也为惠特利指明了方向，使她能够对种族问题深思熟虑。①

这里我们不得不提及诗集序言中的一段话："以下诗作最初是作者为了消遣而写，因为它们是她闲暇(leisure)时刻的产物"(40)。"闲暇"一词值得关注：首先，闲暇不是一个奴隶的日常状态。其次，文学创作所需的闲暇时间与罗马哲学和文学中的自由人(liberi)概念产生共振。列奥·施特劳斯(Leo Strauss)认为："最开始，自由人指行为自由的人，与奴隶相区别。'自由'针对的是奴隶制度，并且以它为前提……然而，许多自由人也形如奴隶，因为，他们几乎没有属于自己的时间……没有闲暇的自由人是贫民……真正的自由人是能够以适宜自由人的方式生活的人，是有闲暇的人。"②因此，自由教育的前提是"具有闲暇"，"拥有闲暇，才能使我们所说的那类特定的富有贤人得以存在"③。惠特利的出版商从古典自由教育观念出发，将诗歌视为是"闲暇"的产物这与惠特利当时的奴隶身份形成悖谬(惠特利在1774年成为自由人)，同时让我们想到普劳图斯(Titus Maccius Plautus)的喜剧中，一位奴隶以玩笑的口吻谈及

① Houston A. Baker, Jr. and Patricia Redmon eds.. Afro-American Literary Studies in the 1990s[M]. Chicago: University of Chicago Press, 1989: 137.

② 列奥·施特劳斯.自由教育与责任[G]//刘小枫、陈少明.古典传统与自由教育.北京：华夏出版社，2005：10.

③ 列奥·施特劳斯.自由教育与责任[G]//刘小枫、陈少明.古典传统与自由教育.北京：华夏出版社，2005：10.

他的闲暇(otium)——自由时间,这个词的背后是奴隶对“解放”的追求。

贺拉斯在《颂歌集》第三卷最后一首中声称要为自己的诗歌立一座不朽的纪念碑,这种自负与文学野心常见于奥维德、莎士比亚、弥尔顿、斯宾塞等人的诗中。然而惠特利却加以改变:“当盛放的花环在你两鬓蔓延,我将从你高贵的头上夺取一枝月桂,而你报以纵容的微笑”(44)。惠特利的米西纳斯头戴桂冠,而她只是偷偷摘下一枝,诗人以情境置换展示自己谦卑的姿态和不具威胁性,掩藏起她在自由、废奴以及宗教平等等问题上的雄心。她没有贺拉斯的自负和胜利,她的种族和身份决定她从始至终都需要米西纳斯的庇护。惠特利在诗歌结尾发出对米西纳斯的召唤,这正是贺拉斯诗歌的开场。毫无疑问,如果米西纳斯消失了,她将无法掌握自己的命运。惠特利第二部诗集无法出版以及她获得自由后的经济窘困,都证明了诗人对自己命运的准确判断。

惠特利在诗歌中召唤米西纳斯,却未言明谁是她的米西纳斯。因为她与当时的许多权贵关系良好,诸如达特茅斯伯爵(Earl of Dartmouth)、亨廷顿女伯爵(Countess of Huntingdon)、本杰明·富兰克林(Benjamin Franklin)、乔治·华盛顿(George Washington)等,这些人可以自由地想象自己就是米西纳斯,因此惠特利为她的读者们创造了一个理想的身份。可以说这些赞助人和导师的庇护使得惠特利有机会发出黑人的声音,他们共同扮演了米西纳斯。

惠特利诗歌创作中的古典倾向并不难理解,古典改编不仅是她进入艺术领域的通行证,古典也为她提供了智力武器和向上流动的机遇。惠特利的古典主义是一种寻找精神和声音的方式,虽然这并没有彻底改变她所处时代的残酷,但古典主义给了诗人创作灵感,并激发其他人去关注一个陷入困境的群体。通过惠特利两百余年的文学接受,我们发现她的诗人的功能,即她在审美和意识形态层面的地位,最终还得取决于读者的政治选择。因此,盖茨感叹1772年惠特利经历了第一次身份验证之后,她在整个20世纪面对的“是一个比1772年那天更有敌意的群体”。[①]

(原发表于《国外文学》2019年第1期)

① Henry Louis Gates, Jr.. The Trials of Phillis Wheatley, 83.

论黑人音乐与兰斯顿·休斯的诗歌艺术创新

罗良功*
(武汉理工大学外国语学院)

摘　要:兰斯顿·休斯是二十世纪美国最重要的黑人诗人之一,其突出的诗歌成就在于他创造性地将美国黑人音乐引入诗歌中,形成了他理想中的"美国黑人诗歌"的基本模式。本文力图对休斯基于黑人音乐的诗歌创新的思想文化根源、表现形式及其意义和影响进行探讨。

关键词:兰斯顿·休斯;黑人音乐;美国黑人诗歌

兰斯顿·休斯(Langston Hughes, 1902—1967)是二十世纪美国最重要的作家之一,也是美国黑人文艺复兴("哈莱姆文艺复兴")运动中涌现出来的最杰出的黑人诗人。自1922年首次公开发表著名诗篇《黑人话河》起,休斯毕生创作诗歌十余部,"他以四十年不懈的创作所取得的令人难忘的成就而获得了大量的读者",①从而使休斯成为美国文学史上第一位受到广为认同的黑人作家。休斯对美国黑人文学和传统主流文学产生了巨大而深远的影响,超过了"哈莱姆文艺复兴"时期的任何其他黑人作家,他的成就对于美国黑人文学的迅猛崛起并以其独特的风格汇入美国文学的洪流做出了重要贡献。在休斯诞生100周年的2002年,美国发行休斯纪念邮票,全美举行各种盛大规模的纪念活动和休斯学术研讨会,这些充分证明了休斯不朽的文学地位和影响。休斯最引人注目的艺术成就之一在于他首开先河将黑人音乐引入到诗歌创作中,从而形成一种具有浓郁黑人文化底蕴的截然不同于美国主流文学传统的

---

* 作者简介:罗良功,教授,主要研究方向为英美现当代文学、英语诗歌、族裔文学、文学翻译。

① Danniel Hoffman, ed. Harvard Guide to Contemporary American Writing[M]. USA: Harvard University Press, 1979.《世界文学》编辑部,译,中国文艺联合出版公司,1984:401.

“美国黑人诗歌”样式。

二

兰斯顿·休斯对于美国黑人音乐的发掘和利用与他的诗歌理想是密不可分的。作为一名被公认的“黑人民族的代言人”，休斯在其毕生的诗歌创作中始终不渝地履行着他的文学使命，用诗歌表现黑人民族的真实存在以及黑人民族与美国和世界关系的深层思考。在休斯看来，“美国是一个种族混合体，是一个混血的或者双人种的国度”。[①] 在这个多元化的社会中，黑人民族理当与其他民族平等。然而，长期以来，美国黑人一直处于受压抑的边缘地位，没有话语权力；要获得真正意义上的平等，就必须用自己的声音对被白人所垄断的话语霸权进行消解。黑人自己的声音最可贵的是他们不同于其他民族的差异性，这种差异性是民族存在的根本前提。因而休斯在诗歌创作中一直都在努力挖掘其民族的差异性，力图“建构一种可以称为‘黑人诗歌’的诗歌样式，在声音和技巧上使之与白人诗歌区别开来”。[②] 他认为“美国黑人诗歌”“实际上将是对于先前的及同时代的美国文学的一种修正”。[③] 黑人音乐正符合休斯对于这一诗歌理想的追求。

“美国黑人诗歌”存在的基础是民族文化，而黑人音乐正是一种最能代表美国黑人民族文化特质的符号。美国黑人被迫来到美洲大陆，在一种异文化的语境中，黑人民族执着地承续着他们从非洲带来的文化碎片——零散的非洲音乐形式（如黑人圣歌），并在新的文化语境中衍生出完全不同于主流文化的、真实地表现着黑人在美国社会中的生活情感的音乐形式，如布鲁斯（Blues）、拉格泰姆（Ragtime）、爵士（Jazz）等传统音乐和口头歌谣。美国当代著名的黑人美学家库克评价说：“音乐的布鲁斯与语言的表意艺术在黑人文化

① Early, Gerald. So Will My Page Be Color That I Write? [DB/OL]. Boston Book Review. www. bookwire. com/bbr/poetry, 1995.

② Early, Gerald. So Will My Page Be Color That I Write? [DB/OL]. Boston Book Review. www. bookwire. com/bbr/poetry, 1995.

③ Early, Gerald. So Will My Page Be Color That I Write? [DB/OL]. Boston Book Review. www. bookwire. com/bbr/poetry, 1995.

传统的存在遭到否定之时,可以支撑这一文化传统,这是十分有意义的。"①黑人音乐作为一种黑人文化符号在诗歌创作中有着独特的象征意义。正如黑人学者斯蒂芬·亨德森所评价的,"每当黑人诗歌具有最鲜明最深刻的黑人特色时,它的形式都是源出于两种基本来源,即黑人的民族语言和黑人的音乐"。②由此可见,休斯率先将黑人音乐引入其诗歌中,显示出他对黑人民族文化的透彻理解和坚定信念;更重要的是,诗人以这种反映黑人文化本质的符号来构筑诗歌,使其诗歌具有了黑人民族文化的内在底蕴,从而在根本上区别于白人诗歌传统和黑人的传统诗歌。

同时,休斯在争取使"美国黑人诗歌"得以认同的努力中敏锐地意识到了黑人音乐作为连通黑人文化与美国社会的介质功能。休斯认为,正如黑人民族是美国社会不可分割的一部分一样,黑人诗歌也是美国文学的一部分,前者存在的差异性正是美国社会多元化的反映,而不是与后者的一种简单的对立;诗歌所表现的差异性应该为美国社会所接受。黑人音乐作为一种独特的文化形式,从二十世纪初期开始为白人逐渐认识和接受,在二十年代达到高潮,随后又开始与欧洲主流音乐传统合流,在新的社会语境中逐渐演绎出爵士乐的不同风格。休斯的成长和创作生涯正是处于这一过程之中,他准确地意识到并把握住了黑人音乐逐渐被白人主流社会接受这一事实给黑人诗歌发展带来的难得契机,他以毕生的努力去发掘黑人音乐的文化特质和艺术要素,在其诗歌中加以运用和发挥,赋予其诗歌以黑人文化艺术的根本性特质,形成一种在表现手段和文化色彩上迥异于美国主流文学的诗歌样式。诗歌中的黑人音乐特质得到了广泛认同,在很大程度上为休斯赢得了持久的魅力和稳固的文学地位。因而,在他的第一本诗集《萎靡的布鲁斯》(1926)出版时,黑人学者杜波依斯就给了热情的肯定:"总是带着强烈的主观色彩,热情洋溢,凭着灵敏的美感和毫不动摇的音乐感,兰斯顿·休斯奉献给我们第一本书标志着一个颇值得关注的事业的开端。"③

由此可以看出,黑人音乐代表着美国黑人民族的深层文化特质和黑人文

---

① Cook, Michael G. Afro-American Literature in the Twentieth Century: The Achievement of Intimacy[M]. New Haven: Yale University Press, 1984:16. 转引自王晓路.差异的表述——黑人美学与贝克的批评理论[J].国外文学,2000(2).

② Henderson, Stephen. Understanding the New Black Poetry[M]. New York: William Moral Press, 1973:30.

③ Evory, Ann. ed. Contemporary Authors[G]//New Revision Series, USA: Gale Research Company, 1981(1):287-289.

化融入世界的介质，正符合休斯建立“美国黑人诗歌”的理想，他将黑人音乐引入诗歌则是实现这一理想的有效途径。

二

黑人音乐主要包括黑人圣歌、布鲁斯、爵士、拉格泰姆等传统音乐和口头歌谣，是一种具有强烈的黑人民族文化色彩的艺术形式。休斯在其毕生的诗歌创作中一直都以不懈的努力探索着将黑人音乐引入到诗歌之中，被认为是“第一个将布鲁斯和民间素材引入书面诗歌的诗人”，[①]他在诗歌中对黑人音乐的引入和利用主要表现在两个方面：一是对黑人音乐形式的借鉴，二是对黑人音乐内在特征的吸收。

休斯诗歌对黑人音乐形式的发掘和利用主要表现在对黑人音乐特有的外在结构、节奏与音韵等的引入。正如美国学者小内森·司各特(Nathan A. Scott,Jr.)所评价的，“作为哈莱姆的桂冠诗人，休斯所直言不讳传达的民间现实当然是黑人无产者的现实，在他们的音乐(爵士音乐、拉格泰姆音乐、摇摆舞音乐、慢四步舞曲、低音连奏爵士乐、钢琴奏法、疯狂急速的爵士音乐)中他发现了用乐章来表现他的人民经历的方式的真正有效的范例——如他自己所说，是通过下列手法，即‘富有冲突的变化、突如其来的细微差别，刺耳而冒失的叫喊，断续的节奏，而一节节的乐曲有时是爵士乐即演奏会的风格，有时是流行歌曲的风格，它们是由在过渡中的一组音乐的即兴重复、快速演奏、停顿、变奏来予以加强的’”。[②]

休斯借鉴最具有黑人民族色彩的布鲁斯音乐来构筑其诗歌的结构，这一点是格外突出的。布鲁斯起源于美国南方黑人在玉米地棉花地里劳动时用以发泄情感排遣孤寂的劳动号子。最早的布鲁斯三行一节，三行文字内容相同或大体相同，后来逐渐演进为一种较为固定的模式，每节三行，第二行是第一行的重复或稍有变化，第三行则是某种结论和对前两行的回答，每节诗行呈

---

① Rubinstein, Annette T. American Literature Root and Flower[M].Beijing Foreign Language Teaching and Research Press, 1988:693.

② Danniel Hoffman, ed. Harvard Guide to Contemporary American Writing[M]. USA:Harvard University Press, 1979.《世界文学》编辑部，译，中国文艺联合出版公司，1984:454.

AAB 式；在节奏上，常常每行四拍，三行共十二拍，故这种布鲁斯被称为“十二拍布鲁斯”。[①] 休斯对布鲁斯的形式进行深入的挖掘，经过扩展改进而形成一种独具特色的黑人诗体。他的布鲁斯诗体每节或呈 AABC 式，或呈 ABABCD 式，大大增进了每节诗的容量。如其《紫色幻想曲》（“Fantasy in Purple”）一诗就是呈 AABC 式：

Beat the drums of tragedy for me.
Beat the drums of tragedy and death.
And let the choir sing a stormy song
To drown the rattle of my dying breath.

而《苛刻的老公》（“Hard Daddy”）一诗则是 ABABCD 式：

I went to ma daddy,
Say Daddy I have got the blues.
Went to ma daddy,
Say Daddy I have got the blues,
Ma daddy says, Honey,
Can't you bring no better news?

在这里每个诗节信息容量相对于传统的布鲁斯而言明显扩大，而且第二例较第一例容量更大；诗歌节奏虽然总体上还是以每行四拍为主，但也有变化，如上面所举的《苛刻的老公》一例中，则是呈三拍和四拍交替的模式。这些变化使其诗歌具有更大的灵活性，可以随诗歌情感的变化而随意调整，从而从根本上保留了布鲁斯即兴宣泄的质朴风格。黑人音乐中许多富有特色的表现技法如断奏音、即兴重复、快速演奏、停顿、变奏等在休斯的诗歌中常常可以听到。如《比利节之歌》（“Song for Billie Holiday”）一诗的第一节：

What can purge my heart
    Of the Song

① Ferris, Jean. America's Musical Landscape[M].USA:Wm. C. Brown Publishers, 1990:176.

And the sadness?
What can purge my heart
    But the Song
Of the Sadness?
What can purge my heart
    Of the Sadness
    Of the Song?

这里诗人采用了黑人音乐中典型的即兴重复、变奏的技法，使两个重要的词“歌”(the song)和“悲”(the sadness)在变奏和重复中得到突出，从而增强了诗的感染力。

休斯在许多诗中都成功地运用了黑人音乐的断奏音。如《石头般孤寂》一诗由两个重复的乐章构成，每一乐章都以黑人爵士乐中典型的断奏音煞尾。其第二乐章的结尾部分如下：

She's out in stony lonesome,
Lordy! Sleepin' by herself.
Cordelia's
In stony
Lonesome
Ground!

在这里，诗人以分行排列来模拟爵士乐的断奏音，烘托出一种荡气回肠的氛围。

冒失而刺耳的叫喊(holler)是黑人音乐的根本特色之一，也是休斯诗歌的特色之一。这种叫喊往往是在音乐演奏中由演奏者或第二个声音出其不意地发出。这种叫喊可以追溯至美国黑人在田间地头的劳动号子，他们常常以不同寻常而且出其不意地喊叫来宣泄情绪和思想。休斯的诗歌中常常穿插一些这类的声音，以一种突如其来的方式直接指向其诗歌的中心意义。如《第二次世界大战》(“World War Ⅱ”)一诗，在诗的言说者评说战争的壮观刺激以及战争结束的遗憾时，突然一个声音闯进来：“有人死吗？”将读者突然引向对战争摧残生命这一问题的思考，从而增强了诗的感染力。休斯的许多诗歌如《救济》(“Relief”)、《吉普赛人之歌》(“Ballad of the Gypsy”)等，都运用了这种出人意料的声音，将诗人的思想、情感以突然的、完全出人意料之外的方式表现出来，入木三分，增强了诗歌的思想深度。

休斯对黑人音乐传统的尊重和充分发掘，形成了其诗歌独特的黑人文化特征，“更重要的是，这种音乐体诗歌的形式随音乐形式的变化而变化，动态地再现了黑人民族的现实”。[①] 例如他的诗歌借用了不同时期的爵士乐的特征，这种音乐形式的变化勾画出美国黑人文化、精神及社会发展的图景：他的诗吸收了相对浮华的二十年代的卡巴莱爵士乐、三十年代低音连奏爵士乐、四十年代的疯狂急速的爵士乐、五十年代的渐进式爵士乐，并且他在五十年代之后潜心研究爵士乐与诗的关系，进行诗体创新，以爵士乐的不同形式创作出实验性诗集，《问你妈妈——爵士十二式》（“Ask Your Mama-12 Moods for Jazz”），这些都代表了不同时期的黑人现实，动态地反映了黑人的文化和社会存在，形象地展示了黑人民族在美国乃至整个世界中的发展和变化。

三

黑人音乐的内在特征对休斯的诗歌表现手段有着很大影响。这里所谓的内在特征是指黑人音乐在表现思想内容方面所采用的基本策略和风格。黑人音乐是美国黑人民族长期以来在受压抑的边缘文化语境中逐渐形成和发展而来的，其意义表现策略和风格反映了美国黑人民族特有的言语和思维模式的特征，兰斯顿·休斯积极地将黑人音乐的这些内在特征加以发掘和利用，为其诗歌找到了真正黑人性的表意手段和风格。

黑人音乐最突出的意义表现策略在于其“象征的自由”，[②]即演奏者或吟唱者以黑人方言、与黑人生活密切关联的普通意象、简单朴素而又变化多端的音乐形式等具有黑人特质的符号，根据自己的思想情感来自由编码，常常蕴含着生动丰富的意义。在这方面最具有代表性的是布鲁斯。布鲁斯既是一种歌唱方式，又是爵士乐舞曲，它源于美国南方玉米地和棉田里，在发展中结合了劳动的歌声、教堂的圣歌以及民间的幽默和智慧而逐渐形成一种“简单而富有

---

① 罗良功.从社会符号学角度解读兰斯顿·休斯的诗歌形式[J].人大复印报刊资料《外国文学研究》，2000(1)：69.

② 王晓路.差异的表述——黑人美学与贝克的批评理论[J].国外文学，2000(2).

表现力"[①]的情感宣泄形式,可以随心境和情感的变化而自由调整变化,来表现较复杂深刻的思想情感。这种表意手段在休斯的诗歌中被运用和发挥得淋漓尽致。休斯的诗歌在表面上都显得简单朴素,似乎可以一眼望穿,不言自明,因而过去人们常常将他的诗降格为儿童诗歌;而事实上,休斯的诗歌正是运用简朴的语言和极其普通的意象进行自由编码,表现出丰富深刻的含义。这正是布鲁斯音乐所具有的"象征的自由"在诗歌中的成功运用,因而评论家们一致认为,休斯简单朴实的诗歌"并不缺乏美的真谛和令人肃然起敬的潜心凝虑的思想"。[②] 例如,他的《基督在阿拉巴马》一诗全长四节,共十四行,前三节分别是关于基督、玛丽亚及白人天父,第四节则将圣洁的混血儿与黑人基督对应起来,建立起一种不同于《圣经》的、具有了新的种族色彩的三位一体:白人父亲(天父)、黑人母亲(玛丽亚)以及混血儿(基督),蕴含着休斯对种族关系的深刻的洞察和理解。他在诗的开篇写道:"基督是一个黑人。"这行诗包含着至少两层含义:一是历史含义上的黄褐色皮肤的基督,即白人上帝强奸了黄褐色皮肤的玛丽亚而生下的混血儿,他后来被放逐、历经磨难,终于为白人西方所接受;二是象征意义上的基督,他代表的是黑人这样的外来民族的存在,一如当年基督以不同肤色和文化在异域传播着教义,黑人民族在美国南方的存在也是一种异域存在。诗中的混血儿(即"极为神圣的私生子")诚然就是白人淫欲罪恶的产物,是作为奴隶主的"高高在上的白人主人"与身为"黑人奴隶"的黑人母亲(即"南方妈妈")的私生子。这里一方面表现了白人男人对黑人妇女的性奴役这一历史事实,另一方面体现了诗人对于黑人在异文化的语境中历经苦难之后最终将和基督一样为主流文化所接受的信念,因而这首毫无修饰语言朴实的诗歌蕴含着深刻的意义。正如有学者评论这首诗时所说的:"深刻的洞察毫不经意地散布在最平凡的用词和形式以及最普遍的意象之中。没有修饰、没有学究气,这首诗如此浅白,几乎连儿童都可写得出来。……这首诗让人产生一种就像伟大的艺术作品常常让人产生的感觉:这首诗不可能以其他方式来写了。"[③]

黑人音乐"象征的自由"这一特性常常决定着黑人音乐所表现意义的多重

---

① Ferris, Jean. America's Musical Landscape[M]. USA: Wm. C. Brown Publishers, 1990:175.

② Jackson, Blyden. Hughes, Langston[Z]. Encyclopedia of World Literature in the 20th Century Vol.2, New York, 1982:405.

③ Jemie, Onwucheka. Langston Hughes: An Introduction to the Poetry[M]. USA: Columbia University Press, 1976.

性,这也是黑人民族在异文化语境中保持自身的差异性生存的需要。例如黑人圣歌一方面寄托了黑人民族情感和希望,另一方面,出于自身生存的需要,在其发展过程中又赢得了表现多重意义的功能,鲁滨斯坦曾经这样来评价黑人圣歌:“明显的屈从和哀婉的音调,心甘情愿地等待来世再图回报,以及将现世所有关于变革的希望推迟到来世的心理,使得这些宗教歌曲甚至能被奴隶主们接受,在黑人解放后,它们对于北方的自由主义者和慈善家们自然也不会构成任何情感冲突。然而这些圣歌并不像它们看上去那样无关痛痒,它们常常对白人读者来说具有一个意义,而对黑人读者又具有完全不同的意义。”① 这种功能使得黑人圣歌在废奴运动时期成为“地下铁路”的暗号,成为南方黑人逃离噩梦般的南方奔向自由平等的北方的希望寄托。休斯在从黑人音乐中吸取了这种表现形式的同时,也赋予其诗歌以多重意义。如《西尔韦斯特的寝床》(“Sylvester's Dying Bed”)一诗中,休斯以一个寿终正寝的白人的角度叙述他在最后一刻看到为自己哭丧的女人、黑皮肤的姑娘及棕黄肤色的妇女们,并极力地去抓住她们,可是他的生命已经终结。从表面上看,这不过是一个人临死之际的经历,而事实上,诗人通过对一些普通意象和黑人方言精心而自由的组合,赋予这首诗以多种解释。一方面,诗中流露出明显的黑人和其他有色人对白人主人的屈从和对白人主人将逝的留恋:

黑肤色的姑娘在乞求,
“您不能抛下我们就走开!”
棕色皮肤的在叫喊,“老公,
甜甜! 宝宝! 亲爱的! 你一定要留下来!”

即使是一个白人种族主义者也会从这首诗中得到某种精神的满足。而另一方面,熟悉黑人音乐的黑人读者却能从中获得完全不同于白人理解的意义,在他们看来,这首诗反映了黑人民族希望结束一个时代摆脱白人桎梏的愿望。白人的姓名是诗人精心设计的:Sylvester 实际上是代表白肤色和金钱的 Sylver(音同 silver,意思是“银”)和意为“主人”的 master 二词合成,代表着在美国社会、经济生活中占主宰地位的白人。他们对黑肤色、黄褐色人的控制是永久的,“只要活着,我就是你们和蔼的爸爸”。然而此刻随着他生命的消亡,

① Rubinstein, Annette T. American Literature Root and Flower[M].Beijing Foreign Language Teaching and Research Press, 1988:644.

对有色人的控制也就随之而消失:"我伸出手去抓住他们,可这时上帝已将灯熄灭",剩下的是代表黑人世界的"伟大的、广阔的黑夜"。"西尔韦斯特"的死亡和黑夜的降临代表着一个旧的种族歧视时代的终结和一个新的属于黑人的时代的开始,这是黑人多少代人的梦想和希望。其实,休斯的诗歌中经常以死亡来表现黑人民族对社会变革的希望,以黑夜和白天来表现黑人与白人之间的关系,如《梦的变换》("Dream Variation")、《实现》("Fulfilment")等。这许多极其普通的意象在休斯的诗歌中聚合而具有了不拘一格的意义,这种模糊游移的诗歌意义模式与黑人音乐的意义表现模式遥相呼应,形成了黑人民族别具一格的美学模式。

以幽默、反讽来表现严肃的社会问题是黑人音乐非常突出的表现风格,休斯将这一风格化为其诗歌技巧,形成他的诗歌的一大特色。布鲁斯作为黑人音乐的最具代表性的艺术形式,有其独特的表现情感和思想方式。"早期的乡村布鲁斯文本涉及生活的各个方面……常以直率的方式来表达不幸,没有感伤,却有着一种热嘲冷讽的幽默,而正是这种特点淡化了悲哀,加深了表达不幸的辛辣。"[①]这种以反讽式的幽默来表现较深刻的社会问题和生活的苦难的手法在休斯的诗歌中比比皆是,如《五五对分》(50-50)、《质疑》("Question")、《伙伴》("Buddy")等诗都以鲜明的幽默表现了催人泪下的不幸生活。其中《伙伴》一诗写了一位黑人青年每周拼命干活挣得 12 元,却要给母亲 10 元,母亲慷慨地让其留下剩下的两元,他可以用这两元去付车费、买西服、大衣、鞋、所有他想买的东西。诗中以令人破涕的幽默反映了美国社会只要求黑人尽义务、并对其严厉盘剥,却只给黑人以难以兑现的空头承诺这一社会问题。正如有学者所评价的,"他(休斯)曾无数次地借助于其丰富的幽默感和天才的反讽来处理一些棘手的问题"。[②] 而"他的幽默常常是一把利刃,将令人纵声大笑和畅怀欢笑的社会素材削切,剩下的只有辛辣的讽刺"。[③] 这里被普遍认同的以幽默表现严肃思想的技巧正是布鲁斯的表意技巧在休斯诗歌中的成功移植。

---

① Ferris, Jean. America's Musical Landscape[M].USA:Wm. C. Brown Publishers, 1990:175.

② Jackson, Blyden. Hughes, Langston[Z].Encyclopedia of World Literature in the 20th Century Vol.2, New York, 1982:405.

③ Emanuel, James A., Langston Hughes[M].USA:Twayne, 1967:177.

四

兰斯顿·休斯将黑人音乐引入诗歌是他在诗歌方面的一项富有成效的创新。这一创新赋予其诗歌以深厚的黑人民族文化底蕴,造就了他的诗歌所特有的、截然不同于美国主流文学传统的艺术形式和手段,从而构筑起休斯理想中的美国黑人诗歌的基本模式,对美国黑人文坛产生了巨大而深远的影响。首先,这一创新显示了休斯超乎前人的"对民间传统和民间经验的尊严的深切信念",①这一品质一直启发着后来的黑人诗人对于民族文化传统及现实生活的发掘和思考,并在阿米力·巴拉卡、格温多琳·布鲁克斯等人的作品中可以被反复感觉得到。同时,休斯具有黑人音乐特征的诗歌为黑人诗歌创作开辟了一条坦途:第二次世界大战之后黑人诗坛兴起了爵士音乐节奏的自由诗体,而其晚期作品《问你妈妈——爵士十二式》(1961)则再次为这种诗体创新推波助澜;即便在二十世纪六十年代黑人激进运动时期休斯的宽容乐观的民族思想受到黑人作家们质疑时,其富有黑人音乐特征的诗歌技巧也有着强烈的公认的影响,正是在他的作品中,著名的黑人诗人如唐·李、尼姬·乔万尼等"才为他们的独具特色的诗歌技巧找到了一种批准性的权威"。② 正是休斯的这种长久不衰的影响确定了他在美国文坛不朽的地位。

另一方面,休斯将黑人音乐引入诗歌,将黑人文化突显出来,使之与美国主流文化形成事实上的并置,这一点突出地反映了休斯为处于边沿地位的黑人民族争取话语权力的执着努力。随着休斯诗歌被黑人和白人读者更加广泛的接受,这种全新的文学样式促进了黑人民族以及整个美利坚民族的自我反省、自我发现以及美国社会种族间的融合。因而休斯的诗歌成就不仅仅是美国黑人文学传统的一部分,而且也是美国整体文学成就的一部分。

(原发表于《外国文学研究》2002 年第 4 期)

---

① Danniel Hoffman, ed. Harvard Guide to Contemporary American Writing[M]. USA:Harvard University Press, 1979.《世界文学》编辑部,译,中国文艺联合出版公司,1984:453.

② Danniel Hoffman, ed. Harvard Guide to Contemporary American Writing[M]. USA:Harvard University Press, 1979.《世界文学》编辑部,译,中国文艺联合出版公司,1984:453.

格温朵琳·布鲁克斯的黑人大都市书写与美国城市的种族空间生产

史丽玲*
（云南师范大学外国语学院）

摘　要：格温朵琳·布鲁克斯的黑人大都市书写记录了20世纪中期芝加哥南岸种族隔离区黑人平民的日常生活经历。一方面，她的诗歌架构起了美国种族主义社会形态与种族化的空间生产模式之间的深层逻辑联系，揭示出限制性契约、公共住房、清除贫民窟、城市复兴等一系列空间公共政策对黑人私人领域的侵犯和控制，以及空间生产中的种族对立加剧了自由主义公共领域的内在矛盾。另一方面，都市环境中的种族聚居状态强化了黑人的共同体意识，黑人平民期望以公民身份作为媒介，参与到国家共同体的公共领域中。因此，通过探究美国社会排挤黑人族群的结构性根源及其悖论性，布鲁克斯的黑人大都市书写不仅为战后美国的种族融合提供了一种机制性的策略，而且以认同和挑衅并存的方式成为战后美国自由主义叙事的暗流之一。

关键词：格温朵琳·布鲁克斯；黑人大都市；种族空间生产；私人领域；公共领域

格温朵琳·布鲁克斯（Gwendolyn Brooks，1917—2000）是一位有着浓厚地方意识的美国非裔诗人，芝加哥南岸黑人区是布鲁克斯一生的栖居之地，亦为她早期的文学创作提供了主要的社会历史原型。20世纪上半叶，在南部严苛的吉姆·克鲁（Jim Crow）种族等级制度"推力"和东北部、中西部繁荣的城市制造业"拉力"的双重刺激下，美国南部黑人掀起了两次大规模的迁徙。芝加哥是美国中西部工业的首要重镇，在两次大迁徙中成为70多万黑人移民心目中谋求社会平等与经济机遇的"应许之地"。60年代，芝加哥的黑人占全市

---

* 作者简介：史丽玲，讲师，主要研究方向为美国文学、英语诗歌、当代西方文论。

人口的比率增至近四分之一。[①] 不断涌入的黑人移民在南岸聚居区形成了以种族血缘和居住地地缘为纽带的社会群体，人口、经济、政治、文化的繁荣使芝加哥“黑人地带”（black belt）一度成为引人注目的“黑人大都市”（black metropolis）。[②] 另一方面，随着黑人大迁徙的兴起，吉姆·克鲁体系的理念悄然从南部扩散至全国范围，北部和中西部城市通过居住地规划和分配等精密的空间手段将种族隔离模式移植到了都市环境，空间禁锢成为更具渗透性与隐蔽性的种族压迫形式。布鲁克斯在访谈中表达了创作的初衷：“我的想法就是要记录自己的街区，书写街道上每一间屋子里的人或者事。”[③]她将关注点转向南岸黑人区的底层平民及其日常生活，先后创作了《布朗兹维尔的一条街》（*A Street in Bronzeville*，1945）、《安妮·安伦》（*Annie Allen*，1949）和《吃豌豆的人》（*The Bean Eaters*，1960）三部主要诗集。布朗兹维尔（Bronzeville）即“褐色小镇”之意，一座因肤色被禁锢于白人城市的“城中城”，当地黑人媒体《芝加哥卫报》（*Chicago Defender*）首创了这一称谓，布鲁克斯将其引入诗歌并以此构筑了探讨美国城市种族隔离问题的重要框架。

法国思想家列斐伏尔提出的空间生产理论为当代空间问题研究奠定了坚实的哲学基础。作为西方马克思主义的重要代表人物，列氏的空间理论必须放置于马克思主义哲学的思想语境中才能真正实现其激进批判的政治意图。首先，列斐伏尔颠覆了经典马克思主义社会关系生产与再生产历史辩证法的叙事逻辑，他认为从工业化过渡到都市化阶段，资本主义主要依赖空间生产方式维持社会关系。换言之，政治国家通过特定的空间形态和空间结构的生产将相应的意识形态和社会秩序实体化。芝加哥南岸黑人区可谓是政治权威通过空间组建将种族主义意识形态和种族等级关系实体化的典型产物，尽管列

---

① See Paul Kleppner. Chicago Divided: The Making of Black Mayor[M]. Chicago: Northern Illinois University Press, 1985:34.

② 南岸黑人聚居区独特的都市生活形态引起了当时蜚声国际的都市社会学芝加哥学派的浓厚兴趣，芝加哥大学资助了两位黑人学者对黑人区都市化的物理空间形态与黑人居民的心理状态和文化样态之间的关联进行了考察，1945年在其出版的经典著作《黑人大都市》中，两位学者将芝加哥南岸黑人区描述为一座“孕育于白人城市腹中的黑人大都市”，与同时期布鲁克斯的诗歌文本形成重要的互文参考。（See St. Clair Drake and Horace Cayton. Black Metropolis: A Study of Negro Life in a Northern City[M]. Chicago: Chicago University Press, 1945:80.）

③ Roy Newquist. Gwendolyn Brooks[G]//Ed. Gloria Wade Gayles. Conversations with Gwendolyn Brooks. Jackson: Mississippi University Press, 2003:32.

氏对美国城市的种族隔离并无相关论述，但他对资本主义空间生产的社会性和历史性的考量，为解析布鲁克斯笔下多方社会力量对黑人都市的结构性影响提供了思考路径。其次，列斐伏尔突破了经典马克思主义经济基础与上层建筑的二元结构，将日常生活置于核心平台。他认为，二战后资本主义统治重心从经济生产领域转向消费文化领域，国家通过都市化过程中的空间规划和分配等集体消费方式，将意识形态转换为符号消费体系全面渗透并控制了日常生活世界。显然，日常生活在黑人都市的生成和固化中同样起到核心作用，不同的是，列斐伏尔寄希望于在日常生活领域爆发一场总体性革命作为现代性的解决方案，而布鲁克斯则期望黑人在日常生活中自下而上地融入主流社会以解决种族问题。因此，布鲁克斯对主流社会包容性的诉求与哈贝马斯对公共领域公共性的重建之间表现出更多的思想共鸣。鉴于此，本文将布鲁克斯的黑人大都市书写与都市社会理论置于相互烛照的关系中，着重探讨诗歌如何在虚构中艺术性地呈现种族隔离带给黑人的独特的生存经历与内心体验，同时巧妙地映射被排挤族群以公民身份为媒介参与公共领域的现实意图和谋略。

一、空间分区与黑人家庭

与南部明目张胆地推行吉姆·克鲁体制不同，芝加哥并无法律意义上的种族隔离制度，白人种族主义者以保护财产为名，通过在私法领域推行“限制性契约”(restrictive covenants)隐蔽地造成了芝加哥城市空间的种族化。自1919年种族骚乱事件之后，芝加哥就采取了排斥和圈禁黑人居住地的种族限制性契约，规定白人区的房产持有者不得将房屋租让或售予有色人种。[①] 二战后，限制性契约覆盖了芝加哥80%以上的居住区，在白人与黑人住宅地之间形成了森严的“分区”(zoning)。种族等级的空间划分不仅圈定了黑人的住宅范围，而且束缚了他们的家宅生活，布鲁克斯的诗歌从多个侧面描绘了限制性契约侵蚀下布朗兹维尔黑人家庭的日常生活片段。

第一部诗集《布朗兹维尔的一条街》正是以一首《老夫妻》(“The Old-

① Stephen Grant Meyer. As Long As They Don't Move Next Door: Segregation and Racial Conflict in American Neighborhoods[M]. Landham, MD: Rowman & Littlefield, 2000:8-9.

marrieds")开篇。诗歌由六个诗行组成单一诗节，从形式上表现了由夫妻俩共同组建的家庭单位，但在看似紧密的家庭结构中，夫妻之间并未表现出情感的亲密，而是处于彼此漠视的状态。首先，诗歌的第一行写道，"但是在黑暗的簇拥中他们一句话都没说"(*World*：3)[①]，末行与首行重复，形成了整体上的封闭结构，强化了黑暗簇拥的压迫感。接着，"鸟儿的鸣啼"打破了沉寂，夫妻俩没有随之吐露心声，反而窥探起别人的私密生活，丈夫看着"巷道里的恋人"，妻子则听着"甜蜜的清晨物语"(*World*：3)。此时，两人的感知对象移到屋外的公共空间，或者说，屋外的景象和声音侵入屋内的私密空间。这种公共与私密的交错渗透恰恰反映了布朗兹维尔黑人居民司空见惯的生活状态。[②] 限制性契约圈定的隔离区内人满为患，一团混乱，黑人家宅难以维系内外的边界，不仅私密空间时时遭到邻居的窥视和侵犯，私人生活也同样经常延伸到公共空间，在众人面前暴露无遗。布鲁克斯在以布朗兹维尔为题材的中篇小说《莫德·玛莎》中描绘了私密生活公开化使黑人住户的人性被挤压的场景，"当你穿过走廊，或者从楼梯走下时，各种汗液、洗澡和肉体功能……兴奋或乏味的性事所散发的气味，混合成一股浓烈刺鼻的恶臭扑面而来"。[③] 家庭是个人心理调节的首要机制，限制性契约不仅限定了黑人家宅的物理空间，而且破坏了私密空间应有的归属感和安全感。家庭成员表达自我的热情和主动性被钳制，虽然身处夏日的午夜，正值恋爱的季节，夫妇俩没有任何言语或情感的交流，最终还是任由黑暗侵袭一句话都没说。评论者麦勒姆用"困陷"(entrapment)一词揭示整部诗集的主题，他认为这首诗中夫妇俩在四周兴奋的声音中自我缄默，以无言的方式宣称了诗集的主题。[④] 家庭结构的衰落映射着社会结构的失衡，种族因素的牵涉使本来属于私人领域的住房问题向公共政治问题转移，公共权力由此干预私人领域事务；反之，白人私人团体聚合成公众

---

① Gwendolyn Brooks. The World of Gwendolyn Brooks[M]. New York：Harper & Row Publishers，1971：3. 该部作品包括布鲁克斯从1945年至1971年创作的四部诗集和一部中篇小说，四部诗集分别是《布朗兹维尔的一条街》《安妮·安伦》《吃豌豆的人》《在麦加》。引文由笔者自译。后文出自同一著作的引文，将随文在括号内标出该著名称首词和引文出处页码，不再另注。

② See Rachel A. Roseman. Between Country House and Kichennette：Literary Excavation of Space and Self in the Work of Henry James and Gwendolyn Brooks[D]. Yale University，2006：223.

③ Gwendolyn Brooks. Maud Martha[M]. New York：Haper & Row，1953：147.

④ See D.H. Melhem. Gwendolyn Brooks：Poetry and the Heroic Voice[M]. Lexington：Kentucky University Press，1987：22.

使原本私法领域的契约具有了公共约束力。因此,种族主义契约在瓦解黑人家庭保护屏障的同时也削弱了私法与公法的界限,同样危害到体制结构维持均衡的调节功能。

第二部诗集《安妮·安伦》中《父母马克西与安德鲁:人们喜爱的婚姻》("The Parents:People Like Our Marriage—Maxie and Andrew")一诗再次突显了布鲁克斯对黑人夫妇家庭生活的关注。首先,标题中"人们"显然是指美国白人公民,而"人们喜爱"(*World*:70)无疑是马克西和安德鲁婚姻关系的强制性附加条件,这不禁让人想到奴隶制度下的黑人家庭形态。奴隶时期种植园中不存在法律意义上的黑人家庭,奴隶主私人财产的再生产是黑人组成类似家庭组织的前提条件,而且随时面临家庭成员被杀害或者被买卖导致的破裂。第一次大迁徙后真正意义上的黑人家庭结构才得以巩固和发展,但此时白人公民推行的限制性契约隐含着划分种族等级的力量,布朗兹维尔的黑人居民时刻感受到来自外部世界有形和隐形的白人权力的监管。第一诗节描绘了安妮的父母在种族主义者凝视下"浑浊、松弛、慵懒的眼神"(*World*:70)。作为20世纪初大移民中的一员,他们渴望摆脱南部的社会经济制约,到相对自由的北部城市追寻自我价值,但是北部城市在吉姆·克鲁体系缺席的情况下通过空间划分政策造成黑人颠沛流离、朝不保夕的艰难处境,家庭氛围所孕育的个人意义感和抱负感丧失,"父母"的眼神失去了"曾经执着和犀利的光芒"(*World*:70)。第二诗节以朴实的生活意象描绘了黑人夫妇在都市中被剥夺自我实现的权利后的生活状况:"不会再有天鹅和飞燕,夫妇俩只能关上房门,与家禽为伍。"(*World*:70)"天鹅和飞燕"意味着鸟儿未受驯化前自由的状态,"家禽"则意味着鸟儿驯化后奴役的状态。私法领域的限制性契约基于白人性与黑人性的对立将黑人排除在美国公民之列,白人团体的种族意志进而与公共权力中的白人特权糅合,取代了民主平等的法治规范,在具有公民身份的白人与非公民身份的黑人之间画上了一道种族等级的"标记"(marking)。换言之,契约界定了黑人与法律体系的关系,同时也影响了他们对自我在外部世界中的身份定位。"父母"明白,契约意味着黑人性在法律和政治语境中的无价值性,他们的家宅在周围白人邻居的仇视中随时处于种族主义迫害的危险中,因而第三诗节写道,夫妻俩一人"小心地看着门廊",另一人"谨慎地将低矮的栅栏插入草地"。(*World*:70)"父母"代表了第一代南部移民逆来顺受的心理和委曲求全的策略,这对他们的子女安妮的性格和命运产生了巨大的影响,崇高的理想与卑微的现实之间的冲突在安妮身上延续并激化。

第三部诗集《吃豌豆的人》中的同名诗《吃豌豆的人》("The Bean Eater")

将黑人家庭日常生活的探讨转向了贫困问题。诗歌的标题引入了凡·高的名画《吃土豆的人》,昏黄的煤油灯下朴实的农民一家围坐在狭小的餐桌旁,他们将粗粝的双手伸向盘子去拿几枚少得可怜的土豆。在都市环境中,廉价的罐装豌豆是黑人家庭常见的主食,布鲁克斯同样以黑人家庭晚餐的生活场景和日常食物豌豆,烘托出黑人夫妇晚年境遇的悲凉。[①] 第一诗节描绘了穷困岁月销蚀下的黑人夫妇,他们"皮肤泛黄",或许由于"年迈",或许由于他们"基本以豌豆为食"而营养不良。两人围坐在"嘎吱作响"的桌子旁,桌上摆放着"破烂的餐具"和劣质的"锡铁叉匙"。(*World*:314)虽然两人已尽心准备,但在饱受贫困之苦的生活中,晚餐只能是件"随意的事务",矛盾修饰法恰到好处地传达了夫妇俩的困窘。日常生活不能提供任何舒适和满足,反而充斥着年老的夫妇为了生存下去的挣扎,老无所依的生活揭示的正是黑人家庭的经济权利与社会保障的双重缺失。进入工业社会后,黑人与资本家建立了雇佣劳动关系,劳动报酬和公共保障取代了家庭传统的经济功能,但是种族身份的从属性特征剥夺了黑人劳动者平等的主体地位。1941 年罗斯福的 8802 号行政命令规定涉及国防的工业生产中禁止种族歧视,1942 年起黑人开始分享到战时经济繁荣带来的充分就业。[②] 芝加哥南岸黑人区出现了一定规模的中产阶层和工薪阶层,夫妇俩保存的零碎物件正是这段经济自立的往昔生活遗留的碎片。公民身份提供了一种公正地分配和管理社会资源的方式,战后大规模的种族隔离在空间上"区分"(differentiating)公民的身份等级,空间上的族群聚集加剧了社会资源的失衡,两战时期工业化的黑人都市转变为去工业化的黑人贫民窟。据统计,1959 年美国有 20%的家庭生活在贫困线以下,其中白人家庭的贫困率是 16%,黑人家庭贫困率竟高达 55%。[③] 因此,夫妇俩日常性的晚餐和食物意象,恰恰是更大的社会中种族主义公共政策导致的结构性贫困对黑人家庭破坏力的生动写照。而且,对于社会资源分配不公引发的黑人家庭贫困问题,芝加哥政府往往以救济的方式回避公民权的改善。虽然夫妇俩"基本上是好人",老老实实地"过日子",但他们却不能因此过上体面的晚年生活,

---

① 诗歌取材于布鲁克斯所熟知的自己姨父、姨母的日常生活,他们"能把一磅豌豆煮得比一磅土豆更饱肚子"。George E. Kent. A Life of Gwendolyn Brooks[M]. Kentucky: Kentucky University Press, 1990:140.

② 参见谢国荣.民权运动的前奏:杜鲁门当政时期美国黑人民权问题研究[M].北京:人民出版社,2010:54-59.

③ 数据显示出美国贫困人口在种族间分布的不均与美国宣称的机会均等之间的悖论。http://povertyinamerica.mit.edu/download/atlas_of_poverty_in_america_p1.pdf.

两人只能“带着闪闪泪光和阵阵痛楚”，在穷困潦倒中哀叹自食其力的年华逝去(*World*：314)。

由此可见，美国公民身份中对黑人性的排斥成为空间上对黑人族群排斥的合理化前提。但是，政治国家通过对公民身份的界定和实践将黑人内在地加以排斥时，实际上对黑人群体实行了一种规训的作用，在承认这种作用的同时，宪政体制作为政治国家的一种理想，它也为共同体内的弱势群体和受压迫群体提供了一种潜在的武器。布鲁克斯正是看到了两股力量之间微妙的抗衡机制。诗歌以私密的家宅为着眼点，通过描绘限制性契约对黑人家庭的侵蚀，揭示出公共权力不仅侵犯了黑人私人领域，而且以种族身份的等级关系破坏了契约双方平等自由的主体关系，削弱了私人领域约束和规范公共权力的法定边界。因此，布鲁克斯从黑人私人领域发出了黑人群体对于美国公民身份吸纳黑人性的公共呼声。

二、空间界定与黑人个体

政治权威制定的带有种族歧视的空间公共政策是将种族等级关系空间化的重要手段。二战后，在福利型国家的转型中，“芝加哥住房管理局”(Chicago Housing Authority)大规模地推行“公共住房工程”，对城市空间的使用进行界定和分类，空间逻辑由此转变为具有现实力量的建筑语言，不仅筑造了真实的物质空间，而且对空间使用者黑人居民的社会和文化身份进行编码。鲁克斯的诗歌不仅探讨了空间分区对黑人家庭的心理功能和社会功能的削弱，而且揭示了空间界定对黑人个体的性格塑造和行为模式产生的影响。

黑人作家理查德·赖特(Richard Wright)在《黑人大都市》一书的序言中写道：“如同工程师绘制机器产品的蓝图一样，强加于黑人的生活条件界定了他们的生活构造。”[①]芝加哥城市环境对黑人命运产生了巨大影响，赖特对此深有感悟，他在小说《土生子》中发人深省地揭示出主人公别格的病态心理和暴力犯罪正是种族主义畸形社会的产物。正如别格在狭窄房间里残暴杀死老鼠的生活经历潜移默化地塑造了他的个性一样，布鲁克斯的诗歌《一个狭窄房间里的诞生》(“The Birth in the Narrow Room”)也以“狭窄房间”作为女主人

---

① Richard Wright. “Introduction”[G]//St. Clair Drake and Horace Cayton. Black Metropolis：A Study of Negro Life in a Northern City.XX.

公安妮一生命运多舛的空间起点。“啼哭着呱呱坠地于西方国度,一个新的生命。”(World:67)诗歌第一诗行以打乱语序的方式让人感受到婴儿出生时头向前倒置的感觉。接着,诗歌以映入眼帘的意象渲染了生命降临的欣喜:“环顾四周,微弱地眨一眨眼”,安妮看见了一个“顶端缀刻着羞涩的东方少年”的果盘(*World*:67),这让人联想到济慈的“希腊古瓮”。[①] 古瓮上俊男美女的恋爱情景被定格在艺术世界里成为永恒之美,安妮也期望自己如同盘口溢出的“鲜美樱桃”(*World*:67),焕发出勃勃的生命力。安妮对美好人生的梦想正在萌发,但此时,诗歌骤然转向了安妮出生于黑人贫民窟的现实:“年复一年的岁月流逝之后她才会想到/‘我的房间实在太挤迫了!我根本无法呼吸呀!’”(*World*:67)相邻两个诗节中安妮对人生的憧憬与对现实的失望形成了张力。黑人女评论家克劳迪娅·泰特(Claudia Tate)认为,在这个“狭窄房间”里,安妮从寻常物件的装饰图案中发挥了奇异幻想,为自己卑微的人生找到了些许慰籍,这首诗预示了安妮性格的双重性,即外在举止的被动顺从与内心幻想的肆意妄为。[②] 这个“太挤迫”使安妮“无法呼吸”的“房间”正是“芝加哥住房管理局”所实施的“公共住房工程”强加于黑人的现实生活条件。据统计,1959年芝加哥公共住房的黑人住户占到85%,而且90%以上的公共住房都建盖在清一色的黑人区,[③]进一步加剧了黑人贫民窟的集中和恶化。政治权威在绘制芝加哥公共住房的地理地图时,也“绘制”(mapping)了降生其中的黑人孩子的人生图景。安妮的人生被框定在黑人贫民窟,种族身份使她在梦想面前无法动弹,她会渐渐明白,她“算不上什么”,“也得不到什么”,“或者有什么可为”。(*World*:67)

厨房公寓楼是布朗兹维尔最典型的居住场所,也是承载黑人个体命运的重要空间。在诗歌《厨房公寓楼》(“Kitchenette Building”)中,布鲁克斯探讨了隔离制度下的家宅空间对黑人女性自我意识的禁锢。诗歌以黑人女性的集

① 布鲁克斯研究专著的作者D.H.麦勒姆认为,牛奶色果盘上的东方少年如同济慈的希腊古瓮上的俊美少年,象征着虚幻的唯美。(See D. H. Melhem. Gwendolyn Brooks: Poetry and the Heroic Voice, 57.)

② 克劳迪娅·泰特(1947—2002)是普林斯顿大学的知名黑人女教授、文学批评家。See Claudia Tate. Anger So Flat:Gwendolyn's Brooks's *Annie Allen*[G]//Eds. Maria K. Mootry and Gary Smith. A life Distilled:Gwendolyn Brooks, Her Poetry and Fiction. Chicago:Illinois University Press, 1987:144.

③ See Howard P. Chudacoff and Judith E. Smith. The Evolution of American Urban Society[M]. New Jersey:Prentice-Hall, 1994:257.

体声音讲述了“我们”在残酷的生存环境中梦想幻灭的共同经历。不同于安妮梦想着自己如同被镌刻的“东方少年”，在艺术光环里超然于岁月侵蚀，此时成年的“我们”已经明白，自己不过是“干枯岁月之物”，眼前“灰黑黯淡”的不仅是破败的公寓楼，还有“我们”的皮肤和身体，如果“梦想”在此处发出声音，那也必是“愚蠢可笑”，远不如“交房租、养老婆、满足男人”来得响亮。(*World*：4)布鲁克斯在诗歌中对黑人被压制梦想的思索与兰斯顿·休斯的名诗《被延迟的梦想》形成了互文对话。[①] 休斯在诗歌中发出了质问：被延迟的梦想会是怎样的下场？是否如同烈日下干瘪枯萎的葡萄干？失去梦想的黑人会怎样？是溃烂发臭，还是蚌病成珠？是不断沉沦，还是爆发反抗？这同样是困扰黑人女性的疑问，所不同的是布鲁克斯将这些问题放置于生活化的“厨房公寓”中考察。二战时期，芝加哥的黑人移民不断增加，但却被严格地圈禁于规定区域。政府和中介商在有限的住房资源中将破旧、废弃的房屋改造成一室一户的厨房公寓，在原本套房的每个单间里添置一副炉灶，一家或者临时凑成一家的五六个人就挤在一个房间里，有时水槽下都得铺床，几十个人共用一个卫生间。为了获得最大利益，中介商极少维修房屋，孩子们玩耍的楼梯和护栏摇摇欲坠。肮脏的环境里疾病滋生蔓延，黑人孩子的夭折率是白人孩子的两倍。[②]“我们”对梦想是否能在“厨房公寓楼”这样残酷的环境中存活不断质问：梦想能够“穿过浓烈的洋葱气味”吗？能与“炸土豆”和“过道里腐烂发臭的垃圾”奋战吗？能够“振翅盘旋”或者“引颈高歌”，重振衰败萎靡的住宅楼吗？如果“我们”给它温暖、保持清洁，梦想这株幽闭静谧紫罗兰就不会夭折吗？(*World*：4)尽管黑人女性在日常生活中承受着种族、性别、经济等多方面的压力，但这里依然存放着“我们”对梦想自发的无意识，被压抑的主体得到短暂的释放。此时走出洗澡室的“五号”却将“我们”拽回生存的物质需求中：“不好！一分钟

---

① 休斯是对布鲁克斯产生重要影响的黑人诗人之一，布鲁克斯在自传和访谈中多次谈及与休斯的交往和对休斯的诗集的喜爱，并特别提及休斯使她意识到，描写黑人生活日常普通的一面的重要性。See Ida Lewis. My People are Black People[G]//Ed. Gloria Wade Gayles. Conversations with Gwendolyn Brooks, Jackson: Mississippi University Press, 2003:56.

② 1941年理查德·赖特在社会学调查专著《1200万黑人的声音》中以“城市人行道上的死亡”章节痛斥了芝加哥贫民窟是黑人未经审判就宣告死刑的监狱，并详述了黑人在厨房公寓的恶劣生存状况。与同时期布鲁克斯的诗歌文本形成重要的互文参考。See Richard Wright. 12 Million Black Voices[M]. New York: Thundrs Mouth Press, 2003:91-140.

都不能耽搁了！/五号正走出洗澡室，/我们还惦记着温热的洗澡水，要赶快进去。”(*World*:4)黑人学者小休斯顿·贝克(Houston Baker Jr.)这样描述地点与黑人女性自我意识的关系：“如果个体是由统治权威所设定的界限来构成和维系，那么个体就不再是地点的居住者，而是他人欲望的囚徒。”[①]通过给空间贴上特定的标签，政治权威进而对居住者的人生进行“编码”(coding)，在厨房公寓破败的环境中，黑人女性无法主宰自己的命运，她们拥有的只能是同样破败的人生。

孩提时代的“狭窄房间”扼杀了安妮对美好生活的梦想，成年后的“我们”在“厨房公寓”里经历了梦想幻灭的挣扎，最终，晚年时期的马修在“房门锁住的一片肮脏”中陷入了彻底的绝望，芝加哥公共住房的官僚体系始终控制着黑人个体不同人生阶段的生活状态。诗歌《马修·科尔》(“Matthew Cole”)由两个诗节组成，第一诗节讲述了六十六岁的马修在贫民窟寓所里的生活。马修在这间屋里已经住了十年，他喜好干净，一点都不能忍受屋子里的灰尘和屋顶不断渗漏的凄惨。但是，帮他打扫房间的黑人妇女忘了生炉火，导致赤褐肥大的蟑螂在墙壁上肆意横行，而且她那劣质的收音机聒噪地响个不停，在接过工钱时咧嘴露出黑不溜秋的一笑。叙述中寓所的物质环境不知不觉地与居住者的心境发生了联系：马修想堵住不断渗漏的凄惨，想用炉火驱赶蟑螂的侵扰，屋里的残破映照的正是他内心的荒芜。芝加哥政府建造的公共住房因种族和贫困人口的集中很快就沦为藏污纳垢的场所。住宅区到处是碎玻璃、垃圾、杂草；为了防止孩子再次坠亡，破烂的窗户外筑起了厚厚的铁栏；穿过狭长而拥挤过道就像受了一顿鞭刑才能走到房门口；裸露在外的蒸汽管道经常造成严重烫伤。黑人住户生活在非人的环境中。[②] 马修把自己的真实感受掩藏到自我保护的、伪装的笑容背后，但事实上，“在屋里房门锁住的一片肮脏中/他从来不笑”。(*World*:24)被锁在贫民窟的惨淡无望中，马修试图从童年回忆里寻求想象的自由。他努力地找寻记忆中的那缕甘草气息，想抓住悄悄溜走的

---

① Houston A. Baker Jr. Workings of the Spirit: The Poetics of Afro-American Women's Writing[M]. Chicago: Chicago University Press, 1991: 104.

② 此处对公共住房的描述来自于1965年社会学者詹姆斯·贝利对一处名为“普鲁伊特-伊戈”的芝加哥公共住房的调查报告，该住宅区于1956年建成之时就激起学者和市民的激烈批评。(See James Bailey. The Case History of a Failure[G]//Eds. Steven Conn and Max Page. Building the Nation: Americans Write about Their Architecture, Their Cities and Their Landscape. Philadelphia: University of Pennsylvania Press, 2003: 349-350.)

小男孩，终于在童年往事中找到了由衷的开怀大笑。第二诗节描述了马修的童年生活，有关爱他的母亲，给他提供教育的主日学校，还有陪伴他踢球的小伙伴。这些由家庭、邻里、教会构成的亲密团体使马修获得了身份与安全。但是，工业化的城市生活破坏了这些曾经对黑人个体的身份认同和道德价值起重要作用的传统亲密团体，公共住房的种族隔离又阻碍了新型社会团体吸纳二等公民身份的黑人，再加上芝加哥以“城市复兴”(urban renewal)为由大规模地清除贫民窟，致使黑人流离失所，削弱了族群内部新的结社渠道的产生。[①] 赖特描述了黑人在城市环境中建立社群纽带的渴求：我们几乎不能以家庭组织的方式生活，我们需要仪式礼制和团体组织的指引，但是除了教会和丧葬团体，没有任何其他社群愿意接纳我们。[②] 因此，种族主义渗透的公共住房工程致使黑人群体被社会孤立和隔绝，在贫民窟种族化的生活空间里，马修自身也被种族化而失去了紧密、真切的人际交往，无法抗拒的异化感与疏离感如影随形。

具有讽刺意味的是，战后福利国家主导的公共政策宣称要推动平等的公民权利，却正是种族主义的公共住房政策巩固了黑人贫民窟的确立以及黑人的从属性地位。布鲁克斯的诗歌以一种局内人和局外人叠加的叙述立场，记录了布朗兹维尔黑人居民在令人窒息的物理空间压制下，内心世界对于生命尊严与人生意义的渴求和挣扎。通过表述个人化的自我，诗歌定义了共同的种族身份。公共权力对私人领域事务的强制干预剥夺了黑人维护自我意志和权利的自主性，背离了国家共同体为社会成员的自我发展提供平等资源和机会的原则，布鲁克斯由此向布朗兹维尔的局外人对空间公共政策的不公正进行了一种诗学的抗议。

三、空间区隔与黑人公共交往

种族主义的私人团体与公共权力机关共同推动的白人郊区化和少数族裔

---

① 1949年至1968年之间，全美有42万多户低收入少数族裔家庭的住宅被夷为平地，之后仅建造了12万多户新住宅，而且大多是高档公寓，“城市复兴”实则成为“尼格鲁搬迁”(Negro Removal，即黑人搬迁)。See Gwendolyn Wright. Building the Dream: A Social History in America[M]. New York: Pantheon Books, 1981: 234.

② See Richard Wright. 12 Million Black Voices. 91-140.

贫民窟化造成了美国种族社会的严重分裂。二战后,芝加哥政府将少数族裔圈禁于中心城区的同时,还将他们排斥于白人中产阶级的郊区之外,空间区隔剥夺了黑人进入公共领域和参与公共交往的公民权利,加剧了种族之间的两极分化。布鲁克斯的诗歌描绘了芝加哥种族空间割裂下黑人贫民窟与白人郊区之间日益严重的种族隔阂和暴力冲突。

诗集《安妮·安伦》中的黑人女主人公安妮经历了童年时期的天真幻想和年轻女性时期婚姻生活的挫折之后,在成熟女性时期获得了对种族隔离的洞察力。[①] 在诗歌《芝加哥比弗利山庄》("Beverly Hills, Chicago")中,安妮以局外人的身份目睹了比弗利山庄白人优越的生活。诗歌以集体型叙述声音建构起与郊区白人对立的贫民窟黑人阵营,但是对于承担观察的"我们"因做零工才有机会进入白人社区,而且只能驾车从旁驶过时匆匆一瞥他们的"金色花园"。(*World*:112)观察者时空范围的局限性表明了黑人在白人区的局促与卑微。但在有限的观察视角中,"我们"仍然有力地见证了郊区白人富足的生活。最先看见的是花园里的景象。夏季成熟的果子已经腐烂,但并非凌乱不堪;纵然树叶凋零,也是极美地落下;就连废弃物,在这也有雅致的光彩。(*World*:112)透过花园,"我们"看到了白人的日常生活场面。一切都笼罩在金色的光芒中,温情脉脉的歌声从留声机里缓缓流出,在优美的景色中他们怡然自得地准备着午后的茶点。当然,他们的午茶绝不是往水里丢进几个小黑球,再加一点糖和最次的柠檬汁。(*World*:112)此时,"我们"不知不觉地开始审视起白人拥有的人生。他们并非没有烦恼,但他们烦恼的仅仅是那面炫耀显赫地位的金色旗帜;他们并非生命不息,但他们通常都能活到满头白发,而且葬礼时能将遗体安放在昂贵的花丛中。(*World*:113)显然,经济地位与人生际遇的巨大差距引起了"我们"的愤懑。比弗利山庄毗邻芝加哥南岸的西南一隅,是久负盛名的中产阶级郊区住宅,它就像一个社会阶层过滤器,不断地吸纳社会地位上升的多族裔移民,其居住者从早期的盎格鲁撒克逊新教居民扩展到后期的爱尔兰天主教居民,并发展成为爱尔兰族裔文化习俗和生活方

① 诗集《安妮·安伦》由《童年、少女时期的诗歌》《安妮亚特》和《成熟女性时期》三部分组成,勾勒了安妮不同人生阶段的生活经历和思想状况。麦勒姆认为,安妮经历从自我中心的浪漫主义到客观现实的理想主义的成长变化。(see D. H. Melhem. Gwendolyn Brooks:Poetry and the Heroic Voice:79)。

式的汇集之地。[①] 爱尔兰裔凭借着经济地位和文化适应的提高融入美国主流社会，从而跻身于郊区社群。但是，南部黑人移民却因肤色被阻隔在郊区社群与优质公共资源之外。

身处郊区白人住宅区，黑人观察者表现出对观看的饥渴，在短暂的停留中，“不停地看呀看”。木板、砖墙和石块建成的宏伟住宅尽收眼底，此时一阵松木的气息袭来，肮脏恶臭的贫民窟自然而然地与舒适整洁的郊区发生了关联，“我们”不由自主地感慨，“他们的房屋与我们的相比真是天差地别。”(*World*：113)对于不同族裔在居住条件上“天差地别”的局面，二战后芝加哥政府在贫民窟与郊区的双重住房政策有着不可推卸的干系。一方面，公共住房的体制化使黑人住宅区大规模向内城区的贫民窟集中，政府界定出萧条区不是为了根除而是为了拘禁，将少数族裔连同经济贫困、道德腐化和行为不端等一起禁锢在隔离区。另一方面，白人中产阶级被视为国家民族的典范，政府期望他们在空间上和社会上与其他族群和阶层划清界限，郊区成为他们避免与他者混合，维护资产阶级排他性和独占性的价值观念与生活方式的乌托邦。为了推动郊区发展，政府兴修了便利的通勤网络和基础设施，并通过发放低息购房贷款和提供抵押贷款保险等经济干预手段扶持白人拥有自己的房产。因此，政治经济特权促使白人成为经济自足与生活自立的郊区中产，而黑人却因种族结构与差别分配的勾连成为内城区贫民窟的底层阶级。当制度性的不公正无法回避时，叙述者愠怒的情绪转变为公开的质问：与我们相比，他们何以得到更多、更好，更幸运？通过设置居住障碍，黑人被阻隔在与主流社会的公共交往之外，不完整的公民身份和非参与型社会成员是造成黑人从属地位的结构性因素。即便看清了白人社会筑起的种族壁垒，“我们继续前行”，只是在相互的交谈中“我们的声音有点粗暴”，(*World*：113)潜在的颠覆性力量正在贫民窟黑人阵营中慢慢萌发。

如果说黑人母亲安妮对白人郊区只是望而却步，悲叹自己的孩子因种族身份而失去了向上流动的社会通道，那么黑人父亲鲁道夫则突破重重障碍搬入白人社区，试图改变自己孩子的生存环境和前途命运。诗集《吃豌豆的人》中的一首《鲁道夫·里德的歌谣》(“The Ballad of Rudolph Reed”)讲述了黑人里德一家搬入白人区以及引发的社会惨剧。20 世纪 60 年代中后期布鲁克

---

① 60 年代的黑人民权运动和开放郊区运动逐步动摇了白人郊区住宅对黑人中产阶级的空间禁闭，部分黑人通过经济实力和文化教育的提升搬入了比弗利山庄。目前，比弗利山庄已经成为芝加哥种族和族裔多样化的郊区住宅区之一。

斯在种族和政治观念上的激进转变在该部诗集中已初见端倪，这首诗歌从一些细微的层面体现了变化的方向。首先，黑人对种族压迫的反抗从脑海中的想象发展为现实中的行动。种族主义意识形态通过空间区隔巩固了黑白分化的社会模式，鲁道夫则努力地争取空间流动权，反向动摇了种族身份的等级结构。诗歌一开始就把住房带给黑人父亲的困扰置于突出的位置，并以鲁道夫自己的声音表述，他不再渴望浆果或面包，却极度地渴望一个安身之所，让妻儿不再生活在嘈杂、肮脏和阴暗的环境中，而是拥有足够的房间与空间，一旦找到这样的房子，他必然捍卫自己的家园。(*World*:360-361)战后随着白人向郊区迁移，社会资源和经济产业也不断迁出，中心城市丧失了传统的主导地位沦为衰败的少数族裔聚居区。而且，贫困的规模化聚集效应使隔离区陷入恶性循环，贫困率攀升、就业困难、暴力犯罪扩散、教育质量下降等社会问题丛生，积重难返。随着经济能力的提高，里德一家希望通过空间的向上流动选择更好的居住环境，鲁道夫不惜冒险搬入了白人社区，打破了空间对黑人的禁闭。其次，诗歌的侧重从社会力量对黑人自我的塑造移向黑人参与社会力量的自主性，布鲁克斯以“oaken”一词的双重含义巧妙地实现了这层过渡。第一诗节以“棕色的”(oaken)词义描述了里德一家：“鲁道夫·里德是棕色的。/他的妻子也是棕色的。两个乖巧的女儿和听话的小男子汉/同样是棕色的。”(*World*:360)黑人对棕色皮肤的青睐是种族主义内化的一种表现。里德一家的棕色皮肤似乎缩小了他们与白色人种的距离，暗示着他们对白人中产价值观的亲近和认同。继而，比绝大多数黑人都“更浅的棕色”(oakener)皮肤成为鲁道夫种族身份的外在伪装，让他在“一条充满仇恨的白人街区”申请到了住所。但是搬入白人区后，他的妻儿马上变成醒目的“黑皮肤的妻子/和三个黑皮肤的孩子”。(*World*:361)此时，oaken 的第二层含义浮现，即“橡树的”，暗含着黑人父亲、母亲和孩子面对白人邻居赤裸裸的种族暴力时表现出的坚韧。对于里德一家的“入侵”，白人邻居先是窥视，用“张大的眼睛/从缝隙里挤进”，(*World*:361)眼光中的暴力倾向尽显无遗。接着，白人邻居开始挑衅和辱骂，头两天晚上扔进石头砸他们的窗户。鲁道夫没有咒骂，而是如同“橡树般”忍受着凌辱而不屈。最终，鲁道夫卷进了白人邻居挑起的争端，并在暴力冲突中被打死。“长着橡树般眼睛的”黑人母亲一言不发，默默地帮受伤的女儿更换沾满血迹的纱布(*World*:361)，目光中饱含着活下去的坚韧。再者，诗歌不仅是黑人内心的自我定义，更突出了黑人对外的自我宣称。鲁道夫为了让家人得到适于安身的居所，不畏白人社会筑起的反对黑色人种的种族壁垒，打破隔离区对黑人的条块分割。当种族主义暴行侵犯家宅空间，对女儿的人身安全造成伤害时，鲁道夫不惜生命的代价奋起反抗。因此，鲁道夫在平凡的家庭生活中对抗种族隔离和压制，宣称了黑人对于参与社会公共交往以及保障平等公民权利的诉求，这无疑是黑人英雄主义最有意义的体现。

综上所述，交往共同体理应对所有的社会成员开放，参与者对私人领域普遍关切的问题进行商谈，并引入公共领域加以建制化。但是，非参与型社会成员身份使布朗兹维尔被排除在主流社会的公共交往和决策层之外，种族主义主导的郊区和贫民窟的空间区隔阻断了黑人向上流动的社会通道，造成了社会资源的种族差别分配。另一方面，布朗兹维尔被主流社会内在地加以孤立时，共同的悲惨经历和共享的精神内核促成了族群内部交往共同体的形成。作为从属性团体，贫民窟黑人群体既以主流社会为参照、渴望融入，同时又蕴含着对主流社会的反抗和挑战。

四、结语

格温朵琳·布鲁克斯的黑人都市书写记录了20世纪中期芝加哥南岸种族隔离区黑人平民的日常生活经历。一方面，她的诗歌架构起了美国种族主义社会形态与种族隔离空间生产模式之间的深层逻辑联系，揭示了南岸黑人区不仅是限制性契约、公共住房、清除贫民窟、城市复兴等一系列种族主义空间生产的产物，同时也是维护种族等级关系的工具。但是，布鲁克斯的意图并不仅仅是孤立地批判种族主义意识形态，更重要的是反思资产阶级社会对黑人族群的结构性排斥。契约双方平等自由的关系是私法领域保障公民个体的自主权和平等权的中心机制，但是限制性契约维护了白人特权与黑人从属的等级关系，破坏了黑人个体的独立性和批判性。不仅如此，白人还结成团体将私人住宅的种族冲突向政治层面转移，国家通过空间政策使种族隔离成为强制实施的行为规范，造成了公共权力对黑人私人领域的侵犯和控制。其次，资产阶级公共领域理应是公众在平等参与、自由沟通的基础上形成共识的制度化渠道，对政治权威具有批判性，同时也是其合法性的基础。但是种族隔离将黑人排除在公共交往之外，不仅限制了黑人进入公共领域参与商讨、表达意愿的权利，而且违背了公共领域对社会成员普遍开放的基本原则。然而，另一方面，都市环境中的种族聚居状态增强了黑人的族群意识以及共同体的成员身份意识。在布朗兹维尔构建的社会实体之内，黑人居民拥有了独特的人生经历和终极的生命体验，族群的文化传统与美国的价值观念渗透到每个人的心灵深处，他们期望以公民身份作为媒介，参与到国家共同体的公共领域中。事实上，二战后黑人知识分子对美国的民主自由普遍持乐观态度，布鲁克斯也认为融合是解决黑人问题的途径。微妙之处在于，黑人族群对普遍权利的诉求是从自由主义的平等政治中衍生出来的，但他们却对自由主义设计的现存制度提出了严重质疑。因此，布鲁克斯以日常生活作为社会制度结构与社会实践活动的深层连接处，透过布朗兹维尔黑人平民的生活经历解析了美国社会对黑人族群的制度性歧视和结构性排挤。空间生产中的种族对立突显了自由主义公共领域的内在矛盾，布鲁克斯不仅为消除种族隔离提供了一种机制性的策略，同时也从被排挤族群的视角审视了自由主义建构基本人权、平等、自由、民主、正义的现代性的理想。

（原发表于《外国文学评论》2016 年第 2 期）

论丽塔·达夫诗歌中“博物馆”的文化隐喻功能

王 卓*
（山东师范大学外国语学院）

摘 要:“博物馆”这个时空交错的文化空间吸引了众多英美诗人的目光。然而就“博物馆”这一意象所承载的文化重量而言,美国黑人女诗人丽塔·达夫的诗集《博物馆》无疑是最具代表性的。在这部诗集和此后以该意象为中心创作的诗歌中,“博物馆”以特有的文化承载量,转化成为她阐释历史观、种族观和美学观的文化隐喻。

关键词:丽塔·达夫;博物馆;文本隐喻;叙事隐喻;文化隐喻

美国文化学者、批评家盖伊·达文波特(Guy Davenport)曾言,博物馆是现代人能够拥有历史的唯一的物质的过去[①],而这也正是这个时空交错的文化空间能吸引众多英美诗人目光的原因所在。叶芝(William Butler Yeats)、庞德(Ezra Pound)、玛丽安·摩尔(Marianne Moore)、斯泰因(Gertrude Stein)、托尔森(M. B. Tolson)等诗人都曾经以博物馆为主题或背景进行过诗歌创作[②]。然而就博物馆这一意象所承载的文化重量而言,美国黑人女诗人丽塔·达夫(Rita Dove,1952—)的诗集《博物馆》(*Museum*,1983)无疑是最具代表性的。在这部诗集和此后以该意象为中心创作的诗歌中,博物馆以特有的文化承载量,转化成为她阐释历史观、种族观和美学观的文化隐喻。对于不

---

* 作者简介:王卓,教授,主要研究方向为英语诗歌诗学、英语国家族裔文学。

① Guy Davenport.The Geography of the Imagination:Forty Essays[M].San Francisco:North Point Press, 1981:24.

② Elizabeth Bergmann Loizeaux.Twentieth-Century Poetry and the Visual Arts[M].Cambridge:Cambridge University Press:2008.

相信边界、也试图超越时间坐标的达夫而言[①],没有一个空间比博物馆更能全面体现并实现她时空交错、兼收并蓄、文化杂糅的文学和文化理想的了。而这正是达夫把自己的第二部诗集命名为《博物馆》的原因所在。不仅如此,达夫还在若干年后写了短诗《在博物馆》(“In the Museum”)[②],足见她对这个特殊的空间形态的热衷。博物馆这一空间意象作为一个漂浮的能指,成为统领整部诗集的灵魂和线索,更以喻指的方式成为达夫文化空间和诗学建构的范式,而整部诗集的表征方式也以博物馆的收藏、教育、保存文化的功能为基础,建构了一座文本的“博物馆”。

一、“博物馆”/《博物馆》:博物馆的文本隐喻

有人说,“博物馆是意义创造的场所”[③]。正是在这个能够创造出意义的空间,达夫找到了她的文学对应物。很多学者敏锐地注意到了达夫在作为空间的博物馆和作为文本的博物馆之间自由游走的神奇能力,以及《博物馆》这部诗集本身就是一座“博物馆”的文化特质。朱迪斯·基钦(Judith Kitchen)就曾经指出,《博物馆》作为整体似乎触及的是回首过往,探究历史的或者艺术的某些东西的相同的侧面,因此“它(诗集)变成了一座博物馆”[④]。派特·瑞什拉托(Pat Righelato)也在专著《解读丽塔·达夫》中指出,达夫把她的“诗歌作为博物馆”[⑤]。应该说,诗歌作为博物馆这一理念是达夫有意识的美学选择。达夫在一次访谈中说,她常常为了给诗集取一个合适的名字而苦恼,然而

---

① 对于达夫的跨界书写和历史书写,参阅拙文《论丽塔·达夫诗歌的文化空间建构》,载《解放军外国语学院学报》2010年第三期,99-104页;《论丽塔·达夫新作〈穆拉提克奏鸣曲〉的历史书写策略》,载《外国文学评论》2012年第四期,161-177页。

② Rita Dove.Grace Notes[M].New York:W. W. Norton & Company,1991:52.

③ Rhiannon Mason. Museums, Galleries and Heritage:Sites of Meaning-making and Communication[G]//Ed. Gerard Corsane.Heritage, Museums and Galleries:An Introductory Reader, New York:Routledge, 2005:221-237.

④ Stan Sanvel Rubin and Judith Kitchen. Riding that current as far as it'll take you (1985)[G]//Ed. Earl Ingersoll.Conversations with Rita Dove.Jackson:University of Mississippi Press, 2003:7.

⑤ Pat Righelato. Understanding Rita Dove[M]. Columbia: University of South Carolina Press, 2006:37-39.

奇怪的是,《博物馆》这部诗集却是先有了名字。① 可见,博物馆这个空间意象和空间形态的确是引领整部诗集的线索,也因此成为整部诗集的灵魂所在。

那么,达夫是如何把博物馆这一空间形态转化成为一个文本的博物馆?这一文本的博物馆又有哪些特点和文化功能?而达夫的诗歌博物馆又和庞德等白人诗人笔下的诗歌博物馆之间有着怎样的区别和联系?达夫是如何模仿真实的博物馆空间形态并在其作品中重塑一个文本空间维度的?这些问题将在《博物馆》这部诗集的宏观和微观两个层面得到答案。

莫斯科-塔尔图符号学派先驱尤里·洛特曼把作为文化空间的博物馆称为"符号圈",即"彼此间存在连续性关系的各个客体(点)的集合"②。达夫的《博物馆》就是这样一个客体(点)的集合。从诗集的宏观结构来看,共分为四个部分。第一部分"青山有话要说"("The Hill Has Something to Say"),是一组关于欧洲艺术和艺术品的诗歌,在某种程度上,是达夫对希腊和中世纪意大利文化遗产的反思以及对现实的观照。这一部分的标题以及该部分收录的诗歌的标题仿佛考古学家在对欧洲遗产如数家珍、娓娓道来。紧挨着辉煌的欧洲文化遗产展区,达夫布展了三个与欧洲文化形成鲜明对比的展区:第二部分"在香蒲中"("In the Bulrush"),包括达夫的著名诗歌《翼人奥古斯塔和黑色的鸽子瑞莎》《莎士比亚说》《在慕尼黑德国作家研讨会》等,这些诗歌的共同特点是西方文化和非洲文化,白人历史和黑人历史的并置,是通过对"艺术权力"的探究而对"文化分离主义"生产、再生产的质疑;第三部分"我父亲的望远镜"("My Father's Telescope")是一组以父亲为主题,对童年生活细节的回忆,颇有普拉斯的自白体诗歌的神韵;第四部分"核时代入门"(Primer for the Nuclear Age),则从感性的童年回忆陡然转向宏大的,全球化的历史模式,探究了包括奴隶制在内的各种形式的不平等以及历史上被侮辱、被误解的人们。从诗集四个部分的标题就可以看出,达夫的《博物馆》的四个部分就如同博物馆中的四个展区,展示的文化遗产有古代欧洲、以色列、非洲、古代中国,也有现代美国,以及达夫本人的中西部美国非裔中产阶级家庭的过去生活史以及达夫的个人生活物件。展品的摆放和排列是时空交错、物类交错、文化交错,仿佛使人置身于一个错位的空间和错时的时间之中。

从达夫对博物馆中物件的界定以及这部诗集的宏观结构不难看出,达夫

---

① Malin Pereira.Going Up Is a Place of Great Loneliness[M]//Conversation with Rita Dove, Ed. Earl G. Ingersoll.Jackson:University of Press of Mississippi, 2003:166.

② 康澄.洛特曼的文化时空观[J].俄罗斯文艺,2006,4:43.

的“博物馆”最鲜明的特点就是去中心性，具体表现为以下三个层面：其一，这个博物馆展品类型多样、兼收并蓄；其二，这个博物馆是“错时”的和“错置”的；其三，这个博物馆是“普遍性”与“特殊性”相结合的。这是一座带有鲜明个人品位的博物馆，从本质上说，应该属于近些年来风光无限的“私人博物馆”，即哥伦比亚大学教授、艺术史学者苏珊·沃格尔(Susan Vogel)所倡导的那种有个人态度的博物馆。有过多年博物馆工作经历，先后做过博物馆馆长、董事的沃格尔指出，要想建构理想的“私人博物馆”首先要对博物馆中的展品进行“大幅度的重新语境化”。[①] 达夫也深知，文本空间的构成绝非简单地等同于真实世界的空间呈现，也不能完全独立于时间因素之外，而是一种抽象的组成，依文本和人们的阅读体验而存在。像博物馆中的展品一样，《博物馆》中的诗歌也被安排和布展以鼓励读者以更加具有文化期待的心理去阅读和体验。正是基于此种重新语境化的考量，达夫的《博物馆》在经过精心选择、重新排列、重新诠释之后，呈现出了鲜明的去中心性。

如前文所述，这座文本博物馆的去中心性首先体现在展品类型的多样性。这座文本的博物馆神奇地收进了从“石头中的鱼”到“阿尔戈斯的蚂蚁”，从“古希腊酒坛”和特洛伊战争中的长老“内斯特的澡盆”到“中世纪的六弦琴”，从古代中国的怨妇“陶婉”到罗马天主教圣徒“西耶纳的圣·凯瑟琳”，从薄伽丘的女神“菲亚美达”到德国画家克里斯蒂安·沙德的“黑色鸽子罗莎”，从“我父亲的望远镜”到“核时代”，从莎士比亚戏剧到东欧的田园诗，从“左撇子大提琴手”到为了一个“美丽的词语”杀人无数的独裁者，看似毫不搭界的物件却似乎很自然地并置在一起，并不让人感觉突兀。这个中的原因引人深思。这座文本的博物馆用马里兰大学教授伊丽莎白·伯格曼·罗伊斯兹克斯(Elizabeth Bergmann Loizeaux)的话说就是，这是一座“兼收并蓄的博物馆”：“部分艺术博物馆，部分人类学博物馆，部分自然历史博物馆，部分历史博物馆。”[②]

其次，达夫的文本博物馆的去中心性还表现为时空交错性和空间错置性。能够实现时空交错的空间不多，博物馆就是其中之一。作为一个时空连续体，博物馆能够在空间中物质化时间，从而实现时间深度和空间广度。达夫对时

---

① Susan Vogel. Always True to the Object, in Our Fashion[G]//Eds. Ivan Karp and Steven D. Lavine. Exhibiting Cultures: The Poetics and Politics of Museum Display. Washington, DC: Smithsonian, 1991: 193.

② Elizabeth Bergmann Loizeaux. Twentieth-Century Poetry and the Visual Arts[M]. New York: Cambridge University Press, 2008: 168.

间的空间化处理十分到位，主要体现在历史变焦和地理变焦两个层面。从中世纪到现代的历史变焦使得达夫能够让历史人物摆脱线性时间的束缚，在时空机器中自由穿梭；而从欧洲到中东再到美国的地理变焦则使得达夫能够让不同地域、不同文化的人群汇聚到博物馆这个特定的空间形态之中。不仅如此，“达夫诗歌中的很多人物都是错置的，或者在不同世界之间”[*]。[①] 比如，生活在18世纪的黑人科学家、作家本杰明·班奈克(Banneker, *SP* 93)[②]、18世纪末至19世纪初期的黑人废奴运动活动家大卫·沃克(David Walker, *SP* 30)、生活在20世纪中叶多米尼加共和国的独裁者拉斐尔·特鲁希略(Rafael Trujillo)(Parsley, *SP* 133-135)等人物都是在错置的空间中游荡的灵魂。从博物馆的空间布展专业角度来看，通过把人类艺术精品并置一起加以展示，使不同文化背景的物件能得以平等呈现；从文化象征的意义延展开去，则体现出布展者、博物馆以及重新创造这一文化空间的“去中心”的决心。

再次，达夫的博物馆是“普遍性”与“特殊性”相结合的空间。这个文本空间中既有公共的事件和人物，也有个人的生活体验和经历，正如达夫以“父亲的望远镜”和“核时代”并置在一起一样。布展博物馆的并置技巧使得达夫在这座文本博物馆中从容地纳入了多种个人和公共元素。如果说达夫的第一部诗集《街角的黄房子》是由深情款款、耐人寻味的私人的生活细节构成的，那么《博物馆》毫无疑问进入了一个更加“公共的空间”。或者更确切地说，是一个私人和公共空间元素的杂合。而这一变化则反映出作为诗人的达夫从自我关注到公共关注的清晰变化，这一变化也是一个公共知识分子必经的成长之路。

那么为何这些看似毫不相干的物件摆放在一起却显得和谐而生动呢？这种错位和错时是否也有章可循呢？事实上，尽管看似毫不相干，这些物件却有着某种内在的共性。这就涉及达夫对她的文本博物馆物件的遴选原则和摆放方式的独特思考。

她对自己的博物馆中物件的遴选的首要原则就是物件的文化品性。正如她自己曾经明确说过的，她在《博物馆》中涉及的并非普通的艺术展品，而是具有某些独特的文化品性的物件、人物、事件和记忆，对此达夫有过专门的解释：

---

* 本文所引达夫诗歌除特殊说明外，均出自该诗集，下文只在诗歌后标注缩写 SP 及页码，不再一一说明。诗歌译文均由笔者自译。

① Therese Steffen. Crossing Color: Transcultural Space and Place in Rita Dove's Poetry, Fiction, and Drama[M]. Oxford: University Press, 2001: 90.

② Rita Dove. Selected Poems[M]. New York: Vintage Books, 1993.

> 那就是我所说的艺术品,它们反映了这个时刻,不管它是一个人,比如本杰明·班奈克,不管它是一块化石,像在"碗里,一条鱼,一块石头",也不管它是"内斯特的澡盆"又或者是关于我父亲和我的童年的记忆。[①]

达夫可能并没有意识到,她对博物馆展品的界定和构想非常符合现代博物馆的文化品性。正如欧洲博物馆文化研究专家安东尼·杰克逊(Anthony Jackson)和简尼·凯德(Jenny Kidd)所言,近些年来,"参观博物馆和遗迹"变得不仅仅是关于"物件",更关于"经历"。[②] 这种博物馆的遴选方式和布展方式的目的是让参观者在被复活的历史中经历、体验,并感同身受。可见,达夫博物馆中的林林总总的艺术品的共性在于在历史的流转之中,变得凝冻和典型的时刻、人物和事件,达夫正是通过有意识地寻找带有这一共性的艺术品,把这些事物有机地组合在一起。而作为诗集的《博物馆》才拥有了统一的风格和灵魂。达夫在 1989 年与苏珊·斯瓦特吾特(Susan Swartwout)的访谈中说,当她回过头来看《博物馆》这部诗集时,她发现这部诗集甚至比她的叙事诗集《托马斯和比尤拉》结构更为完整。其中的原因正在于此。

达夫对博物馆中物件的第二个遴选原则就是物件的边缘性。达夫的博物馆收藏的是被时间遗忘,或者被记忆、环境和历史固化的东西。在一次访谈中,达夫明确阐释了她的这一遴选标准:

> 有些东西是理想的博物馆物件——比如,石头中的鱼,我们观察到的化石;不过也有一些人,被固化或者美化,然后被放置在神坛上,精神的神坛之上——比如薄伽丘理想化的爱菲亚美达,她成了一种膜拜的客体。[③]

这种兼收并蓄让她的博物馆实现了"去中心化",从而开启了一扇门,使得被排除在主流博物馆之外的艺术品和叙事自由进入。这些文化背景不同、时代不同、文化品性不同、类别不同、地域不同的物件的并置对参观者所产生的震撼是强烈的,挑战的是人们对传统博物馆布展方式的认知方式。正如达夫本人

---

① Susan Swartwout. Language Is More Clay Than Stone[G]//Ed. Earl Ingersoll. Conversation with Rita Dove. Jackson:University of Mississippi Press, 2003:53.

② Anthony Jackson and Jenny Kidd. Introduction[G]//Eds. Anthony Jackson and Jenny Kidd. Performing Heritage: Research, Practice and Innovation in Museum Theatre and Live Interpretation. Manchester and New York:Manchester University Press:1.

③ Stan Sanvel Rubin and Judith Kitchen. Riding that current as far as it'll take you,6.

在一次访谈中所言:“我试图阻止人们认为他们知道接下来会出现什么。”[1]

不仅从宏观上看《博物馆》这部诗集就是一座文化和文本的“博物馆”,从微观上看,这部诗集中的诗歌也具有博物馆的文化品性。在《解读丽塔·达夫》中,派特·瑞什拉托就在对诗歌进行详细文本解读的基础上,提出了达夫的“诗歌作为博物馆”的观点:

> “石头中的鱼”的模棱两可,从流动到固定,从自然到文化,在结构上作为诗集第一部分的核心也具有重要意义,是对蕴含在博物馆观念中的矛盾的一种探索。如果一座博物馆是一座知识的宝库,过去的陵墓,其原本的意义就是缪斯的宝座,一个创作的源泉。相似地,一首诗歌(其原本含义就是一个“创造的事物”)就是一个完整的艺术品,创作过程的“僵死”的化石遗迹。[2]

派特·瑞什拉托提到的《石头中的鱼》(*SP* 69)是《博物馆》中的第一首诗歌,也是达夫本人反复提及在这部诗集中最具代表性的诗歌。之所以说这首诗歌最具代表性,主要原因就是这首诗歌几乎是达夫对博物馆中陈列物件的直接阐释,这也是达夫曾经说,这首诗歌是一首“元诗歌”的原因:

> 石头中的鱼
> 想要重回
> 大海。
>
> 他厌倦了
> 被分析,那些微不足道的
> 预见性的真理。
> 他厌倦了在露天
> 等待,
> 他的轮廓被一束白色灯光
> 盖上印证。
> 在海洋中沉寂

---

① Stan Sanvel Rubin and Judith Kitchen. Riding that current as far as it'll take you,8.

② Pat Righelato,Understanding Rita Dove,35.

不停涌动

多么没有必要!
他耐心地漂游
直到那一时刻来到
铸造出他的
骨骸重新发育。
……

这首诗歌全面体现了达夫对博物馆中的物件本质的深刻理解。在河流中游弋的鱼儿一旦成为化石就成为博物馆中的理想物件,这一变化表明日常生活中的一切都可以从其原有的环境中提取出来,固化为博物馆中的物件。然而这还只是这首诗歌最表层的含义。达夫以非同寻常的想象力解冻了这条被封存在化石之中,孤独等待了上亿年的化石鱼,而且用生动的语言还原了它在远古时代的生命和思想。尽管这首诗歌是以第三人称讲述的,但是却仿佛是鱼儿的自白,具有非同寻常的震撼力。它不仅让读者感受到了一个活生生的生命,更让读者感受到了一种鲜活的思想。显然,达夫的空间叙事策略起到了至关重要的作用。具体说来,这首小诗借用了空间挪移和时间闪回,把这条鱼儿的前世今生勾连在一起:从封闭的石头到无垠的大海,从远古的静止到当下的游弋,从僵化的生命到灵动的思想,叙事和语言激活了鱼儿被凝冻的瞬间,并将其从沉默的静止状态解放出来。从某种意义上说,达夫独特的博物馆空间叙事是整部诗集的灵魂所在。

二、“传奇不能/述说”:博物馆的叙事隐喻

达夫的博物馆不仅是一个空间文本,还是一个独特的叙事文本。博物馆中的文化遗产并非只是物件,更是一个“揭示叙事的多元性的过程”。[①] 事实

① Helen Rees Leahy. Watching Me, Watching You: Performance and Performativity in the Museum [G]//Eds. Anthony Jackson and Jenny Kidd. Performing Heritage: Research, Practice and Innovation in Museum Theatre and Live Interpretation. Manchester and New York: Manchester University Press, 26-38.

上,博物馆的陈列一直就被认为是一种针对大众进行科学知识普及和借助科学技术实现关于民族、种族和现代性的权威性叙事。[①] 罗伊斯兹克斯也认为,自从20世纪之初博物馆的主要功能从收藏转化到对公众教育功能之后,"通过一系列物件讲述一种彼此相关的叙事已经成为展览的主要模式"。[②] 因此,从叙事功能来看,博物馆具有讲述、阐释、教育的多种功能。

然而,一个悖论是,博物馆中的物件往往要么处于"失声"状态,要么处于被误读和曲解的状态。对此,达夫有着深刻的认识。对于处于失声状态的物件,达夫说,"它是说不出话的物件","不能再向我们述说了……我们不得不仔细检视他们留下的东西,然后塑形它"。[③] 这也是达夫把诗集的第一部分命名为"青山有话要说"的原因。然而,一个不得不承认的事实是,"它没有说"(*SP* 72)。所以真正能够述说的不是青山,而是身为诗人的达夫。对于被曲解的物件和人,达夫更是理解深刻。在《内斯特的澡盆》一诗中,达夫开篇就说:"一如既往,传奇总是被/误解。"(*SP* 72)这些表述都清楚地表明,达夫对于这些失声的或者被曲解的物件、事件和人充满着好奇、敬意和一种通过赋予他们声音而赋予他们生命的冲动。

那么,达夫又是如何通过她的布展让她的"博物馆"中的物件发声的呢?秘密武器只有一个:叙事。具言之,达夫试图在博物馆这个特定的文本空间中,通过建构出新的讲述方式而复原历史。这并非达夫的异想天开,因为博物馆和叙事的确拥有一个共同的功能:再现。前文已经论述过博物馆的再现功能,而赫尔曼在《叙事的基本要件》中提出,构成叙事的四个基本要件之首就是:叙事是一种再现模式。[④] 可见,作为文本空间的叙事和作为实体空间的布展有着异曲同工的作用。当然,博物馆这个空间形态中的叙事有着与众不同的特点。这个空间叙事不是单向的,而是写作和阅读的双向过程,换言之,这是一个作者和读者共同参与其中的过程。在这个空间形态中,作者是为每一个物件书写说明的馆员,而读者则是从一个展品到另一个展品的参观者。读者的阅读就如同参观博物馆的参观者不时参阅展品说明一样,并通过这些展品说明认知展品,并在文字和实物之间建立起联系,也因此建构起叙事和阅读

---

① Sharon Macdonald. ed. The Politics of Display: Museum, Science, Culture[G]. London and New York: Routledge, 1998:19.

② Elizabeth Bergmann Loizeaux. Twentieth-Century Poetry and the Visual Arts[M], 163.

③ Stan Sanvel Rubin and Judith Kitchen, Riding that current as far as it'll take you, 7.

④ David Herman. Basic Elements of Narrative[M]. Malden: Wiley-Blackwell, 2009:1.

的关系。

在博物馆参观者和文本阅读者不断试图建构起叙事和阅读之间的关系的过程中,有一个人身兼双职,起着至关重要的作用。这个人就是诗人讲述者。从前文的论述可以看出,达夫这座兼收并蓄,"去中心"的博物馆中的馆藏在经过她的精心遴选之后,成为她的文本博物馆中的展品。[①] 然而这些展品却还是以孤立的状态存在。比如化石中的鱼,多米尼加的独裁者,废奴运动的活动家等等被从历史语境中剥离之后,成为达夫叙事中的一个个孤立的元素。就像只有通过布展,博物馆中物件才能被固定化并因此获得意义一样,达夫的文本博物馆中的一个又一个叙事的元素只有通过达夫的叙事才能获得意义和存在的理由。换言之,达夫对这些物件进行了一次全新的文化排列组合,或者说是一种"编程的叙事",从而引领博物馆的参观者和文本的读者进入她早已设定的参观路线和阅读轨迹。

在这座文本博物馆中,讲述人自我赋予的使命就是充任博物馆馆长。博物馆馆长不仅充当着遴选、布展的职责,还有以各种方式讲解、介绍、甚至表演这些展品的责任。达夫对这一点有着深刻的认识。在对托尔森的《哈莱姆画廊》(*Harlem Gallery*)的研究中,达夫不仅对那位有着多元文化身份的画廊馆长有着深刻的理解,而且对于他的职责也有着明确的定位:"通过故事告诉真相。"然而,达夫不会不知道,故事哪里有真相呢?一切都取决于讲述者的叙述。

达夫的第一个讲述策略就是"聆听物件讲述的故事"。[②] 让物件述说的一个意义就在于把已经从历史语境中剥离的物件还原和复位。就叙事策略而言,这是一种形式的幽灵叙事。当然赋予这个幽灵以声音的是活着的生者,或者更确切地说,是诗人本人。因此,阅读达夫诗歌中的幽灵叙事,往往同时能够听到生者和死者之间的对话。从这一意义上说,达夫的博物馆也是一座"墓园",生者与死者之间的对话是生者赋予死者以声音的空间。关于这一点达夫本人曾经解释说,当她创作《博物馆》时,她正在阅读汉斯·马格努斯·恩岑斯贝格尔(Hans Magnus Enzensberger)的《陵墓:出自进步历史的三十七首叙事诗》(*Mausoleum*:37 *Ballads from the History of Progress*),因此她的"墓园"对话可能与此有关。这种幽灵叙事和墓园对话在《博物馆》中的两首形成

---

① Rita dove. An introduction to Harlem Gallery and Other Poems of Melvin B. Tolson[G]//Ed. Raymond Nelson. Harlem Gallery and Other Poems of Melvin B. Tolson. Charlottesville:University of Virginia Press, 1999:XXII.

② Elizabeth Bergmann Loizeaux. Twentieth-Century Poetry and the Visual Arts,179.

鲜明互文性的诗歌《薄伽丘:瘟疫年月》("Boccaccio: The Plague Years", *SP* 82)和《菲亚美达打破了她的平静》("Fiammetta Breaks Her Peace", *SP* 83)中得以清晰阐释。在后一首诗歌中,菲亚美达就是以第一人称叙事讲述了一个关于欧洲瘟疫、关于自己、关于薄伽丘,关于美和性的故事。这是一个典型的幽灵叙事:这首诗歌想象了菲亚美达对死亡的恐惧,以及她对成为薄伽丘固化的审美对象和性幻想对象的无奈和愤怒。自从被薄伽丘固化为美的象征,成为他的缪斯和被抽空生命本质的符号之后,菲亚美达就沦为西方艺术生产的符号,如同一张羊皮纸一样被一代又一代西方艺术家复写。比如,菲亚美达是十九世纪英国诗人,前拉斐尔派诗人但丁·加百利·罗塞蒂(Dante Gabriel Rossetti)的油画和十四行诗歌的书写对象。对于这样一个空洞的生命和丰富的文化艺术符号,达夫做的就是恢复那个曾经失落的女性生命,并让沉默的女人发出声音:

> 我观察了他们,妈妈,我知道
> 符号。第一天,僵硬。
> 像酒鬼一样蹒跚而行,他们
> 用最柔弱的身体部位
> 在房间左冲右撞急转弯
> 却感不到疼痛。
> 睡不着觉,他们在房间
> 被子下瑟瑟发抖,
> 恐惧撕咬了一条通往头脑的银色通道。

在达夫的诗性想象中,菲亚美达和美与艺术无关,却以一双敏锐的观察的眼睛、一颗充满仁爱的心灵和一种坚定的意志打动并征服了读者。第一人称叙述让菲亚美达穿越了时空走近了我们每一个人的生命之中。而"我观察""我知道""我想"等主体意识明确的表述更让我们感受到菲亚美达那仿佛带着温度的强大生命。从博物馆的空间叙事的角度来看,"当死者讲话时,他们的世界流淌回博物馆的空间"。[①] 的确如此。当我们阅读菲亚美达用青春和生命讲述的关于灾难、人性、男人和女人的故事时,那个幽灵般的声音却复原了一个鲜活的生命和灵魂。

---

① Elizabeth Bergmann Loizeaux. Twentieth-Century Poetry and the Visual Arts, 172.

在菲亚美达的叙述中，不时出现一个男性第三人称“他”。尽管叙事的声音没有提到这个“他”的名字，但是联系到上一首诗歌《薄伽丘：瘟疫年月》，读者会毫不迟疑地道出这个“他”就是薄伽丘。菲亚美达毫不客气地揭示出薄伽丘对她以美和艺术之名进行的客体化生产：对薄伽丘来说，她的“乳房就是两坨味道鲜美的希望”（*SP* 83），他爱的不是她这个人，而是被他那艺术化的头脑抽取的抽象的美。菲亚美达用那双观察的眼睛看透了薄伽丘的灵魂，而读者也从《薄伽丘：瘟疫年月》一诗中薄伽丘的视角印证了这一说法：

> 从光亮中翻滚出来
> 他让脸颊凑近
> 一排排捆扎在一起的皮革：
> 冰冷的水。菲亚美达！
> 他以各种各样的方式
> 描写过她；每一次
> 她都被证实不够忠诚。要是
> 他能把这座城市打碎分成两个
> 那么月光将倾泻而下
> 把蠕动的街道清洗干净！或者
> 干脆从这里出去，就为了
> 再次陷入爱情……

两首诗歌形成了鲜明的互文性。曾经蔓延欧洲的瘟疫为两首诗歌提供了共同的背景，而薄伽丘和菲亚美达则从不同的视角审视了这段生命随时会陨落的乱世。同时，两人也以自己的视角审视了对方。在菲亚美达的眼中，薄伽丘代表着男性的贪欲，在生命随时凋敝的乱世之中，他迷恋的依旧是女性的肉体和美貌。而《薄伽丘：瘟疫年月》验证了这一点，并从薄伽丘的视角把菲亚美达变成了被凝视的客体，成为不忠、肉欲的象征。与菲亚美达的第一人称幽灵叙事不同，《薄伽丘：瘟疫年月》是第三人称叙事，是一个冷静的声音在讲述并品评着薄伽丘和菲亚美达以及他们之间的关系。显然这个声音就是诗人讲述人的声音，她在这个文本的墓园之中，跨越了时空，与这对历史上情愫复杂的恋人之间进行了一场对话。这个诗人讲述人的声音尽管看似平和，却有着清晰的道德判断。她对薄伽丘以爱情的名义对菲亚美达灵魂的占有无法原谅，更对薄伽丘以艺术的名义对菲亚美达的客体化、性欲化的女性刻板形象的生产进行了批判。

在一首诗歌内部,这种对话性也能够完美地体现出来。比如在前面提到的《莎士比亚说》("Shakespeare Say", *SP* 89-91)中,英国大文豪莎士比亚和黑人歌手查皮恩·杰克·杜普里二人声音的交错出现。再比如,《博物馆》的压卷诗,也是达夫最令人称道的诗歌之一《荷兰芹》("Parsley", *SP* 133-135)中,被虐杀的奴隶们的第一人称集体叙事、海地独裁者的内心独白和诗人讲述人的克制却态度鲜明的第三人称讲述共同构成了这首极富戏剧张力的诗歌。无论是幽灵叙事还是对话叙事,其共同特点是打破了线性时间叙事模式。而之所以能够做到这一点,和达夫把这些叙事挪移到博物馆这一空间形态中直接相关。达夫把她的空间叙事搬进博物馆这个空间形态可谓煞费苦心。博物馆是时空交错之地,因此她的叙事可以自然脱离线性的时间轨迹,在过去、现在和未来自由穿梭。这种时间观念具有现代空间叙事的特点,也同时符合非洲传统时间观。正如著名学者、美国诗学研究专家尤什奴布·哈库泰尼(Yoshinobu Hakutani)所言:"西方人难以理解的一个非洲观念就是非洲时间观——时间不是序列的、线性的,而是循环的。"[①]可见,作为叙事空间的博物馆的确是既能体现达夫的后现代空间叙事观,也能够体现非洲文化特点的理想的文本空间。

达夫的博物馆空间叙事的另一个特点是,言说者是以各种形态和方式被历史边缘化的人物和物件。对非裔美国作家而言,叙事本身就是一个与主流话语争夺的权力空间。正如莫里森所言,美国叙事是一个把美国非裔作为他者不断边缘化的过程。[②] 这样看来,达夫有意识地选择那些被边缘化的人物和物件则是一个让边缘群体发声,并从边缘向中心挺进的过程。

达夫曾经说,她要让"他者""缔造者"和"撼动者"都发出声音,尽管这些人物可能以一种并不见成效的方式影响着历史进程。[③] 这些边缘性人物主要是历史上曾经像流星一样划过夜空的女性和黑人。在《博物馆》中,达夫从女性的视角重新想象,建构了一个又一个历史的瞬间,记录下圣凯瑟琳、菲亚美达、

---

① Yoshinobu Hakutani.Cross-Cultural Visions in African American Modernism-from Spatial Narrative to Jazz Haiku[M].Columbus:The Ohio State University Press, 2006:140-141.

② Toni Morrison.Playing in the Dark:Whiteness and the literary Imagination[M].Cambridge:Harvard University Press:1992.

③ Mohamed B. Talet-Khyar. Gifts to be Earned(1991)[G]//Ed. Earl Ingersoll.Conversations with Rita Dove, Jackson:University of Mississippi Press, 2003:85.

陶婉等人的生活，并以生活细节赋予了她们真实的生命。达夫的用意很明确，“传奇”是可以“述说的”。这一点在颇有传奇性的黑人科学家、年历作家本杰明·班奈克的身上也得到了清晰体现。这也是达夫以饱蘸情感的笔触创作了《班奈克》(“Banneker”, *SP* 93)的原因。这位黑人科学家有着非凡的发明才能，却因为种族歧视而被不断质疑，并最终在贫病交加中，孤独而离奇地死去。在他离去两百年后，人们在他没有任何标志的坟墓旁竖起来一块纪念碑，对这位传奇人物表示敬意：

除了躺在梨树下，
裹在大披风里，
思考那些神圣的躯体
他还做了什么？
脆弱，巴尔的摩的好人们
低语，震惊之余
也充满恐惧。毕竟据说
他喜欢烈性酒。
还有他为何夜晚总是
呆在星空下
为何他终身未婚？

不过谁又会要他呢！既不是
黑人也不是白人，
既不是幸运也不是疯狂，
当他在脑海里书写
另一封给杰弗逊总统的热情洋溢的信
气势恢宏的鸟儿在歌唱——他想象着
回信，态度礼貌言辞华美。
那些去过费城的人
讲过图书馆前
本杰明·富兰克林雕像
……

这位曾经给杰弗逊总统写过信，曾经以自己的方式试图改变黑人命运的传奇人物却在历史的变迁中被遗忘和误解，成为一个无法理解，也无从诠释的迷，连他是如何死亡的，是自杀、病死还是他杀都无从知晓。在巴尔的摩的“好人”的眼里，他“脆弱”“疯狂”，甚至不太正常。达夫没有试图美化这个传奇人物，而是让出于各种目的的评说交杂在一个文本空间之中，从而在她的文本博物馆中留下了一个真切、复杂的身影。

三、“世界的每时每刻都在那里”：博物馆的文化隐喻

显而易见，达夫的博物馆文本空间的建构和空间叙事是以“文化对话”为策略实现的多元文化呈现。作为空间形态，博物馆本身就是一个“文化对话”之地。列斐伏尔说：“空间从来就不是空洞的，它往往蕴涵着某种意义。”①博物馆的收藏不仅是为了呈现历史上的艺术精品，而且还是“把知识转化成为权力的精确的机制”。② 有不少研究者关注了博物馆中的文化再现问题。比如西方博物馆中民族志样本问题③；博物馆和其呈现的族群之间关系的变化问题④；博物馆作为呈现不同文化空间的可能性和局限性问题⑤；博物馆作为保存历史的媒介问题⑥；博物馆在建构和再现文化中的意义等等⑦。可见，博物馆的确是一个文化承载量极其丰富的空间和时间连续体。而达夫之所以对这

---

① Henri Lefebvre. The Production of Space[M]. Cambridge: Blackwell Publishers Inc, 1991:154.

② Paula Findlen.Possessing Nature: Museums, Collecting, and Scientific Culture in Early Modern Italy[M].Berkeley: University of California Press, 1994:23.

③ See James Clifford. On Collecting Art and Culture[M]//The Predicament of Culture: Twentieth-Century Ethnography, Literature, and Art.Cambridge: Harvard University Press, 1980.

④ See Ivan Karp, Christine Mullen Kreamer, Steven D. Lavine, eds.Museums and Communities: The Politics of Public Culture[G].Washington, D.C.: Smithsonian Institution Press, 1992:367-611.

⑤ See Ivan Karp, Christine Mullen Kreamer, Steven D. Lavine, eds.Museums and Communities: The Politics of Public Culture[G].137-366.

⑥ See Robert Lumley.The Museum Time-Machine: Putting Culture on Display[M]. London: Routledge, 1988.

⑦ See George Stocking. Objects and Others: Essays on Museums and Material Culture, History of Anthropology[M].Milwaukee: University of Wisconsin Press, 1986.

一时空连续体情有独钟也正是基于这种文化丰富性。正如派特·瑞什拉托指出的那样,《博物馆》挖掘的是“文化起源”。[①] 然而,以诗歌文本分析见长的瑞什拉托却没有能够进一步思考达夫在《博物馆》中挖掘的是怎样的文化起源。而这一空白点恰恰成为本文思考的出发点和立足点。

詹姆逊说,我们的文化成了一种“日益受到空间和空间逻辑支配”的文化。[②] 博物馆这个空间也不例外。博物馆将文化承载物变成了艺术客体,并成为文化汇集之地,也是追溯文化起源的理想场所,因为博物馆的展品都是有着“文化目的的物件”,[③]而作为布展者的达夫有权在不会谋面的各个物件之间和各种文化之间斡旋。每一个博物馆展览,不论其表面主题是什么,都不可避免地汲取布展者的文化臆想和资源。而根据布展者的文化背景、所处时代和地点的不同,这种文化臆想也会有很大差异。正是这样的差异使得博物馆本身成为一个政治和文化形态的竞技场。从这一意义上说,博物馆就是一个特定的文化空间。在这一文化空间之中,布展者可以把展品系统地安置成为一段历史、一种世界观、一种风格或者一个传记的部分,从而把物件转化成为一个系列的部分。正如大英博物馆就是一个帝国文化的空间建构一样,达夫的博物馆建构的也是一个她眼中的世界和文化。对此,达夫本人曾经说,《博物馆》中的诗歌关涉的是“你如何保留文化,并传承给下一代”[④]。博物馆当然是文本留存的理想之地,甚至是现代社会历史和文化保留的唯一场所。事实上,博物馆的参观者也并非带着空空如也的头脑进入博物馆,恰恰相反,他们会通过先前的经验和文化习得的信念、价值和观念性经验来解读博物馆。可见,布展者和参观者的文化知识结构合理塑造了博物馆的文化品性。

那么,身为美国非裔作家,达夫要通过《博物馆》挖掘的是不是非裔文化起源呢?这一问题的答案似乎是肯定的。原因有二:其一,达夫的种族身份应该

---

① Pat Righelato. Understanding Rita Dove, 35.

② 弗雷德里克·詹姆逊.后现代主义,或晚期资本主义的文化逻辑[M].吴美真,译.时报文化出版企业公司,1998:21.

③ Michael Baxandall. Exhibiting Intention: Some Preconditions of the Visual Display of Culturally Purposeful Objects[G]//Eds. Ivan Karp and Steven D. Lavine. Exhibiting Cultures: The Poetics and Politics of Museum Display. Washington, DC: Smithsonian Institution Press, 1991:33-41.

④ Helen Vendler. An Interview with Rita Dove[G]//Ed. Henry Louis Gates, Jr.. Reading Black, Reading Feminist: A Critical Anthology. New York, NY: Meridian, 1990: 485.

使她对非裔文化之源的探究产生兴趣。其二，这部诗集中也的确涉及诸多非裔文化遗产、物件和人物。比如前文提到的《班奈克》《翼人奥古斯塔和黑色的鸽子瑞莎》《水手在非洲》（“The Sailor in Africa”，*SP* 119）等都是关于黑人种族、身份、文化的探索的。这也是罗伊斯兹克斯认为达夫建构的是一个“美国非裔博物馆”的原因所在。[①] 然而，遗憾的是，罗伊斯兹克斯的结论并不准确。情况可能恰恰相反，达夫的文本博物馆修正的正是非洲中心主义观念引导下的美国非裔博物馆。“诗集—作为—博物馆”为达夫提供了一种以抒情诗来表达美国非裔文化遗产问题的方式。达夫在《博物馆》中的自我定位，一位有力量的黑人女性观察者/博物馆馆长正在改写一种由非洲中心主义观念操控的“美国非裔文化方案”。之所以如此，和美国20世纪中期之后出现的“族裔博物馆热”不无关系。从1950年到1980年的30年间，美国非裔博物馆如雨后春笋般涌现。据统计，此间在美国和加拿大建立的非裔博物馆就有90余座。显然，这股非裔博物馆热潮是在民权运动和黑人权力运动对黑人文化权力的推动下产生的。[②] 美国非裔博物馆是一个“美国非裔和非洲的过去能被热议并向更广泛的公众传播的另一种版本”。[③] 许多博物馆是由参与过民权运动的黑人艺术家建立的，其目的是为了“文化宣传”。非洲曾经在19世纪对黑人艺术家来说是一种极其矛盾的意象，而经过黑人艺术运动和民权运动，非洲文化和非洲意象逐渐成为美国非裔文化鲜明特征的源泉。比如，非洲艺术民族博物馆寻求的是对非洲传统多元性和复杂性的探索；美国非裔艺术家国家中心、明尼阿波利斯美国非裔历史和艺术博物馆等则致力于收集、保存非洲艺术和艺术品。到1978年，更是成立了美国非裔博物馆联合会。美国非裔博物馆之所以受到如此青睐，一个重要原因就在于黑人民族主义者认为，博物馆“能成为赋予黑人族群力量的工具”。[④]

---

① Elizabeth Bergmann Loizeaux. Twentieth-Century Poetry and the Visual Arts[M]. New York: Cambridge University Press, 2008: 163-191.

② Fath Davis Ruffins. Mythos, Memory, and History: African American Preservation Efforts, 1820—1990[G]//Eds. Ivan Karp, Christine Mullen Kreamer and Steven D. Lavine. Museums and Communities: The Politics of Public Culture. Washington, DC: Smithsonian, 1992: 557.

③ Fath Davis Ruffins. Mythos, Memory, and History: African American Preservation Efforts, 1820—1990, 567.

④ Fath Davis Ruffins. Mythos, Memory, and History: African American Preservation Efforts, 1820—1990, 565.

然而,历来对黑人民族主义保持审慎态度的达夫在这一点上再次偏离了她的“黑人文学之父们”。在一个“非洲中心主义已经成为主流意识形态”的时代,达夫的世界主义博物馆代表了一种“修正的声音”,从而与黑人民族主义和分离主义都保持了审慎的距离。达夫不认同非洲中心主义,因为非洲中心主义“试图给黑人中产阶级提供一个感觉并成为真正黑人的基石”,但是它打的还是“种族本质主义”的牌。[①] 从前文的论述不难看出,化身为博物馆馆长的达夫在遴选、布展和讲述自己的博物馆中的物件时秉承的是多元性、去中心的原则,建构的是一个跨文化的、杂糅的博物馆。可以说,达夫创作《博物馆》的目的就是“打造出一种国际文化”。[②] 作为博物馆的诗集成为达夫大力拓展世界主义思想的方式,既包括中西部美国非裔文化,也包括非洲,加勒比,欧洲大城市的文化,并使得那些文化发生了关键联系。

然而,文化遗产本身是一个抗争的场域:在文化和族群内部,以及文化之间呈现出的可能是相互矛盾的、对立的力量和品性。因此跨文化布展也会呈现出强烈的对比性。当欧洲文化和非洲文化并置时,非洲文化往往由于其原始性而表现为一种劣势文化。这种对比往往会直接影响到博物馆这一文化空间对非洲文化和黑人呈现的刻板化。可以说,作为族群的官方文化记忆保存之地,美国的博物馆对包括黑人族群在内的少数族裔的展示是对刻板形象生产的助推器。这种刻板形象生产在很多美国作家的笔下得到过生动再现。比如,苏珊·桑塔格的小说《在美国》中,借助女主人公的眼睛,我们看到了白种人对印第安人的“异化”和“丑化”策略。在费城百年博览会展厅中,印第安勇士的蜡相被塑造成“残忍的小黑眼睛、粗糙蓬乱的头发、像动物一样的大嘴”;[③]再比如左拉·尼尔·赫斯顿以一位人类学家的视角审视了黑人刻板形象在博物馆的展览:“一个坐在树墩上,拨弄着班卓琴,又唱又跳;另一个非人非鬼,在农舍前咕噜着不平等。”[④]事实上,这个博物馆对所有少数族裔都在进行刻板形象的生产:犹太人都是夏洛克;黑人则都是拖着疲惫的双腿,贼溜溜地转着眼珠,上蹿下跳的小丑。赫斯顿因此发出了这样的疑问:为什么“关于

---

① Charles Pete Banner-Haley. From DuBois to Obama: African American Intellectuals in the Public Forum[M].Carbondale and Edwardsville. Southern Illinois University Press, 2010:95.

② Elizabeth Bergmann Loizeaux.Twentieth-Century Poetry and the Visual Arts,7.

③ 苏珊·桑塔格.在美国[M].廖七一、李小均,译.南京:译林出版社 2003:151.

④ 转引自 Ross Posnock. Color and Culture: Black Writers and the Making of the Modern Intellectual[M].Cambridge, MA: Harvard University Press, 1998:3.

黑人保险官员，普通从业者，办事员等人的现实的故事”很难发表，并嘲讽地说，“那些普通的，奋斗的，非病态的黑人在美国是最好保守秘密的”。[①]

达夫显然意识到了博物馆空间中的文化对比所带来的问题，因此她对非洲文化和黑人形象的呈现表现出了与众不同的视角。她选择性地聚焦于黑人知识分子、布鲁斯音乐等知识和艺术层面的历史。无论是黑人科学家班奈克，还是身为化学家的黑人父亲，还是带有去欧洲参加学术会议的黑人女性知识分子，都是如此。在《荷兰芹》中，连种族屠戮都从语言层面找到了原因。尽管达夫的选择看似有些极端，但却不得不说这是一种不得已的选择。这其实是达夫试图使黑人生活和其艺术品的合法性能在一个公共的、民族的、国际的语境中“被制度化”，并“被纳入民族生活的脚本之中”的努力[②]。从这一层面来看，达夫实践的是黑人“知识分子行动主义”传统，而达夫的博物馆就是理查德·赖特等人倡导的，却由于时代和个人局限而未能实现的“知识空间”。[③]

（原发表于《国外文学》2017 年第 1 期）

① 转引自 Robert E. Hemenway. Zora Neale Hurston: A Literary Biography[M]. Champaign, IL: The University of Illinois Press, 1980:327.

② Elizabeth Bergmann Loizeaux. Twentieth-Century Poetry and the Visual Arts, 171.

③ Richard Wright. Blueprint for Negro Writing[G]//Eds. Richard Wright Reader. Ellen Wright and Michel Fabre. New York: Harper and Row, 1978:45.

面对黑色美国梦的思考与抉择

——评《跨出一大步》和《阳光下的干葡萄》

张　冲*

（南京大学外国语学院）

摘　要：美国著名黑人剧作家彼得逊的名作《跨出一大步》(1953)和著名黑人女剧作家汉丝贝里的获奖作品《阳光下的干葡萄》(1959)代表了黑人戏剧继黑人小说、黑人诗歌之后走入大众视野取得的艺术成就。如果说《跨》剧反映的是一个已经进入美国主流社会的黑人重新退出这个社会的话，汉丝贝里的《葡》则描绘了正要进入这一社会的黑人家庭对这一问题的思考和抉择。《跨》《葡》两剧恰好形成一个既鲜明对照又相互补充的整体，全面地反映了美国黑人对自身在主流社会的位置的探寻、奋斗与思考。

关键词：《跨出一大步》；《阳光下的干葡萄》；黑人解放；美国梦

美国著名黑人剧作家彼得逊的名作《跨出一大步》(以下称《跨》)和著名黑人女剧作家汉丝贝里的获奖作品《阳光下的干葡萄》(以下称《葡》)分别写于1953年和1959年。其时，美国的黑人戏剧正紧随着黑人小说、黑人诗歌的步伐开始发展，以自己独特的气势和艺术力量，进入了美国戏剧的"圣殿"百老汇。美国黑人戏剧有其特定含义，它指的是由黑人剧作家创作完成，反映美国社会的种族问题，特别是黑人问题的戏剧。在此之前，美国的戏剧舞台上已有相当数量的由白人剧作家创作完成的"关于黑人"的戏剧，其中不乏具有相当思想深度和强烈艺术感染力的作品，比如奥尼尔的《琼斯皇》和《上帝的儿女都有翅膀》等，从一个侧面反映了那个时代的人们对美国种族问题的思考和认识。然而，更直接更真实地反映美国黑人的生活，表现他们的痛苦、奋斗、喜悦、思考等的戏剧，还是由黑人剧作家们完成的。他们的戏剧集中反映了美国黑人对自身、对历史、对社会的认识，反映了黑人对理想的追求和对社会及自

* 作者简介：张冲，教授，主要研究方向为英国文艺复兴及莎士比亚戏剧、美国文学史、美国本土族裔文学、经典文学改编研究。

身的批判，反映了剧作家本人在探索黑人在美国社会的位置以及如何在进入美国主流社会的同时又保持黑人自身的种族和文化特性方面所做出的努力和思考。而《跨》《葡》两剧正是这样的两部代表作品。

路易·彼得逊出生于美国康涅狄格州，在亚特兰大大学获学士学位，后入耶鲁大学学习，最后在纽约大学获硕士学位，主攻戏剧创作，做过专业演员。他的《跨出一大步》1953 年 9 月在百老汇上演，评论家认为这“预示着黑人戏剧的新纪元”[①]。该剧围绕一个生活在白人社区的黑人中产阶级家庭中三代人之间的矛盾展开，主人公斯宾塞是 17 岁的中学生，在学校里一向与白人同学相处很好。但到了要举行成年舞会时问题出现了：其他同学都找到了“伙伴”，只剩下斯宾塞孤身一人，这使他内心受到深深的伤害。接着，他又因在历史课上顶撞老师而被停学一周。这双重的打击，使斯宾塞决定切断与所有同学的往来。他的决定没有得到在银行当职员的父亲的理解，父母与儿子之间由此展开了一系列争论。其间，家中唯一理解并支持斯宾塞的“祖母”去世，使斯宾塞失去了唯一的朋友。全剧以主人公在同学们的聚会上认真而又彬彬有礼地请大家今后不要再去“打搅”他告终。

如果说《跨》剧反映的是一个已经进入美国主流社会的黑人重新退出这个社会的话，汉丝贝里的《阳光下的干葡萄》则描绘了正要进入这一社会的黑人家庭对这一问题的思考和抉择。剧中的沃尔特一家属下层中产阶级，三代人长期住在芝加哥南部的黑人区。沃尔特整天想的就是能有一大笔钱，好去投资一个酒店，以此致富。这时，“妈妈”的一笔保险金到期，一张一万美元的支票使全家人万分欣喜，各人打起了各自的算盘。但钱是“妈妈”的，“妈妈”决定留一部分给女儿贝尼莎作为上医学院的费用，其余的全用来实现自己毕生的梦想：在白人社区买一幢完全属于自己的房子。当社区的白人邻居们得知将有黑人住进来后，便派出“邻里委员会”的代表找到“妈妈”和沃尔特，提出以高于原价的优惠条件将房产权买回去。全家人严词拒绝。可这时发生了一个意外，沃尔特悄悄将用来作妹妹学费的那笔钱交给了一个朋友，让他去投资开酒店，没想到那朋友拿了钱就不知去向。是将已购置的房产按白人社区派来的那个“代表”提出的优惠条件卖出去，以保住那到期的一半保险金，还是不顾一切，搬进买下的房子，并在日后以加倍的努力来还清购房的分期付款，全家人就此展开了讨论。最后，是自尊和决心占了上风，“妈妈”带领全家搬出了黑人社区。《葡》剧于 1959 年 3 月在纽约上演后立刻受到广泛的注意和好评，并成

① 见 L. Patterson. Introduction[M]. Black Theater, xi.

为美国戏剧史上第一部获得纽约剧评家奖的由黑人女剧作家创作的戏剧。

从情节主线看,《跨》《葡》两剧恰好形成一个既鲜明对照又相互补充的整体;从情节性质看,似乎应该是《葡》剧在先,《跨》剧在后,这样便全面地反映了美国黑人对自身在主流社会的位置的探寻、奋斗与思考。《葡》剧中的沃尔特一家为实现进入白人社区的梦想苦苦奋斗,尽管为此付出了沉重的代价,尽管前途依然渺茫,他们毕竟成功了,他们在白人的威胁利诱面前保持了黑人民族的自尊,坚持把选择权掌握在自己手中。这一情节正好反映了当时美国黑人民权运动蓬勃发展,并在反对以种族歧视、种族隔离为特征的种族主义的斗争中取得初步胜利的社会现实。搬出黑人社区,搬进白人社区,象征着黑人把自己的位置移入原先只有白人占据的主流社会,这不能不说是个进步。而这正好就是《跨》剧的起点:斯宾塞从家境上看,已完全属于中产阶级,他不愁吃用,能和白人孩子一样上学,还在家里学习钢琴,从事着以往只有白人才能从事的艺术追求。这表明,黑人民族已不仅在物质上,而且在精神上,开始全面进入美国的主流社会。

但是《跨》剧并没有停留在这点上,恰恰相反,它以此为起点,将思考和行动推向了新的境界和深度。主人公斯宾塞面对的是《葡》剧中的人物们尚未思考的问题:进入白人社区之后怎么办?主流社会能接受自己吗?它将以什么样的形式表示接受或不接受?其实,《葡》《跨》两剧的情节已明白地告诉观众读者,黑人要真正与主流社会融合,至少从两方面看是困难的:首先是主流社会对“新”成分的拒斥。这种拒斥可以表现为不加掩饰的敌意,就像《葡》剧中代表白人社区的林德那样,以恐吓相威胁,以金钱相诱惑,千方百计要阻止黑人进入他们的“领地”。然而,随着时间的推移,这种拒斥却越来越多地表现为《跨》剧中的那种无意识的、看似十分“自然”的冷落。在该剧中,斯宾塞的白人同学除极个别的以外,对他都那么彬彬有礼,亲热友好,对斯宾塞的母亲也表示出应有的尊重,人们很难把这样的人称为“种族主义者”。但是,在找朋友去舞会的关头,却没有一个人来找斯宾塞,完完全全把他从社交圈子中排除出去了。正是这种无形的拒斥,对人的心理和情感影响更大更深。困难的第二方面来自黑人自身。作为一个长期遭受歧视和压迫的民族,黑人有着特别强烈的自尊和个性意识。这种自尊和个性意识一方面激励他们要进入主流社会,站到与白人平等的地位上去(如《葡》剧中的“妈妈”),另一方面又反过来对白人所象征的主流社会产生拒斥作用,《跨》剧中的斯宾塞就是一个例子。面对白人社会的冷落,他选择了与主流社会割断联系的做法,以坚持黑人种族的个性和尊严。在相当程度上,这是一个意义更为深远的选择。表面看来,《葡》

《跨》两剧的情节似乎划出一个圆圈：即从进入主流社会到退出主流社会，而且《跨》剧剧名所预示的那“一大步”，似乎是回到起点的一步，其实不然。《跨》剧所跨出的那一大步，不仅不是向后回到起点的一步，而更是向黑人种族个性意识和尊严这一新的更深层次上的觉醒迈出的一大步。

在争取社会地位、权利和尊严的斗争中，美国黑人的目光是双向的，他们既向着过去又朝着未来。他们在历史中寻找自己的根源，发掘本民族昔日的荣耀，从祖先和故土中寻找文化渊源，寻求激情、自豪和力量。这一点《葡》剧表现得特别明显。沃尔特的妹妹贝尼莎有个同学叫阿萨盖依的，来自非洲的尼日利亚，他们在剧中的第一次会面（第一幕第二场）就十分耐人寻味：阿萨盖依送给贝尼莎几张非洲音乐的唱片和一件尼日利亚妇女穿的色彩斑斓的长裙。值得注意的是，阿萨盖依不仅用明确的语言告诉“妈妈”自己来自非洲的尼日利亚，还进一步点明了自己出身于约鲁巴部族，并毫不掩饰对自己根源的自豪感。他和贝尼莎在第三幕第一场中有一段对话，谈起了他的祖国，谈起了祖国的光荣历史和苦难落后的现实，谈起了非洲人民的觉醒以及他要献身改变祖国命运的斗争的决心。他请求贝尼莎跟他一起“回家去”，即回到非洲，回到尼日利亚；他把贝尼莎称为“新大陆的年轻生命”，他眼里的“新大陆”，不是美洲，不是美国，而是“大洋那一边”的非洲。他满怀憧憬地许诺贝尼莎：“我要让你看看我们的山岳星辰，请你喝葫芦汁做成的清凉饮料，教会你我们人民古老的歌曲和习俗……”这种强烈的寻根欲望和民族自豪感，构成了美国黑人强烈的自尊自信的意识基础，也决定了他们要坚持种族个性，不肯轻易认同于所谓主流社会的特点。而黑人要为自己而斗争的勇武精神，在第二幕第一场的一个极具典仪色彩的片段中，得到了淋漓尽致的表现。这时的舞台上，非洲战鼓隆隆作响，被称为“燃烧的长矛”的沃尔特挥动手里的长矛，高呼“雄狮正在觉醒”，为“伟大的时代”而冲锋。整个片段以一种古老的雄浑和略带原始气息的野蛮，给观众以强烈的震动，十分明确地表现了黑人为光辉明天而战的决心与勇气。

寻根的目的是为了获取力量以改变现实、实现未来的梦想。美国社会一向标榜以个人奋斗改变自己的社会地位。种族熔炉、靠平等竞争改变社会地位，这就是“美国梦”的全部含义，也是大多数美国黑人追求的目标。《葡》《跨》两剧以相当大的篇幅，反映了剧中人物所代表的美国黑人为实现他们的美国梦而进行的努力。《葡》剧中的沃尔特是一个典型，他身处下层中产阶级，日夜所想的就是如何发财。朋友因投资开干洗店而年收入十万，使他羡慕不已；当他得知“妈妈”将得到一笔到期的保险金时，立刻就盘算如何用它去“投资一个酒店”。“钱”成了财富的代名词,成了“美国梦”的代名词。沃尔特的妻子露丝认为贝尼莎不该冷落其男友乔治,对贝尼莎说他“很浅”大惑不解:“浅?——你这是什么意思?他有钱着呢。”当贝尼莎表示对钱不屑一顾时,露丝竟茫然不解地问:“——男人有什么素质才能让你满足呢?”(第一幕第一场)《跨》剧中的莱蒙夫妇更是含辛茹苦,默默忍受巨大的体力及心理折磨,为的也是让孩子能出人头地,进大学,跻身上流社会。

然而现实毕竟是无情的。正如阿瑟·米勒的《推销员之死》主人公至死都没能实现自己的“美国梦”一样[①],《葡》《跨》两剧的主人公们也为此付出了巨大的物质和精神代价。沃尔特和妻子没日没夜地干活,也仅够维持一家最起码的生活,离实现“美国梦”差距尚远。随着沃尔特悄悄“挪用”的那几千美元被骗得分文不剩,他们的“美国梦”便像泡沫般破灭了。相比较之下,《跨》剧中的莱蒙一家似乎部分地实现了这种梦想,可他们却付出了在某种意义上说更为沉重的代价:人格和自尊。正如莱蒙对儿子所说的:“我们一辈子都在做自己不想做的事。在银行里,我每天都听着那些家伙议论黑鬼如何如何,拿黑人开玩笑——我忍了——我不能丢了饭碗——保住饭碗,才能让你要什么有什么。”(第二幕第一场)第二幕第二场中梅依(莱蒙的妻子)对斯宾塞的一番话,更明白不过地为“做自己不想做的事”作了脚注:“你想哭的时候得笑,你想一刀捅进他们的背心,可还是得朝他们笑。”“明知自己的儿子能站着走路,并且能走得很好,却还要让他在地上爬。”莱蒙夫妇忍受这一切屈辱和痛苦,为的是使儿子一代实现梦想,真正改变黑人的社会地位。可具有强烈讽刺意味的是,他们同时又清楚地意识到黑人在美国社会的位置,“美国梦”的实现不但没有使黑人地位发生根本变化,反而是以此为代价的,难怪梅依谆谆告诫儿子,要“明白自己的身份,你是一个黑孩子——这就是事实——你不能对白种女人回嘴,不论她说了我们些什么”(第二幕第一场)。莱蒙还用阿Q式的语言对儿子劝导说,“别把周围那些杂种放在心上,别理他们,你有更重要的事情要考虑——他们不同你玩,就滚他们的蛋——因为他们没一个能比得上你。瞧——你有书,你有音乐,……”“那些混账老师说的话你也别介意。最重要的是你要毕业,赶快从那个混账学校脱身。他们说了不中听的话——就当没这回事——因为你是要上大学的。”(第二幕第一场)这就是说,无论黑人能在经

① 汉丝贝里后来提到了米勒的《推销员之死》对她的影响。见 C. W. E. Bigsby. A Critical Introduction to Twentieth-Century American Drama, Vol. 3: Beyond Broadway [M],381.

济、物质方面取得什么进展，他们的社会地位将永远低于白人，真正意义上的“美国梦”，不仅对黑人来说更难以成为现实，而且可能根本就不是黑人能做的梦，它根本就不属于黑人。

从“美国梦”中醒来，在某种意义上就是希望的破灭。在《葡》剧卷首，汉丝贝里意味深长地引用了美国著名诗人兰斯顿·休斯《致母亲·感谢您给了我这个梦》的诗行：

梦迟迟不实现将会怎样？
会不会像阳光下的干葡萄——
　　晒干瘪掉？
还是像溃疡的创口——
　　化浓流淌？
会不会像腐肉一样发出臭味？
还是像糖稀一样——
　　结出硬壳有更甜的味道？

或许就像一担重负
松开散倒。

或许，它要起爆？①

取自该诗的剧名《阳光下的干葡萄》再明显不过地告诉观众读者，像“干葡萄”一样的“美国梦”，不实现就会变质，就会消散，更有可能“起爆”，引发大规模的黑人运动浪潮。

值得指出的是，《葡》《跨》两剧并没有满足于简单反映黑人对“美国梦”的追求和“美国梦”的破灭，而是迈出了更有意义的一步，对“美国梦”本身提出质疑：对追求“美国梦”的努力表示了怀疑。在《葡》剧中，汉丝贝里塑造了“妈妈”和贝尼莎两个人物，她们对金钱的态度与沃尔特等人的态度形成鲜明对照。作为黑人女性，“妈妈”当然有自己的梦，那就是用自己的钱在白人社区买下一幢属于自己的房子，这本身就象征着黑人争取平等生存权、拥有并行使选择权的要求。与《跨》剧中的莱蒙夫妇不同的是，“妈妈”不是靠牺牲尊严，牺牲黑人

① 原文为斜体。诗见 L. Patterson. Black Theater[M]，345. 译文为笔者所作。

的地位来换取梦想的实现。恰恰相反，她是凭借对这种梦想的追求，来展示自己的个性，确立自己作为黑人的种族尊严。正因为如此，在遭受意外挫折时，她的反应与沃尔特截然相反：沃尔特急于找回被自己赶走的白人社区代表，接受对方买回房产权的建议，而“妈妈”则义正词严地训斥道：“儿子——我家祖上五代都是当奴隶、当佃户的，可从来没人因为给我们送上几个钱，就对我们指手画脚，说我们不该在这世界上行走。我们从没有下贱到那个地步，我们的心还没死到那个份上”（第三幕）。最后是“妈妈”的话唤起了沃尔特内心深处的种族自尊，唤起了他要坚持掌握自己命运的决心。尽管剧中最后拒绝林德的是沃尔特，真正的原动力却来自他的“妈妈”。

坚持拥有并行使选择权，只是问题一个方面。对黑人的种族个性及其寻求在美国社会的位置的努力进行刻画，则从另一个角度深化了这两部戏剧的主题思想和意义。如前所说，两剧不仅对黑人能否实现“美国梦”提出怀疑，更对“美国梦”的本质发出疑问。从莱蒙一家的情况和莱蒙本人的台词中可以清楚看到，所谓“美国梦”，所谓“种族平等”，其实是以取消黑人种族个性，将黑人从物质上和精神上完全同化于白人为基础的。随着黑人民权运动的发展，的确有一部分黑人的生活渐渐富裕起来，进入了所谓的“主流社会”，成了如莱蒙一样的中产阶级甚至高于中产阶级的一员，与主流社会的意识形态和价值观念认同。而《葡》《跨》两剧则借剧中人物之口，对这一现象提出了批评。《葡》剧中的贝尼莎直言不讳地指出：“这世上比有钱的白人更势利的就只有有钱的黑人了”（第一幕第一场）。第二幕第一场中，剧作家又通过她明确表示了对希望进入主流社会的黑人的不满，说她“最痛恨黑人中的种族同化论者”！即那些“宁愿放弃自己的文化，将自己沉浸于主流文化之中，也就是压迫者文化之中”的人。《葡》剧中贝尼莎的这些观点，正是《跨》剧中斯宾塞的所作所为：面对将他日益排除在外的白人世界，斯宾塞采取了主动退出的举动。他将心爱的棒球用具全送给了白人同学，又将心爱的集邮本送掉，最后在母亲梅依为拉拢他的同学而举办的冰淇淋聚会上当众宣布，“我把大伙都请来，为的是向大家说声再见，这是因我觉得不会有时间出来玩了。……所以请各位帮帮忙，都别理我，让我一个人干自己的事”（第二幕第三场）。尽管他的同学们可能并不明白他的真正用意，可能他们在对此表示赞同时所想的不过是答应了朋友的一个请求，可在斯宾塞看来，这一切都是注定要发生的。与其让他的白人同学将他彻底排除在朋友圈外，不如自己主动选择，用他的话说，“我不过是赶在他们对我说出这句话之前，自己先对他们说了”（第二幕第三场）。这一片段清楚地表明，种族歧视和种族隔离在一定意义上说并不是某些个人的恶意，而是一种潜意识，它比个人或团体的罪恶更为隐蔽，更难以对付。斯宾塞面对这种无形的歧视和隔离所采取的行动，在一定程度上与《葡》剧中的"妈妈"要进入白人社区的决心是相通的：黑人作为一个种族，应当拥有为自己选择未来的权利，无须他人指手画脚，也不能屈从他人的压力。而《跨》剧正是在少年斯宾塞进入成熟的历程之中隐含了黑人作为一个种族的整体个性意识的觉醒和成熟。

要有选择的权利，要有选择的自由，要坚持黑人的种族个性，要使黑人在社会上占有相应的平等的位置，《葡》《跨》两剧是这样提出问题的，其情节也是围绕这根主线展开的。但是，这在整个黑人民权运动中才是一个开头。拥有了选择权，可以自由决定自己的命运，并进入了主流社会，占领了属于自己的一块阵地，这固然意义重大，可只是一个前奏，要取得真正的平等，要真正实现黑人解放的理想，道路还十分漫长。我们当然不能指望剧作家在这两部相对来说并不太长的戏剧中提出满意的结论，但《葡》《跨》两剧的结尾本身，却引起观众和读者对这个问题的思考。《葡》剧从表面上看，以"妈妈"一家三代最终搬出黑人区，表现了黑人向白人社区所象征的主流社会挑战的勇气和把握自己命运的决心，多少给观众以"胜利"和"喜悦"的感觉，但事实上它留下的仍是一连串的不确定：搬进新居后白人居民会采取哪些行动？沃尔特一家经济上有能力支付每月的购房分期款吗？他们同白人社区中的邻居如何相处？他们能从意识形态上、文化上坚持黑人种族的特性吗？能不能保证自己的文化和价值观念不被白人的文化和价值观念所吞噬或同化？其实剧作家本人也没有答案。但她清楚地意识到了这个问题。据说汉丝贝里曾为该剧设计了一个结尾，即全家人在新居里紧张地准备应付白人组织的进攻，这样就更尖锐地将"进入白人社区后怎么办"的问题放在了观众的面前。但目前的结尾也许更具普遍意义，因为白人的进攻不仅可以是具体的、暴力的、以物质形式表现出来的，更可以是无形的、精神上的、意识形态上的。《跨》剧的结尾也是这样。斯宾塞把他的白人同学全打发走了，梅依问他："那你打算怎么办？"斯宾塞答道："我不知道，妈妈，我不知道。"（第三幕第三场）这就为全剧留下一个开放的结尾，留下一个耐人寻味的问题：退出了白人社会，下一步该怎么走？主人公斯宾塞没有回答，剧作家彼得逊也没有回答，问题都留给观众和读者了，强烈的不确定感也留给他们了。正是这种强烈的不确定感，正是这种要由观众和读者自己提出并自己解答的问题，才使这两部黑人戏剧的意义超出了仅仅真实地反映美国黑人生活的范围，使之不仅成为美国黑人戏剧的杰作，而且在整个美国戏剧史上也具有重要意义。

参考文献

[1]C. W. E. Bigsby. A Critical Introduction to Twentieth-Century American Drama, Vol.3: Beyond Broadway[M]. Cambridge University Press, 1985.

[2]Black Theater[M].Compiled and Introduction by Mead & Com., New York, 1971.

(原发表于《外国文学评论》1995 年第 1 期)

奥古斯特·威尔逊《篱笆》的心理空间建构策略

吕春媚*

(大连外国语大学英语学院,辽宁 大连 116044)

摘　要:心理空间的建构是戏剧阐释的重要策略之一。非裔美国戏剧家奥古斯特·威尔逊的《篱笆》突破传统戏剧空间的艺术手法,通过视觉化、图像化、隐喻化和诗意化策略构建了非裔美国人异化的心理空间。舞台内空间(舞台场景、戏剧物体)和舞台外空间(碎片化记忆、布鲁斯音乐)的并置呈现了地理空间的迁移和高度隔离化的空间环境给非裔美国人在心理空间层面带来的无法治愈的伤痛和情感上的疏离。

关键词:奥古斯特·威尔逊;《篱笆》;心理空间;戏剧空间

非裔美国戏剧家奥古斯特·威尔逊(August Wilson, 1945—2005)是二战后美国最重要的剧作家之一,他创作的《匹兹堡系列剧》(*Pittsburgh Cycle*)将非裔美国人的历史空间化,充分体现了族裔关怀的主题。创作于1983年的《篱笆》(*Fences*)是《匹兹堡系列剧》中荣膺最多殊荣的剧目,充分证明了威尔逊具备“将一个简单人物演绎得如此宏伟壮丽的能力”(Shannon,1995:90)。《匹兹堡系列剧》中大多数剧作都以塑造非裔美国人群体形象为主,鲜有个性鲜明的个体形象。而《篱笆》有别于其他作品,剧作家塑造了特洛伊这个典型非裔美国人物形象,他将多种身份融为一体:乖张易怒的儿子,梦想破灭的棒球手,地位卑贱的清洁工人,坚毅冷峻的父亲,背叛情感的丈夫。在一个对非裔美国人充满敌意的世界里,他竭尽全力试图保护自己和家人。威尔逊“对该剧的戏剧空间符号进行了精心安排,揭示了其空间主体艰难的生活境遇”(Roudané,2007:138),成功阐释了以特洛伊为代表的非裔美国人的心理空间。特洛伊对所处社会环境的认知是20世纪50年代后期处在“他者空间”的非裔美国人异化的心理空间表征。

* 作者简介:吕春媚,教授,主要研究方向为西方戏剧。

心理空间属于人类的内心世界，与心理和空间的概念领域相关。弗洛伊德（Sigmund Freud）在人格理论中提出人的情绪、意志和人格是受其社会和文化环境影响的（105）。列斐伏尔（Henry Lefebvre）在论述社会环境与主体心理之间的关系时表明：观察由于人际关系而造成的空间变化，这有利于探究空间主体的心理（*Production of Space* 11-12）。法国著名符号学家于贝斯菲尔德（Anne Ubersfeld）在《戏剧符号学》（*Reading Theatre*）中阐释了戏剧空间的心理作用，认为"舞台空间可以作为一个庞大的心理空间出现，在这个空间里，个人的心理力量和他人的心理力量相互碰撞"（105）。她进一步指出，舞台空间能够作为"主要人物内在（本我、自我和超我）冲突的场所"（105）。本文在上述理论的基础上，拟从舞台场景、戏剧物体、碎片化记忆和布鲁斯音乐四个方面阐析《篱笆》中心理空间的建构策略。前两者属于舞台内空间，后两者属于舞台外空间。舞台内空间（theatrical space within）是"视野范围内的舞台空间，是演员在我们眼前表演的空间"（6）；舞台外空间（theatrical space without）则是"在实际演出中看不见的"（6），是通过戏剧中演员之间的对话呈现出来的。在《篱笆》中，威尔逊通过将舞台内空间和舞台外空间并置叠加和频繁切换，构建了一个全方位、立体式的非裔美国人异化的心理空间。

一、舞台场景：心理空间的视觉化呈现

舞台场景是舞台内空间的主要元素之一。在《篱笆》中，剧作家建构心理空间的策略之一是将剧中人物异化的心理空间通过舞台内空间的形式展现出来。剧作家通过物理空间的位置以及戏剧发生的具体场景视觉化地呈现心理空间。首先，作为物理空间的迈克森家的房子位于远离市中心的希尔区，其偏僻地理位置让观众们充分感知到非裔美国人已经被白人驱逐至城市的边缘。黑人聚集的希尔区与白人居住的市中心，在物理空间上形成的二元对立"构成阶级意义上二元对立的空间结构"（周维贵、赵莉华，2016：39），体现了非裔美国人高度隔离化的生存空间环境。剧作家将物理空间的位置与非裔美国人的内心情感缔结在一起，通过对位置偏僻性的描述，以视觉图像呈现出生活在物理空间内的空间主体内心的孤独与疏离。

其次，剧中最重要的舞台内空间就是作为舞台场景的迈克森一家的房子。剧作家在戏剧开篇对这个住所进行了细致的描述：

> 舞台场景是一个对着迈克森家房子门口的院子，一座破旧的两层砖房坐落在大城市居民区的小巷里。房子门前的几级台阶通向油漆斑驳的木质门廊。
>
> 很明显门廊是后搭建的，和整个房屋的风格完全不符。坚固的门廊上有个平坦的房顶。一两把廉价的椅子放在厨房窗户下面。门廊的另一端是一台老式冰柜。（Wilson，1996：1）

剧作家在舞台指令中对迈克森一家房子的认知描写生动展现了都市非裔美国人的主要物理空间特征：破旧不堪的院子、尚未完成的篱笆、亟待修整的砖房、一文不值的椅子等。对于很多人来说，房子是家的近义词："家意味着居住在一个安全的地方，在空间中具有方向感"（Dovey，1985：36）。然而，《篱笆》中的家打破了人们对于"家"固有的认知模式和映射联系。该剧开篇的舞台场景传递了剧中人物对话里并没有负载的信息，反映了迈克森一家捉襟见肘的生活状况。在人物未出现之前，物理空间就已经将一个生活在黑人聚集区、穷困潦倒的非裔美国家庭的生活空间呈现在观众面前。

作为物理空间，剧中的舞台场景提供了一个强大的、立体的记忆之所。这一舞台场景一方面能够激发非裔美国人对 20 世纪 50 年代黯淡生活的回忆，另一方面亦是非裔美国人穷困潦倒、毫无尊严的生活的象征。此外，该剧的物理空间和心理空间相互映射。文中具体物理场景内的客体被赋予了丰富的主观化内涵。舞台内空间一系列视觉意象对非裔美国人的族裔身份、性格特征和情感心理一一进行投射。社会心理学家诺塔瓦-波查瓦（S. K. Nartova Bochaver）认为心理空间是"物理、社会和心理现象的综合体……物理和心理的方式决定了心理空间的边界"（85）。列斐伏尔也认为，"疏离将物质上的贫穷转变成为精神上的贫穷"（*Everyday Life*，1971：10）。作为表征的空间，《篱笆》的舞台场景凸显了迈克森一家人的窘境，传递了种族隔离与边缘化的信息，映射了他们失落、自卑、自我身份缺失的心理空间。这种具体场景使心理空间具象化，断壁残垣、满目凄凉的生活环境是生活在收缩空间里非裔美国人异化心理的主要因素。狭小局促、倍感压抑的生活空间导致他们自我身份紊乱和自我心理分裂。空间的压迫造成了家庭的分崩离析，如夫妻形如陌路、朋友反目为敌以及代际间创伤等，致使种族内部空间关系重构。无论是在社会空间，还是在家庭空间，非裔美国人都难以找到生存的空间。因此，剧中令人窒息的舞台场景有其双重功效：既呈现出非裔美国人的物理空间，又将非裔美国人疏离的心理空间视觉化。

二、戏剧物体:心理空间的图像化表征

对戏剧物体的呈现是舞台内空间另一重要策略。威尔逊借助舞台上的戏剧物体将剧中非裔美国人错位的心理空间以图像化的形式展现出来。该剧中的戏剧物体主要包括主人公特洛伊在院子里修葺的篱笆、棒球球拍和破布做的棒球、装着烂水果的篮子以及加百利手中的小号。

在舞台内空间众多图像中,剧作家着力凸显篱笆这一戏剧物体,它不仅建构了主人公特洛伊异化的心理空间,也将其异化原因以图形的形式表现出来。篱笆在剧中一直出现在舞台上,象征着隔离、边缘化和无法与自我及他人沟通的状况,揭示了非裔美国人疏离的心理空间。随着剧情的发展,这一戏剧物体在图像上的变化不仅使其成为舞台内空间的焦点,而且也反映了空间主体心理世界的变化。随着篱笆修葺工作逐渐结束,剧中人物的心理空间也出现了一道道篱笆:夫妇之间的隔阂、父子之间的藩篱以及特洛伊的自我疏离。作为该剧重要的戏剧物体,篱笆的功能在于它既是非裔美国人疏离心理空间的换喻,又指代了这种心理空间给丧失空间主体性的非裔美国人造成的心理创伤。在充满敌意和压迫的白人空间里,非裔美国人逐渐出现麻痹和畸形的心理状况。威尔逊通过多义性的戏剧物体将非裔美国人异化的心理空间以图像化的方式生动地呈现在舞台上。

棒球和球棍是该剧中另一重要戏剧物体。舞台指令表明棒球处在舞台中心位置:“棒球棍斜靠在树下,树上挂着一个用破布做的棒球”(Wilson,1996:2)。棒球棍以图像的形式启动了特洛伊的心理情感:曾经因为肤色被禁止参赛的经历和种族歧视的伤害给他造成了严重的心理创伤,无法适应社会变化是其社会心理记忆的外在表现形式。无论别人如何提醒他社会发生的变化,他仍然沉浸在过去的生活中,将自己封闭在一个自我构建的虚幻空间中,不愿拆除为了保护自尊和骄傲而构建的心理壁垒。特洛伊致命的弱点就是他无法忘记种族歧视给他带来的痛苦,无法面对现实和接受现实的变化。背负沉重的过去,他难以在过去和现实之间找寻到平衡点。棒球棍指涉白人的破坏性力量和特洛伊无法实现的梦想及其异化的自尊,而自制的“破布”棒球作为心理空间的图像表征,负载这种族隔离造成心理创伤的信息。剧作家运用这一对戏剧物体表明,窘迫的物理空间是造成在禁锢空间内的非裔美国人异化心理的主要因素。

特洛伊弟弟加百利经常提着篮子，与上述两个图像交相呼应，共同绘制了非裔美国人的心理空间。加百利在战争中不幸受伤，失去了劳动能力，终日只能靠捡拾破烂的水果为生。战争对非裔美国人不仅带来的肉体上的伤痛，而且也造成了心灵上的伤害。他们如同篮子里擦伤破损的水果一样，被白人利用后像残羹剩饭一样遭到无情抛弃。这一戏剧物体以图像化的形式不停地在提示读者和观众非裔美国人难以治愈的心理创伤及其存在的根源。

剧中另一戏剧物体——小号却与上述图像含义不同，它是剧作家为伤痕累累的非裔美国人重构心理空间提出的解决方案。在剧尾，加百利在特洛伊的葬礼上吹起了小号，试图为其打开天堂之门。然而，无论加百利如何用力，小号却毫无声音。这时，加百利突然跳起非洲的传统舞蹈，唱起非洲的祭祀歌曲，天堂的大门随之打开。没有发出任何声音的小号暗示着加百利是无法依靠这种方式将特洛伊送入天堂的，非裔美国人只有回归非洲传统文化才能弥合心灵上的创伤，拆除心理上的藩篱。威尔逊利用小号这个代表非裔美国人自我意识觉醒的图形有效衬托了非洲传统文化对非裔美国人心理空间建构的重要性。

三、碎片化记忆：心理空间的隐喻化重现

在《篱笆》中，舞台内空间是非裔美国人心理空间的视觉呈现和图像表征，而舞台外空间则是舞台内空间的延伸和拓展，制约和操控着舞台内空间人物的心理空间。剧作家通过作品中主人公特洛伊的碎片化记忆，隐喻化地重现了非裔美国人的心理空间。

碎片化记忆是剧作家构建心理空间的策略之一。剧中特洛伊的回忆包括两种类型：一种是以真实发生情景为依托的回忆，而另一种则来源于主人公的构想事件。其碎片性体现在特洛伊穿插式的叙事话语，他时而和剧中其他人物讨论当前发生的事件，时而跨越时空，追述记忆中的事件。这些时空错置的回忆以戏剧话语的形式出现，虽然不是戏剧场景中的一部分，但却包括所有必要的指涉，指向与种族记忆相关联的舞台外空间：大迁移、南方生活、棒球经历、越战等。这些记忆事件虽然各不相同，但却因为对非裔美国人造成同样的心理创伤而被剧作家以隐喻的方式呈现在舞台上，成为建构心理空间的有效策略。

特洛伊对“大迁移”断断续续的回忆，是空间转移造成其心理疏离和身份

缺失的隐喻。作为众多错位的南方移民中的一员，他努力在北方找寻生存空间，希望能在匹兹堡希尔区获得更好的生活。然而空间转移并未改变他的生活状态。当他最终到达北方时，像众多非裔美国移民一样，他失望地发现这里并不是梦想中的土地。正如他在回忆中所述："到了这里却发现我不仅找不到工作……而且还无家可归。我以为我自由了，但是却只能生活在桥下用木棍和沥青搭建的简陋的窝棚里"(Wilson，1996：54)。特洛伊的空间迁移就是从一个令人窒息的空间转移到另一个被剥削的空间。当到达北方时，他发现自己仍然是种族歧视的受害者。空间迁移给他带来了巨大的心理冲击，梦想中的土地和现实生活的巨大反差令他感到无比沮丧和失望，自尊心和尊严感受到重创。惨淡的物理空间诱导特洛伊不断对过去的时间和事件进行投射，记忆中的事件与其正在经历的事件存在着同一性，因此他之前的心理体验与当下的心理体验发生相互映射，产生认同性，从而加深其异化心理的体验。

特洛伊的碎片化记忆还来源于他的棒球经历：他在监狱里学会了打棒球，精湛的球技让他第一次找到了生活的方向和生存的意义。出狱之后，他在黑人棒球队打球，但是由于肤色的原因，他无缘高级别的比赛。特洛伊期望凭借自己的天赋融入白人主流社会。被拒绝加入职业棒球运动联盟无异于事业梦想的破灭。作为一名出色的棒球手，他发现在机会平等的这片土地上，机会对于非裔美国人来说并不平等。特洛伊的舞台外经历影响并控制着他在舞台上的空间实践。他曾经是叱咤风云的优秀棒球手，而现在只是一个 56 岁的垃圾清运工。无论他怎么卖命工作，他的家人还是拮据地生活着。他将这一切都归因于种族歧视和种族隔离，因此他制止儿子参加橄榄球训练，摧毁了儿子的体育梦想，造成了父子间无法修复的裂痕。尽管真正的棒球场地从未出现在舞台上，但有关棒球的回忆却反复出现在特洛伊的话语中。每当谈及生活中的重要事件时，他总是用棒球术语来描述自己的经历，将后院变成了一个想象中的棒球场。无论是当他向博纳吹嘘自己和死神之间的搏斗，还是向萝丝描述他和艾尔波塔之间的关系时，他都一再地使用棒球术语：快球、弧线球、全垒打等。"语言是特洛伊自我防御的盔甲，是他最有效的防御武器"(Shannon，1995：104)。威尔逊运用棒球术语将特洛伊沉浸在虚拟棒球空间的困境隐喻化，同时也构建了非裔美国人的心理空间话语体系。这些有关棒球经历的话语看似随机出现在剧中人物对话中，但实为剧作家有意的安排。威尔逊利用棒球回忆作为特洛伊在舞台上宣泄内心苦闷情感的表现方式。棒球经历指向舞台外空间，既是剧中人物和美国社会之间障碍的隐喻，又是剧作家呈现特洛伊心理危机和心理创伤的重要手段。

当现实空间无法满足空间主体的需求时，空间主体的心理平衡就会被打破，潜藏的记忆也会随之出现在脑海中。特洛伊另一部分碎片化的记忆是以其主观构想的事件为主线，形成了虚拟的叙事语篇。他将现实世界和虚拟世界混为一谈，无法辨认记忆中的现实空间和愿望空间。而剧中其他空间主体经常对特洛伊回忆中信息的真实性表示质疑，从而形成主人公与其他人物之间的分歧和隔阂。当这种分离性愈来愈明显时，特洛伊本身对现实空间和虚拟空间的认知距离也越来越大，进而加剧其心理上的自我分裂。

在《篱笆》中，记忆的场景和事件从未在舞台上出现，而是通过剧中人物零零碎碎的回忆呈现出来的，是戏剧言语构建的产物。虽然观众看不到这些事件，但是他们能够通过舞台上人物的对话向过去的时间域和空间域投射，能够成功地将这些碎片状的记忆空间连接在一起构成完整的知识状态。威尔逊有意将种族记忆以舞台外空间的形式呈现出来，旨在以可感知的具体方式呈现历史，唤起非裔美国人对刻意回避和遗忘的历史的记忆。

四、布鲁斯音乐：心理空间的诗意化表达

在该剧中，威尔逊运用布鲁斯音乐这种诗化的表达方式作为特洛伊自我情感表达和宣泄的方式，不仅柔化了戏剧所传达的沉重种族歧视主题，而且再现了非裔美国人艰难的迁移经历和都市空间体验，见证了空间主体与空间之间的互动。在《篱笆》中，布鲁斯音乐是剧作家成功诠释特洛伊错置、失落的心理空间的重要策略之一。在整部剧中，特洛伊一共四次哼唱了两首布鲁斯。每当处在进退两难的境地或者心情低落的时候，他就会在布鲁斯中找寻到安慰。这些布鲁斯音乐传递了他在北方经受的错位的痛苦：贫穷、苦难、伤心和苦楚，是心理空间的诗化表现形式。

特洛伊经常哼唱的“Dog Blue”表达了他疏离和失落的情感，这首布鲁斯犹如“一个调解的场域，矛盾会在文化理解的基础上得到化解”(Baker，1987：5)。特洛伊试图逃离他父亲所控制的世界，他拒绝哼唱父亲的布鲁斯，认为父亲一直在阻挠他发现真我。然而他却发现自己根本无法摆脱父亲的影响，无法忘却父亲的布鲁斯，就像是他在剧中所说：“那是我父亲的歌，我父亲创作的歌”(Wilson，1996：44)。每当他的情绪处于低谷或感到无所依托时，就会情不自禁地唱起这首“Dog Blue”，这是他“回应整个彻底抛弃他的世界的一种方式”(Shannon，1995：102)。在第二幕第四场，当意识到众叛亲离时，他苦涩地

说:“我进来了,但其他的人却都走了”(Wilson,1996:81)。这种空间领地性的丧失威胁到了他的身份认同感,他的价值归属感丧失殆尽。这时他唱起了父亲的“Dog Blue”,这首布鲁斯曲子映射了特洛伊沮丧的心情,营造了凄凉的氛围,塑造了诗意化忧伤的意境,体现了情景、画面相融合的艺术效果。

另一首布鲁斯音乐出现在第二幕第三场,当特洛伊把他的私生女带回家里时,他顿时意识到这尴尬的场面以及可能出现的结果,于是他唱起了布鲁斯:

司机先生请让我上车吧,
司机先生请让我上车吧,
我没有车票,请让我上车吧。(Wilson,1996:79)

音乐中带有明显的暗喻,特洛伊借用这首歌来暗示自己承认犯下的错误,他意识到给家庭带来的毁灭性的后果,恳请妻子的原谅。同时,这首歌具有浓郁的主观抒情性,特洛伊压抑的情感借助歌曲获得了释放。布鲁斯音乐缓解了他的孤独感,给他带来了片刻心灵上的慰藉。身处疏离、压抑的空间里,遭受重创的非裔美国人急需找寻发泄的途径。布鲁斯音乐不仅成为他们在封闭空间里释放情绪的最终方式,也成为读者和观众窥探非裔美国人丰富内心世界的有效途径。

此外,威尔逊在剧作中还采用音乐的艺术形式帮助非裔美国人实现情感上的缔结,展示了布鲁斯音乐对非裔美国人强大的治愈力。例如,在最后一幕,当特洛伊的二儿子考锐和同父异母的妹妹不约而同地哼唱起父亲的“dog Blue”时,舞台上顿时弥漫着温馨、协调和包容的氛围。考锐不仅原谅了父亲曾经犯下的错误,而且也和妹妹并肩传承了非裔美国人的传统文化。布鲁斯音乐推动了剧中人物情感的发展,也有效地将非洲精神和文化根源连接在一起。“布鲁斯是中心,是我们的音乐,它容纳我们的灵魂,我们的想法以及我们对这个世界的回应。我们需要它来体现我们的非洲性。我们会因为它成为一个更加强大的民族”(Savran,2006:37)。生活在北方都市的环境中,被边缘化的非裔美国人感到生活的错位,他们需要在北方找到真正属于自己的空间。布鲁斯为他们提供了非洲的根源和文化的根基,为他们克服恶劣经济和文化环境提供了力量。它像是一座桥梁,帮助非裔美国人在历史的长河中找寻到真正的自我。通过布鲁斯音乐,威尔逊在剧中达到了内心外化的效果,完成了对个体心理空间的探索,实现了对非裔美国人群体心理空间的建构。

五、结语

威尔逊在《篱笆》中运用了舞台场景、戏剧物体、碎片化记忆和布鲁斯音乐等多种空间建构手法，有效地将空间隔离和情感疏离表现出来，体现了族裔作家对戏剧空间建构的独特性。剧作家将心理空间与物理空间相匹配，表现了穷困潦倒的非裔美国人对物理空间里的负面力量毫无招架之力的困境。他们既不能逃离残酷的空间，又无法改变现有的恶劣生存环境。物理空间的局限性决定了他们对社会环境的态度，家庭成员间的相互虐待和各种犯罪行为导致了非裔美国人心灵上无法愈合的伤痛。威尔逊通过舞台内、外空间的频繁切换实现了现实空间和记忆空间的自如转换，构建了非裔美国人伤痕累累的心理空间。他在剧中构建的心理空间是非裔美国人挫败的希望、受伤的尊严和社会疏离的具体表现，体现了剧作家对处在压迫之下的黑人民族的关注和思考。

参考文献

[1]Baker, Houston A. Blues, Ideology and Afro-American Literature[M]. Chicago: University of Chicago Press, 1987.

[2]Dovey, Kimberly. Home and Homelessness[M]//Ed. Altman and C.M.Werner. Human Behavior and Environment: Advances in Theory and Research. Vol.8. New York: Plenum, 1985:35-38.

[3]Freud, Sigmund. New Introductory Lectures on Psychoanalysis[M]. New York: W. W. Norton & Company, Inc., 1989.

[4]Lefebvre, Henry. Everyday Life in the Modern World[M]. Trans. Sacha Rabinovitch. New York: Harper & Row, 1971.

[5]—. The Production of Space[M]. Trans. Donald Nicholson-Smith. Oxford: Blackwell Publishing Ltd., 1991.

[6]Nartova-Bochaver, S.K. The Concept of "Psychological Space of the Personality" and Its Heuristic Potential[J]. Journal of Russian and East European Psychology 2006, 44(5): 83-87.

[7]Roudané, Matthew. Safe at Home?: August Wilson's Fences[G]//Ed. Christopher Bigsby. The Cambridge Companion to August Wilson. Cambridge: Cambridge University Press, 2007:136-45.

[8]Savran, David. August Wilson[G]//Ed. Jackson R. Bryer and Mary C. Hartig. Conversations with August Wilson. Jackson:University of Mississippi Press, 2006.

[9]Scolnicov, Hanna. Woman's Theatrical Space[M]. Cambridge: Cambridge University Press, 1994.

[10]Shannon, Sandra G. The Dramatic Vision of August Wilson[M]. Washington, D.C.: Howard University Press, 1995.

[11]Ubersfeld, Anne. Reading Theatre[M]. Trans. Frank Collins. Toronto: University of Toronto Press, 1999.

[12]Wilson, August. Fences[M]. New York: Plume, 1996.

[13]Zhou, Weigui, and Zhao, Lihua. Representation of Space and Construction of Identity in *The House on Mango Street*[J]. Contemporary Foreign Literature 2016(3):37-43.

[14]周维贵、赵莉华.《芒果街上的小屋》的空间表征与身份建构[J]//当代外国文学,2016(3):37-43.

(原发表于《当代外国文学》2017年第2期)

小说

斯德哥尔摩效应

——《一脉相承》中美国南方黑人的心理分析

庞好农*

(广东外语外贸大学外国文学文化研究中心)

摘　要:契斯纳特在《一脉相承》中所描写的黑人生存心理状态与斯德哥尔摩效应的心理特征非常吻合,黑人中的斯德哥尔摩效应可以视为黑人寻求自我保护所采用的一种手段。契斯纳特笔下的中产阶级黑人遭受"普罗克汝斯特斯之床"式迫害,陷入了难以自拔的斯德哥尔摩效应。具有反抗精神的黑人小资产阶级和下层黑人挑战斯德哥尔摩效应的魔咒;虽然他们在政治谋略和社会组织能力方面还很欠缺,但其行为表达了黑人对自由的追求和对民主精神的捍卫。

关键词:查尔斯·W. 契斯纳特;《一脉相承》;斯德哥尔摩效应;普罗克汝斯特斯之床

查尔斯·W. 契斯纳特(Charles W. Chesnutt,1858—1932)是19世纪末20世纪初著名的美国小说家,其小说结构严谨,情节生动,人物形象鲜明,以现实主义笔调描述黑人种族的生存状态,揭露美国南方重建失败后出现的各种社会问题。契斯纳特被美国学界誉为黑人现实主义文学的开路人。他的代表作是《一脉相承》(*Marrow of Tradition*,1901),该小说以1898年威尔明顿城大屠杀的历史事件为蓝本,讲述了南北战争后白人种族主义者采用暴力手段,推翻了由黑人和贫苦白人联合组成的民选政府,重新对黑人实施恐怖统治的故事。不少评论家认为该小说是当时言辞最辛辣、最犀利、最有胆识的政治历史小说,所讲述的种族越界、私刑迫害和跨种族性关系等方面的事件揭露了白人种族主义者的伪善性和残暴性。契斯纳特写作这部小说的目的是要引起美国社会对南方重建失败问题的关注,但他的讽刺力度过大,伤及了白人的颜

* 作者简介:庞好农,教授,主要研究方向为英美小说、非洲裔美国文学、西方文学理论和跨文化交际。

面和虚荣心。[①] 因此，该小说不但没有得到白人的青睐，反而还被戴上过度政治渲染的帽子，致使该书的销售量一直不大。20 世纪 50 年代中期，民权运动的兴起重新唤起人们对美国黑人文艺的关注，一些评论家开始注意到契斯纳特作品的写作特色；还有一些评论家认为契斯纳特关于种族身份的创新性描写、黑人土语与民间故事的采用以及对种族歧视荒谬性的揭露开辟了美国文学创作的新领域。

《一脉相承》最有创意的是心理描写，可这一点一直被国内外学界忽略。契斯纳特在这部小说里所描写的黑人生存心理状态与斯德哥尔摩效应[②]非常吻合。斯德哥尔摩效应这一概念源于一个典型的人质劫持案，也可称为斯德哥尔摩综合症、人质情结或人质效应等。该效应指的是在一些刑事案件里被害者对罪犯产生了好感和依赖感，甚至反过来帮助罪犯的现象。其实，斯德哥尔摩效应不是刑事案件中的个案，而是人类社会发展过程中一个较为普遍的社会现象或精神病态。也就是说，在一定社会条件下，特别是当人们的生存权被某个国家、群体或个体等权威体所攫取时，他们通过合法途径维护自身权利的道路就会被堵塞；如果反对权威体，他们会直接受到无情的打击、报复和迫害，甚至会被剥夺生存权。[③] 因此，“出于对生存权的留恋，他们不得不以牺牲个体人格的方式去规避权威体的锋芒，谋求生存权或自身利益的最大化”[④]。在与权威体的周旋过程中，不少人失去了自我和人格，从权威体的受害者渐渐转变为权威体利益的狂热维护者，陷入斯德哥尔摩效应的泥潭之中。古往今来的历史长河中，我们在社会生活中可以发现诸多类似现象。斯德哥尔摩人

① Robert A. Lee, ed. Black Fiction: New Studies in the Afro-American Novel since 1945[M]. New York: Barnes and Noble, 1980.

② 1973 年 8 月 23 日，奥尔森(Olsson)和奥罗福森(Olofsson)在瑞典首都斯德哥尔摩市抢劫一家银行失败后，挟持了四名银行职员，与警方对峙了六天之后才缴械投降。然而，这四名被挟持的银行职员获救后却对那两名罪犯显露出怜悯的情感，拒绝在法庭上指控他们，甚至还筹钱为他们请辩护律师。这四名受害者都表明并不痛恨那两名罪犯，并对罪犯没有伤害和虐待他们的行为表示感激。曾被挟持的一名女职员克里斯琴(Christian)竟然还爱上了挟持过她的罪犯奥罗福森，并与他在监狱里订了婚。这四名受害者感恩罪犯，敌视前来营救的警察的行为引起社会各界的震动和迷惘，社会学家把这种现象称为斯德哥尔摩效应(Stockholm syndrome)。

③ Thomas Strentz. Psychological Aspects of Crisis Negotiation[M]. Boca Raton, FL: Taylor & Francis, 2006.

④ 庞好农. 奴隶制下的人性演绎：评《北方黑奴索吉纳尔·特鲁思叙事》[J]. 烟台大学学报(哲学社会科学版), 2015(1).

质事件不但引起了勒德维格[①]等心理学家对这类社会现象越来越大的关注，而且也引起了库皮里恩[②]、帕尼奇[③]等社会学家的浓厚兴趣。国内学者也纷纷撰文热议斯德哥尔摩效应，在这个社会现象的研究上取得了一些成果，但在文学批评方面，仅有韩冰(2008)在《大众心理学》上发表了一篇关于张爱玲小说《色戒》之斯德哥尔摩效应的论文，认为年轻人在爱的狂热中可能会走向歧途，但该文的探讨还属于实证性的，缺乏相应的理论深度。因此，笔者拟把斯德哥尔摩效应的基本理论进一步引入文学作品分析，从三个方面来探索契斯纳特在《一脉相承》里所揭示的黑人在种族主义社会里的生存危机和心理窘境："体制化"斯德哥尔摩效应、黑人中产阶级的斯德哥尔摩效应和斯德哥尔摩效应的消解尝试。

一、"体制化"斯德哥尔摩效应

"体制化"斯德哥尔摩效应是黑人在种族主义社会里内化白人至上论后所产生的一种心理疾病，也是斯德哥尔摩效应的一种重要表现形式。在这种斯德哥尔摩效应里，受害人对加害者产生了心理移情，把加害者视为自己人，对他充满了感激或爱慕之情。[④] 其实，这种情感是受害人收到巨大的恐吓后所产生的一种自我保护心理。在高压之下，这种心理在潜意识层里从"假性"发展成为表象上的"真性"，从而使受害者陷入难以自拔的心理病态。美国社会学家提莫西·R. 巴克纳(Timothy R. Buckner)对种族主义"体制化"斯德哥

---

① 马里恩·勒德维格(Marion Ledwig)在专著《情感：理性与一致性》(*Emotions: Their Rationality & Consistency*, 2007)中认为情感和信仰的理性在斯德哥尔摩效应中起着重要的作用，但生存欲望冲破理性的底线后会导致是非混淆的心理焦虑和价值取向失误。

② 戴维·库皮里恩(David Kupelian)在《恶的表现：理解和消解正在改变美国的毁灭性力量》(*How Evil Works: Understanding and Overcoming the Destructive Forces that Are Transforming America*, 2010)一书中阐释了恐怖事件出现的社会背景和心理背景，认为宗教、政府和法制的虚无性导致了斯德哥尔摩效应的盛行和社会病态心理的肆掠。

③ 里奥·帕尼奇(Leo Panitch)在《病态综合征：资本主义制度下的健康》(*Morbid Symptoms: Health Under Capitalism*, 2009)中指出社会不公、贫富差距和健康问题与斯德哥尔摩综合效应的形成和恶化有着密切的关联。

④ Addison Gayle, Jr. The Way of The New World: The Black Novel in America[M]. Garden City, N. Y.: Doubleday, 1975.

尔摩效应的看法是:“起初你(黑人——作者注)讨厌它(种族主义社会——作者注),然后你逐渐习惯它,一定时间后你就开始依赖它,这就是体制化。”① 在《一脉相承》里,黑人把白人主人视为自己生存的保障,潜意识地受困于对白人的恐惧心理。

在“体制化”斯德哥尔摩效应里,受害人真切感受到自己的生命受到种族主义社会制度的威胁。虽然威胁的出现具有不确定性,但是受害人深信种族主义者随时会那么做。因此,受害者在这种恐惧中为求自保,不敢公开揭露事件的真相,时常有甘背黑锅、保护白人加害者的心理表征。在《一脉相承》里,黑人仆人山迪·坎贝尔在生活中仍像奴隶一样伺候白人主人德拉米尔,对波莉和奥利维亚等白人也是毕恭毕敬,但他也很势利,对地位低的黑人则不屑一顾,例如:对奥利维亚的黑人车夫连招呼也不愿打。山迪不但对老主人德拉米尔先生唯唯诺诺,而且对小主人汤姆也奴颜婢膝,言听计从。在这部小说里,山迪被白人小主人汤姆栽赃陷害过两次:一次是汤姆扮成山迪的模样在广场上跳黑人步态舞,取悦于北方白人,但这引起黑人团体对山迪的强烈愤慨,之后,黑人教会把山迪视为种族叛徒,并永久性驱逐出黑人教堂;另一次是汤姆为还赌债,穿上山迪的衣服,谋杀了白人波莉太太,并把偷来的金币交给山迪,抵充以前的借款。金币的暴露导致山迪被当成杀人凶手抓起来,差点被白人私刑处死。然而,山迪把自己的命运与欺凌压榨自己的白人的命运捆绑在一起,他始终不愿说出真凶是汤姆,怕白人老主人失去独苗孙子。就像斯德哥尔摩效应中的“人质”拼命保护“绑架者”一样,山迪拼命掩护和包庇多次伤害他的汤姆,甚至不惜牺牲自己的生命。表面上来看,山迪这么做是出于对白人主人一家的愚忠,但实质上,其行为是受到种族主义社会威慑后产生的一种自保性本能反应,给外界形成的表征就是“体制化”斯德哥尔摩效应。

在种族主义社会里,黑人对白人心理恐惧的承受能力有一条很脆弱的底线。一旦这条底线被突破,黑人的反应可能会先是担心自己的性命随时都会失去,后是把生命权托付给剥削和压榨自己的白人,把白人给他的基本生存条件视为白人对自己的恩典。于是,黑人就把对白人的巨大恐惧感渐渐地转化成对白人的盲目感激或过度崇拜,甚至下意识地把白人的处境移情为自己的处境,促成“体制化”斯德哥尔摩效应的形成。契斯纳特在《一脉相承》里描写了黑人在这种效应中的生存状态。黑人珍妮在白人家长大,先后伺候过白人

---

① Timothy R. Buckner.Fathers, Preachers, Rebels, Men:Black Masculinity in U.S. History and Literature, 1820—1945[M]. Jackson: University Press of Mississippi, 2010.

主人家的祖孙三代。珍妮是奥利维亚的女佣，也是其母亲的女佣，后来又成为奥利维亚之子的女佣。珍妮把自己当成奥利维亚家族的一员，认为白人主人家的事情比自己的一切都重要。实际上，她的忠诚是斯德哥尔摩效应的表现形式之一。她犹如被歹徒绑架了的受害者，为了争取生存权，不惜移情于压迫和剥削她的白人主子。[①] 由于长期生活在白人家里，她内化了白人价值观，渐渐失去了自我，把伺候主人视为自己的最大职责和快乐。得到白人主人的一点恩惠后，就对白人主人死心塌地。不但如此，她还帮助白人主人训练新一代黑人女佣。她训斥新来的黑人女仆说："我要你明白，你必须细心照料这个孩子……我要你记住，在这里进进出出，我都会看着你，我会监督你是否把自己的工作做好了。"[②]她在斯德哥尔摩效应中把自己的"人质"身份移情于"绑架者"，并代表白人主人对其他黑人"人质"实施管理，效忠于自己的"绑架者"，沦为"绑架者"的帮凶。后来，珍妮被白人暴徒打得重伤。她在弥留之际的话语是，希望死后回到白人老主子那里去，在另一个世界里继续侍候她们。她至死都没明白：她在白人眼里永远是奴才。在斯德哥尔摩效应的作用下，珍妮已经失去了自己做自己主人的能力和愿望，就像"人质"把自己的生死都托付给了"绑架者"一样。

加害者控制受害者的思想活动和对外界信息的获得途径，使受害者处于一个被完全隔离的状态。在这样的生存状态里，受害者感到绝望，除了依赖于加害者之外无路可逃。朱丽娅本是奥利维亚母亲的女佣，奥利维亚母亲去世后，其父亲默克尔娶了女佣朱丽娅，并生下了女儿珍妮特。在南方重建时期，白人和黑人结婚是合法的，但是南方重建失败后，跨种族通婚被白人禁止。默克尔担心与黑人姑娘结婚之事公之于众之后，会遭到亲朋好友的鄙视。因此，结婚之事一直没有公开。默克尔向妻子隐匿了已经办理好的已婚法律文件，也没让她获悉所立遗嘱的具体内容。朱丽娅一直以为自己是在非婚状态中养育女儿的。这为以后波莉偷走朱丽娅与默克尔的结婚文件和遗嘱文件提供了契机，直接导致朱丽娅和其女儿失去了财产继承权。其实，朱丽娅也是"体制化"斯德哥尔摩效应的受害者，她不敢公开争取自己的合法权益，而总是企图以自己的善良和温顺来乞求丈夫的施舍。像被绑架者控制的"人质"一样，朱

---

① David Garrett Izzo and Maria Orban.Charles Chesnutt Reappraised[M]. Jefferson, N.C.: McFarland, 2009.

② Charles W. Chesnutt.The Marrow of Tradition[G]//Ed. Henry Louis Gates, Jr. Three Classics of African American Novels. New York: Vintage, 1990.

丽娅对自己合法权利的放弃也是自我保护的一种措施。[①] 当其继承权被剥夺后，她没有到法院去上诉，担心司法起诉会有损于丈夫死后的名节，然而她根本没有意识到丈夫向外界隐瞒婚姻事实的行为是对其婚姻权的严重侵犯。

由此可见，不少黑人长期遭受白人的文化移入和白人至上论的毒害后，完完全全被洗了脑，丧失了基本的人权意识和主观能动性。种族主义社会制度成为禁锢黑人思想的一种无形枷锁，黑人因对白人种族主义者的潜意识恐惧而总是压抑自己，把白人种族主义者的允诺视为自己能否生存的前提和条件，从而陷入斯德哥尔摩效应之中。"体制化"斯德哥尔摩效应也是黑人在白人高压之下寻求自我保护的一种表现形式。遗憾的是，这种自保的追求方式是在恐惧中形成的扭曲心态，表面上心甘情愿，实际上是以自损的方式来谋求生存的一种精神病态，所产生的后果无异于饮鸩止渴。

二、黑人中产阶级的斯德哥尔摩效应

黑人中产阶级的斯德哥尔摩效应是指在种族主义社会环境里黑人中产阶级遭受种族压迫和种族迫害时所产生的一种心理特点和表现形式。"被视为'黑人精英'的黑人中产阶级在白人眼里仍然是低贱的黑人；黑人中产阶级把财富积累和家人安危视为人生追求的唯一目标。"[②]因此，黑人中产阶级在种族隔离的社会环境里主要靠剥削和压迫黑人同胞发家致富，在种族政治关系上对白人步步退让，不敢也没有勇气承担起领导黑人反抗白人的斗争。[③] 其实，他们虽然在物质方面过着比穷苦黑人富裕得多的生活，但是在精神方面仍然是斯德哥尔摩效应的受害者。白人种族主义者对黑人中产阶级充满敌意和不信任感，总是担心他们会领导黑人大众来反抗白人的种族压迫。因此，白人种族主义者处处提防和打压黑人中产阶级。白人对黑人中产阶级的迫害方式

---

① Paul R. Petrie.Conscience and Purpose：Fiction and Social Consciousness in Howells, Jewett, Chesnutt, and Cather[M]. Tuscaloosa：University of Alabama Press, 2005.

② Stanley Schatt. You Must Go Home Again：Today's Afro-American Expatriate Writers[J].Negro American Literature Forum, 1973(7).

③ 石庆环. 20世纪美国黑人中产阶级的构成及其社会地位[J]. 求是学刊，2012(4).

类似于希腊神话中妖怪普罗克汝斯特斯[①]对住店客商的残害。契斯纳特在《一脉相承》中所描写的美国中产阶级黑人就遭受到“普罗克汝斯特斯之床”式的迫害。笔者拟从“截短”和“拉长”两个方面来探讨黑人中产阶级所遭受的“普罗克汝斯特斯之床”式迫害以及由此而产生的斯德哥尔摩效应。

一方面,契斯纳特在《一脉相承》里塑造了一个被白人“截短”的黑人中产阶级知识分子形象——米勒医生(Dr. Miller)。从社会学来看,一个人在社会生活中所享受的各种物质待遇皆是由其经济地位或个人财力所决定的。契斯纳特笔下的“截短”指的是白人在交通工具乘坐待遇方面实施制度化种族隔离,规定黑人中产阶级即使有钱,也不能购买一等车厢的车票或乘坐一等车厢;把黑人中产阶级超过普通黑人经济能力的那部分待遇“截短”,迫使有钱的黑人也只能和普通黑人坐同一节车厢。黑人米勒医生在欧洲留学后回到家乡威尔明顿,建立了一家黑人医院和一所黑人医学院。米勒医生的社会地位和个人财富已经远远超越普通黑人,可是白人还是像普罗克汝斯特斯一样,无视米勒的经济和文化优势,无视其社会地位和经济财力上超出普通黑人的部分,把他等同于普通黑人。由此可见,在种族主义社会氛围里,白人种族主义者并没有把富裕黑人和贫穷黑人区分开来,而把一切带有黑人血统的人统统归入黑人的范畴。契斯纳特用米勒在火车遭遇种族隔离的事例图解了白人种族主义者的“普罗克汝斯特斯之床”。米勒在回威尔明顿城的列车上遇到以前的白人恩师埃尔文·伯恩斯(Alvin Burns)教授,伯恩斯盛情邀请他在白人的一等车厢里聊天。不久,白人列车员出面干涉,声称黑人如果不是白人乘客的随身仆从,就不能坐在白人车厢里。米勒尽管是受过高等教育的黑人,也不例外地被赶到黑人车厢就座,与贫穷的黑人坐在一起。米勒医生在火车上遭受种族侮辱时,他首先不满的不是白人种族歧视的反人权性,而是白人对自己社会地位和经济地位的蔑视。在米勒心中,他是受过高等教育的博士、医术高明的医生、并拥有殷实家产的富裕黑人,怎能和贫穷的黑人一起坐在那又破又旧的车厢呢?中产阶级黑人在社会生活中即使遭到白人的排斥也不愿降低身份与下层黑人为伍,因此饱受斯德哥尔摩效应的精神折磨。米勒医生在火车上遭受

① 普罗克汝斯特斯(Procrustes)是希腊神话中的人物。据说,他是利用床来杀死过往客商的恶魔。他先是邀请过往的客商去他的旅店里免费住宿。可是,当客商们入睡后,普罗克汝斯特斯就按自己的标准修整客商身体的长度。他要求客商与他的床的长短正好相等。如果客商的身体长度超过了床,他就会把其超过床的那部分腿或脚砍掉;如果客商的身体长度没有床那么长,他就把其身体强行拉长到与床的长度一致。最后,到其旅店住宿的客商无一幸免地被残害致死。

了种族偏见和种族歧视，但是当他下火车时发现一名黑人从火车车窗跳车逃票时，愤怒之情油然而生，指责那个黑人的逃票行为违反了车站的管理规定。作为列车种族歧视的受害者，他没有站在挑战列车管理规定的那个黑人一边，而是站在保护列车老板利益的一边，该情形无异于“人质”把自己视为“绑架者”一伙的“斯德哥尔摩效应”。

另一方面，契斯纳特还塑造了一个被白人“拉长”的黑人中产阶级形象——黑人律师华生。契斯纳特笔下的“拉长”指的是白人种族主义者把“志向短浅”的、没有反抗精神的黑人中产阶级在人格上高估性地“拉长”为“志向远大”的、具有强大反抗精神的“敌人”，然后予以驱逐。在这部小说里，白人把华生律师视为危险的叛逆者。当黑人山迪被白人诬陷为杀人犯时，华生出于律师的工作本能，积极奔走，想方设法地营救。华生去找过市长，但市长闭门不见；他接着去找法官埃韦顿，仍遭到冷遇；该法官声称，私刑虽然不合法，但任何规定都有例外。白人法官嘲笑华生的幼稚，把其为山迪作的无罪辩护视为无稽之谈。威尔明顿城的法制在种族主义思想的扭曲下已经失去了公平和正义，华生只是从法律的公平性和正义性的角度为黑人无辜者辩护，却没有使用暴力反抗白人种族主义者的胆识和勇气。然而，城里的白人却像普罗克汝斯特斯一样，把没有暴力反抗胆识的华生视为潜在的暴力反抗者。因此，威尔明顿城发生种族暴动后，白人勒令华生在48小时内离开，否则格杀勿论。由于时间很仓促，他的个人财产只能减价出售，从而蒙受了巨大经济损失。尽管如此，华生也没有产生武力反抗白人暴行的意念或行为。当桥西·格林带领一群不愿被白人任意宰割的下层黑人来恳求华生给他们当领导人时，华生说：“我有妻子和孩子。为他们而活着是我的职责。如果我死了，我得不到好的名声，也得不到任何荣誉，我的家人就会沦为乞丐。……这个事件很快就会过去，明天白人会为自己的行为感到羞辱的。……别盲动，孩子们，相信上帝。如果反抗，你们没有好结果的。”[①]在白人藐视法治，发动暴乱之际，华生像米勒医生一样，不愿成为黑人反抗组织的领导人，导致黑人武装群龙无首，很快被白人镇压下去。白人把华生的胆怯心理“拉长”成暴力反抗白人的潜在威胁，把他视为与格林等下层黑人一样的反抗者。华生在遭受白人的普罗克汝斯特斯式迫害的同时遭受斯德哥尔摩效应的折磨。不管白人种族主义社会如何无法无天，如何践踏人类文明，他不但本人不敢去抗击白人的暴行，而且还

① Charles W. Chesnutt. The Marrow of Tradition[G]//Ed. Henry Louis Gates, Jr. Three Classics of African American Novels. New York: Vintage, 1990.

极力地劝说拿起武器的黑人放弃抵抗，企图使所有的黑人都生活在斯德哥尔摩效应的阴影下。

在《一脉相承》里，契斯纳特描写了美国南方重建失败后黑人中产阶级的精神状态和生存之道。他们的斯德哥尔摩效应表现在对白人和白人社会有一种心理上的依赖感，把自己的生死权让渡给白人；白人让他们生存下来，他们便不胜感激。他们对于压迫和残害黑人同胞的白人不但不抗拒，反而担心自己的反抗会给白人带来伤害，并竭力阻止其他黑人的反抗行为。正如洛伊丝·图克尔（Lois Tucker）所言，"黑人中产阶级最依恋和最难割舍的白人社会环境往往是他们身心受损、饱受蹂躏的地方"。[①] 这不能说是黑人中产阶级缺乏智慧，而是他们为了自保而陷入斯德哥尔摩效应，受困于"普罗克汝斯特斯之床"的心理恐惧，任由白人种族主义者宰割，并希求从白人的"仁慈"或"怜悯"中寻求生路，最终还是沦落到人为刀俎、我为鱼肉的地步。

三、斯德哥尔摩效应的消解尝试

在种族主义社会里，白人禁止黑人追求人权和实现自我，要求黑人把白人至上论作为自己的行为准则。种族主义者旨在把黑人规训成听话、顺从的牲口，无怨无悔地为白人和白人社会创造财富。他们企图把美国内战后的黑人生存状态变成黑奴制的另一种变体，使黑人永远生活在斯德哥尔摩效应的精神病态之中。一旦黑人试图争取社会公正和种族平等，白人种族主义者就会恼羞成怒，无情镇压。在《一脉相承》里，威尔明顿城的白人种族主义者就是这样。当城里的民主党人和黑人联手选举获胜组成政府后，以梅杰·卡特里特为代表的白人种族主义者不惜发动种族暴乱，推翻政府，屠杀黑人，践踏法制，组建以种族主义者为成员的政府。针对白人种族主义者的暴行，黑人小资产阶级和下层黑人团结起来，从舆论营造、武装反抗和种族自尊三个方面消解白人强加给黑人的斯德哥尔摩效应。

首先，不愿被奴役的黑人通过媒体，揭露白人种族主义者的阴谋，从意识形态上反对白人散布的种族主义思想。编辑巴伯是威尔明顿城黑人小资产阶级的代表人物，他在黑人报纸上刊登了关于私刑问题的社论，指出私刑是白人

---

① Lois Tucker. Dismantling the Hierarchies Redefining Family in Charles W. Chesnutt[M]. Saarbrücken: VDM Verlag Dr. Müller, 2009.

对美国黑人进行残酷统治的非法手段；他还指出，不论是宗教，还是法律都不该禁止跨种族通婚，因为这样的规定践踏了一个公民的基本人权。这篇社论揭露了种族歧视的实质，使种族主义的非理性和非正义性暴露无遗。以梅杰、麦克拜恩和贝尔蒙特为代表的白人种族主义者恼羞成怒，宣称该报的编辑巴伯应该被“鞭打，并逐出城”。[①] 梅杰认为这篇文章违反了南方的不成文法，号召白人起来打倒黑人，剥夺黑人的参政权和选举权。白人的反应越强烈，就越说明巴伯这篇社论消解黑人斯德哥尔摩效应的效果好。巴伯的文章为黑人争取合法权益提供了理论工具和精神武器。

其次，白人对黑人的压迫越大，黑人的反抗就会越激烈。白人在种族暴动中的暴行必然激起黑人的正义感和反抗精神。下层黑人在种族压迫中受害最深，因此他们的斗争精神在黑人各阶层中表现得最猛烈、最直接、最震撼人心。码头工人格林对白人有着刻骨铭心的仇恨。他在 10 岁时目睹了前奴隶监工乔治·麦克拜恩带领三 K 党徒枪杀其父、逼疯其母的情景。因此，他对白人的暴行深恶痛绝。当白人在威尔明顿发动种族暴动时，全城的黑人遭到白人的无辜毒打，许多黑人被杀害，连妇女儿童也难以幸免。为了阻止白人的暴行，格林组织了一支由下层黑人组成的武装，并恳求黑人律师华生和黑人医生米勒出来带领他们与白人抗争。由于黑人中产阶级为了自身利益不愿出来领导黑人反抗，格林便毅然带领黑人武装人员进驻医院，阻止白人暴徒焚烧黑人医院和学校。当白人暴徒丧心病狂地在医院纵火时，格林带领武装起来的黑人勇敢地冲向白人暴徒，与之展开殊死搏斗，格林用刀杀死了白人暴徒首领麦克拜恩。最后，由于寡不敌众，所有黑人反抗者全部遇难。虽然他们的抗争失败了，但是他们的勇敢和无畏是消解黑人斯德哥尔摩效应的重要尝试。

种族自尊也是消解斯德哥尔摩效应的一剂良药。珍妮特是黑人朱丽娅和白人默克尔的女儿。由于默克尔死后留下的遗嘱被白人波莉偷走，朱丽娅没能从丈夫那里继承到应得的财产，只好在贫穷的生活环境里把珍妮特抚养成人。尽管珍妮特的肤色和外貌与白人相差无几，但她没有采用种族越界的方式嫁给白人，而是嫁给了一名黑人医生。不论是在贫穷还是富有的时候，珍妮特都特别注意维护自己的种族尊严，从来不以奴颜婢膝的方式出现在白人面前，始终把自己视为与白人平等的美国公民。她经常驾驶马车出行，引起当地的白人和患了斯德哥尔摩效应的黑人的强烈不满和嫉妒，因为美国内战前，街

---

① Charles W. Chesnutt. The Marrow of Tradition[G]//Ed. Henry Louis Gates, Jr. Three Classics of African American Novels. New York: Vintage, 1990.

上只有为白人赶马车的黑人,而没有坐马车的黑人。[①] 此外,当同父异母的白人姐姐——奥利维亚采用欺诈手段霸占自己财产的时候,珍妮特没有颓废沉沦,而是始终保持一种高傲的种族自尊心,努力工作,发展自己的事业,最后过上了一种令白人姐姐羡慕嫉妒恨的幸福生活,从而有效地消解了斯德哥尔摩效应对自己的侵扰。

由此可见,具有反抗精神的黑人,虽然在政治谋略或社会组织方面能力还很薄弱,但是他们的行为表达了黑人对自由和民主精神的捍卫。他们不惜一切代价地冲破斯德哥尔摩效应的束缚,唤醒白人和黑人对民权和民主问题的重视。格林等人的死犹如耶稣赴难一样,为世人的觉醒和黑人的生存而献身,谱写了一首壮丽的英雄史诗。

总而言之,契斯纳特在《一脉相承》里从"体制化"斯德哥尔摩效应、黑人中产阶级的斯德哥尔摩效应、黑人小资产阶级和下层黑人消解斯德哥尔摩效应的尝试等方面描写了 19 世纪末南方重建失败后美国社会的种族冲突,揭露了白人种族主义者的残忍性、黑人中产阶级的软弱性,颂扬了黑人小资产阶级和下层黑人捍卫种族平等和社会正义的不屈精神。种族隔离、种族歧视和种族偏见使不少黑人在社会生活中生成了自卑感、无助感和绝望感,把欺压黑人的白人种族主义者视为自己的拯救者和托付者,陷入了难以自拔的斯德哥尔摩效应;勇敢抗争和追求种族平等是黑人消解斯德哥尔摩效应的唯一良方。契斯纳特在该小说中所揭示的斯德哥尔摩效应,不是黑人的畸形心理问题,也不是白人的偏执人格问题,而是种族关系失衡的严重社会问题。从社会学来看,美国种族主义制度就是一种专制制度或暴政制度,迫使黑人生存于斯德哥尔摩效应的病态之中,求生本能和自保意识使他们难以认识到自己的斯德哥尔摩病症。斯德哥尔摩效应内含的反人类性在于"人是可以被驯养的"的观点,这也是美国种族主义社会奴役黑人的理论基础之一。总之,契斯纳特在这部小说里关于黑人斯德哥尔摩效应的描写开了美国黑人社会心理小说的先河,拓展了现代黑人小说的主题空间。

(原发表于《北京社会科学》2016 年第 6 期)

---

① Matthew Wilson. Whiteness in the Novels of Charles W. Chesnutt[M]. Jackson: University Press of Mississippi, 2004.

赫斯顿自传《路上的尘迹》的意指修辞策略

江春兰*
（厦门大学外文学院）

摘　要：本文从盖茨意指理论的视角，评析了美国黑人女作家左拉·赫斯顿的自传《路上的尘迹》里的意指修辞策略。该自传是一个隐喻的文本，充满了很多丰富的意象喻指，这些意象是解开这部自传之谜的密码。该自传体现了赫斯顿的“言说者文本”因素：通过对直接引语和自由间接话语的运用，显示了文本声音的双重性。面对双重读者，黑人言说主体通过意指修辞策略揭示了对文本声音的追寻与修正，充分展现了黑人的丰富民俗文化，从而把白人霸权文化边缘化，获得了黑人种族自我的真正言说。

关键词：意指修辞策略；主体言说；双重声音；言说者文本；追寻与修正

1942年，美国黑人女作家左拉·赫斯顿（Zora Neale Hurston，1891—1960）的自传《路上的尘迹》（*Dust Tracks on a Road* ，1942）出版后，负面的评论铺天盖地而来。这部自传因此成为争议最多的一本黑人女性自传。它分为两个部分，第一部分基本按照传统方式讲述了赫斯顿在家乡度过的快乐童年时光；第二部分则完全放弃了传统自传的叙事形式，在叙事框架松散的基础上由许多篇小散文组成，内容涉及种族、爱情、宗教、政治等方面。在这部备受期待的自传里，作者却对黑人最重视的种族问题避免正面的描述，甚至轻描淡写地解构了种族的概念，对白人的态度则模棱两可。因此，她的自传成了黑人评论家的众矢之的。此外，自传里充满了很多不解之谜，比如在作者的出生年月、爱情、婚姻生活等方面都充斥着许多不可靠的叙述。这使读者难以了解作者的真实自我。其实，赫斯顿是一位人类学家和黑人民俗学家，她比任何人都更热爱黑人民族的文化。她深谙黑人口头传统中最富有特色的意指修辞策略。笔者认为，赫斯顿对意指策略的运用是解开这部自传之谜的钥匙。

---

* 作者简介：江春兰，副教授，主要研究方向为美国后现代文学、美国黑人自传。

在黑人的神话故事里，有一个关于猴子、狮子和大象的故事。这三种动物亦敌亦友，猴子在狮子和大象之间传递话语。狮子和大象被聪明伶俐的猴子愚弄了还浑然不觉。猴子使用的技巧就是美国黑人评论家盖茨所说的“意指”，一种间接、含蓄的自我表达技巧，是黑人土语传统中重要的修辞策略。意指的猴子“是黑人土语典型的言语修辞的化身，是黑人土语中自觉意识的原则，是元修辞本身”（盖茨，2011：64）。黑人的意指修辞策略是在白人霸权语境中产生的一种生存策略。在白人霸权语境中，黑人有目的地“挪用标准英语的能指并腾空其既定概念而加入黑人自己的概念，创造出同音同形异义的双关语，获得言此意彼的修辞效果”（水彩琴，2014：77）。喻指性、双声性和修正性是其最重要的特点。意指把重点从语义层面导向了修辞，使用比喻、夸张和反讽等修辞方法。意指行为理论具有明显的双声性，是杜波依斯所说的双重意识和双重身份的反映。美国黑人作家通过对黑人前辈文本的重复和修正，把自己融入一个大的文学传承谱系之中，形成了美国黑人文本的黑色性。赫斯顿的《路上的尘迹》是对美国黑人自传传统形式的意指性修正。文本里表现出的模糊性和“撒谎”因素可以被理解为是对自传文类的意指。赫斯顿利用意指策略来掩藏真实的自我，重写种族的自我。她的自传就是一个充满隐喻的文本。赫斯顿通过隐喻的方式表现了自己真正的写作意图。

一、《路上的尘迹》的意象喻指

在赫斯顿的自传里，散落着许多意味深长的意象。这些不同意象的喻指就是一串可以解码的符号，喻指了文本的双重叙事声音，是解开这部自传之谜的钥匙。这些意象体现黑人主体对文本声音的追寻与修正。

自传的题目“路上的尘迹”本身就是一个内涵丰富的意象喻指。其一，该意象意指了黑人在争取自由和话语权的过程中，道路曲折艰难；其二，意指言说主体被掩饰的不真实的自我；其三，意指自传文本本身意义含糊不清，具有双声性。该自传题目提醒读者要透过那飞扬的尘土去看清作者和文本的双重声音。

在自传里，树、地平线和小黑马的意象交叉轮流出现，是散落在自传文本中的密码，表明赫斯顿自我言说的强烈欲望。赫斯顿经常在一棵大树面前自言自语诉说心事。大树代表了自由的自我言述和表达。在大树面前，叙述者可以尽情地展示真正的自我。地平线的隐喻代表对自由、改变和机遇的展望。

虽然赫斯顿是一个黑人女孩,她对世界充满好奇心,富有探险精神,渴望了解世界和自我。赫斯顿小时候曾想要一匹带有白色马鞍的小黑马作为圣诞礼物。她的大胆要求被父亲断然拒绝,她便在想象中骑着小黑马去探索远方的世界。在自传的结尾,她又梦到自己伸手可以触及"地平线的四个角",说明作者通过地平线的隐喻找到了体现自我和文本声音的叙述方式。地平线这个意象代表了赫斯顿对个体自我和种族自我的重新阐释和修正。透过时间的尘迹,赫斯特勇于追求自由的个体自我得以言说,而种族自我则以一种全新的方式得到阐释。这种种族自我与黑人身份哭泣派的代表理查德·赖特的诠释完全不同,它通过自由地展示黑人的文化得以言说。

在自传第一部分里,作者本来安排了12幕的幻觉描写,每一个幻觉都与赫斯顿人生中重要的转折点有关。读者开始会以为这是叙事的一条线索。但三次之后,这些含义丰富的幻觉描写随之消失了。这样的安排并非偶然。在第一部分的童年回忆中,赫斯顿描述了作为个体自我个性的形成背景。但是,随着童年时代的结束,这个言说的主体已经超越了小我,融进了超验的、具有整个种族意义上的大我。个人自我言说已经让位于种族自我言说。幻觉的意象被门廊的意象所取代。在赫斯顿眼里,门廊的隐喻意义非常重要。她家乡的乔·克拉克商店的门廊就是这样一个意象。它是"民间艺术生产、传播、消费的场所,是口语传统赖以存续的文化空间"(王元陆,2009:70)。门廊是整个黑人社区的成员可以发表自由言论、黑人口语传统得以传承的地方。在这里,黑人的文化精髓得以淋漓尽致的展示。赫斯顿以她充满激情的方式展示了黑人民间口语艺术的魅力,以此作为对抗白人霸权主义的一种策略。

上述提及的意象表明,这部自传的丰富内涵需要读者仔细斟酌回味。这些可以解码的意象钥匙可以帮助读者倾听黑人主体强烈的诉说愿望和文本的双重声音。

二、《路上的尘迹》的"言说者文本"因素

作为一名民俗学家,赫斯顿展示了黑人民族文化的丰富多样性和真正的"黑人性"。盖茨在其著作《意指的猴子》里,把赫斯顿的小说《他们眼望上苍》当作"言说者文本"来解读。其主要表现在这部小说对于直接引语和自由间接话语技巧的自如运用。盖茨所说的"言说者文本",是指在此类文本中,"其修辞策略旨在表现一个口语文学传统,旨在'模仿真正的言语中的语音、语法以

及语汇模式，并造成‘口语叙述的幻觉’”（盖茨，2011：200）。通过这种方式，赫斯顿表现了黑人土语与白人文本之间、在口语和书面语之间的一种张力。

笔者认为，赫斯顿的自传《路上的尘迹》在某些片段描写上，也带有“言说者文本”的痕迹。通过对同样策略的运用，言说主体创造了不同声音的回响。在自传中，赫斯顿用直接引语来展现原汁原味的黑人口语传统的声音。同时，她也运用自由间接话语来释放标准英语和黑人土语之间隐含的张力，表现黑人社区集体的语言特色和思想状态，为自己、为母亲、为整个黑人社区进行言说。比如，在下列的两个段落里，作者就娴熟地运用了这种技巧，表现了母亲和作者的双重声音：(1)“她就这样表达了自己的想法，选择了对生活的立场，和他一起来到了一个种植园的小木屋。她从来不会忘记，那个夜晚当他用两百磅重的肌骨把她拥抱在怀里，撞开小木屋的门跨过门槛时那一刻，深夜的月光是如何的晶莹透亮”（Hurston，1984：14）。(2)“妈妈鼓励她的孩子们抓住一切机会在‘阳光下跳跃’。我们可能登不上太阳，至少可以离开地面”（Hurston，1984：20）。

这两段话中的自由间接引语有两个效果：其一，这两段话呈现了黑人话语带有“词汇—图画”“思想—图画”的特点。在此，两幅画面鲜明地展现在读者面前。其二，这种自由间接引语的使用容易引起读者的共鸣。读者会产生一种感觉，就好像书中的人物是直接在向自己展示一种精神状态，而且这个人物还是一个混合体。叙述者在转述他人的过程中巧妙地夹杂了自己的观点，因此其声音具有双重性。这既是被转述者赫斯顿母亲的声音，又是叙述者赫斯顿自己的声音。这些话把叙述者和被叙述者的声音自然地融合在一起。很显然，赫斯顿的母亲是一个有独立思想的言说主体，而她的言说又通过叙述者表达出来。母亲和叙述者融为一体，心息相通。母亲不顾家庭反对，毅然听从心灵的呼唤选择了自己的爱情。赫斯顿颂扬了母亲勇敢追求爱情、追求自由的精神，同时也表达了自己对自由的渴望和不懈的追求，而这种执着的追求无关肤色与种族。

三、《路上的尘迹》对黑人文本声音的追寻与修正

赫斯顿沿袭了黑人自传书写进行主体言说的传统主题。但在言说的过程中，她进行了隐晦而独特的修正。在自传的开头，赫斯顿指出：“就像那表面看来死气沉沉的冰冷岩石一样，我心里的记忆也来自于那些造就了自我的那些

东西。时间和空间自然有它们自己的发言权”(Hurston,1984:3)。作者借此把真正的自我隐匿起来进行隐喻,提醒读者该文本是一种隐晦的、隐喻性的自我言说。

赫斯顿把言说主体的声音通过母亲的意象推到读者面前。母亲富有诗情、勇于追求爱情和自我,一直鼓励孩子插上想象的翅膀自由翱翔。可是这位具有独立精神的女人,在弥留之际,却无法自我言说。赫斯顿写道:“她的嘴巴微微张开,但她呼吸困难无法说话。她望着我……她要依靠我为她发出声音。”(Hurston,1984:86-87)母亲是一个言说主体的意象,被当作客体看待的黑人要变成有言说能力的主体。母亲要把这种能力传给女儿。那么作为言说主体意象的母亲希望女儿通过何种方式传承什么言说?

1942年,在文学界已有一席之地的赫斯顿勉强答应白人出版商的要求写作自传。20世纪三四十年代,大部分黑人作家都要承受来自白人赞助者和出版商的压力。赫斯顿特立独行,自然不会受到这种压力的完全摆布,而写出一部皆大欢喜的作品。她选择的方式体现了盖茨所说的黑人的意指性变形,“即对社会现状采取了某种不确定的或无所求的顺势态度,作者借此来影射出生存的压抑和残酷”(罗虹,2013:52)。当时黑人自传的读者主要是白人中产阶级和黑人精英读者。自传的读者一般可分为无意识读者和有意识读者。无意识读者“把自传文本和现实世界完全对应起来,意识不到文本故事和个人真实经历之间的差异”;而“有意识读者则有足够的能力可以把文本世界和文本外部世界进行比较”(Xu,2003:22)。赫斯顿有意识地采用意指叙事策略试图对双重读者进行调停。遗憾的是,赫斯顿的读者大多只是“无意识读者”,不能明白她对意指策略的含蓄应用,因此她还是被黑人同胞误解至深。

黑人的自传书写是一种集体行为。黑人自传作者试图利用一系列能指链条含蓄地意指另一个链条,即欧洲统治的根本象征——“隐喻性的存在的大链条”。在这个大链条下,黑人被看成是最低等的种族。黑人迫切地需要利用自传书写把作为沉默客体的自己转变为言说的主体,在作为他者身份的存在链条上,按照自己的意愿塑造本民族的黑色存在,与白人霸权文化进行有意识的政治对话和谴责,从而表达自己在场的声音。(盖茨,2011:186)赫斯顿的自传以她的独特方式来表达黑人在场的声音:她要向读者展示黑人文化的丰富性、多样性和生机勃勃的活力。赫斯顿深受其导师、人类学家弗朗兹·博厄斯的影响,树立了超前的文化观:认为文化具有流动性和混杂性,坚信文化没有高低贵贱之分。在收集民俗文化的过程中,赫斯顿发现,黑人文化并非是正在走向衰亡的文化;相反,黑人文化欣欣向荣、充满活力。赫斯顿从全新的角度去阐释并修正黑人自传中最重要的"黑人问题"。她避免直接抨击白人对黑人的压迫和奴役,而是从尽情展示黑人的民俗文化这个角度去对抗白人霸权主义。她创造了休斯顿·贝克所说的"黑洞",那是"一个亚文化(地下的,边缘的,或者说是间质的)地带,在这个区域里,占主导地位的白人文化的展示被挤压到零的位置,从而产生了一种新的表达秩序"(Baker,1984:152)。在此,只有黑人绚丽多姿的文化在展示,占主导地位的白人文化反而被带入边缘地带。这是对白人主流文化的一种解构。

赫斯顿对"黑人问题"的独特阐释和解决策略在弗朗兹·法侬(Frantz Fanon)的著作《黑皮肤,白面具》(*Black Skin, White Masks*, 2008)里得到了共鸣。在如何对待种族问题和黑人受奴役的历史方面,赫斯顿表达了和法侬类似的态度:种族只是根据人类外表的体质特征所做的生物学的分类,并不是文化上的分类,种族的概念只是被用来推行白人文明和欧洲文化的工具。此外,黑人应该摆脱历史的囚笼,着眼于现在和未来;黑人应该拒绝种族偏见的束缚。在自传里,赫斯顿表面上表达了无种族界限的思想,对于黑人民族自豪感、民族团结等概念进行质疑和解构。事实上,这只是赫斯顿对抗和解构白人霸权主义文化的一种策略。赫斯顿把伊顿维尔小镇作为黑人文化的典型代表来描述。家乡乔·克拉克商店的门廊是小镇的心脏和活力的源泉。在那里,她竖起耳朵倾听成年人的"双声话语",陶醉在小镇的"撒谎大会"中,听人们绞尽脑汁讲有关上帝、魔鬼和各种动物的民间故事。(Hurston,1984:63-64)赫斯顿还生动地展示了美国重建时期以及之后路易斯安那州新奥尔良、佛罗里达州波克县、牙买加和海地等地方黑人丰富的民俗文化。赫斯顿非常了解,黑人文化的精髓就存在于民间故事中。法侬也认为,"如果一个故事在民间故事中生生不息,这是因为它从某个方面表达了这个'群体的精神'"(Fanon,2008:45-46)。也许正因如此,赫斯顿没有加入到对民族灾难史的控诉队伍中,而是完全抛开了沉重的历史枷锁。她无视白人对黑人文化的歧视,悠然自得地向读者展示具有其独特魅力的黑人文化,从而创造了一种新的表达秩序。这是赫斯顿对白人主流文化一种无声的反抗,也是对黑人文化发自内心的欣赏和赞叹。

巴赫金说,在不具备条件时,作者会"采用非标准的叙事形式",只有靠"双声语"才能间接地表现作者的思想。(习传进,2005:3)赫斯顿就是这样采用非标准的美国黑人自传形式,担任黑人民俗文化的讲解员,展示和颂扬灿烂的黑人民俗文化。赫斯顿还发现,文化的杂糅性是美国黑人文化的一大特征。黑人文化与其他文化互相影响和作用,不仅丰富了自己的文化,同时它的文化元素也被白人文化吸收,从而丰富了白人的文化。黑人文化以这种方式融入美国文化,成为美国文化不可或缺的一部分。

面对双重读者和黑人的双重意识,赫斯顿选择一条异于其他黑人作家的意指策略来应对黑人的双重身份。在自传里,赫斯顿就是那只意表的猴子,而读者,包括白人读者和那些误读她的黑人读者可能就是那对文本只会进行表面阅读的狮子,整篇自传就是一个充满隐喻的言说文本。通过对意指策略得心应手的运用,赫斯顿达到尽情展示黑人文化的目的。表现上看,赫斯顿和哈莱姆运动那些提倡者意见相左,事实上是与他们产生的更加隐晦、更深层次的共鸣,最终目的都是为了黑人灿烂文化的展示和传承,各自在发挥所长去实现共同的目标。赫斯顿以此从自己独特的、甚至是容易被人误解的角度把白人的霸权文化边缘化,突出黑人种族自我的独特言说。

参考文献

[1]Baker, Houston A, Jr. Blues, Ideology, and Afro-American Literature: A Vernacular Theory[M].Chicago: University of Chicago Press, 1984.

[2]Fanon, Frantz. Black Skin, White Masks[M].Trans. Charles Lam Markmann. London: Pluto Press, 2008.

[3]Hurston, Zora Neale.Dust Tracks on a Road[G].Ed. Robert Hemenway. Urbana: University of Illinois Press, 1984.

[4]Xu, Dejin.Towards a Contextualized Narratology of African American Autobiography[D]. Beijing: Peking University, 2003.

[5]罗虹,王明月.从盖茨意指理论看《抹除》的黑人意指性修正[J].当代外语研究,2013:49-58.

[6]水彩琴.非裔美国文学研究——小亨利·路易斯·盖茨的喻指理论评析[J].天津外国语大学学报,2014(3):74-80.

[7]王元陆.赫斯顿与门廊口语传统——兼论赫斯顿的文化立场[J].外国文学,2009:67-73.

[8]习传进."表意的猴子":论盖茨的修辞性批评理论[J].湖北师范学院学报(哲社版),2005(5):1-10.

[9]小亨利·路易斯·盖茨.意指的猴子:一个非裔美国文学批评理论[M].王元陆,译.北京:北京大学出版社,2011.

(原发表于《英美文学研究论丛》2017 年第 1 期)

越界的困惑
——内拉·拉森《越界》中的反讽意蕴阐释

焦小婷*

（河南大学外语学院）

摘　要：美国新黑人运动三大女作家之一内拉·拉森的小说《越界》以不同层次的反讽贯穿于小说的始终，构建出了情节叙述上的情景反讽、人物塑造上的命运反讽以及主题凸显上的制度反讽。作者把自己对于荒谬现实的体悟以一种情理悖谬的形式展示开来，通过对逻辑的颠覆与修正让隐而不露的价值判断在表象与真相的是非对比中徐徐彰明，从而使反讽的整体效果在文本空间里自然天成，释放出强大的情感力量和批评功效，使小说生机勃发，意义繁丰。

关键词：内拉·拉森；《越界》；反讽

一、引言

反讽(irony)作为一种普遍的修辞格式、写作实践和“话语策略”(哈琴，2010:3)，它以真实为逻辑起点，以微而不显、含而不露的特质，以种种不着痕迹的悖立赋予文本厚重的主题意蕴和复杂的审美效果。“因为世界的本质是诡论式的，所以反讽提醒人们只能采取一种相应的模棱两可的态度才能抓住世界的矛盾整体性”(赵毅衡，1998:374)。反讽亦是一种“认识现实、克服有限世界的方法，是对现实生活的怀疑、批判、否定，并通过这种方式达到对可能性的开放”(米克，1992:100)。时至今日，“反讽已经成为文学研究与批评中一种重要的理论武器。反讽叙事亦成为小说创作中一种重要的写作策略”(黎清群、曹志希，2007:81)。反讽的基本功能和原则在于：“作者由于洞察了表现对

* 作者简介：焦小婷，教授，主要研究方向为英美文学，专长于美国黑人文学。

象在内容和形式、现象与本质等方面复杂因素的悖立状态，并为了维持这些复杂的对立因素的平衡，而选择一种暗含嘲讽、否定意味和解蔽性质的委婉幽隐的修辞策略”(李建军，2003：217)。正是在作家们艺术化创作中的“表”与“里”、“弱”与“强”、“名”与“实”、“是”与“非”、“黑”与“白”的相克相生中，在作者、读者和诠释者动态而多元的关系中，反讽的整体效果在文本空间里自然天成，释放出强大的情感力量和批评功效，使文学艺术文本生机勃发，意义繁丰。

冒充白人(Passing for white)现象是美国许多浅肤色黑白混血儿重要的生存方式。“在美国1400万依稀可辨的黑人中，几乎每一个黑人都知道至少有一个黑人冒充白人的故事”(Hope，1980：156)。有白人血统的混血儿为了所谓理想的生活，怀揣各种梦想与幻想，纷纷冒险越界而成为白人，而其越界前后的种种顾虑、焦虑和忐忑也就成了作家们分析探究的主题之一。关注混血儿命运的越界小说在美国20世纪20—30年代的哈莱姆文学复兴中，占据着不可小觑的地位。被誉为20世纪美国新黑人运动三大女作家之一的内拉·拉森(Nella Larsen)就是这一时期最具影响力的作家之一。但国内鲜有人对拉森及其作品，尤其是其作品中贯穿始终的反讽进行过探讨。

小说《越界》(*Passing*)(1929)平和通脱地记述了两个混血儿女性克莱尔(Clare)和艾伦(Irene)因追求各自所谓的美好生活而导致的灵魂的躁动及其生活、生存、生命的尴尬。小说没有像传统的越界小说那样抒写悲剧式的混血儿形象、揭露黑人的悲惨命运、鞭挞蓄奴制的罪恶，而是以不同层次的反讽贯穿于小说的始终。作者把自己对于荒谬的现实性体悟以一种情理悖谬的形式展示开来，使小说艺术通过对逻辑的颠覆与修正走向了更广阔的自由空间，使隐而不露的价值判断在表象与真相、理想与现实的是非对比中徐徐彰明。

“小说作为一种文学式样，其最高成就都是反讽性的”(耀斯，1997：282)。事实上，由于反讽构成及表现形式的复杂性和多面性，因而小说文本中反讽的成功运用，必定是一种互为补充、前后交叠、上下呼应的艺术合力。为讨论方便，本文将从小说情节叙述上的情景反讽、人物塑造上的命运反讽、主题凸显上的制度反讽三个方面探究小说《越界》中的反讽意蕴，以揭示作者如何通过强调混血儿的身份认同困惑，抨击种族、肤色歧视的无稽和荒谬，反思其背后深厚的文化、人性渊薮，进而传递自己的种族意识、种族情怀以及深沉的悲凉的。

二、情节叙述上的情景反讽：建构还解构？

情景反讽(Situational Irony)是"指某种事态的发展违反常情，与一般预料相反，有人称其为'情景的嘲弄'"(李定坤，1994：216)，进而形成一种"只可期待不可预测"的隐蔽反讽(丰国欣，2004：4)。具体表现为小说情节的正常推进与意外结局形成强烈悖逆，小说的真正结构超越了其所蕴涵的逻辑结构，情节的发展与小说人物的预想互为悖反，进而促成小说情节建构上宿命般的反讽。拉森在《越界》的叙事中，让情节的推力和反推力成为互为依存的手段，从而最大限度地表征出反讽的力度和尖锐。

小说由"相逢""重逢"及"结局"三部分构成。当克莱尔和艾伦这两个儿时闺蜜离别十二年后，在芝加哥一家饭店的楼顶上不期而遇时，克莱尔已经越界为白人，与一个种族意识颇深且不知她黑人血统的白人富商约翰·贝洛(John Bellow)结了婚。艾伦则与一位巴西裔黑人医生结婚生子，在哈莱姆过着安稳的中产阶级生活。她只是偶尔因社交的需要冒充一下白人。越界之后的克莱尔时时担心自己的黑人血统被识破，生活中处处谨慎小心。与艾伦邂逅之后，克莱尔经常在丈夫不在家时出入艾伦家，且与艾伦丈夫的关系变得越发暧昧。后来，克莱尔的丈夫得知妻子的黑人血统后，尾随她来到一个黑人聚会上。艾伦担心克莱尔若与丈夫离婚，她自己的婚姻可能遭遇变故。于是在不经意间艾伦冲向站在窗户旁边的克莱尔。克莱尔从三层高的窗口掉了下去命丧黄泉。但她究竟是惊慌中夺路弃世还是被艾伦蓄意推下，作者没有给出明确的答案，读者只能从文本碎片中读解克莱尔的死亡之谜，还原事实真相。

小说一开始，作者便把故事的转折点——越界后的克莱尔彻底意识到自己对"黑色"的渴望——呈现在读者面前。克莱尔并没有真正享受到她之前期待的幸福、和平、自由，她的生活孤单寂寥，几乎没有朋友，"失望"是她越界后生活的关键词；而"坚守(黑人)民族性"的艾伦也丝毫体会不到她"坚守"的自豪和快乐，"失落"是她在生活中品尝到的主要味道。两人平行的生活相交之后，发展的趋向互为悖反：克莱尔找到了重新追求幸福的方向——回归黑人性；而艾伦本来单调平静的生活被克莱尔表面的光鲜挤兑得毫无色彩，于是跌入不甘和矛盾的深渊而不能自拔。情节上的反讽就此形成：彻底醒悟、渴望回归民族性的克莱尔最终遭遇到了死亡，而一直高傲地坚守自己民族性的艾伦，终究也没能守住道德的底线，背叛了朋友，背叛了民族。两人现实的、有意识的生活在不知不觉中演变成了一种蓄意的粉饰，而背后隐藏的是她们浑然不知的无意识本真：无法摈弃种族身份概念，也拒绝承认肤色界限，但却剔除不了对白人文化的尊崇和膜拜，更无法割舍自身对黑人文化的怀恋和守望。于是，尽管深陷情感与理智、主观与客观、社会与个人、理想与现实的冲突之中，她们自己却身处其中不明不知，或坚韧或执着或迷茫或惶恐。而身处文本之外的读者，却在作者建构故事的过程中，拆解着故事的目的和结构，揣摩着故事的真正意义。

布斯说过，"反讽的最有力的效果就基于——我认为每个人都知道这一点——这种对沉默的运用上"(布斯，1987：331)。《越界》中的"沉默"结局，"既有表面又有深度，既暧昧又透明，既使我们的注意力关注形式层次，又引导它投向内容层次"(米克，1992：35)。如果克莱尔是自绝，作者结尾处对自然(天气、落雪)的描写便成了一种本源性的"天问"。在自然及文化力量面前，她都无法找到自己的位置，对现实的不满和焦虑推本及源，便生成为一种对自然的返归心态和求助愿望。而她在飞雪中的破窗而出，不正契合了老子眼里的"归根"和"复命"？而倘若克莱尔的死，是源于艾伦的处心积虑，这样的"沉默"则引发读者质问：艾伦对民族性的坚守难道就释放为这样的谋杀？因此，小说结尾中这一叙事"沉默" 让之前人物的预想与当下的事实真相之间、让作者的情节建构和读者的意义拆解之间形成某种反差，进而在虚与实、真与假、成与败的对比映衬中，浑然天成为一种宿命般的情节反讽。

三、人物塑造上的命运反讽：追求还是远离？

对照性的描写或叙事是反讽通常采用的具体方法(李建军，2003：217)。在不同人物的对比塑造中，在人物行为的悖谬或表里的反差之中，反讽传递出一种嘲讽的功能。小说《越界》中，作者对艾伦和克莱尔做了"相生、相成、相形、相盈"的辩证描述，竭力尽智地呈现出两个人的善与恶、美与丑、是与非、福与祸。带有悲剧色彩的生活真实使两人都摇摆于外在的物质和内在的精神的抉择之间，难以"营魄抱一"，其人生幻象的色彩骤然黯淡，梦想也因此在她们的追求中渐行渐远。

与动机悖反的事实真相和对自己无意识深处灵魂真相的真切体悟，使克莱尔的追求和努力成为徒然。越界后她"一心想回到哈莱姆做自己想做的事，喜欢做的事,能够做的事"(75)[①]。她开始时认定"这样做值"(20),但随着生活内容的日益"单调",她对"黑"的"期望"演变成"疯狂的渴望","一种永久的疼和痛"(7)。她开始觉得艾伦的生活方式"或许更明智且肯定会更幸福"(34)。与传统意义上那些越界者"出于良心的愧疚"而出现的心理变化不同的是,她后悔冒充成白人嫁给了白人种族主义丈夫,是因为她对黑人乡亲们的锥心般的思念。她对艾伦解释道:"你不知道,你想不到我是多么想见见黑人,想重新和他们在一起,和他们聊天,听他们开怀大笑"(51)。她渴望回归,显然并非因为她所理解的"不讲道德,没有责任心"(58),也并非传统意义上的对白人经济优势和种族自豪感失去了兴趣。像成千上万没有被认出的越界者一样,克莱尔尽管或许获得了成功,但却"总是"、至少努力地"想回去"。艾伦对越界行为的态度贴切地诠释了混血儿的普遍心态:"很有趣,我们不赞成但愿意宽恕;我们鄙视但却羡慕。我们用一种恼人的奇特方式回避但又袒护着它"(39)。

同时,一直以坚守黑人性而虚伪地自傲着的艾伦在克莱尔出现之后,内心的平衡被完全打破,"安全"成了她的生命中最重要的东西。"她从来就不懂爱,对丈夫的爱。他只是她的丈夫和儿子的父亲"(76)。她"只想抓住婚姻的外壳,让自己的生活稳固、确定下来"(77),苦心经营着一个没有爱的婚姻躯壳。但在克莱尔面前,她却以成功者自居,她对自己家庭的维护和对自己婚姻的担心,无不折射出她现实生活的空洞和寡味。至此,白人世界在小说文本中被物化成一座肤色、种族和文化"围城":外面的人想进去,里面的人拼命想出来。这一出一进之间形成了一种思想文化的冲击波,读者则被推向了一个反讽高地,超然观望这一个荒谬的文化世界,体悟人物多舛的命运中所隐匿的反讽意味,但却着实难以厘清到底是谁落入了反讽的境遇:是黑人自己,抑或是白人?

"几乎每一种反讽都是在具有反对性质的两种对立因素的对照中形成的,因此可以说,没有对比,就没有反讽"(李建军,2003:222)。品质、行为、追求截然不同的两个人物在小说中构成了一个解蔽去伪的互反关系,俩人都想通过积极努力来改变命运,但越是努力便离梦想越远。面对小说中两个主要人物期望和结果之间的反讽性落差,我们不禁要问,肤色原本就是人类自然生命的偶在,人的生命和生活质量原本与肤色无关,种族的界限本来就是莫须有的偏见,何故要追问孰是孰非,谁黑谁白?老子说过"知雄、守雌,知其白,守其黑,

① 文中相关引文只标明页码。

为天下式”，才能“常德不忒”。何不拥抱这一生存矛盾，让选择自生自灭？这莫非就是作者拉森的侧笔？在此，作者把对人物命运的探讨俨然提升到人性、人类的哲学高度。

四、主题凸显上的制度反讽：忠诚抑或背叛？

反讽是“一种可用的对抗模式，随时来反抗困住自己的压迫制度”（哈琴，2010：11）。因而反讽这种模式“不仅最适合于政治对抗中的人们，而且还更广泛地适用于那些因为与主流规范在民族、种族、性别或者性取向上存在差异而‘心属二主’的人”（哈琴，2010：31）。正是由于反讽在小说的情节发展、结构安排、人物性格的塑造、人与人之间关系的处理上的非凡意义，才有了小说主题意旨的升华和反讽效果的洞达。黑白混血儿的越界是对黑人性的忠诚还是背叛这一命题构成本小说主题上的最大反讽，而矛头直指荒唐又荒诞的白人价值体系和种族制度。《越界》中克莱尔和艾伦对黑人民族性的难以厘清的“坚守”或是“背叛”态度，宣达出了小说狂怒的批判力量。

小说一开始，艾伦就带着一种幸灾乐祸的眼光，观察着坐在对面已经越界的好友克莱尔。“她情不自禁地想知道越界到一个不完全陌生、但也绝对不完全友好的环境里去碰运气结果会怎样？”（11）她对克莱尔的情感是缠绕交错在一起的耻辱（humiliation）、怨恨（resentment）和愤怒（rage）（7）。在艾伦眼中，克莱尔“背叛”自己的民族，“自私、冷酷并且铁石心肠”（6），“根本不在乎这个种族”，也根本“对它不抱任何伟大的，或甚至真正的情感”（36）。然而，她却回忆起克莱尔一生气“会不顾或忘记危险、力量、人数的悬殊或其他不利的环境而彰显出争斗的凶猛和鲁莽”；也还记得克莱尔的父亲受欺凌时，克莱尔是如何奋不顾身地与他们厮打（46）。而此时读者眼中克莱尔的“忠诚”且“勇气”却恰恰衬托出艾伦的冷漠与无情。作者感慨道：“或许她面前的这位女子所达到的情感上的高度和深度是她自己永远无法理解的。事实上，也是她不屑去理解的。”（47）

哈莱姆文艺复兴的代表人物之一朗斯特·休斯（Langston Hughes）曾把有色人种对肤色和种族的不忠视为背叛（xix），但克莱尔的越界却是复杂多元的。因为读者的判断，几乎都来自于艾伦这个不可靠的叙事者和交织在一起的种族和性别情节。克莱尔的越界行为，事实上谬悖性地强化和坚固了黑白二分的种族界线；艾伦对于好友克莱尔的“羡慕、嫉妒、恨”，解构的分明是白人文化制度的合法性和合理性,而她对背叛还是忠诚的纠结,进一步证验了黑白二分的事实存在。艾伦发现丈夫与克莱尔的暧昧关系后,想要除掉克莱尔。"她平生第一次希望自己不是黑人,这样可以免除心理的负担,不用顾虑对种族的背叛。"(69)她陷入了深深的两难境地:对自己忠诚还是对种族忠诚?若选择忠于自己,她就必须尽快把克莱尔的黑人血统告诉给克莱尔的种族主义者丈夫;如果是对种族忠诚,她又不忍心去毁灭克莱尔的梦想。她如实说出克莱尔的血统秘密,本身就意味着对自己种族身份的不屑和鄙视;但如果不说,又难以消除自己保全家庭的心头之患。正是因为艾伦"无法将个人与种族分开,把自己和克莱尔分开"(71),才使她陷入了良心与私心的纠结之中,而这一无奈与无助的渊薮何在,不言而喻。

尽管在人们的传统意识中,"拒绝越界是一种勇气,而选择越界则被批评为懦弱"(xxv),但作者却彻底推翻了这一传统概念,"使其不仅有利于理解黑人女性,更有利于理解现代、甚或后现代的身份概念"(xxvi)。两位主人公的悲剧命运深刻地标识出,不管是白人特性还是黑人特性皆无法成功地构建起一个和谐且稳定的身份,想通过冒充白人来避免种族制度所带来的种种不幸不仅行不通,而且是致命的。

五、结语

反讽尽管意向于言外之意、声外之音、画外之象,但却无疑是一种生活、经验的真实,它以特有的批判性锋芒,在读者中唤起种种情感的反响和回应。《越界》中作者对于冒充白人的现象,既没有点明反讽的对象,也没有标明褒贬是非的态度,只是将蕴含丰盈的反讽文本素材并置堆砌在叙事结构之中,使事件的是非曲直、善恶黑白付诸公论。读者因而被裹挟在一对对的文本张力之中,看到的是一幅幅生活的画面、一次次生命的躁动,一张张现实百态和历史阴影之下混血儿生活以及生命的本色、本相和本真。

参考文献

[1]Franklin, John Hope. From Slavery to Freedom[M]. New York:Alfred A.Knopf, 1980.

[2]Larsen, Nella.Passing[M]. New York:W.W Norton & Company, Inc., 2006.

[3]布斯,韦恩. 小说修辞学[M]. 华明等,译. 北京:北京大学出版社, 1987.

[4]曾衍桃. 国外反讽研究综观[J]. 西安外国语学院学报, 2004(3):3-7.

[5]哈琴，琳达. 反讽之锋芒：反讽的理论与政见[M]. 徐晓雯，译. 开封：河南大学出版社，2010.
[6]黎清群，曹志希. 互文·并置·反讽——《爱情是谬误》的复调叙事艺术[J]. 外语教学，2007(3)：80-82.
[7]李定坤. 汉英辞格对比与翻译[M]. 武汉：华中师范大学出版社，1994.
[8]李建军. 小说修辞研究[M]. 北京：中国人民大学出版社，2003.
[9]米克，D.C. 论反讽[M]. 周发祥，译. 北京：昆仑出版社，1992.
[10]耀斯，汉斯·罗伯特. 审美经验与文学解释学[M]. 顾建光，译. 上海：上海译文出版社，1997.
[11]赵毅衡."新批评"文集[G]. 北京：中国社会科学出版社，1998.

（原发表于《西安外国语大学学报》2012 年第 4 期）

论《土生子》的空间政治书写

李美芹*

（浙江工商大学外国语学院）

摘　要：本文运用列斐伏尔“空间三一论”和福柯“空间权力论”，分析了赖特代表作《土生子》中的空间政治书写，认为“黑带区”的存在反映了白人主流社会对“空间表征”的规划和设计；别格母亲、妹妹和情人的空间实践以及别格的部分空间实践具有规训性特点，但别格及其伙伴的空间实践又具有挑战性特点。别格母亲等通过规训性的空间实践反映的是阐释性的“表征空间”，而别格通过挑战性空间实践意图建立的则是逾越性的“表征空间”。美国黑人无时无刻不在强势集团塑造的“空间表征”中通过空间实践塑造自己变动不居的身份，构建自己的“表征空间”，宣示自己的社会在场。

关键词：空间政治书写；赖特；《土生子》

理查德·赖特(Richard Wright)是20世纪美国非裔文学史上具有承上启下作用的黑人作家。一方面，作为“抗议文学”的先驱，赖特以其鲜明的革命性、丰富的思想性和艺术性继承并大胆创新了奴隶叙事、左翼思想与自然主义文学传统，跻身哈莱姆文艺复兴和芝加哥文艺复兴运动中承上启下的关键人物；另一方面，其作品中鲜明的种族政治立场和心理诉求开辟了新方向，其小说、诗歌和政论性散文对非裔美国文学及黑人运动的发展做出了不可磨灭的贡献；他以黑人作家的独特身份对美国社会的种族、阶级和黑人文化问题所做的文学反思，拓宽了非裔美国文学的题材与主题，对后世及当代作家起着催化剂和强化剂的作用，奠定了其非裔美国人19世纪四五十年代文学代言人的地位。因而，这段时期甚至被冠之以“赖特时代”。

赖特作品中充斥着黑人为争取空间生存环境所做的抗争，是对种族空间政治的隐喻性体现。其《土生子》(*Native Son*)在黑人别格(Bigger)的恐惧、

* 作者简介：李美芹，教授，主要研究方向为英语国家文学、比较文学及文学翻译。

逃亡中体现了其生存的存在主义哲学意义，同时，在其所拥有的不确定和非终极的空间位置中，表现了黑人的不安全感和在主流社会所设定的“空间表征”中重新定义“空间阈限”的“表征空间”，是亨利·列斐伏尔（Henri Lefebvre）“空间三一论”和米歇尔·福柯（Michel Foucault）“空间权力论”的文学再现。正如列斐伏尔所言，“有一种空间政治学存在，因为空间是政治的”（Lefebrre, “Reflections on Politics of Space”, 1976:33）。《土生子》所呈现的黑白之间巨大鸿沟，体现在当时具体的时代背景和空间政治格局中，即赖特及同时期黑人所面临的政治、经济和文化困境，也对理解赖特与非裔美国人种族政治发展脉络至关重要。正如美国著名存在主义哲学家保罗·蒂里希（Paul Tillich）认为：

> 存在，就意味着拥有空间。每一个存在物都努力要为自己提供并保持空间。这首先意味着一种物理位置——躯体、一片土地、一个家、一座城市、一个国家、一个世界。它还意味着一种社会‘空间’——一种职业、一个影响范围、一个集团、一段历史时间、会议中或预期中的一种地位，在一种价值和意义结构中的位置。不拥有空间，就是不存在。所以在生命的一切领域之中，为空间奋争都是一种存在论的必要。……没有空间，就既无呈现，也无现在。……不拥有任何确定的和终极的空间，就意味着最终的不安全（何光沪，1999:1119-1120）。

一、“黑带区”：“空间表征”体现的空间政治

《土生子》对“黑带区”的描写，充分体现了列斐伏尔“空间表征”与生产关系密切相关理论。列斐伏尔结合日常生活体验、种族、社会、文化、历史、经济、性别等多种因素，提出了包含“空间表征”（representation of space）、“空间实践”（spatial practice）和“表征空间”（representational space）三环节的“空间三一论”，其中“空间表征与生产关系及其施行的秩序相联系，因此也与知识、符号、代码等关联”（Lefebvre, *Production of Space*, 1991:33），因而，是社会主流或强势集团构想的主导空间秩序。《土生子》中主人公别格和他的家人生活的与白人隔离开的芝加哥南部贫穷肮脏“黑带区”，便是“空间表征”的产物。“黑带区”在美国历史上的确存在。20 世纪初，大批美国黑人心怀所谓“美国

梦”涌入芝加哥，为了解决住房紧张问题并彰显白人区别于黑人的优越性，白人人为地划分出“黑人贫民窟”（也即“黑带区”）。这一地区的存在反映了白人主流社会对“空间表征”的规划和设计。《土生子》揭示了历史上这一特殊空间的存在。白人住在“过了‘线’，在别墅路那边”（赖特，1999：23）。这条“线”，既是把白人区和黑人区隔离开的物理线，也是有着鲜明意识形态特点的“心理线”。显然，“黑带区”边缘的这条“线”如同隐形的篱笆，成功地在白人和黑人之间筑起一道心理防线并将他们隔离开来。渐渐地，两种人由于这种物理空间的区隔产生心理和精神隔膜，双方难以近距离接触彼此的心理空间和精神世界。因此，物理空间的区隔关系体现的是种族的隔离状态，种族隔离的心理隔离通过空间区隔得以实现。

赖特巧妙地传达“黑带区”的存在，具象化了美国黑人历史乃至美国历史的一部分。福柯认为，“一部完全的历史仍有待撰写成空间的历史——它同时也是权力的历史——它包括从地缘政治学（geo-politics）的重大策略到细微的居住策略”（转引自包亚明，2003：39）。“黑带区”的存在，揭示了空间历史中体现的权力历史。在探讨“黑带区”成因时，美国学者尖锐地指出黑人聚居区的形成并不是简单的黑人数量增多问题，而是有越来越少的地区肯接纳黑人。由此可见，“空间是政治的。空间并不是某种与意识形态和政治保持着遥远距离的科学对象。相反地，它永远是政治性的策略性的。……空间一向是被各种历史的、自然的元素模塑铸造。但这个过程是一个政治过程”（Lefebvre，“Reflections on Politics of Space”，1976：31）。“黑带区”是由于种族歧视和白人的传统偏见及经济原因造成的，在“黑带区”空间形成的历史过程中折射着白人空间权力形成的历史。

同时，空间关系表征种族、阶级关系，亦即“空间和空间性缔造种族”（Mitchel，2000：251）和阶级。申言之，空间及空间政治构成种族社会的社会关系。在物理空间里，白人区和“黑带区”的划分以肤色和社会财富为表征并与之密切关联，而这种划分方式又反作用于公共价值观念和空间实践。赖特用艺术化手法所呈现的，不仅仅是黑白两种人种之间地理上的区隔，而且反映了由地理间隔所体现的价值错位、行为颠沛、心理隔离和历史分歧以及如别格一样的黑人所遭受的痛苦。空间是社会的产物，同时反作用于社会。“有一种空间的意识形态存在着。为什么？因为空间，看起来似乎是同质的，其纯粹形式似乎是完全客观的，然而一旦我们探知它，它实际上是一个社会的产物”（Lefebvre，“Reflections on Politics of Space”，1976：31）。所以，空间和空间表征同时也反作用于社会关系。小说中被别格杀死的白人富家女玛丽·道尔顿曾说:"我去过英国、法国和墨西哥,可我不知道离我十条街的人们怎样生活。我们彼此是那么不了解……我这辈子从来没到一个黑人家里去过"(赖特,1999:79)。在种族和阶级"空间表征"规训下,物理空间的区隔实现了社会空间的隔离作用,白人区和"黑带区"两个社会空间表征截然相异的意识形态,形成二元对立,客观上隔离了两个群体。"种族隔离所构建的是特权地理,特权地理不仅监管财富边界——构建不平等可再生的空间形式——而且同时建构和监管重组地理便捷。没有生理基础,重组却能通过隔离空间被创造和维持"(Mitchel,2000:255)。土生子黑人别格和白富美玛丽之间由种族、阶级两种"空间表征"复杂交织纠结在一起,形成了一道屏障,构建出物理等级空间——白人区与"黑带区",由此也从心理上构建出两对二元对立(白人和黑人、富与贫)的等级社会。

《土生子》通过描写"黑带区"也表现了权力的空间化这种现代社会规训操控的基本策略和方式。"空间已经成为国家最重要的政治工具。国家利用空间以确保对地方的控制、严格的层级、总体的一致性,以及各部分的区隔。因此,它是一个行政控制下的,甚至是由警察管制的空间。空间的层级和社会阶级相互对应,如果每个阶级都有其聚居区域,属于劳动阶级的人无疑比其他人更为孤立"(转引自包亚明,2003:50)。在《土生子》中,赖特描写了当时的美国政府为集中管理黑人所建立的"黑带区"状况,影射了"吉姆·克劳法",以揭露政府利用种族隔离空间实现其权力空间化的意图。"吉姆·克劳法"限制黑人乘坐公共汽车、住房、性别等行为,强化书写了白人的"空间表征",规训了空间秩序,操控着黑白等级社会的"空间表征",种族奴役、种族压迫得以实现。由此,种族即政治。"种族在空间中结构,也在空间中构建。空间也常常通过种族构建"(Mitchel,2000:230)。显然,法律是限制人们行为的最强大武器。按照有利于保障现有生产方式和强势集团利益的原则,主流社会用立法建构社会空间秩序,以表达主流意识形态"空间表征"。赖特虽在小说中没有直接提及这些法律,在具体描述时也是着墨不多,但令读者窥斑见豹,揭露了产生犯罪的社会根源。

"空间表征"所规训的空间秩序表征的也是意识形态,反映的是白人内心深处相对于黑人的天然优越感。"空间是政治的、意识形态的。它真正是一种充斥着各种意识形态的产物"(Lefebvre,"Reflections on Politics of Space",1976:31)。白人不仅认为黑人的黑肤色说明他们人种低劣,还根本否定黑人的智力。别格杀人后设计了灭尸、绑架信、逃跑等计谋同白人周旋,白人警察起初根本没想到这种智商颇高的计谋会是由黑人设计产生,因为在白权社会的默认公理中，黑人整个人种的智力就很低下，黑人的机体本身就无法具有高深的智谋。正是这种偏见导致他们把别格杀人案判断成强奸杀人案，并主导着美国白人的行动：别格一个人犯了罪，导致的是对南区黑人的大规模搜捕和解雇黑人群体的热潮。空间的意识形态性可见一斑。在这种价值判断中，物理空间的自然特性消退，转而被赋予浓厚的社会性色彩。正是意识形态与空间互相赋予政治内涵，"空间因而具有隐喻政治权力的功能"（谢纳，2010：50）。

二、空间实践的规训性和挑战性

空间是社会历史文化的产物。反之，空间实践也参与历史合力，建构社会历史文化。列斐伏尔"空间三一论"的另一环节"空间实践"产生社会空间，包括"每一社会构成特有的生产、再生产及具体场景和空间体系"（Lefebvre, *Production of Space*，1991：33）。他认为，正是由于"空间实践"，"空间表征"和"表征空间"才得以建构。在"空间表征"的渗透和制约下，"空间实践"常常体现为规约的空间行为，但不排除对规约的逾越。两种空间行为分别产生两种"表征空间"：规约性"表征空间"和挑战性"表征空间"（50）。在种族"空间表征"中生活的黑人们，有的内化了种族"空间表征"，其"空间实践"严格服从"空间表征"，而另一些人意识到种族空间秩序的虚构性和社会构建性，因而以各种方式、不同策略对其质疑和挑战，以期再生产新的社会关系。

《土生子》中，别格的母亲托马斯夫人、妹妹维拉和情人蓓西就是内化了种族"空间表征"并严格服从其规训的空间实践者。托马斯夫人在种族、性别和阶级的三重压迫下终日循规蹈矩，甘于忍受生活带来的一切，生活在主流社会为黑人建构好的规约性"表征空间"中，不敢越雷池一步。她内化白人价值观，笃信宗教，希望孩子们信靠基督，遵守白人的社会秩序。别格坐牢后，她甚至希望借助牧师让别格为自己的行为忏悔。为了求得道尔顿夫人原谅，她去监狱看望别格时不顾尊严给白人妇女下跪，并因此激怒别格。维拉胆小无知且奴性十足。她目光短浅，终日生活在恐惧之中，对所受压迫不敢有丝毫反抗，甘心情愿待在强势力量为自己设定的种族、阶级和性别空间里。非但如此，她还与母亲一道，劝别格"改邪归正"，甘做"白人统治的同谋，黑人男性权威的威胁者"（Bell Hooks，2004：53）。蓓西则因不堪忍受三重压迫，以异端自毁的方式变成了象征性的瞎子。她酗酒纵情，唆使别格偷窃，却不愿意和他一起承担。她愚昧无知，无法理解别格希望拯救如她一样"瞎眼"黑人的渴望和抱负。最后，因成为别格杀人后的知情者而成了别格的刀下之鬼。

在黑白二元对立"空间表征"规训下，别格的"空间实践"则对主流"空间表征"既有唯唯诺诺的服从，又有报复性的逾越。他虽然努力想迎合白黑对立且白人优越的"空间表征"，却也有忍无可忍的挑战。

空间政治实际上体现并实现种族、性别和阶级政治。埃尔顿(Stuart Elden)认为：空间由两个途径生产，一个是社会构成(生产方式)，另一个是心理构建(构想)(95)。其中，社会构成影响心理构建。由于对美国白人社会的恐惧和在白人构建的社会空间中处于失语状态，别格虽骨子里充满着反叛精神，但由于习惯于主流社会"空间表征"中对黑人自我"卑下"的心理构建，行动上却时时显得唯唯诺诺。在白人所构建的等级森严、黑白对立的"空间表征"中，别格对白人潜意识的恐惧使他第一次到白人道尔顿家去应聘时如临深渊："他怯生生地拉开院门的门闩，朝石级走去。他停住脚步，等人责问他"(赖特，1999:49)。他事事处处如履薄冰，甚至连按门铃，都显得草木皆兵："他按了一下门铃，听见屋内丁玲玲响起来，不由得吓了一跳，或许他按得太重了?"(50)刚到道尔顿家时，他几乎乱了方寸，在与道尔顿家人之间对话时，言语结结巴巴、低声下气，举止畏畏缩缩，腼腼腆腆，"他站在那儿，稍稍弯着膝盖，微张着嘴，弯腰曲背，眼睛看东西也是浮光掠影的"(54)。白人喜欢的，是黑人在失语状态中去消融自己。小说所描述的美国现代社会是一个处处渗透着福柯规训权力理论中论及的权力网络与反抗的监狱式规训社会，在这样的社会中，无所不在的权力控制并改造着别格，以使他"驯顺"。别格无意识地按主流"空间表征"表征的社会规范规定自己的行为和思想，自觉自律地成为"驯顺"的被压迫者，其悲惨生活正是监狱式现代社会的自然产物。

尽管规训权力无孔不入，无比强大，却并非万能。监狱式社会不能消除一切反抗，别格和他的朋友们以各种方式、不同策略对强势集团所构建的"空间表征"进行着质疑和挑战，其"空间实践"也在有意识地挑战白人通过构建"空间表征"所建立起的白人优先"表征空间"，努力想构建黑人主体性的"表征空间"。这部分黑人意识到了这种空间表征的不公平性和不公平的根源。别格与他的黑人朋友格斯在外面聚会时，别格说："他妈的，瞧！我们住在这儿，他们住在那儿。我们是黑人，他们是白人。他们什么都有，我们什么都没有。他们干啥都成，我们干啥都不成。就像关在监狱里似的。有一半时间，我觉得自己像是在世界外面，巴着篱笆眼儿在往里瞧……"(赖特，1999:21-22)。别格的话暗示黑人已经意识到黑白之间的空间区隔和由区隔造成的社会不公。无独有偶，福柯认为“战略和战术通过对领土的移植、分配、分界、控制，以及对区域的组织来实行，这就构成了某种地理政治学”(212)。别格所说的监狱，体现了现代权力统治技术的空间化。整个“黑带区”隐喻着全景监狱，对黑人身体的控制通过对空间的限制得以实现。通过“监狱”式的权力空间化建构，权力弥散于空间的监视中，权力因此无孔不入、无处不在，在监视的空间中得以实施和实现对黑人身体的规训，黑人身体成为白人/监视者与黑人/囚犯之间重组政治力量交锋的场所。美国种族权利对黑人身体的干预、驾驭、使用和改造可见一斑。

但是，别格和伙伴们也很清楚掌握着权力的统治阶级可以通过立法构建有利于他们的空间表征，而这种空间表征时刻都在限制着黑人的职业和身份。恶劣的社会环境迫使别格等意识到黑白不平等根源的黑人内心充满仇恨怨怒和破坏潜力，他们通过暴力的“空间实践”来保护自己，成为可随时爆发的活火山。别格的伙伴们预谋抢劫白人布鲁姆店铺；因为恐惧被迫害，别格喜欢随身带着枪；最终，别格杀人、焚尸、写绑架勒索信、逃跑，虽始自恐惧，却并非无意识为之。别格的空间实践体现着他对白人所设定的“空间表征”的反抗和对定义自身主体性的“表征空间”的重新设计。当然，为了维护既有的“表征空间”，强势社会必然采取暴力的惩罚方式。为挑战法网恢恢的规训权力，别格的挑战性“空间实践”最终使人付出了生命的代价。

三、“表征空间”的阐释性和逾越性

根据列斐伏尔的“空间三一论”，“表征空间”属生活空间，既是居住者及使用者的空间，也是受控空间，被动体验的空间、想象试图改变调试的空间。话语和权力的“空间表征”制约着“表征空间”，但个体的“表征空间”在阐释“空间表征”同时，也可在极为有限的范围内挑战并逾越“空间表征”，以此表达个体的精神内容和空间政治立场。因而，物理空间在个体生活中具有精神和社会特质，“表征空间”和“空间表征”一样，具有极强的意识形态性(Lefebvre, *Production of Space*, 1991:39-40)。

《土生子》首先阐释的，是白人话语和权力“空间表征”规约下的“表征空间”。开篇以“闹钟在静悄悄的黑暗房间里响起来”拉开了以空间书写政治的序幕。房间拥挤不堪，两张小床占据了大部分空间。别格和弟弟睡在一张床上，而其母亲和妹妹则睡在同一房间的另一张床上。别格家庭的居住格局是赖特时代无数非裔美国家庭的写照,映射出当时美国黑人活动范围的局限性。赖特还巧妙地安排了一场恐怖的人鼠大战来喻示黑人的生存窘境。一方面,躲在角落里的老鼠喻示着别格一家和所有黑人的空间生存困境。另一方面,别格用鞋子砸死老鼠的举动,也表明别格不想受困于这种“空间表征”中,表达了以暴抗暴的方式来定义自己主体性“表征空间”的潜意识。从道尔顿家回家后,别格面对自家破败的陋室,感受到强大的反差:在自己家,一家四口挤在一间陋室里;而在道尔顿家,作为司机他可以独自享用一间有两个暖气片的房间。因而,别格接受这份工作,动力在于利用白人的“空间表征”获得自己的“表征空间”——有属于自己的房间,拥有自己独立的小世界。

在逃跑途中,别格通过一扇窗子,看到“一个房间,里面放着两张小铁床,上面的被褥又脏又臭。一张床上坐着三个一丝不挂的黑小孩,他们都拿眼望着房间对面的另一张床,床上躺着一男一女,而这三个孩子却都在一旁瞧着”(赖特,1999:276)。别格年幼时一家五口挤在一间房里,也曾目睹父母的床第之欢。这就是生活在白人的“表征空间”里的黑人的残酷现实。有限生活区域导致黑人甚至没有足够的空间来保护隐私。如此“表征空间”阐释的是二十世纪早期无数美国黑人家庭贫困潦倒的社会现实和人种差别的“空间表征”。物理空间狭小的本质为社会空间的隔离和差别,而社会空间的隔离和等级差别进而人为书写了人种之间所谓的本质区别,进一步强化了种族主义话语。别格等底层黑人贫苦、低贱,只能蜷缩在“黑带区”简陋、肮脏的出租屋内,房租却还要比白人租的好房子贵。黑人的居住空间如同黑人一样被“他者”化,以此阐释白人的空间主体性,强化白人身份和主体的“表征空间”。空间本无优劣贵贱,意识形态的“表征空间”使空间构成贵贱差别,从而造成居住者表面意义的高低贵贱。空间即话语,话语物化于空间,话语构建的等级社会在差异的空间关系中体现得淋漓尽致。

但是,“表征空间”同时又具有逾越性。历史学家威斯(Andrew Wiese)质言“空间和空间斗争是非裔美国人生活的中心”(288)。非裔美国人的历史,就是逾越强势社会设定的“表征空间”,建立非裔美国人自己“表征空间”的过程。著名黑人女性主义批评家胡克斯(Bell Hooks)认为:“从奴隶制时期至今,很多抵制斗争叙事具有同样的空间政治情结,尤其是修房造屋的需要”(397)。别格一家怀着向往自由的天真心情,举家由种族压迫和歧视严重的南方逃往据信会获得更大自由的北方城市芝加哥,本质上是为扩大其生存空间,寻找“大房间”的过程。可惜,赖特笔下的芝加哥这个“大房间”的环境和其他地方并无本质区别。无论别格走到什么地方,不管白人还是黑人世界,他的存在都是那么的微不足道、无足轻重。黑人的活动范围被局限在一个非常狭隘窄小的范围内，没有与白人同等的权力、自由，有的只是种族隔离、种族歧视。这就为别格以后误杀提供了广阔的社会背景。别格被捕后，向他的律师麦克斯说："他们画了一条线，要你待在线的这一边。他们不管你这边有没有面包。他们不管你死活。随后他们就那么谈论你，当你想要越过线的时候，他们就杀死你。那时候他们觉得他们应该杀死你。每个人都想杀死你……"（赖特，1999：392）。因为差异性肤色，黑人被"区别"对待；由于限制性法律，白人不愿意或不敢靠近别格及其亲戚。因此，别格之流被困在一个充满屈辱和恐惧的狭窄贫穷房子里向往着创建自己的"表征空间"。

在空间缺失、社会空间不在场状态下，黑人也以"表征空间"为途径进行种族抗争，种族对话体现为空间对话，身份建构以空间占有和空间关系平衡为主要内容。可以说，空间是主体建构社会、行使权力的载体和媒介，同时也是"他者"建构主体的必要途径。"白人种族主义通过非凡努力限制他们（非裔美国人）占有、使用空间，甚至限制他们在空间中移动。面对这样的种族主义，非裔美国人进行斗争，捍卫和拓展他们的可利用空间"（Wiese，2002：291）。因而，别格通过反抗意欲建立的"表征空间"又是存在主义式的，体现了存在主义所强调的人的选择和存在的超越性，即：人总是不断地超越现在而面向未来，总是不断地设计、选择和创造自己。别格的失手杀人是存在式的对现实隐性的表达再现，是因为在他的意识层面，他想对抗现实中的可怕堡垒，建立起自己的"表征空间"。他以前已经起过多次杀心，这是对白人社会深层意识的反抗，是设计定义黑人主体性"表征空间"的内在需求。潜意识里对整个白人群体的恐惧和谋杀动机，也阐释了别格失手误杀玛丽的必然性，所以当感觉到有朝一日可以公开此事是他干的时，他心底竟油然而生一种可怕的自豪感。通过误杀白人，他摆脱了现实生活中在白人面前唯唯诺诺、腼腼腆腆的汤姆叔叔形象，一次次超越着白人为黑人设定的"表征空间"，拥有了真正的自我"表征空间"。别格的行为代表着黑人从消融于美国白人社会中唯唯诺诺的黑人形象到具有独立意识的存在，尽管一开始别格的斗争注定是孤独的，但他也必将会唤醒一些麻木沉沦在社会底层的黑人，用他们挑战性的"空间实践"，颠覆白人设定的"空间表征"，建立自己的"表征空间"。

空间是人类社会活动的产物，是融历史、民族、宗教、文化、政治等多维要素在内的集合，因而空间成为社会价值和意识形态的象征体系，必然体现着多维要素的诉求。《土生子》的空间关系表征着种族政治关系。赖特的抗议小说中无处不体现着黑人种族为争取种族政治空间所做的抗争和努力。《土生子》

所描述的“黑带区”权力化的“空间表征”中，凝结着种族隔离社会中黑人困苦破落的生存写照。赖特的成功之处在于，他并没有停留于对黑人苦难生活的描述，而是进一步描述了黑人为建立自己的主体“表征空间”而进行的抗争性“空间实践”，以此提醒白人主流社会，隐藏在受压迫黑人心中的怒火一旦爆发，主流社会所构建的“空间表征”必然坍塌。

黑人历史本身就是为争取社会空间、政治空间、文化空间、种族空间和空间融合而抗争的历史。美国黑人为自由而斗争并构建主体性的过程，实际上就是空间体验的过程。从美丽非洲的主人到戴着手铐、脚镣蜷缩在阴暗潮湿、拥挤不堪的贩奴船只舱底的奴隶，从种植园中被当作“会说话的牲口”到摆脱枷锁的自由人，从私刑盛行、隔离成为法规的美国南方人再到北方城市贫民窟贫民，从“新黑人”到美国总统，美国黑人无时无刻不在体验着强势集团建构的“空间表征”，也无时无刻不在这种空间表征中通过空间实践塑造自己变动不居的身份，构建自己的“表征空间”，宣示自己的社会在场。在这个过程中，赖特式的作家们和别格们的抗争，为这种空间体验增加了浓墨重彩的一笔。在黑人诸如此类社会在场的宣示中，美国社会也必然学会不再重枝叶而轻根本，各种族合力所构建的“表征空间”也会更加彰显人文情怀。

参考文献

[1]Bell Hooks. Black Vernacular：Architecture as Cultural Practice[G]//Ed. Carolyn Handa. Visual Rhetoric in a Digital World：A Critical Casebook. Boston：Bedford/St. Martin's，2004：395-400.

[2]Elden，Stuart. Between Marx and Heidegger：Politics，Philosophy and Lefebvre's The Production of Space[J]. Antipode 2004，36(1)：86-105(20).

[3]Lefebvre，Henri. The Production of Space[M]. Trans. Donald Nicholson-Smith. Cambridge：Blackwell，1991.

[4]—. Reflections on the Politics of Space[J]. Trans. M. Enders. Antipode 1976，8(2)：30-37.

[5] Mitchel，Don. Cultural Geography：A Critical Introduction [M]. Malden：Blackwell，2000.

[6] Wiese，Andrew. Place of Their Own：African American Suburbanization in the Twentieth Century[M]. Chicago：University Press of Chicago，2002.

[7]包亚明.现代性与空间的生产[M].上海：上海教育出版社，2003.

[8]贝尔.非洲裔美国黑人小说及其传统[M].刘捷等，译.成都：四川人民出版社，2000.

[9]何光沪.蒂里希选集[G].上海：上海三联书店，1999.

[10]福柯.权力的眼睛:福柯访谈录[M].严锋,译.上海:上海人民出版社,1997.
[11]赖特.土生子[M].施咸荣,译.南京:译林出版社,1999.
[12]谢纳.空间生产与文化表征[M].北京:中国人民大学出版社,2010。

(原发表于《外国文学》2018 年第 3 期)

成长与恶作剧精灵叙事

——论艾里森《看不见的人》的黑色幽默文风

周静琼*

（广东外语外贸大学英语语言文化学院）

摘　要：文章论述艾里森小说《看不见的人》中的黑色幽默，包括恶作剧精灵叙事，反讽场景与反讽语言，以及超现实主义场景。上述艺术风格颠覆了种族主义设置的黑人刻板形象，为黑人主人公的成长扫清了障碍。小说中的恶作剧精灵黑色幽默，预示了20世纪60年代美国后现代主义黑色幽默小说风暴的到来。

关键词：看不见的人；恶作剧精灵叙事；黑人刻板形象；反讽

一、前言

成长小说在美国文学中占有特殊的地位，因为美国是一个移民社会，“寻找自我是美国的母题”。（Ellison，1964：177）恶作剧精灵叙事与幽默在成长小说中占有特殊地位。成长就是当一个少年主人公对罪恶的本质有所觉察时，努力寻找出跟这一发现达成妥协的办法。（Brooks，1959：344）在这种美国式笑话——理想与现实的落差——之间求得精神和情感上的独立，幽默是重要条件。每当面对命运的捉弄时，恶作剧精灵品质与幽默既可以给年轻气盛的主人公暂且妥协的回旋余地，又可以给其永不言败的机会和力量。

纵观美国小说史，恶作剧精灵叙事在19世纪已经深入人心。在19世纪后期的美国，黑人非但没有取得实质性自由，而且种族仇恨遮天蔽日，“种族关系恶化到极点”。（LeMaster，1993：611）与此政治气候相呼应的是，当时举国上下流行所谓“传统种植园文学”，黑人均被刻画成好吃懒做、贪婪、愚忠的刻

* 作者简介：周静琼，教授，主要研究方向为美国文学、美国小说、美国幽默。

板形象。查尔斯·W.切斯纳特(1858—1932)的出现扭转了这一局面。他是美国文学史上第一位重要非裔作家。在1899年,切斯纳特发表了两部代表其艺术成就巅峰的短篇小说集:《巫女》(*The Conjure Woman*)和《他青年时代的妻子以及其他关于种族界线的故事》(*The Wife of His Youth and Other Stories of the Color Line*)。其最著名的短篇代表作《越界的格兰迪森》("The Passing of Grandison")出现在上述第二部小说集中。"通过采用恶作剧精灵叙事文体,《越界的格兰迪森》颠覆了种族歧视制定的黑人刻板形象。"(周静琼,2015:221)首先,切斯纳特挪用了所谓"传统种植园文学"中黑奴好吃懒做、贪婪、愚忠的刻板形象,并且把该刻板形象夸张到极致,在小说的最后一刻甩出整个故事的"包袱",使"传统种植园文学"蓄意树立的黑奴刻板形象轰然倒塌:原来,为了率领全家逃往加拿大获得自由,所谓忠心耿耿的黑奴主人公一直智慧地用刻板形象忽悠奴隶主,千方百计树立、维护黑奴刻板形象的种植园主反倒成为笑柄,故事圆满结束。

很多成长小说主人公属于恶作剧精灵。恶作剧精灵叙事可能体现在小说的文体特征上,包括黑色幽默语言、黑色幽默场景。恶作剧精灵叙事也可以体现在幽默人物塑造上,即年轻的主人公或多或少都拥有恶作剧精灵的技巧和秉性。为了生存,他们使出千方百计,包括实施一些恶作剧。孤独的流浪汉是恶作剧精灵的一个显著身份特征,而恶作剧可以是他们唯一的傍身技巧。他们往往敢于挑战作品中现存的荒诞社会秩序,为自己的前途带来崭新的期许。

恶作剧精灵这个角色也可以由作者承担。比如,艾里森在《看不见的人》(*Invisible Man*)(Ellison,1989)当中就扮演了一个恶作剧精灵叙事者的角色。故事的叙述充满恶作剧精灵惯用的滑稽技巧,包括各种形式的反讽、超现实主义策略。

美国恶作剧精灵叙事学者兰科斯特认为,恶作剧精灵对西方的贡献主要体现在其幽默本质上,即采用反讽等滑稽手段抗衡悲剧性事态。(Lundquist,1991:90)反讽是黑色幽默作品的精髓。在其《文学主题》系列中的《黑色幽默》论文专辑的序中,美国学界泰斗布鲁姆(Harold Bloom)教授如此界定反讽与黑色幽默的关系:

> 界定黑色幽默本质上是不可能的事情,因为它在伟大文学中表现为利用反话,那是一种幽默手法,即有一说二,或者干脆正话反说。反之亦然。文学上的反讽专家要数英国爱尔兰裔的传教士斯威夫特。……他极尽辛辣反讽之能事。……这也适用于莎士比亚,他是黑色幽默大师。

(Bloom,2010:7)

本文主要讨论该小说的艺术特色,即小说中名目繁多的恶作剧精灵式的黑色幽默。[①] 按照伯格森(Henri Bergson)在《笑》("Laughter")一文中的定义,幽默可以大致分成三类,即文字上的幽默、幽默情景和幽默人物塑造。(Bergson,2005:33,65)恶作剧精灵叙事的本质是荒诞中的幽默,即黑色幽默。本文侧重探讨小说中的文字幽默、幽默场景和幽默人物塑造,具体包括反讽语言、戏剧性反讽、超现实主义场景以及恶作剧精灵塑造/幽默人物塑造,以更全面地赏析艾里森如何巧妙利用恶作剧精灵艺术风格达到揭露种族歧视的目的。本文按照小说故事情节的顺序,对相关恶作剧精灵叙事风格进行探讨。

二、序曲:超现实主义情景之一

《看不见的人》在序曲、第十一章和第二十五章都巧妙地运用了超现实主义。除了序曲和尾声,小说可以分成三部分:主人公在南方的大学生活、在纽约"自由油漆公司"的遭遇和在哈莱姆区的经历。在序曲和尾声中,主人公都蛰居在纽约黑人区和白人区交界处的一所白人居住的大楼的地下室,象征他边缘、地下的生活状态。

在序曲中,主人公边吸大麻边听自己的留声机上传来的喧闹的爵士乐,渐渐进入了幻觉状态。这个幻境是用斜体英语描述的,表示该场景与现实中的故事属于不同意识层面。在一个山洞中,看不见的人看到一个唱圣歌的黑人老妇,然后又看到一个裸体黑人女子被拍卖,最后听到一个黑人传教士在布道。看不见的人与唱圣歌的黑人老妇搭讪,开始了解她的身世和家庭成员。原来,老妇刚刚把丈夫毒死了。理由呢?他们共同生育了几个儿子,但是,丈夫拒绝给几个混血儿子自由,儿子们便打算杀了他。现在只留下老妇悲愤交加,儿子们则开始欢庆:母亲为他们毒死了仇人。当看不见的人与老妇开始认真讨论自由的意义时,心情矛盾的老妇不堪折腾,哭着说不出所以然。正在附近的儿子们过来驱赶看不见的人。看不见的人"从声音的底层急速地回升到

---

① "黑色幽默"译自"dark humor"一词,与"black humor"有所区别。前者泛指带有荒诞色彩的幽默,后者特指美国后现代小说流派中的黑色幽默作家群作品中的幽默。《看不见的人》中的黑色幽默显然属于前者。

现实之中，又听到了路易斯·阿姆斯特朗天真的问话：我造了什么孽，为何我长得这么黑，这么忧伤”。[①] (Ellison，1989：12)阿姆斯特朗是美国20世纪二三十年代最著名的爵士乐歌手，其名曲《这么黑，这么忧伤》诞生于1929年，用哀婉的问话，对种族歧视发出挑战。

序曲中的这段超现实主义的幻境充满恶作剧精灵黑色幽默，揭示了整部小说的主题：在美国，为什么连血脉相连的亲情也阻止不了种族歧视？哀伤的老妇没有答案，看不见的人暂时也没有答案。看不见的人说他停止吸毒，因为大麻会令人失去行动的力量，更因为“蛰伏是为公开活动做秘密准备”。(Ellison，1989：12)这就是主人公从南方一个懵懂无知的高中毕业生成长为胸有成竹的看不见的人的誓言。

三、娱乐游戏中的恶作剧精灵叙事

看不见的人原是在美国南方土生土长的温顺黑小子，一向对白人毕恭毕敬，高中毕业时在典礼上发表了一篇阐释进步的秘诀在于谦卑的演讲，十分成功，结果被邀去本镇白人头面人物的集会上再次演讲。演讲前，看不见的人先看了一场白人姑娘的脱衣舞，然后是黑人男孩们蒙上眼睛互相格斗，看不见的人也被迫参加，结果被打得鼻青脸肿，满嘴流血，但照样得演讲。

> 这一个个粗悍的小伙子似乎从来没有听过叫他们伤脑筋的祖父遗言。一看就明白，这批人粗野得很。此外，我有些担心参加这场格斗会有损于我这个演讲者的尊严。在成为看不见的人之前，我把自己看成一名未来的布克·T.华盛顿。(Ellison，1989：12)

从上面的引文中可以看出，看不见的人自少年时代起就对自己的身份非常感兴趣，认为自己是作为演讲者得到邀请的，地位高出参与格斗的伙伴们一等。此外，少年心怀远大理想，把自己看成黑人领袖布克·T.华盛顿(1856—1915)未来的接班人。华盛顿是黑人教育家，主张黑人逆来顺受，不在乎政治地位和民权，注重改善自己的经济地位。他的“就地取水”的倡议，就是按照白

① 原文：“What did I do to be so black and blue.”译文参考自拉尔夫·艾里森.看不见的人[M].任绍曾等，译，南京：译林出版社，2008。文中的中文大多参考该版译文。

人的价值观塑造自己，用自己坚韧的努力和一技之长在白人社会中出人头地。这些心理活动都是很容易被读者所理解的，看不见的人在小说中的一系列经历证明，布克·T.华盛顿高估了白人社会，白人丝毫不准备接受他的理念。

在演讲中，看不见的人大声背诵准备好的演讲稿。当他口误把“社会责任”说成“社会平等”时，白人听众马上群起而攻之，警告他要记住自己的地位。其实，在“社会责任”和“社会平等”之间存在着截然不同的两个理念。“社会责任”强调黑人将以谦卑为出发点，接受白人的教育哲学，以白人的价值观塑造自己，处处牢记白人至上的立场，包括努力揣摩如何在白人占统治地位的社会中迎合白人的口味。“社会平等”则强调黑人与白人享有平等的政治地位，这就是为什么白人头面人物一听到“社会平等”便态度强硬，直接要求少年演讲者重复他口误的那个词组。

> 笑声像烟雾似的暗淡地悬在半空，厅内刹那间陷入了沉静。我睁开了眼睛，感到茫然不解。只听到一片不满的嘘声。司仪赶紧跑了过来。他们对着我叫喊，一个个凶相毕露，言辞激烈，可是我莫名其妙。(Ellison，1989：31)

此处少年的“莫名其妙”与他先前无法解读祖父的遗嘱是一脉相承的。镇上头面人物的社交集会邀请他来演讲，目的在于少年有示范作用，即让黑人少年们以之为榜样，循规蹈矩，维护充满种族歧视的社会现状。

总的来说，看不见的人的演讲再次获得成功，他赢得了一个皮公文包和一份州立黑人大学的奖学金。就在当天晚上，不见的人梦见了他的祖父。祖父叫他拆开公文包中的一封信。信上说：“敬启者，必使这个黑孩子不停地奔走。”(Ellison，1989：31)祖父见后哈哈大笑。梦醒之后，看不见的人对梦境一头雾水。

四、祖父遗言与恶作剧精灵形象

时至今日，看不见的人仍然不理解“伤脑筋的祖父遗言”：

> 临终之前，他把我爸爸叫到身边，说：“儿啊，我死后，希望你继续战斗。我没有对你说过，我们的生活就是一场战。我一辈子都是个叛徒。

自从重建时期开始，我缴了枪以来，我就成了潜伏在敌国的密探。你要在险境中周旋。希望你对他们唯唯诺诺，叫他们忘乎所以；对他们笑脸相迎，叫他们丧失警惕；对他们百依百顺，叫他们彻底完蛋。让他们吞食你吧，要撑得他们呕吐，要胀得他们肚皮爆裂。”(Ellison，1989：16)

家人对老人的遗愿感到震惊，他的话引起大家的焦虑情绪。大人们交代孙辈忘却这番话。祖父毕生温顺，从不惹是生非。然而临死之前却声称自己是叛徒。从此，祖父的遗嘱像个诅咒那样压在看不见的人心头。原来，父要求后辈以表面的顺从来解构白人的权势，即表面上维持黑人像奴隶般顺从的刻板形象；在内心深处，他们可以保留尊严，痛恨种族歧视强加在他们身上的刻板形象，最终达到保存实力，颠覆现实的目的。可是，少不更事的少年当时无从理解隐含祖父遗言的所谓“恶作剧精灵精神”。少年对现实和自己的前途暂时充满理想主义，对美国社会现实的残忍与废除奴隶制的理想之间的鸿沟缺乏认识。

其实，在白人种族歧视者面前扮演一个温顺的奴隶角色，在其余空间做回自己，这种角色的变换完全可以为黑人争取更广阔的生存空间，这也是祖父这个所谓的第一代“恶作剧精灵”的生存策略。恶作剧精灵这个概念很难界定。在不同的时期和地点，恶作剧精灵可能拥有英勇，甚至如上帝般的品质；但是，他/她同时可能也是一个骗子、笨拙的人，用恶作剧手段求生存，充满喜剧色彩。恶作剧精灵令人无法根据现有的文化标准对其进行英雄、笨蛋或是恶棍的分类，人们甚至无法分清其性别，确定其年龄，判断他是人还是动物。比如，中国神话中的美猴王；比如，《伤心咖啡馆之歌》(卡森·麦卡乐斯，1951)中的罗锅李蒙表哥，他自己都不知道自己的年龄，小镇上则有人猜测他是懵懂少年，有人以为他已经人到中年。

但是，有一点是肯定的，恶作剧精灵及其在文学中幽默的千姿百态的形式，引领读者去质疑传统文化中的二元对立视角，强化了幽默和喜剧的文学功能。从弗洛伊德的幽默理论来看，“恶作剧精灵”具有拒绝现实要求和实现快乐原则两种功能：

幽默不是屈从的，它是反叛的。它不仅表示了自我的胜利，而且表示了快乐原则的胜利，快乐原则在这里表明自己反对现实环境的严酷性。(Freud，1987：111)

五、反讽:真实与表象的悖论

可是,懵懂少年大学生却以为,只有一味顺从才能换取白人的信任和赞赏。结果,当他去黑人大学上学时,他犯了一个校长布莱索博士无法原谅的错误,遭到开除。

在州立黑人学院读到三年级时,有个白人校董诺顿先生来校参观,看不见的人被黑人校长布莱索博士派去开车陪校董诺顿到校园各处游览。他们先来到一所蓄奴时期建造的破旧农舍前与屋主聊天,校董很吃惊地听到一个黑人佃农如何因为生活窘迫,一家人睡在一张床上,结果与同睡一床的女儿发生乱伦,导致女儿怀孕。随后,为了给校董压惊,他们来到金日酒家,酒店里三教九流混作一团,有妓女也有疯子。诺顿被疯子与妓女弄得惊恐万分,夺门而出想逃离酒店,结果在大门上撞破了前额。他们回校后,校长得知黑人学生/看不见的人让白人校董看见学院周围的不雅景观,勃然大怒,质问他:

> "……老天呀,孩子!你是个黑人,又住在南方,难道你忘了怎么说谎吗?"
>
> "可是我只是想讨好他……"
>
> "讨好他?亏你还是个大学三年级的学生!哎呀,就是棉花地里最笨的黑杂种也晓得,讨好白人唯一办法就是对他撒谎。"(Ellison,1989:139)

校长一边训斥看不见的人:"难道你不知道事物的表象和事物的真相之间的区别吗?"(Ellison,1989:142)一边决意开除他,以绝后患。校长假惺惺地给看不见的人写了七封推荐信,要他先去纽约打工赚钱,然后再回校继续学业。校长的临别赠言是:"必须心狠手辣,假惺惺地讨好白人大人物,装出一副黑鬼模样以便攫取权势。"(Ellison,1989:142)至此,天真的大学生仍然没有意识到,校长赠言与祖父遗言如出一辙,即告诫黑人与白人打交道时应该采取恶作剧精灵的策略:当面逢迎,以获取生存福利。当然,祖父的恶作剧精灵策略是为了私下里维持独立的自我;而校长的恶作剧策略只是为了阿谀逢迎,攫取物质利益。

可惜直到递出最后一封推荐信,看不见的人/少年大学生才醒悟过来。他奔走于各公司之间却屡屡碰壁,因为校长的推荐信里有这么一句话:"敬启者,务必使这个黑孩子不停地奔走。”这句话曾经出现在少年人的梦境里，它第一次印证祖父的智慧，他在遗言中已经教导后辈：学会采用恶作剧精灵策略与种族歧视者斡旋。

此时，主人公突然经历顿悟，成长使他“感到麻木和虚弱。……知道那痛苦就会来的，心里明白不管我出了什么事，我将不会是原来的我了”。(Ellison，1989：194)

六、“自由油漆公司”与反讽策略

在遭遇了现实第一次惩罚之后，“我”终于被“自由油漆公司”雇用，工作是给每桶白漆加上十滴黑色液体使劲搅拌，使白漆变得更白更亮。这项工作是小说使用的众多隐喻中的一个。通过象征手法，说明黑人在美国社会中扮演着不可或缺的角色，结果呢，他们没有功劳只有苦劳：他们在美国有失公平的社会和政治体制中过着低人一等的生活。其实，整个“自由油漆公司”的架构就是一幅戏剧性反讽图，它是美国社会的缩影。油漆厂的劳工关系就是一部不公平的种族历史。黑人工人的活儿最苦最累，他们同时也占据着车间里最重要的岗位。白人同事呢，他们主理油漆的销售等事宜，做着最轻松的工作，拿着最高的工资，却丝毫不把车间里黑人同事的付出放在眼里。此外，这些“光学白”牌白漆都由政府订购，用来油漆纪念碑之类的国家级重要建筑物，用于掩盖一切污渍。“光学白”油漆的这种功能是美国社会黑白关系的隐喻的延伸。

上述隐喻和反讽还体现在一些很具体的语言现象中。比如，“光学白”油漆毫无自由可言：它的原材料虽然包括其他颜色，但是，成品油漆却只有白色一种，抹杀了所有其他颜色的功劳。在用途上，“光学白”同样以自我为中心，以掩盖任何其他颜色为己任。“光学白”的广告词是：“如果是‘光学白’，就是正确的白。”[①](Ellison，1989：218)这句押韵的广告词令人想起美国现实生活中的“政治上正确”，也令主人公想起流行于南方的一句顺口溜：“如果你是白人，你就是好人。”[②](Ellison，1989：218)类似的冷幽默语言技巧散落在小说的每个角落。

---

① 原文：“If it's Optic White, it's the Right White.”

② 原文：“If you're white, you're right.”

七、工伤手术:超现实主义情景之二

前文提到,小说分别在序曲、第十一章和第二十五章运用超现实主义手法,揭示种族歧视的泛滥和毒害。在第十一章,主人公因为工伤入住工厂医院。在医院里,他接受电击治疗,一度失去记忆,此时的他真不知是在梦中还是在现实中。医生们要把他再次塑造成一个机械人,一个唯命是从的黑人。毫无例外,这些医生也是种族歧视分子,主人公听到他们讨论他的病情时说:

> "假如这是一个有哈佛背景的新英格兰人,那么情况又会怎样呢?"
>
> "现在你是谈论政治问题了。"第一个人开玩笑地说。
>
> "哦,不,但这确实是个问题。"(Ellison,1989:236)

另一个医生甚至开玩笑说:"为什么不阉割?"(Ellison,1989:236)医生们所有谈话都具有深刻的历史渊源。在 20 世纪初期,"有哈佛背景的新英格兰人"一般是白人,而且还是白人的精英阶层。此外,笔者后面即将讨论的一个话题是种族歧视者为黑人设定的刻板形象,那就是,黑人男性不但具有暴力倾向,而且拥有动物般的性欲,他们不是强奸犯就是抢劫犯。因此,"阉割"黑人男性是"为民除害"。由此可见,在 20 世纪上半期的美国,上述玩笑含有深刻的历史、社会和政治因素,包含着深刻的种族歧视意蕴。

八、反讽场景:哈莱姆黑人区的兄弟会

在经历了更多的挫折之后,看不见的人居住在纽约哈莱姆黑人区。在那里,他遇到了好心肠的黑人女子玛丽——她也来自南方。"我"在她家租了一间房子,慢慢地适应着大都市的生活环境。有一次"我"在街上漫步,看见有一对黑人老夫妇正被房东太太强迫搬迁,家具什物零乱地堆放在路边,一个白人警察在威风凛凛地执行命令。一群围观的黑人激于义愤,眼看要对警察动武,"我"上前劝止说:"黑人兄弟们,这不是办法,我们的民族是守法的,是不轻易发怒的。"(Ellison,1989:275)但白人警察却变本加厉地对那对老夫妇施暴,"我"忍无可忍,即席发表一篇演说,煽动群众起来打跑警察,又把家具搬回寓

所。“我”的演讲口才引起了激进组织“兄弟会”的注意,应邀担任该组织的发言人。

然而,好景不长。生活的表象永远不是生活的真相。看不见的人的美梦即将再次被残酷的现实击得粉碎。主人公希望在“兄弟会”实现自我,建立独立的人格。可是,不论他如何拼命工作,还是事与愿违。“兄弟会”的人训斥他:我们提供一切思想,雇你是让你讲话。因此,主人公只是他们雇来说话的工具。后来,前“兄弟会”的成员托德·克利夫顿被警察无端杀害。看不见的人不失时机地发动组织大批黑人举行送葬游行,以此向当局抗议。这次活动组织得很成功,起到了教育群众的作用。但是,极具讽刺意味的是,“兄弟会”却指责他擅自行动,严重违反了组织的纪律。

那么,哪里可以允许主人公找到自我呢?在经历了白人校董、黑人学院、“自由油漆公司”、不顾黑人民族利益的“兄弟会”和拉斯的民族至上组织之后,主人公的前途依旧一片渺茫。他仍然走不出白人社会为黑人设定的刻板形象。

九、反讽与黑人刻板形象的颠覆

自始至终,《看不见的人》不懈地为颠覆黑人刻板形象做斗争。黑人桑博(Sambo)的刻板印象如此深入大众文化,那么其基本特征是什么呢?南方小说家兼诗人罗伯特·佩恩·沃伦的概括堪称惟妙惟肖:

> 他懒散,感恩,谦卑,不负责任,怯懦,喜欢弹班卓琴,奴颜婢膝,喜欢咧嘴笑着,喜欢张口发呆,温顺,依赖人,愚钝,幽默,喜欢小孩,很孩子气,爱偷西瓜,会唱灵歌,喜与人私通,随遇而安,及时行乐,同时是忠实的黑人奴仆,有时候可能会出人意料地发表蕴含民间智慧的话语。[10](P152)

我们一起回忆一下《看不见的人》是如何运用反讽颠覆黑人刻板形象的。在第一章,主人公参加了那场为娱乐镇上白人权势阶层而进行的混战:“当地要人全都到场了——银行家、律师、法官、医生、消防队的头头、教师、商人,甚至还来了一位时髦的牧师。”(Ellison,1989:18)在这个场景里,白人权势阶层靠侮辱黑人少年来娱乐自己。在被蒙上眼睛参加互相搏斗之前,这十个黑人少年被迫观看金发碧眼裸体舞女的表演。裸体舞女的表演、黑人少年的恐惧、无助甚至丑态，与威士忌一起，成为头面白人权势阶层狂欢的兴奋剂。

白人权势阶层对黑人男性的性欲怀着如此变态的偷窥欲，意在证实种族歧视分子设定的黑人刻板形象，即黑人男性从内心深处对白人女子怀有无法自控的性渴望。其实，艾里森设置的这个场景具有纯粹的反讽功效。面对裸体舞女，黑人少年中只有个别人把持不住自己；但是，全体白人头面人物均被舞女撩人的舞姿弄得丑态百出，舞厅内一派疯狂景象。

在第三章，艾里森同样用反讽技巧讽刺种族歧视行为。前述主人公受命给校董诺顿当司机和导游。学院边上一个黑人佃户因居住条件困顿而发生乱伦，当天，怀孕的妈妈和怀孕的女儿刚巧都在门外歇息。诺顿先生一听顿时兴致盎然，立刻要求主人公领着他前往佃户家探个究竟。极具讽刺意味的是，在乱伦事件曝光之后，原本总受到校园周边白人骚扰和驱赶的黑人佃户吉姆·特鲁布拉德，现在的生活居然有了很大起色，他跟诺顿诉说：

> "学校里的黑人跑来撵我，我气死了。我去找白人，他们倒肯帮我忙。这件事儿我弄不懂。我做了一个人在家里能做出来的最坏的事，他们非但不赶我，反而帮我……我弄不懂的是，我在家里干出了坏得不能再坏的事，可是日子过得非但没有更糟，反而更好了。学校里的黑人讨厌我，白人倒待我不错。"(Ellison，1989：68)

白人把吉姆·特鲁布拉德当成一道可供偷窥的肮脏风景线，以满足他们变态的偷窥欲。白人待特鲁布拉德不错，因为他符合种族歧视者心中为黑人男性设定的刻板形象：他们"喜与人私通"。诺顿先生对黑人佃户乱伦事件表现了极大兴趣，这就足以证明，在本质上，表面慈悲的白人校董与邀请黑人少年出席其抽烟聚会的镇上的白人头面人物实为一丘之貉，他们都是地地道道的种族歧视分子。

在第十五章，小说第三次运用反讽抨击黑人刻板形象。看不见的人的房东玛丽家中有一个硬币储存器，它和托德·克利夫特为之丧命的桑博娃娃具有同样的象征意义。这只旧的硬币储存器，是一尊"红嘴唇、宽嘴、黑漆漆的铁铸黑人像，……它咧着嘴满脸堆笑，两只白眼从地面上直瞪着我瞧，那唯一的一只大黑手掌心向上搁置在胸前"。(Ellison，1989：319)看着这件满脸谄媚、有辱黑人形象的美国古董，主人公挥起一根铁管，把硬币储存器砸了个稀巴烂。无独有偶，在小说第一章，为了供白人权势阶层取乐，黑人少年被迫在通了电的地毯上抢夺金币。

在第二十章，看不见的人碰到已经脱离“兄弟会”的克利夫顿在路边兜售桑博娃娃。文学中的桑博（即黑人与印第安混血）奴隶形象源于内战前的南方文学。克利夫顿是一个性格反叛的“兄弟会”成员，在脱离该组织后，在街边兜售会跳舞的桑博娃娃，意在讽刺那些成为白人传声筒的“兄弟会”成员——当然也包括看不见的人，并讽刺现实生活中为白人卖唱献艺的黑人明星。当他看见主人公迎面走过来，他选择视而不见，以示对主人公这个“兄弟会”铁杆发言人的蔑视。极具讽刺意味的是，几分钟之后，克利夫顿被警察当街射死。克利夫顿视死如归，与他刻意兜售的桑博娃娃所代表的黑人谄媚刻板形象形成绝妙反讽。

还有一个同样性质的反讽场景更加接近闹剧，即主人公受到白种女人的性骚扰。一些白种女人追求看不见的人，把“我”看作性机能的象征，满足她们为黑人男性设定的强奸情结。在第二十四章，看不见的人为了得到“兄弟会”的内部信息，有意靠近该组织中一个头目的太太。结果呢，当这个名叫西比尔的女人与看不见的人喝得酩酊大醉时，求他强奸她。看不见的人并没碰她，只是用唇膏在她醉死过去的躯体上写了几个字：“西比尔，你被圣诞老人强奸了。没想到吧。”（Ellison，1989：522）

十、结束语：梦魇与新生

小亨利·路易斯·盖兹在论及美国非裔文学恶作剧精灵叙事的时候说：“猴子不但是一个技巧大师，他就是（原文斜体）技巧。”（Ellison，1988：54）

在第二十五章，艾里森第三次运用超现实主义手法。此前，主人公为了照亮地下通道，已经把公文包内所有表明他曾经身份的重要文件烧掉了：其中有高中文凭、“兄弟会”成员的各种证书、克利夫顿的桑博娃娃等。在超现实主义场景中，主人公因极度疲累而进入“似梦非梦、似醒非醒的状态”，（Ellison，1989：568）一群先后利用他并且企图控制他意志的人一起出现了，他们包括校董诺顿、校长布莱索和拉斯等人。他们抓住主人公，阉割了他，声称帮他去掉了幻想。全身疼痛的主人公虽然感到痛苦和空虚，仍然很高兴：噩梦醒来是希望。艾里森把主人公“被阉割的梦魇”与小说空间中主人公遭遇过的各式种族歧视分子联系起来，意在控诉种族歧视对少数族裔的侵害：种族歧视与阉割其实起着异曲同工的作用。把某种刻板形象强加给个人/种族的做法，无异于文化、政治上的阉割。

在尾声部分，看不见的人终于意识到："美国由许多材料编织而成……我们的命运是成为一个整体，但是又维持我们的多样性。"(Ellison，1989：577)他终于跨过了成长的门槛，即对现实罪恶的本质有所醒悟，并且试图寻找出与之共存的办法。

早在20世纪50年代初期，《看不见的人》便以反讽、笑话和超现实主义等风格特征引领风骚，预告了当代美国文坛恶作剧精灵叙事、黑色幽默风暴的来临。评论家罗伯特·斯格利兹提到：艾里森的小说是"战后最早一部反讽性的流浪汉小说，它把现实主义、超现实主义、笑话和蓝调融为一体"。(Watkins，2001：109)后来，在20世纪70年代，托尼·莫里森脱颖而出，并且于1993年获得诺贝尔文学奖。她在早期名作《秀拉》(1973)中巧用恶作剧精灵叙事技巧，塑造了一个充满"睿智和幽默"的黑人女子，"颠覆了黑人刻板形象"。(周静琼，2012：74)同期，黑人作家里德(Ishmael Reed)成为美国文学中又一位非裔恶作剧精灵作家和黑色幽默大师。(Watkins，2001：109)在他的后现代主义小说《逃往加拿大》(*Flight to Canada*，1976)中，里德娴熟地运用恶作剧精灵叙事技巧，塑造了两位恶作剧精灵黑奴人物，其中一位黑奴管家利用奴隶主患有"阅读障碍"的机会篡改其遗嘱，最终用其庄园造福大众。

参考文献

[1]Ellison, Ralph.Shadow and Act[M]. New York:Random House, 1964.

[2]Brooks, Cleanth and Robert Penn Warren. Understanding Fiction[M]. New York: Appleton-Century-Crofts, 1959.

[3]LeMaster, J.R. & James D.Wilson, eds.The Mark Twain Encyclopedia[G]. New York & London:Garland Publishing, Inc., 1993.

[4]周静琼. 十九世纪美国幽默与马克·吐温[M]. 北京：人民出版社，2015.

[5]Ellison, Ralph.Invisible Man[M]. New York:Vintage Books. 1989.

[6]Lundquist, Suzanne Evertsen.The Trickster: A Transformation Archetype[M]. San Francisco:Mellen Research University Press, 1991.

[7]Bloom, Harold, ed.Bloom's Literary Themes:Dark Humor[M]. New York:Infobase Publishing, 2010.

[8]Bergson, Henri. Laughter:An Essay on the Meaning of the Comic[M]. Trans. Cloudesley Brereton and Fred Rothwell. Mineola, New York:Dover Publications, Inc., 2005.

[9]Freud, Sigmund.Humor[G]//Ed. John Morreall. The Philosophy of Laughter and Humor. Albany:State University of New York Press, 1987.

[10]Boskin, Joseph.The Complicity of Humor: The Life and Death of Sambo[G]//Ed.

John Morreall. The Philosophy of Laughter and Humor. Albany: State University of New York Press, 1987.

[11] Gates, Henry Louis Jr. The Signifying Monkey: A Theory of African-American Literary Criticism[M]. New York: Oxford University Press, 1988.

[12]Watkins, Mel. Invisible Man and the Comic Spirit[G]//Ed.Michael Nolan. American Humor. San Diego: Greenhaven Press, 2001.

[13]周静琼.《秀拉》与黑色幽默[J]. 广东外语外贸大学学报,2012(1).

[原发表于《上海师范大学学报(哲学社会科学版)》2017 年第 3 期]

《向苍天呼吁》:走向一种生态社会

陈世丹*

(中国人民大学外国语学院)

摘　要:社会生态学认为,生态危机的本质根源不是传统的形而上学和伦理学的失误,而是社会生活模式的弊端。人类社会是自然生态系统的组成部分,必须重视自然规律对社会结构、体制以及社会生活方式的作用,从而重整社会生态模式,解决人与自然关系的社会重构问题。20世纪非洲裔美国作家詹姆斯·鲍德温在小说《向苍天呼吁》中从人道主义社会生态关怀出发,深刻揭露了20世纪30年代美国社会种族迫害、宗教欺骗和政治压迫给人民带来的深重苦难,明确表达了他反对种族迫害,主张白人与黑人的友爱;反对宗教欺骗,主张信仰自由;反对政治压迫,主张人人平等,从而以相互关爱、和谐相处的社会关系实现人类的重新共同体化,走向一种生态社会的思想。

关键词:鲍德温;《向苍天呼吁》;生态社会

20世纪非洲裔美国小说家詹姆斯·鲍德温(James Baldwin, 1924—1987)是公认的"二战后美国文学最重要的作家之一"。(Draper, 1992:159)他在作品中揭露美国社会中种族的两极分化,并激励读者正视和解决这种分歧。他的小说、散文和其他作品证明,备受苦难和侮辱折磨的美国黑人是人类冲突的普遍象征。在20世纪60年代,鲍德温的影响和受欢迎程度达到了顶峰,被许多人认为是民权运动的最重要的文学代言人。但鲍德温本人却从未想成为自己种族的代言人,他视自己为一个探索思想的知识分子,并不相信某种预言。鲍德温很少直接表达思想,批评家们经常指责他赞成相矛盾的思想,指责他恨自己、恨非洲裔美国人,向白人投降。其他人则在鲍德温的作品中看到了更多的复杂性,认为他的创作是对关于种族关系题材的知识话语的一种贡献。有的评论家们经常批评鲍德温的小说缺乏艺术价值。但其他人则持相

* 作者简介:陈世丹,教授,主要研究方向为英美文学批评、西方文论。

反看法,认为鲍德温的小说很少让步于作为70年代初期散文特点的简单化修辞的迫切要求,坚持不懈地保留了作家尚未消解的紧张性和复杂性。他扮演了双重角色:是黑人种族的受欢迎的代言人,又是一位艺术家,其富于想象力的生活构成了疏远一般读者的美学标准。但是,许多评论家们仍然认为他的小说在描写非洲裔美国人时表现出一种既爱又恨的矛盾心理。今天,我们站在21世纪初的历史高度,用社会生态学的新思路来重读鲍德温的经典作品《向苍天呼吁》,重新考察作品所揭示的人类生态环境。社会生态学认为,生态危机的本质根源不是传统的形而上学和伦理学的失误,而是社会生活模式的弊端。人类社会是自然生态系统的组成部分,必须重视自然规律对社会结构、体制以及社会生活方式的作用,从而重整社会生态模式,解决人与自然关系的社会重构问题。鲍德温在小说《向苍天呼吁》中从人道主义社会生态关怀出发,深刻揭露了20世纪30年代美国社会种族迫害、宗教欺骗和政治压迫给人民带来的深重苦难,明确表达了他反对种族迫害、宗教欺骗和政治压迫,主张白人与黑人的友爱、信仰自由和人人平等,从而以相互关爱、和谐相处的社会关系实现人类的重新共同体化,走向一种生态社会的思想。

一、反对种族迫害,主张白人与黑人的友爱

社会生态学是默里·布克金(Murray Bookchin,1921—2006)在20世纪60年代逐步阐明的一种哲学。这种哲学认为,当前的生态学问题深植于根深蒂固的社会问题之中,很大程度上深植于统治性的分等级的政治与社会制度中,世界的几乎所有生态问题都产生于根深蒂固的社会问题。社会生态学者认为,除了自然灾难所造成的生态混乱外,20世纪和21世纪最严重的生态混乱的原因是经济的、种族的、文化的和性别的冲突。布克金指出,"世界被视为众多不同要素的组合,其中每一个都与世界整体的统一性与和谐密不可分。就其不与所有个体生存所依赖的整体利益相冲突而言,个体被更多地从相互依赖性而不是独立性的视角来看待。多样化在共同体的一个更大范围内得到器重——被视为共同体统一性的一个极其重要因素"。(布克金,2008:35)鲍德温的小说《向苍天呼吁》揭示,白人对黑人的种族迫害破坏了共同体统一性,他主张建立白人与黑人的友爱。

在鲍德温的小说《向苍天呼吁》中,来到北方的加布里埃尔·格兰姆斯带来了无论如何也挥之不去的噩梦般的南方历史。在第二部"圣徒们的祈祷"中

的第二章“加布里埃尔的祈祷”里，当圣徒们为他最喜欢的儿子罗亚尔而焦虑时，他头脑里浮现出一个被谋杀、被阉割的血淋淋的黑人形象。当他走过大街时，白人用傲慢无礼、杀气腾腾的目光注视着他，这使他感到恐惧，他沉思：

> 除了他，街上一个黑人也没有。那天早上，在城外发现一具士兵的尸体。他被打得皮开肉绽，鞭子打过的地方，军衣撕成了碎片，在黑皮肤裂开的地方，露出血乎乎的肉来。他脸贴着地，躺在一棵树底下，指甲死死地抠进磨损了的泥地里。他被人翻过身来，他的两只眼珠惊异而恐怖地向上瞪着，塞住的嘴巴张得大大的；浸在血泊中的军裤被撕开了，一簇簇缠结在一起，黑黑带红的浓密的腹毛，暴露在早晨冷而清新的空气里。他的伤口似乎还在抽搐。人们默默地把他抬回家，将他悄悄安放在一间屋子里，他的那些活着的男亲属，现在正坐在那里哭泣，祈祷，梦想着报仇雪恨的机会，等待着下一次天罚的到来。(Baldwin，1985a:142)①

鲍德温作品中反复出现的被白人处以私刑的黑人形象是一个说明种族迫害问题的重要细节。在《向苍天呼吁》中，黑人被阉割的尸体同时意味着无能力和复仇的愤怒。在许多事例中，仅仅根据怀疑，黑人就被指控卷入了对白人妇女的性侵犯，就被白人处以私刑。他们发现自己陷入了一张经常导致死亡的心理—性环境之网。他们的遗产就是他们丧失的亲人——父亲和母亲、姐妹和兄弟所留下的愤怒。难怪就在加布里埃尔·格兰姆斯听人们说到这个死去的黑人士兵时，他从内心深处发出一种同感的愤怒的心理反应。注视他的白人以威胁的方式将他团团围住：“他走在路上，谨慎使身体挺得比一支箭还要僵直，与此同时，他照着母亲曾经教给他的方法为慈爱祈祷着；然而，他却梦想着用他的鞋踢在白人脑门上的滋味；他踢呀踢的，一直踢到那个白人脑袋在折断了的脖颈上晃动不止，一直踢到他的脚碰到的只是一股股泉涌似的鲜血。”(142)黑人复仇的情景后来出现在他的亲生儿子罗亚尔身上，罗亚尔欲将刀子插进白人孩子身上，自己反被白人孩子戳了一刀。可见，白人对黑人的种族迫害所激发的黑人强烈的复仇欲望反过来又招致白人对黑人更疯狂的迫害。如此恶性循环，人类使自己陷入危险的自我毁灭的生态环境之中。

作为一位人道主义小说家，鲍德温一生都在尝试用他的艺术作品来创造

---

① 所用引文来自 James Baldwin 1985 年出版的 *Go Tell on the Mountain* 一书，译文由作者本人自译，以下出自本书的引文只标注页码。

另一种文化、另一个国家。他试图"结束种族的噩梦,获得我们的国家并改变世界的历史"。(Baldwin, 1985b:379)鲍德温的小说《向苍天呼吁》表明,人们之所以恨,完全是因为人们不能爱或被爱。没有爱是加布里埃尔·格兰姆斯的继子,小说主人公约翰·格兰姆斯绝望的根源。小说中的上帝被描写为复仇心重,因为他不能真正地爱;加布里埃尔受疯狂的和自我毁灭的仇恨所驱使,因为他不能爱;种族主义的根本原因是社会的不能爱。小说将上帝表现为难以和解、一个认为人世有罪的神,是小说的反面人物,加布里埃尔是他在人世的代言人;白人社会持有种族主义思想,他们的孩子是上帝根据他自己形象塑造的,因此成为第二个受谴责的对象。如果说上帝是这部小说的反面人物,那么敢于爱就是对他的反抗。在这部小说里,同性爱——特别是在教堂里做出的自我表现的同性爱——是鲍德温所能构思出来的一种反抗性异教。《圣经》告诉我们,对上帝来说,肉体是一座神殿,既然同性爱在这部小说中是以肉体吸引的词语来表现的,那么显然约翰用伊莱沙替代上帝就是犯了罪。他们在神殿内首次相遇时,约翰似乎有意识地将他对上帝的恐惧改为对伊莱沙的钦佩和爱:

> 可是新来的教师伊莱沙又使他分了心。……约翰一直盯着伊莱沙,对他的声音钦佩不已,觉得比起自己的更深沉,更有一股男子汉的气魄;他羡慕伊莱沙穿上礼服时的那种修长而结实、黝黑而雅致的翩翩风度。……他无心听课。有时,伊莱沙突然停下来向他提问,他又惭愧又惶恐,手心冒汗,心如小锤敲打似的怦怦乱跳。伊莱沙只是微微一笑,温和地批评了他,又继续讲课。(13)

后来,当约翰精神痛苦地躺在"打谷场"上时,是伊莱沙的干涉把他从深渊中解救出来,在故事的结尾有一个漂亮的反讽:伊莱沙对约翰得救皈依上帝的确定实际上表明,约翰从上帝的复仇力量下获得了有条件的释放。伊莱沙的临别亲吻是一个神圣的吻,它使一种新的生活、一个新的开始、一种新的宗教变得神圣,这比它证明约翰登上了受天惠的宝座更加神圣。小说以约翰获得临时解放和"一种更合适的新宗教——爱的宗教而结束"。(Macebuh, 1992:19)在约翰·格兰姆斯皈依上帝的美丽高潮中,约翰看见了上帝,"在约翰的精神生活和想象中,光明与黑暗已经接吻,它们现在结婚了,并将永远结合在一起"。(13)这里,光明与黑暗的结合象征着白人与黑人的结合,白人与黑人的友爱替代了种族迫害,从此白人与黑人将携手共建一个相互依赖、和谐共存的生态社会。

二、反对宗教欺骗，主张信仰自由

社会生态学指出，基督教禁欲主义的激进派由一些任由他们控制的跨阶级的支持者构成：一种既非平民也非贵族，而是基督徒的历史主体。“这种基督徒可以通过伦理理想而动员起来，而这会让现代个体感到迷惑不解。掠夺、剥削和肉欲快乐，当然未曾失去在基督教两面派观点中的位置，而等级制、阶级统治和‘文明’则从一开始就在基督教社会中留下了深刻的伤口。”（布克金，2008：243）宗教是鲍德温小说《向苍天呼吁》表现的一个重要主题。围绕鲍德温小说宗教主题的大部分批评论文集中在作者对宗教的处理是虔敬的还是批判的。一些批评家认为鲍德温对宗教的描写是认真的、尊敬的，“强调了黑人宗教在面对来自社会和心理的压力时维护共同体身份意识的作用”。（Matuz，1992：2）但其他批评家们则认为小说《向苍天呼吁》是“对宗教的一种反讽的批判”，“约翰的信仰视为白人社会把罪恶和自我仇恨强加给黑人的一种手段”。（同上）而我们今天认为，小说《向苍天呼吁》把宗教表现为资本主义种族社会使黑人甘心被白人奴役并忍受种族迫害的麻醉剂，小说表现了作者对信仰自由的坚决主张。

《向苍天呼吁》的主要事件是一个黑人小男孩的宗教皈依。这一事件完全是根据作者自己的亲身经历写的。童年的约翰是白人权力结构的受害者。起初，他只是间接地体验到白人的权利，这种权利是哈莱姆黑人聚居区的野蛮和潦倒所折射的。在黑人孩子的想象中，黑人聚居区外面的那个世界似乎非常遥远，很难与他日常生活中令人痛苦的境况联系起来。然而从黑人聚居区父母那里发出并传给孩子的对白人世界权力朦胧的恐怖，证明了那种权力的存在。同时，在他意识的最前部是一种对种族社会非常清晰的恐惧。对于在哈莱姆黑人聚居区里长大的孩子来说，肯定存在被罚入地狱的危险：

> 因为罪恶的报应随处可见，在每一个有葡萄酒污渍的溅泼了尿的过道里，在每一个叮当响的救护车铃声里，在皮条客和妓女脸上的每一个疤痕里，在每一个被带到这种危险中的无助的新生婴儿的身上，在大街上每一场匕首和手枪打斗里。（Baldwin，1963：33）

对这样一个男孩来说,“临街房教堂给他提供了一个免受大街恐怖袭扰的庇护所和避难所。上帝和安全变成了同义词,教堂成为他存在策略的一部分”。(Bone, 1992:9)

在小说《向苍天呼吁》中,人们为了能被上帝选中并获得拯救,就不得不虔诚地向上帝祈祷。然而,人们对上帝的祈祷不是出于爱,而是出于恐惧:如果不祈祷,上帝就会将意外的灾难抛到他们身上。他不是《新约圣经》里表示怜悯的上帝,他不爱他的虔诚祈祷者。他在他的崇拜者面前持有将他们罚入地狱和在地狱里燃烧一千年的威胁。约翰的母亲伊丽莎白祈求上帝怜悯他的儿子,别让他再遭受他父亲和母亲曾经遭受过的,从罪恶中滋生的痛苦。然而,她知道,她的哭泣和祈祷只能是水中捞月一场空。要发生的事情肯定要发生,无论什么也阻挡不住。她曾经竭力保护她钟爱的人理查德,结果却眼看着他被冤枉地抓进监狱而无可奈何。理查德因绝望而自杀后,顽强的伊丽莎白坚持生下她与理查德的孩子约翰,带着孩子艰难度日。后来在加布里埃尔的姐姐弗洛伦斯的撮合下,伊丽莎白带着约翰嫁给了加布里埃尔。鲍德温反讽地指出:“她的命运完全由上帝来安排。的确是这样,只有上帝之手才把她置于苦难的境地,而又是同一只上帝之手带着她度过了苦难”(176),事实上她仍处在无尽的遭受种族歧视和种族迫害的苦难之中。

小说暗示,加布里埃尔不仅是上帝在人世间的大使,而且是他的化身。人们并不喜欢加布里埃尔,反而因为他有惩罚的权力而恨他或怕他。非常具有反讽意义的是,加布里埃尔认识到自己具有成为上帝化身的潜能,然而这种认识“却导致了(他)对人性、对爱的需要和爱的能力的否定”。(Macebuh, 1992:17)加布里埃尔不能爱也不能行善。加布里埃尔与埃丝特不正当关系中的罪恶并不在于这是一种通奸行为,而在于他拒绝对这一行为承担责任。他的骄傲和他对其他人可能议论他什么的惧怕,导致他对基督教信仰的否定。他对怀了他孩子的埃丝特说“我还有上帝的工作要做——我的生命不属于你”(131),他的话意味着他明确地不服从上帝的戒律,因为他不关照埃丝特,就表明他也不可能在将来去做“上帝的工作”。他本来另有机会对埃丝特做一点正确的事,但他认为他是在履行上帝的意志,必须坚持他的信仰,“他绝不会为了朋友、情人或私生子再回到罪恶的土地上去:无论上帝在黑暗中怎样把脸藏起来不让他看见,无论这种黑暗变得怎样深沉,他绝不会背离上帝”。(138)这里,鲍德温的反讽是十分辛辣的:上帝并没把脸藏起来不让加布里埃尔看见,而是加布里埃尔把脸藏起来不让上帝看见。对他来说保持信仰的唯一办法就是回到罪恶的土地上去,面对责任。但他骄傲和自以为是,所以他不再知道上帝的意志是什么。当弗洛伦斯最后告诉他,“你把左右的人们都绊倒了,使他们失去了幸福,失去了灵魂”(213)这一真实情况时,鲍德温让加布里埃尔说出最后一句具有反讽意义的话:“上帝啊……他理解人的心——他是知心的。”(213)是的,上帝知道加布里埃尔的心——一颗充满无情的骄傲、仇恨、虚伪和自以为是的心。《圣经》告诉人们,有什么样的树就结什么样的果。按照这一观点,加布里埃尔结出的果实只能是罪恶、悲惨和耻辱。基督教牧师、上帝的化身加布里埃尔所表现的是虚伪的宗教,是对人们的欺骗。

在伊丽莎白和理查德这两个人物身上,鲍德温表现了他对信仰自由的主张。理查德和他的朋友们从不做礼拜,几乎难以想象他们会知道教堂的存在。在他们的言谈里、在他们的生活中、在他们的心上,他们每时每刻都在诅咒上帝。“他们似乎都在说……‘你可以叫那个杂种来吻一吻我的大黑屁股’。”(163)为了爱情和自由,伊丽莎白认为“假如她被迫必须在理查德和上帝之间作一选择,她也只能——甚至哭泣着——背离上帝”。(157)在她的内心隐秘之处,是真理才能生存的地方。只要理查德在那里,天国的欢乐对她来说就等于零。她与男友理查德毅然逃离南方,去了北方的纽约。来到北方之后,他们发现北方和他们逃离的南方没有明显的差别。伊丽莎白懂得理查德在这种境况下的极度紧张感。在一个充满虚幻的世界里,她把自己看成是理查德的力量所在,一个他始终可以从中得到慰藉的毋庸置疑的真实之处。她从不为所发生的那一切——跟不信基督教的理查德来到北方并生下一个私生子——而感到后悔,因此也从不忏悔。

理查德告诉伊丽莎白,要想和白人生活在一起,黑人就必须接受教育。这也是摆脱宗教蒙昧主义毒害的最好途径。因此,理查德不信宗教,而崇尚科学。他带伊丽莎白去参观自然历史博物馆,给她讲述非洲小雕像和原始社会的图腾柱,或者带她去都市艺术博物馆,对绘画发表评论。伊丽莎白“不知道他(理查德)为什么这么喜爱死了那么多年的人物,他们究竟给他提供了什么样的营养,他究竟想从他们那里探索到什么奥秘。不过,她至少明白,他们确实给了他一种苦滋滋的营养品,他们所掌握的奥秘对他来说是一件生死攸关的大事。这使她感到惊恐不安,她感到他是想上天摘月……”。(166)伊丽莎白从理查德身上看到了另外一种生活,尽管她不能理解他对科学发出的那种强烈感情。

上帝给黑人安排的命运是在白人统治的社会里甘心情愿做受歧视、受迫害的二等公民。但是理查德不去教堂,不听从命运的摆布,不消极地等待上帝的拯救,而是信仰科学,试图通过自我教育来提高自己的社会地位,创造美好的生活。鲍德温想通过理查德这样一个生动、优秀的黑人形象,来表达自己用信仰自由代替宗教欺骗的理性主张。

三、反对政治压迫,主张人人平等

为了代替现有的、分等级的和阶级制度的社会,社会生态学提出一种主张平等的,建立在互相帮助、互相关怀和公有制价值观基础上的社会。布克金认为残酷的等级制度和不平等是问题的根源。人类应该不断对抗任何破坏人性的力量,这样人的尊严、人类共同体的整体性就一定会得到恢复。我们每个人都应以善良的共同行为准则去触及他人的生活,进入自然的人道主义化,如此,为人类构建适于生存的现实就是可能的。"我们越是回到一种缺乏经济阶级和政治国家的社会——它们由于内部的与自然的密切关系可以称为有机社会,我们就越能证明一种生活观的存在,即那时人们根据它们的独特性而不是'高等'或'低等'来看待人、事物及其相互关系。"(布克金,2008:35)在这种有机社会里,"平等就在于事物的本质之中,是这一文化本身的民主结构的一个副产品,而不是一种需要应用的原则。在这种社会中,……我们所能发现的,是对人、对所有个体不分年龄与性别的绝对的尊重"。(Lee,1959:42)鲍德温在小说《向苍天呼吁》中,通过表现加布里埃尔与约翰争取权力的斗争,严肃批判了种族社会和阶级社会中的政治压迫,呼吁社会公正,表现了建构人人平等的生态社会的主张。

小说《向苍天呼吁》中,基督教牧师加布里埃尔与约翰争取权力的斗争是一种政治压迫和反压迫的斗争。加布里埃尔的神学思想部分是从他母亲那里继承来的,但主要是他出于恐惧、自我主义和设法证明其卑鄙精神是正当的企图而求助于神学思想。上帝容许了加布里埃尔不可救药的青春期,但却使他的心对犯罪者变得十分冷酷,残忍地等待并看着犯罪者被击倒、被放逐。在他的罪恶深处,他认为他已经深陷得太久了,上帝已听不到他的忏悔了。但是,在他皈依基督教的那一时刻,他母亲的想象歌唱为他做了调解,使他的心变软了,也可能是使上帝的心变软了,这只是暂时如此。他母亲绝对相信上帝的许诺,也相信加布里埃尔将会得到拯救。但是她的这种相信只是一种假设,就像她的儿子虚构上帝的许诺和神迹一样。堕落以致毁灭的确定性与一种可怕的厄运意识一起充斥着大多数其他人物的生活。与这些人物形成对比,加布里埃尔得到一种安慰,认为他对上帝服务得好,并得到许诺:皇家血统的儿子们将从事他的工作。这也许是他把梦中神提升他的欺骗性幻想误以为是上帝的话和意志。“加布里埃尔寻求拯救的主要动机不是为了神圣和服务上帝，而是为了权力和对他人的权威，这意味着他对上帝统治的嫉妒和他想成为一个小上帝的欲望。”(Lynch，2007：41)在他皈依基督教之后不久，他在教堂里对长老们的评判暴露了他厚颜无耻的骄傲，这种骄傲随着时间的推移而得到强化。当加布里埃尔遇上伊丽莎白和约翰时，他确定这是上帝把他们母子俩送给他的神迹，这一神迹表明上帝原谅了他所犯下的毁灭埃丝特和罗亚尔母子的罪恶。此外，在他否认他应对罗亚尔野蛮行径和可能招致的毁灭承担责任时，他虚构上帝赞许他的神迹，继而确定“这个活着的儿子，这个轻率鲁莽地活着的罗亚尔，可能因为母亲(伊丽莎白)的罪恶而受到诅咒，她至今还没真诚忏悔自己的罪恶”。(114)

加布里埃尔因为贫困和在教堂里不受重视而感到耻辱，因为种族主义的肆虐而感到痛苦，而且受他对过去罪恶的内疚所驱使，他以教堂的上帝形象证明“日常的愤怒……转化为预言的愤怒”(114)是正当的。当加布里埃尔看到继子约翰甚至将基督教爱所有人的理想应用到白人身上时，他感到非常不安。因此，加布里埃尔试图将自己的种族仇恨灌输给约翰，从而阻止他也去爱白人。当弗洛伦斯在圣坛前向上帝大声祈祷时，加布里埃尔对这个竟敢伸手阻止他打受伤的儿子罗亚尔的女人毫不怜悯。他只有一种愿望，即把上帝的报复作为他自己报复的工具，所以他大声叫着：“随您的意愿，上帝啊！随您的意愿！”(92)在约翰通宵达旦穿过精神黑暗的斗争中，加布里埃尔实际上担心约翰将得到拯救，他卑鄙地希望约翰见不到上帝。当约翰最后得到拯救时，他作为父亲竟然拒绝给儿子任何赞许和鼓励，拒绝承认约翰的“新名字”(221)和精神身份。面对突然成熟起来的约翰，他仅仅意识到他自己的权威降低了，恐吓年轻人的能力大大变小了。

在约翰读小学一年级时，白人女校长就发现他出类拔萃，称赞他是“一个非常聪明的孩子”。(20)这一认可构成一个特殊授权的场景：“他从那一瞬间得到的如果不是一件武器，至少也是一张盾牌。尽管他既不相信也不明白，却完全领悟到自己具有一种别人所没有的力量；他能用这个力量拯救自己，养活自己，也许总有一天能用这个力量赢得他一直梦寐以求的爱。”(同上)父亲不公正地、残暴地对待他这个继子，经常打他，但他知道“父亲永远不可能是个彻底的胜利者，因为约翰所怀有的正是父亲所无法企及的，那就是他的仇恨和智慧，二者互相哺育。他活着，就是为了等到父亲死的那一天，他好在灵床前诅咒他”。(同上)但目前父亲是上帝的代表，基督的使节，约翰如不在他面前下跪,就不能对上帝鞠躬施礼;然而,约翰的生命之所以有价值,就在于他拒绝这样做。

约翰知道,为了战胜父亲,他必须获得权力,必须成为“教徒们的伟大领袖”。(19)约翰对权力的渴望在下面这一段里得到了最有戏剧性的表现,他站在中央公园里的一座小山顶上,想象着自己的未来是一个“巨人”或“暴君”:

> 此时此刻,他约翰,感到自己犹如一个巨人,一怒之下可能把这座城市砸得粉碎;犹如一个暴君,可能把这座城市踩碎在脚下;犹如一个人们长久期待的征服者,臣民们将在他的脚下撒满鲜花,在他面前高呼“和散那!”他将会是世界上最伟大的和最受敬爱的救世主,住在这座祖先们可望而不可即的闪闪发光的城市里。这是他的城市,城里居民告诉过他这是他的城市。他只要呼喊着跑下山去,他们就会把他捧在心间,向他展示他从来没有见过的奇迹。(33)

在第三部“打谷场”里,约翰终于如愿以偿,得到上帝的拯救,他“再也不是陌生人了!”(205),成为上帝派来拯救众生的救世主,获得了与父亲抗衡的权力和力量。最后,他对父亲宣战:“我要祈求上帝……保护我,使我坚强……反抗……反抗敌人……反抗一切……想把我的灵魂置于死地的人和物。”(207)

鲍德温认为,白人种族主义所造成的痛苦把非洲裔美国人隔离开,结果使“他们独自保留了关于建立在公正、平等原则基础上的社会的幻想”。(Fuller,1965:327)约翰从书上读到过有关白人对黑人的所作所为:在父亲和母亲的故乡南方,白人诈骗黑人的工钱,用火烧他们,用枪打他们,白人甚至干了比这更残忍的,简直说都说不出口的事情。他还从书里得知,黑人平白无故地在电椅中被处死,他们在骚乱中遭到警棍的毒打,他们在监狱里受尽折磨,他们总是最后一个被雇佣,最先一个被解雇。在现实生活中,为了实现社会公正和平等,备受白人政治压迫的黑奴们奋起斗争。在南方,“‘奴隶们起来造反了’的窃窃私语在黑奴的小屋里和主人的大门前流传:另一个县的奴隶放火烧了主人的房子和地,还把他们的小孩砸死在石头上”。(71)第二天早上,逃避迫害的奴隶踏上了北去的旅途。弗洛伦斯也去了北方,寻找社会公正和平等。为了逃出社会的最底层,实现与白人平等的愿望,弗洛伦斯试图通过自我教育来提高黑人自身的文化教养,努力在精神和物质方面过上体面的生活。她把希望寄托在丈夫身上,试图把他培养成为一个“富有勇气、不甘心一辈子生活在最底层的男人”。(86)虽然不争气的丈夫让她失望了,但她做出的努力为寻求社会平等的黑人提供了一个积极的办法。

主张黑人也要接受教育的理查德带伊丽莎白沿水库散步时,给她解释像纽约这样的城市怎样才能够找到饮用水。伊丽莎白一面为理查德担惊受怕,一面又对他佩服得五体投地:他竟这么年轻好学,见多识广。当伊丽莎白好奇地问理查德:"你为什么这么聪明?为什么懂得这么多呢?"时,他先是开心地笑了笑,谦虚地说他懂得的并不多,然后他严肃地回答说:"我下了决心,总有一天,我要知道他们那些白人杂种知道的一切,我还要比他们学得好,这样,不论在哪儿,没有哪个狗娘养的白人再能够驳倒我,再能够使我感到我是一个一钱不值的人。到那时,我可以给他读字母表,倒着、正着、横着、斜着,怎么读都行。他妈的——到那时,他就不会打我屁股了。要是他想杀死我,我就和他拼了,我向我妈妈发誓,我会这么做的……那就是我为什么需要懂得这么多。"(167)

鲍德温用理查德这一人物形象表达了他提倡人人平等、消除政治压迫的强烈主张。

鲍德温的小说《向苍天呼吁》反对种族歧视和种族迫害,主张建立不同民族之间的兄弟友谊,共建相互尊重、相互依赖和谐共处的人类大家庭。小说揭示,宗教是一种欺骗和愚弄人民的麻醉剂,使人们相信追求幸福是犯罪,于是甘心久困于被奴役的社会制度中。鲍德温认为,等级和阶级的存在是政治压迫的根源,因此必须反对等级和阶级的存在,消除政治压迫,实现人人平等,这才是理想、健康的社会生态模式。《向苍天呼吁》揭示了这样一种社会生态观:"人类作为动物是按照生物学原则组织起来的,从而与它的同类一起生活,并在一个宽泛与自由界定的社会团体中关心与爱护它的同类。这些人类特性不仅被视为人类自然的特性,还被视为构成与组成人类自然本身。这些特性不仅仅被当作生物性人类共同体的生存机制或社会特征,还被当作进入生态社会的结构的构成材料。"(布克金,2008:375)人类应该组成个人喜好、文化教养、性别偏好和智力兴趣等都十分相似的情感和谐的健康的社会团体,这种相互关爱、和谐相处的社会关系将实现人类重新共同体化,从而走向一种生态社会。

参考文献

[1]Baldwin, J. The Fire Next Time[M].New York:Dell Publishing Croup, 1963.

[2]Baldwin, J. Go Tell on the Mountain[M]. New York:Dell Publishing Group, 1985a.

[3]Baldwin, J. The Price of the Ticket[M].New York:St.Martin's, 1985b.

[4]Bone, R. James Baldwin[G]//Ed. R. Matuz. Contemporary Literary Criticism, Vol. 67. Detroit/London:Gale Research Inc., 1992:8-11.

[5]Draper, J.P. James Baldwin[G]//Ed. J. Draper. World Literary Criticism Vol.1, 1500 to the Present. Detroit/London:Gale Research Inc., 1992:159-162.

[6]Fuller, H. Contemporary Negro fiction[J]. Southwest Review, 1965, 50:321-335.

[7]Macebuh, S. James Baldwin: A Critical Study[G]//Ed. R. Matuz. Contemporary Literary Criticism, Vol.67. Detroit/London:Gale Research Inc., 1992:14-19.

[8]Matuz, R. James Baldwin[G]//Ed. R. Matuz. Contemporary Literary Criticism, Vol. 67. De-troit/London:Gale Research Inc., 1992:1-3.

[9]Lee, D. Freedom and Culture[M]. Englewood:Prentice Hall, 1959.

[10]Lynch, M.F. A glimpse of the hidden God:Dialectical vision in Baldwin's Go Tell on the Mountain[G]//Ed. T. Harris. New Essays on Go Tell on the Mountain. Peking: Peking University Press, 2007:29-57.

[11]默里·布克金. 自由生态学:等级制的出现与消解[M]. 济南:山东大学出版社,2008.

(原发表于《山东外语教学》2011 年第 4 期)

“政治正确”之下的认同危机

——《春季日语教程》和《人性的污秽》研究

曾艳钰*

（湖南科技大学外国语学院）

摘　要：伊什梅尔·里德和菲利普·罗斯的学院派小说《春季日语教程》及《人性的污秽》再现了现代大学在种族、身份、性别、性和表征政治等问题上的文化多元主义诉求。本文通过分析两部小说的主人公普特帕特身份认同危机及希尔克的身份认同失败的根本原因，分析普特帕特和希尔克自身最终异变为“幽灵”的过程，探讨里德和罗斯对文化多元主义背景之下“政治正确”的文化潜规则进行的反思。“政治正确”导致的“政治不正确”行为造成普特帕特和希尔克身份认同的危机和失败，而这正是文化多元主义本身暗含的危机。

关键词：伊什梅尔·里德；菲利普·罗斯；身份危机；政治正确

引　言

伊什梅尔·里德(Ishmael Reed,1938—)和菲利普·罗斯(Philip Roth,

* 作者简介：曾艳钰，教授，主要研究方向为英美文学与文化，侧重当代美国文学与文化。

1933—)分别是当代美国黑人文学及犹太文学最重要的作家,也是备受争议的作家。[①] 这两位不愿被贴有“黑人”或“犹太”标签的作家依据自己的政治理念和艺术观,运用嘲讽、戏仿等手段对族裔身份进行反思和批判,对美国的道德规范、政治观念无情地进行攻击。里德的《春季日语教程》(*Japanese by Spring*, 1993)和罗斯的《人性的污秽》(*The Human Stain*, 2000)这两部学院小说[②]便是他们对族裔身份认同及“政治正确”进行反思的重要代表作品。20世纪70年代后,学院小说以教授的形象为主导,这与当时作家们对发生在大学内部的社会和文化变革的关注息息相关。大学的政治化倾向愈演愈烈,自1960年以来,在美国学术界逐渐形成的人文社科研究的学术伦理底线——“政治正确”成为学术界的“潜规则”。

“政治正确”起源于20世纪60年代的学生激进运动,之后的三十多年间,“政治正确”以一种为人难以觉察的方式,缓慢地衍生为一种大学学术活动和

---

① 詹姆逊(Fredric Jameson)把里德和品钦一起列为美国最重要的后现代作家,参见Joseph Natoli and Linda Hutcheon, eds.. A Postmodern Reader[M]. New York:State University of New York Press, 1993):313;埃迪森·盖尔(Addison Gayle Jr.)认为里德是黑人文学传统中最出色的讽刺作家,参见其The Way of the New World:The Black Novel in America[M]. New York:Anchor/Doubleday, 1975:128;尼克·福特(Nick Aaron Ford)认为里德是美国黑人文学中最富有革新精神的作家,参见其A Note on Ishmael Reed:Revolutionary Novelist[J]. Studies in the Novel,1971(3):216;与此同时里德也被斥责为“倨傲不羁、虚妄、爱炫耀、性别歧视……自命不凡的”狂人,参见Bernard W. Bell.The Afro-American Novel and Its Tradition[M]. Amherst:University of Massachusetts Press, 1987:400.菲利普·罗斯至今已经囊括了除诺贝尔文学奖外所有的重要文学奖项,但他一直是饱受争议的人物,从他的第一部成名作《再见了,哥伦布》(*Goodbye, Columbus* 1959)起,来自犹太社区的批评声音一直不断,他们指责罗斯滥用犹太美国文化,有反犹主义倾向,是一个“愤恨自我”的人。欧文·豪(Irving Howe)更是认为罗斯背叛了最初的诺言,背离了犹太传统,参见其Philip Roth Reconsidered[J]. Commentary,1972(12):77.

② 根据约翰·欧·里昂斯(John O. Lyons)的观点,“学院小说以严肃的态度关注高等教育,小说的主要人物是学生或教授”。(xvii)美国学院小说起源于19世纪20年代,20世纪五六十年代进入高潮期。里昂斯认为,1925年之前学院小说的中心议题是学生,从那之后到60年代,教授们成为作家关注的焦点,但民权运动的20世纪60年代,学生形象也曾一度在小说中得到彰显。民权运动后,学院小说中教授的形象再次成为主导力量。参见John Lyons. The College Novel in America[M]. Carbondale:Southern Illinois University Press, 1962.

实践中的潜规则。[①] 美国社会的一些文化精英，试图定出可能导致歧视的语言禁忌，以彻底转变社会的歧视观念，从而形成了"政治正确"的一种文化潜规则。从20世纪60年代到80年代，在民主与和平成为主流的价值诉求乃至现实制度建构基本原则的语境中，这种学术圈的潜规则可以说已经是深入人心，以至于人们根本意识不到它的存在，更少有人质疑它本身可能就是一种意识形态。阿罗诺维茨(Stanley Aronowitz)和吉鲁(Henry A.Giroux)认为，实际上直到20世纪90年代后，"政治正确"才再次成为一个有其特定内涵并广为人们所关注的术语，其中的潜规则逐渐成为一个争议的热点问题。(转引自阎光才，2006:100)这一热点在当代美国作家的作品中自然有所体现，伊什梅尔·里德和菲利普·罗斯在该时期出版的学院小说《春季日语教程》和《人性的污秽》便是这其中的典型代表作。

《春季日语教程》的叙述者是与作家同名的"里德"，小说刻画了一个具有"白人意识的黑人学者"普特帕特(Benjamin Putbutt)，为了获得终身教职他努力让自己认同主流文化，最终在文化多元主义的困惑中迷失自我。探讨分析多元种族关系及身份问题一直是里德致力追求的，其早期作品《独立抬棺人》(*The Free-Lance Pallbearers*，1967)、《黄皮收音机解体》(*Yellow Back Radio Broke-Down*，1969)和《巫神》(*Mambo Jumbo*，1972)等均对黑白种族关系做过描写，在《公然打量》(*Reckless Eyeballing*，1986)中里德涉及了黑人、犹太人和白人的种族关系，而在《春季日语教程》中则描写了黑人、白人及日本人之间的多种族关系及身份问题。菲利普·罗斯从其成名作《再见了，哥伦布》(*Goodbye，Columbus*，1959)起，也一直注重多种族关系及文化身份的描写，尤其侧重于犹太人、主流文化的白人、黑人三者之间关系的描写。与其以往作品不同的是，在《人性的污秽》中，犹太身份的菲利普·罗斯刻画了一个实际身份为黑人的希尔克(Coleman Silk)，他为了认同主流文化而隐瞒自己的黑人身份，以犹太人自居，最终在身份丧失中死去，小说的叙述者是罗斯小说中常见的化身为"朱克曼"的作家本人。两位作家所受到的相同的批评境遇，其学院小说对多元种族身份的关注，对大学教授身份问题的思考，对文化多元主义的反思，对美国社会政治的反思，是本文将两位作家的两部作品放在一起考证的原因。《春季日语教程》中反映出的里德文化多元主义思想一直是评论

① 简单地说，"政治正确"就是：在涉及种族和性别差异、环境生态、发达世界和第三世界差距以及强势与弱势者和多数派与少数派间的差异议题上，不说歧视性语言，以免惹出"政治"麻烦。

界关注的焦点，肯尼斯·沃麦克（Kenneth Womack）认为《春季日语教程》是里德对一元文化的谴责（243），克里斯托·安德森（Crystal S. Anderson）对小说中的黑人/日本的关系进行了分析，认为小说中的日本指涉的其实是白人霸权的美国。（379）对《人性的污秽》的研究则主要集中在身份问题上，如弗兰考塞·科瑞儿（Francoise Kral）对小说中的身份构建进行了反思（47），尼拉坎特安（G. Neelakantan）分析了小说中的后现代主义身份问题（27），马克·马斯兰（Mark Maslan）则对小说中的历史、创伤及民族身份构建进行了研究。（365）本文通过分析两部小说对现代大学在围绕种族、身份、性别、性和表征政治等问题上的文化多元主义诉求的再现，分析《春季日语教程》中普特帕特身份认同危机及《人性的污秽》中希尔克身份认同失败的根本原因，探讨里德和罗斯对文化多元主义背景之下“政治正确”的文化潜规则进行的反思。

一、《春季日语教程》中“白人意识的黑人学者”

作为生活在具体社会文化情境中具有自我反思性主体的“社会动物”，人人都必然会注意到自我和他者的差异，意识到自我的文化特性，这一点在多元文化背景的美国显得尤为突出。美国的多元文化形成基于移民的多源性，同时也和美国历史上长期以来不同种族的人出于不同的原因争取自由与平等权的斗争传统有关，文化多元运动发轫于 20 世纪 60 年代的民权运动，成熟于 20 世纪 90 年代。而随着全球化引发的文化上的深刻变化，文化的多元性和混杂性越来越彰显，不同文化碰撞中的差异与趋同、异质与同质错综纠结，认同问题显得越发迫切。伊什梅尔·里德在《春季日语教程》中便塑造了一个急功近利、善于钻营，并自觉认同白人主流文化的黑人学者。

小说主人公普特帕特是杰克·伦敦学院的教师，在这个种族主义和一元文化主导的体制中，他经历了形形色色的种族歧视及文化偏见。为了获得终身教授的职位，他处心积虑地捕捉学术气候的变化，并以此调整自己的观点。当学校的白人强势时，他极力讨好掌权的白人。祖辈三代都是黑人的普特帕特已经“完全褪去了他的黑色部分”，“摆脱了杜波伊斯所说的双重意识的困扰”（Reed，1993：12-13），自觉自愿地认同白人文化。普特帕特的身份认同是随着自己的需要而变化的。在他的一本书成为畅销书后，他接受记者的采访时，说：“我们黑人必须全力以赴地提高自己，这样白人才能尊重我们，否则我们就会像那些不太走运的兄弟姐妹一样，成为下层社会的一部分”（17），当普特帕特这么说时,他内心希望的是那些决定授予终身教职的人在听他说这番话,希望他们“会引用这番话。会尊重他。给他终身职位”。(18-19)在校园里连续发生黑人学生遭凌辱事件之后,普特帕特向新闻媒体说,“这都是黑人学生自找的……他们的分离主义、无力适应及对主流价值观的否定,让白人学生非常生气。白人学生想让他们加入进来,加入到这一慷慨的被称作美利坚合众国的大馅饼中来,结束与大众文化的分离。黑人学生,实际上黑人教职工都应该停止他们的对抗性策略。他们应该开始妥协。他们应该停止为那些要求过多的穷白人担心”。(6)根据拉康的观点,在自我形成的过程中,开始是镜像,后来是语言,都对认同的塑造有极其重要的功能。“语言得以表达的形式及其本身决定了主体性”,“我在语言中认同了自己”。(Lacan,2001:311-312)当普特帕特用“我们黑人”的表述时,表面上看他认同了自己的黑人身份,而实际上却是为了讨好白人;当普特帕特冷漠地将白人学生的种族主义行为看作是他们生气的自然结果,当他用“都是黑人学生自找的”“他们的”等语气说话时,他已俨然以“白人身份”自居,已通过语言自觉让自己认同于白人主流文化。他渴望在杰克·伦敦学院这个在文化及伦理上都已断裂的体制中获得终身教职,更希望有一天他能与白人精英们一起住在能够俯瞰校园的白人豪华社区。劳伦斯·布勒姆(Lawrence Blum)在论及文化多元主义时曾提醒到,“社区是不应该以种族正义和文化身份为代价的”(200),而普特帕特的这种身份认同实际上是以放弃自己族裔身份为代价的,对他来说,没有什么比认同主流意识形态更加重要了。但白人并不会因为他对自己族裔身份的放弃而接受他,而黑人也不认为普特帕特是他们中的一员。普特帕特陷入了身份认同的危机。

贯穿小说的一个重要隐喻是“春季日语教程”,普特帕特学日语的目的是因为他认为掌握日语必将对他的未来起重要作用,对他获得终身职位有好处,尽管他自我标榜说学日语是为了能“翻译一些中世纪宫廷女性诗人的诗作”(Reed,1993:58)。“春季日语教程”是他的日语老师大和博士介绍给他的日语课本。学校评委最终没有同意给普特帕特终身教职,万分沮丧的他突然发现,一夜之间学校的身份发生了变化,日本财团收购了学校,他的日语老师大和博士成了校长,而他自己也被重用为校长助理。大和对普特帕特说,“美国落后的原因就在于他们所谓的核心课程,我们要帮助他们,让他们看看所有有教养的人应该知道的东西”(89)。他们要“教化”杰克·伦敦学院的师生。大和打算解散人文系,并把“非洲问题研究系”、“亚裔美国研究系”、“美国印第安研究系”及“非裔美国研究系”等系所合并为“欧洲研究系”。他还打算把柏拉图、弥尔顿和黑格尔等都从课程中删除，“这个无知的人(黑格尔)居然认为中国没有哲学，真是一派胡言……西方哲学史完全可以在一周内学完”(90-91)。普特帕特最终对大和独断专行的所作所为感到厌恶，对这个被异化了的体制感到失望。在这个危机重重的多元文化体制中，普特帕特发生的认同危机自然也是不可避免的。

英国文化研究代表人物霍尔(Stuart Hall)在论及身份认同时说：“一般来说，认同过程(identification)实践是在对某些共同本原的体认后面建构起来的，或是与他人或群体所共有的某些特征，或是共有某种理想，共有某种建立在这一基础之上自然封闭的团结和忠诚。然而，与这种界定的‘自然主义’相反，话语研究方法则把认同过程视作一种建构，一个从未完成——总在‘进行中’——的过程”(Hall,1966:3)。它始终是“获得”或“失去”、拥有或抛弃，在这个意义上说，它是不确定的。尽管有其确定存在的条件，包括维系它所需要的一些物质的或象征的资源，但是，认同过程是无条件的，处于偶然性之中。普特帕特的身份构建便是在这样一个“进行中”的过程，其“偶然性”身份也就在“获得”中不断“失去”。普特帕特的认同危机也揭示出文化多元主义名义下大学校园里的权力之争。一如小说叙述者所说，“激进的文化多元主义与坚持欧洲中心主义的保守派在修辞策略上十分相似”(Reed,1993:128)，沦为权力之争手段的文化多元主义与欧洲中心主义本质上已并无区别。里德以日本人短期对学校的独裁统治，隐喻了一元文化暗含的威胁。通过杰克·伦敦学院这个呈现碎片化趋势的体制自身出现的身份认同危机，里德还提出了一个在文化多元主义背景之下黑人身份认同的转向问题：“我们是谁”的追问已被“我们会成为谁”取代了。“我们会成为谁”这一问题在菲利普·罗斯《人性的污秽》中的希尔克身上得到更进一步的体现，在罗斯的这部作品中，黑人“成为”了犹太人。

二、《人性的污秽》中的黑人“幽灵”

如果说《春季日语教程》中的普特帕特是一个文化层面上“褪去了黑色”的“隐性”人(王丽亚 68-69)，《人性的污秽》中的希尔克则是一个身体层面与文化层面都“隐性”了的“幽灵”。在这部被认为是具有典型时代特征的“美国问题”小说中(Parrish,2007:142)，罗斯以一个隐身为犹太人的黑人为主人公，将文化多元背景下大学校园里的种族、性别、身份认同等问题呈现出来。

小说围绕隐匿其黑人出身，以犹太人身份在雅典娜学院任教的科尔曼·希尔克的悲剧展开。希尔克出身于一个中下阶层美国黑人家庭，年少时在学业及体育竞技上的突出表现使他成为一个非常优秀的学生，他从未意识到自己会因种族出身而受到歧视，在一种塑造自我的坚定决心中长大成人。中学毕业时的一次经历让他开始意识到种族的巨大差异性，他的一个犹太同学的父亲前来拜访他父母，拿出三千美金换希尔克作为毕业生代表发言的资格，尽管父母并未答应，此事却对希尔克产生了巨大影响，他开始有意识地让本我之后的那个真实的"自我"强大。在父亲的同事茨兹讷(Chizner)的训练下，希尔克开始学习拳击，并在潜意识中将其作为自己的代父亲(surrogate father)。根据弗洛伊德的观点，认同过程是人的一种重要而又复杂的心理机制，"是精神分析理论认识到的一人与另一人有情感联系的最早的表现形式"，是一种情感上与他人的关联，是通过"移情"方式实现的。(Freud，1986：112)毕业生发言事件让希尔克在潜意识中要为自己找一个能强大自我的精神父亲，他最终为自己找到的途径是成为犹太人。同为少数族裔，同样面临族裔文化与主流文化关系的问题，但犹太人与黑人在美国的社会境遇有着较大的差异，而且50年代后美国犹太人在犹太身份问题上的认识上也有一些变化。罗斯自己在一次访谈中曾说，"现在的美国犹太人与我20世纪50年代开始写作时不同，他们不再像过去那样对异教徒感到恐惧，在反犹主义等问题上更有经验……这不是因为同化带来的一些虚幻的东西令他们丧失理智，而是因为他们不再像过去那样专注于同化的问题本质，也无可非议地不再为种族的多样性而那般困扰……"(Roth，1988：4)犹太人常常被当作少数族裔在美国成功的典范，在华裔作家任碧莲(Gish Jen)的《梦娜在希望之乡》(*Mona in the Promised Land*，1997)中，华裔在谈及自己的成功史时把自己看作"新犹太人"。(Jen，1997：1)因此，当希尔克把成为犹太人作为强大自我的途径时，他显然已把犹太人等同于主流白人。

如果说希尔克的种族秘密源于他挥之不去的精神抑郁的话，他要重塑身份的决心却是受到20世纪上半期美国社会文化和政治气候的影响。在参加匹兹堡大学那场将决定是否能给他提供奖学金的拳击比赛时，茨兹讷建议他"不要提他是有色人种"(98)，这个颇具实用性的建议让希尔克赢得了比赛。在父亲的坚持下，希尔克上了霍华德这所黑人大学，在华盛顿市区因为是黑人而拒绝卖给他热狗的经历，因为是黑人被赶出白人妓院的经历，又因为是黑人被白人姑娘斯蒂娜拒绝的经历，这些都使希尔克认识到他必须重塑身份，而这种重塑是要以抹去自己的黑人身份为代价的。迪恩·弗兰克(Dean Franco)

曾说到，“希尔克的白人性和犹太性是在黑人性被擦去的同时构建出来的，这种身份本身就具有一种偶然性，是一种在擦除状态下的存在”(91)。因此，这种偶然性的身份存在本身就暗含了危机及可能的失败。

希尔克开始以犹太人的身份进入社会生活中，他以犹太人的身份娶了一个犹太妻子，而他的犹太妻子及他的学位证书又成为他被白人认同的通行证，最终以犹太人的身份做到了系主任的位置。为了不让自己的错位身份暴露，希尔克不得不靠谎言小心维系着这充满危机的“偶然性”身份，在妻子面前谎称父母双亡，没有家人，在儿子跟前编造俄罗斯犹太人的家族史，母亲警告他说，“你像一个囚徒一样思考。你白得像雪，却像奴隶一样地思维”(139)；气愤之余的兄弟把他从家中赶了出去，“永远别再回来。你那张纯白的脸要是再出现在这个房子里，你试试看！”(145)希尔克的妹妹则说，“他能割断与我们的关系，却剪断不了这份感情”(320)。希尔克在让自己认同白人文化的同时，或者说把自己“卖给”白人文化的同时，精神上同时也陷入一种危机状态。当他在课堂上以一种调侃的口吻询问两个一直缺课的同学的情况，“有谁知道这两个人吗？他们确实存在还是他们只是幽灵？”(6)，他其实是用“幽灵”一词表达出了自己精神上一直备受压抑的“幽灵”状态。正如奥莫-舍尔曼(Omer-Sherman)所说，“科尔曼·希尔克恰恰是被他体内的幽灵所困扰，被他自己所压抑了的过去所困扰”(258)。

心理学家埃里克森(Erik Erikson)在其著名的“认同性危机”理论中指出，认同“是自我把一切认同过程与力比多的变化，与先天遗传形成的自然倾向，与社会各种角色提供的机会进行整合的这种能力的自然增长的过程”，个体的认同并不是自然而然获得的，而是青少年时期多种因素合力产生的结果，是一个带有发展变化多种可能性的过程。(转引自赫根汉，1986:162)《春季日语教程》中的普特帕特在自己黑白身份的变换中成为一个“褪去了黑色”的“隐性人”，同样，《人性的污秽》中的希尔克也经历了身份的变换过程，即在努力使自己犹太化之后变成了一个“幽灵”。可见，他们的身份认同均在危机中以失败告终。根据埃里克森的观点，他们的认同危机中有其少年时代潜意识的作用，更有当时社会政治气候的影响，颇具讽刺意味的是，其悲剧的产生恰恰又源于他们的“偶然性”身份，在这“偶然性”身份的背后，隐藏着的是民权运动以后主导美国学术界的“政治正确”的学术潜规则。

三、“政治正确”名下的“政治不正确”

1990 年 10 月，《纽约时报》文化专栏记者理查德・伯恩斯塔（Richard Bernstein）报道了发生于德克萨斯大学的一个事件。该校教师们通过了一个新的写作课程项目，要求所有学生在涉及“差异”的写作中必须以有关歧视、肯定性行动和民权的案例为基本文献来源，结果受到该校英文教授格里本（Alan Gribben）的抵制，他愤愤不平地说，“你们不能告诉我在课堂中，我必须根据学生在政治正确意义上的思考来打分”。（转引自阎光才，2006:100）报道发表不久，外界议论纷纷，最终行政层否定该项目。以此事为开端，美国学术界自民权运动以来所奉行的“政治正确”潜规则逐渐演变成一个值得争议的问题，为此，在学术界展开了一场“文化战争”。《春季日语教程》中普特帕特和《人性的污秽》中希尔克身份认同的危机和失败恰恰是这场“文化战争”的最好体现。

《春季日语教程》中的普特帕特为得到终身教职可谓是处心积虑。民权运动高涨时，他积极投入其中；平权运动出现后，他转而置身其中；女权主义运动风起云涌时，他宣传自己是女权主义者；新保守主义抬头后，他又以新保守主义者自居。他以自己极具功利色彩的行为迎合当权者，迎合在他眼中变化着的主流文化。最终又正是这些投机行为导致他的终生教职被拒。普特帕特是一位训练有素的“新批评”派评论家，他从莎士比亚的《奥赛罗》中寻章摘句，认为《奥赛罗》代表了白人文化对黑人男性的歧视。英文系主任克莱布特里教授说：“我看你那篇《奥赛罗》的论文不怎么样。你认为这个国家目前的种族关系与莎士比亚时代相比没有多大变化。不过，《奥赛罗》可是写于 1603 年。你的这个观点很荒谬。你认为莎士比亚是一个种族主义分子，这太牵强附会了，你不觉得吗？”(96)普特帕特曾为自己辩解说，“这篇文章写于黑人民权运动的高涨时期”，这一自我辩护更加凸显出他的政治投机立场。但他无论如何也没有想到他的终身教职被拒的原因“不是因为你的种族身份，而是你那篇莎士比亚的论文。你居然把莎士比亚这位伟大的诗人斥责为种族主义分子”。(153)普特帕特一直期望做到“政治正确”。可悲的是，最终又恰恰是“政治不正确”导致他的终身教职被拒绝。普特帕特的论文是他投机欲望的体现，而暗藏于这一投机欲望之下的则是“政治正确”的潜规则。

通过反讽的手法，里德对“政治正确”进行了反思。20 世纪 70 年代后，大批少数族裔和女性涌入校园,不仅使校园内部身份更加多元化,而且大学内部关于究竟应该传授什么知识、谁的知识都遭到了质疑。传统课程特别是经典乃至科学都被视为西方话语霸权而遭到一定的抵制。美国新保守主义者威廉姆·本奈特曾认为,“正是‘政治正确’,才导致了低俗文化(少数族裔的、妇女的和同性恋的等等)对精英和传统文化(西方经典)的颠覆,以及美国大学校园的巴尔干化”。(转引自阎光才,2006:101)普特帕特的日语老师大和在担任校长之后打算把柏拉图、弥尔顿和黑格尔等都从学习课程中删除就是最好的例证。表面上看,作为少数族裔的日本人管理学校是符合“政治正确”的潜规则的,但其短期的统治却令所有人都感到了恐慌。里德还嘲讽了当时文学批评中盛行的解构主义思潮。如果莎士比亚是种族主义分子,如果文学经典可以被如此肆意地过度阐释,文学作品本身的审美价值何在?

普特帕特在寻求“政治正确”的过程中最终走向了“政治不正确”,而《人性的污秽》中希尔克的悲剧却是“政治不正确”导致的结果。处心积虑的希尔克最终以犹太人的身份做到了系主任的位置,而这看似幸福完美的沙堡却由于他一次小小的“政治不正确”事件而坍塌。原本普通的一次课堂点名,因“幽灵”(spook)这个词带来了一系列的麻烦并最终导致妻子的死亡及他自己的悲剧。spook 在美语中既有“幽灵”之意,也有“黑鬼”的含义,而两个缺课的学生恰恰是黑人。颇具讽刺意味的是,隐瞒了黑人身份、本身就是黑人的希尔克竟然被他的同事们认为蔑视黑人,是一个种族主义分子。“毫无疑问,种族主义分子的指责使他受到严重打击。似乎他的一切成就不过只是羞辱”(12)。希尔克悲剧的真正原因依然是“政治正确”的潜规则。“政治正确”的起源具有激进的“革命”甚至“暴力”色彩,在 20 世纪 60 年代的学生激进运动中,形形色色学生派系在争论中驳斥对方观点时,最为习惯使用的武器就是指责对方“政治的不正确”。而在“政治正确”的暗潮汹涌之下,美国的社会生活发生了很大的变化,人们不仅在学术活动中必须小心翼翼地审视自己的研究和教学,在日常生活中也要谨慎地对待自己的一言一行,否则就容易触及雷区而被指责为具有歧视倾向。希尔克的命运便是如此。他的一句“幽灵”令他失去了为之奋斗几十年的一切,在一片憎恨与指责声中,他愤然辞去了教职。而妻子艾丽丝也在捍卫丈夫希尔克之战中突然中风去世。被雅典娜学院抛弃的希尔克与同样隐埋身份的清洁工福尼娅相识,并开始保持性关系,这个关系也被匿名指责:“人人皆知你正在性欲上剥削一个受凌辱、没文化、比你小一半的女人”(20)。依据女权主义的观点,显然希尔克的这一行为也是“政治不正确”的。最终同病相怜的他们在福尼娅的前夫莱斯策划的车祸中一起丧生。

《春季日语教程》中的普特帕特看似"政治正确"的行为成为他终生教职被拒的原因，而《人性的污秽》中的希尔克又恰恰因为"政治不正确"而成为"政治正确"的牺牲品。通过希尔克的悲剧，罗斯同样对"政治正确"进行了反思。

四、结语

在种族身份和文化身份的困扰中，在种族问题的纠结中，普特帕特和希尔克的梦想最终均以破碎告终。表面上看，普特帕特的幻灭和希尔克的悲剧源于种族问题，而实际上是美国学术界"政治正确"的潜规则在作祟，这一潜规则折射出的是大学校园里的政治权力之争。"政治正确"导致了普特帕特和希尔克自身最终异变为"幽灵"，导致了一系列"政治不正确"的结果，进而导致了身份认同的危机及身份的丧失。如果说，普特帕特和希尔克期望通过身份的"越界"，通过误认的身份认同于主流文化，以期实现自己的理想诉求，里德和罗斯这两位不惧被误读、被争议、被误认身份的作家，也通过一种"越界"的方式警醒崇尚民主和自由的美国，当马拉默德以一种犹太的普世方式发出"人人都是犹太人"的呼吁时，里德和罗斯期望警醒人们的是：当政治运作的潜规则成为一种确确实实的影响力量时，无论是黑人，还是白人，人人都可能是"幽灵"。虽然有着不同的族裔文化身份，这两位不愿被贴标签的作家都敏感地捕捉到文化多元主义本身隐含的危机，关注的是这一危机中的族裔身份问题，关注的是"政治正确"名义下暗含的自由的丧失。秘鲁作家马里奥·巴尔加斯·略萨去年 6 月在上海外国语大学的演讲中说："作为一个作家，你是在臆想的世界中旅行的一个人，你可以通过更精确的语言为政治做出贡献。"（略萨，2011：142）作为作家的里德和罗斯的确用其精确的语言为政治做出了贡献。

参考文献

[1]Anderson, Crystal S. Black Discourse and Black-Japanese Dynamics in Ishmael Reed's Japanese by Spring[J]. MELUS, 2004(29): 3-4, Fall-Winter: 379-396.

[2]Blum, Lawrence. Multiculturalism, Racial Justice, and Community: Reflections on Charles Taylor's "Politics of Recognition"[G]//Eds. Lawrence Foster and Patricia Herzog. Defending Diversity: Contemporary Philosophical Perspectives on Pluralism and Multiculturalism. Amherst: University of Massachusetts Press, 1994: 175-205.

[3]Franco, Dean Jr. Being Black, Being Jewish, and Knowing the Difference: Philip Roth's

The Human Stain: Or, It Depends on What the Meaning of “Clinton” Is[J]. Studies in American Jewish Literature 23,2004,Special Issue.

[4]弗洛伊德.弗洛伊德后期著作选[M].林尘等,译,上海:上海译文出版社,1986 年.

[5]Hall, Stuart & Paul de Gay, eds.Questions of Cultural Identity[M]. London: Sage, 1996.

[6]赫根汉.人格心理学导论[M].冯增俊,译,海口:海南人民出版社,1986 年.

[7]Jen, Gish.Mona in the Promised Land[M]. New York: Vintage, 1997.

[8]Kral, Francoise. F(r)ictions of Identity in The Human Stain. Philip Roth Studies 2.1, 2006,Spring:47-56.

[9]拉康.拉康选集[M].褚孝泉,译,上海:上海三联书店,2001.

[10]马里奥·巴尔加斯·略萨.一个作家的证词[J].新华文摘,2011(18):139-143.

[11]Maslan, Mark. The Faking of the Americans: Passing, Trauma, and National Identity in Philip Roth's The Human Stain[J]. Modern Language Quarterly 66: 3, September 2005:365-389.

[12]Neelakantan, G.Secrecy and Self-invention: Philip Roth's Postmodern Identity in The Human Stain[J]. International Fiction Review 34.1-2,Jan.2007:27-40.

[13]Omer-Sherman, Ranen. “A Stranger in the House”: Assimilation, Madness, and Passing in Roth's Figure of the Pariah Jew in Sabbath's Theater(1995), American Pastoral (1997), and Human Stain (2000)[M]. Diaspora and Zionism in Jewish American Literature: Lazarus, Syrkin, Reznikaff, and Roth. Hanover. CT: University Press of New England, 2002.

[14]Parrish, Timothy.The Cambridge Companion to Philip Roth[M]. Cambridge: Cambridge University Press, 2007.

[15]Reed, Ishmael. Japanese by Spring[M]. New York: Atheneum, 1993.

[16]Roth, Philip.The Human Stain[M]. New York: Houghton Mifflin, 2000.

[17]—. An Interview with Philip Roth. Reading Philip Roth[G]//Ed. Asher Z.Milbauer and Donald G.Watson. New York: St.Martin's, 1988:1-12.

[18]Womack, Kenneth. Campus Xenophobia and the Multicultural Project: Ethical Criticism and Ishmael Reed's Japanese by Spring[J]. MELUS 26.4,Winter 2001:223-243.

[19]王丽亚.《春季日语班》的反讽叙事及其文化多元主义批判[J].外国文学,2010(1):67-75.

[20]阎光才.以“政治正确”的名义[J]. 读书,2006(9):99-106.

(原发表于《当代外国文学》2012 年第 2 期)

欧美主流文学传统与黑人文化精华的整合
——评莫里森《宠儿》的艺术手法

王烺烺*

（厦门大学外国语言文学研究所）

摘　要：长篇小说《宠儿》是莫里森问鼎诺贝尔文学奖的一部力作，它表现了莫里森对欧美主流文学传统与黑人文化精华的整合。小说中碎片式叙述模式、多视角和内心独白等写作手法，显示出莫里森对业已进入美国主流文学传统的现代派以及后现代派文学的继承与发扬；而极富黑人口述文学特色、糅合超自然和魔幻成分、激荡着爵士乐风格的语言特色和文本结构则体现了黑人艺术的鲜明特征。这种独特的艺术风格使莫里森成为后现代派作家中的佼佼者。

关键词：《宠儿》艺术手法；欧美主流文学；黑人文化；整合

托妮·莫里森的长篇小说《宠儿》(*Beloved*，1987)近年来已被视为一部美国文学经典，成为文学评论的焦点。从女权批评、神话原型批评到西方马克思主义批评以及叙述学研究，评论家们用不同的方法解读着这部作品。经常引起争论是：莫里森作为美国黑人女作家，其艺术创作中到底表现出更多的是"美国性"还是"非洲性"[①]；《宠儿》的艺术手法，究竟是继承了欧美主流文学传统？还是弘扬了黑人文化的精华？

两种见解似乎都有其依据，但我们认为任何单一归类都不能全面概括莫里森小说的艺术特色。首先，莫里森出生和成长于三十年代民族传统浓厚的黑人家庭。父母一生保持的民族自尊、祖母的民间故事和鬼怪传说、祖父演奏的黑人民族音乐使得莫里森从孩提时便浸染于黑人民族文化艺术中。但同时，莫里森又在美国霍华德大学接受了系统的西方教育，大学毕业后，她在兰登书屋当过多年高级编辑，后到普林斯顿大学担任文学教授，曾受到过严格的

---

* 作者简介：王烺烺，副教授，主要研究方向为美国文学。

① 陈法春.西方莫里森研究中的几个焦点[J].外国文学动态，2000(5).

西方式文学训练,具有深厚的欧美传统文学知识底蕴。显然,我们在探讨莫里森艺术成就时,忽视任何一方面的影响都会有失偏颇。从《宠儿》这部作品中,我们既能找到其实验性的叙事手法同福克纳、乔伊斯、伍尔夫等欧美主流文学大师的渊源,也能看到其语言风格、艺术表现形式上鲜明的黑人民族艺术特色。莫里森的独特风格就在于她巧妙地把两种文学艺术传统完美地融为一体,加以整合与创新,使《宠儿》产生了巨大的艺术魅力。

一

莫里森在 1983 年接受奈利·麦克凯访谈时曾反对评论家把自己同欧美文学大师相比拟,提出"我不是福克纳,我不是乔伊斯"。[①] 莫里森此言的目的一是强调自己的民族特色,二是不愿被简单定型为某类主流作家的模仿者。但从《宠儿》所使用的时空错置、碎片式叙事模式、多重叙述视角和内心独白等叙事手法来看,莫里森的确在当年做硕士论文时潜心研究过福克纳、伍尔夫等现代派大师,并从他们的小说中得到不少启发。

(一)时空错置、碎片式叙事模式

莫里森在《宠儿》中没有线性展开情节,而是把不同时间、地点组合交织在一起,在现在与过去之间自由穿梭。小说开始时是 1873 年,此时美国的奴隶制已被废除,黑人们至少在名义上获得了解放。读者首先看到的是:一所整天闹鬼的房子——蓝石街 124 号,一位每日努力把回忆赶跑的黑人妇女塞丝,以及一个孤僻的女孩丹芙。就此展开的叙事支离破碎,时空不断错置。与现时的故事交织在一起的是多种层次的过去:有作为历史回忆的贩奴船的故事,有不同人物在昔日的农场"甜蜜之家"的种种磨难,有塞丝于逃亡途中生下丹芙的情景,有塞丝逃到辛辛那提后的 28 天里黑人邻居们相聚的热闹以及从此后 124 号的孤立等等……这些过去的故事时而出现在人物的回忆中,时而杂糅在现时的故事里,仿佛成了正在发生的故事。这种过去与现在并置、现实与回忆交织的叙事手法巧妙地增加了小说的维度与涵盖面,强调主人公塞丝等昔日黑奴在获得人身自由后,心灵仍然被笼罩在过去奴隶制的阴影中。

① Nellie Y. McKay. An Interview with Toni Morrison[J]. Contemporary Literature, Winter, 1983:426.

同时,碎片式叙事模式还体现在对于小说的主要事件——塞丝杀婴的叙述中。小说的开头只提到124号有个被割断喉咙的婴儿鬼魂在作祟,提到"油一般浸透手指的婴儿的鲜血"*①,让人不明原委;随后在"甜蜜之家"的"最后一个男人"保罗·D和塞丝的谈话中,零星提到塞丝坐牢,那里的耗子什么都咬,却不碰塞丝的幼女丹芙,为什么坐牢却不得而知;丹芙的回忆中曾闪过童年伙伴的询问:"你妈妈不是因为谋杀给关起来了吗?她进去的时候你没跟着吗?"(104)对于牢房的模糊回忆使丹芙意识到某种可怕事实的存在,于是双耳自动失聪,读者也因此和丹芙一样无法听到答案。直到把整部小说读了将近大半,读者方才明了,18年前面对奴隶主追捕时塞丝杀害了亲生骨肉宠儿。

碎片式叙事手法已成为后现代小说的主要特征之一,这种叙事手法在《宠儿》中的运用则巧妙地契合了小说的主题挖掘和人物塑造。首先,零星的碎片式叙事,避免了读者对塞丝杀婴过早做出判断,把这个充满复杂感情因素的行为与过去的故事交织叙述,使读者对这一骇人之举的历史及个人背景有了更深的了解。其次,整篇故事回荡着叙述与逃避叙述之间的张力,一方面增加了小说的悬念,另一方面也对应了小说人物对不堪回首的往事的极力回避,吻合记忆压抑与恢复的心理机制,展示了"重现回忆"的真实过程。

(二)多种叙事声音和多重叙述视角

小说中每个人物,甚至包括追捕奴隶的白人以及死者都参与了故事的叙述,事件通过不同人物的回忆表现出来。例如,塞丝杀死宠儿的过程就被涉及的不同人物——塞丝、斯坦普·沛德、"学校老师"等人,分别以不同的视角反复讲述。这并非简单的重复叙述,而是如王守仁先生指出的那样,这种多人多次讲述"每个人虽然讲的是同一事件,但都不是完整故事,而是以不同层面为故事提供和积累了互为补充的信息"。②

塞丝杀婴事件首次叙述时,读者首先进入追捕塞丝的奴隶主"学校老师"的叙事角度:

---

* 以下该书的引文只标出页码,不再一一作注。部分译文参照中国文学出版社1996年版,潘岳、雷格译的《宠儿》。

① Toni Morrison.Beloved[M]. New York:Alfred A. Knopf, Inc., 1987:5.

② 王守仁、吴新云.性别·种族·文化——托妮·莫里森与二十世纪美国黑人文学[M].北京:北京大学出版社,1999:135.

> 一个发疯的老黑鬼拿着把斧头站在木头堆里。你一眼就能看出他是个疯子,因为他在咕哝着——发出低沉的、猫一样的呼噜声……
>
> 里面,两个男孩在一个女黑鬼脚下的锯末和尘土里流血,女黑鬼用一只手将一个血淋淋的孩子搂在胸前,另一只手抓着一个婴儿的脚跟。她根本不看他们,只顾把婴儿摔向墙板,没撞着,又在做第二次尝试。这时,不知从什么地方——就在这群人紧盯着面前的一切的当儿——那个仍在低吼的老黑鬼从他们身后的屋门冲进来,将婴儿从她妈妈抡起的弧线中夺走。
>
> 事情马上一清二楚了,对'学校老师'来说尤其如此,那里没什么可索回的了。(149)

接着,这一中心事件又从斯坦普·沛德(即"学校老师"提到的老黑鬼)的视角重新叙述。通过他的讲述,读者了解了事件发生前的宴会,知道了"为什么没有人提前跑来……报信……",看到了塞丝当时"怎样飞起来,像翱翔的老鹰一样掠走她自己的孩子们;她的脸上怎样长出了喙,她的手怎样像爪子一样动作,她怎样将他们个个抓牢:一个扛在肩上,一个夹在腋下,一个用手拎着,另一个则被她一路吼着,进了满是阳光、由于没有木头而只剩下木屑的木棚屋……"(157)。

最终,读者通过塞丝本人的视角重现这一过程,进入塞丝的内心感受:

> "……事实很简单……很简单:她蹲在菜园里,当她看见他们赶来,并且认出了'学校老师'的帽子时,她的耳边响起了鼓翼声。小蜂鸟将针嘴一下子穿透她的头巾,扎进头发,扇动着翅膀。如果说她在想什么,那就是不。不。不不。不不不。很简单。她就飞了起来。攒起她创造的每一个生命,她所有宝贵、优秀和美丽的部分,拎着、推着、拽着他们穿过幔帐,出去,走开,到没人能伤害他们的地方去。到那里去。远离这个地方,去那个他们能获得安全的地方……"(163)

以塞丝的视角重现这一幕,读者对当时情景中塞丝所做的反应有了更深的理解:这一骇人之举正是一位母亲在那种剥夺黑人做人、做母亲权力的强大制度下,一次不顾代价的反抗,一种深沉的母爱的表达。

莫里森使用多视角为故事提供多层面解读,目的则是为了消解白人主流话语对黑人历史的叙述,补上缺失的黑人话语,尤其是黑人妇女话语。在对杀婴事件的叙述中，读者首先被迫接受的是奴隶主的话语，在这个话语中，塞丝等黑人表现出“发疯”的动物般的表征，其行为无法用“人”的标准衡量理解。这个带着明显的种族偏见的话语正是否认黑人人性的价值体系的反映。然而，长期以来，黑人历史只能通过这种话语被歪曲再现。相比之下，黑人男性斯坦普·沛德的视角更具同情性、更客观，但它仍然缺乏从深层次的心理感受上挖掘蓄奴制对黑人女性的戕害。只有当塞丝打破“失语症”似的沉默，直面惨痛的过去，参与叙述时，这个故事才能获得完整叙述，它的深层内涵才彰显出来。莫里森在奴隶制结束几百年后重述这段历史，其目的就是要让被压抑的黑人话语，特别是黑人妇女的话语，重新参与到对历史的建构中。多视角的运用为实现这个创作目的起到了积极作用。

（三）用内心独白来揭示人物的潜意识

当塞丝自信确知那个来到她家自称“宠儿”的姑娘是谁的时候，她向外部世界关上了大门；呈现给读者的是“124 号宅子里女人们的思绪，不能诉诸言语，也没有诉诸言语”。(199)

塞丝以“宠儿，她是我的女儿。她是我的……”为开篇进行了长达近五页的内心独白，其中充溢着塞丝对宠儿的母爱、对宠儿归来的喜悦，交织着塞丝对“甜蜜之家”、对自己没有母爱的童年一幕幕刻骨铭心的回忆(200-204)。紧接着是小女儿丹芙的内心独白：其中有对母亲杀婴之举的惊骇、对外面世界的恐惧，有对从未谋面的父亲的幻想、对拥有宠儿姐姐做伴的渴望(205-209)。而宠儿的内心独白尤其形式独特、含义深长。大段的内容没有一个标点符号，纷杂的意象堆积在一起。仔细解读，发现其中包含着黑人们当年从鲜花盛开的非洲大地被贩运到美洲的历史画面，对地狱的描述则是对贩奴船上黑奴们惨绝人寰的遭遇的记录：拥塞肮脏的船舱，没有水、没有食物，只有用“没有皮的(白)人”的尿来解渴，死人成堆，那个摘花的女人跳了海……(210-213)在这段独白中，宠儿的经历与千千万万被贩卖的黑奴的遭遇融合在一起，在非洲大地摘花的女人、贩奴船上跳海的女人、与“宠儿”的非洲妈妈以及塞丝，混同起来。这里的回忆并非宠儿个人的回忆，它蕴涵着整个黑人民族的历史记忆，记忆中的母亲也不再只是塞丝一个黑人母亲，而是无数被剥夺了爱的权利的黑人母亲的集中象征。

最后一部分的内心独白以宠儿的话语为开端，接着却变成了一句一行，如同诗歌一般的文字。这一部分已不再是宠儿的自语，宠儿、塞丝、丹芙三个女人同时在自语也在交叉对话。渐渐地，谈话者合为一体，内心独白变成了深层次的心灵交汇(214-217)。它既是生活在奴隶制及其阴影下的黑人女性共同感受的横向交流,也是分别代表过去(宠儿)、现在(塞丝)、未来(丹芙)的黑人女性心灵的纵向交流。

这里我们注意到,莫里森使用的叙事技巧并不是对福克纳等现代派大师的单纯模仿,而是紧扣小说主题进行了创新发展。杨仁敬先生曾颇有洞悉力地指出,托妮·莫里森在《宠儿》中采用的意识流和内心独白与福克纳的风格看来相似,其实并不完全相同。[①] 在福克纳的代表作《喧哗与骚动》中,意识流和内心独白手法多是从贵族庭院的花鸟虫鱼展开自由联想,展示的是破落的美国南方白人贵族的精神失落,涵盖的只是个人或家族错乱的精神世界;而《宠儿》采用内心独白联想到的是悲惨凄凉的奴隶制及其阴影下的生活,涉及的不但是个人和家族的精神世界,还有整个黑人民族的种族记忆和集体无意识,从而揭示了几百年来的奴隶制和种族歧视积淀在黑人民族心中的精神创伤,因而具有更大的广度与深度。另外,不同人物内心相互对话,打破自我和他者、主观和客观的界限,使内心的独白变成内心对白,乃至汇成心灵的交流,这也是莫里森对这一手法的独特创新。

二

莫里森在借鉴和革新上述主流文学大师叙事手法的同时,时刻没有忘记从根植于非洲文化的美国黑人艺术宝库中采撷珍品。正如她自己所承认的那样:"我一直试图在自己的小说中随处融入一些东西,一些与我所认为的黑人艺术的主要特色直接相关的东西。"[②]《宠儿》中对黑人民族文学口述传统的继承,超自然和魔幻成分的运用,及其爵士乐风格的文本结构和叙事策略都体现了鲜明的黑人艺术特色。

(一)黑人民族文学的口述传统

黑人英语口语是昔日黑奴传承非洲口述文学传统,"挪用"白人语言,使之

---

① 杨仁敬.论美国后现代派小说的嬗变[J].山东外语教学,2001(2):1-4.

② Toni Morrison.Rootedness:The Ancestor as Foundation[G]//Ed. Derris Walder. Literature in the Modern World: Critical Essays and Documents. Oxford: Oxford University,1990:328.

"非洲化的英语,反映了美国黑人语言—文化的非洲传统……带有美国黑人特有的意韵、语气和手势。"①莫里森小说的语言魅力历来受到评论家们的好评,被瑞典学院称赞为"充满诗意流光溢彩",它正是莫里森从黑人英语口语中提炼"其句法、其隐喻、其韵律"②的匠心成果。

《宠儿》被视为以书面形式记录的口述文本,朗朗上口适合朗诵。莫里森本人在不少场合朗读过其中片段,她朗读的另一部小说《爵士乐》甚至还被制成CD发行。莫里森曾多次表示希望自己的小说能成为"听"的故事,在她看来,小说必须"听起来"自然:"我听起来是什么样子,写出来就是什么样子,我想,我把它朗读出来也是这个样子。"③因而《宠儿》中人物的对话真实、生动,读者似乎不但能听到人物交谈,还能捕捉到其中声调的抑扬顿挫乃至体态表情。

但是莫里森所用的黑人口头语言并非随意拿来,而是经过了精心提炼。她曾批评一些作家的做法:简单地用不规范语法和错误拼写来表现黑人语言的特色,结果却是一些"无人能读懂的东西",而她所做的是"努力把口语方言与标准英语调和起来"。因为在她看来黑人口语的特点和韵味主要靠比喻的选择和生动的意象来体现的。④

《宠儿》所用的比喻大胆而新奇:味道鲜美的黑莓"吃起来仿佛置身教堂"(136),花里胡哨的裙子"让刺绣花边的椅垫都感到难为情了"(247),向石匠卖身十分钟以换得为女儿的墓碑刻上"宠儿"的塞丝被描写成"双膝张开像坟墓",塞丝背上受"学校老师"等人的狠毒鞭打留下的伤疤则成为"一棵苦樱桃树",它是塞丝的"悲伤,它的根,它巨大的主干和繁茂的枝杈……"(17)。小说中对颜色的运用也常常蕴涵着比喻与象征意义:代表宠儿的颜色——红色,暗示一个在血泊中死去的怨鬼;暗淡破旧的被子上两块醒目的黄补丁,更反衬出塞丝生活缺乏色彩、单调沉闷;塞丝的婆婆贝比·萨格斯晚年对颜色的思索,则反映了一个老黑奴试图在黑、白两极颜色(肤色)的对立中寻找生活失败后的困惑……如此大量的比喻与象征与诗歌般凝练、散文般舒缓的行文美妙地

---

① Geneva Smitherman.Talking and Testifying[M]. Detroit:Wayne State University Press, 1977:2.

② Emory Elliott and others eds. Toni Morrison as Quoted in American Literature:A Prentice Hall Anthology[M]. vol. 2. Englewood Cliffs. New Jersey:Prentice Hall, 1991:2236.

③ Quoted by Eusebio L. Rodrigues,The Telling of Beloved[J]. The Journal of Narrative Technique, 1991,21(2):153-169.

④ Sheldon Hackney. A Conversation With Toni Morrison[J]. Sheldon Hackney. Humanities,March/April 1996:47.

结合在一起，使《宠儿》的文字既鲜活生动又意蕴悠远。

除了具有上述黑人英语口语的语言特色以外，《宠儿》还继承了黑人文学口述传统一个重要特色：召唤（call-and-response）模式或者又可称为启应轮唱（antiphony）模式。

黑人艺术一直具有"对表演者的表演予以附和的参与性"①。早期黑人的做工歌、灵歌、黑人布道圣咏不乏这种参与者互相应和的集体创作形式。在召唤与应答中，表演者或讲故事者与观众或听众进行双向交流，一同分享生活感受与体验，这种群体创作特征使其成为黑人民族疗治伤痛、谋求生存发展的有意识文化行为。

《宠儿》多处直接重现召唤场面。在黑人们的心灵牧师贝比·萨格斯林间空地传道场景中，当贝比·萨格斯呼唤着昔日黑奴发泄郁积在心中的痛苦，寻找被奴隶制粉碎的自我时，众人以笑声、舞蹈、哭泣以及歌唱应答着，贝比·萨格斯继而以舞蹈回应众人的歌声。(87-89)小说接近结尾处也出现了典型的召唤—应答场景："丹芙看见了低垂的脑袋，却听不见那领头的祈祷——只听见了作为背景的热情附和的声音：是的，是的，是的，噢是的。听我说。听我说。下手吧。造物主，下手吧。"(258)祈祷者在相互召唤—应答，同时也在呼唤塞丝。"对塞丝来说，仿佛是'林间空地'来到她的身边，带着它全部的热量和渐渐滚沸的树叶；女人们的歌声则在寻觅着恰切的和声……它震撼了塞丝，她像受洗者那样颤抖起来。"(261)此时的召唤—应答恰如心灵的洗礼，帮助塞丝驱逐梦魇，疗治心灵的创伤。

宠儿的出现与消失也以召唤—应答模式进行。宠儿还魂出现在蓝石街214号，是对塞丝内疚心理的应答，因为18年来塞丝一直希望能够向死去的女儿说明自己当年的行为。塞丝对还魂女儿的溺爱则是对宠儿要求对过去做出解释的应答。然而这种召唤—应答因为宠儿的贪婪和塞丝的忘我，关系失去平衡而濒于危机。丹芙走出去求助于社群的妇女，得到了对方的应答，才最终赶走了还魂的宠儿。王守仁先生注意到，《宠儿》可以分为上、中、下三篇，分别由"一百二十四号怨气冲天"(3)、"一百二十四号大声喧闹"(169)、"一百二十四号安静下来"(239)开篇，并指出，"房子状态的变化恰好对应小孩子从哭

① Rod W. Horton and Herbert W. Edwards. Background of American Literary Thought[M]. Third edition. Englewood Cliffs, New Jersey: Prentice Hall, Inc., 1974:584.

闹到安睡的一个过程”。① 我们也可以据此将这种叙事结构理解为宠儿作为“不可言说”和“被湮没”的奴隶制历史的化身，始而被唤醒，继而经过痛苦的回顾审视，终而被重新“正式埋葬”这一召唤—应答过程。

从读者的角度来看，这种召唤和应答模式也是对读者参与文本建构的要求。在莫里森看来，正是“文学所应该做的”，因此，莫里森的小说语言常常有意“留下一些漏洞与空白以便使读者能够参与进来”。② 在阅读《宠儿》时，读者必须加入自己的感悟，把破碎的叙述、筛分的情节拼合在一起，和作者一同建构文本，并和小说人物一起经历治愈伤痛、重建完整生活的过程。由读者来参与对已成历史的奴隶制进行“重现回忆”，使这个充满痛苦回忆，本来“不是一个可以流传的故事”(329)，得以重述、回望，这也正是《宠儿》的创作意旨所在。

(二)超自然和魔幻成分

莫里森的小说不乏神秘的超自然成分。例如在《秀拉》中，随着女主人公秀拉回到“底层”，家乡发生了罕见的知更鸟鸟害，《柏油娃》中有传说中捕兔子的柏油娃，《所罗门之歌》中有着自由翱翔天空的非洲飞人。相比之下，在《宠儿》中，超自然和魔幻成分更加突出。当塞丝女儿的鬼魂在蓝石街 124 号闹腾：打碎镜子、在蛋糕上留下小手印、倒扣起泔水桶、在人身上冷不丁击上一掌时，屋子里的女人“就像知道光的来源一样明晓这些暴行的来源”(4)；对于她们来说“什么都不死”。(36)当塞丝一度向婆婆提出搬家建议时，贝比·萨格斯回答道：“在这个国家，没有哪座房子不是从地板到房梁都塞满黑人死鬼的悲伤。我们还算幸运，这个鬼不过是个娃娃……我生过八个……我估计，个个儿都在谁家闹鬼呢。”(5)当一个自称宠儿的姑娘出现在 124 号时，不但丹芙和塞丝认为她就是还魂的宠儿，很多黑人邻居们也断定这个没有掌纹的姑娘就是 18 年前塞丝杀死的女儿。显然，超自然和魔幻的东西被小说中的人物视为自然的和日常的现象了。

成长于“熟知超自然”并且有着讲故事传统的黑人家庭的莫里森，从孩提时起就熟悉黑人民间文化中这些超自然和魔幻的东西。在她看来，它反映了

① 王守仁、吴新云.性别·种族·文化——托妮·莫里森与二十世纪美国黑人文学[M].北京：北京大学出版社，1999：130.

② Toni Morrison. In an Interview[G]//Ed. Claudia Tate. Black Women Writers at Work. New York：Continuum，1983：125.

一种宇宙世界观，是“黑人民族看待世界的方式”，是其“了解事物的另一种方式”[①]，它源于非洲古老的宗教文化：死者与生者可以沟通，灵魂可以被召唤回阳间，生死之间没有界限。

这种对超自然与魔幻的接受让人们联想到拉美“魔幻现实主义”的手法。的确，莫里森开始其创作生涯时，正是以加西亚·马尔克斯(Gabriel Garcia Marquez)为代表的拉美魔幻现实主义风行世界文坛之时，这股风潮不可能不被正在尝试创作的莫里森注意到。事实上，《宠儿》以家族的编年史来影射民族的编年史，把魔幻与历史和政治现实相融合的手法与拉美魔幻现实主义的创作特点极其相似。然而，所不同的是，以马尔克斯为代表的魔幻现实主义以拉美印第安古老文化为基础，如《百年孤独》(*One Hundred Years of Solitude*)采用的印第安文化中飞毯的传说，而莫里森的魔幻现实主义则基于上述黑人民族宇宙观以及非洲古老的宗教文化。

和马尔克斯的《百年孤独》一样，《宠儿》的魔幻表现手法有着双重效果：既神奇、怪诞而又具有历史性和批判性。基于自身的本土文化，以“魔幻”的表现手法抵抗“权威”话语提供的“现实”，对抗其文化殖民，以唤起本民族被湮没的种族记忆。它显示了爱德华·赛义德所说的弱势民族知识分子有意识的努力：“进入欧洲和西方话语，与之混合，将之转换，使之承认被边缘化、被压制和被遗忘的历史。”[②]

(三)爵士乐风格的文本特征和叙事策略

十九世纪末二十世纪初以美国新奥尔良为中心传播开来的爵士乐，以非洲音乐传统为重要起源，尤其是其独特分支布鲁斯，可以追溯到早期种植园中黑奴们的歌谣。爵士乐成为美国黑人历史的关照和民族文化意识的音乐类比。不少黑人作家如 W.E.B 杜波依斯、拉尔夫·艾里森、詹姆斯·鲍德温、爱丽斯·沃克都在作品中融进了黑人音乐的风格因素。因为正如詹姆斯·鲍德温所指出的：“只有在音乐中……美国的黑奴才能够讲述自己的故事。”[③]莫里森多次强调自己学习效仿的正是这一黑人艺术的伟大成果：“它(爵士乐)对我

① Toni Morrison.Rootedness: The Ancestor as Foundation[G]//Ed. Derris Walder. Literature in the Modern World: Critical Essays and Documents. Oxford: Oxford University, 1990: 329-330.

② Edward W. Said.Culture and Imperialism[M].London: Vintage, 1994: 260.

③ James Baldwin.Price of the Ticket: Collection of Nonfiction[M]. New York: St. Martin/Marek, 1985: 65.

来说,从某方面说明了我所生活的文化以及我的作品。"[①]

《宠儿》的整篇布局恰似一曲即兴演奏的爵士乐。开篇突如其来,没有章节标题,首行也没有缩进,让人不明就里,读者仿佛一下子置身于爵士乐纷乱的音符中。随后的章节同样既无标题,也无明显的过渡,动荡的叙事节奏,把故事拉向不同的人物和事件,恰似爵士乐的即兴演奏。小说没有高潮,有可能形成高潮的中心事件——塞丝杀婴——被分解为东鳞西爪的片段,正如爵士乐没有"渐强音"出现的凌乱弹奏。莫里森在接受访谈时特别提到,在爵士乐演奏中,"一个人不能主导整个演出","他必须非常关注别的声音、别的乐器在做什么,说什么"[②]。莫里森将之运用到小说叙事中,摒弃了对全知叙事视角的依赖,补充以多声部即兴阐发的叙事声音。过去的回忆在压抑中零星释放,叙述自己的故事与倾听别人的故事交错进行。塞丝和保罗·D,贝比·萨格斯和斯坦普·沛德,宠儿和丹芙,三代美国黑人的故事交织在一起,使叙事在不同时间层面,不同人物之间滑入滑出,犹如爵士乐的变奏,凌乱中有着和谐,琐碎中显出恢宏。

小说语言也不时呈现爵士乐的节奏感,如描写保罗·D和其余四十多黑奴被拴在一条锁链上干活时的情景就形象地模拟了音乐的鼓点:

> 在"嗨师傅"的带领下,男人们手抡长柄大铁锤,苦熬过来。他们唱出心中块垒,再砸碎它;窜改歌词,好不让别人听懂;玩文字游戏,好让音节生出别的意思。他们唱着与他们相识的女人;唱着他们曾经是过的孩子;唱着他们自己驯养或者看着别人驯养的动物。他们唱着工头、主人和小姐;唱着骡子、狗和生活的无耻。他们深情地唱着坟墓和去了很久的姐妹。唱林中的猪肉;唱锅里的饭菜;唱钓丝上的鱼儿;唱甘蔗、雨水和摇椅。(108-109)

文中反复出现的"唱着"产生了鼓点似节奏,恰似铁锤的一次次抡起、砸下,回荡着黑奴们的愤懑和对自由生活的期盼。同时,这段描述又一次展现了启应式轮唱的魅力,描摹了黑人们依靠音乐的力量在逆境中求生存的生动

---

① Claudia Dreifus. Chloe Wofford Talks about Toni Morrison[J]. The New York Times, 1994(11):75.

② Sheldon Hackney. A Conversation with Toni Morrison[J]. Humanities, March/April 1996:6.

画面。

爵士乐的独特魅力在于其创新性，爵士乐手在演奏中即兴变换曲调，并且从不重复同一种即兴演奏。“不同的夜晚，不同的情绪，不同的演奏伙伴可能把同一支曲子演变成完全不同的版本。”①爵士乐手们还常常把人们熟悉的曲目拿来进行翻新，使旧材料获得新的韵味和内涵。这种拒绝拘泥原版的即兴创作形式成为莫里森的叙事策略，被用以重构黑人历史，来对抗白人“权威话语”对美国黑人历史的歪曲、静音。《宠儿》是对 1856 年发生在逃亡黑奴玛格丽特·加纳身上的真实故事的重新加工，在重写中，莫里森既否定了白人种族主义者的话语，也摒弃了废奴主义者的偏狭视角，重新赋予事件当事人主体性，以展示“黑奴的内心生活”，从新的角度揭露奴隶制对黑人民族尤其是黑人女性心灵的戕害。而发表于 1992 年的《爵士乐》，源自摄影师范德泽用照片记录的一个事件：一位黑人姑娘被情人用无声手枪射中，拒绝报警与抢救，静静地流血而死。莫里森据此展开想象性重构，使《爵士乐》成为对 20 年代美国黑人离开南方农业区，流向北方城市的历史过程的重构和阐释。莫里森犹如文坛上的爵士乐大师阿姆斯特朗，把一个个陈旧的历史片段加工成了具有新的主题深度与内涵、充满艺术魅力的作品。

综上所述，不难看出托妮·莫里森独具特色的艺术风格来源于对欧美主流文学传统与黑人文化艺术精华的兼收并蓄，来源于对两种传统的整合。因此，我们只能说它兼具“美国性”与“非洲性”。莫里森一直坚持创作“一定不能露出针脚”，语言“一定不能流汗”②。在《宠儿》中，两种文学和文化传统巧妙地融为一体，整部小说恰如一件精美的艺术品，看不出任何“针脚”和拼凑的痕迹。1993 年莫里森成为第一位获得诺贝尔文学奖的美国黑人女作家，更有力地证明了其艺术风格的成功。

（原发表于《当代外国文学》2002 年第 4 期）

① Stanley Crouch. The All-American Skin Game, or, The Decoy of Race[M]. New York: Pantheon Books, 1995: 16.

② Toni Morrison. In an Interview[G]//Ed. Claudia Tate. Black Women Writers at Work. New York: Continuum, 1983: 120-126.

《秀拉》:一种神话原型的解读

杜志卿　张　燕*

摘　要:托妮·莫里森熟稔《圣经》和古希腊罗马神话,精通神话叙事艺术,其作品中的人物、情节、场景、意象和主题等常常包含着丰富的神话因素。《秀拉》的主人公秀拉是一位敢于反抗传统社会,努力追寻自我价值的黑人女性,她的命运是西方传统神话中追寻原型、替罪羊原型和撒旦原型在特定社会历史文化语境下的置换变形。因此,从神话—原型批评的角度考察该人物形象的生命历程,有助于读者更好地把握秀拉的精神实质以及该小说的思想主题。

关键词:非裔美国文学;莫里森;《秀拉》;神话—原型批评

神话—原型批评(简称原型批评或神话批评)由瑞士著名心理学家荣格所创,是现代西方文学批评史上一个具有重要影响的批评学派。该批评学派自觉借鉴和运用心理学和文化人类学的研究成果,着重考察文学作品中的宗教、仪式、巫术、神话和心理等因素,研究文学叙事中的神话思维和人类集体无意识,探索文学现象与古代神话、仪式以及原型之间的密切联系。按照该批评学派的代表人物诺斯洛普·弗莱(Northrop Frye)的观点,神话是文学的结构因素,文学是"移位"的神话,神的诞生、历险、胜利、受难、死亡乃至复活,包含了文学的一切故事。[①] 弗莱把原型定义为文学中可以"独立交际"的单位,它以人物、情节、场景、意象、主题等多种形态,在不同时代,不同体裁的作品中通过象征、象征群的方式反复呈现。读者必须借助特定的文化语境,深入分析作品

---

* 作者简介:杜志卿,教授,主要研究方向为现当代英美小说;张燕,副教授,主要研究方向为英美女性文学。

① 黄明嘉.寻觅莱茵河底的"宝物"——伯尔小说的神话原型蠡测[J]. 外国文学评论,1998(1):81.

中的神话隐喻和象征,才能真正把握有关作品的思想内涵。

托妮·莫里森(Toni Morrison, 1931—)的创作是否受到神话—原型批评的影响呢?答案是肯定的。莫里森系统地接受过西方文化的教育,熟稔《圣经》、古希腊罗马神话,精通神话叙事艺术。她在创作中常自觉或不自觉地使用一系列具有象征意义的神话原型——不但借鉴了传统神话的叙事模式,而且将西方、非洲以及美籍非裔人的民间信仰、神话、通灵以及魔幻等因素完美地糅合在一起,[①]从而使读者获得一种超越时空的感受和崭新的审美体验。一般认为,《所罗门之歌》(*Song of Solomon*, 1977)和《柏油孩》(*Tar Baby*, 1981)是莫氏神话叙事的代表作品,最能反映作家那种开阔的"原始视野"(primordial vision)[②]:前者以古希腊神话为叙事框架,描写美国黑人的生活现状,探讨美国黑人种族的未来出路问题,并阐明传统文化对黑人寻找自我和确立身份的重要作用;后者以黑人民间故事"柏油孩"为神话隐喻模式,探讨传统与现代的矛盾以及黑人文化与白人文化的冲突问题。对这两部作品的神话叙事艺术,评论界已有专文论述。[③]《秀拉》(*Sula*, 1973)是莫氏的第二部长篇,书中人物的故事和命运虽然也蕴含丰富的神话因素,同样能展示作家的神话叙事天才,但评论界给予的重视仍显不足,有关问题的研究还有待深入。[④] 本文从神话—原型批评的角度考察该小说的同名主人公秀拉的生命历程,进一步挖掘小说的思想内涵。我们认为,秀拉形象与西方传统神话中的追寻原型、替罪羊原型和撒旦(反叛)原型相对应,是这些神话原型在特定社会历史文化

---

① Wilfred D. Samuels and Clenora Hudson-Weems. Toni Morrison[M]. Boston: Twayne Publishers, 1990:41.

② 该词语引自 Wilfred L. Guerin, et al. A Handbook of Critical Approaches to Literature[M]. 3rd edition. New York & Oxford:Oxford University Press, 1992:168.

③ 例如,Craig H. Werner. The Briar Patch as Modernist Myth: Morrison, Barthes and Tar Baby As-Is[G]//Ed. Nellie Y. McKay. Critical Essays on Toni Morrison, Boston: G. K. Hall & CO., 1988:150-167;曾艳钰.《所罗门之歌》中的现代主义神话倾向[J]//厦门大学学报(哲社版),2000(1):131-135.

④ 《秀拉》中的神话叙事因素,评论界虽有多人提及,如 Cynthia A. Davis.Self, Society, and Myth in Toni Morrison's Fiction[G]//Ed. Harold Bloom. Toni Morrison. New York: Chelsea House Publishers, 1990:7-25; Barbara Hill Rigney. The Disremembered and Unaccounted For: History, Myth and Magic[M]. The Voices of Toni Morrison, Columbus: The Ohio State University Press, 1991:61-8: Wilfred D. Samuels and Clenora Hudson-Weems. Experimental Lives: Meaning and Self in Sula[M]. Toni Morrison, Boston: Twayne Publishers, 1990:31-52,但笔者至今仍未见过专文的论述。

语境下的“置换变形”。[①]

一、追寻原型

古希腊神话中的尤利西斯是特洛伊战争的英雄。他凭着自己的智慧和勇敢在特洛伊战争中建立了丰功伟绩。但在返回家乡的途中，他历尽艰险，在海上漂泊了十年之久才返回故里，与妻儿团聚。尤利西斯的故事是西方文学作品中经常出现的追寻原型。这一男人离家的母题在中世纪广为流传的骑士文学中有明显的表现，其中最著名的是《帕尔齐法尔》以及与此有关的寻找圣杯的传说。在近代，这一母题演变为对灵魂归宿或是对真理和人生真谛的探求，如班扬的《天路历程》和歌德的《浮士德》。在现代文学中，这一母题则“置换变形”为在精神上丧失了安身立命之处的现代人对精神家园的寻求，如詹姆斯·乔伊斯的《尤利西斯》和卡夫卡的多部小说。[②]

莫里森对西方古典文学有过深入的研究。她对尤利西斯的故事以及男人离家的母题非常感兴趣，[③]她常在创作中自觉或不自觉地“借题发挥”。例如，在《所罗门之歌》中她就以尤利西斯的神话故事为框架，描写黑人男子“奶娃”(Milkman)自我发现和成长的历程。笔者以为，莫氏在刻画秀拉这一人物形象时也受到该神话故事的启发。首先，她用这位独身的黑人女子离家外出、追寻自我的经历和遭遇解构了该神话中的情爱模式，从而颠覆了这个以男权价值和经验为逻辑起点的神话故事。神话故事中的帕涅罗帕(尤利西斯之妻)的等待故事十分令人感动：在丈夫外出离家的岁月里，帕涅罗帕不但战胜了寂寞和孤独，而且还成功地抵挡住了那些王公贵族的诱惑和威逼。但莫里森笔下的秀拉绝不是一位帕涅罗帕式的好女子：她把婚姻拒之门外并自主地选择到外面寻求自我发展的空间，之后她又把性爱作为体验生活和寻找自我的一种方式——她“主动出击”，与“底层”社区的许多男人发生性关系！

莫里森是一位极具女性意识的黑人女作家。毫无疑问，这位“反神话”的

---

① 该术语源自诺思罗普·弗莱的《批评的剖析》，英文是“displacement”，又译为“移用”。参见中译本《批评的剖析》，陈慧等，译，天津：百花文艺出版社，1998:151.

② 冀桐.卡夫卡作品中的三个神话原型[J]//河北师范大学学报(社科版)，1996(4)：92-98.

③ Aoi Mori, Toni Morrison and Womanist Discourse[M]. New York：Peter Lang Publishing Inc., 1999:85.

黑人女性形象凸显了她批判男权的精神意识。莫里森对尤利西斯的故事有自己的解读。她认为,这一神话故事是西方传统社会男性价值和经验的原型——它通过提供不正确的、不可能的范例排斥和扭曲了弱势群体(女性)的经验。[①] 对她而言,帕涅罗帕无疑就是传统社会贞洁女子的原型,她身上的美德是以牺牲自由和个性为代价的。莫里森清醒地看到,传统社会里的女性只是作为被动的客体而存在,她们的形象、身份都是附属的、模糊的。她们的人生价值通常体现在两方面:对情感的专一和对男性的忠贞——她们在崇高的爱情之中展示自己,但却没有独立的个性和人格,就像帕涅罗帕那样必须善于等待和遵守爱情的诺言,长期忍受孤独和痛苦,毫无自主性可言。笔者以为,莫氏或许从帕涅罗帕的等待故事中窥见了传统黑人女性的现实命运:她们永远只从属于家庭,毫无独立的自我可言——为了逃避责任,黑人男性可以离家出走,而黑人女性只能留在家里,十分艰难地担负起养儿育女的责任。《秀拉》中的夏娃和奈尔就是传统黑人女性的典型。而秀拉则不同,她是一位拥有自由和自我的现代女性,她的生活是"即兴的,勇敢的,捣乱的,富于想象的,现代的,非家庭的,非法的,毫无约束的和无法约束的"。[②] 因此,从这个意义上我们可以说,通过秀拉的追寻经历及其生活姿态,《秀拉》消解了尤利西斯这一神话故事所代表的男权价值和经验,它不但改写了黑人女性那种被动、等待的命运,而且赋予了她们探求生命价值的自由,从而确立女性之为人的尊严和主体性。[③]

其次,通过"戏仿"尤利西斯的追寻故事,莫里森使该小说对现实的批判性跃然纸上——秀拉的追寻之旅充分展示了现代黑人女性在寻找自我、实现人生价值的过程中所必须面对的艰辛和痛苦。与神话故事中的尤利西斯一样,秀拉也是离家追寻的主人公。她离家整整十年(与尤利西斯在海上漂流的时

---

① Cynthia A. Davis. Self, Society, and Myth in Toni Morrison's Fiction[G]//Ed. Harold Bloom. Toni Morrison. New York: Chelsea House Publishers, 1990:23.

② Barbara H. Rigney. The Voices of Toni Morrison[M]. Columbus: The Ohio State University Press, 1991:55.

③ 在美国黑人文学作品中我们可以找到不少类似秀拉的女性形象,如尼尔·佐拉·赫斯顿(Zora Neale Hurston)《她们眼望上苍》(*Their Eyes Were Watching God*, 1937)中的珍妮(Janie)以及爱丽丝·沃克(Alice Walker)《紫颜色》(*The Color Purple*, 1982)中的主人公茜莉(Celie)的妹妹耐蒂(Nettie)都离家到了另一个地方。但是,她们或是在男人的鼓动和带领下,或是迫于现实的无奈而出逃,毫无自主性可言。秀拉无疑是美国非裔文学作品中第一位自主地选择离家去寻求自我价值的黑人女主人公。

间一样)。在这十年间,她到处漂泊,“在纳什维尔、底特律、新奥尔良、纽约、费城、麦肯和圣地亚哥”(114),[①]追寻作为一位黑人女性的自我和存在的意义。虽然,小说只是一笔带过,没有清楚地告诉我们秀拉这十年间所经历的一切(通过秀拉和奈尔的对话,我们只知道这十年间她在外求学,谋求生路),但是,与荣归故里的尤利西斯不同,秀拉是带着一股怨气,两手空空地回到她的家乡“底层”(the Bottom),迎接她的是“一场知更鸟的灾害”(84)。可以说,正是由于她追寻之旅的失败才最终导致了她以极端的方式对抗以她外婆夏娃为首的“底层”居民。

秀拉的追寻之旅以失败和无奈告终,与神话英雄尤利西斯形成鲜明的对照和强烈的反差。我们认为,这一带有后现代色彩的“互文反讽”寓意深刻。一方面,它表达了作家对正规教育的质疑和嘲讽。美国著名黑人思想家杜波依斯(W. E. B. Du Bois, 1868—1963)曾经主张黑人要实现自我价值,必须接受正规的大学教育。莫里森没有苟同这样的观点。她似乎通过秀拉求学谋职的遭遇说明,正规教育并不一定能改变黑人被压迫、被歧视的命运。[②] 另一方面,它把批判的矛头直接指向白人社会中的性别和种族歧视。尤利西斯所面对的是咆哮汹涌的大海和凶恶奸诈的妖魔鬼怪,不过他最终还是战胜了各种艰难险阻,成功而返。然而,秀拉在白人社会中却一无所获,失败而归。她所生活的世界似乎永远只有失败和不幸。我们不难发现,在《秀拉》一书中,凡是曾经离家外出的黑人都无法逃脱身体被掠夺、心灵受打击的命运:奈尔的母亲海伦娜去南方奔丧的旅途中受尽屈辱,在白人面前,她的人格、自尊荡然无存;夏娃外出十八个月之后回来时只剩下一条腿;夏德拉克从一战战场归来时,精神失常,整天疯疯癫癫,唯有靠他的“全国自杀节”来排遣心中对死亡的恐惧;“李子”从战场上回来后,精神也萎靡不振,只能在毒品的麻醉中打发无可奈何的日子。对于黑人尤其是黑人女性而言,“底层”之外的白人世界似乎比尤利西斯所遭遇的大海和妖魔鬼怪还要可怕。

---

① 作品中的引文均出自托妮·莫瑞(里)森.秀拉[M].胡允桓,译,北京:中国社会科学出版社,1988.页码按译本随文注出,下面不在加注。

② 我们可以在《所罗门之歌》中更清楚地看到,莫里森对正规教育的质疑和嘲讽:主人公奶娃的姑姑彼拉特(Pilate)没有受过任何的正规教育,但凭借着从祖先和本民族文化中汲取的精神力量就能“驾驭生活”,而他的姐姐科琳斯安丝(Corinthians)尽管受过大学教育,却始终无法找到一份正式的工作,没有独立的人格,生活无所寄托。

二、替罪羊原型

"替罪羊"一直是文学作品中的一个经典意象。对于现代读者来说,这一意象并不陌生:雪莉·杰克逊(Shirley Jackson, 1919—1965)的《抽彩》("The Lottery", 1948)、罗伯特·赫恩雷恩(Robert A. Heinlein, 1907—1988)的《异国他乡的陌生人》(*Stranger in a Strange Land*, 1961)[①]以及托玛斯·特莱恩(Thomas Tryon, 1926—1991)的《满载而归》("Harvest Home", 1973)[②]等作品对替罪羊意象的描写十分精彩、生动,给人印象很深刻。替罪羊意象源自《圣经·旧约》:上帝耶和华为了考验亚伯拉罕的忠诚,要把他晚年所得的独子以撒作为燔祭献给他。亚伯拉罕十分敬畏上帝,就按照上帝的吩咐,把以撒带到上帝指定的山上去献燔祭。正当他举刀准备砍杀以撒时,上帝派天使阻止了他,因为上帝相信了他的忠诚。当时亚伯拉罕刚好看见附近有一只公羊。于是,亚伯拉罕就将这只公羊作为燔祭献给上帝。

为神话原型批评立下汗马功劳的英国人类学家弗雷泽爵士曾对替罪羊原型作过深入的研究。他在其传世之作《金枝》中指出,在远古时期,世界各地盛行着相似的处死替罪羊的仪式,即由一个人代替整个国家或部落作为牺牲向神祭祀,以确保集体的太平和繁荣。通常,国王(部落的首领)被视为半人半神,能够控制自然,他的身体状况也因此与他的国家或部落能否兴旺发达休戚相关。所以,为了让整个国家(部落)的平安和兴旺,他常常在露出身体衰弱的迹象之前就被杀死。或者,当气候反常而导致庄稼歉收、瘟疫流行,整个国家(部落)处于危难时,他也得为此付出生命,其位置将由新的国王(首领)代替。不过,随着历史的发展,为了国家(部落)的利益而被当作替罪羊处死的国王(首领)被换置成普通百姓。人们依然希望通过替罪羊的牺牲,能把一直搅扰、折磨他们的一切不顺和邪恶带走,从而给国家或集体带来好运,带来丰产。[③]

什么样的人会成为替罪羊呢?法国人类学家勒内·吉拉尔(René Girard)

---

① 罗伯特·赫恩雷恩被美国读者誉为"最伟大的科幻小说家",《异国他乡的陌生人》是他的一部重要的作品,1962 年获雨果文学奖。

② 托玛斯·特莱恩曾经是好莱坞的著名影星,后来专门从事文学创作。《满载而归》1978 年被改编成电影。

③ 参阅詹姆斯·乔·弗雷泽.金枝[M].徐育新、汪培基等,译,北京:大众文艺出版社,1998:393-429.

认为，人们在选择替罪羊时，那些极端富裕或极端贫穷，极端成功或极端失败，极端漂亮或极端丑陋，有极端恶习或极端德行，极能诱惑人或极令人讨厌，女人、儿童和老人等弱者的弱小和强者的伟大最有可能成为众矢之的。[①] 因此，如果说，《最蓝的眼睛》(*The Bluest Eye*)[②]里的黑人小女孩佩可拉(Pecola)因为她的丑陋和极端顺从而被家人和社区视为"眼中钉"，那么，秀拉则是由于她的反叛和"极端恶习"而成为"底层"社区的"蟑螂""女巫"。秀拉无疑是"底层"社区的替罪羊。她对社区的任何法规都不信奉。她不穿内衣去教室做礼拜，对外婆"不孝"，随便与男人上床，却不愿结婚生育。自然而然，在"底层"居民的眼里，她就成了极端丑恶的化身。他们将她视为一切不幸和灾难的根源：汉娜被火烧死纯属意外，但他们将她的死亡归咎于秀拉，认为她脸上的胎记是"汉娜的骨灰"(108)；小男孩"茶壶"来秀拉家问她有无空瓶子，离开时在台阶上摔了一跤，他妈妈便认定是秀拉刻意推倒他的；芬雷先生在门廊里嘬鸡骨头，没想到一抬头看见秀拉，骨头卡在喉咙里，当场断气，人们就认为是秀拉在"作法"；戴茜眼上长了一个大针眼，大家一致同意是因为她看见了秀拉这个"女巫"。所以，当"底层"居民听到秀拉的死讯时，"没有一个妇女在混乱之中丢下她们手中的活计往秀拉家里跑，既没有放下正缝的被子，也没有扔下正拧着的湿衣服。连男人们听到这消息也只是'嗯'上一声"(161)。"茶壶"的妈妈更是高兴地"嗬！"了一声，接着还跳了几下舞。"底层"的居民认为秀拉·匹斯的死讯是他们听到的"最好的消息"(141)。于是，大家"怀着强烈的希望度过十月份"(142)，相信秀拉的死亡会让"底层"得到净化，一切邪恶和霉运会随之消失，相信"一个更明朗的日子"(142)一定会到来。

但是，读者不难发现，莫里森笔下的秀拉并非替罪羊原型的简单复现；她是对这一经典原型的反讽和解构。因为，"秀拉这一贱民的血祭"[③]并未给"底层"居民带来好运和丰产，相反却是毁灭性的打击。先是一场历史罕见、不合时宜的冰雪灾害。由于寒流的袭击，冬天在十一月份就提前到来，所有的农作物被毁，家禽被冻死，居民也染上了各种各样的疾病，"所有十五以下的孩子都得了喉头炎或是猩红热，而十五岁以上的人都患了冻疮、风湿病、肋膜炎、耳痛或各种各样的疾病"(143)。接着是一场集体性的意外死亡事故："底层"居民

① 勒内·吉拉尔.替罪羊[M].冯寿农，译，北京：东方出版社，2002：23.

② 莫里森的长篇处女作，发表于1970年。

③ Barbara H. Rigney. The Voices of Toni Morrison[M]. Columbus：The Ohio State University Press，1991：54-55.

为了庆祝秀拉之死第一次参加夏德拉克创立的“全国自杀节”游行活动,本想彻底破坏一个不允许他们参与建设的“新河路”隧道,没想到隧道突然坍塌,许多人当场被泥石活埋。可以说,秀拉死后,“底层”社区开始土崩瓦解。不但那些由于秀拉的“邪恶”而一度被“底层”居民拾回来的美德再次丧失殆尽:

> 当年,秀拉把夏娃赶出家门,那些原来刻薄地抱怨抚养上了年纪的婆婆的儿媳们曾经有所改变,她们开始任劳任怨地洗刷老婆婆的痰盂。如今秀拉一死,这种事也就到了头,她们又急转直下,恢复了对赡养老人的不满。妻子们不再悉心照料丈夫,似乎没有必要去助长他们的得意忘形了。甚至那些从加拿大移居梅德林的、口口声声宣称自己从来没有当过奴隶的黑人们,也感到当年由秀拉在他们心中激起的对南方出生的黑人反倒抱有的同情已经减弱了。他们重新宣扬起自己的优越感。(144)[①]

而且,由于梅德林城修建高尔夫球场,“底层”将“荡然无存”(4),黑人社区的一切将随着龙葵、黑莓、山毛榉、橡树、枫树、栗树、人行桥的消失而消失。

秀拉是《秀拉》中最重要的替罪羊意象。这一意象意味深长。我们认为,它不但说明黑人集体里“缺乏容纳女性主义的空间”:“底层”社区虽然是那些被社会抛弃的人(如“柏油孩子”、“杜威”三兄弟)的避难所,但它却是一个约束女性自我和个性发展的地方——它能接受“男性受害者的差异和反常”,却无法容忍“女性背离社区的行为方式”[②],而且也表达了莫氏对传统社会里那些被视为“恶”之因素的辨证认识:作为一名具有独立意识、时刻在寻找自我价值的黑人女性,秀拉的思想行为对“底层”社区传统的社会伦理、婚姻制度构成威胁,被人们视为邪恶的化身,但她所代表的那种以反叛为内容的“恶”用莫里森

---

① 在与泰勒-格思里(Taylor-Guthrie)的访谈中,莫里森指出,“底层”社区虽然贫瘠,但大多数人有救人危难的善良之心。她认为这是社区存在的价值之所在:人们可以从社区得到维持生命的“营养”——如果他们病了,其他的人照顾他们;如果他们老了,其他人赡养他们;如果他们需要东西吃,其他人会提供食物;如果他们疯了,其他人会给他们提供一个小空间,或者去适应他们的疯狂,或者努力去找到他们疯狂的原因。参见王守仁、吴新云.托妮·莫里森与二十世纪美国黑人文学[M].北京:北京大学出版社,1999:51.

② Gurleen Grewal. Circles of Sorrow, Lines of Struggle: The Novels of Toni Morrison[M]. Baton Gouge: Louisiana State University Press, 1998:44.参见拙文《〈秀拉〉的死亡主题》,载《外国文学评论》2003 年第 3 期,第 39 页。

本人的话来说只是一种“不同的力量”，而非“异己的力量”，[①]不应该被消灭。在莫里森眼里，一个民族或者一个社区只有敢于接受这种“恶”，容忍这种“不同的力量”才能发展和进步；如果一味地压制这种“不同的力量”，而强求“同一性”，这个民族或者社区就很可能会走向没落和消亡。

三、撒旦(反叛)原型

撒旦是上帝的“敌手”，在《圣经》中出现百余次。在《旧约》里，撒旦虽然是上帝宠爱的天使长，但他已经恶迹累累。他常常教唆人做坏事，故意寻衅捣乱，有时甚至挑拨离间，无端加害于仁义之人。后来，撒旦举兵阴谋篡夺上帝之位被上帝打败后投入地狱。撒旦最后化为蛇身，引诱人类始祖亚当和夏娃偷食伊甸园中的智慧之果，人类因此也被逐出伊甸园。在《新约》里，撒旦的形象更加邪恶——他进入人心，甚至诱惑耶稣。他成了不折不扣的“魔鬼”，是“诱惑普天下的人”。[②] 在一般的文学作品中，撒旦这一原型象征着邪恶、诱惑，代表上帝和人类的敌人。但是，由于撒旦敢于反抗权威、不畏强暴的叛逆精神，这一原型同时也成为历代许多文学大师们同情与赞美的对象：大约写于8世纪的盎格鲁-撒克逊宗教诗《凯德蒙的圣诗》(Caedmon's Hymns)就生动地塑造了一个不愿做奴仆，不向上帝屈服，要自己做神的撒旦形象；约翰·弥尔顿《失乐园》中的撒旦更是一个具有自由意志和敢于挑战上帝权威的叛逆英雄；英国浪漫主义诗人布莱克声称，撒旦代表人类富于想象的灵魂；[③]我国一代文学巨匠鲁迅先生在他的《摩罗诗力说》(1907)中干脆借用撒旦这一意象来颂扬英国浪漫主义诗人拜伦那种蔑视传统、勇敢创新的精神。

对于西方作家而言，撒旦是个非常重要的神话原型。而基于撒旦反抗上帝这一神话故事的“反叛”母题在历代文学作品中更是由于不断地被“置换变形”而具有了永恒的魅力。莫里森曾经把《圣经》视为其生活的一部分，而不只

---

① Danille Taylor-Guthrie, Conversations with Toni Morrison [M]. Jackson: University Press of Mississippi, 1994:168.

② 马自毅.圣经人物[M].上海:学林出版社,2000:214.

③ 转引自肖明翰.《失乐园》中的自由意志与人的堕落和再生[J].外国文学评论,1999(1):71.

是她的读物。[①] 我们认为,她在塑造秀拉这一独特的女性形象时,明显受到撒旦原型的启发:秀拉可谓是撒旦原型的"女性版",她的反抗尤其是与其外祖母夏娃的冲突是《圣经》故事中撒旦反叛上帝的这一神话故事的"移用"。

在外表上,秀拉显示了她与撒旦的某种联系:她脸上长着一个蛇形胎记,"小时候从没害过病,谁也不记得她得过水痘、喉炎,甚至没有淌过鼻涕。她小时候同样玩得挺野,可是……她浑身上下没有一点受过伤病的痕迹。……无论是小虫还是蚊子都不往她身上落。……(她)喝啤酒的时候从来不打嗝"(109)。秀拉是在外祖母夏娃的家——木匠路7号长大的。那所大房子的名称和门号暗示着一种创造,很容易让人联想起上帝在七天里创造了整个世界的神话。[②] 作为这所房子的建造者和统治者,夏娃俨然是这里的"上帝"。其实,在现实生活中,夏娃处处扮演上帝的角色:她把她所收养的三个弃儿都命名为"杜威"(Dewey),尽管他们来时各有姓名,长相迥异,年龄不同;她亲手杀死了自己的亲生儿子"李子";虽然她失去了一条腿而身陷轮椅,但那些与她谈话的成年人总是要"抬头看着她:仰望着她两眼间宽宽的目距,仰望着她软而黑的鼻翼,仰望着她下巴上的突出部分"(30)。

夏娃(Eva)的名字很容易让人想起传说中人类的第一位女性夏娃(Eve)。从象征的层面上来看,她无疑是传统社会的"上帝",男权社会的代言人。虽然她本人饱受了婚姻的无奈和痛苦,但她却常常告诫"底层"的妇女要扮演好妻子的角色,伺候好她们的丈夫。她认为,秀拉应该结婚生子,不应该"到处游逛、无事可干而没有男人"(87)。然而,秀拉却坚决拒绝这位传统社会的"上帝"替她设计的女性角色。她说,"我不想造就什么人。我只想造就我自己"(87)。所以,当她发现,"她们既不是白人又不是男人,一切自由和成功都没有她们的份"(49),她的反抗就开始了。

秀拉的反抗始于她的少女时代。在小说第四章"一九二二",为了保护好友奈尔免受白人孩子的欺负,她用刀划破了一个指头,吓跑了那几个白人男孩。之后不久,她与奈尔在河边戏耍时的"挖洞"游戏也显示了她那种强烈想反抗的潜意识:

---

① 查尔斯·鲁亚斯.美国作家访谈录[M].粟旺、李文俊等,译,北京:中国对外翻译出版公司,1995:205.

② Wilfred D. Samuels and Clenora Hudson-Weems. Toni Morrison[M]. Boston: Twayne Publishers, 1990:42.

> （秀拉）她把草连根拔起，在地上弄出一个土坑。等到把土坑清理得相当干净之后，秀拉接着用嫩枝在坑里刮出了一个复杂的模型。起初奈尔也挺满意地照干着，可是很快她就腻了，于是便采取了最省事的办法，用嫩枝一下一下地使劲掏着土，挖成一个越来越深、越来越宽的洞。秀拉也照她的样子干起来，不久两人就掏好了杯子大小的两个洞。奈尔索性跪起身来使劲挖着，认真地舀出洞里的土，把洞掏得更深了。她们一起干着，后来两个洞挖得一模一样了。当她们把两个洞挖到像汤盘那么大时，奈尔的嫩枝断了。她做了一个厌恶的姿势，把断枝扔进了挖好的洞里。
>
> 秀拉把她手里的嫩枝也扔了进去。奈尔看到了一个瓶盖，就把它也扔了进去。接着两人便在周围寻找别的废物和碎片往洞里扔：纸片、玻璃片、香烟头，直到把她们能在周围找到的一切破烂儿全都扔完为止。（54-55）

美国评论家芭芭拉·H.里格尼曾指出，秀拉割破指头吓跑白人孩子是对男性割包皮仪式的“讽拟”，[①]但她似乎没有注意到这个巫术般的挖洞游戏其实也是对男权社会一个心理原型的“戏谑”——由于生理结构上的差异，女性通常被认为只有被填塞的空间，而不具备男性填塞的能力。这个颠覆性别心理的挖洞游戏说明，秀拉在潜意识里已经赋予了自己同男性一样的填塞能力并准备放弃传统的女性角色——她往象征女性生殖器的洞里填塞的全是废物和碎片、香烟头等破烂儿。[②]

秀拉的反抗在她成年以后的性爱活动中更是表露无遗：她不断地与“底层”的男人们睡觉，并且是“试上一次就把他们一脚踢开，连一句使他们能够忍气吞声的借口都没有”（109）。尽管秀拉像她母亲汉娜一样把性爱当作生活的第一要义，但与汉娜不同，她的性行为不是用来满足男人的虚荣心，而是用来确立她自己的性主体性。正如麦克多威尔指出，秀拉的性行为“既不属于道德的范畴，也不属于婚姻制度之内的合法行为”，它属于“感官经验的范围，是她

---

① Barbara H. Rigney. The Voices of Toni Morrison[M]. Columbus：The Ohio State University Press，1991：89-90.

② 我们以为，小说中的“杀鸡仪式”——秀拉在河边失手溺死一黑人小男孩“小鸡”(Chicken Little)的事件，在一定程度上反映了秀拉想反抗的潜意识。“小鸡”是男性生殖器的象征，他的死亡意味着秀拉将对男权价值体系进行“阉割”。

探索自我、了解自我的手段”。[1] 秀拉充分享受性爱的自由和快乐。在她看来,性爱与婚姻无关——它是她寻找自我,体验存在的绝好方式,它让她找到了自己。正因如此,“她找一个(男人),扔一个(男人),就像男人找一个(女人),扔一个(女人)一样”[2],一切都无所顾忌。她甚至和白人男性以及与她最要好的朋友奈尔的丈夫裘德上床。

如果用弗莱的观点来看,秀拉显然是一位“魔怪式的人物”,她所追寻的是“一种违背忠贞原则并摧残当事人”[3]的两性关系。而由于她这种“后现代”的性爱行为与“底层”社区价值观念背道而驰,她不可避免地遭到以她外婆夏娃为首的“底层”居民的众口谴责。秀拉被扣上了“魔鬼”和“女巫”的帽子。但像《失乐园》中的撒旦一样,秀拉从未屈服过。相反,她要以心中的怒火烧毁“旧世界”,将“这镇子撕成两半”(88)。《秀拉》中能体现秀拉的“撒旦精神”的细节很多。比较明显的还有,她重返“底层”之后不久又毫不留情地把试图干涉她生活的外婆送进了白人办的疯癫养老院。

秀拉的反叛行为及其与夏娃的冲突是撒旦反叛原型的“变形”,这是显而易见的。应该指出的是,作为撒旦原型的“女性版”,秀拉的反抗更为孤独,更为艰难。因为,在“底层”社区她最后只能只身奋战(她少女时代的精神同盟奈尔已弃她而去),直至孤独地死去。她不像撒旦那么幸运,即便在身陷绝境时仍有一大批的追随者。秀拉的精神是十分难能可贵的。她的反抗凸显了美国当代黑人女性对男性主体意识的反动,充分体现了她们敢于反抗男权社会,努力寻找自我的精神风貌。因此,如果说弥尔顿《失乐园》里撒旦的命运隐含了作者不畏强暴、向往自由的坚强意志,那么《秀拉》中秀拉的生命历程则象征了莫里森本人炙热的女性主义观照。

在莫里森眼里,秀拉的精神是不灭的。秀拉虽然活不到三十岁就孤独地死去,但死后即获得再生——她重新回到母亲的子宫:

> (她)把双腿抬到胸前,闭上两眼,把拇指放进嘴里,在隧洞里飘上飘下,只是看不见那阴暗的四壁,往下飘啊,飘啊,直到她感到了雨水气味,

---

① Deborah E. McDowell. “The Self and the Other”: Reading Toni Morrison's Sula and the Black Female Text[G]//Ed. Harold Bloom. Toni Morrison, New York: Chelsea House Publishers, 1990:156.

② Aoi Mori, Toni Morrison and Womanist Discourse[M]. New York: Peter Lang Publishing Inc., 1999:61.

③ 诺思罗普·弗莱.批评的剖析[M].陈慧等,译,天津:百花文艺出版社,1998:170.

知道已经离水不远，她就蜷起身子进到那沉重而柔软的水中，让水将她缠裹起来，浮载着她，把她那困倦的肉体就这样一直冲刷下去。一直这样。(139)。

更有意义的是，25 年之后，她的反叛终于得到了好友奈尔的理解：多年来，她认为自己在为离家出走的裘德感到痛苦，其实她一直在想念秀拉，想念那段与秀拉一同追求自我的日子。毫无疑问，小说故事结束时，秀拉的精神已经开始生根发芽(那是 1965 年，美国女权主义运动已经如火如荼)。

(本文原载《当代外国文学》2004 年第 2 期)

读者是文本整体的一部分

——评《最蓝的眼睛》的结构艺术

杨仁敬*

（厦门大学外国语言文学研究所）

摘　要：《最蓝的眼睛》是著名的美国黑人女作家托尼·莫里森的第一部长篇小说。莫里森大胆地运用了六十年代美国盛行一时的“读者反应论”的文艺理论，将读者作为小说文本整体的一部分，处处留下读者参与的空间，使《最蓝的眼睛》的结构艺术别具一格。

关键词：莫里森；《最蓝的眼睛》；结构艺术

《最蓝的眼睛》是著名的美国黑人女作家托妮·莫里森的第一部长篇小说，1970 年问世后，一炮打响，震动文坛，奠定了莫里森作为当代美国一个最优秀的小说家的地位，也为她后来发表的四部长篇小说的成功铺平了道路。1993 年，托妮·莫里森荣获了诺贝尔文学奖，去年又出版了新作《天堂》。尽管如此，《最蓝的眼睛》仍是作者最重要的作品之一。

三年前，我和几位硕士生讨论《最蓝的眼睛》时，总感到这部小说的艺术结构不好理解。去年，我校图书馆萧德洪副馆长借给我一本《最蓝的眼睛》的新版英文原著(1994)，书后有作者补写的后记。细读之后，我茅塞顿开，仿佛找到了解决问题的钥匙。

托妮·莫里森在后记中坦言二十多年来，《最蓝的眼睛》像女主人公佩科拉的生活一样，经常受到误读，因此，她细谈了这部小说的创作过程、意图，结构和话语等，想以正视听，为可怜的黑人姑娘佩科拉赢得一分尊重。她谈到在某小学里有个女孩想拥有一双蓝眼睛触发了她的灵感，使她从那女孩话语中的苦恼想到社会上美的、丑的、好的和坏的种种现象。她第一次明白“美”的含意，想写写那女孩迫切要求改变的心态以及自我厌恶的种族自卑情绪。是谁告诉她？有谁同情她？最后谁毁灭了她？读者可能提出一大堆问题，这将是

* 作者简介：杨仁敬，教授，主要研究方向为美国文学。

小说难以承担的重负。于是,莫里森决定将小说的结构分成几个板块,让读者重新组装,使他们直接参与事件的全过程,以此激发他们对无辜的黑人女孩的同情和支持,探讨在白人统治的社会里黑人成为不公正的牺牲品的缘由。

种族歧视问题一直是困扰美国的一大社会问题。从杜波伊斯、赫斯顿、赖特、埃里森到鲍德温、艾丽丝·沃克等 20 世纪美国黑人作家的作品中都有所反映。但托妮·莫里森独辟蹊径,在构建小说中人物赖以生存的"被打碎的世界"时,大胆地运用了 20 世纪 60 年代美国盛行一时的"读者反应论"的文艺理论,将读者作为小说文本整体的一部分,处处留下读者参与的空间,使《最蓝的眼睛》的结构艺术别具一格,在 20 世纪美国文学史上独放异彩。

一、奇特的开篇:两块静与动相结合的板块

《最蓝的眼睛》的文本结构不像一般的长篇小说分成几个章节,由开篇、高潮和结局组成。它的总体结构包括由两小块构成的开篇和由秋、冬、春、夏组成的四大块文本主体。简单示意如下:

有趣的是:开篇两小块之间、两小块与文本主体之间都没有表面上的联系,好像留下脱节的链条。这脱节的链条就是读者。它要求读者按照自己的思考将作者故意留下的空白补上。莫里森的意图是想"把读者完全吸引到小说所描绘的事件中去,与故事中的人物发生感情共鸣"。这比传统小说中常见的作者直接与读者对话或通过虚构的人物与读者沟通要有效多了。

开篇的两个小块,一块是小学初级识字课本的选段,描写了一个四口之家的幸福生活;另一块是意大利体的英文,记录了黑人姑娘克洛迪娅的意识流活动的心迹。两块之间没有联系,完全靠读者发挥想象的力量,在自己心中将它们联起来理解。

第一块的选段来自杰克与简的读物,犹如一幅静止不动的图画:狄克、简、爸、妈、一只猫和一只小狗。简穿着美丽的红裙子想玩,她妈笑了。她壮实的爸也笑了。小猫在嘻叫,小狗在蹦跑。有个朋友来跟简玩!多么美满温馨的家庭!有父爱,有母爱,有小猫小狗伴着玩,多么温暖的生活!这是美国几代白人和黑人小孩所熟识的课本,也是克洛迪娅、弗里姐和佩科拉多么盼望的生活!

但是，静止的画面忽然动起来了。选段重复了三次。第一次是正常的排列。第二次原文依旧，标点却全消失了。大写字母变成小写字母，词距缩小了。第三次选段的词全连在一起，成了模模糊糊的一片。读者不难理解：那静止的画面本来与小说中科利一家、麦克提尔一家和许多穷苦的黑人的生活成了鲜明的对照。此时，画面从有序到无序，象征着黑人孩子的美梦已变成黑乎乎的现实，不幸的事件即将发生。它拨动了读者的心弦，让读者进入阅读过程，用自己的语言和文学能力来加以判断。

第二块克洛迪娅·麦克提尔的意识流给读者提供了一个观察事件的视角。故事发生在1941年秋天美国对德、日、意三国宣战之前。黑人女孩佩科拉怀了她爸的孩子，所以万寿菊长不出来。种子枯萎了，佩科拉的婴儿夭折了。她爸也死了。她还活着，但克洛迪娅和她妹妹很失望，说不出为什么，唯有去了解怎么回事。这短短的一页意识流蕴含着小说文本的真正开始。

佩科拉是个年仅12岁的黑人小姑娘，长得又黑又丑，在家里、学校里和社区里到处受冷遇。她盼望有一双蓝眼睛，以为那是最美丽的，如果她有了蓝眼睛，她就不会丑了，世界也会变好，人家会喜欢她。她父母就不会再在她面前打架，生活就会变样啦。但，这是个永远不能实现的愿望。结果，悲剧发生了。女主人公佩科拉被她生父强奸怀孕，婴儿死了，她也发疯了。

故事的结局成了小说的开篇。它像倒叙的电影镜头。叙述者克洛迪娅以强刺激的画面和声音将读者带进了文本的迷宫。

二、“秋、冬、春、夏”四大板块的组合与衔接

按“秋、冬、春、夏”的顺序构成的四大板块是《最蓝的眼睛》小说文本的主体。它不是从自然周期的春天开始，因此不是从播种到收获的正常周期。那是奇特的一年，第二次世界大战中艰难的一年、不吉利的一年。一个天真的黑人姑娘佩科拉从幻想、痛苦到发疯，跌进了黑人文化与白人文化之间无底的深渊而遭灭顶之灾，她却看不到周围的冷漠和危险，一心追寻一双蓝眼睛，那么执着，那么令人惋惜和同情……

第一个板块“秋”包括三个小部分。起先是一片平静而凄凉的景象。小学开学了，克洛迪娅和妹妹弗里妲饿着肚子去捡煤渣，房子又破又冷，生活拮据。一天，她妈领来一个无家可归的黑人女孩佩科拉说她想暂住几天，说她爸烧了房子，打跑了她妈。……她要她们姐妹俩好好款待她。她们就跟佩科拉同睡

一张床，相处不错。一天，佩科拉淌血了，姐妹俩帮她洗擦。姐姐说她怀了孩子。妹妹说："有人爱上你了。"但佩科拉不明白怎么回事。

第二部分出现了识字课本里连成一线的三行黑体字标题，首先介绍了科利·布里德拉夫在俄亥俄州罗芝镇的一家四口的情况。佩科拉 11 岁，她哥萨姆米 14 岁，各有一张小床，父母共睡一张大床，三张床挤在铺面房一间小屋里，中间放个煤炉取暖，没有卫生设备，仅有个马桶，极不雅观。没有家具，清贫如洗。

第三部分的标题又是一段模糊的识字课本的文字："HEREISTHEFAMILYMOTHERFAT HERDICKANDJANETHEYLIVEINTHEGREENANDWHITEHOUSETHEYAREVERYH"（这儿是爸妈狄克和简他们住在绿色和白色的房子里他们很幸……），这与科利一家形成强烈的反差。生为黑人，穷是他们的传统，并不奇特。奇特的是他们的丑。科利丑在行为放荡，他太太葆琳和子女丑在外表：窄狭的前额下眼睛特别小，眉毛浓黑，鹰钩鼻子，头发散乱。丑，他们认了。

科利与葆琳初婚时还过得去。后来，科利酗酒，二人常吵架。天寒地冻，家里缺煤，科利不管，老婆生气。二人大打出手。佩科拉多次劝架，她妈不听。她向上帝呼救，希望离开家。因为她丑，只好忍受。她对着镜子，寻找丑的奥秘。在教室里，没人愿跟她同桌，老师不睬她，同学取笑她。她的牙齿好，鼻子不大，如果有一双白人女孩那样的蓝眼睛，她就变美了，周围的一切也就不一样了。

"漂亮的眼睛。漂亮的蓝眼睛。漂亮的大蓝眼睛。跑吧！吉帕，跑吧！吉帕跑了，艾丽丝跑了。艾丽丝有蓝眼睛。吉里有蓝眼睛。吉里跑了……他们带着蓝眼睛跑了。四双蓝眼睛四双漂亮的蓝眼睛，像天空一样蓝的眼睛……"

每天夜里，佩科拉悄悄地祷求上帝给她一双蓝眼睛。整整一年，她不停地祷告，虽有点泄气，但从不失望。她决心去追寻。她大胆地走访住在她家楼上的三个妓女，天真地问她们怎么有那么多男朋友，三个人都笑了。她们不歧视她，但不会赞成她走她们的路。她们精心打扮，又说又唱，自由自在。佩科拉未曾涉世，不知道什么叫爱情、婚姻和生活！

"冬"的板块一开始又是克洛迪娅的声音。她父亲日夜操劳来维持家计。学校新来了一位富家小姐毛琳·彼尔。克洛迪娅讨厌她，其他同学羡慕她。一次她们放学回家，发现一群男孩围着佩科拉，放肆地骂她："你爹光着屁股睡觉……"他们也是黑人，这么鄙视黑人女孩等于侮辱自己。佩科拉掩面大哭。弗里妲勇敢地冲进包围圈把她救出来。她们不明白：这是为什么？

第二部分作者自己登场，介绍了黑人姑娘离乡背井到各地闯荡。她们也许只有出生地，没有故乡，没有恋爱就结了婚，跟丈夫过性生活，生孩子，有没有感情无所谓，有时养只小猫陪伴着。吉拉尔代恩随丈夫卢易斯搬到俄亥俄州罗芝镇。她孩子朱尼尔爱跟黑人小孩玩。佩科拉到他家看小猫，发现他家陈设豪华。可朱尼尔将一只大黑猫扔向她，抓破她的脸，她疼得泪汪汪想跑走，朱尼尔拉住她不给走。后来惊动了朱尼尔母亲，她恶狠狠地将佩科拉赶出门外。三月的寒风袭人，佩科拉想不通：这人世间为什么这么冷酷？

第三板块“春”是文本的核心，由四小部分组成，占全书五分之二多。大地回春，万物复苏，情人成双成对，快乐地闲逛。这是大自然给人类的恩赐。但是对女主人公佩科拉来说，它却是个“多事之春”，是生命坎坷之时。“嫩枝儿弯了，但没给压断。”作者又在这种反差中深化主题，在读者心中引起强烈的回响。

前两部分又称葆琳部分。她是佩科拉的母亲，对女儿没半点爱心。故事开头又回到克洛迪娅家里。春来了，树木吐绿，妈妈唱着歌回家，没料到家里出了事。亨利先生来家作客，突然抱住弗里姐乱摸，被她父亲发现痛打一顿。亨利逃走了。姐妹去葆琳打工的白人家里找佩科拉。佩科拉在厨房里不慎打翻了锅，果汁烫伤了她的腿，她妈冲进来将她打翻在地，破口大骂，叫她们三个人滚蛋。读者又一次清楚地看到佩科拉母亲对待女儿的凶相！

第二部分叙述了葆琳的经历。她父母有 11 个子女，她排行第九，从小有只脚跛了，成了不受欢迎的人。她性格内向，自得其乐，善于整理东西。上过四年小学，后随父迁往肯塔基某小镇，辍学在家帮忙家务。15 岁仍不知爱情是什么，心理忧郁而孤独。一天，科利吹着口哨从她面前走过，两人一见钟情，不久就结婚了。双双北上来到俄亥俄州罗芝镇。科利在钢铁厂找到工作，她照料家务。她不习惯生活在白人中间，思念家乡。不久俩人争吵不休。科利酗酒，葆琳爱买衣服。丈夫不给钱，她自己到白人家当保姆，身心交瘁。雇主欠工资不给，又逼她与丈夫分手，她只好辞职了。

上面一大段都是葆琳内心的意识流活动，表达了她的苦恼和不安。接着，又是作者的叙述了。一年冬天，葆琳怀孕了，科利感到高兴。夫妻和好如初。葆琳不久生了儿子萨姆米，后来又生了女儿佩科拉。她觉得女儿头发漂亮，但长得很丑。孩子还没长大，她又去工作。在一个小康白人家里成了理想的仆人。她变得美丽、整洁和干净，终日待在厨房里也挺开心。一想到子女和丈夫，她就害怕。她成了一个虔诚的教徒。回家时向子女揭露丈夫的过错，又禁不住下意识地回忆与他做爱的情景。

第三部分是科利的故事。他出生才四天,他妈就用两条毯子和一张报纸将他包紧,丢在铁路旁的垃圾堆上。幸亏他姨婆吉米救了他。上小学四年级时他才敢打听他爸的下落。姨婆说,他爸叫富勒·夫里希。他是以她已故的弟弟查尔斯·布列德拉夫命名的。后来,科利停学在某店工作。有个老头布鲁·杰克常给他讲鬼怪故事和《黑奴解放宣言》。科利喜欢他,长大后还思念他。之后,他姨婆去世了。他参加了葬礼,但亲朋好友仍把他当孩子。过了几天,有人给他安排了吃住。他感到有趣而寂寞。他跑去马康寻找生父萨姆孙·富勒。但此人不认他。他只好流浪街头。他很自由,自由地哭,自由地睡街头,自由地偷东西,自由地酗酒。他从小被母亲遗弃,如今又遭父亲冷眼。在白人统治的社会,他跟黑人一起受侮辱。他受够了。

天无绝人之路。他在肯塔基巧遇葆琳。虽然他对生活已失去兴趣。他还是迷上了她。有了子女后,他悲喜交加。他既不知道怎么养育孩子,又不明白当父亲的责任。他自13岁以来只懂得姨婆老太关照过他。他从小失去了母爱、父爱和人间一切美好的东西。

一个星期六下午,春光荡漾,他酗酒后摇摇晃晃回到家里,看到女儿佩科拉在厨房里洗碟子。他心里不舒服,想掐断她的脖子。面对着11岁的女儿,他要说什么?他给了她什么?她敢爱他?他能接受她的爱?他呆呆地望着女儿的身姿,想起与葆琳初恋的情景。

邪念占了上风。他悄悄地爬近她,将她按倒在地强奸了她。她几乎昏死过去,仿佛她妈的脸在她眼前闪动……

第四部分又称牧师部分,推出了一个前面未曾露面的古怪的老牧师苏帕黑德·切奇。他是个好色鬼和骗子。以救人的名义干着利己的勾当。

一天下午,佩科拉登门找他,问他要一双蓝眼睛怎么办?他起先对她有点同情,后来意识到一个又丑又黑的女孩想变漂亮,他无能为力,就发火了。他说一切听从上帝安排,便叫佩科拉拿一块浸过毒药的肉去门廊上喂狗,如果狗吃了肉,感觉良好,她的愿望就会实现。佩科拉信以为真,将那块肉给狗吃了。不久,狗躺着死了。佩科拉双手掩面,吓得逃出院子。这是对她的第二次打击,使她精神崩溃发疯了。

切奇牧师面对着这悲惨的情景无动于衷,倒心安理得提笔写了一封信给上帝,责问上帝为何不回答佩科拉的祷告,又逼他为上帝白干。写完他就上床呼呼大睡了。

夏天到了,克格迪娅又露面了。最后这个板块充满了平静中不平静的氛围。她妈回想1929年龙卷风席卷罗芝镇的情景,但不悲观。姐妹俩到镇上卖种子,听到风言风语在议论佩科拉怀了她爹孩子的事,她俩深感不安。有谁分担她的痛苦?她妈将她打翻在地的情景重现眼前……

"夏"的第二部分是佩科拉幻觉中的自我与想象中的朋友之间的对话。她虚构的朋友不断地肯定她会有蓝眼睛、世界上最蓝的眼睛。她会回来的。接着又是叙述者克洛迪娅的声音。大人见到佩科拉就避开她,小孩见到她就嘲笑她。她们姐妹见到她很害怕,干脆躲开她。不久,她哥萨姆米到外地去了,科利死在工场里,葆琳仍给白人当女仆。佩科拉与她妈搬到近郊,靠捡破烂度日。她真的疯了。这不仅是她父亲和那牧师造成的,也是他们镇上土地的失误。

从以上可看出,各个板块自身的故事是连贯的,四大板块之间以人物出现的形式相衔接。每篇都可听到克洛迪娅的声音。开篇的识字课本中的选段在各板块不断出现,而万寿菊的枯萎则在小说首尾相呼应,深化了贯串全书的主题。蒲公英、嫩枝、春风和夏天的暴风雨与人物的命运息息相关。大自然的有序被人类无序的行为弄颠倒,虽然每个板块侧重刻画某个人物,但佩科拉是四个板块中的核心人物。在佩科拉发疯以后,其他人物一个个表露出失常的一面。佩科拉的悲剧也是美国黑人的悲剧。至此,读者的感受是不言而喻的。

三、多样化的叙事语言:作者、叙述者和读者相互沟通的和声

在考虑读者接受《最蓝的眼睛》的意蕴时,托妮·莫里森注意到小说语言问题。她在书中运用了多样化的叙事语言,使作者、叙述者和读者的沟通融为一体,取得了良好的效果。

普通话语:《最蓝的眼睛》写的是黑人生活的题材,但它不同于艾丽丝·沃克的《紫色》那样大量采用黑人话语。莫里森选择黑人少女克洛迪娅作为佩科拉不幸遭遇的叙述者,她用的是美国通用的话语。这是作者的大手笔。克洛迪娅是受害者佩科拉的朋友和同情者。她知道一些外人不了解的事。她说话当然是可信的。本来,一个黑人少女被她父亲强奸怀孕是一件私事。作者想将科利的隐私披露于世,怎样向她的读者说清楚?选择了克洛迪娅,她想将私密消息告诉你。你不想听?当然想。莫里森这么策划,使得叙述者与读者之间、读者与文本之间增加了亲切感,缩短了二者之间的距离,读者很快就进入文本的解读过程。

黑人话语：当然，作为黑人女作家，托妮·莫里森并不排斥黑人话语。写黑人的事，用黑人话语是很自然的，但不是太多。她说要用一种既有种族特色又不全是种族化的散文体，以击中"种族自卑"的要害，再现黑人的美和黑人文化的魅力。这在小说中仍不难发现，比如：佩科拉在小学操场上被男孩围住时，男孩喊道："Black e mo. Black e mo. Yadaddsleepsnekked. "（你爸爸光着屁股睡觉）(55)，在德琳的想象中也有："I feel a power. I be strong, I be pretty, I be young…I don't make no noise."(103)，这种双否定式常出现于黑人英语里。第三人称 to be 的混用也是常见现象，如"flesh husband ain't hit the bowl yet. "(95)"But it ain't like that any more. "(104)显得粗犷有力。克洛迪娅用的虽不是黑人话语，但具有爵士乐的音响效果，给读者亲切而强烈的听觉感受。

女性话语：小说开篇第一句"像平常一样保持平静"，听起来像小孩在听大人说话，犹如黑人妇女坐在门口聊天交谈，意味着："嘘，别告诉外人！"似乎要讲的故事是叙述者、作者和读者之间的秘密。作者写此书时正逢 20 世纪 60 年代美国社会动荡之时，政治气氛紧张，黑人生活漂泊不定。黑人妇女地位低下，但她们并不屈服。小说中描写了克洛迪娅姐妹与佩科拉的问答；葆琳与丈夫的争论，都显露了黑人妇女话语的威力。而科利在树丛里与少女乱搞时被两个白人猎手侮辱却不敢反抗，则是了阴盛阳衰的反映。

儿童话语：克洛迪娅是个年仅九岁的黑人小姑娘，在关键的时刻披露了佩科拉的不幸身世，犹如一个成年人在回忆往事。她的话音仍不失童真，带有天真可爱的色彩。她开始时从万寿菊的枯萎联想到佩科拉怀了她爸的孩子。万寿菊长不出来是她种得太深了。她总是以花为背景，突出非法的性关系造成的恶果。她的声音给读者一种亲切的感觉，热情地领他们走进她的回忆和经历中，以弄清周围的世界。她有时用代词 we(我们)，令读者想起自己的父母，对她抱有几分敬重。佩科拉也用了不少儿童话语，表现了她善良的本质和天真的童心。她觉得三个妓女给毁了，但不胖，"因为她们喝了威士忌"。她始终不明白：她们为何有那么多男朋友？她对蓝眼睛的追求到了如醉如痴的地步。当然，这是社会造成的。

美国评论家斯坦利·弗什说："阅读经验是时间上的流动。因而读者是按照这种时间的流动做出反应的……"托妮·莫里森多次运用意识流手法作为叙述者、书中其他人物与读者的联系手段。但她不同于福克纳，在小说的秋冬春夏四大块中，每块着重描写一个人物，以克洛迪娅的叙述与人物的意识流相结合，使意识流碎片与每个板块的内容融为一体。如葆琳部分的六段意识流回顾了她与科利从恋爱到结婚的经历,从相爱到相打的变化,出现了双重声音。而佩科拉向上帝求蓝眼睛的意识流碎片则是她内心强烈冲突的流露,结尾她幻觉的自我与幻想的朋友的对话,一问一答,亦真亦幻,长达八页半,令人感到女主人公的心在流血!

此外,托妮·莫里森在小说中还运用了大量的比喻、设问和排比等修辞手段,结合四季不同的变化营造了相应的特殊氛围。大自然的形象贯串全书,给小说的结构艺术增色不少。小说的结尾又回到小说的开篇,克洛迪娅又在谈论万寿菊和佩科拉。但她已认识到"那年头,全国的土地都对万寿菊抱有敌意。"要救活万寿菊,救活佩科拉已经太迟了,太迟了,小说这个结局是个环形结构。它仿佛暗示:佩科拉的命运已无法挽回了,但她的故事还会永远传下去。

《最蓝的眼睛》写于1965至69年期间,当时正是美国社会突变的时候,引起了作家的关注。德国的沃尔夫冈的接受美学理论传入美国。美国的斯坦利·费什提倡读者反应批评。刚跨上文坛的托妮·莫里森有意识地将这种理论应用于小说创作。这在美国当代文学中是不多见的。她在"后记"中说,这在当时是个好主意,实施后现在倒觉得不太满意。我认为这是作者的谦虚之词。她的大胆尝试是成功的。它为她后来形成自己独特的艺术风格奠定了基础。

(原发表于《外国文学研究》1998年第2期)

《露西》中的不可靠叙述与潜藏文本

申昌英　王绵绵*

（北京外国语大学英语学院　浙江传媒学院大学外语教学部）

摘　要：加勒比海裔美国黑人女作家牙买加·金凯德的小说《露西》充斥着第一人称叙述者对白人殖民侵略和压迫的控诉及讽刺，学术界也倾向于从种族压迫、性别歧视和阶级压迫等层面对小说进行政治解读，并形成一种简单的“反强权”政治阐释定见。然而，笔者通过叙事学分析发现，小说存在着双重的不可靠叙述，其中，疏远型不可靠性叙述构成了对叙述者的反讽，反映她沉浸于殖民历史的阴影，习惯于“压迫与反压迫”的政治话语，从而排斥他人的爱和生活中存在的美，最终阻碍了她的自我发展，成为自己的“束缚者”；契约型不可靠性叙述则部分地支持了后殖民解读，暴露出殖民地人民生活的混乱，以及他们对从属身份与殖民文化的内化和传承，成为自己的“压迫者”。同时，隐含作者也曾多次提醒读者跳出意识形态影响下的阐释框架，寻找解读作品的其他可能性。通过解读《露西》的潜藏文本，本文希望能在一定程度上对表层单向的反殖民与后殖民政治批评进行纠偏和补充。

关键词：牙买加·金凯德；《露西》；不可靠叙述；潜藏文本；阐释定见

对于黑人移民女作家的作品，学术界的解读极易受意识形态引导，倾向于从殖民、种族压迫和性别歧视等层面对作品进行政治解读，并形成一种简单的反强权政治阐释定见，认为作者是借作品鸣不平、讨权利。然而，此种阐释定见容易使评论者忽视可能潜藏于文本中的深层含义和隐含作者的态度问题，使作品阐释产生偏差。对美国加勒比海裔黑人女作家牙买加·金凯德

---

* 作者简介：申昌英，副教授，主要研究方向为美国非裔文学、加勒比海文学、叙事学、城市与空间研究等；王绵绵，教师，主要研究方向为美国女性文学、叙事学和文学空间研究。

(Jamaica Kincaid,1949—)[①]的小说《露西》(*Lucy*,1990)的解读便是一例。

该小说以半自传形式记叙了19岁女孩露西于20世纪60年代从英属殖民地安提瓜来到纽约,给白人家庭做寄宿帮佣的故事,出版后评论家对其评价颇高[②]。但这些评价基本围绕它的表层文本展开,主要从后殖民主义和/或女性主义批评角度切入,探讨来自殖民文化的束缚和压迫、主人公对殖民文化的矛盾心理、60年代美国女权主义运动的种种弊病;关注母女关系,尤其是主人公对母亲/他者[(m)other]、女性团结和父权社会性别期待等问题的矛盾态度等等[③]。学者们对主人公/叙述者的态度有褒有贬,如盖瑞·霍尔康博(Gary E. Holcomb)认为主人公的离散活动与性解放态度共同抵抗了"强行同质化的民族身份"这一主流观念(296),但苏珊娜·摩尔(Susanna Moore)则在《华盛顿邮报》中指出,叙述者的话语带着"如此尖刻的侵略性",以至"无法激发共鸣或认同"(164),削弱了其叙述效果。莫伊拉·弗格森(Moira Ferguson)在专著《牙买加·金凯德:当陆地遇见身体》(*Jamaica Kincaid*:*Where*

---

① 金凯德出生在英属西印度群岛的安提瓜,原名艾琳·波特·里查逊,16岁移民美国。其作品有短篇故事集《在河底》(*At the Bottom of the River*, 1983)、小说《安妮·约翰》(*Annie John*, 1985)、《露西》《我母亲的自传》(*The Autobiography of My Mother*, 1996)、《波特先生》(*Mr. Potter*, 2002)和《忆今昔》(*See Now Then*, 2013)、传记《我的弟弟》(*My Brother*, 1997)、使其名噪一时的半小说半政论檄文《弹丸之地》(*A Small Place*, 1988),以及两部关于园艺和花草的散文集《我的花园》(*My Garden Book*, 2001)和《花丛中:漫步喜马拉雅山》(*Among Flowers*:*A Walk in the Himalayas*, 2005)。

② 比如,富拉尼(Fulani)称该小说"开启了关注黑人女性的主体性与性话题的新潮流",参见 Ifeona Fulani. Gender, Conflict, and Community in Gayl Jones's *Corregidora* and Jamaica Kincaid's *Lucy*[J]. Frontiers:A Journal of Women Studies,2011,32(2):4;尼古尔斯(Nichols)认为《露西》"未被纳入美国文学经典之列,是美国学术界的重大失误",参见 Jennifer J. Nichols. "Poor Visitor":Mobility as/of Voice in Jamaica Kincaid's *Lucy*[J]. Melus 2009,34(4):187。

③ 参见 Nicole C. Matos. "The Difference Between the Two Bundles": Body and Cloth in the Works of Jamaica Kincaid[J]. Callaloo, 2002,25(3):844-856;Linda Lang-Peralta. "Smiling with My Mouth Turned Down":Ambivalence in Jamaica Kincaid's *Lucy* and *My Garden*[M]. Jamaica Kincaid and Caribbean Double Crossings. Newark:University of Delaware Press, 2006:33-45; Jennifer J. Nichols. "Poor Visitor":Mobility as/of Voice in Jamaica Kincaid's *Lucy*[J]. Melus,2009,34(4):187-207; Kristen Mahlis. Gender and Exile:Jamaica Kincaid's *Lucy*[J]. Modern Fiction Studies,1998,44(1):164—183; Eleanor Ty. Struggling with the Powerful(M)other:Identity and Sexuality in Kogawa's *Obasan* and Kincaid's *Lucy*[J]. International Fiction Review,1993,20(2):120-126.

the Land Meets the Body，1994）中提出，露西“作为安提瓜黑人的代表”（102），在叙述中采取了“反霸权的立场”（109），并将《露西》的文本解读为金凯德“对殖民计划的控诉”，认为其探讨了“前殖民者与前被殖民者权力关系在改头换面后表现出来的新形式”（109）。

综观现有批评，笔者发现评论家对《露西》的解读主要基于叙述者对白人主流社会尖锐的叙事判断：伶牙俐齿的第一人称叙述者勇于抨击时弊、质疑白人主流意识形态，言辞犀利地揭露白人中产阶级的伪善，控诉白人的殖民侵略和种族、性别压迫。笔者从叙事学的角度出发，判断小说中的第一人称叙述者并不可靠，她不是隐含作者的代言人，而是隐含作者的考察对象，她与隐含作者的立场时而相同时而对立。隐含作者也通过两种形式的不可靠性叙述向读者传达了潜藏的重要信息，其中，疏离型不可靠性叙述（estranging unreliability）构成了对叙述者的反讽，反映她沉浸于殖民历史的阴影，习惯用“压迫与被压迫”的政治话语阐释她的生活和周边的人，从而排斥他人的爱和生活中存在的美，最终阻碍了她的自我发展，成为自己的“束缚者”；契约型不可靠性叙述（bonding unreliability）则部分地支持了后殖民解读，暴露出殖民地人民生活的混乱，以及他们对从属身份与殖民文化的内化和传承，成为自己的“压迫者”。本文通过深入分析作品的叙事策略、辨别不可靠叙述及其效果判断隐含作者的态度，试图更为全面地解读《露西》的双层文本，在一定程度上对表层单向的种族政治批评进行纠偏和补充。

一、叙述者的不可靠性

小说《露西》全篇采用第一人称回顾性叙述策略，通过叙事距离、文体选择、开篇技巧以及章节标题营造出一个可靠叙述的表象。首先，故事中的对话多为间接报道，极少出现直接引语，这似乎表明叙述者在较为自觉地避免因记忆模糊等主观因素而带来的第一人称不可靠叙述①。其次，在开篇技巧上，叙

① 1961年，美国文艺评论家韦恩·布思（Wayne C.Booth）在其著作《小说修辞学》（*The Rhetoric of Fiction*）中指出“多数‘第一人称叙述的故事’……是不可靠叙事的典范”，因为叙述者不再是全知全能的，其个人内心的不安定、强烈的偏见、自我欺瞒、模糊的记忆、知识的欠缺等会影响对事情全貌的了解。参见 Wayne C. Booth. The Rhetoric of Fiction[M]. Chicago：University of Chicago Press，1983：493.

述者有意引导读者关注露西的加勒比海家乡和美国的区别，关心露西如何适应美国生活、重塑自我。此外，小说的章节标题也似乎在暗示主人公作为移民从最初的格格不入到自我身份确认的奋斗历程：首章标题采用了白人男主人对外来移民的笼统称呼（“可怜的来访者”），最后一章则直接以主人公的名字命名，这样就使该小说看上去很像是一部半自传的后殖民成长小说，探讨的重心是殖民、空间移动和身份认同等政治问题，作者选择的叙述者自然应该是可靠的。最为重要的是，故事虽是事后叙述，但隐含作者把读者严格局限于露西在动作发生时的视觉和声音之内，读者被直接带入故事发生的那一年，并以“当年”的动作戛然结束。这就造成两种效果：一方面，叙述者和故事中主人公的距离难以清晰辨别，从而避免了回顾性叙述者因美化故事主人公或者歪曲部分叙事而导致的不可靠性叙述；另一方面，隐含作者和叙述者的距离也不明显，尤其当叙述者以确切的口吻、冷静的头脑和反殖民的眼光点评美国白人中产社会时，读者很容易认为隐含作者和叙述者在价值判断和政治立场上基本一致，从而把露西当成一个可靠的叙述者。在书中，叙述者露西对白人文化发表了大量的合理批评，折射出她敏锐的洞察力：女主人玛丽娅虽然热爱自然，痛惜乡村遭到破坏(71)，却忽视了自己这一阶层的舒适生活与眼前环境衰退之间的深层关系，叙述者借主人女儿之口诘问：“在我们的房子建造之前，这里是什么呢？”(72)讽刺性地揭示白人中产阶级在特权下的伪善。另外，当玛丽娅用波伏娃(Simone de Beauvoir)的《第二性》(*The Second Sex*)阐释“女性”的构成性时，叙述者露西指出，这种女权主义显然抹除了女性之间在种族、阶级方面的差异性：“这本厚书并不能解释我的人生……”(132，重点为笔者所加)。正是这些合理的洞见拉近了隐含作者与叙述者之间的距离，容易让人进一步相信小说叙述者的可靠性。

然而，若深究小说的潜藏文本，细心的读者便会逐渐发现，从第二章开始，越来越多的不可靠叙述不断涌现，尤其是在“知识/感知轴”和“价值/判断轴”上[①]。叙述者一方面表露出扭曲的价值观，另一方面又对此毫无意识，这使这

---

① 韦恩·布思曾将不可靠叙述分为两种类型，一种涉及故事事实(事件轴)，另一种涉及价值判断(伦理轴)。在同故事叙述、不可靠性与伦理的个案研究中，詹姆斯·费伦对“不可靠性轴”(axes of unreliability)进行了更精细化的分析，他认为不可靠叙述不仅仅“发生在‘事实/事件轴’(the axis of facts/events)和‘伦理/判断轴’(the axis of values/judgments)上，还发生在‘知识/感知轴’上(the axis of knowledge/perception)”。参见 James Phelan and Mary Patricia Martin. The Lessons of “Weymouth”: Homodiegesis, Unreliability, Ethics, and *The Remains of the Day*[G]//Ed. D. Herman. Narratologies: New Perspectives on Narrative Analysis. Columbus: Ohio State University Press, 1999: 88-109。

两条轴线上的不可靠性相互交织。这在小说的后半部分尤为明显。例如在最后一章中,叙述者批评老板赛门向生活妥协,却根本没有意识到自己无尺度的妥协和极为消极的生活态度:她慢慢开始不喜欢朋友佩琦,却和她合租在佩琦找的房子里;她不再喜欢男朋友保尔,却仍然和他在一起,只因为自己“经历了太多的离别”(161);她连打字都不太会,却接受了保尔给她找的秘书工作。此外,叙述者的不可靠性最主要体现于她对给予她关爱的两位女性人物表现出严重的误解与排斥:一位是她的母亲,另一位则是她的白人女主人玛丽娅。她一方面批评佩琦不尊敬父母,另一方面却全然不知自己对母亲的行为近乎残忍——她后来拒绝阅读母亲的来信,甚至在离开白人家庭后故意给母亲留了错误的回信地址,真正和一无所有的母亲断绝往来。露西对玛丽娅的所作所为也有失道义:尽管她曾承诺在玛丽娅家做满一年,却提前毁约;在玛丽娅因离婚而陷入生活最低谷时,露西不仅离她而去,对自己的失信行为毫无反省之意,还反过来责怪玛丽娅在她离开前摆主人架子。

小说的最后一章存在着双声叙事。从提炼出来的情节上看,露西从白人家庭搬出,和反叛的佩琦合租,放弃了护士专业的夜校学习,开始在小公司打工。这可视为露西自我成长、自我发现的旅程。小说的半自传性以及作者金凯德自身在美国的发展可以说是顺理成章地支持这一层阅读。然而,从“叙事运动”(Shen,2013:120)来看,它几乎完全停止,叙事焦点主要集中于人物自身的心态描述和回忆。换言之,叙述者露西被隐含作者置于手术灯下,让读者对其言行抽丝剥茧,从而发现她的叙述在“理解/感知轴”和“价值轴”上存在的诸多不可靠性。读者若忽略这种不可靠性,则可能曲解隐含作者的真实意图,甚至得出片面或极端的论断。

总之,在小说中隐含作者多次通过细节提醒读者/评论者,不要简单地从殖民、性别和种族等政治层面揣摩文本。当读到露西表示自己不想当护士时,评论者很可能会将之看作是她在反抗社会给黑人移民女性预设的职业角色;但叙述者却在后文坦言,自己之所以不喜欢当护士,仅仅是因为这个职业赚不了多少钱,没人喜欢,而且还吃不好。这与多数读者的预判之间形成讽刺性反差,对热衷于政治阐释的评论者形成挑战。又如,叙述者回忆自己十四岁时曾罢唱英国国歌,很像是在表达对殖民侵略的公然反抗,然而紧接着,她例举了自己不喜欢英国人的各种肤浅而琐碎的原因(他们长得不好看,做饭不好吃,衣着太丑,不喜欢唱歌跳舞等等),并天真地声称:“我们要是能被法国人殖民,那该多好”(135—136)。可见露西所反感的并不是被殖民的事实,她对殖民历史的态度也变得更加模棱两可,难以确定。露西自己曾说:“世界这么大,为什么我的人生要被简化为两种可能性?"(21)其实,隐含作者不仅暗示了叙述者的不可靠性,也暗示了读者要跳出表层文本的反殖民的意识形态框架,寻找文本解读的多种可能性。

二、疏远型不可靠叙事对表层文本的反写

通过深入分析潜藏文本中的不可靠叙述,笔者发现,隐含作者对小说中叙述的不可靠性进行了复杂的编码,其中多处不可靠叙述造成了叙述者与作者的读者(the author's reader)之间的疏远(即"疏远性不可靠叙事"),同时,个别不可靠叙述又反过来形成了与作者的读者的共识(即"契约型不可靠叙事"),因此潜藏文本对表层文本中的政治解读既形成必要的补充,又构成反写和纠偏。这种双层文本设计,展示了作者金凯德高超的写作技艺,也体现出小说本身的复杂性和矛盾性。可以说,在这部半自传体小说里,金凯德既借伶牙俐齿的叙述者表达了"愤怒"①,又利用隐含作者理性地剖析了作为历史产物的人物自身的缺陷。

《露西》中的大多数不可靠叙述属于疏远型:"叙述者的报道、阐释或判断与作者的读者对这些因素的推断之间产生的差异,使得他们在交际过程中远离对方——即疏远了对方"(费伦,2008:295)。隐含作者首先通过露西对玛丽娅的态度实现对叙述者本身的反讽,揭示出露西作茧自缚、沉浸于殖民历史的阴影而无法前行的内在悲剧。虽然玛丽娅是白人,属于美国的中产阶层,露西是来自安提瓜的黑人女仆,但在人物塑造上,隐含作者赋予了她们复杂性和多面性,暗示读者不能简单地把她们放在后殖民的权力等级上,并以"反强权、挺弱者"的态度排斥玛丽娅、支持露西。不过叙述者露西显然是把玛丽娅符号化了,即以玛丽娅拥有的权力地位定义了她的政治身份、方便地忽视了她本身丰

---

① 金凯德的《弹丸之地》发表之后,许多评论家指出她的语气过于"愤怒",她曾为此辩解:"愤怒是自我主张的第一步",参见 Ymitri Jayasundera. Jamaica Kincaid[G]//Ed. Emmanuel Sampath Nelson. Contemporary African American Novelists:A Bio-bibliographical Critical Sourcebook. Westport, Conn:Greenwood Publishing Group,1999:263。但后来,她换了一种更为俏皮的方式回应采访者:"我没有愤怒……而且我想大多数人应该都比我愤怒得多……我做什么了? 我只是写了一本书"。参见 Joanne Kaufman. Jamaica Kincaid:An Author's Unsparing Judgments Earn Her an Unwanted Reputation for Anger[J]. People Magazine 1997,48(24):109.

富的人性，并以此推测她所有言行的用意和目的，所以在小说中玛丽娅对露西表达爱的言行处处遭到露西的抗拒。

露西和玛丽娅的冲突最集中地体现在玛丽娅带露西去看水仙花的场景。露西曾向玛丽娅讲述自己十岁时在礼堂当众背诵英国诗人华兹华斯的诗歌，获得盛赞之后，她心中立即发誓"要将这首诗中的每一个字擦除，一行一行地擦除"，当晚甚至因此梦见被一群水仙花追赶(18)。露西隐含的叙述目的应该是想告知玛丽娅：殖民者对被殖民者进行了"文化侵占(cultural misappropriation)"(Smith，2002：809)，对她造成了巨大的心理阴影。玛丽娅对她的个人遭遇表示了同情，但在露西看来，她未能在历史和象征层面上理解露西的感受，反而在春天来临时，自恃好心地带露西去自己最喜欢的公园观赏水仙花。对于这一片段，多数评论者将矛头对准了玛丽娅，例如瑞里韩(Heather Emily Rellihan)指责玛丽娅强迫露西接受自己的审美标准，认为该片段代表了白人的殖民主义和霸权主义(55—56)；莫伊拉·弗格森也指出，"作为雇主的玛丽娅利用诡计骗露西去看水仙花，性质如同后者被迫背诵诗歌……露西面临着受到双重殖民主义侵略的感觉……她被迫处理玛丽娅温和而阴险的辩证式征服策略"(112)。诚然，玛丽娅过于自满、容易强迫他人以自己的方式看待事物，她自己无忧的生活以及对英国浪漫主义所代表的一切的轻松认同给她带来了视阈上的盲点(Smith，2002：809)，这可能让她无法理解露西内心的文化伤痕。不过，玛丽娅总体上为人单纯善良，对露西慷慨友好并富有同情心：她不仅把露西当作朋友，分享自己的闺房秘密，向她传授女权思想，还像母亲一样爱护露西，给她买礼物，办博物馆的会员卡，甚至在得知露西父亲去世而母亲一无所有之后，给了她一大笔钱寄回家。连露西自己都承认，"玛丽娅对我就像个母亲，一个好母亲"(110)。评论者若仅凭水仙花事件便称玛利亚为狡诈、强势的殖民者代表，显然有失公允。笔者认为，应从历史以及个人两个层面理解玛丽娅和露西这两人的关系，看到各自的问题所在。事实上，在看到水仙花的瞬间，叙述者首先表示："它们看上去很美；它们看上去很简单"(29)。正当读者跟随叙述者展开美好想象时，后者笔锋一转："我想杀了它们。我希望有个巨大的镰刀；我要拖着它，沿小路走过去，然后我要把这些花砍倒，从哪儿钻出地面就从哪儿砍"(29)。这种暴力叙述反映出露西内心的偏执和愤怒，而玛丽娅可能仅仅是"期待水仙花本身的美能够消除露西心中对它们不愉快的回忆"(Smith，2002：814)。在此隐含作者特意将露西的极端反应置于一种自然场景中，选择自然之美作为冲突的焦点。这更有利于将问题的矛头对准叙述者自身，揭示出她深陷殖民历史的仇恨阴影之中，一味固执地运用"压迫与反压迫"的政治话语解读玛丽娅的善意和大自然的美，无法正常感知爱和美，从而抑制甚至扭曲自己的人性，使自己更加难以走出历史创伤。

在书中，玛丽娅的其他许多行为和言辞也招致叙述者简单粗暴的政治定式解读。例如，在第二章结尾，玛丽娅向露西道晚安时告诉她："我有印第安血统"。叙述者立即断言："我敢发誓，她说这话就仿佛在宣称自己拥有一个战利品。明明是个胜利者，还声称是被侵略者，人怎么能这样？"(41)对于这个片段，评论者往往跟从叙述者的思路和政治立场，质疑玛丽娅的初衷。如弗格森就指责她故意借口"宣称自己与露西有血缘关系，想必是为了获得宽恕"，其目的是"希望为自己作为殖民主义的同谋获得原谅"(112—113)。然而弗格森忽视了一点，露西是在转述完玛丽娅的这段话之后，才向读者透露其祖母有一半印第安血统，对此信息玛丽娅本人并不知情，所谓的"故意宣称与露西有血缘关系"在逻辑上已站不住脚，个人的政治动机更无从谈起。这种"谋求谅解"的解读反倒是叙述者的有意误导。在露西的眼中，英国白人的血统注定了玛丽娅不可能摆脱"侵略者"的罪名；即使玛丽娅有被殖民者(印第安人)的血统，即使她的祖先在前殖民地(美国)生活和成长，这也改变不了她在露西眼中的"侵略者"形象。此时，玛丽娅的"殖民者"标签恰好折射出露西内心的虚弱与缺陷：她单一、片面地看待了种族身份问题，而这其实恰恰违背了叙述者曾在女权问题上强调的个体特殊性视角，落入了本质主义的陷阱。显然，先入为主的阐释偏见使露西对身边的人充满戒心和敌意，无法跳出"被侵略者"的角色或者摆脱"受害者"的心理，这注定了她最终会作茧自缚、迷失自我。

小说中玛丽娅的形象和露西的形象巧妙地构成了一对镜像关系：玛丽娅的关爱与露西的敌意相对照、玛丽娅的热心分享与露西的固执拒绝相对照。这种对照手法进一步反衬出被殖民者自身的缺陷，实现了对表层文本的反写。由于深陷殖民历史的阴影无法自拔，露西不自觉地对白人(尤其是中产阶级白人)持对立甚至敌对的态度，无法去爱身边的人，最后不可避免地陷入了深深的孤寂中。在小说结尾，露西拿起笔在玛丽娅赠予她的笔记本上开始书写。她首先写下了自己的全名"露西・约瑟芬・波特"。看着这名字，她似乎百感交集，但最终只写下一句话："但愿我能爱一个人爱到不顾生死"。"一阵强烈的羞耻感"随即涌上心头，哭泣中大滴大滴的眼泪模糊了自己写下的所有文字(163—164)。"犀利成熟"的露西最后终究还是无法言说。她没有意识到，她片面地依赖殖民与反殖民的视角，成了自己的"束缚者"，自然也就无法获得自我解放和自我成长。

三、契约型不可靠性叙述对表层文本的补充

《露西》中的不可靠叙述并不总是造成反讽效果，有时也“包含了隐含作者——因此，也是作者的读者——所认同的交际信息”，从而形成一种“悖论式的效果”，“减少[了]叙述者与隐含作者之间在阐释、情感或伦理上的距离”(费伦，2008:295)。虽然在小说中，露西是一个不可靠叙述者，但她有时又和隐含作者持有的立场和观点一致。她对母亲的误解和谴责便是其中一例，其相关叙事判断虽因不近情理和过分偏激体现出明显的不可靠性，却包括了“作者的读者”所认同的一些交际信息：殖民地人民不仅内化了从属身份和殖民文化，还将之强加给后代，这是殖民历史、文化及其意识形态持续压迫殖民地人民的重要症结。换言之，这种“内化”和“接纳”早已使他们转变为自己民族和文化的“压迫者”和“殖民者”(Rellihan，2005:3)。隐含作者正是通过这些契约型不可靠叙述，对殖民地人民自身缺陷进行深层反思，从而对表层文本进行了一定的补充和支持。

在露西的叙事里，她不时会根据语言的联想从美国的生活叙述直接跳跃到对家乡各式人物的回忆中，呈现出“英国殖民阴影以及安提瓜黑人的奴隶史”的深远影响，与金凯德早期作品中度假天堂式的安提瓜形象形成鲜明对比(Als，1991:207)。其中，她提到母亲的朋友西尔维因和其他女人争风吃醋而大打出手，结果不仅进了监狱，还在脸上留下了伤疤。小时候的露西竟然把伤疤当成西尔维故意绣上的玫瑰花，后来才得知缘故。但紧接着，她又回忆起西尔维和她聊天时手指不断地捏搓伤疤，声音“又重又硬”的情景，进而联系到自己今后虽然不一定脸上留疤，但肯定会在身体或者心里留下一个什么“印记”(25)。在这段叙事中，首先，露西因为在事实/事件轴上的偏差造成了不可靠叙述。其次，露西对伤疤的隐喻运用和对人生的深刻认知至少不是人物在动作发生时的所思所想，而是成年露西作为叙述者的认知判断。这同时也是隐含作者所认同、想向读者传达的洞见。另一次，露西提及家乡岛国男人的不可信时，轻描淡写地说起自己的父亲可能有三十个孩子：“他自己都不确信。他可能试着数过，但过了一阵就放弃了”(80)。更为甚者，其他女人还不时地设法杀害露西的母亲和母亲肚子里以及出生后的自己。然而在露西的叙述中，这一切仿佛是一些再平凡不过的事。对于这种置身事外的态度，读者可能会感到难以接受，从而和叙述者保持一定距离。但读者同时也能从这些“嵌入式

叙事”中窥见殖民地人民泛滥的爱恨情仇以及道德低下的状况，由此体会到殖民侵略的破坏性影响，尤其是对黑人男性气质及男性责任感的扭曲，从而对表层文本的反殖民主题给予支撑。

在小说中，露西和母亲之间的复杂关系一直是叙事的暗流，正如金凯德早期的作品《在河底》和《安妮·约翰》一样，“反映了女儿既想挣脱母亲的影响成长为独立的自我、又和母亲间有着无法斩断的感情联系的矛盾心态”(王家湘，2006:307)。但在这部小说中，母女冲突更为激烈、关系更为复杂；她对母亲的回忆和叙事判断像乱码一样，往往逻辑混乱、自相矛盾，真是“剪不断、理还乱”！如果说，把她初到美国后浓浓的思念之情和在家时的反感叛逆并置，把她乖巧贤淑的表面形象和桀骜狂野的内心世界并置，这些并不令人意外的话——它们仅仅反映出几乎所有青春期孩子的“两面性”(19)，那么当读者发现露西必须用“憎恨、敌意、愤怒”这些字眼来描述自己对父母的感情时(112)，可能会感觉不妥。更极端的是，当露西得知父亲突然去世、母亲一无所有时，竟然写信怒斥母亲如何背叛了她自己、同时背叛了她这个女儿，讽刺母亲如何像个圣人、竭尽全力要阻止她成为一个“荡妇”。然后还详细描述自己在美国混乱的性生活，以此佐证母亲教育方式的彻底失败。最后，她还口不择言地想给母亲最重的一击：“当荡妇的生活还非常有意思，谢谢你”(128)！露西这种异常极端的反抗方式足以显示她自身的脆弱和不成熟以及她在处理与母亲的关系上的无能为力。这和之前(故事时间及叙述时间之前)她的心声形成鲜明对照：“我的过去就是我的母亲……我一直在说我长大后不想像母亲一样，但我忘了关键的一点：我不像我母亲——我就是我母亲”(90)。这进一步证明，露西叙述逻辑混乱，在“知识/认知轴”及“伦理/判断轴”上皆不可靠。

那么，叙述者对其母亲的这种不可理喻的、过度的恨如何对表层文本形成补充呢？且看此恨意的源头。从叙述者冷酷无情的指责和诸多嵌入式叙事中可以看出，其母亲坚韧能干，相夫教子，受人尊重，表面上根本看不出有任何可恨之处。直到玛丽娅问露西为什么不可以原谅她母亲时，叙述者才开始零星透露事情真相：在九岁之前，露西独享父母所有的爱，直到其三个弟弟的降生。露西说：

> 我不介意我父亲为他的儿子们，他的同类，这么规划着，而把我给遗忘了。我父亲根本不了解我，我并不期待他能想象我拥有激动人心、成就不凡的人生。但是我母亲非常了解我，就像她了解自己一样(我有时甚至把我们俩当成一个模子里出来的)，每当我看见她因想象她将如何为她儿

> 子们的成就而骄傲而热泪盈眶时，我就感觉有把利剑刺穿了我的心，因为她从来没有想象过我，她唯一的女儿（“her only identical offspring”），能够处在任何类似的荣耀之中。从那以后，我内心就称她为“犹大太太”（Mrs. Judas），并开始计划和她的分离，虽然我怀疑这永无结束之日。（130—31，重点为笔者所加）

由此可见，露西对于母亲“放弃自己的聪明才智”而投身于相夫教子和家庭琐事（123）该有多么失望，母亲的重男轻女（不仅自己内化了社会性别定义，还要继续将之强加给她）该使露西如何地绝望和痛恨！加上父亲对母亲不忠且不负责任，仅仅因为母亲年轻力壮而娶她，死后还给母亲留下一身债务，这一切都使露西觉得母亲的一生是多么的不值！

重新拼接叙事中的细节，我们不难发现：露西的母亲从小培养女儿接受在白人社会中的从属地位，不顾露西自己的兴趣爱好和聪明好学，强迫她进入保姆或护士行业；教导露西迎合殖民岛国社会曾为她本人规定的女性角色——即无条件地服务于男性，并且举手投足都要像个淑女，并逼她把规规矩矩的邻家女孩莫德当作榜样。正是这些原因，小说中露西母亲的角色被评论家瑞里韩视为被殖民者模拟殖民文化的典型，而这种模拟正是露西对母亲保持怨恨和对立态度的深层原因：“露西的母亲作为被殖民者妇女受到压迫，并试图向露西实施同一种压迫。这样，露西因其被压迫者身份而感受到与母亲的联系，同时又憎恨母亲所扮演的这一身份”（61）。

露西因家庭失宠而导致的个人愤怒上升到了殖民社会女性出路问题的高度。“对于露西来说，对她母亲的任何一点原谅都可能使她落入她母亲阴影中，落入对殖民文化的模拟（colonial mimicry）”（Rellihan，2005：60）。从这个角度理解露西给母亲的最后一封信中的那些极端言辞，读者则可以读到一种与过去/母亲/殖民文化压迫相决裂的决心，与此同时，也读出她的恐惧和疑虑：她能成功吗？正如她现在，虽然离开了家乡，远离了过去和母亲，但在美国依然是白人至上、男权至上，她的自立之路依然看不见多少希望。母亲依然回信说，她永远是露西的母亲。而她的家乡，虽然后来独立了，却依然在后殖民和新帝国主义的阴影下挣扎。正是在这两点上（决心与疑虑），叙述者和隐含读者达成了共识。

综前所述，隐含作者不仅通过表层文本中尖锐的叙述评论揭示殖民主义的侵略历史和白人中产阶级的伪善，同时还通过疏远型不可靠性叙述和契约型不可靠性叙述分别对表层文本进行纠偏和补充。她提醒被殖民者及其后代，切莫忽视个人问责与个人担当，既不要深陷于仇恨和敌对心态而作茧自缚、止步不前，也不要顺应和内化殖民文化的不良影响，甚至代代相传。

四、结语

《露西》中叙述者的不可靠性很大程度上源自她对政治阐释的过分热衷。换言之，她习惯于在种族、殖民、性别和阶级等政治框架内思考自己与他人之间的关系。同样地，一些后殖民学者往往戴着政治化的有色眼镜来审视黑人(移民)女作家的文本，容易有意无意地为原本并不那么政治化的字句涂抹上浓浓的政治色彩。如果研究者不能意识到叙述者存在不可靠性问题、不能谨防各种主义的阐释陷阱，就很可能对作品中叙述者的评述全盘接受，最后单一地从政治主题切入作品，难免会导致牵强附会的解读。只有保持视野的开放和包容，避免被作品的表层含义和叙述者的不可靠叙述所迷惑，才能透过文本的叙事策略，挖掘出作品的深层含义。

另外，在作家研究中，评论者应该注意隐含作者与真实的作者的区别，避免简单地从作者的生平和平日的政治观点得出一种定式思维，并以此指导自己对该作者所有作品的解读，从而造成评论的偏颇。纵观金凯德的作品，隐含作者的形象有明显的分化。例如，《弹丸之地》的隐含作者利用多角度叙述，大胆抨击殖民主义，言辞激愤地谴责白人自哥伦布发现美洲开始并持续至今的各种掠夺行为。而《露西》的隐含作者在种族和殖民问题上还是比较客观中立的，小说表面上抨击殖民侵略，潜藏文本却反思被殖民种族对自己和同胞的束缚、甚至压迫，提醒读者要跳出政治阐释的思维定式。评论家戴安娜·赛门斯(Diane Simmons)称，"金凯德的作品相互之间常常形成矛盾对立，这也解释了为什么批评家们很难对她进行归类"(472)。正因其作品具有可贵的丰富性、矛盾性和复杂性，金凯德经常被国外评论家拿来和沃尔·索因卡(Wole Soyinka)、德瑞克·沃尔科特(Derek Walcott)、托妮·莫里森(Toni Morrison)以及维·苏·奈保尔(V. S. Naipaul)这四位诺贝尔文学奖得主相提并论(陆文彬，2004:21)，相信国内金凯德研究将有进一步的拓展。

参考文献

[1]Als, Hilton.Don't Worry, Be Happy[J]. The Nation 1991(2):207-209.

[2]Ferguson, Moira.Jamaica Kincaid: Where the Land Meets the Body[M]. Charlottesville:

University of Virginia Press, 1994.

[3]Holcomb, Gary E. Travels of a Transnational Slut: Sexual Migration in Kincaid's *Lucy* [J].Critique: Studies in Contemporary Fiction, 2003, 44(3): 295-312.

[4]Kincaid, Jamaica.Lucy[M]. New York: Plume, 1990.

[5]陆文彬.愤怒之外一无所有——美国作家金凯德及其新作《我母亲的自传》[J].外国文学动态,2004(3):21-24.

[6]Moore, Susanna. "A Journey of Self-Discovery." *The Washington Post* 7 Oct. 1990: X7.

[7]詹姆斯·费伦.疏远型不可靠性、契约型不可靠性及《洛丽塔》的叙事伦理[M].尚必武,译.世界文学评论,2008(2):294-302.

[8]Rellihan, Heather Emily. Misery Baby: A (Re) Vision of the Bildungsroman by Caribbean and United States Black Women Writers[D]. University of Maryland, 2005.

[9]Shen, Dan. Covert Progression Behind Plot Development: Katherine Mansfield's "The Fly"[J].Poetics Today 4.1-2(Spring-Summer 2013): 147-175.

[10]Simmons, Diane. The Rhythm of Reality in the Works of Jamaica Kincaid[J]. World Literature Today, 1994, 68(3): 466-472.

[11]Smith, Ian. Misusing Canonical Intertexts: Jamaica Kincaid, Wordsworth and Colonialism's "Absent Things"[J].Callaloo 2002, 25(3): 801-820.

[12]王家湘.20世纪美国黑人小说史[M].南京:译林出版社,2006.

(原发表于《当代外国文学》2014年第4期)

文学理论与批评

论美国黑人美学思想的发展

曾艳钰*
（湖南科技大学外国语学院）

摘　要：美国黑人作家独具特色的文艺美学思想，极大地影响了美国黑人文学、文论及小说理论。美国黑人美学思想的发展包括原黑人美学和新黑人美学两个阶段。原黑人美学发展的三个阶段为新黑人美学思想的发展奠定了坚实的基础。本文从梳理"黑人美学"概念的演变过程入手，回顾这一重要美学范畴的思想内核，总结了黑人文艺美学思想在其不同发展阶段的特点，并指出当代美国黑人美学的发展趋势

关键词：美学；美国黑人文学

在美国文化发展中，黑人文化是一枝光彩夺目的奇葩。但美国黑人的奴隶出生身份同时也决定了其独特的生存境况，他们被迫在异文化的环境中求生存。在这种生存境况下，他们一方面受到异文化的压力，在抗争中求生存，另一方面又被其自身传统文化所萦绕，在生存中寻求身份认同。这种生存方式的独特性同时也决定了美国黑人在对世界的认识和表达上与主流社会有着一定的差异性。而这种差异则又体现出美国黑人文化的特殊性。因此，长期以来，美国黑人美学家、作家与批评家必须面对两种传统，即其自身的非洲文化传统和西方文化传统。前者是其文化的源头，而后者则是他们生存的现实。在借助社会主流的语言形式——英语进行文学创作和批评实践的过程中，美国黑人作家形成了其独特的美学思想，并极大地影响了美国黑人文学、文论及小说理论。那么何谓黑人美学？它经历了怎样的发展过程？它的主要特征体现在哪些方面？本文将从梳理"黑人美学"概念的演变过程入手，回顾这一重要美学范畴的思想内核，并指出当代美国黑人美学的发展趋势。

---

* 作者简介：曾艳钰，教授，主要研究方向为英美文学与文化，侧重当代美国文学与文化研究。

一

根据莱基纳尔德·马丁(Regenald Martin)的观点,黑人美学家、作家和文学评论家用"美学"这一术语所表达的含义有如下几种:首先它是一个小说与非小说、口头与文字的主体,用以肯定黑人的平等、差异及其优越性,肯定美国黑人感知世界及处事的方式。这个文学体将黑人文本及黑人文化的原动力作为其催化剂:在面对压迫、不平等、虐待或任何可感知到的、同人的尊严相违背的暴力行为时所表现出的无愧的公开情感的力量。其次,它是一套政治原则,始终如一地反对不平等的暴行。再次,它是一个伦理和艺术标准的支架,对美国黑人作家作品的有效性进行指导。最后,它是一个人类代码,将欲毁灭其他种族和人道主义体系的缄默世界加以转换。这种代码的成功转换意味着在物质上、种族上和精神层面上的生存。反之则意味着在这种生活中的死亡。[①]

美国黑人美学思想的发展包括原黑人美学和新黑人美学两个阶段。原黑人美学的发展又经历了三个主要阶段。第一阶段从1829年至1881年。乔西亚·汉森(Josiah Henson,1789—1883)的奴隶叙述标志着黑人美学思想的开端。[②] 奴隶叙述在美国黑人史上是一种重要的文学形式,它是非洲口头文学传统在新大陆的延续和标记;同时,由于它是非洲裔美国黑人在新世界身心遭受奴役和寻找自由、身份的代名词,本身就是文化适应的信息,因此它又是一种特定的内容。在奴隶叙述发展成为黑人美学思想的过程中,奴隶叙述的情感语言构成了奴隶叙述中最有力的基石,情感语言也就自然成为原黑人美学发展进程中的关键所在。[③] 情感语言与情境的情感是不可分割的,也就是说,情感的情境即美国奴隶制所带来的痛苦要通过情感的语言表达出来。因此情境情感也在黑人美学思想发展中起着重要作用,因为社会痛苦与美国黑人的社会经历密不可分。

---

① Reginald Martin. Ishmael Reed and the New Black Aesthetic Critics[M]. London: MacMillan Press, 1988:3.

② Josiah Henson. Truth Stranger than Fiction[G]//Ed. Benjamin, Brawley, Early Negro American Writers. New York:Dover, 1970:166-167.

③ Reginald Martin. Ishmael Reed and the New Black Aesthetic Critics[M]. London: MacMillan Press, 1988:5.

概括起来，原黑人美学思想发展的第一阶段具有如下特征：(1)这一时期的作品是以原先奴隶的角度写的，措辞和表达的语言是情感性的；(2)开始号召体力上对白人压迫的抵抗；(3)开始提出一些要求，但同时又有极大的耐心相信上帝或白人肯定会对他们的这些要求做出积极的回应。这一阶段的重要作家是弗雷德里克·道哥拉斯(Frederick Douglass，1817-1895)，他的《弗雷德里克·道哥拉斯的生平与时代》(*The Life and Times of Frederic Douglass*，1881)是这一阶段最重要的、也是最具持久影响力的代表作之一。

布克·华盛顿(Booker T. Washington)于1895年发表的《亚特兰大说明演讲》("Atlanta Exposition Address")标志着原黑人美学第二阶段的开始，而肯尼迪总统遇刺的时间即1963年是这一阶段的结束。在美国历史学家的眼里布克·华盛顿是一个颇有争议性的人物。一方面，他被看作是一个"伟大的解放者"，为穷人打开了受教育之门，并希望以此使穷人摆脱苦难。另一方面，他又被当作一个投降主义者，甚至黑人的败类，为了寻求社会平等而置黑人的苦难于不顾。但不可否认，布克·华盛顿将教育这一黑人自我实现的有机部分摆在了人们面前。如果黑人不能理解美学以及美学的尺度，那么任何美学思想的建构也就无从谈起。因此教育便是理解美学的催化剂。此后，教育的必要性以及为保证黑人接受必要的教育而进行的斗争便成为一个聚焦点。因此，不管华盛顿究竟有怎样其他受人指责的错误，在使黑人受教育这一问题上，他的确起了非常重要的作用，毕竟黑人的教育问题第一次引起了公众的关注。①

在黑人美学的构筑上，杜波伊斯(W. E. B. Dubois)也是一个至关重要的人物。从十九世纪末到哈莱姆文艺复兴直至二十世纪六十年代都可见他对黑人美学的影响。杜波伊斯最重要的贡献在于他将学术的方法用于美国的黑人问题研究，并用这种方法形成了一个如何在压迫的体制中行动的纲领，用学术方法研究美国种族问题将黑人文学呈现在美国白人读者面前。在其著名著作《黑人的灵魂》(*The Souls of Black Folk*，1903)一书中，杜波伊斯详细阐释了作为一个黑人和美国人意味着什么，并阐释了多种族性、多重目的性的黑人美学，他提到：

在埃及、印度、希腊、罗马、日耳曼和蒙古人之后，黑人是上帝的第七

① Booker T Washington. The Atlanta Exposition[G]//Ed. Ruth Miller. Black American Literature. Beverley Hills：Glencoe，1971：207.

> 个儿子，他生来便戴着面纱，并赋予了一种预知力来看这个美国世界，这个世界没有为他提供真正的自我意识，而是让他通过他者所揭示的世界来领悟。这是一种独特的感觉，是一种双重意识，一种通过别人的眼光来看自我的感觉，一种在一个充满了同情和蔑视的世界中审视自我的感觉。他在任何时候都能感到他的两重性——他的美国身份和他的黑人身份；他的两个灵魂，两种思想，两种无法和解的斗争；在一个黑色躯干中互相交战的两个理想，这个躯干的顽强力量才使得他不至于崩溃。[①]

因此，在原黑人美学中隐含着一种社会和知识上的分裂状态：憎恨这个不喜欢自己的社会，同时却又尽可能地成为这个社会的一个共生部分。从杜波伊斯的这段话我们可以看出，一种双重特性，美国性，被充实到黑人美学的思想中。

艾兰·洛克（Alain Locke）在其《新黑人》（*The New Negro*，1925）中提出在1880年和二十世纪二十年代的爵士时代出现了一种"新黑人"，他们受过教育，洞悉过去，并能展望未来。他主张采纳泛非主义的观点，将文学艺术视为一种界定黑人身份并促进种族自豪感的方式[②]。马克思·卡卫（Marcus Garvey，1887—1940）也表达了相同的观点。他直言不讳地指出黑人信任黑人知识分子的危险，因为他们已完全被白人和资本家所收买，并指出黑人应面对、热爱并信任他们自身的黑人性。毫无疑问，对白人和黑人知识分子来说卡卫的观点令他们感到震惊，因为他所提倡的是同白人世界的彻底分离，提倡唯一的拯救方法便是返回非洲。在谈及黑人的未来时，卡卫认为：

> 我们已经有三百年苦难的历史，所以我们感到让那些同我们一起经历苦难的人来解释我们的感情和精神的时代到来了。要让奴隶来解释奴隶的感情；让身遭不幸的人来解释他那不幸弟兄的精神；让苦难的黑人来解释他的同志的精神。[③]

---

① W.E.B Dubois. The Souls of Black Folk[M]. New York: New American Library, 1969: 45.

② Alain Locke. From the New Negro[G]//Ed. Houston Baker, Jr. Black Literature in America. New York: McGraw, 1971: 141-142.

③ Marcus Garvey. The Passing Negro "Intellectual"[G]//Ed. Ruth Miller. Black American Literature. Beverley Hills: Glencoe, 1971: 320, 325.

卡卫的观点为黑人美学运动提供了两个主要支柱：同白人和西方世界的彻底分离和对黑人性本身的热爱。这两个观点在以后的文学作品中不断地出现。

诗人克劳德·麦凯(Claude McKay,1890—1948)为原黑人美学思想赋予了新的含义，提出了面对压迫的暴力抵抗[①]。而康迪·卡兰(Countee Cullen,1903-46)也认为黑人的命运掌握在自己的双手中，在必要的时候这双手就得变成武器[②]。卡兰的观点为四十年后的黑人新作家和思想家奠定了基础。此后，里查德·赖特在其三、四十年代的小说、拉尔夫·埃里森和詹姆斯·鲍德温在他们五六十年代的作品中也各自进一步奠定了这个基础。因此，六十年代初，一个坚实的黑人美学思想的新基础已经奠定。

斯道克雷·卡米查尔(Stokely Carmichael)和艾尔德律治·克里沃(Eldridge Cleaver)是六十年代黑人权利斗争的两个先锋作家。他们的思想及写作技巧对艾迪生·盖尔(Addison Gayle)和克莱伦斯·梅杰(Clarence Major)的影响很大。卡米查尔提出面对无法忍受的种族问题的情景下应有一个迅速的变革。此外他还将学术方法同民间布道融为一体，进而给黑人美学思想增添了新的内容。[③] 而克里沃则认为黑人性不仅只意味着黑人的黑色，也不仅仅指偶然的社会地位或哲学状态。他认为黑人性包括任何一个有着相同思想的人，它是一个哲学本质。[④]

这种黑人性的哲学本质的观点在克莱伦斯·梅杰的“一个黑人标准”(A Black Criteria,1967)中再次体现，而梅杰的“一个黑人标准”使六十年代的黑人美学思想达到了顶峰，它也是连接原黑人美学和新黑人美学的纽带，因为它即包括已成定论的思想，又增添了更新、更精炼的内容。在论及蕴涵在每个人身上的黑人性的必要性及能力时，梅杰写道：

> 我们不仅要唤醒我们自己的黑人兄弟，还要唤醒那些在西方衰落世

---

① Claude McKay.If We Must Die[M]//The Selected Poems of Claude McKay. New York:Twayne, 1953:37.

② Countee Cullen. From the Dark Tower[M]//On These I Stand. New York: Harper, 1953:74.

③ Stokely Carmichael.Stokely Carmichael Explains Black Power to a Black Audience in Detroit[G]//Ed. Ruth Miller. Black American Literature. Beverley Hills: Glencoe, 1971:87.

④ Eldridge Cleaver.Soul on Ice[M]. New York:McGraw, 1968:78.

> 界中跌跌撞撞不动脑思考的浅薄的、虚有其表的人。我们必须用我们黑人诗性的力量去推翻西方的仪式、强烈的情感、灾难、这种死亡的黑暗年代、原罪对一个民族的巨大影响以及他们为对付我们黑人对之做的不公正的保护;我们必须自己从这种疯狂的状态中走出来,如果在行进的过程中我们还能将其他人甚至是白人带出来的话,这对我们很有好处。[①]

梅杰还认为因为黑人所受到的无休止的压迫,黑人领导要时刻牢记被蔑视的滋味,要做对人民"正确"的事情。

概括起来,原黑人美学发展的第二阶段有以下的特点:(1)坚持将教育作为获得社会平等的一个重要部分;(2)提倡为获得更好的社会条件而进行长期的妥协;(3)黑人知识分子对黑人问题的观点呈多样化;(4)黑人的艺术表达达到学术的水平;(5)公开表示原黑人美学的形成中多种族的进入;(6)采用口语体或直接的表达方式。

马丁·路德·金于1963年发表的演说"我有一个梦想"标志着原黑人美学第三个阶段的开始,克莱伦斯·梅杰于1969年发表的《新黑人诗歌》则预示着这一阶段,也可以说是原黑人美学阶段的结束。这一阶段的艺术特征有:(1)黑人性转变成一个包含一切的哲学(形而上学)的概念;(2)民间布道结构让步给大量的散文体;(3)起陶冶作用的幽默的出现;(4)呼吁社会批评上的进一步具体化;(5)提倡艺术作为社区社会进步的重要性;(6)呼吁黑人的自立和自爱。

原黑人美学发展的这三个阶段为新黑人美学思想的发展奠定了坚实的基础。

二

六十至七十年代的美国社会处于前所未有的大动荡之中:越南战争和反越战和平运动、反文化运动、女权运动、黑人民权运动和黑人文艺运动,这使得美国出现空前的大分裂。新黑人美学便是在这种社会背景之下得以发展,并达到了其顶峰时期。因此新黑人美学的发展同此期的各种政治运动紧密相关。若对应此期的政治运动时序,1964年民权运动法案的通过标志着新黑人

① Clarence Major. A Black Criteria[J]. Journal of Black Poetry, Spring 1967:15.

美学运动的开始，而 1975 年美国军队从越南的撤军则宣告这一阶段的结束。但大多数反映新黑人美学思想的作品是在 1969 年以后出版的。黑人民权法案的通过使得越来越多的黑人以及同情他们事业的人相信为争取黑人权利而采取更积极的行动是正确的。在这种思想的指导下，越来越多的黑人开始涉及他们原先从不敢轻易涉及的领域。此期，美国黑人的评论性创作达到了前所未有的高度。黑人美学家们提出了要对西方文化美学进行激进的重建，提倡更为广泛的艺术标准和种族融合的诗学。他们强调黑人文学艺术，尤其是黑人民间文学和音乐的独特性，即“黑人性”；强调黑人文化的“灵魂”(Soul Field)和传统；他们力图寻求黑人文化的自主性，致力于建立黑人创作和批评艺术的独特模式，从而建立一种黑人美学。在这十一年间，尤其是 1967 至 1971 年期间，在黑人美学家的共同努力下新黑人美学的发展呈现出多姿多彩、百花齐放的局面。霍伊特·富勒(Hoyt W. Fuller)、拉里·尼尔(Larry Neal)、艾迪生·盖尔、休斯顿·贝克(Houston Baker)、艾默里·巴拉克(Amiri Baraka)、亨利·路易斯·盖茨(Henry Louis Gates)等是这一时期的典型代表。

霍伊特·富勒于 1968 年发表了《走向黑人美学》一文，把黑人美学同黑人民权运动联系起来。他认为黑人音乐和语言的独特风格、节奏和技巧反映了黑人经验的特殊性质和要求，因此为了取得黑人社会内部的团结和力量，黑人必须找回并尊崇自己独特的文化之根，需要一种摆脱了白人种族主义文化价值观念影响的“神秘的黑人性”(mystique of blackness)。①

拉里·尼尔同富勒一样也把黑人美学同黑人民权运动联系在一起。1968 年他也发表了一篇论文《黑人文艺运动》，文中评析了黑人艺术家为脱离白人主流艺术模式和开拓以非洲文化传统为基础的创作模式的种种尝试。他号召要抛弃主流文化的标准，重新发展过去遭到抹黑的种族的艺术模式和传统。他把黑人音乐作为黑人表达方式的基本原始形式，认为真正黑人艺术的源泉是社区音乐和口头民间故事，因此他要求黑人诗歌避开文本主义(textualism)，回到仪式般的口头表演上去。可见，尼尔是将黑人美学置于一种仪式和神话的艺术理论中。②

艾迪生·盖尔 1969 年出版的《黑人表达方式》(*Black Expression*)引起

① 参见程锡麟.虚构与现实——二十世纪美国文学[M].四川人民出版社，2001:409.

② 参见程锡麟.虚构与现实——二十世纪美国文学[M].四川人民出版社，2001:409.

了公众的关注。[1] 盖尔是个著述丰富的人，是第一个通过“信息自由法案”获取联邦调查局档案材料撰写传记的作家，也是第一个提出黑人美学逆命题的黑人美学家，即白人批评家的黑人美学批评。他对黑人美学的界定提出了不同的见解，认为没有什么黑人美学，因为并没有白人美学。美国只有一个社会，而不是两个，因此美国所有不同种族、不同肤色、不同信仰的人拥有一个共同的文化遗产。也就是说，只有一个占主导地位的美国文化，盖尔要求一种专注于生活的政治、社会和历史尺度的道德批评和道德文学。

休斯顿·贝克认为美国的黑人所拥有的是一种完全不同的生活方式，它既不是盎格鲁-撒克森式的也不是非洲式的。[2] 美国黑人的民间因素和艺术形式以及铸造黑人无意识或“灵魂”的表现方式呈现出集体主义而非个体的心理特征，体现出排斥性而非调节性的特征，它更是一种音乐口头表达形式，而非传统的文本形式。美国黑人的民间传说、歌曲、布道、布鲁斯和爵士乐使美国黑人社区内部形成一个有机的整体，拥有自己的文化价值观、创作方式、声音、习俗、文学主题、技巧和文学类别。用主流文化的价值观和评判标准来审视少数族裔的生活方式会发现这些本土化的形式荒诞、幽默、片面。用白人欧洲中心论的标准会玷污美国黑人的生存方式和表达方式。正如美国黑人文化与白人文化完全不同一样，黑人艺术家在他们的艺术形式上也要继续保持独立。换言之，贝克看到了黑人批评家采纳主流语言所形成的理论模式来构建黑人美学思想的潜在危害性，而要消除这种危害性，就必须使黑人批评家在解读文本的同时，关注日常的社会和政治现实以及黑人日常的生活体验，关注其独特的生活体验和表达方式。

贝克采用结构主义的理论和方法建构了一种科学的、跨学科的研究方法“艺术人类学”，它主要研究的内容有：(1)在一定文化范围内艺术客体的状况及“表演”(performances)，(2)在一种指定文化中，具体的美学“作品”与其他实体和系统的关系，(3)在这种文化中艺术生产和接受的一般性质和功用。这样贝克就把黑人文学作品置于美国黑人文化之中。他提倡黑人批评家应始终坚持在一个广阔的文化背景中去审视黑人文本，不应在主观上将黑人文化与其语言表述区别开来，要关注黑人所面对的日常的社会文化生活与政治现实。[3] 因此，贝克在借用结构主义、符号学、解构主义和福柯模式等的词汇和

---

① Addison Gayle, Jr..The Black Aesthetic[M]. New York:Doubleday, 1971.

② Houston Baker, Jr..Black Literature in America[M]. New York:McGraw, 1971.

③ 参见程锡麟、王晓路.当代美国小说理论[M].北京：外语教学与研究出版社，2001.

方法的基础上成功地建构了他自己的文化批评理论。他的理论建构不仅与文学相交,而且与通俗文化、经济学、历史、社会学及法律学相交,为美国黑人美学、美国文学史和整个美国文化史做出了重大贡献。

在美国黑人美学思想的发展中,盖茨也做出了巨大的贡献。盖茨整理并主编了三十卷"肖伯格丛书",另外主持了"黑人小说期刊工程"(Black Periodical Fiction Project)、《休斯顿全集》(*The Works of Zora Neale Hurston*)以及《诺顿美国黑人文学选集》(*Norton Anthology of Afro-American Literature*)等大型文学丛书。通过这些系统的发掘、考证、整理和阐释,他力求全面地展示黑人文学成果,成功地将黑人经典文本与西方传统经典文本并列起来,因而在很大程度上起到了对中心话语或主流文学经典的修正作用。

盖茨致力于建立系统的黑人文学理论体系,他认为,在面对黑人和西方的双重传统和语境时,黑人批评家应在借用当代文学理论的同时,还必须对这些理论加以重新梳理、界定和修正,并不得不考虑种族、性别、文学史和经典形成等相关问题,而建构这一理论的重点是黑人文学文本的语言运用方式和意象特征。因此,盖茨的理论是建立在对双重传统的吸收、以黑人传统所体现出的黑人的独特差异性这一基础上的。[①]

总的来说,盖茨和贝克的观点是一种较温和的观点,而巴拉克的观点则非常激进。

巴拉克原名为勒罗伊·琼斯(Le Roi Jones,1934-),是美国黑人运动中的一位十分活跃的领袖人物。巴拉克认为非洲裔美国黑人艺术家是文学先锋派的一部分,其使命是要带来黑人得到权利和解放的社会变革。而这一使命的过程不仅要在艺术上改变,还要在政治和宗教上进行改变。由此而出现一个多维度的黑人诗学:艺术要精确地描写生活;艺术要指导大众;艺术要提高社会意识;艺术来源于社区并为社区服务。从非常传统的角度看,这个伦理政治的诗学观点是建立在黑人种族隔离和不平等地位的前提之下的。在巴拉克看来,"黑人是一个种族,一种文化,一个民族"。[②] 种族是最为重要的。在种族这个关键的基础之上,艺术家帮助构建了真正的民族文化。

任何一种思想体系的发展和完善都是在对传统的肯定与否定的基础之上,当代黑人美学的发展也不例外。当代黑人美学家在肯定黑人文学的传统

① 参见程锡麟、王晓路.当代美国小说理论[M].北京:外语教学与研究出版社,2001.

② Amiri Baraka. Raise, Race, Rays, Raze:Essays Since 1965[M]. New York:Random,1971:248.

时也对它进行了质疑和批评。例如,在过去,白人的价值观和评判标准限制了许多黑人作家的观点。在谈到哈莱姆文艺复兴时,尼尔就曾抱怨到,"它(哈莱姆文艺复兴)没有为黑人社区的神话和生活方式进行辩护。没有寻根,没有具体地将它自己同黑人社区的斗争相联系,没有发出它自己的声音而成为一种精神"。[①] 因此在尼尔看来,哈莱姆文艺复兴是个失败:它没有关注黑人社会的神话和生活方式。它未能扎根于黑人社会,把它自己牢牢地同黑人社会的斗争联系在一起。这种思想导致的极端观点是要从文学经典中根除"种族叛徒"。评论家们在论及拉尔夫·艾里森的作品时也表达了类似的观点。而巴拉克则更是将种族净化作为一个最重要的政治和美学的试金石。他认为美国的黑人资产阶级在很久以前就是"依据白人的意愿而创造的,他们现在仍然是,他们不想要任何同黑人有关的东西"。[②] 因此他认为,黑人美学理论家的诗学要建立在革命的种族伦理政治之上,它很有必要对那些打着刚获独立的黑人和国家的名义的一些个人和组织进行制裁。

在一些激进的黑人美学家中,"民族"是一颇受关注的话题,其中巴拉克的观点最具代表性。在巴拉克看来,在美国存在着一个拥有自己文化的黑人种族,它构成了使黑人"民族"在与统治者和自治领、军事力量、司法制度及外交使节团的斗争中日趋完善的基础。巴拉克认为很快就会出现一个黑人民族,"我们不想要一个民族,我们就是一个民族"[③],"不论及领土就不可能成为一个民族主义者"。[④] 巴拉克的诗学致力于民族重建事业,在他看来诗人的三个使命分别是:团结意识觉醒的民众,鼓励从白人那儿争取主权,并领导人民为之进行斗争。为了创建新民族,"第一步要做的就是把在黑人民族领域内却属于白人的财产和资源国有化"。[⑤]

---

① Larry Neal.The Black Arts Movement[G]//Eds. Davis Thadious M. and Trudier Harris.Dictionary of Literary Biography. vol. 38, Afro-American Writers After 1955: Dramatists and Prose Writers. Detroit, MI:Gale Research, 1985.

② Amiri Baraka. Raise, Race, Rays, Raze:Essays Since 1965[M]. New York:Random,1971:242.

③ Amiri Baraka. Raise, Race, Rays, Raze:Essays Since 1965[M]. New York:Random,1971:239.

④ Amiri Baraka. Raise, Race, Rays, Raze:Essays Since 1965[M]. New York:Random,1971:242.

⑤ Amiri Baraka. Raise, Race, Rays, Raze:Essays Since 1965[M]. New York:Random,1971:249.

三

当盖茨致力于建立系统的黑人文学理论体系、巴拉克致力于黑人民族事业的重建时，托尼·莫里森则在其《黑暗中的游戏：白色与文学想象》中提出了要求重新审视文学美学的主张。她指出，“传统的白人经典作家”的一些作品如果使用一系列新的批评工具去分析的话，许多先前被忽略的非洲民族成分便会昭然若揭。莫里森在她的论文“说不可说之事”中指出，读者在研究她的作品时应注意欧洲和非洲两种文化的影响，她一方面详细分析了她作品中源于欧洲经典作品的美学特征，另一方面又详细论述了她从其非洲祖先那里传承来的表达方式和民间叙事文学的技巧。莫里森强有力地说明了与二元论的“非此即彼”逻辑相对照的“既此既彼”的观点，这种全方位的思维方式是她的黑人美学思想的关键所在。

可见，在经历了动荡年代之后的作家开始较为反省地寻找自我本质，进而进一步探索文化，在技艺上追求精益求精，对世界持更广博的看法。从艾里森寻找自我本质的小说《看不见的人》一直到八十年代一群把黑人家庭生活作为描写重点的女作家，都反映莫里森的这种看法。所谓“对世界持更广博的看法”就是要求黑人作家不在自己的作品里写种族矛盾与种族斗争，而是要求黑人作家与白人作家步调一致，一同在作品中探索当代西方文化中面临的重要问题：人与人的关系以及对自我本质的重新认识。

爱丽丝·沃克和莫里森等作家的作品已开始摆脱那种表层的社会抗议型方式，将黑人文化传统和当代美国社会有机地结合起来，把种族道义责任提升到弘扬生命意义的层面上，给黑人美学思想注入了新的内涵。

伊什梅尔·里德也是一位在技艺追求上精益求精，对世界持更广博看法的作家。里德对美国黑人文学传统具有高度的敏感性，但他不像简·图默、休斯顿、里查德·赖特和詹姆斯·鲍德温等作家那样采用人们所熟悉的叙述结构来描写美国黑人生活的现实，而是更多地受到拉尔夫·艾里森的启发，用其独特的方式进行文学创作。他认为表达方式同所要表达的内容同样重要，认为传统的文学形式并不能充分地反映出美国黑人的独特经历。里德更多地采用嘲讽和超现实的手法来触及黑人美学家所关心的问题，并与他同时代的黑人美学家们展开了论战。一方面他置身于美国黑人文学的传统之中，从中汲取养分，另一方面他又对传统提出质疑，力图修正其缺憾之处，并在这个过程中构建出其独具特色的"真正的黑人美学思想"[①]。里德也因此而受到其他黑人美学家们的指责,如贝克曾指责他在其小说中对反面黑人人物的塑造,认为这是对黑人事业的背叛;[②]盖尔指责里德作品的主题"轻浮""落后";[③]而巴拉克则认为里德对美国黑人问题的态度太过轻率,而且背叛了黑人事业。[④] 里德的美学思想以二十年代哈莱姆和布鲁斯以及爵士乐的精神为基础,挖掘古代文化的神秘主义,旨在宣扬文化多元主义。

(原发表于《当代外国文学》2004 年 02 期)

① Reginald Martin. An Interview with Ishmael Reed[J]. Review of Contemporary Fiction, summer 1884:176-187.

② Houston Baker Jr.. The Last Days of Louisiana Red-A Review[M]. Umnum Newsletter, 1975:4,3-4.

③ Addison Gayle, Jr.. Black Women and Black Men: The Literature of Catharsis[J]. Black Books Bulletin, 1976:48-52.

④ Amiri Baraka. Afro-American Literature and Class Struggle[G]//Ed. Joe Wexlmann. Black American Literature Forum, 1980:14,1.

贝尔·胡克斯黑人女性传统建构观

赵思奇*
（河南大学文学院）

摘　要：作为美国当代著名的黑人女性主义批评家，胡克斯非常注重对女性传统的建构。她发现，正是因为审查制度、评论界以及媒体等因素的合力，造成了黑人女性传统的断层。鉴于此，她从黑人女性写作的历史和她们的文化传统形式入手，将自传这种黑人女性最重要的文学形式，以及黑人女性的卷发、爵士乐和专属南方劳工阶级居住的小屋都纳入传统之中，从表现形式上丰富了黑人女性传统的多样性，也使得她的建构观当之无愧地成为黑人女性传统的里程碑。

关键词：贝尔·胡克斯；女性主义批评；黑人女性；传统重构

贝尔·胡克斯(Bell Hooks)，美国当代著名的黑人女性主义批评家、文化批评家、作家。2001年出版的《二十世纪美国文化理论家》把她列为35位20世纪改变了美国思想的知识分子之一[①]；巴特·穆尔-吉尔伯特等编纂的影响深远的《后殖民批评》一书中，将胡克斯与赛义德、斯皮瓦克等12人一起列入"西方后殖民批评重要作者"的名单之内；中国的一些重要的后殖民主义理论选本，如罗钢、刘象愚主编的《后殖民主义文化理论》等，也将胡克斯的文化批评纳入其中。尤其在女性主义批评方面，胡克斯的成就更不容忽视。谈到女性主义批评，必然离不开对女性传统的关注，作为出身于美国南方劳工阶级的黑人女性，胡克斯在这个问题上有着独到的见解。就国内对胡克斯的研究而

* 作者简介：赵思奇，副教授，主要研究方向为西方文论。

① Paul Hansom. Twentieth-century American Cultural Theorists[M]. Detroit: Gale Group, 2001:219-229.

言，尚处于发轫期，主要集中于研究她的教育学思想[①]、她的批评话语[②]以及对她的某一部专著如《女权主义理论：从边缘到中心》的评析[③]，还未出现对她黑人女性传统建构观的研究。而女性传统在女性主义批评中，是一个关涉到其历史和发展的至关重要的问题，尤其对于边缘群体的黑人女性而言，传统更是她们树立自信心、汲取营养和支持的源泉，缺失了传统，黑人女性主义批评的发展就成了无源之水、无本之木，对黑人女性主义批评的研究也必然不完整。正是鉴于传统的重要性以及胡克斯对这个问题的独特贡献，本文将她的黑人女性传统建构观作为研究对象，以丰富对胡克斯思想以及她黑人女性主义批评重要性的全面了解。

一

白人女性主义批评将建构传统作为一项重大工程，从英国维多利亚时期的女性主义批评家弗吉尼亚·伍尔夫（Virginia Woolf）起，此后的英美白人女性主义者们就从未放弃过这方面的努力，她们基本延续伍尔夫的思路：挖掘被埋没的女作家和作品；对很多被曲解和被贬低的作品给予重新解释和评价。但具体到个体的批评家，策略又各有侧重：伊莱恩·肖瓦尔特（Elaine Showalter）从女性创作的历史、主题、类型和结构的相似性中寻求认同感，指出女性基于共同的诸如青春期、行经、性心理的萌动等生理体验和作为女儿、妻子和母亲的社会角色的独特心理体验，紧紧结合在一起，形成一种非自觉的文化上的联系，这种联系既可以让女作家们相互理解，也可以让女作家和女读者之间形成认同，而传统也正建基于此；爱伦·莫尔斯（Ellen Morse）从史的角度将女作家群体写作的过程予以综述，彰显她们创作中反复出现的主题、意象和写作风格，以此证明女作家创作的显在性，是主流文学之下或与之并行的一股汹涌澎湃的潜流；吉尔伯特和古芭（Gilbert & Gubar）则突破了史述的研究思路，改用现代批评理论和方法来阐释女性文学传统存在和延续的内在的

---

① 贝淑琴.教育即自由的实践：贝尔·胡克斯的教育思想研究[D].北京师范大学硕士学位论文，2005.

② 周春.黑人女性主义批评的对话意识[J]文艺理论与批评，2006(1)；周春.贝尔·胡克斯的对话体诗学[J].北京第二外国语学院学报，2008(12)；李克.语言斗争之场——读女性主义理论家贝尔·胡克斯的《语言，斗争之场》[J].博览群书，2001(5).

③ 杨静萍.胡克斯女性主义思想的评析[J].内蒙古农业大学学报，2006(3).

本质原因。她们认为,女作家不同于男作家,男作家为挑战“诗的传统”这一父亲形象,渴望打一场文学上的俄狄浦斯之战,而女作家首要面临的是“作者身份焦虑”,找到女前辈才是她们的当务之急。那么,对于19世纪女作家如何突破“作者身份焦虑”这个问题,吉尔伯特和古芭认为,女作家们用表面上与父权制文本建立同一关系,实则篡改其性质和意义的方法实施反叛,正是基于这种共通的策略,19世纪的女作家们构筑了统一的阵线。

纵观上述观点,她们基本将目光锁定在白人女作家群体,而且大都是历史上比较著名的白人女作家,关注她们的文学创作,关注作为白人女性的共同性和联系点,对于有色人种妇女的作品则基本是漠视的。所以,她们的传统建构必然不完整,出现“艾略特崖、勃朗特岭”这样一种时断时续的现象,尽管如此,她们的研究思路对作为黑人的胡克斯仍然大有启发。胡克斯一直将建立黑人女性传统作为她建构女性主义批评话语的重中之重,在她看来,只有明确了传统,黑人女作家才能从中汲取营养和支持。在这个问题上,胡克斯也吸取了伍尔夫史述的研究思路,对于伍尔夫的著作《一间自己的屋子》中鼓励沉默的妇女写各种各样的书大加赞赏:“她的作品《一间自己的屋子》一直为我们提供指导,她认为沉默的女性要写各种各样的书,尝试任何一个主题,不管它多么微不足道或庞大‘……但是我亲爱的姐妹弗吉尼亚永远也想象不到黑人女性也能出于本能地’写作。”[①]胡克斯在这里所指的女性已经超越了伍尔夫描述的范围,将黑人女性涵盖其中,因为胡克斯发现,作为一个仍然可以称之为新兴的作家群体,黑人女作家具有视野的多样性和宽阔的文化背景,而且也时断时续地出现过讨论黑人女性文学的声音,但由于诸种因素,黑人女作家的作品时常遭受贬低而被湮没,黑人女作家也一直面对着被猜疑和不被信任的态度,造成了黑人女性文学传统的不清晰。针对这种现状,胡克斯明确指出黑人女性文学具有内在的连续性,是女性文学传统不可分割的一部分,她肯定了黑人女作家前辈的成就,“我要向两位已逝的作家——托尼·凯德·班巴拉(Toni Cade Bambara)和安·佩特里(Ann Petry)致敬,媒体并未足够充分地认识到她们的传承作用,这是美国文学界极大的损失,因为她们的作品及表现照亮了我们民族历史的特定阶段——包括黑人女性写作的发展”。[②]

① Bell Hooks. Remembered Rapture: The Writer at Work[M]. New York: Henry Holt and Company, 1999: XIII.

② Bell Hooks. Remembered Rapture: The Writer at Work[M]. New York: Henry Holt and Company, 1999: XII.

二

事实上，早在19世纪就已经出现了黑人女性活动家为争取自由平等而进行的反抗斗争，如玛利亚·斯图亚特（Mary Stuart）、索杰纳·特鲁斯（Sojourner Truth）以及安娜·茱丽亚·库珀（Anna Julia Cooper）等人，她们被珍视为当代黑人女性主义的先辈，是早期黑人妇女自我意识觉醒的代表，她们在政治运动中所体现的对奴隶制度和父权制度的抵抗和对自由的向往，表现了黑人女性主义思想的部分精髓，对当代黑人女性主义文学批评有着深远的影响。而被当代黑人女性主义者认定为是黑人女作家先驱的佐拉·尼尔·赫斯顿（Zora Neale Hurston），包括后来出现的安·佩特里、托尼·莫里森（Toni Morrison）、洛林·汉斯伯里（Lorraine Hansberry）等人，她们都为美国文学史贡献出了宝贵的财富，这些影响深远的政治活动家和作家是黑人女人文学史上不可或缺的人物，她们通过自己的方式架构起了黑人女性文学传统的桥梁，所以，黑人女性文学的源流就如同一条暗河，从不曾干涸，时机一旦成熟，就会从地下奔涌而出。尽管有如此的成就，这些女性前辈们的声音和影响力却长久被忽略，像芭芭拉·贝格（Barbara Berger）的《记忆之门：美国女性主义的起源》，从未提到19世纪妇女权利运动中黑人妇女倡导者；埃莉诺·弗莱克斯纳（Eleanor Flexner）初版于1959年的《世纪斗争》，仅有几个地方提到了黑人妇女参与了妇女权利运动。

胡克斯认为，黑人女性传统的断层，首先在于审查制度对黑人女性作品的严格限制。她指出，在美国，黑人女性所写的书，进入到名牌大学图书馆和公共图书馆之前，要接受非常严格的审查。[①] 事实上，不只在美国，当胡克斯的著作《黑色外表：种族和再现》进入加拿大时遭到了加拿大政府的拒绝，因为此书被认为是“忌恨”文学的代表，尤其作者在首章号召大家要学会“热爱黑色”，被指控为鼓动种族仇恨。虽然最终政府放行了此书，并表示误解了此书的内容，但胡克斯敏锐地察觉到，激进的书店——尤其那些出售女性主义或性别文学的书店，一直受到严格的监视并时刻准备接受审查，这限制了很多黑人女性作品的流行。

其次，评论界对黑人女作家也相当苛刻，甚至不惜歪曲事实。胡克斯发

① Bell Hooks. Outlaw Culture: Representation[M]. New York: Routledge, 1994: 74.

现,虽然她的著作被出版,并受到女性主义读者的欢迎,却时常被白人评论者给予粗略、消极的评介。白人评论家迈克尔·贝鲁比(Michael Berube)在对胡克斯著作所写的书评中认为,她"最善于为女性主义的含义和未来辩论",并且"不问青红皂白地批判"。[①] 胡克斯曾这样谈到她自身的尴尬处境:"在发表于'乡村之声'的《黑人知识分子目前的危机》一文中,A. 利德(A dolph Reed)在没有任何事实的基础上,宣称我和科内尔·韦斯特(Cornel West)'滔滔不绝地谈论彼此的辉煌','把装腔作势故意夸大的语言和陈词滥调搅和在一起,服务于'付我酬劳'的原则,他根本没有提到'女性主义'一词,他完全和主流男性统治关于'黑人知识分子'的话语一致"。[②] 不仅如此,媒体也配合着评论界的步调,按照所谓的标准改写事实。胡克斯提到,当《高等教育纪事》(*The Chronicle of Higher Education*)派白人女记者考特尼·莱泽曼(Courtney Leatherman)采访她时,她希望讨论能更多地集中于个人思想方面,胡克斯告诉莱泽曼,在她加入女性主义运动之前很久,就已经开始使用贝尔·胡克斯这个名字。然而当莱泽曼的文章在杂志五月期的封面故事中刊发出来时,却以此为题,"为自己命名:当黑人女性主义需要一种声音时,贝尔·胡克斯诞生了",而且并未提到胡克斯所强调的思想。胡克斯对此回应道:"她的文章中有太多的谎言和歪曲,令人难以置信。"[③]鉴于此,胡克斯本人多年来也不太热衷于参与大众媒体节目,她担心制造商们在编辑的过程中,会按照自己的想法随意处理信息。

三

在胡克斯看来,正是以上诸种因素造成了黑人女性传统的断层,于是勾勒出明晰的传统就成了胡克斯的目标,她从黑人女性写作的历史和她们的文化传统形式入手,挖掘、梳理出黑人女性传统的渊源和脉络。就黑人女性写作而

---

① Bell Hooks. Remembered Rapture: The Writer at Work[M]. New York: Henry Holt and Company, 1999:137.

② Bell Hooks. Remembered Rapture: The Writer at Work[M]. New York: Henry Holt and Company, 1999:135-136.

③ Bell Hooks. Remembered Rapture: The Writer at Work[M]. New York: Henry Holt and Company, 1999:138.

论，胡克斯将自传(confessional writing)[①]作为黑人女性最重要的传统形式："渴望讲述自己的故事和讲述故事的过程，是渴望发现过去的象征性姿态，通过这种方式，个人可以经历意识的重聚和释放。这种自我和经历也许不是生活中很精确的部分，但它是形成当前的生活记忆。自传性写作激起了我回忆成长于南方黑人隔离社区的特殊经历，这也是再一次捕捉南方黑人文化的方式。"[②]在胡克斯看来，自传是黑人女性群体自我塑形、介入话语权的一个利器，虽然这种写作形式在白人文化中遭受贬抑，被认为不及传统文学话语更有效，并有主观性的嫌疑。比如在主流美国高校中，自传写作通常被用来调节学术写作、理论以及经验之间的张力。然而，对于黑人女性这一受到多种压迫的边缘群体而言，却有着特别的意义：一方面它可使作家采取边缘化的位置，挑战普适性的话语；另一方面，它可以进行一种个性化的写作，从而将自己的声音放置到写作中去，体现作者自己积极参与的精神。这无疑既挑战了以往单一的话语，又体现了非洲文化传统中主客体同时积极参与的特点："它们(自传)可以作为指导书、教科书，使我们坚定认识彼此的同志关系，这比任何文学资料都更重要……即使由黑人妇女发表的小说数量增加了，也不能替代理论或自传性叙事。"[③]

黑人女性自传来源于奴隶叙事。奴隶制时期，黑人女性在很长一段时期被剥夺了读书识字的权利，甚至连雕塑这样的艺术活动都被禁止，她们成了文化上失根的群体，失去了手写的能力。但是，她们可以通过口述的形式，讲述自己所遭受的压迫和苦难，这种传统延续到 19 世纪，就沉淀而成了一种盛行的美国黑人女性文学形式——自传，它主要传达了黑人女性的反抗意识。事实上，自传写作并不是专属于黑人女性的文体，欧洲文学的自传可以上溯至奥古斯汀的《忏悔录》，但与欧洲文学传统不同，黑人女性的自传写作，不仅是黑人女性自我经历的反映，更是黑人女性集体意识的呐喊，它对黑人女性传统的一个重要意义，即是黑人女性可以见诸文字的自我再现的最早的文体形式之一。正是在这个个人与集体声音交织的文本世界中，黑人女性所遭受的种族与性别双重压迫的特殊经验，与源自这种经验的"压抑的知识"形式，得以一代

---

① 在胡克斯的著作中，"confessional writing"与"autobiographical writing"是在相同的意义上使用。

② Bell Hooks. Remembered Rapture: The Writer at Work[M]. New York: Henry Holt and Company, 1999:85.

③ [美]蓓尔·赫珂丝.革命的黑人女性：自己争取成为主体[G]//[英]巴特·穆尔-吉尔伯特等编.后殖民批评，杨乃桥等，译，北京出版社，2001:329.

代地传承下去。胡克斯指出,自传叙事可以在很多方面起作用,“从治疗的意义上讲,它可以恢复丢失的自我意识,或者可以释放过去”①;而对于黑人女性主义者而言,“它提供了一种文化语境,在其中,过去和现在的女性写作可以被给予持久的承认和认可”。② 其中,日记是自传中最基本的一种形式。对胡克斯而言,日记是一种安全的写作,它意味着无须向外界宣读,也标志着作者走进了成人世界,“它作为一种抵制性叙事,可以加强我们自我定义的斗争,使我们经历自我发现与自我恢复”,③胡克斯通过写日记去理解自己和周围的世界,可以大胆地说出什么伤害了她、她对事物的感受及希望,还可以“话语回击”,而且,作为一种充满力量的写作,日记可以让她敞开心扉,在胡克斯看来恰恰这一点对于身处双重边缘的黑人女性的反霸权创作至关重要。

由于黑人女性所处的特殊历史背景,她们还找到了多种表述自我的方式,所以在胡克斯看来,除了写作之外,黑人女性传统还呈现在日常生活中的各方面,首先就是黑人女性天生卷曲的头发。她们的卷发高度卷曲,成弹簧状。胡克斯认为,这种卷发是黑人女性特有的标志。而就主流社会评价美的标准来说,主要从皮肤的颜色、面部特征和发质等方面入手,拥有蓝眼睛和金黄飘逸的直发的白人女性被认为是美的,而与之相对的黑人女性,她们的黑皮肤、宽鼻梁,尤其纠结得很难打理、必须经过繁杂程序的热梳(hot comb)才能易于梳理的卷发,则让她们远离了美丽,不管她们多么聪明,接受的教育程度有多高。界定美的标准破坏了黑人女性的自信心,胡克斯对此表示质疑,在小说《快乐的娜比》中,她描述了一个黑人小女孩娜比整理头发时的心情变化,鼓励黑人女性应接受与生俱来的卷发并为之而自豪,学会树立信心。其次是爵士乐。爵士乐是一种非常强调即兴演奏并具有布鲁斯感觉的音乐,注重节奏和对打击乐器的使用,采取对答(call-and-response)这种在非洲极为重要的演唱方式。它来源于非洲原始部落的黑人民歌,是种植园中的黑人奴隶们在劳动和生活中自发演唱的一类歌曲,饱含着对奴隶制度的憎恨和对新生的渴望,黑人女性在其成熟和发展过程中贡献很大,出现了很多世界闻名的黑人女爵士乐歌手,如比莉·哈乐黛(Billie Holiday)、埃塔·詹姆斯(Etta James)等,她们

---

① Bell Hooks. Remembered Rapture: The Writer at Work[M]. New York: Henry Holt and Company, 1999:69.

② Bell Hooks. Remembered Rapture: The Writer at Work[M]. New York: Henry Holt and Company, 1999:69.

③ Bell Hooks. Remembered Rapture: The Writer at Work[M]. New York: Henry Holt and Company, 1999:5.

对爵士乐的推广和流行起了很重要的促进作用。胡克斯对爵士乐有着特殊的感情,在她的童年时代,当她母亲在家庭内受到伤害时,总是倾听爵士乐排遣内心的伤痛。所以,在胡克斯看来,爵士乐蕴含着黑人独特的文化和黑人女性特殊的历史经验,她指出,爵士乐是属于黑人的音乐,"它和布鲁斯不同,因为它不单是悲叹,呻吟,表示悲痛,它表示一切",正是这种音乐,契合了黑人女性的心理,使得她们了解到,"爵士乐将痛苦和悲伤转变为声音,见证了黑人的过去"。①

甚至包括美国南方黑人建造的不同于白人标准化住房的小巧精致的小屋,胡克斯也将其纳入传统之中。在胡克斯看来,小屋见证了美国黑人,尤其是黑人女性的创造力和对自由的追求,虽然她们经济上很匮乏,但"没有物质特权并不意味着贫穷的劳工阶级黑人对居住空间缺乏创造性思考"。② 作为出生于美国南方肯塔基州的黑人女性,胡克斯对民居建筑有着自己的看法,她成长过程中居住过的南方小屋,给她留下了深刻的印象:在小铁路旁的窝棚里,经常居住着黑人大家庭,当她进入年长的黑人女性独居的简陋小屋时,四周放置的婴儿床让胡克斯既好奇又印象深刻,这种整洁又宽松的居所形塑了胡克斯日后对住房和室内设计的理念。"尽管小屋有诸多局限之处,它却告诉我们,不论我们的种族、阶级和性别地位如何,我们都可以设计、改变和创造空间",看似弱不禁风实则坚固的小木屋,形塑了南方黑人对何为有意义的民居建筑的观念。这种居所尤为黑人女性所青睐,黑人女建筑师拉弗·韦尔斯·鲍伊(Laverne Wells-Bowie)高度赞美了这种民居建筑,虽然这些黑人并没有接受过有关建筑艺术的学院教育,然而拉弗却认为,"民居建筑是展示文化的一种语言","充分表现出物理环境如何反映一种文化的独特性"③。可以看出,在建构传统这一方面,黑人女性和黑人男性的策略是不同的。黑人男作家面对白人社会对他们的边缘化,一方面内化白人文学的准则,另一方面在"作者焦虑"的驱使下,寻求各种方式挑战这些准则,打一场文学上的俄狄浦斯之战,以青出于蓝而胜于蓝。在这个过程中,他们更强调的是读写能力,注重书面文化遗产,肯定文化与男性权力之间不可分割的关系。而黑人女性,相较而

① Bell Hooks. From Black is a Woman's Color[J].Callaloo, 1989, 39:383.

② Bell Hooks. Julie Eizenberg, Hank Koning.House[J].Assemblage, No.24, House Rules, 1994(8):23-24.

③ Bell Hooks. Julie Eizenberg, Hank Koning.House[J].Assemblage, No.24, House Rules, 1994(8):24.

言，则更注重日常生活中的文化遗产。

当然，就胡克斯而言，她同样重视写作，她极其推崇黑人女前辈，尤其是托尼·莫里森，当她的导师们因为担心研究一个当代黑人女作家，会让胡克斯日后在就业市场上成为一个不受欢迎的人，而不支持胡克斯将论文选题定为研究莫里森最先发表的头两部小说时，胡克斯毅然决定冒这个险，她认为既可以通过这种研究探寻一种学术生涯，还可以寻找一条成为作家的路径，莫里森由此成为她的指路灯。可以说，在建构传统这个问题上，胡克斯继承了英美白人女性主义批评的方法论原则，即从黑人女性的写作历史入手，探寻架构黑人女性传统的建构点，将托尼·凯德·班芭拉、安·佩特里等众多黑人女作家都并入传统之中，并彰显她们在黑人女性创作历史中承前启后的地位和影响，凸显黑人女性传统的存在。但同时，胡克斯又另辟蹊径，再造了另一个属于黑人女性的传统，弥补了主流女性主义批评的缺陷。事实上，从艾丽丝·沃克(Alice Walker)发出"寻找佐拉·尼尔·赫斯顿"的呼声起，就已经拉开了建构黑人女性传统的序幕，但胡克斯的传统再造，不仅仅限于创作，而将目光扩大到宏阔的文化领域内，相对于主流女性主义批评和先于她的黑人女性主义批评而言，这是一种突破。当然，先于胡克斯的黑人女前辈中，也有批评家将眼界扩展到黑人艺术中寻求认同感，如沃克，她将种花养草、缝纫、歌唱等都纳入黑人女性的艺术表现方式中，胡克斯对此又进一步加以补充，将富于黑人特色的卷发、爵士乐以及专属于南方劳工阶级黑人居住的小屋都纳入了传统之中，从表现形式上丰富了黑人女性传统的多样性。

胡克斯所强调的建构黑人女性传统，实质是在建构黑人女性独特的身份，在黑人女性主义批评建立过程中，可以使黑人女性作为一个统一有力的发声主体进行文化表述，这样的努力，是黑人女性自我意识觉醒、彰显自我身份所必需的。在这个过程中，胡克斯始终以黑人女性的特殊身份对作家职责进行着严肃的定位，关注着对于黑人女作家的发掘和黑人女性主义批评家的推举，这使得她的理论创见当之无愧地成为黑人女性传统的里程碑。

［原发表于《河南大学学报(社会科学版)》2011 年第 03 期］

论贝克的布鲁斯本土理论

习传进*
（南京大学中文系）

摘　要：多元文化主义和“少数话语”理论已成为当今中西文学研究领域的热门话题。非裔美国黑人文学批评家休斯顿·A.贝克的布鲁斯本土理论是美国黑人文学批评的换代与转型的重要标志。本文着重探讨了贝克的布鲁斯本土理论的基本意义、文化哲学思想和文本阐释的审美维度。

关键词：贝克；布鲁斯；语境化；“黑洞”隐喻说

非裔美国黑人的双重意识（两种种族和两种文化身份）导致了非裔美国黑人作家的双重声音和批评家的复杂理论。当代非裔美国黑人文学批评家休斯顿·A.贝克（Houston A. Baker.Jr）从“艺术人类学”（philosophy of art）的角度出发，基于对非裔美国黑人文学文本的话语与文化之关系的考察和研究，将文本的内部构成与外部因素或文本的自律性与他律性有机地结合起来，创立了布鲁斯本土理论。本文着重探讨贝克的布鲁斯本土理论的基本意义、文化哲学思想及其文本阐释的审美维度。

一

贝克把黑人文本置于黑人文化的传统之中，置于黑人日常生活的体验之中加以考察。将黑人文学文本重新加以语境化，从黑人的话语实践中透视出文本解读的多种可能性。贝克十分关注黑人的生活体验和话语表达方式，关注黑人日常生活中的表意特征。他把黑人音乐，尤其是布鲁斯音乐，视为黑人本土话语的最典型特征，视为黑人文学文本研究的原始依据和文化源泉。因

---

* 作者简介：习传进，教授，主要研究方向为英语文学、文学批评理论及英汉翻译。

此,布鲁斯本土语言研究也就成为贝克文学理论体系的切入点或出发点。

布鲁斯作为爵士乐的一种,最早来自棉花田间的农夫和火车工人之中,由黑人的劳动号子与早期宗教的和世俗的音乐相互影响而形成。后来为了谋生,歌手们弹吉他和拉手风琴到处乞讨、演唱,逐步向外传播开来。如布鲁斯的歌手通常站在以铁路的交叉口为象征的背景下演唱。歌词也非常富有隐喻性。如《交叉口的布鲁斯》:“站在叉道口,挥旗让火车走/无人知道我,都从我身边过”(Baker,1984:1)。交叉路口的十字标牌象征着人类生活的复杂性,选择的多向性、不确定性和流动性。布鲁斯中的“铁路”常常被视为经济发展和审美发现的潜在可能性,是有意味的象征符号。这种喻意的可能性来源于火车头的驶动性或推动力,因为它预示着无限的运动性与自由性。布鲁斯音乐人在音乐中转换或再生产这种能量的原始动力。自20世纪20年代以来,布鲁斯作为一种“民族记忆”音乐在美国开始流行。贝克说:“美国的金融者不仅仅知道铁路有其商业可能性,而且也是黑人音乐的来源之处”(Baker,1980:2)。

布鲁斯融合了黑人劳动的歌声、教堂的唱词以及民间的幽默和智慧。布鲁斯抒情歌曲体现了非裔美国黑人的一种亚文化的追求、理想与忧虑。布鲁斯既是音乐,又是语言,它渗透了黑人的内心体验和潜意识,如压抑、痛苦与虚幻、遐想等。布鲁斯极富抒情性、虚拟性、象征性、寓意性、神秘性、互动性和哲理性,具有很高的精神价值或审美价值。同时,布鲁斯也象征着非裔美国黑人民族感的认同。布鲁斯本身作为一种文化现象显现了在主流文化中边缘文化的生存状态。贝克说:

> 非裔美国黑人文化是复杂的、扭曲的,从中我们可以发现作为基质的布鲁斯隐喻表达。基质就是孕育处,网状体,一种化石,一种深藏宝石的洞痕,一种合金中的要质,一种可以重新复制或录制的碟盘。基质是永不停息的输出点与输入点,是生产过程中永恒存在的推动力的交织点。非裔美国黑人的布鲁斯形成了充满活力的网状体,是一种多重复合体。通过这种复合体,我们可以发现非裔美国黑人话语文化的重要特征(怀特,1993:3)。

布鲁斯音乐的存在和发展既有它自身音乐的自律性,也有着不可忽视的他律性;既有音乐的独特性,又有音乐的互文性。从布鲁斯的形成与发展的情形来看,它与文学的本质特征有着共通性。贝克认为文学和布鲁斯音乐一样,都富有隐喻性、虚拟性、神秘性、审美性等主要特征。同时,文学也和布鲁斯音乐一样，只有通过发现与黑人生活复杂性一致的手法才可以捕捉到黑人生活的真谛。拉尔夫·艾里森也认为布鲁斯最能表达黑人经验和黑人视野的复杂性。他把布鲁斯音乐的特点融入他小说的结构和内容之中。鲍德温运用黑人土语和布鲁斯艺术创作了《索尼的布鲁斯》和《假如比尔街能够讲话》等一系列作品。在鲍德温的作品中，布鲁斯体现了黑人民族的痛苦和历史，布鲁斯使人们获得了启示，使人们认识了自我。

贝克把布鲁斯作为非裔美国黑人的一种典型的文化言说，从而提出黑人文本解读的阐释范式和典律。贝克说，他所使用的布鲁斯具有多重意义，每一种隐喻都包容了美国黑人文化的本土性特征。布鲁斯的诞生标志着美国本土文化的王国里出现了一种具有更强烈的震撼力的音乐，因为布鲁斯表现了黑人精神上与话语权力上的压抑。布鲁斯音乐是对主流文化的一种应对策略。概而言之，布鲁斯是一种文化存在，体现了非裔美国黑人语言的本土特色、审美特色和意识形态的存在。布鲁斯代表了一种社会的存在，体现了黑人民族的存在。可以说，布鲁斯成了非裔美国黑人话语文化的代名词。

二

贝克的布鲁斯本土理论是一种典型的文化批评理论。贝克的布鲁斯本土理论体现了他对本土文学的文化哲学反思以及西方当代文论家对他的影响。1980年在《历程的回顾：黑人文学与批评的问题》中，贝克认为“说话的主体”(speaking subject)创造了当代评论者阐释话语或符码。但在他现在的研究中，他发现是语言（或符码）在“说”主体（“speaking”the subject)，主体被“非中心化了”。他说：

> 在过去的十年里，我一直在探寻非裔美国黑人文学（和文化）独特的东西，我确信在独特的主体性中发现了这种特殊性。但是经济基础的客观性和后结构主义理论的出现改变了我的观点。我也确信象征理论和独具特色的象征人类学的思想提供了理解非裔美国黑人表意文化的有效途径。我发现象征的对应物——实际的或物质的缘由，对于理解非裔美国黑人话语是很有必要的。……从主体中心到主体去中心，从绝对的象征性到更具有包容性的表意观点的转变，是由方言本土理论的激剧力量使然。研究这种思想的途径来源于对弗·詹姆逊、海登·怀特与谢尔·萨

林斯和其他人的著作的尝试性阅读，因为我从这些学者的观察中获得了不少收益(Baker，1980：109)。

贝克认为，方言是一个特定的国家和地区所特有的一种艺术。美国奴隶制的物质条件和非裔美国黑人布鲁斯音乐的表意特征的结合，作为一个先在基质，在美国产生了一种强大的、本土的创造力。对经济基础和本土方言的关注，产生了象征型人类学与分析型策略之间的一种张力，弗·詹姆逊称之为“形式的意识形态”或“作为社会象征性行为的叙事”。詹姆逊关于历史的非文本性的观点表明，社会或“环境”是一种先在的历史或意识形态的“潜文本”。这一“现实”不是外在于文学文本，也不是与文本保持一定距离，而是包含在文本之中，成为文本自身固定的或内在的潜文本。社会往往以“潜文本”的方式存在于作品之中。他以格雷马斯的符号方阵为例阐释这一观点，符号方阵所建构的意识形态的封闭和所表达的二元对立的运作本身正体现了社会矛盾的表征性投射。因此，外部现实与文本合二为一，社会矛盾只能以文本的形式存在或以话语的形式存在，而终极的社会始终是缺席的。

海登·怀特的新历史主义作为一种“文化诗学”，打通了文学话语与历史话语的界线，并使“文学的历史叙述”成为当代文学理论的一个重要命题。同样，历史话语所特有的那种“诗性”品质，“以其具有文化意义的形式现实化为一类特定的写作，正是这一类特定的写作，正是这一事实允许我们去思考文学理论和历史编纂(historiography)的理论及实践两方面的关系”(怀特，1993：43-44)。贝克说，把詹姆逊和怀特的理论引入非裔美国黑人叙事文本的分析，获得了非裔美国黑人话语中的“潜文本”或“潜文化”，这在以前从未得到有效的关注。

贝克在《美国文学史的重新建构》一文中指出：福柯的理论对于美国文学的研究是十分有效的。“作为一种分析方法，福柯的知识考古学认为，知识存在于话语形式之中。人们可以在这种形式本身中追寻其形式的系谱和发现其形式的规则。”(Baker，1984：17)福柯认为语言本身就是权力和压抑的根源，“历史”是经过运作活动之后的产物，其中渗透着权力和经济的力量，历史的“统一性”和“连续性”是一种幻想，真正存在的只是断断续续的话语区域。任何史学家的批判任务就是让那些被压迫的异己因素诉说自己的历史。通过福柯，历史又以不同的方式出现在文学和文化批评的议事日程里，它使人们能够更直接探讨权力、控制、社会压迫和社会歧视之类的问题。也就是说，它使人们能够更直接地从历史的、残酷的、血腥的对抗与斗争中去把握文化。不仅如此，福柯的系谱学所表现的对必然性的否定和对生活中偶然性的揭示也为文化的差异性和多样性开辟了通道。贝克认为，由于美国黑人文本产生于一个长期的土语发源地，而此发源地扎根于奴隶贩运和奴隶制经济的历史现实之中，所以黑人的布鲁斯是被压迫文化的产物，它象征着一种范例的“话语”。布鲁斯是劳动乐曲、团体俗歌(group secular songs)、田间的劳动号子、宗教和声(sacred harmonies)、谚语式的格言、民间哲学、政治批判、下流幽默、哀歌挽唱等许多成分的综合，布鲁斯标志着语言与经济制度、政治等级制度、神学、性行为以及美国黑人生活其他各个方面的交叉。对于压抑其受害者声音的主流文化的语言，布鲁斯形成了一种语言上反应的源泉。布鲁斯呈现的是另一种不同于主流话语的历史文化，它是非裔美国黑人真正的历史文化。它内含了文化支配性权力问题。因而对这种隐含的意识形态是需要作语境化的分析和解剖的。而对这种内化的文化支配权力的解构，最有效的方式就是依托边缘种族的文化传统，依据自己的文本特点将其言说方式予以系统化，以形成对这一文本行之有效的批评模式。

三

当今，非裔美国黑人文本是人们在一定的历史文化中依据内心的感悟和体验，像布鲁斯一样以虚幻和隐喻的形式所构成的。正如亨利·路易斯·盖茨所说：

> 美国黑人传统自起始阶段起就是比喻性的，否则它如何得以生存至今呢？……黑人一开始就是比喻大师：说一件事而意指另一件事，这是在西方文化压抑中求生存的一种基本方式(Gates，1984:21)。

贝克曾以邓巴(Paul Laurence Dunbar)的《诸神的游戏》(*The Sport of Gods*)为例，详尽分析了美国黑人小说的虚构话语及其超越传统方式的意义。贝克说：

> 邓巴的文本力求避免对传统叙述模式的简单重复。所以，我们可以说，它表明了在早期的小说中就存着一种颠覆性的意图。它所要颠覆的叙述模式就是所谓的“种植园传统”……他的小说暗含了一种非传统的虚

> 构……尽管邓巴创作《诸神的游戏》的自由度仍在“文学惯例”的传统之内，然而他的小说的丰富内涵则表明，必须超越历史—社会批评传统加以阐释的模式。(Baker，1984：137-138)

对这样一种虚幻的小说，显然需要采取相应的解读模式。而且这一解读模式也是具有双重意义的，它既可以超越文学体制或惯例所特有的限制，又可以为理论的生成提供选择。贝克认为：

> 今天的批评家犹如邓巴本人一样，他们必然受制于体制化的话语世界，但是却可以自由表述以前‘难以想象’的意义。这一思辨的自由表明了一种‘无限制’的神话的自由，这也是成功地达到理想形式的重要途径(Baker，1984：138)。

黑人美学(american aesthetics)、种族一体化主义(integratism)和重建主义(reconstructionism)等黑人文学批评理论都在不同程度上妨碍了黑人的真实的艺术的发展的批评。所以他提出了对黑人文本要进行“重新评定”(reassessment)和“症候性解读”(symptomatic reading)的观点。所谓“症状性解读”，有两层含义，其一是针对传统的批评话语在小说阐释中所出现的问题进行批判式解读；其二是依据小说编码和叙述模式所揭示的“症状”来进行解读。贝克说：

> 一旦“症状性解读”揭示了传统评价话语的问题，人们又如何制定一种强有力的重新评价的方式呢？我的答案是，人们可以采用一种表意的方式，其内含异常独特，依此来打破那些熟悉的概念形成方式(Baker，1984：144)。

“重新评价”意味着一种价值决定因素的转变，它引起了人们对熟悉的对象和事件的描述方式的重新审视，使人们通过对过去几十年流行的狭隘的评价方式进行解构，根据“布鲁斯”式的语言编码特点，探索黑人文本中的话语与文化存在的关系，研究黑人作家的表意特征和审美特质。因此，贝克把物理上的“黑洞”引进了黑人文本的重新评价。他说：“对‘黑洞’的思考就是要理解作为重新评价的媒介的这种向性思维是如何作用于意念中客观存在的重新组合的。”(Baker，1984：144)

那么，什么是"黑洞"？"黑洞"就是这样一种天体：它的引力场是如此之强，就连光也不能逃逸。根据广义相对论，引力场使时空弯曲。当恒星的体积很大时，它的引力场对时空几乎没什么影响，从恒星表面上某一点发的光可以朝任何方向沿直线射出。而恒星的半径越小，它对周围的时空弯曲作用就越大，朝某些角度发出的光就将沿弯曲空间返回恒星表面。而恒星的半径一旦收缩到一特定值（天文学上叫史瓦西半径），巨大的引力就使得即使光也无法向外射出。

根据科学家的猜想，黑洞很可能是由恒星演化而来的。当一颗恒星衰老时，它的热核反应已经耗尽了中心的燃料（氢），由中心产生的能量已经不多了。这样，它再也没有足够的力量来承担起外壳巨大的重量。所以在外壳的重压之下，核心开始坍缩，直到最后形成体积小、密度大的星体，重新有能力与压力平衡。"黑洞"有无比强大的吸引力，把任何通过的物质吸收进去，这些物质似乎就再也不能逃出。在"黑洞"中心的"神秘体"（singularity）内，一切物质的体积都被减少到趋于零的程度。"黑洞"没有光，没有空间和时间，但物质是存在的，它是一个高度浓缩的、神秘的天体。人们无法直接观察到它，人们可以对它内部结构提出各种猜想。

贝克把黑人文本比喻为"黑洞"，提出了"黑洞"隐喻说（black hole as trope），把美国黑人文本重新加以语境化，形成了阐释美国黑人文本意义与艺术价值的基本范式：

1.文本的凝缩性

以"黑洞"隐喻说来读解理查德·赖特的《黑孩子》，人们首先会发现赖特不太关心小说的"真实性价值"和情节与故事，他所追求的是体现视角和心智的内化了的布鲁斯话语结构。这些话语结构提供了一种与那"不在场"的最为重要的东西具有同等价值的东西，即话语的差异性或延异。话语是中介，"是一种表现不同体验的有意义结构的必要因素"（Baker，1984：146），而话语创造"视角和心智是写作的最基本的功能"（Baker，1984：146）。在《黑孩子》中，作者用内省的语言符号所描述的黑人的生活体验就像"黑洞"一样被浓缩到了难以想象的那一"点"。例如母亲的痛苦体验在小说中是一种不在场的或缺席的在场，作者把黑人的布鲁斯生活体验或欲望的痛苦渗透到一种意象之中："一天晚上，母亲把我叫到床前，告诉我她无法忍受那种痛苦了，她想死。我握着她的手，求她保持平静。那天晚上我对母亲的反应停止了，我的感觉冻结了。"（Wright，1998：11）这里的"冻结"浓缩和内化了母亲所有的痛苦："疼痛""贫穷""饥饿""迁徙""奴役""压迫""怨艾""恐惧""无意义""无地位""绝望"等。

这里,"黑洞"隐喻说与弗洛伊德、雅各布森和拉康所说的隐喻过程有些类似,即数种潜在含义集中到一个意象上的显示,或将所有刺激来源综合成一个单一的整体,也就是一种原初精神过程的高度凝缩。

2."黑洞"仪式

"黑洞"隐含着非裔美国黑人的地下或边缘生活的复杂体验,一种亚文化的积淀。贝克认为,在黑人的文本中,存在着一种叙事仪式,正如比利时人类学家阿诺德·凡·格纳普(Arnold Van Gennep)所说,任何一个人从一种社会生活中脱离出来,进入到另一种社会,都意味着一个非常激烈的转换时刻,这需要打破文化的稳定性,需要通过一些适当的仪式来实现。比如非洲西部的"割礼"就是使男性真正成为男子汉的一种仪式活动,使个人能顺利地从一种社会地位过渡到另一种社会地位。处于白人社会压抑下的黑人,常常对自己的文化身份感到焦虑,这种焦虑隐含着黑人在双重文化背景下探寻完整自我的心路历程。贝克把黑人文本通常用来叙述黑人这种焦虑过程或寻找自我的心路历程的结构形式称为"'黑洞'仪式"(rites of the black hole)。它主要包括以下三种仪式程序:

第一种"黑洞"仪式指黑人从白人的支配社会中的隐退。美国黑人对自己文化身份的焦虑往往产生于他们对自己在他性的主流文化中的"零意象"(zero image)的认同。他们一旦意识到自己在白人的意识结构中处于一种异类的、消逝的或底层的状态,便开始寻找一个隐退的处所,而那里往往就像一个没有光亮的"黑洞"。如艾里森在《看不见的人》中写道:"我想找到一个常用的梯子从上面的洞口爬出去,可是没有。我得有点光……于是,我开始找纸来做一个火把……"(Ellison,1972:448)黑人的这种隐退实际上是一种灾难性的,它并不是黑人真正的解救策略。

第二种"黑洞"仪式指黑人经历的一种无身份、无地位、无时间和空间的边缘状态,一种非此非彼的不定状态。通过这种仪式,借助先辈的智慧,他们隐约地意识到他们在历史上的存在地位,从而激活了他们心中的新的欲望,他们力求通过改写历史来否定白人的主流话语。但是,在此阶段,他们仍然还是感到像"黑洞"的物体一样无法从里面真正地逃脱出来。这一仪式往往是从第一种仪式到第三种仪式的过渡阶段。

第三种仪式,或最后一种仪式是公众仪式或重新聚合仪式。根据前期的地下"黑洞"的边缘仪式中的痛苦体验,黑人似乎觉得不可能逆回到他们所来自的原始地——白人区,因为他们已被切断了与社会的连接线。然而,在这"黑洞"的中心,留下了他们表述内心体验的布鲁斯话语——一种取代主流话语的言说符码，积淀了他们的欲望、企盼和失望。

从天体学的观点来看，黑洞之外还存在着比银河系大好几倍的恒星类，它们能发射出比亿万个恒星所发的光还要强的光能，虽然有一部分光落入黑洞消失，可另一部分会折射到地球，人们可以观察到黑洞正面和背面的星空。实际上"黑洞"是隐形的。"黑洞"的内部与外部、中心与边缘的运动是异常复杂的。由此可见，"黑洞"的内部运动象征着黑人的自我意识的觉悟和欲望的冲动。"黑洞"的强引力可以把旧的物质变成新的物质，这象征着黑人在压抑的氛围中始终在寻找自己的出路。"黑洞"的外部世界象征着黑人所希冀的具有完整性人格的、和谐统一的理想世界。第三种"黑洞"叙事仪式就是指黑人对自我的完整性与和谐统一的社会群体的一种追寻体验。在这种虚幻的理想世界中，黑人渴望获得新的身份认同，但最终遭遇的往往只是失望。如查里德·赖特的《土生子》就是由《恐惧》《逃亡》和《命运》三卷本组成的一个完整的黑人神话。拉尔夫·艾里森的小说《看不见的人》也是描写一个无名无姓的黑人青年从南到北求生存，寻自我，但又无法找到自己的社会身份，最后躲进一个地下煤库。他在痛苦和愤恨中反复思忖，终于悟出了他是一个看不见的人或无形的人。社会的本质不允许他知道自己是谁。他时常怀疑他自己是否真的存在，所以他在地下室里打开了1369个灯，把自己的住处照得通明，以证实他不仅是可见的，而且是一个活生生的人。他在地下蛰伏，"蛰伏是为公开活动作秘密准备"，"因为，即使一个看不见的人也可以在社会上扮演一个重要角色"(Ellison，1972：554-555)。他在地下室听着布鲁斯音乐，就像布鲁斯的演唱者一样，叙述过去的失败、痛苦和忧伤。小说的作者艾里森用象征和隐喻的形式表现了美国黑人的复杂心理。

3.神话渗透

贝克认为，美国黑人小说像"黑洞"一样最富有隐喻性和神秘性。黑人小说往往借用神话的诗性思维来增强文本的神秘感。邓巴的小说《诸神的游戏》是一本神秘的小说，一本最好的布鲁斯书。对邓巴的小说的神话与虚构话语的阐释有助于认识布鲁斯小说成就的意义。贝克说，不能把神话和仪式仅仅当作某种世俗行为模式，也不能仅仅把它当作某种警世故事，而应该体味神话高深的神秘性。神话是渗透而不是侵越世俗社会的标准。神话是人类想象的一种审美创造。神话是一种文化模式，一种文化象征形态，这既是对人类从诞生到死亡，从顶峰到深渊的一种想象的概述，也是对所有可以想象的事物的一种形象概述。神话赋予作者以特权，赋予作者以无限的表现自由和象征自由。对于处于边缘文化状态下的黑人作家，更是一种创造自己神话以反叛主流话语传统的一种有效手段。贝克特别强调神话的神性思维，而并不在乎文本中有几个故事是神话。《诸神的游戏》描写了人只不过是上帝主宰的荒诞世界中的一个玩具。神的“意志”(will)力量永远比人的力量强。神的“意志”只存在于神话之中，但影射着黑人在现实中所处的被支配地位。另外，说上帝永远是正确的，暗示着人对现实的态度往往会出现差错，人永远无法真正地把握自己的命运。

由于神话实际上是语言的某种基本缺陷或某种固有弱点的产物，所以语言的所指本质上是模糊的。而正是在这种模糊中，在语言的这种“同源形似”的现象之中，存在着神话的根源。神话是语言投射在思维上的阴影。神话的世界在本质上是一个幻想的世界。语言和神话的理智联结点就是隐喻。人们时而又在神话想象中寻找隐喻的真正源泉，有时它直接就被认作是语言，语言以其原本就是隐喻的本性产生神话，并且是神话的永恒源泉。如托尼·莫里森在《宠儿》的开头中就是运用隐喻性的语言创造了生动的黑人神话：

> 124号恶意充斥。充斥着一个婴儿的怨毒。……镜子一照就碎(那是让巴格勒逃绝的信号)；蛋糕里出现了两个小手印(这个则马上把霍华德逼出了家门)。两个男孩谁也没等往下看：又有一锅鹰嘴豆堆在地板上冒烟儿……(莫里森，1996：1)。

在这里，亲情召唤灵魂转世的神话潜藏在可见的话语符号中。美狄亚式的母亲塞丝为了不让宠儿重新沦为奴隶，制造了触目惊心的杀婴事件。她在寻找黑人的自我界线时，又毁灭了自我的界线，侵犯了另一个自我的生存权力。以上的神秘意象，就是死去婴儿灵魂的报复。这一神话表达了黑人痛苦而又含混的内心世界。当代许多美国黑人作家跟莫里森一样，吸取非洲的神话、传说、智慧用语，极力模仿隐喻神秘的语言表述方式，创造了奇幻的现实主义小说。他们在叙事语言中留下了许多意犹未尽的空白或缺场，既富有神话的隐喻性和神秘性，又具有布鲁斯音乐的那种省略和开放的性质，从而激发人们自由的情感反应和无限的遐想，使人们获得丰富的审美体验。

综上所述，布鲁斯本土理论主张一种整体的、动态的、开放性的文本阐释。它把主流批评话语与黑人文学理论有机地结合起来，为正确处理民族性与世界性、现代性与传统性、差异性与多样性、本土与西方之间的关系提供了有效的策略。它是当代非裔美国黑人文学批评的换代与转型的重要标志。贝克吸收西方文学批评理论中的“合理内核”，赋予本土文学批评以新的资源价值。

他的批评理论超越了非裔美国黑人文学批评史上如尼尔的神话批评，富勒的社会批评、亨德森的历史美学、盖尔的道德批评，琼斯的现象学和文化批评的局限，逐步走向一种适应非裔美国黑人文本的整体性的文化批评。尽管如此，布鲁斯本土理论毕竟还只是正在途中的一种理论。

参考文献

[1]Houston A. Baker, Jr.. Blues, Ideology, and Afro-American Literature: A Vernacular Theory [M]. Chicago and London: The University of Chicago Press, 1984.

[2]Houston A. Baker, Jr., The Journey Back: Issues in Black Literature and Criticism[M]. Chicago and London: The University of Chicago Press, 1980.

[3]海登·怀特."描绘逝去时代的性质":文学理论与历史写作[G]//拉尔夫·科恩主编.文学理论的未来.北京:中国社会科学出版社,1993.

[4]Henry Louis Gates, Jr., "Criticism in the Jungle"[M]//Black Literature and Literary Theory. New York and London: Methuen, 1984.

[5]Richard Wright. Black Boy[M]. New Jersey: Prentice Hall, 1998.

[6]Ralph Ellison. Invisible Man[M]. New York: Random House, 1972.

[7]托妮·莫里森. 宠儿[M]. 潘岳,雷格,译. 北京:中国文学出版社,1996

[原发表于《华中师范大学学报》(人文社会科学版)2003 年第 2 期]

非裔美国文学的修辞策略

——小亨利·路易斯·盖茨的喻指理论

水彩琴*

（西北民族大学外国语学院）

摘　要：作为非裔美国文学特有的一种修辞策略，喻指根源于泛非洲文化阐释体系。盖茨通过融合杜波依斯的双重意识概念、吸收和借鉴索绪尔符号学的分析模式和巴赫金狂欢化诗学的理论成果，创立了喻指理论。喻指理论立足黑人阐释学和黑人土语的修辞策略，以研究非裔美国文学中存在的隐喻修正、言说者文本、说话文本和重写言说者文本等四种双声文本关系为核心，发掘后辈文本对前辈文本的差异性重复和修正，将语言分析与文化考古相结合，揭示非裔美国文学的双声性和互文性特征，对黑人文学缺乏原创性的论调给予了理论回击，动摇了非裔美国文学批评中白人批评理论的霸权地位，开辟了关注语言能指和文本关系的黑人文学批评新思路。

关键词：小亨利·路易斯·盖茨；《喻指的猴子》；喻指；非裔美国文学；修辞策略；双声文本关系；互文性

高度修辞化是文学语言的特性，这是文学批评的共识。然而，非裔美国文学无法规避的种族话题和政治内容很大程度上限定了美国学界的研究视角，无论是白人学者的批判还是黑人学者的维护均忽略了对非裔文学语言自身的阐释体系和修辞策略的研究。一方面，白人学者要么只关注非裔美国文学作品的社会学内容，将其简化为反映黑人信仰、黑人习俗等社会内容的纪实素材，要么夸大黑人文学与白人文学的相似或相近之处，将其贬损为纯模仿文本，否定黑人作家的原创能力。另一方面，哈莱姆文艺复兴以来，针对白人学者的偏见和误读，黑人学者在强调非裔文学重塑黑人形象、重构黑人身份的社会功用的同时，把非裔文学研究同黑人民权运动结合起来，呼吁研究白人世界中不可抹杀的“黑人性”在场，强调黑白文学的相互嵌入及影响，甚或直接翻转

* 作者简介：水彩琴，副教授，主要研究方向为英美文学、西方文论。

白人逻辑，强化“黑人性”特质，张扬黑人种族的民族主义情怀。1988 年小亨利·路易斯·盖茨（Henry Louis Gates，Jr.）出版的《喻指的猴子：美国非裔文学批评理论》（*The Signifying Monkey：A Theory of Afro-American Literary Criticism*）一书揭开了非裔美国文学批评的新篇章。盖茨以黑人阐释学和黑人英语的修辞策略为切入点，结合语言分析与文化考古，发掘黑人文学的独特性和原创性，“第一次求证了非裔美国文学有着独立于西方主流英语文学传统之外的特点，说明了非裔美国文学有自身运转的系统”（王祖友，2010：174-178），给当代非裔美国文学批评带来了一次方法上的革命，从而在非裔美国文学批评史上留下了浓墨重彩的一笔。

一、理论起源：重读泛非洲文化

盖茨认为，“每一文学传统都隐含着怎样解读文本的观念，黑人文学批评理论是由黑人传统自身所产生出来的”（李权文，2009：89-93），而其创作《喻指的猴子》一书的目的就在于构建一种“从黑人传统内部自主产生出来的”“存在着的阅读理论”（Gates，1988：xx）。由于“黑人传统一直倾向于用口语体语言对自身进行理论化表述”（Gates，1988：xxii），盖茨“展开了对衔接美国黑人口语体语言传统与非洲黑人语言传统载体的追寻”（何燕李，2012：23-30），他把目光聚焦在泛非洲文化体系中的埃苏-埃拉巴拉与非裔美国文化传统中的喻指的猴子这两个非凡的恶作剧精灵身上。也就是说，盖茨对喻指理论体系的构思开始于对泛非洲文化阐释体系的考察。

虽然语言差异和时空距离成为非洲土著文化和美国黑人文化之间交流的客观障碍，但盖茨惊奇地发现，泛非洲文化中的埃苏和非裔美国文化中的喻指的猴子“存在着历史的关联性，他们是一个更大的统一现象的不同侧面，共同表达了黑人传统关于自己文学的理论。”（Gates，1988：xxi）在尼日利亚、贝宁、巴西、海地及古巴等地的约鲁巴神话中，埃苏形象有不同的名称/变体，但相同的阐释功能和双声言说本质使它们在盖茨那儿获得了一个统称——埃苏或埃苏-埃拉巴拉。“埃苏形象的不同变体雄辩地表明，在西非、南美、加勒比海以及美国的某些黑人文化中，共存着一个跨越时空的完整的形而上学假设体系和一个象征模式。”（Gates，1988：6 ）

埃苏是天神的使者，是一个地位显赫的恶作剧精灵，向人类传达并阐释天神的旨意，同时还把人类的意愿反馈给天神。艾发是埃苏阐释并传达的神界的文本，类似于欧美文化中的《圣经》。作为艾发文本的阐释者，埃苏享有优先权、主动权。它根据自己的理解和意愿对文本信息进行重构，把阐释变成一个开放、发散、延异、颠覆的无止境过程。正是源于这种阐释的多重性、任意性和不确定性，埃苏在约鲁巴文化中才拥有极大的权力。埃苏对艾发文本所享有的这种特殊阐释权力，正是文学批评家在泛非州文化中阐释行为的黑人隐喻。这样，盖茨从埃苏故事中找到了黑人阐释学的源头。而将这一阐释学纳入文学批评，就会得出这样的结论：文学作品在批评家那里永远是开放的，不可能传达某种绝对意义的真理；文学批评理论并非白人文化的专利，黑人文化也有其独特的阐释传统；黑人阐释学从来都不会对某个文本施以简单的字面的解读。

建立在埃苏故事之上的泛非州黑人阐释传统是盖茨研究喻指的猴子的序曲。喻指的猴子是"埃苏的踪迹，是一个断裂的伙伴关系中唯一的幸存者"(Gates，1988：20)，是埃苏在非裔美国神话中的变体，二者在功能上是对等的。通过对喻指的猴子的研究，盖茨旨在厘清美国黑人文化中原生的修辞性语言，证明"猴子的喻指性语言在非裔文学传统中是个形式修正或者说互文性的隐喻"(Gates，1988：xxi)。

在美国黑人寓言故事中，猴子、狮子、大象同住于一片森林中，猴子诡计多端、古怪机灵，是个典型的恶作剧精灵形象；狮子狂妄自大、愚笨迟钝；大象体格强大、老成持重，是其他动物心目中当之无愧的丛林之王。因此，狮子不自量力、自封为森林之王的举动让猴子极为反感，它决定借助大象的力量好好教训教训狮子。一天，它向狮子复述了一些据称是大象辱骂狮子的肮脏话语。狮子听后勃然大怒，为保住颜面，它找大象理论，要求后者赔礼道歉。大象先是规劝狮子搞清事实真相，而后将执意不听劝告、无理取闹的狮子暴揍了一顿。颜面扫地的狮子试图回来找猴子算账，不料又遭猴子奚落。几经捉弄之后，狮子终于意识到，问题出在自己对猴子的修辞性语言做了字面的错误的理解。故事中的狮子不懂得字面意义和修辞意义之间的区别，而猴子所采用的正是二者之间的差异。这里，猴子是使用隐喻的行家里手，精通修辞技巧，凭借丰富的想象力和非凡的语言才能，重复/转述了那些本来就无中生有的辱骂，巧妙地戏弄了狮子，成功地破除了狮子自封为丛林之王的神话。"与所有的恶作剧精灵形象一样，猴子充当着两股力量之间的(反)中介"，这种(反)中介伎俩是"针对语言使用的游戏"和修辞策略(Gates，1988：56)。盖茨指出，猴子的修辞性语言是美国黑人土语传统中核心的修辞策略，猴子故事的重要意义就在于揭示了这一独特的修辞性行为(即喻指行为)的源头，这正是盖茨"喻指的猴子(signifying monkey)"这一术语的来由。

作为非裔美国话语特有的一种修辞策略，喻指(Signification)就其本质而言是各种俏皮的语言游戏的总称，其特别之处在于"将注意力从语义层面导向修辞层面"(王元陆，2011:5)，进而达到"重组对象"或者"去除一个对象的神秘性"的目的(Gates，1988:54)。这种带有差异性的重复或修正(即喻指性差异)一直以来都是非裔美国文学的一大显著特征，也是其原创性的生动体现。同时，喻指还"指向了美国黑人文本之间的互文性"(王元陆，2011:5)。盖茨认为，非裔美国文学传统是一个不容置疑的存在，非裔美国作家的创作从来就没有脱离过这一存在，后辈文本永远都处于和他们的前辈文本的对话中，对前辈文本进行着重复和修正。"重复延续了传统，而修正为传统注入了活力。"(王元陆，2011:5)

盖茨通过对埃苏-埃拉巴拉和喻指的猴子这两个非凡的恶作剧精灵形象的考察，发掘出黑人文化传统内部特有的阐释体系和非裔美国土语话语的修辞原则，不仅为建构真正原生的黑人文学批评理论奠定了基础，而且使黑人文学传统与白人文学传统并置并走向美国文学中心成为必然。

二、理论依据:重复/修正索绪尔和巴赫金

非裔美国土语单词"Signification"(喻指)和标准英语单词"signification"(表意)是一对同音同形异义词，二者之间存在着密切的同时又是毫无关系的关系，体现着两种文化从政治层面到形而上学层面的广为接受的经典冲突。"喻指"和"表意"之间的关系类似于德里达的新词"différance"(延异)和"difference"(差异)之间的关系，体现了一种带有差异的重复:德里达在改变了一个字母和一个音的基础上重复了一个词;盖茨通过首字母大写的方法区别了"喻指"(Signification)和"表意"(signification)，基于相似的考虑，通过把黑人术语的g括起来的办法区别了"Signifyin(g)"和白人术语"signifying"。这种特殊的视觉表现，有效地避免了将这两组同音同形异义词混淆或错误地还原为同一。黑人"喻指"其实就是对白人"表意"的修正和颠覆，它表明，在白人话语宇宙之中存在着一个平行的，却被否定了的黑人话语宇宙。

在标准英语中，表意可以用"所指/能指"来表示，表意、能指(signifier)、所指(signified)均为索绪尔符号学的三个基本术语。索绪尔认为，语言是一种符号系统，由能指和所指两部分组成。"能指"指语言的声音形象，是声音的心

理印迹，即在一定范围内指向同一意义的声音的总和；“所指”指语言所反映的事物的概念，是声音所代表的意义。表意、能指、所指之间的关系可以表示为：“表意＝所指/能指＝概念/声音－形象”（Gates，1988：48）。在索绪尔看来，语篇的产生和语义的形成过程中存在着两类关系：句段关系和联想关系。句段关系“以两个或几个在现实的系列中出现的要素为基础”（索绪尔，1999：171），“有连续的顺序和一定的数目”（索绪尔，1999：175），指语言的横向组合，即横组合关系。联想关系由心理的联想而产生，“联想集合里的各项要素既没有一定的数目，又没有确定的顺序”（索绪尔，1999：175），指语词的纵向聚合，即纵聚合关系。横组合关系是一种在场的显性的关系，而纵聚合是缺席的隐性的。横组合和纵聚合关系好比坐标系中的两个轴——组合轴和选择轴（见图1），语言系统中所有“句段”的意义都是由在这两根轴上相应的交叉点来确定的。

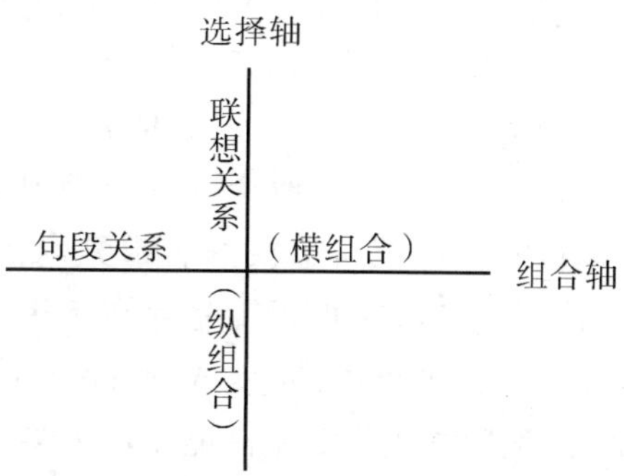

图1　句段关系与联想关系示意图

盖茨吸收索绪尔的语言研究成果，将符号学的分析模式引入阐释黑人土语的喻指系统，得出“喻指＝修辞象征/能指”（Gates，1988：48）的表征关系。这种阐释既是对索绪尔的借鉴，又是对白人表意行为的修正和颠覆。盖茨在承认“表意”和“喻指”之间密切联系的同时，指出了这一对同音同形异义词所蕴含的根本差异。如果说白人的表意行为是一种语义关系，那么黑人的喻指行为则是“转义的转义”，体现的是一种修辞关系。换言之，“喻指就是参与到某些修辞游戏中去”（Gates，1988：48），它是非裔美国人带有特殊修辞色彩的表意。另外，盖茨指出，“表意”和“喻指”这两个同音同形异义词本身“很有说服力地证明最尖锐的黑－白差异是意义的差异，是最直接的‘表意’差异”。

参照索绪尔语篇语义产生过程中的横组合与纵聚合关系，盖茨把黑人土语和标准英语两个话语世界之间的关系用纵向轴（y轴）和横向轴（x轴）形象地表现为一种垂直的而不是平行的关系（Gates，1988：48）。标准英语的“表意”发生在x轴上，黑人英语的“喻指”发生在y轴上。这里，“黑白语义场产生了碰撞”(Gates，1988：48)；因此，x轴和y轴的相交意味着黑人土语与标准英语在处理同一个表意概念时可达到异曲同工之妙。在标准英语表意行为的“微观的每一个语言点上都有黑人英语喻指的可能性：也就是说，黑人英语随时可以切入标准英语，以添加转义的方式表达和标准英语相同的意义”(朱小琳，2003：9)。喻指行为“包含所有的语言游戏、象征性替代以及纵聚合轴上被悬置起来的随意性联想”(Gates，1988：5)8，它们破坏了横组合轴上能指链的连贯和秩序。喻指行为和横向组合的表意链之间的关系犹如弗洛伊德的无意识和意识之间的关系。盖茨在《喻指的猴子》一书中坦言，雅克·拉康对弗洛伊德和索绪尔的阅读影响了他对喻指行为的阅读。拉康对无意识和语言的关系有两个重要命题。其一，无意识具有像语言一样的结构。也就是说，无意识并非无章可循的本能之物的汇总，而是一个“存在于意识话语的空白处”的有序的言说体系，“具有文化性质的话语结构”(王岳川，1998：8)，它的表达形式就是一个能指链的显现过程。其二，无意识是他者的话语。拉康认为，“‘他者’是能指的聚集场所”，无意识是“在‘他者’这一场所中以‘指称链’形式出现的一种话语”(黄作，2001：9)。拉康对盖茨的启示无疑在于，喻指像无意识一样是具有特定结构的另一种语言，喻指行为是存在于黑人土语这一“他者”场所中的能指链的凸显过程。标准英语的“表意”通过摒弃无意识的联想而保证了连贯和秩序，而黑人土语的“喻指”则凭借能指的游戏和随意性联想实现了能指链中缺席的在场。喻指行为究其本质是一种修辞性话语，是黑人转义的转义、修辞象征的象征，是拉康意义上的话语的他者，专属于非裔美国话语者。

在白人霸权语境中，黑人话语者有目的地使用“武断替代”——挪用标准英语的能指并腾空其既定概念而注入黑人自己的概念，创造出同音同形异义的双关语，收到言此意彼的修辞效果。盖茨指出，体现在喻指和表意关系中的这种语义挪用就是米哈伊尔·巴赫金所描述的双声词。巴赫金认为，“并非任何时代都可能出现直截了当的作者语言”，“当没有恰当的形式能直接表现作者思想时，只有设法通过他人的语言，来折射出作者的思想”(巴赫金，1998)。这样一来，语言中就同时包含了“作者”话语声音和“他人”话语声音，故而巴赫金称之为双声语。巴赫金的双声语与狂欢的双重声音词之间存在一脉相承的意义联系。“狂欢化的叙事往往描写一体双身的艺术形象，相应地，这些形象在语言上则表现为典型的双声语。……双声语就是包容他人话语的语言，它体现了一种对待他人话语的态度，这种语言总是双重指向的，它在表述自身的内容的时候，随时意识到另一个话语即他人话语的存在，并与这一他人话语始终处于对话之中。"(周卫忠,2007:11)巴赫金的双声话语隐喻在恶作剧精灵埃苏和喻指的猴子身上都得到了体现。盖茨强调,喻指行为是"黑人的双声性","它往往意味着形式修正及一种互文性"(1988:51),带有明显差异性的重复是喻指行为的根本特征。非裔美国人特殊的双重身份决定了美国社会黑人土语的双重指向,黑人土语和白人标准英语之间对立而又统一的共生关系,正是非裔美国人双重种族、双重文化、双重意识在语言行为中的具体体现。

综上所述,盖茨喻指理论的提出既借鉴了索绪尔符号学的分析模式,也吸收了巴赫金狂欢化诗学的理论成果,集语言研究与文化研究于一身,"既包含了黑人土语语言符号微观分析的模式,同时也建立了宏观的历史文化心理和文学传承影响分析,将视线投射到了美国非裔文学深厚的文化和历史渊源"(朱小琳,2003:10),构建了一个恢宏而又丰富细腻的美国非裔文学分析框架。值得指出的是,虽然盖茨践行喻指理论的宗旨是通过定位"本土理论"改变非裔文学的"他者"身份,但他对索绪尔和巴赫金所做的"改写、过滤和重新语境化"(王晓路,石坚,2004:12),似乎更多地体现了对"白色"理论的依赖,或者至少反映出黑人学者在白人霸权语境中"申诉族裔文化身份时必然会经历的摇摆之旅——对白人霸权文化、话语的抵抗与依赖"(何燕李,2012:4)。

三、理论核心:定义双声文本关系

泛非洲文化中拥有两张嘴的埃苏雕像雄辩地证明,双声性是黑人传统的固有特征,喻指行为是双声的隐喻。隐喻修正、言说者文本、说话文本和重写言说者文本等四种双声文本关系构成了盖茨喻指理论的核心概念。

隐喻修正(Tropological Revision)是指"某个特定隐喻在两个或多个文本之间带有差异性的重复方式"(Gates,1988:xxv)。作为非裔美国文学传统中表现重复和差异的形式,隐喻修正具有惊人的重现率,主要表现模式为双重象征和双重意识,是一种带有明显政治性的双声话语隐喻。双重性或双重意识是杜波依斯对非裔美国人心理特征的总结;盖茨喻指理论的双声性特征实际上是杜波依斯观点在非裔美国文学中的体现,反映出非裔美国文学的多源性,其直接理论来源为巴赫金。盖茨指出,巴赫金的双声话语隐喻通过说话书本转义在黑人文本中得到了体现。说话书本(Talking Book),顾名思义,是书写中表现的口头元素,是黑人为了使自己变成言说主体用书写形式表达出来的声音。经过对黑人叙事文学的考察,盖茨发现,在1760—1865年间用英语发表的黑人奴隶文学中,存在着一个共有的转义——说话书本。说话书本转义是黑人传统的原型修辞,是第一个被重复/被修正的转义,即第一个被喻指的转义。在奴隶叙事中,说话书本表现为让白人的书写文本用黑人的声音说话,这种双声隐喻确立了文学中黑人声音的在场。从此,黑人土语与白人文本之间、口头语词和书写语词之间的张力成了非裔美国文学永恒的主题。口头文学传统和书写文学传统在客观上组成了彼此独立而不同的话语宇宙,加之白人文化赋予书写艺术凌驾于口头艺术之上的特权,黑人书写被蒙上了浓烈的政治色彩,文学成了黑人在白人社会中确立或重新定义自己身份的斗争场所,而黑人要确立自己在白人文化中的主体身份就必须先把自己表现为"言说主体"。

言说者文本(The Speakerly Text)是盖茨在研究佐拉·尼尔·赫斯顿的代表作《他们眼望上苍》(以下简称《上苍》,编者注)的修辞策略时提出来的一种喻指模式。盖茨把它定义为"修辞策略旨在表现一个口语文学传统"的文本,"一种凸现黑人口语和黑人言说主体的文本"(林元富,2008:13)。言说者文本将特权赋予口语言语及其内在的语言特征,从而降低了其他结构元素的价值;主要表现形式为模仿,"模仿经典的非裔美国土语文学中大量的口语叙述模式中的一种模式"(Gates,1988:181)。这里,盖茨关注的是声音问题:不仅探讨了赫斯顿对黑人言语社群的直接引语的使用,即对黑人口语传统的声音的表现;更关注她对自由间接话语——黑人言语社群的直接引语和叙述者最初的标准英语合在一起所形成的一种双声叙述模式——的使用。盖茨分析指出,赫斯顿在《上苍》中采用叙述评论(采用全知或有限的第三人称通过标准英语表达出来)和人物话语(表现为黑人社群的直接引语)这两个极端且似乎对立的叙述模式的同时,创新性地使用了再现话语(represented discourse,包括间接话语和自由间接话语)。赫斯顿言说者文本的独特之处就在于,它用再现话语这一通过融合叙述评论和人物话语所产生的第三项/调解项化解了标准英语与黑人方言之间的矛盾,通过模仿再现了黑人方言,凸现了黑人言说主体;通过具有黑人方言特色的自由间接话语(free indirect discourse)表现主人公自我意识的发展,将一个复杂多变的人物呈现在读者面前,"这个人物既非小说的主人公,也非文本游离的叙述者,而是二者的混合,是一个浮现中的交融的意识"(Gates,1988:xxvi)。换言之,通过言说者文本,赫斯顿"把喻指行为同时表现为主题和修辞策略"(Gates,1988:217)。

作为一种批评理论的《喻指的猴子》的成书,很大程度上归功于盖茨对伊什梅尔·里德的《芒博·琼博》的解读,里德的文本是喻指理论产生的特定文本,二者之间存在着一定的共生关系。在研究《芒博·琼博》中的双重声音以及模仿与叙述之间的关系时，盖茨用到了说话文本（talking texts）这一术语，试图揭示"一个黑人文本是如何跟其他黑人文本'说话'的"（Gates，1988：xxvi），即黑人文本的戏仿与互文。戏仿（parody），又称谐仿或谐拟，是在文本中通过对其他文本的借用，达到调侃、嘲讽、游戏甚至致敬的目的。它首先是一种模仿，但却因为语言的嬉戏而诙谐；同时，戏仿的再书写是对被模仿的客体原型的解构。也就是说，戏仿非但与原典有互文性，更进一步为其重塑再造。互文性（intertexuality）概念最先由法国符号学家、女权主义批评家朱丽娅·克里斯蒂娃在其《符号学》一书中提出，指每一个文本都是其他文本的镜子，每一文本都是对其他文本的吸收与转化。主要有两层含义：一是一个文本和它所吸收、改写、修订的其他文本之间的关系；二是任何文本都是一种互文，都不同程度地以多少能辨认的形式指涉其他文本。通过对大量黑人经典文本的细读，盖茨梳理了从保罗·劳伦斯·邓巴到伊什梅尔·里德的传承脉络，阐释了里德文本对黑人前辈文本的戏仿和修正。与此同时，他还指出，黑人文学传统之所以存在，就是因为黑人文本间客观存在的戏仿与互文。它们相互参照，彼此牵连，构成一个昭示黑人文本的过去、现在和将来的巨大开放体系，形成一个蕴含无限潜力的黑人文学传统。盖茨用戏仿和互文性（即说话文本）来描述黑人文本间的关系，不仅揭示了黑人书写活动内部多元文化、多元话语相互交织的事实，而且也彰显了黑人文学丰富而又复杂的文化底蕴和历史内涵。

重写言说者文本（rewriting the speakerly），即对言说者文本的修正和呼应，是盖茨在分析艾丽斯·沃克文本和赫斯顿文本之间的关系时提出的一种喻指模式。盖茨发现，沃克在其书信体小说《紫颜色》中使用的语言与《上苍》中主人公所说的语言极为相似。如果说里德对其他黑人文本的喻指堪称戏仿的话，那么沃克对赫斯顿叙述策略的修正则可以被妥帖地描述为混搭（pastiche）。文学喻指类似于戏仿与混搭，戏仿与混搭的关系就是有意喻指（motivated Signification）和无意喻指（unmotivated Signification）的关系。盖茨强调，用意向（motivation）这个词并非暗示某种目的性的在场或缺席，因为"戏仿和混搭都意味着目的性"，从"一个文学传统内部的严厉批判到对前辈文本的承认和定位"都体现着目的性。"混搭可能隐含着要么对一个前辈文本的敬意，要么在一种看似无法超越的表现模式面前的臣服和自惭形秽。"（Gates，1988：xxvii）盖茨引用的《牛津古典辞典》对混搭的定义是"滑稽地模仿了原作的风格，但并不拘泥于原作实际的用词"（Gates，1988：107）。在《紫颜色》中，沃克采用书信体小说形式重写了赫斯顿在《他们眼望上苍》中给主人公所创造的言说声音。更准确地说，"沃克倒置了赫斯顿的做法：赫斯顿创造了一个言说的、无形的写作，而沃克则创造了一个只能写作的、无形的言说声音”(Gates，1988：131)。赫斯顿的自由间接话语在本质上是一种从未被言说的书写声音，是戴着言说声音假面的书写声音；而沃克的书信体则体现的是一个通过黑人方言呈现出来的言说声音，是被标记成书写声音的言说声音。沃克的这种混搭式修正“体现了对主人公的直接表现，这个主人公通过寻找自己的声音而创造了自我，然而这个声音是在写作行为中找到的”(Gates，1988：131)。如果说赫斯顿的主人公通过言说找到了自我，那么沃克笔下的茜丽则通过书写得以存在。沃克对赫斯顿言说者文本这一叙述策略的重写自然地将自己放在了赫斯顿嫡系传人的位置上，“既极大地拓展了黑人传统中作家可资利用的修正模式”(Gates，1988：xxviii)，也雄辩地表明，形式修正可以表达后辈作家对前辈作家的敬意以及二者之间的亲密关系。

盖茨理论对非裔文学的双声文本关系的论述，以关注“能指”的“形式论”消解了白人强调非裔文学“所指”的“内容论”，走向了非裔美国文学批评中的“新形式主义”(Leitch，1992：14)，在一定程度上改变了非裔文学的批评取向。与此同时，这种批评转向也不可避免地把盖茨引向了迷恋“能指”的极端：“我们的文学传统之所以存在，就是因为(文本之间)具有明确的形式关联”，即“以众多黑人共享的语言使用模式为基础”建立起来的“文学的形式上的修正关系，因此，文学批评家的任务就在于证明这种修正关系”(Gates，1988：121-122)。

四、理论意义：发掘黑人文学原创性，解构白人文化霸权

产生于解构主义和后殖民主义语境下的喻指理论，一开始就“肩负着解构白人文化霸权的重任”(何燕李，2012：4)，因而具有明确的针对性。一方面，盖茨通过“转向黑人(文学)传统本身”“构建一种‘本土的’批评理论”否定了“黑人没有文学理论”的白人论断(何燕李，2012：25)。另一方面，喻指理论强调文本细读，回归黑人文本自身，着眼黑人文学内部的语言修辞策略和文化阐释体系，考证黑人文本的双声性和互文性特点，挖掘黑人文本的独特表述方式，推翻了白人文化阐释体系中“黑人文学没有原创性”的宰制性预设。

非裔美国文学是黑人文化移植嫁接到白人主流文化之树上结出的文学果实，其诞生和发展的历史见证了美国学界对黑人民族、黑人作家的歧视和贬斥。白人研究者们忽略黑人作家独特的写作技巧和修辞策略，形成了“同内在于意指(喻指)行为之中的批评原则背道而驰”的文学批评方法(王元陆，2011：

5)，抹杀了非裔美国文学的原创性。在白人那里，黑人性是愚昧的代名词，黑人作家只会模仿——不用脑子的模仿——而缺乏原创能力，十九世纪的黑人诗人因此被贬称为“模仿鸟诗人”。面对白人的这种文学种族主义，“黑人作家往往采取极端否定的态度，或宣称自己根本没有任何黑人文学前辈，或宣称自己的起源是无名的”（即起源于匿名/未命名的非裔美国土语传统）（Gates，1988：114）。针对黑人文学缺乏原创性的白人论断和黑人作家对黑人文学传承谱系的矢口否认，通过细读自奴隶叙事文学以来的黑人文本，盖茨指出，“黑人作家（的确）广泛地阅读、重复、模仿以及修正各自”乃至西方传统中的文本，“但他们经常力求去‘真正地’修正，体现出一种黑人差异性，一种建立在黑人土语之上的强烈的差异意识”（Gates，1988：xxii）。而所谓原创性，实际上就是一种带有差异性的模仿，是一种高明的修正。通过考究黑人文学中模仿和修正的本质，盖茨从理论上阐释和肯定了黑人文学的原创性（即带有明显差异性的模仿和修正），对白人文学种族主义给予了强有力的回击，有效地维护了黑人作家的人格尊严，捍卫了黑人文学的平等地位。

喻指理论的构建，“既包括针对白人宰制的揭示，又含有对族裔内部的语境化反思”（何燕李，2012）。盖茨不仅将语言分析与文化考古相结合，关注不同黑人文本之间的承继和颠覆关系；而且从文化本体论出发，论证黑人族裔文学在美国文学史中的在场身份，系统全面地展现了非裔美国文学传统的全貌，为非裔美国文学在美国文坛赢得了一席之地，摆脱了主流文学强加于黑人文学的附庸地位，使非裔美国文学从模糊走向清晰、从边缘走向中心。

五、结语

盖茨在考察泛非洲文化阐释体系的基础上，通过融合杜波依斯的双重意识概念、吸收和借鉴索绪尔符号学、巴赫金对话主义和复调理论的研究成果，创设了非裔美国文学批评的“本土理论”——喻指理论。喻指理论立足黑人阐释学和黑人土语的修辞策略，强调后辈文本对前辈文本重复和修正过程中明显的差异性，对黑人文学缺乏原创性的论调给予了理论回击，动摇了非裔美国文学批评中白人批评理论的霸权地位，开辟了关注语言能指和文本关系的黑人文学批评新思路。然而，盖茨似乎过分强调黑人文学形式上的延续，把黑人文学传统单纯地归结为黑人文本内部的互文性，不可避免地剔除了“批评理论对黑人文本意识形态的关照”（林元富，2008：13）。盖茨所理解的“黑人文学之

‘黑’不是一个绝对的形而上学的状态……也不是存在于文本之外的某种超验的本质”，而是“对文学语言具体的使用”（Gates，1988：121）。故此，将黑人经历、黑人性等关乎非裔美国人社会文化现实的外部存在等同于只有通过细读才能理解的语言符号，从根本上抹杀了黑人性的社会历史内涵，带有粉饰美国种族歧视的嫌疑，容易招致非裔中心主义批评家的攻击。

参考文献

[1]王祖友.试论非裔美国文学理论的三大特征[J].社会科学论坛，2010(13)：174-178.

[2]李权文.小亨利・路易斯・盖茨研究述评[J].国外理论动态，2009(8)：89-93.

[3]Gates，Henry Louis，Jr. The Signifying Monkey：A Theory of Afro-American Literary Criticism[M]. New York/Oxford：Oxford University Press，1988.

[4]何燕李. 盖茨非裔文学理论的“奈保尔谬误”[J]. 国外文学，2012(2)：23-30.

[5]王元陆.《意指的猴子》：黑人文学批评理论的扛鼎之作[N].文艺报.2011-01-24(07).

[6]费尔迪南・德・索绪尔.普通语言学教程[M].高名凯，译. 北京：商务印书馆，1999.

[7]朱小琳.回归与超越：托妮・莫里森小说的喻指性[D]. 中国社会科学院，2003.

[8]王岳川.拉康的无意识与语言理论[J]. 人文杂志，1998(1)：122-129.

[9]黄作.论拉康的无意识理论[J]. 国外社会科学，2001(4)：41-45.

[10]米哈伊尔・巴赫金.诗学与访谈[M]. 白春仁，顾亚铃等，译. 石家庄：河北教育出版社，1998.

[11]周卫忠.双重性—双重人格—双声语——从巴赫金的双重人格论看狂欢与对话理论的逻辑贯通[J]. 广东技术师范学院学报. 2007(2)：45-51.

[12]王晓路，石坚. 文学观念与研究范式——美国少数族裔批评理论建构的启示[J]. 当代外国文学. 2004(2)：75-79.

[13]林元富.非裔文学的戏仿与互文：小亨利・路易斯《表意的猴子》理论述评[J].福建师范大学学报(哲学社会科学版)，2008(6)：98-104.

[14]Leitch，Vincent B. Cultural Criticism，Literary Theory，Poststructuralism[M]. New York：Columbia University Press，1992：125.

[原发表于《兰州大学学报(社会科学版)》2016 年第 1 期]

视角的重构:论盖茨的喻指理论

朱小琳*

(北京第二外国语学院英语系)

摘　要:盖茨的喻指理论结合了当代西方文艺理论中的语言学分析和文化分析方法,在梳理美国非裔文学传统的过程中通过对黑人土语特征及其表象的分析,进一步深入到非裔美国人文化心理定式,提供了探索美国非裔文学之独特性的途径。本文通过对喻指理论的分析证明了盖茨给美国非裔文学批评带来了系统性的分析框架,使其摆脱了欧洲白人中心论的影响。他的喻指理论有开创性的艺术价值。

关键词:亨利·路易·盖茨;喻指;美国非裔文学

20世纪以来的西方文艺理论经历了语言学转向和文化转向。语言学转向表现为传统的理性中心为语言中心所取代,在兴盛一时的符号学和结构主义批评中得到了充分体现。之后语言中心研究的狭隘性有所暴露并得到了修正,文学研究的视角进一步扩展到更大的文化视角上,称为文化转向。这两次转向并非是截然分离的,二者之间有着自然的过渡和统一。

亨利·路易斯·盖茨发表于20世纪80年代有关美国非裔文学的喻指理论就可以说是这种过渡和统一的体现。盖茨以西方文艺理论为依托,着眼于研究本族文化内部的符号系统,给处于边缘的美国非裔文学评论以逻辑缜密、视角全新的批评方式,使美国非裔文学走入了批评的中心,造成了学界的巨大震荡。

盖茨本人即是非裔美国人,他在收集整理本族裔传统文化资料方面开展了大量工作,形成了独到的观点,在黑人文化传统认同运动中具有相当大的影响力。盖茨的主要成果包括《黑人文学与文学理论》(*Black Literature and*

---

* 作者简介:朱小琳,教授,主要研究方向为美国女性文学、美国少数族裔文学及文学理论。

Literary Theory, 1984)、《黑人形象:词语、符号与种族性的自我》(*Figures in Black*:*Words*,*Signs and the* "*Racial Self*", 1987)、《喻指游戏:美国非裔文学批评理论》(*The Signifying Monkey*:*A Theory of Afro-American Literary Criticism*,1988)与《种族的未来》(*The Future of the Race*, 1996)等,并主编了《诺顿黑人文学选集》(*The Norton Anthology of African American Literature*, 1997)和剑桥出版社 30 卷系列的《勋伯格十九世纪黑人女作家文库》(*The Schomburg Library of 19th-Century Black Women Writers*, 1988)等美国非裔文学重要文集。其中《黑人形象:词语、符号与种族性的自我》和《喻指游戏:美国非裔文学批评理论》是建构他的喻指理论的核心著作。

一、盖茨对喻指的定义

对于喻指这一非裔美国人的语言现象,很多学者和文艺批评家都曾经有所关注,并进行了一些界定。例如,布鲁姆认为,喻指是一种转义(trope),在其中存在着其他类型的修辞方式,包括隐喻、比拟、转喻、提喻和反讽,甚至还有夸张和反语。克劳蒂娅·米歇尔·科南的观点是:喻指属于非裔美国人的民间用语,它具有特定场合,但没有普遍适用性。喻指的使用者的真实表达意图隐藏在潜在的含义中。另外,不少美国非裔作家也对喻指有着自己的见解。例如,佐拉·尼尔·赫斯顿(Zora Neale Hurston)在她的文集《骡子与男人》中,提出喻指是利用各种可能的修辞手段以避免用直接的方式表述观点、意见和态度。拉尔夫·埃里森的观点与她相似,也认为喻指是一种修辞上的掩饰。

盖茨理论中的喻指概念吸收了以上说法的合理之处,但他旨在运用这一概念重构美国非裔文学批评的逻辑框架,因此结合了语言研究和文学史研究的方法,将喻指与美国非裔文化的心理关系加以阐释,从而创建了更为宽泛的文学喻指概念。

盖茨所定义的"喻指"现象首先是指黑人土语在标准英语意义表达的过程中由于增添转义而产生的具有族裔特点的表意方式,是构成美国非裔文学特殊性的重要因素。这种表意方式从文字上看可能与作者要表达的真正意图毫不相干,但它通过非裔文化中约定的语言符号理解方式间接地达到目的。喻指反映着历史上的奴隶制下非裔美国人生存状态对语言要求的特殊性,同时也表现了非裔美国人的智慧和幽默。盖茨以喻指的概念为中心,建构了美国非裔文论的第一个系统框架——喻指理论。

盖茨的喻指理论分为两大部分:语言和意象的喻指、文本的喻指。其中前者是指运用特定的语言方式和形象以达到"言此意彼"的喻指手段,后者是指美国非裔作家作品以不同的语篇方式对同一文学主题的深化和发展。语言和意象的喻指通过微观的文本内部来认定,文本的喻指是指文本之间的喻指关系。通过这样从微观到宏观的语言意象和文本分类,盖茨将美国非裔文学文化的这个重要现象进行了梳理,从而使其在逻辑上的条理得到展现。

二、喻指理论的理论来源

盖茨在《黑人形象:词语、符号与种族性的自我》中初步阐释了非裔美国人喻指的表意系统的民间文化来源和黑人土语特性,以及喻指产生的历史背景和种族心理内涵。在《喻指游戏:美国非裔文学批评理论》中,他进一步考察了美国非裔文学作品的源流之间的传承影响,正式提出"关于传统的理论",即喻指模式(Signification),奠定了该理论的基础;同时还通过具体的作品分析证明了喻指在美国非裔文学传统的形成与发展中的重要意义。结合对两部著作的综合考察,可以发现喻指理论主要有以下两个理论来源,这同时也是该理论兼具文化文论和语言学文论特征的重要线索:

(一)喻指理论首先来源于对美国非裔民间文化因素的考察

盖茨以黑人土语的喻指特点为切入点,通过追溯其历史文化起源来揭示美国非裔文学双重心理特征的产生和演变。盖茨考察到,黑人土语中的"喻指"一词来自非洲民间传说中具有猿猴形象的神祇:埃苏-埃拉格巴拉(Esu-Elegbara),主要负责将天神的神圣旨意翻译并传递到人间。美国非裔民间故事中喜欢恶作剧的猴子埃苏(Esu:the signifying monkey)由此演变而来,它承袭了其原型传递信息的功能,善于利用饶舌的本领通过整理信息并沟通交流双方而达到自己的目的。盖茨在研究民间故事时发现,"在这类故事的背后所隐藏着的思维模式具有重要的认识价值"(宁骚 323)。

埃苏代表了非裔美国人的话语权。埃苏的力量在于它运用"修辞语言的模糊性,以建立解释的不确定性"(Gates,*The Signifying Monkey* 21),从而改变信息交流对象的命运。这即是说,它能够利用谐音、歧义和故意误听等多样性的话语选择对话语的各个部分进行整合。这种带有促狭意味的说话方式含蓄委婉,隐蔽性强。盖茨联系对早期美洲黑人政治经济特点的分析,指出埃苏和喻指之所以从非洲文化延续到美洲，是因为非洲黑人奴隶被贩卖到美洲大陆之后，无权公开直接地进行自我表达。喻指因此成为他们委婉表达自我的一种现实可行的操作途径。同时这也是他们由于英语程度不高而采取的一种补充性表达方式，逐渐成为美国非裔文化的一部分。而学习怎样使用喻指更成了美国非裔青少年成长的必修课。通过剖析喻指的文化来源对形成非裔美国人的“黑人性”所起的作用，盖茨显示了美国非裔文化系统的影响对作品解读的重要性，使文学与历史、文学与语言的关系被提到首要位置。

（二）喻指理论也来源于对符号学等理论的吸收

盖茨在吸收索绪尔对语言的研究成果基础上，将符号学的分析模式引入对黑人土语的分析中，以其更深入地剖析黑人土语的喻指特点。索绪尔在《语言学教程》中提出，语言是一种符号系统，由能指与所指两个要素相结合而构成。语言的意义则是由其组合和选择过程，即对约定俗成的关系进行编码的结果。因此，一个语句只有在最后一个词出现后才能称为是完整的，这个过程被定义为意指(signification)。

但是语言符号在容纳、承载概念，表达、传递意义时一个很大的特点，即只能提供一个疏散的意义框架，也就是说，语言符号空框所容载的实体，不是界限分明的整体性实体，而是既是疏略的，又是开放的、无限的(因为人类的思维概念是无限的)。语言符号的这一特性，表现为符号单独出现时“所指”(概念内涵)的有益性和多变性。

盖茨以大量实例证明这种疏散的意义框架成为标准英语和黑人土语共同的表意渠道。盖茨将其中属于黑人土语的意指过程定义为喻指(Signification)，和标准英语中的意指一词(signification)属于同形异义词语(homonyms)。盖茨发现，它们之间的关系重现了美国非裔文化和美国主流文化之间复杂而又重要的关系(Gates，1988：45)。而对这种曾经被忽视的关系的研究成了盖茨研究美国非裔文化文学的一个极有要意义的出发点。(在这里笔者赞同《后殖民主义》一书的译者在美国非裔文学批评术语范畴内将该词翻译为“喻指”，因此既可以与正统的英语语言学中的“意指”概念相联系，又体现了黑人土语的特殊性。本文将由此采用这种译法。)

虽然盖茨采用了结构主义和符号学的分析方式，然而他亦注意到过度偏重微观语义分析的局限，因此同时加强了对文学和文化背景分析的分量，使喻指理论兼有文化文论的特征。盖茨理论的可贵之处在于既包含了黑人土语语言符号微观分析的模式，同时也建立了宏观的历史文化心理和文学传承影响分析,将视线投射到了美国非裔文学深厚的文化和历史渊源,从而能够构建更为宏大和丰富的美国非裔文学分析框架。

三、喻指理论的特征

盖茨对喻指的特征进行了一些总结。第一,喻指的基本特点表现为"言此意彼"的委婉性。喻指的委婉性是指喻指的表达欲求是间接的,在文字表面无从反映。只有在对美国非裔文化有一定了解的基础上才能够理解隐藏在文字中作者的真实意图。

第二,喻指还有着启示性的特点。所谓启示性,即是指在运用所有这些美国非裔文学传统中的喻指的转义,如神话、传说、民间故事和典故的意象时,利用其本身的权威性和神圣性使读者对作品发展及其结局产生注定发生的预感。美国非裔文学传统意象是非裔美国人先辈生存智慧的总结和积淀,为美国非裔文学留下了无穷的文辞、主题、神采和灵感,深刻地影响了非裔美国人的思维方式、价值准则乃至社会结构。

第三,喻指是美国非裔文学的双声性特点(double-voiced)的反映。盖茨提出的美国非裔文学的双声性事实上是杜波伊斯关于非裔美国人双重意识的观点在文学上的反映,而喻指是这一特征的表现手段。在这一点上,巴赫金的"多声部"复调对话理论也给盖茨带来了直接的理论启示。盖茨从巴赫金的理论中得到启发,认为人本身处于多种语言系统共同作用的环境中。因此,在不同条件和环境中人自然会使用出于不同系统中(如正式的、私密的等)的语言,而这同样适用于黑人土语的表述系统。

由于美国非裔文学的载体仍然是英语,因此不能剥离欧美英语文化对美国非裔文学的影响;然而黑人原本的种族文化同样给美国非裔文学提供了宝贵的精神养料。因此,美国非裔文学的作品显示出具有同时反映两个种族文化传统的双声性特点。概括地说,这种双声性的特点表现为采用正统化的书面英语文字方式来模拟黑人土语的民间化口语特征的倾向。

此外,盖茨还归纳了喻指另外的一些特征,如:暗喻性、讽刺幽默性、节奏感、启示性、针对性、双关性与解说性(Gates,1988:94)。暗喻性是指喻指所运用的转义具有形象的特点。讽刺幽默性是指喻指的语体色彩。节奏感是指在适用喻指时对语言的要求,有节奏的语言更能够烘托喻指需要的气氛。当然,在某个具体作品中的喻指也许不会同时出现上述所有特点——这种不确定性也是一切来源于民间的文学形式的共性——但在不同的组合排列中也造成了喻指形式的多样性，使美国非裔文学具有丰富多彩的表现形式。

四、喻指特征在美国非裔文学中的反映

(一)语言的喻指

语言的喻指指以非裔美国人的口头游戏为基础的语言的运用。通过以同音字替换、俚语联想、修改权威语录等方式间接达到讽刺、幽默的批评目的。

(二)意象的喻指

意象的喻指指作家针对需要表现的描写对象，对文学传统中的一些基本意象的修订或者改写，从而含蓄地表达作者对描写对象的态度。例如，盖茨以"有声读物"("the talking book")为例，分析和评论了美国非裔作家对该意象的喻指。"有声读物"是来自于美国奴隶制时期的喻指意象。出于对西方文明的陌生，黑人奴隶误以为《圣经》能够和人类对话和交流。当他们拿到《圣经》后，《圣经》的沉默使他们进一步误会这是因为《圣经》轻视黑人。"有声读物"的意象曾多次出现在非裔美国人的文学作品中，如十八世纪奴隶叙事作家格罗尼奥索(Granniosaw)和玛伦特(Marrant)等，反映了非裔美国人对失语状况的困惑和尴尬感受。

通过分析美国非裔文学初期出现频率极高的"有声读物"喻指意象，盖茨指出文本具有对象性，即文本隐含着具有强烈倾向性的权力话语，它并不是面对所有人敞开的。非裔美国人在面对以圣经为代表的白人文本时的失语症则是在白人强势权力话语面前丧失对话能力的一种表现。

(三)文本的喻指

在语言和意象喻指的基础之上，盖茨进一步推导出建立在委婉性和延续性基础上的文本喻指，从而使他的文学批评理论趋于完善。文本的喻指旨在以委婉含蓄的方式反映，或者呼应，或者对照、重申、修改或回应原作者所描绘的文本世界。这其实是美国非裔文学中"互文性的修订"，即对于共同文学传统中的某一主题，不同作家会根据自己的感悟、其他作家的影响，并结合作品需要表现的内容加以调整使用。盖茨发现，"非常明显，美国非裔作家阅读、评

论其他美国非裔作家文本的做法与他们修辞策略上的自我确定密切相关。我们(指非裔美国人)的文学传统之所以存在就是因为这些可以用图表谱系反映的正式的文学关系”(Gates,1988:242)。

盖茨将文本的喻指分为继承性的和改写性两种类型。继承性的文本喻指是对某一主题的深化和发展,改写性的文本喻指是对某一主题进行调整。盖茨以作家作品为例,展现了在美国非裔小说从传统走向现代不断创新的发展趋势中文本喻指的作用和具体特征。例如,盖茨证明艾丽丝·沃克对赫斯顿有着文本喻指的关系。赫斯顿在其小说《他们眼望上苍》(*Their Eyes Were Watching God*)中创造了一种“讲述者文本”(speakerly text),其修辞策略意在模仿实际讲话模式形成口头叙述的感觉。口头叙述的传统来自奴隶制时期,奴隶主要依靠口头传述和记忆力安排所有活动。针对美国非裔文学传统中原有的对圣经和英语语言能力的敬畏,由主人公贾妮叙述的“讲述者文本”显示了非裔美国人创造自己的话语与文体风格的尝试,话语权的代表也由象征权威的《圣经》变成为非裔美国人的自由意志。沃克的小说《紫颜色》(*The Color Purple*)承袭了赫斯顿小说中美国非裔女性主人公寻找身份的主题,通过女主人公西莉娅写给上帝的书信再现了她作为女性主体意识的形成。虽然两部小说的主人公都完成了自我的觉醒,但贾妮是通过语言的讲述,而西莉娅是通过书面写作来确认主体身份。这就是盖茨所指出的,通过“将《他们眼望上苍》里展现的声音概念比喻化”而完成的喻指(Gates,1988:262)。另一位美国非裔作家伊斯摩尔·雷德的创作则代表了另一种文本喻指类型:改写传统经典的基本表现模式。雷德是通过喻指、复现基本转义和叙事策略来达到目的的。雷德通过双重声音、双重情节线索来强调对美国非裔文学双声性的体现。这种改写性的文本喻指也普遍存在于美国非裔文学作品中。

总之,以喻指方式采用同一主题的文学作品能够反映出美国非裔作家之间的相互影响,将主题的表现范围和表现力不断扩展,从而使美国非裔文学不断发展。在这样的改写和回应的过程中,一种以喻指为特征的美国非裔文学体系,或者说,英语文学的美国非裔传统建立了,表达并反思了美国非裔文化。

五、喻指理论的实践意义

在英语文学批评领域,美国非裔文学所具有的独特性和自我发展性曾经长期处于一种被忽略或缺失的状态。美国非裔文学究竟是否存在,或者说它本质上是属于白人文学的附庸，还是具有独特性？如果它是独特的存在，又该如何去取得证明？虽然自哈莱姆文艺复兴以来，非裔美国人文学家和文艺批评家一直在呼吁黑人美学、黑人自我价值标准在文学中的实现，也有贝克等提出的一系列黑人美学观点，但是能够以系统的、逻辑的方式做出令人信服回答的声音却鲜有所闻。在这一点上，喻指理论系统性的批评结构具有开启性的意义。

（一）喻指理论批判了白人中心论对美国非裔文学的消极影响

美国非裔文学的诞生伴随着批评家的贬斥与排挤。美国非裔文学的成长是文学史上一种较为特殊的现象，虽然在美国文学中存在多种亚文化，然而只有美国非裔文学是历史上曾经尖锐对立的两个种族之间的文化交融的产物，是由一种曾经完全被否定的文化意识嫁接移植到主流文化传播工具产生的文学品种。盖茨指出，“将黑人身份安置于西方语言中就导致了一种反讽的语言运用方式。表述黑人主体与使用这种语言之间的关系从定义上说是一种反讽的关系，因为这个自我在这种语言中并不存在；或者说是一种缺失，因为这种语言包含的文化意识认为黑人性本身是不必要的”(Gates，1987：100)。

盖茨的理论也具有很强的政治倾向和针对性。首先即是消除白人中心论的歧视和偏见。白人中心主义对美国非裔文学的歪曲，对美国非裔文学传统的发展造成了严重的负面影响，使美国非裔文学在实践上断裂破碎。由于感受到主流批评界对美国非裔文化的歧视，“黑人作家往往采取极端否认的态度，宣称自己没有文学上的黑人前辈的影响，或者宣称自己在继承传统上无可分辨影响的来源。并且，这种无可分辨来源主要是指无可分辨黑人传统的来源与影响”。然而，即使抛弃了传统文化，非裔美国人作品也并不能为白人主流意识形态所接纳，相反却还饱受“无原创性”“邯郸学步”之类的批评指责。十九世纪对这样的美国非裔作家的一个著名隐喻即称其为“学舌鸟诗人”，指其一味模仿白人文学创作，缺乏自我意识以及对现实生活的个性化的真切感受。

从非裔美国人的生活现状出发，盖茨深受巴赫金的狂欢化诗学所提倡的平等、否定权威主张的影响，认为不应当以种族的不同对其文学题材、语言和风格加以歧视，因此盖茨对西方主流文学批评在历史上对美国非裔文学的否定进行了批判。盖茨在总结他写作《喻指游戏：美国非裔文学批评理论》的目的时写到，希望通过建立与欧洲中心论相对应的美国非裔文学理论来“挫败欧洲中心论的偏见”，希望“消解这样一种令人惊异的看法——认为理论只属于西方传统范畴;对于主流之外诸如非裔美国人文化传统之类而言,理论是一种被排斥的陌生的事物”(Gates,1988:100)。盖茨提供了大量非裔文化渊源的材料,为多元文学存在的合理性地位做出了努力。

(二)喻指理论提供了研究美国非裔文学的新的角度

如果说白人中心论的观点是有失偏颇的,那么建构一个客观的、能够反映事实的美国非裔文学批评视角则是当务之急。喻指理论则填补了这样一种缺失后的空白。在喻指理论中,身份的审视与再发现是讨论重点。盖茨从黑人土语语言着手论证黑人土语造就了美国非裔文学传统的特性,通过综合性研究美国非裔文学的各类艺术形式,使美国非裔文学特性在美国文学中从模糊走向清晰。

文论对文学真理的保护以及对文学方向性的指点是盖茨一直强调的文论的本质意义所在。作为一部反映美国非裔文学内在规律的文论专著,《喻指游戏:美国非裔文学批评理论》意义深远。盖茨第一次求证了美国非裔文学有着独立于西方主流英语文学传统之外的特点,说明了美国非裔文学有自身运转的系统,即盖茨所称的“书写下来的传统”,表现了美国非裔文艺批评活动对美国非裔文学的修正和指导意义。在这样的批评活动下,对自我文化的声明和肯定可以使自己有效地远离欧洲中心论影响下的白人男性传统文本,并且鼓励真正进行文化比较的、多元化的文学制度。

六、再认识喻指理论

喻指理论首先打破了西方文论一直以来所关注的欧洲——白人中心文化视角,将美国非裔文化与文学的关系放在研究的中心位置,通过对黑人土语和黑人文化的渐进式分析,使美国非裔文学以本来面目出现。盖茨通过对文艺批评视角的重构,将对美国非裔文学的批评建立于白人意识形态与传统的范畴之内的西方主流文论上,探索了从辨析文化差异、梳理美国非裔文化传统的基础上建立美国非裔文学批评理论的可能性,从而力求给处在欧洲中心视野边缘地位的美国非裔文学以更为确切真实的评价。盖茨的喻指理论为我们研究美国非裔小说提供了一个深入美国非裔文化表征的视角,可以引入并在文化心理和传统继承方面进行深入探讨,为理解当代美国多样性的文学话语提供更多的思路。

盖茨通过大量的美国非裔文学文本阐释将它们联系在一起的美国非裔传统的力量，具有较强的说服力。然而其中还存在一个无法回避的问题：美国非裔文学固然具有族裔的传统精神联系，但它毕竟依托英语而生，因此英语文学的影响不可忽略。盖茨承认这一点，但在具体论证中却疏于提及关于英语文学对美国非裔文学的精神给养，这一缺陷使盖茨的论证显得美中不足，略为失衡，对于客观地考察美国非裔文学的产生与发展而言是一个令人遗憾的弱点。事实上，这对于美国非裔文学的评论家和文艺理论已经是一个挑战："怎样不但不会远离文学理论，并且还更能够将西方文艺理论应用于黑人土语话语，在适当之处对某些原则重新命名，尤其给本土的美国非裔文化的批评原则以适当的名分，使之能够对美国非裔文本做出合理而令人信服的剖析和阐释。"（程锡麟，王小路，2001：207）

尽管存在上述缺点，但总的来说瑕不掩瑜。在盖茨理论发表之前的时代，美国非裔文学还不存在自己的任何理论学说，仍处于探索前进的阶段，遇到了不少来自主流文化的偏见和阻力。正如盖茨本人所言，他的目的是试图通过探索黑人土语与文学规律来打破欧洲中心论的偏见，激活美国非裔文学批评。因此，关于盖茨代表了"浸润和对立相结合的独特思想，即借用西方的理论，开辟一种新的实践路径"的评价是不为过的。实际上，盖茨是美国最有影响的文化批评家之一。他所研究的美国非裔文学批评是后殖民分析中少数话语的最重要成分之一。正如英国批评家保罗·吉尔罗所言，盖茨补充了后殖民主义研究的一般性问题。他所揭示的美国非裔文学的喻指特性是美国非裔文学批评中具有革新性的研究成果。喻指理论使我们认识到非裔美国人文化深处对读写能力，尤其是对写作正式文章的能力的渴望，对把握政治权力和发出自己声音的要求。从这个意义上说，喻指理论在美国非裔文学领域具有无可替代的作用。

参考文献

[1]程锡麟、王小路.当代美国小说理论[M].北京：外语教学与研究出版社，2001.

[2]Gates, Henry Louis, Jr. Figures in Black: Words, Signs and the Racial Self[M]. New York: Oxford University Press, 1987.

[3]—. The Signifying Monkey; The Afro-American Literary Theory[M]. NewYork: Oxford University Press, 1988.

[4]宁骚主编.非洲黑人文化[G].杭州：浙江人民出版社，1993.

（原发表于《外国文学研究》2004 年第 5 期）